不堪言

上

梨花糖 著

Bukanyan

陕西新华出版 三秦出版社

图书在版编目（CIP）数据

不堪言 / 梨花糖著 . — 西安：三秦出版社，
2023.9
ISBN 978-7-5518-2964-9

Ⅰ . ①不… Ⅱ . ①梨… Ⅲ . ①长篇小说 – 中国 – 当代
Ⅳ . ① I247.5

中国国家版本馆 CIP 数据核字 (2023) 第 175678 号

不堪言

梨花糖 著

出版发行	三秦出版社
社　　址	西安市雁塔区曲江新区登高路 1388 号
电　　话	（029）81205236
邮政编码	710061
印　　刷	长沙鸿发印务实业有限公司
开　　本	880mm × 1230mm 1/32
印　　张	15.75
字　　数	385 千字
版　　次	2023 年 9 月第 1 版
	2023 年 9 月第 1 次印刷
标准书号	ISBN 978-7-5518-2964-9
定　　价	55.00 元

网　　址　http://www.sqcbs.cn

目录

如果还有机会，

他想做一片一辈子只养着这一条鱼的海。

知了只有一个盛夏可以去义无反顾地倾尽所有，
甚至不惜掏空生命。

在银装素裹的城市和四周装点的繁华灯火里
沈堪舆像是一个来自遥远星球的小精灵
跨越亿万光年孤独而来
带着很多亮晶晶的小星星做礼物
为了摘这些小星星
沈堪舆就算把自己弄得灰头土脸、遍体鳞伤
仍然很开心
沈堪舆笑眯眯地捧着这些礼物
想送给很多自己爱的人
可是没人去接
沈堪舆不哭也不闹
只是安安静静地把小星星都埋在这个自己很喜欢的星球上
然后孑然一身地离开
“对不起呀，打扰到你们了，我走啦。”
小精灵轻声说道。

梨花糖

shenkanyu x guyansheng

第一章

第一句生日快乐

这座城市总算结束了长达半个月的连绵阴雨，沈堪舆的老腰也终于得以喘口气——虽然还是硬得像钢板，弯一弯就像要把它掰变形一样地疼，但好歹能好好给顾雨甜做顿饭了。

顾雨甜是沈堪舆和顾言笙的女儿，今年三岁，正读幼儿园小班，是个超能闹腾的活泼小丫头，同时也很听话乖巧。她喜欢沈堪舆给她做的所有饭菜，也喜欢顾言笙带她去做的任何事情。

沈堪舆扶着腰在厨房做饭，顾雨甜在客厅玩到一半，忽然迈着小短腿跑到厨房门口，奶声奶气地道："小鱼，爸爸说他今天要回来！"

顾言笙今天要回家？今天，怎么可能呢？

沈堪舆移开扶在腰上的手，扭过头，眨巴着眼道："真的？他跟你说了吗？"

"真的呀！"顾雨甜用力点头，用并不标准的话回道。

沈堪舆看着女儿顾雨甜笃定的表情愣了一会儿，随即欣喜地笑弯了眼，道："嗐，肯定是想我了呗，克制不住要回来了。"

这话说出来，沈堪舆自己都觉得好笑。顾雨甜歪着脑袋，也跟着笑。

"宝贝先出去吧，"沈堪舆怜爱地摸摸顾雨甜的头发，道，"我要开始做菜了，油烟大。"

"好。"顾雨甜迈着小短腿跑了出去。

"今天可得多做几道菜了。"沈堪舆顿时觉得腰没有那么疼了，美滋滋地从冰箱里多拿了点食材，因为太兴奋没什么思路，就拿了个本子出来，在上面列了一个菜单。

甜甜喜欢的蛋黄仔、鳕鱼饼、花生猪骨粥；阿笙喜欢的溜丸子，凉拌猪肝，清酒蛤蜊鸡汤面；再加两个爽口的素菜，刨花青笋，白灼芥蓝。

完美。

沈堪舆把熬好的粥盛出来的时候，刚好听到顾言笙用钥匙拧开门的声音。

“爸爸！”顾雨甜把玩具丢在地上，脆生生地喊着顾言笙，跑过去抱住了他的大腿，“你回来啦！”

顾言笙把钥匙放在鞋柜上，熟练地用单手地把顾雨甜从地上捞起来，稳稳地抱在怀里，道：“宝贝来，爸爸抱。”

沈堪舆端着粥，看得两眼发亮，心想：抱孩子都抱得这么帅，不愧是我看中的男人。

“阿笙回来得好早啊，今天累吗？”沈堪舆看着顾言笙和顾雨甜，笑得很开心，“甜甜很乖呢，一直说想爸爸，但是都没有闹。”

沈堪舆就像是知道顾言笙不会搭理自己似的，刚问完就很自然地哼起了不知名又不在调上的小曲儿，好像一点也没有因为被无视而难过的样子。

“想爸爸了吗？”顾言笙亲了亲顾雨甜。

“想！”

“爸爸也想你。”顾言笙笑着揉了揉女儿软软的头发，附在女儿耳边轻轻说话。他的烟嗓显得又低沉又温柔，沈堪舆听得都有些出神了。

沈堪舆想：什么时候阿笙也能这样跟自己说两句话啊？哪怕是嫌弃、辱骂的话也可以，自己不挑的……

沈堪舆眨了眨眼，将粥放在了饭桌上，冲顾言笙笑起来道：“阿笙，来吃饭，有溜丸子。”

顾言笙淡淡地扫了一眼，问：“你做了饭？”

“是啊，甜甜说你要回来，我做了很多你喜欢的菜，”沈堪舆解下围裙，拉开椅子，笑眯眯地冲顾言笙招手，“过来呀。”

顾言笙沉默一阵，然后平静地道："我是回来接甜甜出去玩的，没说要在家吃饭。"

沈堪舆正在摆放碗筷，闻言手上的动作顿了一下，笑容仍旧殷勤热切，道："那可以先吃两口垫一垫嘛，也不是什么能吃撑的菜。"

顾雨甜趴在顾言笙的怀里，仰起脑袋看着他，道："爸爸，我想吃小鱼做的蛋黄仔。"

顾言笙目光柔和地看着女儿，道："好，那就先吃一点。"

沈堪舆等顾言笙把顾雨甜放进儿童座椅里，替她围上了饭兜，道："那你们慢慢吃，我去直播了。"

沈堪舆是锐直播的金牌主播之一，什么游戏都能打，什么职业都玩得很好，加上长得好看，声音又好听，除了平台给的收入，还有粉丝的巨额打赏，但这些收入不太能补得上顾言笙所需的创业资金。

顾言笙和苏桐创立的游娱工作室虽然出过很多红极一时的小作品，但整体来说还是有些入不敷出，再加上他们一直在酝酿"大招"——一个大型古风 RPG（角色扮演游戏）手游《沧海笑》，资金缺口非常大。

因此沈堪舆除了照顾女儿，其他时间基本都用来直播，甚至到了不眠不休的地步，以致心脏负担非常重，经常直播到半夜就疼得厉害，没有办法呼吸，甚至喊不出疼，只能仓促下播。

沈堪舆常常觉得自己大概离死亡不远了，不过还能撑到顾言笙成功，等自己死后，顾言笙一定会和苏桐在一起。而沈堪舆宁愿直播累死，也不要看到顾言笙和苏桐在一起，然后被活活气死。

与此同时，沈堪舆也想过，日久生情这回事或许真的存在，并期望能在自己死前等到顾言笙回心转意，喜欢上自己。真要这样的话，自己可真是赚大了。

顾言笙是沈堪舆从第一眼看到后就捧在心尖上的人，沈堪舆从初中开始就跟在顾言笙身后，而这一跟就是十几年。

沈堪舆知道自己不是什么好人，为了能和顾言笙在一起无所不用其极；可惜顾言笙喜欢的是从小和他一起长大的苏桐。顾言笙之所以会和沈堪舆结婚，一是因为他们一次酒后意外有了顾雨甜，之后顾言笙一辈子循规蹈矩的父母逼着顾言笙对沈堪舆负责；二是因为顾言笙想创业，而顾言笙创业所需的资金绝大部分都靠沈堪舆的直播收入提供。

顾言笙何等聪慧，知道酒后意外是沈堪舆刻意为之，是沈堪舆在他醉得稀里糊涂的时候自己送上门来，并以苏桐的身份骗他；他也知道沈堪舆愿意帮他创业是为了什么，所以他一直强调他是为了女儿和父母才容忍沈堪舆的存在，而沈堪舆给他的钱，他之后会悉数、甚至翻倍归还。

讲这么多，不就一句“我不喜欢你”嘛。这种话进不了沈堪舆的耳朵，谁知道他们同床共枕、出双入对之后会怎么样呢？反正先结了婚再说。

他们没有举办婚礼，只是在一个阴沉沉的雨天领了证。沈堪舆捧着崭新的红本本，亦步亦趋地跟在顾言笙身后，眼中都是对未来的期许，道：“阿笙，你照相真好看，要是再笑一下就好了。你看了照片吗？”

“没有。”

“哦，阿笙，我们什么时候去拍婚纱照，什么时候办婚礼呀？”

顾言笙头也不回地往前走，沈堪舆摸摸冰冷的鼻子继续紧跟着他，但是因为怀孕了，沈堪舆走了一会儿就觉得肚子有些疼。

沈堪舆捂着肚子，喘息着攥住了顾言笙的衣袖，道：“阿笙，你等等我，我们商量一下婚礼的事情好不好？”

顾言笙挣开了攥着他衣袖的苍白细瘦的手，道：“我没有办婚礼的打算。”

“哦……”沈堪舆按着肚子，明明疼得脸青唇白、气息颤抖，却诚恳而认真地看着顾言笙笑道，“可以的，没有关系，但是能不能告诉我为什么呀？我看电视上，还有书里说的，结婚都有婚礼的。”

顾言笙深吸了一口气，压抑着不耐，回过头看着沈堪舆，道：“我跟你说了这么多，你还是不明白？”

沈堪舆瑟缩了一下，似是怕挨打，然后观察着顾言笙的脸色，轻轻摇了摇头，道：“不……不太明白，可以告诉我吗？”

“我不喜欢你，而且我们之间的婚姻并不见得会维持很久，所以我不想做这些无谓的折腾，懂了吗？”顾言笙耐着性子，神情阴郁冷漠。

沈堪舆点点头，表示自己明白了，而后道：“那就……那就等以后，万一你喜欢上我了，我们再补办也是一样的！”

“沈堪舆！”顾言笙听得烦躁，将手里的结婚证往地上一扔，“你是不是脑子有问题？”

他不想再看沈堪舆一眼，也懒得再跟对方多说一句，转身便往前走。他回到车里发动车子后等了半天也不见沈堪舆过来，就踩下油门径直离开了。

下过雨的地面很脏，沈堪舆把顾言笙丢掉的结婚证捡起来，擦拭了半天才把上面的污物弄掉，但因为结婚证浸了水，纸张已经变得皱皱巴巴的。沈堪舆把结婚证贴在自己胸口，心疼得要命，肚子也疼。

天上又开始下雨，沈堪舆想找地方避雨，但是肚子疼得起不来，只能紧紧护着那两本结婚证。在被雨水模糊的视线中，看着顾言笙开着车绝尘而去。

沈堪舆用力地擦了擦眼睛，擦得眼睛周围的皮肤一片通红，视线才稍微清楚了些，但已经看不到顾言笙的车了。

“宝宝别生气哦，”沈堪舆低下头，小声地对肚子里还没成型的小生命说话，“爸爸没有不要我们，他只是有事情要忙，就先走了。”

肚子疼这事沈堪舆并没放在心上，毕竟自己身上疼的地方不少，每次都是忍一忍就过去了，直到出血了才赶去医院，没想到差点流产。

沈堪舆其实没想用孩子困住顾言笙，只是以为有了孩子，两人就可以名正言顺地结婚、生子，自己此后也能和顾言笙一直在一起，并组成一个幸福的三口之家。

不过话说回来，沈堪舆觉得，如果自己那时候没保住孩子，应该早就和顾言笙分开了吧。现在，甜甜健健康康地出生、长大，顾言笙也没赶自己走，只是自己以前一直相信且期盼的日久生情，好像看不到什么希望了。

顾言笙疼爱甜甜不假，可他始终不待见沈堪舆，没有跟沈堪舆同床共枕、出双入对不说，连在同一张桌子上吃饭都不乐意。

沈堪舆知道创业辛苦，怕顾言笙会把身体搞坏，花了不少时间研究食谱，给顾言笙做营养餐。顾言笙经常累得没什么食欲，沈堪舆又研究了食物装盘和碗碟配色，想方设法地让顾言笙多吃一些，但顾言笙还是吃得很少。

沈堪舆愁得头发都要掉了，一边帮他剥着虾一边唉声叹气：“你说你啊，吃得这么少，工作量又那么大，早晚会扛不住的。我做的饭菜，好多人都说好吃得不得了，你怎么就是不愿意吃啊？”

顾言笙有一口没一口地喝着碗里的瑶柱虾仁粥，问：“你想知道为什么？”

沈堪舆用力点头道：“想啊！你跟我说说，我知道我哪里做得不合你胃口就可以改进，就可以让你……”

“因为我看到你就想吐。”顾言笙没有等沈堪舆说完，就平静地打断道，脸上也没有任何表情，好像他说的是一句再普通不过的话。

“多吃一点……”沈堪舆说出去的话没有来得及收回，沙哑的声音在顾言笙平静的话语里响起，尴尬又可怜。

沈堪舆半天回不过神来，怔怔地看了顾言笙很久，然后缓缓垂眸去看手边剥出来的半碗虾仁，随后道：“这样的话，我给你剥的虾你是不是也不会吃啊？”

“是。”顾言笙收回视线，继续喝自己的粥。

沈堪舆手指一直发抖，甚至没办法再剥虾，在座位上发了一会儿呆后仍厚着脸皮把虾仁推到顾言笙面前，道：“尽量吃一些吧，好不好？这是特别新鲜的海虾，很难买到的。”

顾言笙没有回答。

“你吃一些，我保证以后不跟你一起吃饭，好吗？”沈堪舆见他还是不理自己，便在他眼皮子底下挥了挥手，道，“好不好？阿笙？”

顾言笙默不作声地夹起一块虾仁。

沈堪舆松了一口气，笑得眉眼弯弯，声音温柔地道：“阿笙真乖。”

沈堪舆把顾言笙的话牢牢记在心里，见顾言笙开始吃东西了便站起身。

苍白的手指搭在椅背上无意识地用力抠挠着，沈堪舆轻声说：“阿笙，我不是故意的，我就是想让你多吃一点，不知道我这样会让你觉得恶心……我……”

说到“恶心”这个词时，沈堪舆忽然难受得喘不上气来，抠在椅背上的指甲几乎要翻过去，又快速地吸了几口气，勉强把剩下的话说完：“我不是故意的，我会改的。”

顾言笙没有搭腔，甚至没抬头看一眼。

沈堪舆在厨房洗碗的时候，听到顾言笙关门离开的声音，眼圈一下就红了，又赶在眼泪流出来之前揉搓了一阵，想把泪水忍回去，结果弄得眼睛又红又肿也没止住往外流的眼泪。

沈堪舆不是觉得委屈，只是难过，脑海中不自觉浮现出曾在电视上看到的向往的画面：一家人聚在饭桌前，大家你一言我一语地聊着今天发生的事以及明天想做的事，互相之间会夹菜、剥虾、盛汤。

这样的场景光是看着就令人觉得幸福，如果能切身体验一下的话，哪怕只有一天都是好的。

但是沈堪舆以前和爸爸妈妈一起吃饭时，总会被爸爸教训，有时候是因为吃饭时发出的声音有点大，有时候是因为吃了一根排骨，有时候甚至只是因为看着爸爸妈妈笑。

爸爸总说沈堪舆是故意恶心他，但沈堪舆真的不是故意的，以前犯错只是不知道那么做是错的，等知道后就改了。可是沈堪舆改了以后爸爸还是不满意，后来连理由也不说了。沈堪舆怕了，就不敢再跟爸爸妈妈在一张饭桌上吃饭了。

沈堪舆觉得，其实顾言笙对自己算是很好的了，他会好好地跟自己说话，更不会有过激的行为。

要是有一部角色像自己一样老是犯错，最后改正了，然后家里人都愿意和那个人一起好好吃饭的电视剧就好了。沈堪舆想看看那个人是怎么做的，自己便照着学，这样的话应该也会有一个好结果吧。

可惜，这样的电视剧沈堪舆一直没有看到，因此只能不再上饭桌了。

顾言笙说看到沈堪舆会吃不下饭，可沈堪舆看不到顾言笙就没有胃口，于是，沈堪舆买了各种速食产品放在床底来解决自己的一日三餐。

沈堪舆一开始吃着还挺好，后来不知道为什么胃口越来越差，胃还会时不时地疼，于是吃得越来越少了。

有时候，沈堪舆连一小碗速食粥都能分好几顿吃，一顿吃不完就放冰箱，之后用热水冲一冲再吃下一顿。这样一来，沈堪舆不知不觉又省下了很多钱，省下来的钱除了可以给顾言笙和顾雨甜买更多好吃的，还可以给他们买好看的衣服。

沈堪舆每次拎着新买的食材和衣服回家，都扬扬自得，自言自语道："我这么贤惠的媳妇儿上哪儿找去？阿笙早晚会被我迷得神魂颠倒。"

之所以能这么乐观，是因为沈堪舆特别容易满足。有时候，顾言笙的表情稍微缓和下来，再不经意地露出一个浅笑，或是朝沈堪舆多投来一眼，抑或是跟沈堪舆多说一句话，沈堪舆就能蹦跶上半天，觉得顾言笙一定是对自己心动了，马上就要回心转意了。

其实，沈堪舆也明白自己在自欺欺人，但人生苦短，总要学会苦中作乐。

沈堪舆回到自己房间里，从柜子上取下早餐喝剩的粥，拌了热水后就着一包萝卜干吃了一些，等觉得饱了便将它们放下，打开电脑开始直播。

这段时间一直在下雨，沈堪舆的腰也一直在疼，都没好好直播过，今天好不容易没那么疼了便一口气播了四个小时，等关掉游戏的时候天已经黑了。

沈堪舆走出房间时，客厅里已经空无一人，桌上剩下的饭菜也早已凉透了。

真的有些浪费粮食啊……沈堪舆在饭桌旁站了一会儿，然后搓了搓手开始收拾。

沈堪舆觉得是自己太自作多情了，也高兴糊涂了，都忘了今天是 8 月 17 日，顾言笙怎么可能会在家里吃饭呢？

今天是苏桐的生日啊。

自作多情是沈堪舆从娘胎里带出来的毛病，并且在遇见顾言笙之后更加一发不可收拾。

他们第一次见面的时候，两个人都才上初中，那时，身为优等生的顾言笙就读年级里最好的重点班，是老师看重、同学崇拜的对象之一。沈堪舆则是普通班的差生，班里的同学们也不大听话，很多时候连老师也管不了。

那天，沈堪舆在一条小巷子里看到了被高年级的学生欺负的顾言笙。顾言笙明明被吓得脸色苍白、冷汗直冒，却还是摆出一副淡定自若的模样。

沈堪舆爬到巷子旁的屋顶上，然后又跳到几人的面前，出其不意地撂倒那些人后，牵着顾言笙就跑。

两个人跑进一片油菜花田里，平时没锻炼过身体的顾少爷累得跪倒在地上。

“谢谢你……”顾言笙喘着气，对沈堪舆笑了笑。

沈堪舆看着他那个笑容，愣愣地摸了摸自己的后脑勺，过了好一阵子才露出一个傻里傻气的笑容，回应道：“不用谢的！”

这人的眼睛怎么这么好看，沈堪舆心想，他对自己笑的时候眼里亮晶晶的，像两盏小灯一样，温暖又明亮，那是自己从来没看见过的景色。

沈堪舆回过神后，随手扯了一把油菜花捧到顾言笙的面前，说道：“你长得真好看，笑起来也好看，这个花送给你！”

顾言笙气喘吁吁地擦着汗，闻言神情错愕道：“你干吗？”

沈堪舆看着他的凤眼，笑眯眯地继续献花：“小哥哥，我觉得你很好，所以送你花，电视上都是这样演的。你叫什么名字呀？”

顾言笙皱着眉往后退了退，道：“你怎么想的跟我无关。”

“哦，好吧，”沈堪舆完全不觉得难过，看着顾言笙的脸，依旧笑得很开心，“那你也要收我的花啊，这样才是懂事的小孩。”

顾言笙瞥了一眼沈堪舆手里的油菜花，道：“这花是农民种来榨油的，你用来送人就是糟蹋作物、浪费粮食，懂事的小孩才不会这样做。”

沈堪舆眨巴着眼睛看着他，眼底亮晶晶的，像是有很多小星星在里面跑来跑去。

顾言笙被看得十分不自在，道：“你别这样看着我。”

沈堪舆笑起来时卧蚕鼓鼓的十分可爱，说出口的话也很乖巧：“你人真好，我更想认识你了。我听你的，不浪费粮食。”

沈堪舆说完就把油菜花塞进嘴里嚼了起来。

“你……”顾言笙一脸不可思议，伸手去抢沈堪舆手上的花，“你干什么？你怎么能乱吃啊，别吃了！”

沈堪舆躲过他的抢夺，迅速把摘下来的油菜花全部吃了，然后两手一摊，道：“吃完了！”

顾言笙看得目瞪口呆，匆匆从地上爬了起来，道：“你这个人很奇怪，神经病。”

沈堪舆仍旧两眼弯弯，跟着爬起来，跟在他身后，问：“小哥哥，我知道你人好，可你不能一直傻傻地被人家欺负啊。不过你放心，以后我会保护好你的！”

顾言笙头都不回，只想赶紧回家，嘴上道：“你别再说了，我们只见了这一面你就这样，真的很奇怪！”

“你家在哪里？我送你回家，不要再被别人欺负了！”

“跟你没关系。”

“有关系的，你受伤我会心疼的。”

“你不要再说了！”

沈堪舆走路时一瘸一拐的，应该是刚才不小心崴到脚了，但还是能比较轻松地跟上顾言笙的脚步，并一直不停地在他耳边骚扰他。

顾言笙那时候只觉得这人简直不可理喻，像一只盛夏不停乱叫的知了，赶也赶不走。直到很久以后他才明白过来，知了也就只有一个盛夏可以去义无反顾地倾尽所有，甚至不惜掏空生命。

公交站很快就到了，顾言笙头也不回地挤上了回家的公交车，看都不想再看沈堪舆一眼。

沈堪舆看着公交车开走，转过身去的时候，春风满面的笑容瞬间消失得无影无踪。

看着躲在墙角后的几个人，沈堪舆一脸戾气地道："你们回去后最好奔走相告，不要再动他，不然我不会放过你们的。"

"老大，我们错了！"那几个人连连点头哈腰，然后落荒而逃。

这条路偏僻，很不太平，在这一代颇有话语权的沈堪舆跟着顾言笙大摇大摆地走完一整段路，便是明摆着告诉其他人，顾言笙不是他们可以欺负的人，谁要是再欺负他，那就是和自己过不去。

初尝通过自己的能力保护想保护之人的滋味，实在是妙不可言、回味无穷。

沈堪舆买了一杯可乐，美滋滋地喝着，边喝边想：想不到身手利落还能有这等好处，我怎么这么牛呢？

大半瓶碳酸饮料下肚，沈堪舆畅快淋漓，忍不住对着天空喊道："啊！我好想认识小哥哥！"

公车上的顾言笙打了个喷嚏，差点撞到前面的人。

从那以后，沈堪舆就成了顾言笙身后的小跟班，这令沈堪舆的跟班们痛心疾首，纷纷规劝道："老大，你不能被冲昏了头脑！这会使你的身手变得愚钝，甚至荒废你打下的'大好江山'的！"

对此，沈堪舆的回应是直接展示了一下自己敏捷的身手并反问：“我身手愚钝？”

跟班们满脸崇拜地道：“不，您不愚钝！”

沈堪舆笑得慈祥，摸了摸跟班们的脑袋，领着他们在校园里大摇大摆地逛了一圈，吓得众人纷纷退避三舍。

此时顾言笙正好从校道上走过，沈堪舆看见他后立刻大叫一声“小哥哥”，然后飞扑过去，跟在顾言笙身后讨好献媚，以迅雷不及掩耳之速完成了大灰狼到小绵羊的转变。

跟班们面面相觑，无语凝噎，唯有泪千行。

其实，沈堪舆的跟班们痛心的不单单是他们的老大因旁人昏了头，更多是因为站错了 CP（人物配对）。

沈堪舆在隔壁学校有个好朋友叫姜默，人又高又帅，沈堪舆的拳脚功夫基本上是他教的。以前的沈堪舆可是经常挨人欺负的，但现在却没人敢来叫嚣了，这也间接说明了姜默比沈堪舆更厉害；所以沈堪舆的跟班们都非常崇拜姜默。

沈堪舆和姜默是在小学时认识的，那时营养不良的沈堪舆像颗小豆丁，大冬天穿着短袖短裤，拿着五毛钱买兑了水和糖精的热牛奶，结果喝了没几口就被高年级的学生抢走了。

姜默当时在旁边买烤串儿，边吃边看，一般不动手的事情他就只会看个热闹，毕竟他爸让他在学校少惹事。

沈堪舆冻得声音沙哑，语气天真地问道：“你们拿我的牛奶干吗？”

傻子吗？姜默心想。

高年级的学生直接把姜默的心里话说了出来：“你是傻子吗？”

“你们也渴了吗？那你们先喝，最后留一点给我可以吗？”沈堪舆用冻得苍白干裂的手指头比画出一点点宽度，“留这些就可以啦！”

姜默：“……”

高年级的学生：“……”

“真是个傻子。”高年级的学生交头接耳。

沈堪舆脸上脏兮兮的，眼睛却干净明亮，尤其是仰着下巴看向高年级生时，看起来很是乖巧，但是那几个高年级学生并没有因为沈堪舆的乖巧就离去，反而认为这是一种挑衅，气不过地伸手推搡了沈堪舆，口中愤愤道：“你瞪谁呢？”

姜默见状刚往前迈了一步，他朋友就拦住了他，道：“你干吗？回去你爸又揍你！”

姜默蹙眉看着沈堪舆，感觉这小孩像是吃过很多苦头，不哭也不闹的。

沈堪舆个子瘦小，推搡间被高年级的学生撞倒在地，摔得灰头土脸，书包里的东西也洒了出来。高年级的学生扒拉着看了看，是书、本子和笔，还有一些发霉的小饼干，纷纷抱怨道：“啥有用东西的都没有。”

姜默看他们不太甘心的样子，可能还要做出更过分的事情，终究是看不下去了，他挣开朋友，上去三下五除二地把那几个高年级学生赶跑。

沈堪舆刚刚捡完地上发霉的小饼干，满脸崇拜地看着姜默道：“大哥哥你好厉害！谢谢你！”

“我跟你同年级。”姜默面无表情。

“哦。”沈堪舆摸摸鼻子搓搓眼睛，小心翼翼地将书包拉链拉好。

“你经常被欺负吗？”姜默问。

“嗯！”沈堪舆点点头，好像并不觉得委屈，看起来傻乎乎地道，“因为我经常做坏事。”

“什么坏事？”

“你怎么问这个呀？”沈堪舆低着头嘟囔，“你也准备欺负我吗？”

姜默无语，而后道：“以后每天，下午放学后的一小时来找我，我教你一些防身术。”

当时，沈堪舆的跟班们听完这个故事，纷纷感动不已，说这就是青梅竹马、两小无猜。

然后沈堪舆就用看傻子的眼神看他们，道：“想什么啊你们，一看就是没被姜默凶过。”

“被这么强大的人凶一下怎么了？”

沈堪舆耸耸肩道：“那他也不可能对我有其他想法，我都没见他笑过。”

沈堪舆左想右想，也没想起来姜默对自己笑过。

“那你主动一点啊！”

沈堪舆被气得笑起来，道：“你们是不是有病？没看到我忙着找阿笙吗？”

跟班们劝不动沈堪舆，就跑去找姜默。姜默听了他们的言论，只回复了三个字：“神经病。”

跟班们两度遭受打击，欲哭无泪道：“默哥，你真的不考虑一下我们老大吗？”

“你们老大，”姜默喝了一口水，缓缓道，“喊我哥。”

沈堪舆在顾言笙屁股后面跟了很多年，从初中跟到大学，因为成绩悬殊，两人初高中虽然同校但从没同班过。大学的时候，沈堪舆咬紧牙关努力学习，也只考到离顾言笙学校不远的一所三流学院，但沈堪舆仍旧没放弃过追顾言笙。

初中的时候，沈堪舆就发现顾言笙喜欢跟着一个叫苏桐的人。那人就像一朵云一样，轻轻柔柔、白白嫩嫩，看着就让人很舒服。

他们两个经常在一起打游戏，沈堪舆不会玩，却还是厚着脸皮缠着顾言笙和苏桐带自己一起玩。

顾言笙对此是拒绝的，苏桐却觉得沈堪舆很可爱，非常愿意带对方玩。

顾言笙看着苏桐对沈堪舆好，总是特别不高兴。这样的不高兴在某一天他们三个人一起打团队赛的时候彻底爆发。

团队赛胜利的唯一条件就是在不减员的情况下击杀 Boss（头目）。原本一切都很顺利，眼看着他们三人小队就要拿下 Boss，突然有敌人朝顾言笙放了一个大招，见状，沈堪舆操纵着自己只剩半管血的游戏角色跳到顾言笙的游戏角色面前，替对方挡下了那个大招，沈堪舆的游戏角色瞬间死亡。

团队减员，任务失败。

“沈堪舆，你干什么？”顾言笙气得摔了鼠标，饶是向来对什么事情都轻描淡写的苏桐也皱了皱眉。

沈堪舆愣住了，小狗一样湿润的眼睛眨了好几下，然后又笑起来，迎着顾言笙的怒火没脸没皮地道：“保护你啊。”

“我不需要你保护，我自己能躲开，就算我被打中，满血的情况也不会死！”顾言笙气得脸都青了。

沈堪舆也不生气，只觉得顾言笙因为一个游戏就生这么大气的样子可爱得不行，温柔地笑了笑，说：“可是万一你死了怎么办？”

“没有万一，”顾言笙愤愤地咬着牙，“你少自作多情。我和苏桐玩这个游戏这么久，这个比赛我们从来没有输过，现在却因为你输掉了。你有点自知之明，不要一天到晚做这些讨人嫌的事，好吗？”

“阿笙，游戏而已！”苏桐觉得他话说得太重，出声制止。

沈堪舆的睫毛颤了颤，脸上仍旧挂着灿烂得近乎讨好的笑容，问：“那你是很讨厌我吗？”

“讨厌至极。”顾言笙斩钉截铁地说完，沉着脸背起包走了。

那之后，沈堪舆从顾言笙的世界里消失了很长一段时间——当然这仅仅是对顾言笙而言。

因为沈堪舆每天放学都会远远地跟在顾言笙身后，一直到他安全地坐上公交，再对着公交车抛个飞吻，然后才转过身离开，而后要么去打工，要么溜达着回家。

沈堪舆经常一边走一边踢着路上的碎石子，嘴里不停絮絮叨叨：“为什么大家都这么讨厌自作多情的人呢？万一自作多情是有用的怎么办？也不给人家一个机会，唉。”

回家的路上沈堪舆看到那家总是火爆的蛋糕店没什么客人，平时都是售罄的蛋黄酥这次也摆得满满当当，便用自己打工赚来的钱买了两盒蛋黄酥后兴冲冲地往家里赶。

这是哥哥和妈妈最喜欢的糕点。

沈堪舆回到家后，看到哥哥沈澹兮正在院子里的长椅上看书，便兴奋地冲过去道：“哥哥！你看我给你带了什么回来？”

沈澹兮搁下书本，温和地摸了摸沈堪舆的脑袋，问：“是什么？”

“蛋黄酥！”沈堪舆献宝般地捧着蛋黄酥递给沈澹兮，道，“哥哥快吃，还是热的！我一路揣怀里抱回来的！”

“谢谢堪舆。”沈澹兮温柔地笑着，将蛋黄酥接了过来。

沈堪舆兴奋地趴在椅子的扶手上，眼巴巴地等着沈澹兮吃一口蛋黄酥，却猝不及防地挨了重重一巴掌。

沈堪舆本就是半蹲在地上，这一巴掌来得太突然，力道也太重，沈堪舆整个人往后倒去，后脑勺也不知道磕到了哪里，痛得眼前阵阵发黑。

哥哥的低喝声随之响起：“爸爸，你干什么？”

接着就是爸爸沈之航愠怒的声音：“干什么？你心脏不好，吃鸡蛋从来只能吃蛋白。这家伙安的什么心，给你买两大盒蛋黄酥？”

“没有人跟堪舆说过这些事情，好吗？”

“这种事情还用说？这家伙是没长眼睛吗？自己不会看？”

“那你也不能直接动手。”沈澹兮皱着眉将沈堪舆扶了起来，“是我说的我喜欢吃蛋黄酥，堪舆买给我吃有什么错？”

沈堪舆脑子里轰隆作响，费劲地听清楚他们的对话后，努力地拉住哥哥道：“不要吵架、不要吵架，这不是我做错事情了吗？你们为什么吵架呀？”

沈澹兮蹙眉道：“堪舆！”

沈堪舆拉着哥哥，咧开嘴冲爸爸讨好地笑了笑，道：“爸爸对不起啊，我是真的不知道。我下次一定注意。你别生气啦，我都闻到你身上的酒味，喝酒之后不能发脾气的。”

沈堪舆越说声音越哑、越小，因为一开口，后脑勺撞到的地方就一阵一阵地疼，像是要裂开一样。

沈堪舆艰难地吞了吞口水，忍耐着，继续笑眯眯地道：“妈妈不是也喜欢吃蛋黄酥吗？可不可以给妈妈吃啊？还热热的呢。”

沈之航冷冷地道：“你妈妈不会吃你买的东西，丢到外头给流浪猫狗吧。”

“哦。”沈堪舆轻轻应着，脸色有点苍白。

“堪舆，没事，我帮你拿给妈妈。”沈澹兮于心不忍，连忙安慰道。

“谢谢哥哥。”沈堪舆仍旧笑着，那样的笑容让沈澹兮看着格外难受。

“澹兮，跟我去医院做个检查。”沈之航冷冷地将沈澹兮喊走，没有给他去拿蛋黄酥的机会。

两人离开后，还坐在地上的沈堪舆忽然觉得后脑勺热热的，好像有什么黏腻的液体流到了脖间，伸手一摸才发现是血，吓了一跳，低头去看地上时才发现地上也有一小摊血。

沈堪舆心里直呼不好，随后赶紧跑进屋里拿了包纸巾出来，一边胡乱地用纸巾捂住伤口，一边半跪下来手忙脚乱地清理地上的血迹。

沈堪舆先是用纸巾擦了一遍血迹，随后又用水冲一下，反复几次，终于把地面清理得干干净净，这才松了一口气。

感觉到伤口不流血了，沈堪舆又坐在地上发起了呆。

爸爸好像说过很多次，他和妈妈不会要自己的东西，哥哥也不会要，难道自己这辈子都不能给他们买东西了吗？可是自己看到好东西就迫不及待地想要买回来送给他们啊。

为什么自己想给的东西，总是没有人要呢？

沈堪舆苦恼地抓了抓头发，决定办张卡把自己的钱都存起来，以后悄悄送给哥哥，哥哥想给家里人买什么就买什么，这样也等于是东西送出去了。爸爸妈妈不知道是自己给的，一定会开开心心地收下。

想到这些，沈堪舆又兴奋起来，找了个诊所处理了一下伤口，便兴致勃勃地跑到银行去办卡了。

第一张卡是给爸爸、妈妈、哥哥存的钱，柜员让沈堪舆设置密码，沈堪舆原本打算把家里四个人的生日加起来凑成一组密码，可后来想了想，还是没把自己的生日加进去。

至于原因，说起来也是有些不好意思，沈堪舆不太记得自己的生日是哪一天了，甚至好像从来都没有过过生日，而且自己的生日也不是什么吉利的日子，不适合加在里面。

第二张卡就是给顾言笙的了，密码自然是顾言笙的生日。

柜员让沈堪舆挑选卡面，第一张卡沈堪舆选了一张一对父母牵着一个孩子的卡面；第二张卡则选了一张非常俗气的画满桃心的粉色卡面。

看着粉色的卡面，沈堪舆想象着顾言笙收到这张卡时的表情，差点把自己还在渗血的伤口笑崩。

从沈堪舆记事起，爸爸妈妈就不太喜欢自己，沈堪舆后来接触到的人也都看自己不顺眼。

毕竟连亲生父母都讨厌的小孩，怎么可能会被别人喜欢？

沈堪舆的哥哥沈澹兮非常优秀，他成绩好，会乐器、书法，性格温柔体贴，是父母捧在手心里的宝；而沈堪舆的出生则是一个意外，如果不是爷爷、奶奶不允许沈家父母做手术，沈堪舆根本不会来到这个世界上。

其实一开始，沈家父母只是不爱搭理沈堪舆，如果沈堪舆没有那么爱惹事，他们可能还会慢慢喜欢上沈堪舆。

可沈堪舆真的不是故意要给他们惹麻烦。

哥哥从小身体就不好，他们要照顾哥哥，经常无暇顾及沈堪舆；可小时候的沈堪舆又瘦又小，经常被人欺负。每当沈堪舆狼狈地回到家，父母就会怪沈堪舆惹是生非、净添麻烦。爸爸要是心情不好，可能还会教训沈堪舆一顿。

为了不添麻烦，沈堪舆只能学着反抗，后来又为了壮胆，结交了一帮狐朋狗友。

沈堪舆只是想着保护好自己，不给家里添麻烦，哪怕成了别人口中的坏小孩，也从来没主动找过别人的麻烦，反而和自己的跟班们保护弱小、惩恶扬善。

可父母才不管这么多，爸爸第一次知道沈堪舆在学校里惹事，就狠狠教训了沈堪舆一顿，并说自己没有这样的孩子。

沈堪舆觉得很难过，可还是抬起头来，问："那我还能叫你爸爸吗？"

可能沈堪舆那时候声音太小了，爸爸没有听到，沈堪舆就当那是爸爸的气话，反正自己后来还是叫他爸爸，他也没拦着。

沈堪舆想：还好，自己还有爸爸。

有时亲戚来访，叔叔阿姨们会逗沈堪舆，道：“你爸爸妈妈只要你哥哥，不要你了。”

沈堪舆才不听，反驳道：“你们讲假话，他们最喜欢我。”

有时候父母听到，会半开玩笑半认真地说：“沈堪舆，你少自作多情。”

沈堪舆觉得，一个人只有在很讨厌另一个人的时候，才会直呼对方的全名吧，毕竟爸爸妈妈都是喊哥哥“澹兮”，语气满是温柔疼爱，一听就是超级喜欢哥哥。

爸爸妈妈什么时候能叫自己一声“堪舆”呢？

因为沈堪舆太讨人厌了，入冬时父母甚至忘了给沈堪舆买暖和的新衣服，沈堪舆冻了几个星期后终于感冒了。

由于沈澹兮心脏不好，一直以来都是被父母捧在手心呵护着长大的，每次他生病爸爸妈妈都会忙前忙后，满脸心疼，沈堪舆看了难免心生羡慕。

沈堪舆也很想要被父母这样疼爱、关怀。

但是那次沈堪舆感冒，沈澹兮刚好也病了，沈堪舆觉得自己要是在这个时候让父母知道自己病了，可能会添乱，那样他们就没办法专心照顾好哥哥了——当然，也可能是沈堪舆自作多情，爸爸妈妈不见得会在意自己。

可如果自作多情能让他们少操点心，少发点脾气的话，那还是要自作多情些的。

沈堪舆翻箱倒柜也没找到厚实的外套，只能多穿几件衣服，然后又灌了一瓶热水抱在怀里，这才跑去外边溜达。

结果这一溜达，又让沈堪舆碰到了一个胆大包天、独自走夜路的顾言笙，而且很不幸地，这个胆大包天的人被几个膘肥体壮的高年级学生拦住了。

顾言笙这次没像以前那么傻傻呆呆地任人欺负，而是像条泥鳅一样转头就跑。

沈堪舆愣了一下，随即由衷夸奖道：“不错，有进步。”

但是公子哥是跑不过这些膘肥体壮的高年级生的。而沈堪舆即使发着烧，腿像灌了铅一样重，也还是像一阵风一样追上了他们。

顾言笙跑得快断了气才反应过来身后的动静不太对，等他回头去看的时候，发现那几个高年级生不知何时已经被吓得落荒而逃，只有沈堪舆一个人坐在地上，慢悠悠地系着散开的鞋带。

顾言笙迟疑了一阵，终究还是迈开腿走回沈堪舆身边。

沈堪舆听到脚步声，抬起头，视线却因为高烧模糊不堪，半天都看不清来人，只能沙哑着声音问：“谁呀？”

顾言笙道：“我。”

“阿笙吗？”沈堪舆有些浑浊的眼睛亮了亮，干裂的嘴唇扯出一个乖巧的笑容，“你怎么回来了？快走呀，回来干什么？”

顾言笙沉默几秒，问：“你把他们赶跑了？”

“嗯！”沈堪舆点了点头，有些好奇地道，“你怎么还不走呢？再晚的话你就没公交车坐了吧？”

顾言笙还是没有走，过了半晌，他在沈堪舆身边坐了下来，问：“你有水吗？”

“有啊！”原来他是跑渴了想要水才来找自己。

沈堪舆立刻把自己带出来的热水递给他。

只是顾言笙刚伸手去接，沈堪舆又把手缩回去了些。

沈堪舆烧得昏昏沉沉的，记不太清有没有喝过这瓶水了。如果喝过的话，就不能给阿笙喝了吧，会把病毒传染给他的。

发烧这么难受，可不能传染给他。

沈堪舆认真地想了一小会儿，确定自己只是用这瓶水暖手，没有拧开喝过，就放心地再次递了过去。

顾言笙跑得嗓子都冒了火，这水温又刚刚好，他一时控制不住，一下就灌了大半瓶下去。

沈堪舆看他喝得这么满足，又弯着眼眸笑了起来，道："看你喝水我都渴了。"

顾言笙有些窘迫地拧上瓶盖，把几乎空了的杯子还了回去，吞了吞口水，缓缓道："谢谢。"

沈堪舆愣了一下，随即拼命摇头道："不谢不谢，不过你这次倒是很灵活，知道跑啦？"

"嗯。"顾言笙垂下眼，看着地上的碎石子，淡淡道，"我身上有给苏桐买的生日礼物，我不想让他们抢走。"

沈堪舆吸了吸鼻子，道："阿桐的生日不是已经过了吗？"

"这是定制的，之前的那个我不满意，又让商家重新做了一个，就没赶上时间，"顾言笙叹了口气，"十八岁生日，本来应该做得更好一点的。"

沈堪舆眨眨眼，然后点点头，道："哦……这样子，那它真的很重要，的确是不能被抢走的。"

顾言笙看着眼前的人，轻轻叹了口气，道："沈堪舆，我知道你这些日子以来一直在跟着我。"

沈堪舆咳嗽着笑了两声，道："感谢我吧？要不是我今天跟着你，那么重要的东西就会被人抢走啦。"

"我只是希望你以后别再浪费时间在我身上了。"

沈堪舆低下头，只觉得手上完全使不上力气，鞋带系了半天都系不好，就把它们直接塞进鞋里了。

沈堪舆吸了吸鼻子，抱着一丝希望，轻声问道："那我可以继续跟在你身后吗？也许有一天你会注意到我呢？"

顾言笙被对方的厚脸皮噎得哑口无言，半天才闷闷地道："不可以，我不会注意到你的。"

"哦，好吧，我知道了。"沈堪舆又应了一声，忽然觉得鼻子酸得厉害，眼睛也热热的，胸口还特别疼，可能是因为烧得太厉害了吧。

顾言笙有点看不惯沈堪舆这么乖的样子，于心不忍地道："但是只要你以后不说奇怪的话做奇怪的事，还是可以和我们一起玩。"

沈堪舆抬起头，烧得有些泛红的眼可怜巴巴地看着顾言笙，小心翼翼地道："那个……你能对我说一声生日快乐吗？我上个星期刚刚过完生日。"

沈堪舆的生日大概是上个星期的某一天吧，因为记不得具体时间，所以一句生日快乐都没有听到。

顾言笙愣了一下，表情和声音都柔和了下来，轻声道："生日快乐。"

沈堪舆笑了起来，眼睛亮亮的："谢谢。"

不知道为什么，这个笑容让顾言笙心里有点不好受，他主动道："不好意思，我之后给你补个礼物吧。"

"不用啦，这样就好了。"

沈堪舆今年十七岁了，就快要成年了，而顾言笙这句生日快乐是沈堪舆十七年来听到的第一句祝福。

沈堪舆想：没有人能忘记第一个向自己说生日快乐的人吧？自作多情有时候也是有用的吧？至少自己因此保护了在意的人，还听到对方说了一声"生日快乐"。

有用还是有用的，如果可以不被讨厌就更好了。

那天晚上，顾言笙走了以后，沈堪舆烧得越发厉害，却没有温水可以喝，也没有热乎乎的水瓶可以抱着取暖，只能一个人在大街上漫无目的地溜达，希望天赶快亮，这样就可以回学校了。

学校的教室冬天会开暖气，很暖和。

外面太冷了，沈堪舆冷得一直咳嗽，咳着咳着嘴里都尝到了血腥味。因为实在害怕自己再这样咳下去会把肺都咳出来，沈堪舆只能去到附近的医院挂了个急诊，没想到这一诊就诊出了个心肌炎。

沈堪舆一脸蒙地拿着单子，脑袋空白了一瞬，紧接着便被“完了完了，听起来很可怕的样子，这下惹大麻烦了，自己要怎么跟爹妈解释”的念头充斥了。

医生看沈堪舆一脸浑浑噩噩的样子，劈头盖脸地训起话来，说得多是“发个烧就能烧出心肌炎，现在的小孩真是能耐”之类生气又担心的话。

沈堪舆难受得厉害，在咳嗽的间隙抬起头，无辜又委屈地看着医生。

医生只能把剩下的训话憋了回去，问道：“你父母呢？叫你父母过来！”

“啊！”沈堪舆吓了一跳，扯着哑成破锣的嗓子吃力地道，“他、他、他……他们已经知道了，在给我排队买药来着。”

医生白了沈堪舆一眼。

沈堪舆讪讪地笑了笑，又低头去看那张单子，轻声问：“医生，这个病会不会传染啊？”

“不会，不是传染病。”

沈堪舆松了一口气，又问：“那……会不会死啊？”

医生瞪了面前的小孩一眼，道：“什么死不死的，年纪这么小，好好保养就没事了。等会儿让你爸妈带你去打针吃药，就没这么难受了。”

“好，谢谢医生啊。”沈堪舆笑眯眯地对医生鞠了个躬，又独自去挂水了。

输液室，无论男女老少身边都有家人陪着，就像哥哥生病的时候，总有爸爸妈妈在身边陪着一样。

虽然沈堪舆看着羡慕，但其实心里非常庆幸爸爸妈妈不在自己身边。因为如果沈堪舆的父母知道沈堪舆生病的话，又会说沈堪舆给他们添了麻烦，到时免不了挨一顿训。

除了庆幸之外，沈堪舆小朋友还觉得非常自豪，心想：瞅瞅你们这些没断奶的小孩，感冒咳嗽都要爹妈围着转，一点都不省心。

同时，沈堪舆又有点纳闷：唉，自己是多体贴、懂事的一个孩子，为啥就不招人喜欢呢？不过没有关系，自己今天听到了顾言笙的生日祝福，已经是运气爆棚、人品爆炸、幸福感爆发的一天了。

于是沈堪舆一个人在输液室，挂着药水，跷着二郎腿，哼起了生日快乐歌。

护士听了扑哧一笑，道：“小朋友你跑调了。”

“是吗？哈哈，我没怎么听过，不熟。”

沈堪舆回过神的时候，已经喝空了好几罐啤酒。

沈堪舆酒量很大，喝酒不但不上脸，脸还越喝越白，而脸越白就越精神，一精神就喜欢念念叨叨。

“阿笙啊，你为什么就不喜欢我呢？我长得也不难看，又疼你，孩子也给你生了，你为什么不喜欢我呢？我给你做了这么多好吃的，你还跑出去给别人过生日，你这个‘大猪蹄子’。”

念叨了半天，沈堪舆觉得心脏又开始疼，疼得连呼吸都不敢用力，最后抖着手从口袋里拿出了随身备着的丹参滴丸，往嘴里塞了好几粒。

可能是这药吃得太多，有些不好使了，症状一时半会儿也不见好转，心脏还是绞痛得厉害。呼吸困难的沈堪舆只能把手机翻出来，想打电话找个人来帮一下自己。

可是打开通讯录，沈堪舆迷茫了。

该找谁呢？阿笙？爸爸？妈妈？哥哥？还是自己那帮狐朋狗友呢？

通讯录里的人本来就少得可怜，偏偏沈堪舆一个都不敢找：家里人都是打扰不得的人，打过去会被骂；狐朋狗友们又都住得那么远，别说他们赶过来路途辛苦，等他们到的时候自己应该已经“凉了”。

就在沈堪舆灵光一闪，准备打120的时候，心脏的疼痛慢慢消减了。

沈堪舆松了一口气，把药和手机都收了起来，开始收拾阳台上一地的啤酒罐。

缓过劲儿来，沈堪舆又开始不停念叨，唉声叹气地道：“不喜欢就不喜欢了吧，不勉强你了……我可能要死了，你要是等我死了才喜欢我，那也太惨了。”

想到“顾言笙喜欢自己”这个假设，沈堪舆又觉得好笑，叹完气就轻轻地笑了两声。

真的是，大白天就开始睁着眼睛做梦了。

顾言笙和顾雨甜这一离开家又是好多天，他们两个每次去找苏桐玩，都是好几天后才回来。

甜甜虽然是沈堪舆带大的，但并不黏沈堪舆；因为沈堪舆不是很会哄孩子，也没有那么纵容孩子。顾言笙就很会哄孩子，他看着冷漠，温柔起来却让人沉醉，而且顾言笙又经常带她到处玩；比起沈堪舆，甜甜自然更喜欢顾言笙。

沈堪舆发现，自己好像从来都没有在谁心里占据过什么重要的位置。

被人重视是什么感觉？虽然沈堪舆很想知道，可大概也没有机会知道了。

中午直播结束，沈堪舆因为没吃什么东西，低血糖犯了，累得一直冒虚汗，但是算算时间父女俩这两天也该回家了，于是随便吃了点东西就去了超市，想给他们买点新鲜的食材。

沈堪舆太累了，嘴唇是白的，心悸得厉害，手心也一直冒冷汗，却还是坚持着在一堆乱七八糟的食材中挑出了最新鲜的那批，随后宝贝似的放进购物车里。

超市里总有些调皮的孩子喜欢打闹，沈堪舆眼看着一个小男孩就要撞到货架上，急忙伸手去护住孩子。

然而男孩还是撞了上去，货架上有什么东西掉了下来，砸中了沈堪舆的额角，剧痛之后，温热的液体汹涌地淌了下来，沈堪舆忙抬手捂住。

孩子被血吓到，尖叫一声后就撞开沈堪舆跑了。沈堪舆腰部一阵锐痛，根本站立不住，踉跄着跌坐到地上。

周围的声音一下子嘈杂起来，沈堪舆听到孩子在哭，听到孩子的妈妈在努力撇清关系，说自己想拐卖她的孩子，孩子只是正当防卫。

沈堪舆捂着伤口，艰难地吞下喉间的腥气，轻轻地说："我没事，不是碰瓷的，你们走吧。"

嘈杂声渐渐远去，沈堪舆仍旧捂着伤口坐在原地，心里叹道：又自作多情惹人厌烦了，都怪这个不中用的老腰。

沈堪舆生甜甜时早产又难产，明明八个月的胎儿那么小，却因为自己力气不够，在产床上折腾了很久也没能把孩子生下来，腰肌劳损的症状便是在那时落下的，后来再也没好过。

因为这个破腰，沈堪舆摔过很多次。

以前沈堪舆会想着有人能来扶一下自己，哪怕一下就好，但后来就不这么想了。

如果会让别人觉得烦恼的话，自己起来就好，能起来的。

沈堪舆不知道自己在地上坐了多久，直到伤口的血渐渐止住，售货员过来轻轻拍了拍自己的肩膀，问："您没事吧？"

沈堪舆吃力地抬起眼，看到服务员手里拿着的拖把，这才意识到自己伤口流出来的血弄脏了地板，于是连忙从地上爬起来，冲对方露出一个抱歉的笑容，声音沙哑道："不好意思啊，我来拖吧。"

顾言笙带着女儿回家的时候，沈堪舆正面朝里在沙发上睡觉。

顾言笙顿时有些不悦，他明明说了今天回来吃午饭，结果回来看这人还在睡大觉，是要饿死孩子吗？

甜甜却敏锐地吸了吸鼻子，指着餐厅道："爸爸！蛋黄仔，有蛋黄仔！"

顾言笙将她抱到餐厅，饭桌上已经摆满了整整一桌菜。他打开冰箱，里面还有鲜榨的苹果汁和水果沙拉。

他取出水果沙拉，看着里面切得精致又小巧的果块，不知怎么有些出神。

甜甜饿得不行，拽着他的衣角，只想赶快吃饭，顾言笙连忙把她抱到儿童椅上，进厨房找碗筷。

然而他看着碗柜，怎么看怎么奇怪，半天后终于看出点名堂——碗柜里摆着的东西太少了，只有他和甜甜常用的餐具。

甜甜一直喊饿，他一时半会儿也没时间纠结这些，洗好碗筷就去照顾女儿吃饭了。

父女俩吃完了饭，沈堪舆也没醒，睡得头发乱糟糟的，脸都看不到。

顾言笙看沈堪舆缩成一团，好像是怕冷的样子，就想把对方抱到房间里去睡，然而他才刚刚碰到沈堪舆的肩膀，这人就像被电了一下，直接弹了起来，道："谁打我？"

顾言笙："……"

"唉，头疼……"某人起得太急，又按着太阳穴喊头疼。

顾言笙撑着沙发站起来，问："你睡在这里干什么？"

"阿笙？"沈堪舆神志没完全清醒，又被顾言笙的声音吓了一跳，抬头眨巴着眼睛看了对方半天，又看到在一边玩玩具的女儿，才确认他们是真的回来了。

沈堪舆摸了摸自己的脖子，干笑了两声，道："你们回来了啊？吃饭了吗？"

"吃完了。"

"好，那我去洗碗。"

顾言笙微微蹙起眉头，问："你睡哪里不好，要睡沙发？"

沈堪舆仍旧摸着自己的脖子，歪着脑袋有些茫然地思考了一下顾言笙这句话的意思，觉得自己想明白了，就窸窸窣窣地从沙发上爬了起来，站到地板上穿上拖鞋，道："你要坐沙发对吧？不好意思啊，我洗完澡本来想坐着玩玩手机什么的，一不小心就睡着了，下不为例、下不为例。"

"我不是这个意思。"顾言笙想解释两句，却忽然看到沈堪舆乱七八糟的刘海后隐隐约约有一道伤口，看起来还不浅，便直接上前一步，伸手想去撩对方的刘海。

沈堪舆又被他吓了一跳，捂着脑袋往后退了好几步，瑟瑟发抖地道："你……你别生气啊，我以后不睡沙发了，真的不睡了。"

沈堪舆艰难地吞了吞口水，眼睛湿漉漉的，轻声说："你别……"

以前，沈堪舆在顾言笙面前做那些没脸没皮、恬不知耻的事情的时候，顾言笙不是没气急败坏地教训过沈堪舆，只是沈堪舆从小被父母训惯了，那时又正值青春，根本不怕顾言笙。

可是沈堪舆现在不比以前了，没有那么好的耐力了。

现在的沈堪舆浑身都疼得要命。

真的扛不住了。

shenkanyu x guyansheng

第二章

变成一颗星星吧

顾言笙不死心地继续抓人，沈堪舆则像条泥鳅一样躲来躲去，但最终发现自己确实不复当年，根本躲不过顾言笙，干脆双手抱头，往地上一蹲，低声道：“打就打吧，不要打头好不好？我还要动脑子打游戏。”顿了一下，沈堪舆又可怜巴巴地说，“手也不行。”

顾言笙无语地抿了抿唇，默默地看了蹲在地上的人一会儿，问道：“我至于因为你睡沙发就打你吗？你额头上的伤怎么回事？”

沈堪舆愣愣地抬头看着他，半晌才支支吾吾地道：“摔……摔了一跤。”

顾言笙蹲下去，趁沈堪舆反应过来之前抓住了对方的胳膊、拨开了刘海。入目的伤口很深，皮肉都翻了出来，又被这人自己胡乱涂了一堆不知道什么药，明显没有什么用，看起来还是血糊糊的。

顾言笙眉头皱得紧紧的，问：“你涂的什么乱七八糟的药？”

事实上他并不想知道沈堪舆到底涂了什么药，直接把人往门口拖：“跟我去打破伤风。”

沈堪舆试图挣扎道：“打破伤风干吗？哪有那么容易就得破伤风。”

顾言笙冷笑一声，道：“都快看到骨头了，这么深的伤口你觉得不会得破伤风？”

沈堪舆眨巴着眼，满脸无辜道：“可是破伤风也不会传染啊，你不要怕。”

顾言笙懒得再说废话，一只手拽着沈堪舆，一只手把在玩玩具的顾雨甜捞起来，风风火火地出了门。

沈堪舆的伤口还是感染了，并且已经开始发烧了，但好在没到破伤风那么严重。

沈堪舆戴了个口罩，把处方笺攥在手里，冲顾言笙笑道：“阿笙，你带甜甜先回家吧，我挂完水回去给你们做晚饭，你想吃什么？”

顾言笙没理他，自顾自地发着微信消息。

沈堪舆摸了摸鼻子，尴尬地咳嗽了两声，就去逗甜甜：“甜甜想吃什么？”

甜甜立刻掰着手指头，一脸认真地报了非常多自己想吃的东西：“要吃蛋黄仔、土豆泥、鳕鱼饼、鸡蛋羹、大泡芙……”

沈堪舆听到一半就笑了起来：“你能吃这么多？”

甜甜皱了皱鼻子，说道：“我就要吃这么多！”

“好，我记住了，回去都给你做。”沈堪舆伸手想摸摸小丫头的脑袋，但想起自己还在发烧就收回了手。

这时，顾言笙把手机收了回来，对沈堪舆道：“我妈过来接甜甜。”

沈堪舆“哦”了一声：“你又要去忙吗？”

顾言笙看了他一眼，淡淡道：“我留在医院，有事情跟你说。”

沈堪舆愣在原地，半天没反应过来，顾言笙已经抱着娃朝外面走了。

沈堪舆来回踱步，琢磨了一下顾言笙的意思，大概就是有事需要自己帮忙。

原来自己现在除了给他钱，还有别的可以帮他的地方吗？他可是好久都没找自己帮过什么忙了啊。

沈堪舆内心一阵欢喜，兴高采烈地跑去排队领号准备挂水。

顾言笙回来的时候，沈堪舆已经在输液区把水挂上了，旁边的座位上还放了一大包吃的喝的。

看到顾言笙，沈堪舆朝他使劲儿挥手。

顾言笙走过去，看了看座位上那一大袋东西，又看了看沈堪舆，心想这个人生着病难道不觉得累吗？独自去排队挂水不说，还抽出时间跑去买东西。

沈堪舆正用没输液的手吃力地把那袋东西提起来放在自己腿上，咳嗽着拍拍身旁的空位。

因为戴着口罩，沈堪舆说话的声音又闷又哑："坐呀，饿了就吃东西，我买了很多好吃的。"

顾言笙坐下来，道："我才吃完饭不久。"

沈堪舆撇撇嘴，单手灵活地在袋子里翻出一盒牛奶，声音沙哑道："你的胃口我又不是不知道，猫都比你吃得多，你这样下去早晚有一天胃会坏掉的。"

沈堪舆把牛奶放在顾言笙手边，道："不吃也行，牛奶要喝了。"

顾言笙刚好有些口渴，顺手就用吸管戳开牛奶喝了一口，随后问："你什么时候出去买了东西？我和甜甜就在门口，没看到你。"

"我从后门走的，"沈堪舆可能是烧得难受，无意识地伸手擦着脖子上的汗，哑着嗓子解释，"你放心，我知道阿姨不喜欢我，我不会撞上去招她不开心的，别紧张。"

顾言笙的父母虽然疼爱孙女，但并不待见沈堪舆，本来他们都认定了苏桐，要不是沈堪舆从中作梗，搞得大家下不来台，也不会让两人结婚。

顾言笙沉默着，想起刚刚妈妈来接甜甜的时候，笑眯眯地把小孙女抱紧怀里又亲又哄，可提到沈堪舆，满脸的笑容和温柔就都消失了，语气也变得十分尖刻："这个沈堪舆，生病了不会自己来看医生？还要你带过来？赖着你也就罢了，带孩子过来干什么？这么小的孩子就不怕传染？这人真当甜甜是亲生女儿吗？"

沈堪舆看顾言笙的脸有些黑，猜中了他在想的事情，道："阿姨是不是不高兴你们跟着我来医院了？要不你赶紧跟我说事儿，说完了就快去忙吧。或者不着急的话，之后再跟我说也行。”

顾言笙回过神，放下了牛奶，道：“不是什么着急的事情，就是《沧海笑》的构架基本完成了，我们需要一些游戏体验人员来查漏补缺。”

他话音刚落，听到沈堪舆低低地笑了两声，颇为纳闷地道：“你笑什么？”

沈堪舆还以为自己戴着口罩就不会被顾言笙发现在偷笑，没想到竟被抓到了，只能尴尬地摸摸鼻子，道：“没什么，就是我刚刚在猜你会不会是有事情想找我帮忙，结果还真的猜对了。”

顾言笙面无表情。

沈堪舆干咳了一声，道：“那个，不能直接做删档内测吗？”

顾言笙摇头，道：“还没到可以内测的地步。”

“行，我给你找人，会玩儿游戏的人我认识得最多了。”沈堪舆大手一挥，豪爽的动作加上哑成破锣的声音，让自己看起来像一个仗义大方的土匪头子。

顾言笙挑了挑眉，问：“你以前那些跟班？”

“是啊……”沈堪舆觉得嗓子哑得难受，咳了一阵才接着道，“他们以前虽然不学无术，但现在都长大了，不像以前那么没谱，不过还是像以前一样听我的话，我让他们管住自己的嘴，他们就绝对不敢把关于这个游戏的东西泄露出去。”

“嗯，我知道，”顾言笙应道，沉默一会儿又说，“这人情，我以后也会想办法还你的。”

沈堪舆眼睛弯弯地看着顾言笙，因为发烧，满是水光的眼睛亮得出奇：“以后大概是多久啊？”

“只要工作室有收益，我一定先补偿你。”

沈堪舆充满希冀地眨了眨眼，问：“我能自己选择补偿的方式吗？”

“不行。”

“我就是想抱你一下，不可以吗？”沈堪舆仍旧不死心，嬉皮笑脸地冲顾言笙伸出一根手指头，“就抱一下，轻轻抱一下就可以了。你可以站着不用动，我就抱你一下，就一秒，可不可以？”

“不可以。”顾言笙面色沉了下来，将沈堪舆那根在自己面前乱晃的手指掸开。

“好好好，不抱不抱，阿笙别生气，”沈堪舆连忙哄道，“千万别生气啊，我胡说八道呢，你别当一回事。”

不抱也没关系啊，沈堪舆觉得自己真蠢，好不容易有机会好好和阿笙说会儿话，非要惹对方发火。

其实，沈堪舆是真的很想顾言笙能安安静静地让自己抱一小会儿，不要每次自己靠过去他就像碰到毒蛇一样把自己推开。

不过沈堪舆想了想，应该也不会有阿笙说的以后，准确来说应该是自己没有以后，所以也不用那么执着地逼阿笙让自己抱一下了。

唉，真的是蠢。

沈堪舆懊恼地擦了擦因为发烧而溢出的泪水，哑声道：“那，阿笙啊，你还是先去忙吧。这都浪费多少时间了。”

顾言笙“嗯”了一声，从座椅上站了起来，道：“先走了。”

“好。”沈堪舆的视线有些模糊，却费力地眯起眼睛想要看清顾言笙的背影。

如果沈堪舆想要肆无忌惮地看一看顾言笙，不用再掩饰眼底的贪婪和眷恋，那就只能看对方的背影，或者趁对方睡觉的时候偷偷看上一会儿。

其他时候，如果沈堪舆盯着顾言笙看的话，顾言笙总是会生气，会躲开。

——小气鬼阿笙，看一看又不会少一块肉。

——不过你千万不要回头啊，不然发现我这样看着你，会气得当场打死我吧？

直到顾言笙的背影消失在视线里，沈堪舆才咳嗽一声，将口罩扯下来一些，按着胸口费力地呼吸。

沈堪舆仿佛听到胸腔里发出呼哧呼哧的声音，整个身子也在轻轻发抖。

心脏又开始疼了。

沈堪舆病好后，拿着顾言笙给的《沧海笑》内部账号，约了一帮自己当年最铁的狐朋狗友——郭腾、许均、陆之航、姜默，五个人开了个群视频就开始玩游戏。

沈堪舆还是第一次接触这个游戏，顾言笙之前从来没透露过任何信息，现在玩起来，沈堪舆才知道为什么自己赚那么多钱都补不上《沧海笑》的资金需求。

这游戏也太牛了吧！

《沧海笑》属于古风 RPG（排名游戏）网游，和现在市面上大多数同类网游一样，可以自由选择职业、自由捏脸，然后愉快地开启主线、支线剧情，除了打架对抗，冲武林榜首这种玩法，还有很多生活类分支，种种菜、挖挖矿、结个婚、生个娃什么的。

跟其他同类网游相比，它与众不同的地方在于，给予了玩家最真实、完整的武侠江湖体验感。玩家每一个选择都会影响到所操作的游戏角色的性格、姻缘、知名度，以及剧情走向和支线的开启。

举个例子，你在大街上遇到一个 NPC（非玩家角色），特别想跟对方发生一点故事，但是你发现不管你怎么逗人家，人家都不乐意搭理你，而别人轻轻松松地开启了和 NPC 的支线，这就是因为你之前在走剧情、做任务时所做的一些选择导致的，这样的结果带来的影响是——这位 NPC 对你没有好感。

众人正一边唠嗑一边玩，郭腾突然欢呼起来："哈哈哈！我开启睿云小仙女的支线了！我就说我魅力无穷吧！"

许均大喊一声："这么厉害的吗？是不是沈老师都开不出来睿云的线？"

陆之航满脸羡慕地道："我也想要和睿云有故事，睿云真的好可爱。"

沈堪舆正在研究挖矿，闻言老老实实地道："我也开不出来，总是被打。"

郭腾、许均、陆之航纷纷笑出声。

姜默的性格还是和他的名字一样，沉默寡言，只是抿嘴笑了笑，道："堪舆在玩什么？"

"我挖矿呢，"沈堪舆答，"挖矿也很好玩啊，它还不让你挖太多，一堆矿压在身上太重走不动，就会有土匪来打劫你。"

郭腾不屑道："沈老师，你刚刚研究钓鱼，现在又研究挖矿，你最喜欢的不是打架吗？"

"你个大老粗懂什么，"许均鄙夷道，"这可是顾总开发的游戏，沈老师不得三百六十度无死角地研究个透彻啊？会像你一样想干吗就干吗？"

"哦！"郭腾觉得很有道理，然后顺势唠起了家常，"哎，话说沈老师，顾总还像从前一样对你爱答不理吗？结婚都这么些年了，对上眼没有？"

沈堪舆笑了笑，脸不红心不跳地扯道："废话，我的魅力你还不信吗？我家小宝贝儿现在爱我爱得要死。"

许均愣了一下，随即道："那真是太好了。"

"真的太好了！"陆之航兴奋地道，"顾总真的是太高傲了，我们都特别怕你会受委屈啊！”

沈堪舆翻了个白眼：“受委屈？我？你觉得你这话说得不搞笑吗？”

“哈哈哈，我错了我错了！”

五个人又玩了一会儿，到了饭点，他们几个人给沈堪舆提出了一些发现的 bug（漏洞）以及优化建议，然后就都散了。

沈堪舆从架子上取下午餐吃剩的速食粥，倒了点热水进去，吃了没几口又觉得有点想吐，便放到了一边，继续研究游戏。

手机响铃提示有短信，沈堪舆拿起来看了看，是姜默发来的。

姜默：你脸色很差。

沈堪舆摸了摸脖子，慢悠悠地回复：很差吗？

姜默很快就回了：嗯，整张脸跟墙一样白。

沈堪舆愣了一下，抬头看了一下墙壁，然后又进洗手间照了一下镜子。

好像真的有点难看，嘴唇还灰灰的。

沈堪舆咬了咬嘴唇，又搓了搓脸，也没弄出多少血色来。

这副人不人鬼不鬼的样子，会吓到女儿的吧？即使那丫头素来胆大。

话说回来，也难怪阿笙怎么都瞧不上自己。对着这样一张脸，谁能喜欢得起来呢？找个时间买点便宜的化妆品遮一下好了。

沈堪舆玩《沧海笑》玩到了天黑，兴高采烈地拿着给顾言笙写的几大张纸的改进和完善措施，准备找顾言笙讨论一下，结果一推开门，就看到坐在地上正逗顾雨甜玩的顾母宋黎，顾言笙在沙发上，戴着耳机好像在听报告。

沈堪舆仿佛被雷劈了一道，腿有点软，甚至想关门溜回房间里，可是那样太失礼了。

沈堪舆顶着一脑门的冷汗，一边默念“看不到我，看不到我”，一边放轻呼吸，踮着脚往顾言笙的方向挪动。

然而宋黎并没有放过沈堪舆，虽没给一个正眼，但出口的话十分尖锐：“都这么大个人了，玩游戏还玩成这个样子，饭也不做，知不知道自己什么身份了？难怪丈夫嫌、女儿不待见的。”

沈堪舆觉得好像有一根钢针扎进心脏里，把自己钉在原地动弹不得。

宋黎继续道：“你早点找个正经工作吧，整天搞那些乱七八糟的直播，不知道的人还以为你靠出卖色相过日子呢。”

沈堪舆舔了舔干燥的嘴唇，又擦了擦糊到眼睛里的汗，冲宋黎笑着微微鞠了一躬，哑着嗓子乖乖道：“我知道了阿姨，我会改的。”

“你改什么改？冥顽不灵。”宋黎瞪着眼睛道。

沈堪舆觉得婆婆这个样子有点可爱，心里十分想笑，但是脸上是万万不敢流露出来。

沈堪舆在顾言笙身边坐下，踌躇地摩挲着手里的几张纸，终究是没敢打扰顾言笙，等顾言笙主动投来了目光，才局促地笑了笑，将那几张皱巴巴的纸递给了他。

沈堪舆道：“阿笙，这是今天的收获。话说你做这个游戏可以说是呕心沥血了吧？我感觉自己玩了一下午也就玩了点皮毛。”

顾言笙接过纸张粗略地看了几眼，又淡淡地瞥了沈堪舆一眼，问：“这些都是你想的？”

婆婆还在背后，沈堪舆如坐针毡，感觉就从顾言笙的语气和眼神里看到了嫌弃，于是赶紧摇头否认，生怕顾言笙不想听取自己的建议：“哪儿能啊，大部分是别人想的，我其实光玩了，太好玩了，我第一次玩这么好玩的游戏！”

顾言笙“嗯”了一声，低头认真看了起来。

沈堪舆松了一口气，一边擦额头上的汗一边诚恳地道："阿笙，我那几个朋友其实人都很好的，你看他们提的意见也都蛮靠谱对不对？他们现在大部分也是在游戏行业工作，你以后如果还有什么需要帮忙的地方，也可以找他们，我到时候把他们几个的电话都给你。"

顾言笙觉得沈堪舆的话总有一种奇怪的感觉，忍不住抬眸看去，就看到对方一脸汗，于是蹙眉道："你怎么出这么多汗？"

"啊……太……太热了，"沈堪舆撑着沙发站了起来，"我出去透透气，顺便买点菜回来，你们想吃什么？"

顾言笙道："我妈已经做好饭了。"

宋黎嗤之以鼻："还等你？一家人都饿死了！"

"对不起啊阿姨，不好意思，我下次改，"沈堪舆有些语无伦次地道歉，用衣袖擦了擦下巴的汗水，声音越来越哑，"那我出去了。阿笙，你记得先给甜甜吃一点米糊垫垫肚子再吃别的。"

"沈堪舆！"顾言笙看着飞快往门口走的人想要挽留，但对方动作太快，他没拦住。

顾言笙愣了一下，随即起身出去追人。

出门后，沈堪舆躲进楼道里一个昏暗的角落，抱住一个被遗弃的废纸箱，用纸箱的尖端死死地抵住自己绞痛的心脏。

汗水浸透单薄的后背，衬衫黏在身上，头发也是湿的，沈堪舆用力地抱着箱子，就像一个快要淹死的人紧紧地抱住海面上唯一一块浮木。

片刻后，沈堪舆艰难地腾出一只手去翻口袋里的药，奈何眼前重影不断，根本看不清手里的是丹参滴丸还是阿司匹林，只好先胡乱地往嘴里塞，随后顺势咬住自己的手。

太疼了，沈堪舆怕自己会克制不住喊出声，甚至会喊出顾言笙的名字。

其实沈堪舆在心里已经喊了很多遍顾言笙的名字，沈堪舆也没指望自己真能把顾言笙喊过来，怕会吵到对方，但顾言笙的名字就像是一种慰藉，能让沈堪舆不那么痛。

沈堪舆想起哥哥心脏病犯的时候也是这样难受，父母担心得眼眶都红了，甚至连站都站不稳，而自己当时又帮不上什么忙，只能干心疼。

幸好，幸好自己是丈夫嫌、女儿不待见，对父母兄长来说也不是重要的存在，没有人会为了自己变成父母紧张哥哥的样子。沈堪舆闭着眼睛想要挨过身体上的疼痛，但想到这些又轻轻地笑了。

半晌后，等到药效发作，疼痛消减，沈堪舆才感觉到口袋里的手机一直在嗡嗡作响，只是等手机被掏出来的时候，来电已经被挂断了。

来电人是顾言笙，而且还打了好几个，沈堪舆看见后吓了一跳，连忙拨回去。

顾言笙很快接了起来，问："你在哪里？为什么不接电话？"

"我……"沈堪舆发现自己嗓子哑得几乎说不出话，只能把手机挪得远一些，用力地咳嗽了几声，确认自己能发出声音了才接道，"我这不是给你……拨回来了吗？有什么事吗？"

顾言笙没有说话。

"阿笙？你怎么了？"沈堪舆有点紧张了，"出什么事了吗？"

"没有，"顾言笙似是叹了一口气，随后颇为无奈地道，"我妈做了四个人的菜，想让你一起吃的。"

沈堪舆一时半会儿竟不知道该说什么，眼眶一阵发热。

"沈堪舆？你听得到吗？"

沈堪舆连忙点头，道："听得到，我听得到。"

沈堪舆轻轻地吸了吸鼻子，苍白的脸上露出满足、幸福的笑容，眼里亮晶晶的："我还以为阿姨真的有那么讨厌我呢……原来也是嘴硬心软，跟你真像，你们这样的人啊，最善良、最容易被欺负了。"

顾言笙干咳了两声，有些生硬地道："那你回来吃饭吗？"

"不了……我还有点别的事情。你们三个人吃四个人的菜，那就都多吃一点，吃饱一点。"他们要是看到自己这个样子，该多倒胃口啊。

"……"

沈堪舆看着家的方向，握着手机，眼神和声音都温柔到了极致："阿笙，谢谢你，也帮我谢谢阿姨。"

听到开门声，宋黎抬眼看去，却只看到顾言笙一个人，于是问道："没找到人？"

顾言笙放下钥匙走进来，道："沈堪舆有事，吃不了。"

宋黎嗤笑道："又出去野了吧？亏你还特意让我做四个人的饭，现在浪费了吧。"

顾言笙没说话，径直走到饭桌前，看着满桌的菜：有顾雨甜的儿童餐，自己喜欢的清淡粤菜，也有母亲偏爱的辣口川菜，就是不知道这里面有没有沈堪舆喜欢吃的东西。

顾言笙原本是想让母亲做几道沈堪舆喜欢的菜，可他发现他并不知道沈堪舆喜欢吃什么。

别说沈堪舆很久没有和他在同一张桌上吃饭了，就算之前一起吃的时候，他也没注意对方爱吃些什么。

顾言笙正出神的时候，宋黎一边喂顾雨甜吃饭一边逗道："甜甜，奶奶做的饭是不是比你妈妈做得好吃？"

顾雨甜嚼着宋黎做的炸鲜奶，点了点头，含混道："奶奶做的一直都好吃，小鱼做的有时候好吃，有时候不好吃。"她顿了一下，又说，“但是小鱼做的蛋黄仔是最好吃的！”

宋黎似笑非笑地道：“就一个蛋黄仔，奶奶给你做更好的，我们不要你妈妈了好不好？”

“啊？”顾雨甜愣住了。

顾言笙听不下去,厉声打断道:“妈,你跟甜甜说这些干什么？”

“有什么问题？饭菜做不好，甜甜不得跟着挨饿？”宋黎翻了个白眼，“我说你怎么回事？怎么突然这么护起这人来了？忘了以前那些事情了？”

顾言笙蹙了蹙眉，道：“都是过去的事情了，没必要揪着不放，而且沈堪舆已经在改正了。”

宋黎不屑道：“哪有那么容易改，装给你看而已。”

“吃饭吧。”顾言笙耐住性子，拒绝再跟母亲讨论这个话题。

顾言笙陪着母亲、女儿吃完了饭，送走了母亲也没见沈堪舆回家，打手机也一直提示关机，应该是没电了。

哄女儿睡着后，时针已经指向十一点，顾言笙始终放不下心，又一次出门找人。

这一次他下楼绕了一圈，然后在广场的一张长椅上找到了沈堪舆。

沈堪舆怀里抱着一袋东西，低头坐在长椅上，不知道在发什么呆。

“沈堪舆。”顾言笙一边走一边叫道。

沈堪舆明显愣了一下，转过头看向顾言笙的时候一脸呆愣，等看清他的脸才笑了起来，下垂的眼角和饱满的卧蚕让沈堪舆看起来像极了一只初生的无害幼兽。

顾言笙的脚步没由来地顿了一下，脚下一个踉跄。

沈堪舆连忙伸手扶着他坐下，哭笑不得地调侃道：“阿笙你是小孩子吗？平地都能绊到？”

顾言笙颇为尴尬地理了理衣角，正襟危坐道：“怎么在楼下坐着不回家？”

沈堪舆不好意思地笑了笑：“我怕回去的时候阿姨还没走，惹她不高兴。想说等你们睡着了我再回去来着。”

顾言笙眉头微蹙，没有说话。

沈堪舆摩挲着手里的袋子，喃喃道：“阿笙，你说阿姨是不是没有像表面上那么讨厌我？不然怎么会给我做饭吃？”

顾言笙还是没有说话。

“哎，”沈堪舆像突然想起什么似的，忽然抬头看他，“你这么晚还不休息，是准备去工作室加班吗？我是不是耽误你的时间了？”

顾言笙终于开口：“不是，我下来找你的。”

沈堪舆眨眨眼，有些迟钝地“哦”了一声：“找我……找我什么事？是《沧海笑》的事？”

顾言笙还来不及否认，沈堪舆就已经滔滔不绝起来：“你看了那些建议了吗？其实总结一下中心思想，就是有些地方需要精简。你们做的细节真的太多了，有些探索起来很有趣，有些可能会让人觉得很烦琐，特别是与人物战斗、实力提升相关的部分，不要弄得太复杂、深奥。如果这些地方能精简一些，一定会更好的。”

顾言笙认真地听沈堪舆说完，然后点点头：“嗯。我明白。”

“嗯，就知道我们家阿笙最聪明了。”对着顾言笙，沈堪舆总是有拍不完的马屁。

顾言笙干咳两声，问：“你下午的时候去哪里了？还在外面待到这么晚？”

沈堪舆没有立刻回答，而是挠了挠头，眨巴眨巴眼，不确定地看着顾言笙，小声地道："你怎么突然问起这个啊？你以前从来不问的，是不是我不在家的时候出了什么麻烦？甜甜那丫头闹你了？"

顾言笙微怔："没有。"

"哦，"沈堪舆点了点头，"我就是出去买了点东西……啊对了，我买到了这个，给你看！"

沈堪舆兴奋地在怀中的袋子里翻起来，随后拿出了一罐仙草蜜，道："这个、这个，你上学的时候最喜欢的！已经好多年没买到过了，还冰冰的，你快试试看还好不好喝？"

顾言笙看到仙草蜜，脸上并没有什么别的表情，但眼睛明显亮了亮，还顺带舔了舔自己的嘴唇。

舔嘴唇什么的，真的是犯规的吧……沈堪舆吞了吞口水，好不容易才按捺住想要亲他的欲望，强装淡定地帮顾言笙打开仙草蜜，然后递给他。

顾言笙接过来喝了一口，慢慢嚼着里面的仙草冻。

沈堪舆笑眯眯地看着他，就像看正在吃蛋黄仔的甜甜一样，目光宠溺又纵容："好喝吗？我让那个老板娘给我留了两箱，明天全给你扛回来。"

顾言笙不知道该说点什么，就"嗯"了一声。

他不知道自己这个样子在沈堪舆眼里有多可爱。沈堪舆克制不住地伸出手，满眼希冀地问："阿笙，你真好看，我能摸摸你的头发吗？"

顾言笙果断地摇头。

沈堪舆仍旧笑着，把手收了回来，眼眶有些发红，只是在暖黄色的灯光下不怎么看得出来："没关系。谢谢你阿笙，我今天特别开心。"

沈堪舆抱着的大袋子忽然滑落，里面的东西噼里啪啦掉了一地。顾言笙在一地的生活用品和食品中看到了一个本子——沈堪舆的病历本。

沈堪舆迅速把它捡了起来揣在怀里，才手忙脚乱地捡其他的东西。

顾言笙蹲下去帮忙一起捡，淡淡地问：“那是什么？”

“没什么，就一个挺好看的本子，想买回来写写东西什么的，”沈堪舆哑声解释着，伸手去拦顾言笙，“阿笙你不要捡了，今天下过雨，东西掉地上都脏了，你先回去吧。”

“能有多脏？”顾言笙不动声色地帮着捡完了。

“谢谢你啦阿笙，”沈堪舆笑眯眯地看着他，“那我们回家吧。”

“嗯。”顾言笙从沈堪舆手里把袋子接了过来，起身朝公寓走去。

沈堪舆蹲在原地，撑着长凳使了几次力都站不起来，心脏疼起来真的让人毫无办法，一点力气都没有。

沈堪舆咬着牙，撑着身体坐回到长凳上，按着胸口喘了一会儿气，攒了些力气，才站起来跟上顾言笙。

顾言笙腿很长，走路又很快，沈堪舆看着顾言笙的背影，觉得两人离得特别远。

——阿笙，这一辈子，无论是靠走的还是靠跑的，我都追不上你，或许死了以后飞起来了才能追得上。

——阿笙你知道吗？我今天疼得实在没办法，就去看医生了，只是检查了一下，开了点药，没花什么钱。医生说，我再不住院，好好打针、吃药，可能就没有多少时间可以活了。

——医生总是吓我，可是我这次觉得他说的应该是真的。

——谢谢你今天下来找我，还跟我说了这么多话，你的声音真的很好听。

——也不知道人死了以后是不是真的能变成鬼在天上飞来飞

去，所以以后也请你常来看看我好吗？我怕自己快要看不见你了。应该不会占用你太多的时间，我的以后没有那么久。

——等到我的以后结束了，你的以后一定是最幸福美满的吧。

——一定是的。

最近一段时间，顾言笙常常待在家里不去工作室，每次沈堪舆推开自己卧室的门，看到他在客厅陪甜甜玩，都觉得自己像中奖了一样。

好想去买彩票啊。沈堪舆挠着门框想。

以前，沈堪舆总喜欢厚着脸皮待在他们身边，哪怕没人搭理也没事，只要离他们近一点便会觉得踏实一些。

可后来，沈堪舆意识到他们真的很不喜欢自己这样，因为他们会转过脸，会背过身，会走到另一边，甚至会离开家里。

于是怕父女俩嫌烦的沈堪舆就改掉了这个坏习惯，很少再靠近他们，基本上只远远地看着两人。

一开始沈堪舆也很不习惯，很难受，心里空落落的，总感觉有股冷风不住地往里面灌，心脏变得又冷又痛。

不过现在已经好了，沈堪舆光看着他们就觉得特别满足，似乎整个胸腔都被某种温暖的东西填得满满的。

沈堪舆靠着门框静静地看了一会儿，就从客厅的另一边绕到了门口，掏出钥匙，开门离去，整个过程安静得像空气一样，顾言笙和顾雨甜完全没有察觉到沈堪舆的存在。

出了门，沈堪舆在门外安静地站了一会儿，然后悄悄松了口气。

“再见哦。”沈堪舆对着紧闭的房门挥挥手，小声说道，然后揉着酸涩的眼睛匆匆下楼。

顾言笙在逗顾雨甜玩时，听到嘎吱嘎吱的声音，抬头看了一圈，发现是沈堪舆卧室的门没有关，正被风吹得直响。

他走过去想关门，却发现里面没有人，沈堪舆不知道什么时候出去了。

顾言笙在卧室里扫视了一圈，发现这个房间可以说得上是空空如也。

一张床，一个床头柜，一张摆着直播设备的电脑桌，除此就再也没别的东西了——连衣柜都没有。

顾言笙觉得有些奇怪，别的东西没有就算了，总不至于衣柜都没有。

他走进房间，顾雨甜跟着他走了进来，父女俩在一个角落看到了一个行李箱。

顾雨甜特别爱玩行李箱，一看到行李箱就想爬上去坐着让顾言笙推她，然而这个行李箱并没有那么结实，顾雨甜刚坐上去拉链就崩了。

顾言笙眼疾手快地把娃捞进怀里，看着一堆衣服从崩开的行李箱里掉出来。这些衣服款式单一、陈旧，他认出是沈堪舆平时穿的。

顾雨甜眨巴着黑葡萄一样的大眼睛，攥住顾言笙的衣袖，有些害怕地道："爸爸，小鱼会生气吗？"

"不会。"顾言笙把女儿放在床上，捡起散了一地的衣服慢慢叠好。

印象中，沈堪舆的衣服基本没有几件合身的，松松垮垮得像是别人给的似的，有时候刮起风来，沈堪舆就像一根绑着塑料袋的竹竿，浑身上下没有不漏风的地方。

他一边叠衣服，一边问女儿："你为什么会这么觉得？小鱼经常跟你生气吗？"

顾雨甜咬着手指头，小脑袋摇得像拨浪鼓，含混道："小鱼不爱我。”

顾言笙有些哭笑不得地说：“怎么会？你是小鱼辛辛苦苦生下来的，小鱼怎么可能不爱你？”

顾雨甜看着顾言笙，口水淌了一下巴，无辜又笃定地道：“小鱼只爱爸爸。”

顾言笙愣了一下，无奈地伸手擦掉女儿的口水：“甜甜不要乱想，小鱼最爱的是你，没有别人。”

顾雨甜揽着顾言笙的脖子，笑着用口水朝他脸上抹去，道：“我也爱爸爸。”

顾言笙将顾雨甜抱起来，走到门口又看了一眼这间卧室，这间简单得过分，称得上荒凉的卧室。

沈堪舆直播的工具摆得很整齐，衣服也全都收在行李箱里，一副随时准备走人的样子。

沈堪舆是出来给父女俩买生日礼物的，算一算时间，他们的生日都快到了，自己刚好领了一大笔奖金，有闲钱给他们买点好东西。

说起来，他们的生日离自己的生日也挺近的，都是冬天，还是蛮有缘分的，或许是上天注定要他们成为家人。

虽然只是一小段时间的家人，但是没关系，看淡结果，享受过程嘛。

礼物都是很早之前就选好的，沈堪舆给顾言笙选了一只手表，表盘是纯正的宝蓝色，不知道用了什么材料，光线暗下来的时候，能在干净深邃的宝蓝色中看到浩瀚星河。

沈堪舆想：如果自己死之后不能变成鬼魂飞来飞去，好歹变成一颗星星吧，虽然星星距离地球十万八千里远，不一定能看得到顾言笙，但都说星星可以保佑人，自己能保佑他一生平安喜乐就好了。

沈堪舆抚摸着表盘，忍不住被自己迷信又幼稚的想法逗笑了，心想：我还真是想得美，像我这样的人，死后应该会下地狱，永世不得超生吧。

柜员在包装手表的时候，一直笑吟吟地看着沈堪舆，随后问：“是送给伴侣的吗？”

沈堪舆愣了一下，随即笑了笑：“不是。”

柜员捂嘴笑道：“还不是，耳根都红了。”

沈堪舆摸了摸自己的耳根，垂眸敛眉，笑意温柔得像初春的池水。

沈堪舆走在回家的路上，突发奇想地想要给自己过一个生日——这说不定是自己最后一个生日了。

沈堪舆一直都搞不太清楚自己的生日究竟是哪一天，连自己今年几岁都有些不确定。

虽说这些信息身份证上都有，但自己平时很少用到身份证，甚至都不记得那张小卡片放在哪里了。

可如果是最后一个生日，怎么也得过一下才行。

别人过生日一般都是要去游乐园，开派对或者吃大餐之类的，再不济也得吃个蛋糕，但这些对沈堪舆来说都太昂贵，太不切实际了。

还有什么过生日的方式吗？

沈堪舆路过一家面馆的时候想起来了，过生日也可以吃长寿面庆祝的，那自己就吃一碗面好了。

沈堪舆胃口很差，吃不下什么东西，就嘱咐店老板做一碗清淡的素面，加点青菜加点盐，打个鸡蛋就可以。但看到冰柜里有啤酒，又忍不住要了两罐。

面端上来后，沈堪舆没吃几口，啤酒倒是很快喝光了。

看着几乎满满一碗的面，沈堪舆发了会儿呆，随后低头掏出手机，按下家里的座机号码，然后又清空，重复了好几次，才咬紧牙关拨了下去。

“喂。”接电话的是顾雨甜，声音甜甜的，沈堪舆一听心就软了一半。

“宝贝，是我。”沈堪舆轻轻开口，声音有些沙哑。

“小鱼！”顾雨甜立刻脆生生地喊道。

“哎！”沈堪舆很用力地应了一声，应完了再说话声音却比之前更轻了，“幼儿园最近是不是教你们唱了《祝你生日快乐》呀？唱两句听听好不好？”

“好呀！”顾雨甜巴不得有个表现的机会，立马把听筒当麦克风，有模有样地唱了起来，虽然发音不太标准，“祝你生日快乐，祝你生日快乐，祝你生日快乐，祝你生日快乐。”

“哎，唱得真棒！”沈堪舆都没察觉到自己的声音有些颤抖。

这时，电话那头一阵嘈杂，紧接着顾言笙冷淡的声音传了过来：“沈堪舆，你今天不回来吗？”

“阿笙！”沈堪舆开心地叫他的名字，然后才回答他的问题，“我回的！”

“那你没事打电话做什么？”

“阿笙，”沈堪舆又叫了他一声，想要说些什么，却又半天说不出来，就叫了好几声他的名字，“阿笙，阿笙。”

“我在，”顾言笙明显无奈极了，“你说。”

沈堪舆傻笑了一下，道：“今天是我生日。”

这话说完，沈堪舆不由得把手机攥紧，也更用力地贴近耳朵，像是怕错过顾言笙接下来说的任何一句话。

顾言笙沉默了很久，然后淡淡地笑出声，问：“你生日？你一年要过几个生日？一会儿说你是春天生的，一会儿说你生日在七夕。你又想玩什么花样？”

沈堪舆攥着手机，怔怔地看着墙上的时钟，整个人像一幅褪色的画，脸上几乎见不到血色，连嘴唇也是灰白的。

——不是的，我只是，实在记不清楚自己是哪一天生日了。身份证上是有写，但是因为我从来没过过生日，又找不到证件了，所以总是记不清楚是哪天。

——我只是，真的很想让你给我过一次生日，不用送礼物也不用买蛋糕，唱一次《生日快乐歌》就好。哪一天都没有关系，你唱给我听的那天就是我的生日，我保证一年只要那一天，不会多要。但是我现在也不要了，你能不能不要生气了？

——我只是，出来没有一会儿，就又有点想你了。

沈堪舆多想把这些话说给顾言笙听，可也知道说出来会被顾言笙讨厌，好不容易顾言笙最近没有那么讨厌自己，都愿意多在家里待了。

“没……没有想玩花样，我就是跟你开玩笑的，阿笙，”沈堪舆有些艰难地开口，声音沙哑又微弱，却仍是饱含着温柔和笑意，“其实是……是你的生日快要到了，哈哈。你这个大忙人，经常连自己的生日都记不住，我就是趁机提醒一下你，并且提前给你送祝福。”

“阿笙，提前祝你生日快乐，永远快乐。”沈堪舆笑得眼睛弯弯的，“我是今年第一个祝福你的人，你要记住啦！”

顾言笙叹了一口气，道：“你少做点无聊的事情吧。”

“好。”沈堪舆这样应着顾言笙，像学校里听老师话的乖小孩。

顾言笙心里没由来地紧了一下，他轻咳一声，淡淡道：“挂了。”

打电话回来说了一些莫名其妙的话，他还以为有什么事。

顾言笙挂了电话，蹲下来摸摸顾雨甜的脸蛋，微微蹙起眉头道："这都多少岁的人，比你还像个小孩子。"

自从假装过生日被顾言笙说过之后，沈堪舆整个人就怂得不行，基本不怎么敢去招惹顾言笙。

唯一一次主动跟顾言笙搭话是为了道歉，为跟顾言笙说了生日快乐而道歉。

真的不应该说生日快乐的，沈堪舆想，得到自己的祝福从来不是什么好事。爸爸总说自己晦气。小时候因为这个挨过不少训，怎么一时情急又给忘了？

跟顾言笙解释的时候，沈堪舆又不好直接说"晦气"这个词，免得让人听了便觉得倒霉，于是道："提前这么久祝你生日快乐是不是挺奇怪的呀？我那天稀里糊涂的才说这些话，我跟你道歉，你当没有听到过就好了。"

顾言笙本来就对沈堪舆没什么好脸色，听到这一番解释，脸好像更黑了。

眼看顾言笙的生日越来越近，沈堪舆越来越发愁，越发觉得已买好的礼物很难送出去。

换成平时，自己的脸皮也不至于薄成这样，可偏偏那是顾言笙的生日啊，那么重要的日子，自己怎么能给他添堵呢？

沈堪舆在砧板上小心翼翼地挑着鳕鱼里的刺，轻轻地叹了一口气。

真麻烦啊，如果阿笙没有那么讨厌自己就好了，不然哪来这么多烦心事呢？

小馋包顾雨甜溜进厨房，攥住沈堪舆的裤脚，可怜巴巴地扬起小脑袋："蛋黄仔。"

沈堪舆很果断地摇头："上星期已经吃过一次，现在绝对不可以再吃了，太甜了，你的牙会坏掉的。"

顾雨甜撇撇嘴，馋得要哭："小鱼坏，不爱甜甜，不给蛋黄仔，爸爸都给。"

"爸爸最爱你，当然什么都惯着你，"面对奶娃娃的控诉，沈堪舆仍旧是一副油盐不进的样子，"我可不会那样。"

顾雨甜气鼓鼓地用肉乎乎的拳头捶了一下沈堪舆的小腿，愤愤地道："你最坏了！都不爱我！那我也不爱你！"

"啊？不爱就不爱，我会怕你这个小不点？"沈堪舆反驳道，然后顿了一下，忽然觉得这是给孩子洗脑的大好时机，便接道，"宝贝不爱我没关系。但你爸爸可是这个世界上最疼你的人了，你以后也要很爱他，好吗？"

顾雨甜吸吸鼻子，装出一副凶狠的样子道："我知道，不用你说。你也不能跟我抢爸爸。"

"我不抢、我不抢，绝对不抢，"沈堪舆洗净双手，蹲下来理了理小丫头乱糟糟的头发，声音温和又轻柔，"甜甜，有一天我不在的话，你会好好爱爸爸对吗？"

顾雨甜眨巴着眼："啊？你要去哪儿？"

"去一个有点远的地方，可能很久以后才回来，那时候甜甜都长大了，是最漂亮的大姑娘了。"

顾雨甜似懂非懂地点点头："哦，那我会好好爱爸爸。"

沈堪舆笑起来，道："所以我不在也没有关系的，对不对？反正我不喜欢你，你也不爱我。"

沈堪舆在心底无声地道：我不喜欢你，但是我爱你。

顾雨甜懵懵懂懂地看着沈堪舆，点了点头，然后又摇头："那也没有蛋黄仔吃了。"

"会有的，爸爸什么都会给你，"沈堪舆摸了摸女儿白皙粉嫩的脸蛋，目光温柔，隐隐泛起了水光，"他会给你比我做的蛋黄仔更好吃的东西，会把我们的宝贝宠成天底下最幸福的小公主。”

“好！”小丫头不谙世事，最憧憬的就是做童话故事里的公主，一下子就兴奋起来，“我要当公主！”

沈堪舆笑道：“是不是很棒？”

“对！超级棒！”

“我们甜甜最懂事啦，不愧是我的心肝宝贝。”沈堪舆弯弯的眼里亮晶晶的，又将顾雨甜揽过来了一些，想亲一下她粉嘟嘟的小脸，没想到这丫头伸出小肉手堵住了沈堪舆的嘴。

“哎呀！”顾雨甜捂住脸就跑，“不给你亲、不给你亲，我只给爸爸亲的！”

沈堪舆看着顾雨甜的背影，低低叹了一口气：“也不能这么喜欢爸爸啊，会找不到男朋友的。”

沈堪舆语带哽咽，自己却没有察觉到半分，只是觉得眼睛有些酸，便伸手揉了揉，站起来想继续挑鳕鱼刺，心口却忽然一阵绞痛，忙伸手撑住地面，整个人都在轻轻发抖。

沈堪舆想：如果自己是一道选择题里的备选项，大概不会是任何人的正确答案吧，无论是单选题还是多选题，都没有人会选自己。

这样多好啊。

一无所有，一身轻。

在沈堪舆和自己的狐朋狗友们日以继夜地完成友情内测之后，《沧海笑》也日臻完善，很快就开启了估值工作讨论会。

顾言笙正在对游戏架构做全面剖析讲解，只觉得口袋里的手机一直在振动，他讲完回到座位上后，立刻就把手机拿了出来。

来电的是他的大学室友“李奎”，一个彻头彻尾的小混混，现在说自己洗心革面，想投身游戏行业，意图搭顾言笙的顺风车。

顾言笙知道李奎头脑灵活、鬼点子多，也跟他聊过很多次，说等游戏正式发行后会面向公众招聘诸多岗位，他可以选择自己喜欢的岗位来尝试。

可这人偏偏冥顽不灵，就想混进来做个出钱不出力的有限合伙人。

因为顾言笙没接到电话，李奎就开始微信轰炸他。

李奎：笙哥在吗，笙哥？

李奎：笙哥，我听说你的大作就快要成了啊，带我一个呗？

李奎：我在你家楼下呢，出来谈谈嘛。

李奎：话说回来，嫂子在不在家啊？我去拜访拜访？

顾言笙看到最后一条，咬了咬牙，压低声音对旁边的苏桐道："我要回一趟家，很快回来。"

苏桐微怔："怎么了吗？"

"有点急事。"顾言笙一边收拾桌面上的文件一边沉声道。

"好，"苏桐也不多问，温声应道，"这边有我，没事的。"

顾言笙"嗯"了一声，不再多做停留，起身离开了会议室。

顾言笙将车停在停车场，抄近道往自家楼栋走，结果在一条昏暗的巷子里被李奎逮了个正着。

李奎身边跟着几个马仔，瞬间像猴子一样蹿出来，把顾言笙严严实实地围在中间。

"笙哥，好久不见啦，有没有想我？"李奎斜倚着墙壁，朝顾言笙挑了挑眉。

"你不是说你洗心革面了？"顾言笙面无表情地平视前方，没有看他们中任何一个人。

"我倒是想，可你不给我机会啊，"李奎委屈地道，"咱们四年的舍友情分，就这么禁不住考验吗？"

顾言笙低头理了理袖口，淡淡道："所以你就准备打到我给你机会吗？"

"不是不是，笙哥，咱们有话好好说嘛，"李奎凑到顾言笙面前，露出猥琐的笑容，"你不是一直以来都不待见嫂子吗？我可是非常待见啊，你不要就给我。"

顾言笙的眼珠子终于动了，缓慢地转了转，目光幽深地看着李奎。

"嫂子真的是个宝啊，"李奎一脸陶醉地摸着自己的下巴，"我那天在外边见到嫂子了，那身段，那脸蛋……哎！哥，你干吗？疼疼疼！别动手！"

顾言笙并没有打他，也没有说话，只是扣住了他的手腕，脸上波澜不惊宛若一潭死水，仿佛自己没出一点力气，李奎却觉得自己的手都快被捏断了。

"哎，疼疼疼！你们都愣着干吗？我的手都要断啦！"

顾言笙刚准备把李奎扔出去再对付旁边几个马仔，却从天上飞下来一个人，啪啪啪几记旋风脚就把那几个马仔踹翻在地。

顾言笙愣了一下，就听到一道再熟悉不过的声音开启了泼妇骂街模式："李奎你大爷的，又是你！我上学的时候就看出你居心叵测！都这么多年了，你还死性不改呢？我今天就要好好教训教训你，让你长长记性！"

顾言笙默默地站在一旁，宛如一介手无缚鸡之力的公子哥。

说实在的，他也不太懂自己在想些什么，就是下意识地觉得，有沈堪舆在他就不怎么需要动手。

李奎睁大眼，看着沈堪舆，沉默了半天才冤枉地道："我没有啊，嫂子！"

沈堪舆看到顾言笙一副无助可怜的样子，更是气得脑壳疼，转头就给了李奎膝盖窝子一脚，让他扑通一下跪倒在地，道："去你的，你刚刚对他动手了，你当我瞎？”

“不是啊！是他掐我啊！”李奎欲哭无泪，“嫂子，我对你一片真心啊！”

沈堪舆脸色铁青，咬牙切齿地道：“我看你真的是不想活了。”

“沈堪舆，”顾言笙出声制止，“算了，他没占到什么便宜。”

沈堪舆不管不顾，眼眶发红，舌头都差点捋不直了：“还没占到？他都对你动手了，我、我连你一根头发丝都舍不得扯断！”

顾言笙叹了口气，上前一步，扣住了沈堪舆的手腕。

沈堪舆浑身一僵，回头愣愣地看着顾言笙，眼睛都不会眨了。

顾言笙淡淡道：“听话。”

沈堪舆像一只炸毛的猫突然被人从头到尾地撸了一把，除了浑身发软地眯起眼睛享受，什么都想不起来了。

顾言笙看向李奎和李奎那几个马仔，声音平淡，却让人脊背发凉，脚底生寒：“还不走吗？”

李奎连滚带爬地从地上起来，咬牙切齿地道：“顾言笙，有你的，你给我记着。”

顾言笙看着他们消失在巷子尽头，才松开了沈堪舆的手，道：“没事了，回去吧。”

沈堪舆还是呆呆的，脑子一时转不过来，揉了揉被顾言笙摸过的地方，咧开嘴傻笑了两声。

顾言笙轻叹一声，问：“你还笑，没听到李奎说了什么吗？”

沈堪舆哪里管李奎说了什么，仍乐呵呵地看着顾言笙，恨不得能围着顾言笙跑上两圈。

顾言笙头疼地捏了捏鼻梁，问道：“你刚刚准备出去吗？去哪里？”

沈堪舆眨巴眼睛看着他，乖巧地答：“去买东西。”

顾言笙觉得自己仿佛能看到沈堪舆身后摇个不停的尾巴，心里不禁有几分哭笑不得，脸上的神情也柔和了起来："走吧，我送你过去。"

沈堪舆呆愣两秒，看到顾言笙已经转过身往前走去，连忙追了上去，道："阿笙，我自己可以去的，你有事的话先去忙，别耽误了啊！"

"我有事跟你说。"

"哦，好。"沈堪舆跟在顾言笙身后，神不知鬼不觉地从口袋里翻出一包药片，囫囵咽下几粒。

沈堪舆坐进顾言笙车里的时候格外小心翼翼，仿佛自己坐的是一只气球，而且只坐了整张座椅的三分之一不到。

坐稳之后，沈堪舆单手撑着椅子，另一只手有些困难地从口袋里翻出一包纸巾，掏出两张垫在自己的鞋下，完了抬头冲顾言笙笑得露出一口大白牙，道："这车真新啊。我都忘记上次坐是什么时候了，感觉没什么两样，还是一样新，阿笙真的很爱惜东西啊。"

顾言笙无视了沈堪舆的废话，下颌绷得很紧，盯着对方坐了三分之一座椅的屁股，面无表情地道："你干什么？"

沈堪舆被他盯得一阵哆嗦，立马把屁股抬了起来，手忙脚乱地去抽纸巾："我……我拿纸垫一下再坐。"

顾言笙直接把沈堪舆按了下去。

沈堪舆微弱地"啊"了一声，仓促地低下头，将脸上的痛苦掩藏了起来。

顾言笙微怔，问："怎么了吗？"

"没……没怎么，"沈堪舆笑了两声，"你突然这样，吓了我一跳。"

沈堪舆觉得自己这破腰大概真的要废了，简单活动了一下而已，就又疼得像要断了一样，像是整个人都要散架了一般，又疼又没有力气，连坐着都很困难。

顾言笙见沈堪舆没什么事，又咋咋呼呼闹得人心慌，脸色再度沉了下去，道："坐就好好坐，这椅子不会塌。"

沈堪舆低垂着眼，擦了擦额头的汗，有些为难地道："可是……我很热啊，一直出汗，弄脏了怎么办……"

顾言笙拧了一下空调的开关，道："热就开空调，开窗也可以，坐好。"

沈堪舆小时候身强体壮，不怕冷也不怕热，这几年身体每况愈下，尤其是生了顾雨甜之后，更是一落千丈，大夏天也会莫名其妙地发冷，活活折腾出了怕冷的毛病，更是不敢直接对着空调吹，但是看到顾言笙脸色不好，沈堪舆不敢再造次，只得乖乖坐好。

可这腰实在疼，空调吹着又冷，沈堪舆靠着座椅很不舒服，只能用右手在顾言笙看不到的一侧支撑着，这才好了些。

要是有个靠枕垫一下就好了。

虽然沈堪舆的腰疼得厉害，但心情实在是好，于是仍旧嬉皮笑脸地道："阿笙，你今天是不是遇到了什么好事儿，特别高兴啊？"

顾言笙瞥了一眼沈堪舆脚底下垫着的纸巾，不是很想回答。

沈堪舆最擅长的没脸没皮神功又拿出来了，道："肯定是特别好的事儿。你看你都没有那么烦我了，我上一次坐你的车，你还叮嘱我不要弄脏，现在你都不介意了，哈哈。"

顾言笙还是不想回答。

沈堪舆继续乐呵呵地道："到底是什么事儿啊？你刚刚不是想跟我说的吗，说说嘛。"

顾言笙被这人知了式聊天法深深折服，只能认命地说起了正事："你知道李奎今天为什么过来？"

沈堪舆没想到是这个事情，一秒就严肃警惕起来，问："他是不是想威胁你？我知道他因为你的美貌一直针对你，但是怎么也不至于用这种方式吧？他是不是以为自己是霸道总裁？”

顾言笙一听到“因为你的美貌”就被自己的口水呛到了，忍着听沈堪舆说完后终究是遏制不住地呛咳起来。

“怎么了？”沈堪舆紧张起来。

顾言笙摇了摇头，还是咳。

沈堪舆觉得自己的心脏都被他咳得一颤一颤的，下意识地朝他凑近了些，伸出手，动作轻柔地给他拍背顺气，道：“别害怕阿笙，他不敢再来欺负你的，他再来我就把他的头打下来。”

顾言笙止住咳嗽，却没有说话，只是默默地看着沈堪舆。

沈堪舆对上他的目光，再看看自己仍旧搭在他背上的手，顿时觉得自己完蛋了。

沈堪舆颤颤巍巍地把自己的手收了回来，小心翼翼地对顾言笙笑道：“那个……我不是故意的，我只是看你太难受了。”

顾言笙没有回应，只是抿了抿唇，像在竭力按捺某种情绪，然后他继续刚才的话题：“李奎想做游娱的合伙人，我一直没有同意。”

沈堪舆摸不着头脑，问：“他凭什么？想搭便车吗？因为你一直不同意，所以他干脆带打手上门威胁你？”

“嗯，但不只是因为合伙的事情。你听到他跟你说的话了吧？”顾言笙打着方向盘转了个弯，动作流畅又利落，神情专注的侧脸让沈堪舆看得心花怒放。

沈堪舆口干舌燥地吞了吞口水，声音有些干涩：“哪句话？”

“就是，他想……”顾言笙面露难色，欲言又止。

沈堪舆顿时恍然大悟：“他对我意图不轨？”

“嗯。”顾言笙脸色更加不好看了。

“这你也信？他是怕我打他才信口胡诌这么一句的，”沈堪舆难以置信地道，“而且就他那样还对我有想法？他会鸡飞蛋打的我跟你讲。”

沈堪舆脾气上来后说话很不讲究，被顾言笙瞟了一眼，才缩了缩脖子，低着头不敢再说话。

顾言笙收回视线，宛若翻了一个不明显的白眼，继续道：“他不是第一次在我面前说到你，我估计他目的没那么简单，你别不放在心上。”

沈堪舆没说话，顾言笙便加重了语气：“沈堪舆。”

“哎！”沈堪舆应得很仓促，声音也突然哑得厉害，像是喉咙里卡了一口血，咳不出来又咽不下去。

沈堪舆咳嗽几声，清了清嗓子，对顾言笙猛点头，道：“我听到了，我明白了。”

“嗯。”顾言笙得到回应，便专心开车不再说话，但心里还是莫名堵得慌，想到李奎油腔滑调的猥琐样子，他就眉头紧锁，总觉得不放心。

不放心什么呢？不放心沈堪舆吗？顾言笙因为自己这个想法有些出神。

路途颠簸，空调又凉，沈堪舆的腰越发不堪重负，拉扯的痛感让呼吸都变得紧绷起来，只敢用鼻子缓慢地吸气，然后再用嘴哆嗦着吐出来。

沈堪舆单手撑着座椅调整了很多次坐姿，但仍旧疼出了一身冷汗，嘴唇也在不知不觉中咬破了，满嘴血腥味。

主要是，汗流得越来越多了，要把车弄脏的。

沈堪舆觉得自己没办法等顾言笙开到自己平常买东西的广场了，看到路边有一家超市就让他停了下来。

“阿笙，你停在这里吧，我就在这里买东西。”沈堪舆面朝车窗，轻声道。

“嗯。”顾言笙这才回过神，靠边停下了车。

见沈堪舆磨磨蹭蹭的下车，顾言笙也没像平时一样不耐烦地催促，等对方出去后关上车门，才重新踩下油门驱车离开。

沈堪舆觉得自己可能是坏事做多了，不仅讨人嫌，连老天爷也看不顺眼，这不刚在一家报刊亭旁站稳，拿出药想吃一些，就恰好赶上旁边学校放学，一大群孩子冲向报刊亭买零食、饮料、杂志。

站在人群中的沈堪舆实在很难避让，吃力地躲闪了几次，手上的药瓶还是被人撞飞，药片洒了一地。

沈堪舆当时就有些蒙了，满脑子都在想这可是很贵、疗效很好的止痛药，每一片都是自己的命，可不能浪费了。

沈堪舆想去捡，但这破腰并不允许自己弯腰蹲下，便只能扶着它，僵直着脊背慢慢跪下，然后再慢慢伏趴在地，一片一片地把那些药捡回药瓶里。

结果屋漏偏逢连夜雨，沈堪舆还没捡到一半，手就被人踩了一脚。

踩沈堪舆的是一个胖小子，那一脚又踩得实在，沈堪舆几乎能听到骨头碎裂的声音，要不是嗓子里堵得厉害，估计能当场叫出声。

这么倒霉的吗？沈堪舆苦笑着，一遍又一遍地咽下喉间的腥气，难受地皱了皱眉，继续头昏眼花地捡药片。

顾言笙原路折返时，看到的便是沈堪舆跪趴在地上捡东西的画面。被踩了那么重的一脚，这人竟也一声不吭，或许踩人的小孩都不知道自己踩到人了。

顾言笙情绪复杂，具体说不清有哪些，但有一种感觉很清晰：生气。

气得胸口疼，脑壳疼。

他大步跨过去，叫了沈堪舆几声对方都没有反应，一直在认认真真地捡地上的药片。

沈堪舆一眼就认出了顾言笙穿的鞋——他每一双鞋，自己隔三岔五就会用鞋油擦拭、护理，鞋垫磨损了会换新的，开线了也会一针一线地缝严实。所以他每一双鞋长什么样，自己都记得很清楚。

沈堪舆眨巴了好几下眼，心想：难道我已经疼出幻觉了？这么严重吗？

沈堪舆吃力地抬头看去，还真看到了顾言笙的脸。

看来自己是病入膏肓了啊。是幻觉也好，跟幻觉说说话也可以吧，幻觉总不至于烦自己，骂自己了……吧？

沈堪舆有很多话想说，可是想来想去还是觉得别说那么多了，叫他一声就好了，好不容易才看到他，吓跑了可怎么办。

于是沈堪舆笑了笑，扯着仿佛堵了把沙子的嗓子轻唤了一声：“阿笙。”然后又低下头，捡起最后几粒药片，直接塞进了嘴里。

顾言笙怒不可遏，直接扣住了沈堪舆的手腕，将那些脏兮兮的药片甩了出去，道：“沈堪舆！”

顾言笙这一动作，这一吼，差点没把沈堪舆的魂给吓飞，一时间，沈堪舆都感觉不到自己身上的疼痛，湿润泛红的眼睛睁得大大的，眨都不会眨，脑子也转不过来。

看到顾言笙不知为了什么气得铁青的脸，沈堪舆下意识地求饶：“别别别，别打我阿笙，我错了！”

顾言笙本来是想教训两句的，没想到这人一上来就扯着破锣嗓子喊了这么一句，让他纵使有一肚子火也发不出来，只能吸了口气，平复些许情绪后问道：“你哪里疼？”

他把车开出一段路之后，看到副驾驶的坐垫右侧被抓破了，还染上了星星点点的血迹，就立刻原路折返。现在看沈堪舆右手的指甲都劈了，糊着干涸的血，坐垫是谁挠的不言而喻。

顾言笙认识沈堪舆这么多年，早就知道这人疼的时候不会吭声，只会逮到什么抓什么，不知道是什么时候养成的习惯。

眼下沈堪舆还不肯认，发现顾言笙并不是要打自己，脸皮瞬间厚了起来，做出茫然甚至讶异的表情，道：“疼？没有啊。我捡东西呢。”

沈堪舆舔了舔干燥、苍白的嘴唇，看着顾言笙轻轻地道：“阿笙，你放开我吧，那是很贵的维生素，买给甜甜吃的……”

顾言笙咬着牙道：“掉地上了，还给她吃？”

沈堪舆连忙改口：“我吃，我吃！好东西总是不能浪费的。”

顾言笙彻底没有了耐心，抓着沈堪舆的手腕想提起来，却感觉对方剧烈地抽搐了一下，仿佛压抑许久的某种痛苦突然爆发了出来。

沈堪舆惨白着脸，遏制不住地发出一声沙哑、微弱的痛吟，被强行拉起来的身体根本站立不住，哐的一声又重重跪到了地上。

“沈堪舆！”顾言笙撑住沈堪舆，摸到对方的衣服才发觉已经被汗水浸湿，并且整个人都在发抖，眼神涣散，哆嗦的嘴唇却还在努力开阖着，想和他说话。

“阿笙，没事，别怕，”沈堪舆咧开嘴冲顾言笙笑了笑，顾言笙这才发现沈堪舆的下唇已经被咬得血肉模糊，“没事的，你去……你去……忙，我……我……”

不知是哪里在痛，短短几个字沈堪舆也说的断断续续、支离破碎。

或许是知道很难把话说清楚，沈堪舆只能挣扎着加大了脸上的笑容，眉眼弯弯，齿白如玉，露出曾对顾言笙展露过无数次的笑容。

顾言笙忽然觉得眼睛酸涩得厉害，不由分说地就在大街上将沈堪舆打横抱了起来，快步走向自己停在路边的轿车。

明明这人也不算矮，却轻得过分，顾言笙像抱着一个纸偶，一点分量都没有。

沈堪舆疼得头脑昏沉，却没有完全失去意识。知道顾言笙抱着自己，心慌得跟做了亏心事一样，攥住他的衣服几不可闻地道："我下来走吧……这里人多……苏桐知道怎么办……你们以后怎么……怎么……在一起……"

顾言笙没理会沈堪舆的胡话，只是沉声安抚道："坚持一下，我带你去医院。"

顾言笙向来不愿与陌生人交流，此时却不得不向路人求助，让人帮他打开车门，将沈堪舆平放在了后座上。

紧接着，他坐进驾驶座，却从后视镜里看到那人挣扎着想爬起来，顿时愠怒道："你干什么？"

沈堪舆头脑昏沉，猝然被他吼得一激灵，只能含糊地回复道："我身上……都是汗，很脏的……"

"脏了就洗，躺下！"这一句，顾言笙几乎是呵斥出声的。

"哦，好，你别生气。"

其实沈堪舆现在也没那个能耐爬起来，只能乖乖躺下，然后小心翼翼地蜷缩着身体，尽量占少一点位置，这样就可以少弄脏一些地方，事后再跟阿笙说一声，然后把坐垫拆下来洗干净，阿笙应该就不会那么生气了。

说起来，阿笙今天应该真的遇到了非常开心的事情吧，不然也不会一直对自己这么好。

不过阿笙以前也会这样，忽然有一阵对自己很不错，但是过一段时间便又疏离淡漠得像陌生人。

不能太自作多情了，沈堪舆想，不然等阿笙回过神，想起自己在他整洁的垫子上淌了一身汗，会觉得特别恶心吧。

有自知之明的人，是不是阿笙就不会那么讨厌呢？

虽然自己已经很努力地改过自新，可是好像也来不及了。

shenkanyu x guyansheng

第三章

你应该永远消失

沈堪舆本就有腰椎间盘突出的老毛病，加上今天跟人动手造成急性腰扭伤才疼成这副半死不活的模样。

医生看了片子，对沈堪舆的疼痛耐受度表示佩服。腰疼面积大，强度深，疼起来浑身不舒服，一般人怕是早就昏厥了，沈堪舆却还有力气碎碎念，让医生赶紧给自己治好，说还有大事要办。

顾言笙看着片子上那根歪七八扭的骨头，气不打一处来，道："你能有什么大事？"

"我要买蹄筋……"沈堪舆瘫在病床上，半阖着眼睛喃喃道。

顾言笙被气笑了，问："都这样了还想着吃？"

"超市的阿姨说……今天会有很新鲜的蹄筋……"沈堪舆的声音越发微弱，好似说着说着就会断气，"我家阿笙啊……最爱吃麻辣蹄筋了……我好久……没给他买到了……我都……照顾不好他……"

顾言笙这才反应过来，这人意识模糊，并不知道他还在，也不知道是谁在说话，只是下意识想跟医生讨价还价，让医生快点把自己放走，好去买难得一遇的新鲜蹄筋。

顾言笙怔怔地看着沈堪舆，然后轻轻叹了一口气，道："医生，能开一针安定吗？"

"您不说我们也会注射安定的。腰椎伤病的痛感太强烈，我们担心一会儿的治疗过程中患者会因为剧痛休克。"

"谢谢了……"

经过一系列紧急治疗，沈堪舆情况稳定，躺在病床上呼呼大睡，医生看顾言笙在一旁面色紧绷的样子，拍拍他的肩膀宽慰道："没事了，患者现在在做膏药热敷，舒服着呢，睡一觉就好了。"

顾言笙礼貌地朝医生颔首道："谢谢。"

医生离开病房后，顾言笙拉了张椅子在沈堪舆床边坐下，打开苏桐发来的信息。

苏桐：阿笙，你忙你的事情吧，这边我处理的差不多了，你不用过来了。

顾言笙回复了短信，抬头看到沈堪舆皱着眉头不安分地掀开被子，露出了那双倒霉的手——右手被自己挠垫子把指甲挠劈了，左手则是被一个胖小子结实地踩了一脚，到处都是擦伤。

顾言笙把被子掖好，用酒精棉擦了擦手，从床头柜上拿过一支药膏——这是他刚刚特意让医生开的。

他拧开盖子，将药膏放在柜子上，一只手托着沈堪舆的手，另一只手蘸取乳黄色的药膏，轻轻地涂抹在伤口上。

他坐在床边，百无聊赖地想着一些乱七八糟的事情。

他想起上次看到沈堪舆疼得话都说不清楚的时候，还是三年前生甜甜时。

因为和沈堪舆的婚姻算是名存实亡，顾言笙一开始并不了解怀孕生子的艰辛——或者说，在顾言笙看来，像沈堪舆这样的人并不会因为生孩子觉得辛苦，毕竟沈堪舆怀孕的时候还能撒泼骂人，甚至想动手打人，这个世界上应该没有什么事情能让这样的人觉得痛苦。

那天，沈堪舆不过是给顾言笙送饭时，恰巧看到他扶了身体不适的苏桐一把，就气得将饭盒摔在地上，在工作室众人面前大吵大闹，咬着苏桐是第三者、插足他人婚姻，甚至想冲上去打苏桐一巴掌。

顾言笙是真的气坏了，拦下沈堪舆扬向苏桐的手，当即就回了一记耳光。

他下手不轻，原本情绪激动的称得上是张牙舞爪的沈堪舆一下就安静了下来。沈堪舆眼眶通红，浑身发抖地看着顾言笙，苍白干裂的嘴唇微启，像是难以呼吸一般喘息着。

顾言笙面色铁青地指向门口，道：“出去。”

他抬手的动作很急促，沈堪舆像是觉得自己会再被打一般，下意识地闭上眼睛、蜷缩起身体，发出一些混乱的声音。

不知道为什么，沈堪舆一句话也没说，只用苍白、干瘦的手捂在还没有隆起的小腹上，笨拙地护着。

顾言笙气急攻心，并没有将这些动作看得细致，毫无耐心地说道：“滚出去！”

顾言笙被沈堪舆这一出气得过了两三天才回家，到家就开始收拾行李。

沈堪舆看到他回家，马上跑进厨房准备食材，想做饭给他吃，但才准备到一半就看到顾言笙拖着行李箱走到了门口。

沈堪舆捂着肚子，脚步踉跄地跑出来拦他——明明刚怀孕没多久，压根都看不出来，顾言笙不明白沈堪舆为什么总是捂着肚子，是想装可怜还是想提醒、威胁他什么？

这人脸色苍白、艰难喘息的样子都是装的吧，笑起来的样子还和以前一样，灿烂得让人讨厌。

沈堪舆笑着说：“阿笙，都到家了，吃个饭再走吧。”

顾言笙眼神都没给一个，只讥讽地道：“有你在的地方根本不可能是家。”

沈堪舆脸上的笑容消失了，人又开始失控，红着眼睛，像那天在工作室撒泼一样嘶声大喊：“那么哪里才像家？有苏桐的地方吗？”

顾言笙冷笑一声，不愿再说话，扭头拧开了门把。沈堪舆扑过来拽住他的胳膊，非要他给出一个答案：“阿笙你回答我！我那么喜欢你，你不可以这样！”

顾言笙眼神冰冷，一字一句地道：“你还要这样闹？那一巴掌还没长记性？”

沈堪舆瞬间安静下来，慢慢放开了他，站在原地喃喃地重复着那句话：“我真的很喜欢你，你不要这样对我……”

顾言笙头也不回地走出去，但关门的时候沈堪舆把门卡住了，又换上那副令顾言笙厌恶的讨好的笑脸，并用撕心裂肺过后沙哑的声音轻轻地问他：“什么时候回家呀，阿笙？”

顾言笙挑眉问：“家？”

说实在的，他对沈堪舆这种反复无常的样子极其反感，一会儿装得委屈乖巧，一会儿又歇斯底里的样子。他一开始会恼，现在已经学会冷眼旁观。

沈堪舆眨了眨通红的眼，立刻掉落不少透明清澈的液体，又慌乱地往门后躲，怕顾言笙看到似的胡乱抬手抹去，然后才哽咽着改口：“回……回这里。”

“我暂时不想回来，”顾言笙其实是因为公事出差，但人在气头上，就克制不住地口不择言，“这里乌烟瘴气，我没必要回来。”

他说完就走了，不想再看沈堪舆一眼，也不想再听到沈堪舆的声音。

这次过后，沈堪舆老实了许多，但顾言笙很难再掩饰自己对这段婚姻以及沈堪舆的厌恶和排斥，连表面和平都很难做到，能不搭理沈堪舆他就绝对不会说话。

有一次电梯坏了，顾言笙在楼道里看见沈堪舆提着一大袋果蔬鲜肉，佝偻着腰、搭着扶手两步一个台阶地往上走，而且走了没几个台阶就要放下手里的东西，停下来艰难地挺着腰按揉。

听到脚步声，沈堪舆回头看到顾言笙，有点无措，抓着衣角像有很多话想跟他说的样子，但最后却是手忙脚乱地拿起脚边的东西，声音嘶哑地说了一句：“阿笙你过。”

顾言笙犹豫片刻，就从沈堪舆让出的通道上了楼，沈堪舆却很久都没跟上来。

顾言笙从上往下看，见沈堪舆正坐在阶梯上用纸巾擦了好久的汗，然后伸手攀着护栏，将脑袋靠在胳膊上，安安静静地休息。

顾言笙算不清楚沈堪舆的孕期，只记得对方在工作室闹腾的时候刚怀孕不久，现在过去了三个月，那也就怀了四个月左右，肚子也不算大，怎么就一副很辛苦的样子？

顾言笙问：“你走不动？”

沈堪舆不知道他在看自己，闻言吓得一个激灵，结结巴巴地道：“没……没有，走得动，我……”“我”了半天，这人急中生智，哆哆嗦嗦地把口袋里的手机拿了出来，冲顾言笙扬了扬，道，“我玩手机呢，哈哈。阿笙你先回去休息，我马上就回去做饭了。”

顾言笙见沈堪舆依旧嘻嘻哈哈，也没兴趣再多问什么，只是忽然觉得这人好像真的乖顺了许多。

这或许不是顾言笙的错觉，沈堪舆是变好了一些，至少不总是歇斯底里大吵大闹了。

苏桐生日那天，顾言笙走到自家楼下时，看到姜默正驱车离开。他回到家里，沈堪舆正在洗菜，洗净切好的食材在灶台上放得整整齐齐。

沈堪舆看到他回来高兴坏了，虽然声音很轻却听得出来开心到了极点：“我就知道我算对了，你今天真的回来了！来看看想吃什么？”

沈堪舆挺着六个月的肚子，拉着他的袖口，想把他拉进厨房，他下意识地甩开。

他的动作很轻，沈堪舆却踉跄了一下，险些跌倒，他慌忙伸手去扶，沈堪舆却已经护着肚子、扶着门框站稳了。

“没事、没事，不用扶，”沈堪舆笑着摇头，嘴唇上的颜色鲜艳得有些虚假，像涂抹了劣质的口红，“阿笙你来看看……你来看看你想吃什么，我给你做，但是今天可能会有一点慢……”

顾言笙眉头微蹙，问：“你涂了口红？”

“啊……是……是的，”沈堪舆顿时有些手足无措，“涂了……一点。”

顾言笙厌恶地道：“你有病吗？跟姜默见个面至于吗？”

他其实并不在意姜默为什么要来，他们之间又聊了什么，就是觉得沈堪舆令人厌恶的奇怪行为越来越多。

沈堪舆怔怔地看着他，半晌才轻声说：“不是的。”

“不是？那平时怎么没见你这么弄？”顾言笙越说眼里的厌恶就越掩饰不住，似乎跟沈堪舆再多待一秒都嫌烦。

“平时……平时我……”沈堪舆支支吾吾，挠了挠后脑勺，也不知道怎么解释，最终还是讨好地冲顾言笙笑说，“别生气了好不好？来看看这些菜你都想吃什么……”

“不用了，”顾言笙转过身朝自己的卧室走去，“今天苏桐生日，我要去参加苏桐的生日会。”

身后的人迟迟没有动静，顾言笙停下脚步回过头，就看到沈堪舆呆呆地站在原地看着他。四目相对时，沈堪舆下意识地对他笑了笑，眼睛很亮，但是比起以往似乎多了几分怯意。

“是很多人一起参加的生日会，”顾言笙将语气放缓，“你别这副模样。”

沈堪舆眨了眨眼，低下头似乎想拿什么东西，可一时间又不知道该把手放在哪里，只道：“我知道……要……要穿西装去吗？我去帮你熨一下……”

“不用，怀着孩子就好好休息，别整天折腾这些有的没的，”顾言笙拒绝道，然后又将信将疑地问，“你真的没事？”

“没事，没事呀，”沈堪舆笑着摸了摸已经被宝宝撑起来的肚子，“宝宝很健康的，你要不要摸一摸？”

话题一下转移到孩子身上，顾言笙的神情终于软化了些许。他垂眸看着沈堪舆隐藏在浅蓝色围裙后面的圆滚滚的肚子，看起来没有很大，有些可怜的样子。

算起来，沈堪舆怀孕应该有六个月了，他们之间还真没有摸摸宝宝这种亲昵、温情的举动。主要是，真的要摸一摸的话，那他碰的也还是沈堪舆吧。

沈堪舆好像看出来顾言笙在想什么似的，低头用手背搓了搓眼睛，又对他笑道：“没关系，也不急，等宝宝出生了，你还有很多时间摸摸他、抱抱他。”

顾言笙垂在身侧的手轻轻收拢，沉吟半晌，问道：“我去参加苏桐的生日会，你没意见了？不闹了？”

“不……不闹了。”沈堪舆摇了摇头，笑容更甚，唇纹被撑开后，没沾染到口红的部分是一片灰白，又因为干裂到了极致很快渗出血珠，随后跟劣质的红色颜料融为一体了，“阿笙，我道歉，跟你还有阿桐道歉。之前那次在工作室，是我不好。我也不太清楚为什么刚怀孕的时候，情绪好像一直不是很稳定，不太能控制自己……”

顾言笙打断道：“很多人怀孕都会情绪不稳，但不会像你这样不讲道理。”

“我知道我知道，我没有说别人，是我的问题，是我控制不好，但是现在已经好了，不会那样了，我现在能控制好……能控制好了，我不闹的。”沈堪舆语无伦次地解释着，急得眼泛泪光。

顾言笙闻言不置可否地笑了笑，道：“你先出去吧，我收拾一下东西。”

“啊……好。”顾言笙下了逐客令，沈堪舆迅速收拾好自己的情绪，胡乱抹了把脸，就退了出去，还顺带拉上了门。

顾言笙收好东西出来时，看到沈堪舆抱着膝盖坐在门边，听到开门的动静，沈堪舆托着肚子吃力却很迅速地爬了起来，递给他一小袋东西。

顾言笙接过来，忍不住斥道："你坐在地上干什么？"

沈堪舆缓慢地眨了眨眼睛，只是笑却没有说话，只因没有力气了。

沈堪舆守在门口是怕在别的地方等得睡过去，到时候顾言笙走了也不知道，坐地上是因为站不住了。

"这是什么？"顾言笙被沈堪舆的笑容弄得心里一阵烦躁，想把小袋子塞回去，"我带着不方便，不用了。"

沈堪舆的手一直在发抖，费了很大劲儿才将袋子抓住，又艰难地吸了几口气，好几次想说话，但实在发不出声音，踉踉跄跄地追着顾言笙到了门口，总算开了口："阿笙……这个里面是……小蛋糕，你先吃一点……垫一下，不然你会胃痛……还有……醒酒糖……"

可是沈堪舆声音太小了，顾言笙听不清楚，也懒得去问，头也不回地就关上了门。

那时候的顾言笙并不知道沈堪舆在谋划什么，不知道沈堪舆还是嫉妒得发了狂，不知道沈堪舆之前的乖顺都是装模作样，还做出了令人胆寒而不齿的恶劣之举——找来自己的朋友给了苏桐一个惨痛的教训，让苏桐从今往后再也不敢靠近顾言笙。

苏桐生日会后一个多月，大约是中秋节前后，沈堪舆让自己的狐朋狗友把有幽闭恐惧症的苏桐关进一个密不透光的木桶里，让那帮人不停地踢打、摇晃木桶，甚至将木桶从台阶上踢了下去。

顾言笙忘不掉他从木桶里把苏桐抱出来的时候，对方遍体鳞伤、奄奄一息的样子。在去医院的路上，连救护车那样大小的空间都让苏桐恐惧得几乎窒息，甚至一度咳血休克。苏桐没有做错什么，却险些被沈堪舆害死。这是顾言笙一辈子也忘不掉的事情。

他当时恨沈堪舆到了什么地步？如果沈堪舆肚子里没怀着孩子，他会把苏桐所经受的痛苦原原本本，甚至千百倍地还回去。

自从苏桐出事后，顾言笙对沈堪舆的耐心被消耗殆尽，他再也没有回过家，只照顾着苏桐。

苏桐伤愈后又经历了极其漫长的心理治疗，顾言笙也都一直陪在苏桐身边，其间，沈堪舆从没看望过苏桐，也没有通过任何方式跟苏桐说一声抱歉，但却偏偏在顾言笙不在，苏桐刚刚接受完催眠治疗，精神状态极为脆弱的时候，提着两只保温饭盒出现在病房里。

顾言笙回到病房的时候，就看到苏桐背对着房门蜷缩在病床上，瘦弱的脊轻轻颤抖，艰难地喘息着，而沈堪舆蹲在地上，慢条斯理地收拾着一份被打翻的粥。

顾言笙没有心思找这个人算账，只想先安抚苏桐的情绪，但害苏桐变成这样的人忽然毫无预兆地出现在眼前，这给苏桐带来的冲击是顾言笙所不能想象的，无论他怎么劝哄，苏桐始终没有办法冷静下来，低哑的声音颤抖道：“阿笙，你带堪舆先出去好吗？”

顾言笙听得心如刀绞，满腔的怒火也越发按捺不住。他按铃叫来医生，也不管沈堪舆还怀着孕，直接扣住沈堪舆的手腕，将其从地上拎起来后拉到病房外，冷冷道：“你过来干什么？”

沈堪舆面色红润，身形看起来也比之前胖了不少，就是反应略微有点迟钝，听到顾言笙的质问半天才抬头看向他，讷讷地道：“阿笙……我还没收拾干净，我先去收……”说完便转过身又想进病房。

顾言笙扣着沈堪舆的手猛地用力，又将人拉了回来。

他感觉到沈堪舆的身体轻颤了一下，随即手里沾染上了某种温热的液体。

顾言笙皱着眉头看去，看到沈堪舆手上胡乱地缠着纱布，不知道受了什么伤，他刚刚一用力，血就迅速染红了纱布。

顾言笙愣怔半秒，仍旧带着怒意道："怎么回事？你到底过来干什么，手上的伤怎么弄的？"

沈堪舆没有回答，甚至没有看顾言笙的眼睛，只是把自己的手抽了回来，默默把染血的纱布拆掉，又从口袋里掏出一卷新的重新缠了上去。

包扎完，沈堪舆把剩下的纱布递给顾言笙，小心翼翼地看着他，说："阿笙，你的手脏了，用这个擦一下吧。"

顾言笙早就用纸把手擦干净了，于是便把递到自己面前的纱布推开了。

纱布掉在地上，沈堪舆怔怔地看了一会儿空荡荡的手心，觉得视线有些模糊，然后揉了揉眼睛，张开腿后颇为艰难地弯腰将之捡了起来，放回口袋里。

"你到底来干什么？"顾言笙又问了一遍。

沈堪舆反应真的很迟钝，呆愣片刻才突然回过神，笑道："对了，阿笙快吃饭，还有一份。"

沈堪舆两手捧着另外一个饭盒，殷勤地送到顾言笙面前。

"这时候你过来给我和阿桐送饭？"顾言笙嘲讽道，"你在里面加了什么，不妨告诉我？"

"山……山药排骨粥，"沈堪舆没有听出顾言笙话里的意思，认认真真地告诉他里面的食材，"我有放红枣、玉米，还有……薏仁，和……和那个……"

"你别演戏了！"顾言笙忍无可忍地把饭盒打翻在地，新鲜香糯的粥顿时洒了一地，还冒着热气，他接着道，"把人关进木桶这种事情你都做得出来，谁还敢吃你做的东西？谁知道你往里放了些什么？别装无辜了，你本事通天，什么稀奇古怪的药你弄不到？”

“没有……没有放。”平时伶牙利齿的沈堪舆，此时此刻只是怔怔地看着顾言笙，苍白地吐出这几个字。

“没有放，那你留着自己吃吧，”顾言笙冷笑道，毫不掩饰眼底的嫌恶，“你做的东西，哪怕没有下药也没有人会吃，很脏。”他说完就从沈堪舆身边越过，走进病房并关上了门。

安抚好苏桐之后不久，顾言笙接到了一个陌生来电，他犹豫片刻，还是接通了。

电话那头很安静，但是仔细听可以听到拉风箱般的呼吸声。

对方轻轻地笑了笑，这一笑顾言笙就听出来是谁了，同时，无法克制地怒从心头升起，他语气不善道：“你又玩什么花样？”

“阿笙，是我，我……”

顾言笙打断道：“我知道是你。”

“哦，”沈堪舆又笑了笑，然后吃力地道，“阿笙，我……我就知道你不会真的……不管我的。”

“如果你不是用别人的手机打给我，我并不会接这个电话，”顾言笙冷冷道，“你直说，到底要做什么。”

“好……你先别挂，我知道你很忙，”沈堪舆断断续续地说着，带笑的声音不自觉哽咽起来，但还是尽力克制了，所以顾言笙听得不太真切，“我好像要生了……你有没有时间呀？你不用过来，就把电话放着，偶尔跟我说一两句话就好了，我……”

顾言笙并不相信：“要生了？你不是笑得很开心吗？是不是戏弄我很好玩？”

宫缩阵痛让沈堪舆咬住了自己的衣袖，等挨过最痛的那一瞬，才勉强出声："我……我没有骗你……我不知道自己还能找谁，好多人都希望我死。"顿了一下，又声音嘶哑地接道，"我知道，你也希望我死。可这毕竟是你的孩子，阿笙，你帮帮我，我情况不太好，一个人可能生不下来……流了一点血……你能过来吗？或者不挂电话也可以的。"

不知道沈堪舆去的是什么三流小医院，顾言笙连名字都没听过，也不太好找，等他按照导航七拐八拐地赶到医院时，沈堪舆已经进了产房，恰好有个医生推门出来，他听到沈堪舆发出一声痛苦的低吟，手心顿时渗出冷汗。

"力气太小了，八个月的孩子都推不动，光出血了，"医生有些焦头烂额，看了顾言笙一眼，"你是孩他爹？能进去陪一下吗？一个八个月的小娃娃这么久了都推不下来。"

顾言笙一听说自己能进去，也顾不得许多，立马跟着护士换了无菌服挤进产房。

沈堪舆电话里说的"流了一点血"明显是有意掩饰，产房里血腥味很重，连顾言笙这种没有什么晕血毛病的人都有些受不了。

沈堪舆躺在产床上，鼻间插着输氧管，黑色的头发已经尽数湿透，胡乱地贴在和枕头一样白的脸上，一只手扎着针管，连着一袋血。

顾言笙怔怔地站在原地，一时没办法接受刚才还在电话里跟他笑的人，生个孩子就成了这副模样。

"哎？你是家属？进来了就别傻站着，过去把你爱人的手掰下来，那么用力攥杆子，会伤到骨头的。"

顾言笙顾不得纠结称谓的问题，立刻应了一声，快步过去把沈堪舆攥着助力杆的手掰下来，犹豫片刻就裹在了自己手里。

沈堪舆疼得厉害，失血过多后又冷又没力气，迷迷糊糊地也不知道身边都有谁，只是艰难地喘息着，像是快要昏过去一般，对医生喊“用力”的话也没反应。

“家属，你得多喊几声，这会儿可不能睡，”

顾言笙半跪下来，无师自通地在沈堪舆耳边鼓励道：“沈堪舆，别睡，再试一下，就快了。”

沈堪舆听到声音，睫毛颤了颤，吃力地睁开眼睛，看到是顾言笙就咧开被咬得鲜血淋漓的嘴唇笑了起来，喃喃地道：“傻子阿笙……我骗骗你而已，怎么还……真的过来了……”

开口说话又是这么讨人嫌，顾言笙真不知道说什么好。

“没事……能生下来……呃——”许是宫缩难耐，沈堪舆艰难地挺了挺肚子，喘息着道，“你先去忙，我生完了给你……打电话……”

顾言笙蹙眉道：“别说这些没用的了，用力吧，孩子快下来了。”

“呃——”沈堪舆半阖着眼，皱着眉头，在枕头上艰难辗转着，同时微微挺起身使力。

“肚子用力，不是腿用力。”医生纠正道。

顾言笙立刻把这个指令传达给沈堪舆，沈堪舆喘了两口气，听从医生的话，重新尝试，连脚趾头都蜷缩了起来，额角和脖颈也青筋暴起。

医生有条不紊地揉着沈堪舆的肚子，把胎儿慢慢顺下来。沈堪舆痛得发抖又憋得难受，脸色白中泛出青紫，却不敢放松。

顾言笙急忙捏捏沈堪舆的手心，按住快被弄掉的输氧管：“别急，喘口气再来，别急。”

“呃——”沈堪舆松了劲，胸口剧烈起伏着，呼吸十分困难，好一会儿脸上骇人的青紫才消散。

生产过程有些艰难，沈堪舆喉间不断发出闷哑的使劲声。

“啊——”沈堪舆疼得浑身抽搐，几乎昏死过去。

“坚持，再加把劲。”医生说完也是松了口气，毕竟很少有人生八个月大的娃娃也这么费劲。

顾言笙胡乱地蹭了一下自己下巴上的冷汗，继续鼓励沈堪舆：“听到了吗，再来一次就好了，孩子马上出来了。”

“嗯——”沈堪舆闭着眼睛、眉头皱紧，再度屏息，颤抖着身体往下用力推挤。

“生了！是个小姑娘！”医生道。

与此同时，顾言笙感觉到沈堪舆整个人瞬间瘫软下去，他怕沈堪舆就这么背过气去，也顾不得去看哭声嘹亮的孩子，匆忙生硬地夸奖道：“出来了，你很棒了。”

孩子一娩出，被折腾已久的沈堪舆便神志模糊起来，只是朦胧间听到顾言笙哄孩子般的措辞，苍白的脸上扯出一抹模糊的笑，道：“傻阿笙……我那么坏，你还管我……”

意识还未完全消散之前，沈堪舆努力地朝顾言笙的方向侧过头，叹息一般道：“对不起……阿笙……”

顾雨甜虽然是早产，重量也就四斤左右，但还算是很健康，哭声嘹亮、腿脚有力。在保温箱里观察了没多久，顾言笙父母就过来就把孩子抱回家了。

顾言笙以为沈堪舆没什么事，再加上沈堪舆的好朋友姜默又过来了，他就离开了医院去忙自己的事情，并不知道沈堪舆昏迷了三天，产后出血被抢救两次，下病危通知一次。除此，沈堪舆在分娩中劳损过度的腰，因为昏迷时没有得到恰当的运动和护理，也落下了伴随一生的毛病。

顾言笙只知道，如果说沈堪舆之前只是性格上有所收敛，那么这次出院后仿佛就变了一个人，虽然还是像以前一样对他没脸没皮、死缠烂打，但再也没有不讲道理、惹是生非，彻底变得乖巧懂事起来，还时不时地跟他说知道自己以前错了，以后会改的。

其实顾言笙跟他的父母很像，他们一家子都是非常传统的人。结婚伊始，他就已经打消了和苏桐在一起的念头，他也曾想过试着和沈堪舆好好过日子，但这人实在太能作，天天仗着肚子里的孩子作威作福，要挟这要挟那，把他的耐心消磨得一干二净。

因为顾言笙之前被沈堪舆的反复无常骗过太多次，对于沈堪舆的性情突变，顾言笙理解为孩子出生后对方就没什么作的资本了，变乖并不是真的改过自新，所以对沈堪舆反而比从前更加排斥和冷淡。

可直到今天，沈堪舆再也没有做过什么出格的事情，虽然话还是一如既往地多，性格却越发胆小和拘束。

这么多年以来，顾言笙是第一次从沈堪舆口中听到“你以后怎么和苏桐在一起”这样的话。看不透的同时，心里也特别不是滋味。

顾言笙将沈堪舆擦满膏药的手轻轻放在被子上，起身离开了病房。

沈堪舆的腰很久没疼成这样了，就连在睡梦中也能感觉到，一会儿像筋骨错位拉扯一般，一会儿又像毒虫噬咬骨髓一般。

这个磨人的毛病是沈堪舆怀孕之后渐渐有的，医生说自己胎位靠后，所以尾椎、腰椎压力很大，还建议平时可以让丈夫多帮自己按摩。

沈堪舆听医生的话，跑到顾言笙面前讨好，问他可不可以帮自己按摩一下。

顾言笙瞥了一眼沈堪舆还没隆起来的肚子，淡淡讥讽道：“孩子还没有一颗苹果大，就能压得你直不起腰来了？”

“医生说，宝宝的大小不是唯一的影响因素……”沈堪舆话还没有说完，顾言笙就已经走到了一边，一副不想再搭理自己的样子。

沈堪舆的腰疼得实在难受，连走路的时候都一阵阵抽疼，但还是咬着牙走到顾言笙面前，道：“阿笙，你帮我揉一下这个位置可以吗？只要揉这里就好，我自己有点控制不好力道，怕会伤到宝宝，别的地方我自己可以的。”

“你自己都控制不好，我能怎么控制？”顾言笙蹙眉道。

“哦……也……也是，”沈堪舆觉得顾言笙说得好像也有道理，就摸摸头发傻笑起来，“没关系，那我自己也可以，医生也说可以的。”

沈堪舆笑着笑着，眼眶不知怎么就湿润了。

沈堪舆有点不太明白，明明阿笙说的没有错，自己怎么还是觉得那么难过呢？

顾言笙顿了一下，问：“你哭了？”

沈堪舆被这三个字吓得一激灵，然后连连摇头，努力憋出个哈欠后又笑了，带着鼻音告诉顾言笙自己有点困。

人打哈欠的时候会流眼泪，沈堪舆觉得这样顾言笙就不会怀疑自己哭了，自己也不会挨打。

沈堪舆小时候还不太会控制自己的情绪，觉得委屈、难过了就会哭，爸爸很讨厌沈堪舆哭，总问沈堪舆有什么好哭的，还说沈堪舆一点苦都不能吃。每次沈堪舆哭就一定会挨训，挨训后疼了就哭得更厉害，然后也被爸爸训得更厉害，从而更疼。

长大后，沈堪舆渐渐从爸爸的言行中知道了自己经历的这些不算什么，不能觉得委屈或者难过，也就能忍得住眼泪了，要是实在忍不住了就像现在这样，打个呵欠蒙混过去就好。

“没有哭，就是困了，”沈堪舆重复了好几遍，不断用手揉搓眼睛，却还是觉得眼泪像是擦不尽似的，等发现顾言笙盯着自己看时，立即惊慌失措道，“真的没有哭！你不要……不要……会伤到宝宝的……宝宝之前……”

让他不要干什么，这人半天也没说清楚，顾言笙神情再度冷漠起来，道：“不提这个孩子你是不是就不会说话了？拿他当工具是吗？”

“没有，没有……”沈堪舆连连摇头，努力调整自己凌乱的呼吸，脚步踉跄地往后退，“我困了……我去，休息一下，一下就好……”

回到自己的房间后，沈堪舆抱着膝盖、护着肚子蹲在一个角落，心惊肉跳地颤抖了好一阵，几乎浑身都被冷汗浸湿了才回过神，意识到自己不是在爸爸妈妈家，阿笙不是爸爸，不会怒骂着四处找自己，然后把自己从角落里揪出来教训。

沈堪舆跟自己说，阿笙跟爸爸不一样，阿笙是会对自己笑，对自己说生日快乐的人，不会欺负自己。虽然以前上学的时候阿笙教训过自己，但那只是孩子之间的玩笑。阿笙不会像爸爸那样的。

这是沈堪舆孕期时另一个严重的毛病，情绪和思维不太受控制，哪怕沈堪舆努力地摈弃脑中产生的一些黑暗画面，但那些画面仍时不时卷土重来。

因为控制不住情绪，沈堪舆差点对苏桐动手。

那天，沈堪舆照例给顾言笙准备好晚饭送去公司，然后看到顾言笙扶了一下因为身体不舒服而站不稳的苏桐。那一刻，沈堪舆不知道怎么了，情绪一下子就失控了。

理智上，沈堪舆一直在告诉自己，这两人只是朋友，这样的举动在朋友之间是很正常的，换作是自己也会去扶阿桐的。

但思绪起伏间，沈堪舆又忍不住想，阿笙总是不回家，他们总是在一起，是还互相喜欢吧？最后，阿笙也还是会把自己赶走，跟阿桐在一起吧？

为什么呢？阿笙和自己不是都结婚了吗？孩子也有了，他们是一家人了。明明自己已经有家了啊，为什么又要没有了呢？

这种念头越来越激烈，到最后沈堪舆完全遏制不住，于是歇斯底里地冲着苏桐吼了很多难听的话，说苏桐是拆散别人家庭的第三者，甚至想要冲过去动手。

后来顾言笙把沈堪舆拦住了，并且由于沈堪舆闹得太厉害，扇了沈堪舆一巴掌。

顾言笙那一巴掌很重，沈堪舆疼得半边脑袋像要裂开一样，嘴里也很快尝到了血腥味。

好疼，跟爸爸打自己的时候一样疼，或许还要更疼一些。沈堪舆想，原来阿笙也是会这样打自己的。

自己真的是一个很坏、很坏，糟糕透顶的人吧？明明没什么的，明明应该忍住的，为什么要胡闹呢？

是仗着阿笙脾气好就得寸进尺吗？自己本来就是一个糟糕不堪的人啊，怎么能忘了呢？

这种事情应该记住的，应该记住的……

沈堪舆想道歉，想解释，但是喉咙里好像堵着滚烫的血块，一个字也说不出来，只能拼命地把那些血往里咽。

沈堪舆顾不上别的，只想着如果那些血流出来弄脏了地板，阿笙一定会更讨厌自己的。

爸爸最讨厌自己把家里弄脏了，每次沈堪舆弄脏了家里的地板，如果不赶快弄干净，爸爸就会更生气。

沈堪舆之前受过伤、流了血，现在肚子里还有小宝宝，不能再受伤了。

顾言笙没有再动手，只是让沈堪舆滚。

回去的路上，沈堪舆一直这样告诉自己：爸爸让自己滚，是把自己踢到家门外，阿笙没这么做不是因为自己犯的错不严重，而是因为阿笙是很心软、很善良的人。

一定要分清楚，一定要弄明白。

沈堪舆明明已经反省很多次，但是顾言笙回家后又开始不知悔改似的胡闹。

在那之前，因为沈堪舆做错事，顾言笙很多天没有回家，现在好不容易回来了，沈堪舆激动不已，立刻手忙脚乱地准备晚饭，只是当沈堪舆走出厨房的时候，却看到顾言笙拖着行李箱走到了大门口。

沈堪舆慌忙拦住顾言笙，想着他都到家了，可以吃个饭再走。

顾言笙却说："有你在的地方，不可能是家。"

其实沈堪舆之前就已经有预感了，也知道心里那个小房子是自己偷过来后藏进去的，但是听到阿笙亲口说出来，生拉硬拽地把那个小房子从心里抢走，被撕扯得鲜血淋漓的巨大伤口实在疼得受不了，于是又开始大声质问阿笙，是不是有苏桐的地方才像家。

顾言笙的眼神很冷，问那一巴掌是不是还不足以让沈堪舆长记性。

沈堪舆顿时意识到自己再次失控了，但是已经来不及了，无论之后再怎么克制，怎么解释道歉，对方的眼神还是一样冷。

沈堪舆怔怔地看着顾言笙，忽然想起来，初见时对方对自己的笑，以及对方看向自己时明亮又柔和的目光，就像回家路上，远远看到的从家里的窗户透出来的灯光一样，不仅不刺眼，还让人觉得暖融融的。

但是灯光等的从来都不是自己，阿笙眼里的光也不会再对自己亮起来了吧。

回过神后，沈堪舆忽然感觉口中满是腥甜、温热的液体，原来是刚刚控制情绪的时候把舌头咬破了。

沈堪舆想：是不是疼痛可以让自己清醒一点？不再做出这些伤害别人、惹别人生气的事情呢？

于是沈堪舆开始不停地进行脱敏训练，比如强迫自己去想顾言笙和苏桐在一起的种种，把自己逼到情绪快要崩溃的时候再让自己清醒。

找到了控制情绪方法的沈堪舆很开心，整个人如释重负。

这样的“训练”沈堪舆记不清持续了多久，发现确实有效时，是在沈堪舆偷偷给顾言笙送饭，看到顾言笙和苏桐靠得很近，两人有说有笑的样子的时候。

沈堪舆当时还是难受，但是情绪没有再演化到之前那种激烈的地步了。

只是难受而已，忍一忍就好了。

沈堪舆在自己急促又沉重的心跳声中，渐渐听见了无数陌生的声音。

“这个假顾夫人怎么又来了？真的不知道那些饭顾老板一次都没吃过吗？”

“真的，有点自知之明吧，这位一来我就头皮发麻。”

“你们盯紧些，今天有宾客，别让这人在这里发疯。真不知道中了什么邪，以前给人感觉还挺好的，上次忽然就大闹天宫了。”

“要不把人请出去吧？定时炸弹一颗。”

一位保安走到沈堪舆面前，语气尽量平和地道：“您好，没有工作证和邀请函是不能擅自入内的。”

旁边的女同事拽了拽他，道：“喂，好好说话，当心把人给激着。”

沈堪舆怀孕三四个月了，肚子不大，腰却被宝宝压得很疼，光是从沙发上站起来都吃力的冒出一额头的汗，但站起来后还是朝他们鞠了一个躬，恳切而小心地说道：“对不起，之前给大家添麻烦了……我之前有点不太理智，我现在能……能控制好自己……我……”

没人有耐心听沈堪舆说这些，保安更是打断道：“这不重要，我再说一遍，没有工作证和邀请函不得入内。”

沈堪舆苍白着脸连连点头，道：“好，好，我以后不进来，我把饭放在这里……”

沈堪舆的话再次被人打断：“你送来的饭每次都放到发臭后扔进垃圾桶了，不用再送了吧？”

沈堪舆呼吸颤抖，仍旧拼命维持着笑容，声音很轻，听起来断断续续的：“你们可以告诉他这个是外卖吗？我……我可以多做一些，你们一起吃，然后告诉他是外卖，可以吗？”

女同事好像在沈堪舆眼里看到了浅浅的泪光，沈堪舆也很快用手去揉搓眼睛，她看得心软，就敷衍着答应了。

从那之后，这个假顾夫人就没再进过公司大门，不管风吹日晒雨淋都只是提着大包小包在外面等，安安静静地等着有人来把做好的饭菜拿进去。

沈堪舆怀着身孕，肚子一天一天地大起来，弯腰越来越困难，但还是会很诚恳地鞠躬，满脸真挚地说谢谢。

有时候，沈堪舆送了饭但是不走，在玻璃门外走了一圈又一圈，不住往里面望，但是顾言笙一出来就很快不见人影了。

好像只是想看看他，很简单的事情，却好像很艰难。

沈堪舆怀孕四个月的时候，按照医生的安排去做了产检。

那天，沈堪舆腰疼得实在厉害，得扶着东西才能走路或者站立，排队取号的时候更是时不时就难受得要蹲下去，然后闭着眼睛，一声不吭地忍着疼，地板上悄悄地聚起一摊又一摊沈堪舆脸上落下来的冷汗。

听到大厅的叫号机器叫到自己的名字，沈堪舆睁开眼睛看到地板的时候吓了一跳，条件反射一般地护着自己的脑袋，等手忙脚乱地把地板擦干净后才踉跄着去了诊疗室。

医生说宝宝很健康，就是大人太瘦了，要注意饮食和情绪。

“上次让你去看心理医生，去了吗？”医生问。

“看了！现在已经好了。”听到宝宝健康的沈堪舆神采飞扬，对医生笑得眼睛弯弯的。

沈堪舆之前因为总觉得腰疼、肚子疼，担心会对宝宝会有什么不好，好在宝宝没有什么事。

“是吗？心理医生怎么说的？”医生觉得沈堪舆像个孩子，笑起来更像，总是忍不住用跟孩子说话的语气跟其聊天。

沈堪舆苍白的嘴唇哆嗦了两下，又笑着道：“他说……说是一些小问题，教了我一些方法，我试了几次就好了，现在情绪一直都很稳定的！”

“那就好，以后也要多多注意。”

“嗯！谢谢医生，谢谢您！”沈堪舆感激得给医生鞠了好几次躬，连声道谢，不知道为什么眼睛好像又有点湿热的感觉，于是用力掐了掐自己的手臂，把那阵泪意忍了下去。

自己现在真的能很好地控制情绪了。

可是阿笙再也不会相信了吧。

孩子月份越大沈堪舆的身体越差，年少时期埋下的众多病根似乎都在这时候疯狂冒了出来，不是心脏疼得喘不上气，就是胃疼得吃不下东西，咳嗽呕吐的时候总是呛出血。渐渐地，沈堪舆被耗得脸上没有一丝血色，嘴唇还泛着灰，连带指尖都白得透出淡淡的青色。

有一次，顾言笙文件落在家里，让沈堪舆帮忙送过去，沈堪舆怕时间来不及就打了车，回去的时候为了省钱就靠走的，但总是走着走着眼前就模糊了起来，看不清楚东西，心脏也沉甸甸的好像跳不动了，但每跳一下却又撞得胸口疼。

后来沈堪舆昏倒在楼道里，虽然没多久就醒过来了，但还是觉得自己这样容易耽误事，也会让人觉得晦气，就很少再去给顾言笙送饭了，只每天坚持给顾言笙发短信，内容基本都是一样的：阿笙，你如果要回家的话，提前一点告诉我，我给你做你爱吃的菜。

沈堪舆没有得到过回复，也不知道顾言笙什么时候会回家，但担心他回家看到自己病恹恹的样子觉得晦气、不高兴，就买了些便宜的化妆品往脸上涂。

虽然顾言笙回来看到这样的自己还是会说恶心，但是沈堪舆还是觉得这样会好一点，所以也没有多做辩解，只是笑着问顾言笙想吃什么，问他能不能稍微等等自己，可能饭菜会做得有一些慢。

顾言笙说，他要去参加苏桐的生日会，是回来收拾东西的，不是回来吃饭的。

沈堪舆点点头，说好，然后把那些切好洗净的食材都装进碗里，用保鲜膜封了起来，锅碗瓢盆也都有条不紊地收好。

“下次回来吃饭的话，要提前告诉我哦。”沈堪舆笑着对顾言笙说，垂在身侧的手灰白、干瘦，已经很难再抓稳什么东西。

光是准备那些食材又把它们收起来，就已经把沈堪舆的力气耗尽了。

虽然沈堪舆心里很难过，比那次看到顾言笙扶苏桐还要难过，但是也没有再闹了，因为沈堪舆浑身上下都很疼，这种疼痛比以往任何一次都强烈，甚至能够让沈堪舆清醒地克制汹涌的情绪，不再失控。

“嗯。”顾言笙没什么感情地应着。

沈堪舆笑了笑，语气放得很轻，呼吸也轻得几不可闻，生怕泄露一点点心里的情绪，随后道：“阿笙，你好像很久都没有在家里睡觉了，是不是因为我在你觉得不方便呀？”

顾言笙抬头有些奇怪地看了沈堪舆一眼，这人这么有自知之明，让他觉得挺诧异的。但是想了想又觉得这话很多余，毕竟他说过，有这人在的地方就从来不能算个家，对方要是这话都没记住，那是真的缺心眼。

看着沈堪舆老实安分的样子，顾言笙就没把那话再说一次，只是淡淡地道：“最近压力太大，需要安静的环境办公。”

“好，我知道了。”沈堪舆轻轻道。

顾言笙离开家之后不久，沈堪舆再次胃出血，呕了一地的血水怎么也擦不干净。沈堪舆嘴里咬着毛巾，可喉咙里涌出来的血把毛巾浸透了，最后滴滴答答地落在地板上，刚擦干净的地板又弄脏了。

沈堪舆打不通顾言笙的电话，电话那头机械化的女声提示自己留语音信箱。

沈堪舆的手机是很古老的键盘机，除了打电话和发短信没有别的功能，一时之间不知道该怎么办，只能笨拙地顺着语音指示给顾言笙留语音信息。

“阿笙……你……你好……”沈堪舆第一次给人留语音消息，有些不知所措，像跟陌生人交流一样说着“你好”。

“我是沈堪舆……你去哪里……参加阿桐的生日会呀？顺路经过医院吗？我能不能……坐你的车过去？不顺路的话就……就算了，没关系的，我再……再想想办法……谢谢……谢谢你……”

最终，沈堪舆没有等到顾言笙的回复，是姜默赶来将其送去医院的。

姜默那天原本是开车送沈堪舆去超市买东西的，看到沈堪舆脸上擦的化妆品还以为对方最近气色变好了，直到回家的路上心血来潮去洗车，看到黑色的车垫被水一冲就漫出血来才立刻驱车折返。

沈堪舆差点就没命了。姜默看沈堪舆躺在病床上，四肢跟芦柴棒一样细瘦、干枯，显得隆起的小腹突兀又诡异，半分不见上学时鲜活可爱的样子。他越想越觉得咽不下这口气，最后气急攻心、头脑发热，就找了几个人把苏桐关在木桶里。

当天晚上，姜默接到了沈堪舆的电话，对方的声音又哑又轻，听起来断断续续的："姜默，是你做的吗？"

沈堪舆其实没有半分责怪之意，但是姜默不知从何而来的一股无名火，不客气地回复道："是我，你要怪我就怪吧，你能忍他们，我忍不了。"

沈堪舆被他这么一说，好半天都说不上话，只在电话那头费力地呼吸着，然后又艰难地道："你怎么不为自己想想，你刚拿到国际跆拳道比赛的资格，要是阿笙知道是你……他会很生气，会追究到底的……这样你就……"

"他有什么脸生气？"姜默火冒三丈，"他冲你发火了？你让他来找我！"

"姜默！"沈堪舆着急地叫他的名字，然后咳嗽了半天才接着说下去，"你要是丢了这个比赛的资格，你爸爸不会轻易放过你的，对吗？"

"你不用管。"姜默将脸别到一边，面色铁青地喘息着。

沈堪舆说得没错，姜默的爸爸不允许他在任何事情上出差错，否则就会狠狠地教训他。

但他觉得不亏，毕竟沈堪舆差点被顾言笙和苏桐给逼死。

"我怎么不用管？你是因为我才做的，我……"

"谁为了你？我是为我自己，我单纯看不惯顾言笙和苏桐不行吗？"

沈堪舆颤抖地呼吸着，最终放弃跟姜默争论这个，而是直接告诉他："我会跟阿笙说是我做的，我来承担后果。"

姜默大脑宕机了两秒，随即火山喷发一般地怒道："沈堪舆，你脑子有病是不是？我都跟你说了我不是为了你……"

"我知道，我知道你是为了什么，"沈堪舆声音很轻，却很坚决地打断了姜默，"但你是对我很好的人，我不能让你受到伤害的。我跟阿笙毕竟已经结婚了，而且我还怀着孩子，他，他不会伤害我的……"

姜默忍了一会儿才没有继续对沈堪舆大吼大叫，转而道："我做的事情不可能让你来承担。"

"只能先这样，等你那边都弄好了，我，我会再告诉阿笙事实的。"沈堪舆难得的没有示弱，一字一句地道，"你如果出了什么事情，我不会放过我自己的。"

姜默没想到沈堪舆会这样威胁他，一时愣在原地。

"最近，我们也不要再见面了，不然阿笙可能还是会怀疑到你头上的。"沈堪舆说完就把电话挂了。

因为沈堪舆实在没有力气走下病床，最后是在电话里跟顾言笙"坦白"并道歉的。

沈堪舆病了太久，腿都是软的，说话没什么力气，耳朵好像也不太好使了。

顾言笙对沈堪舆这通电话一点也不意外，好像早就知道了一样，他甚至没有像沈堪舆预想得那样愤怒，情绪反而平静得诡异，就像是在和一个无药可救的将死之人说话。

沈堪舆听不太出他话语里的情绪，只是很意外他好像没有那么生气，而且还没有马上挂断电话，所以有些不确定地问："阿笙，你还在吗？"

"在啊。"顾言笙淡淡地应道。

“阿笙，我……我会改的，我知道我这次做得很过分，我以后一定改……”

“改什么？你不用改，”顾言笙的声音像从遥远而漆黑的深渊里传来似的，他停顿了半晌，然后一字一句地道，“你应该永远消失。”

姜默顺利地完成了比赛并出国深造，但沈堪舆知道，自己没有必要再向顾言笙说明所谓的真相了。顾言笙不会相信了。

沈堪舆在病稍微好转一些后就离开了医院，转而去超市买了新鲜的瓜果和食材，煲了热乎又软糯的粥去看望苏桐。

苏桐很害怕沈堪舆，沈堪舆想喂苏桐喝点粥，结果碗都被打翻了。顾言笙过来之后又把沈堪舆赶出了病房，并打翻了另一份粥。

沈堪舆怔怔地看着紧闭的病房门，那双没有焦距和光彩的眼睛里淌下泪来。

眼泪不知疲倦地流下，毫不留情地冲刷着沈堪舆脸颊上、嘴唇上涂抹着的劣质化妆品，露出了原本一片灰白的脸色和唇色。

沈堪舆刚刚出院，脸上没有血色，虽然有八个月的身孕，但体重还没到一百二十斤，瘦得像根芦柴棒。

隔壁床的阿姨嘀咕着，说沈堪舆看起来晦气得很。沈堪舆也觉得自己的样子太难看，不想惹顾言笙心烦，就又用了那些劣质的化妆品，还在宽松的卫衣下面多穿了好几件衣服，这样看起来会好一点。

但沈堪舆好像还是惹顾言笙心烦了。

沈堪舆回过神，轻轻地吸了吸鼻子，胡乱地抹了把脸，扶着墙张开腿又蹲下去，把倒在地上的饭盒扶正，双手舀起地上的粥后一捧一捧地倒回饭盒里。

眼泪还在流，像失控了一样，视线实在模糊得看不清任何东西的时候，沈堪舆才会伸手擦一擦。

口袋里的手机振动起来，沈堪舆拿出后也看不清号码，稀里糊涂地就接了起来。

“您好，是14床吗？我是护士长，您人哪里去了，今天还要打针呢！”

“不……”沈堪舆开口时发现自己的鼻音重得吓人，连忙吸了吸鼻子才道，“不用了，我出院了。”

“出什么院？谁批准了？你胃出血今天才止住，医生还跟你说了，你心脏有开始衰竭的迹象，你不要命了？孩子的命也不要了？”护士长显然气得不轻，“没见过你这么能耐的，病了大半个月，也就今天早上勉强能下床就敢往外跑，我看你是真的不想活了。”

“我自己买了注射液的，可以回家自己打。”

“自己会打针就行了？那你会给自己做抢救吗？”护士长没好气地道，“真要出院也得让你家属来签个字带你走，自己卷铺盖走人算怎么回事儿？”

“我，我自己签可以吗？他们有点忙……”沈堪舆刚说完这一句，旁边病房的门突然被推开了。沈堪舆以为是顾言笙，吓得手机掉在了地上，电池都摔了出来。

出来的不是顾言笙，而是一些陌生面孔，他们看着地上的手机，小声调笑道：“都什么年代了，还有人用这种有电池的手机。”

“这种就是那什么……老人机啊，网上几十块钱一个。”

“哈哈哈，对对对。”

沈堪舆坐在那里怔怔地想：原来这样的手机几十块钱就能买到，自己买的时候花了好几百块，卖家还说这是最便宜的价格。还是浪费钱了，如果阿笙知道又该生气了。

沈堪舆把电池重新装好，想着顾言笙和苏桐还是没有吃到东西，就托着肚子扶着墙，到医院外面的小饭店打包了两人份的饭菜。

沈堪舆坐在暖融融的饭店里，虽然穿了很多衣服，但依旧浑身发冷，还特别想睡觉，只能用力地去掐手上的伤口，用疼痛让昏沉的脑袋清醒起来。

沈堪舆手上的伤是今天准备食材的时候不小心划到的，本来还担心会弄脏其他的东西，懊恼得不行，但后来发现这不是件坏事——疼痛让自己清醒了很多，于是简单止了血、缠上纱布继续做饭。

因为用塑料盒装饭菜不健康，沈堪舆就用了自己带来的饭盒，但怕顾言笙误会又找饭店的老板借了笔，在一张便利贴上写下：阿笙，这个饭菜不是我做的，也没有放别的东西，可以吃的。

沈堪舆写完便利贴，将其贴在饭盒上，怕自己去送会碰到顾言笙或者苏桐，让他们不高兴，就多给了饭店老板一点钱，让他帮忙送到苏桐的病房门口，并反复叮嘱老板："你放在门口的长椅上就好，不要进去，不要吵到他们。"

老板连连点头。

沈堪舆看着老板走进医院大门，才转身离开。

沈堪舆走了一小段路，肚子里的孩子就突然动了起来，顶到了刚刚安稳不过半天的胃。沈堪舆踉跄着到花坛边上，把刚才吃下去的粥混着血吐了个精光。

吐完了胃还是疼，沈堪舆血糖太低，怎么都站立不住，旁边又没有可以扶的东西，只得伸着瘦得皮包骨头的手徒劳地摸索了几下，但最后还是脱力地跪在了地上。

"呜——"肚子一阵强烈的坠痛，沈堪舆疼得咬破了嘴唇，终究还是没有压抑住一声低吟。

好痛。沈堪舆努力地聚焦自己的视线，拨了顾言笙的电话。

第一次生孩子的沈堪舆什么也不会，便找了一家比较便宜的医院，按照书上说的准备了待产包，其他的什么都不知道，只希望顾言笙能帮帮自己。

哪怕随便跟自己说一句话都好。

可是电话拨过去没有人接。

沈堪舆又拨了一次、两次、三次，一直没有人接，后来电话被挂断了，再后来那边关机了。

沈堪舆擦掉眼里不知道是汗水还是眼泪的液体，拨通了手机通讯录里刚刚存进去没几天的一个号码。

听到那边有人接听，沈堪舆攒足全身的力气，急促又断断续续地道："您好……我是前几天刚……刚跟您联系过的那个人。我可能要生了，现在过去……可以吗？我自己过去，他有点忙。谢谢您。"

沈堪舆生甜甜的时候很困难，到现在都还记得那天从胸口一路疼下去的感觉，腰更是像要断了一样。

生下甜甜之后，沈堪舆还没来得及看一眼，她就被人抱走了。

当时顾言笙工作很忙，也走了。

为了少花一点钱，沈堪舆选的是一家普通的小医院，由于人手不太够，医生护士们都很忙碌，沈堪舆说想看看孩子，他们也都是敷衍地应着，也没怎么管沈堪舆本人。

后来，沈堪舆躺在病床上觉得特别冷，特别想睡觉，就拿起放在一旁的手机编辑了一条短信发给顾言笙：阿笙，我觉得有一点冷，你可以回来抱抱我吗？我又想你了。

沈堪舆等了很久很久，顾言笙都没有回，于是又不死心地编辑了一条：阿笙，你带孩子过来找我一下可以吗？我想看看你们。

顾言笙还是没有回，沈堪舆还是没有放弃，并觉得顾言笙一定会带着孩子回来找自己。

可是沈堪舆觉得身上越来越冷，被棉被裹住的身体好像在不受控制地涌出黏腻温热的液体，越流越多，越流越快，床单渐渐湿透了，血腥味扑鼻而来。

沈堪舆终于知道不对劲了，却没有力气喊医生护士，也没有力气起身按铃。

沈堪舆攥紧手机，拼命抵抗着失血过多带来的晕眩，又给顾言笙发了短信：阿笙，我有点累了，先睡一觉，你来了记得叫醒我好吗？我等你过来。

沈堪舆也不知道自己有没有按下发送键，就那样疲倦至极地睡了过去，同时意识到自己做错了很多很多事。

完全失去意识之前，沈堪舆是真的很害怕，害怕得努力撑着眼皮，不断地流眼泪，心里想着：如果还有机会，自己一定好好改过自新，不再胡作非为，只要能再见到阿笙和孩子，做什么都可以。

shenkanyu x guyansheng

第四章

早点去下辈子等

沈堪舆是被冻醒的，醒来的时候人有些恍惚，一时间还以为回到了自己刚生完孩子的那天。

没想到已经过去那么久了，上天虽然真的给了自己一个机会，但“改过自新”好像还是没有什么用。

做错的事情太多，的确很难再弥补。

沈堪舆身上的衣服太薄，被子又被踢得乱七八糟，当太阳下山后便觉得凉飕飕的，当即腰酸背疼地坐了起来。

此时已经到了吃饭的时间，隔壁几个床位的病患都被各自的家人簇拥着，惬意地享用热汤、温粥。

沈堪舆静静地看了一会儿，大脑渐渐清醒过来，不像刚醒来时那么昏沉，也慢慢回想起之前发生的事情，觉得自己完蛋了，在心底默默地吐槽：

苍天啊，我都干了些什么啊？让阿笙在大街上抱着我走，在阿笙的车后座淌了一身的汗，还让阿笙把我送到医院，垫付了一堆医药费！

阿笙那么忙还好心送我去买东西，我却给他添了这么多麻烦。也就阿笙脾气好，要是换成爹娘，早就教训我了。一个腰疼就能搞成这样，简直比娇花还柔弱，人家苏桐什么时候这样过了？难怪阿笙喜欢苏桐，不喜欢我。

吐槽完，沈堪舆觉得胃里空得厉害，怕是没力气走回家，便拿起护工放在床头的病服披在身上，慢吞吞地下了床。

护士进来给别人换药，看见沈堪舆往外走就喊道：“哎！19床，你到哪儿去？你家属让你好好等着，他给你买晚餐去了。”

沈堪舆一开始没有在意护士的话，因为她说的这些似乎跟自己扯不上关系。

以前去医院时，医生问到家属时沈堪舆总是尴尬不已，每次都打马虎眼说他们在忙、在别的地方，连个家属联系方式都不敢留，签家属名字时也都是乱编的，不敢写真实的。

医生们好心，总是劝说生病要跟家里人沟通，不要自己扛着，家里人知道了也会心疼的。

沈堪舆眼眶红红的，不停地鞠躬道谢，但又不知道该怎么跟医生解释，只说自己的家在很远很远的地方，他们过来一趟很辛苦，自己可以解决。

医生听到这孩子气的描述，笑着问："能有多远，坐飞机都到不了吗？"

沈堪舆答不上来，只是在心里想：是真的很远的吧，我走了这么多年都还没有走到呢。

眼下，护士见沈堪舆无视自己，径直走过来，道："19床，我跟你说话呢。"

沈堪舆愣了一下，左看右看，等看清了自己的床位号，才迟钝地指了指自己，反问："我？"

"对啊。"

沈堪舆眨了眨眼睛，随即扑哧一下笑出声，道："小姐姐，你记错了，不是我。"

"啊？是吗？"护士听到这斩钉截铁的话语，顿时有点怀疑自己。

"是啊，怎么可能是我？"沈堪舆拢了拢身上的病号服，好笑地道，"小姐姐，你们这里的超市怎么走？"

"就在一楼，你坐电梯下去就能看到。"

"好嘞，谢谢。"

沈堪舆到超市里先拿了一碗速食粥，看到萝卜干觉得馋得厉害，又忍不住拿了一包萝卜干。

付钱的时候，收银员递上一小包汤块，道：“这是买这个粥的赠品。”

“啊，谢谢、谢谢。”没想到能享用到热汤、温粥，沈堪舆兴奋地接过来，随后抱着一堆垃圾食品去了医院的食堂。

还好食堂就在超市隔壁，不然沈堪舆真没力气再跑一段路了。

现在刚好是饭点，食堂的人很多，虽然大家吃饭时都很安静，也没什么人聊天，但奇怪的是，一点点细微的声音都会在沈堪舆脑海里不断放大，最终变成剧烈到震得心脏发颤的轰鸣声，让沈堪舆呼吸困难、浑身发冷。

沈堪舆硬着头皮找到接热水的地方。

因手心冷到了极点，沈堪舆就算端着接有开水的纸碗也不觉得烫，最后在偌大的食堂里找了半天，终于在一个僻静的角落找到一张空桌。

医院食堂的桌椅是一体的，而这张桌子因为其中一个座位对应的天花板漏水了，所以没人坐。

沈堪舆避开有问题的座位，在对面那个位置坐下，刚好背对着人群，心里也踏实一些。

等着粥和汤泡开的间隙，沈堪舆拿出手机给姜默打了个电话。

姜默接得很快：“喂？”

“姜默，是我，沈堪舆。”

“有来电显示的，堪舆。”

“哦，哈哈，我又忘了。”沈堪舆尬笑了两声，摸了摸鼻子道。

“你怎么总是连名带姓叫自己，这么多年了，我们之间还用这样生分地介绍？”

沈堪舆笑了几声糊弄过去，然后接着道：“咱们好像安分了很久，这回出来玩玩怎么样？”

“嗯？”

“我想调查一个老熟人，看看他最近都在做些什么偷鸡摸狗的事。”沈堪舆搅了搅粥，因为没什么力气，手一直在抖，“就是阿笙的那个大学室友，李奎。”

姜默敏锐地道：“他又去骚扰你们了？”

“可不是，阴魂不散地缠着阿笙，真想教训他一顿，”沈堪舆简单讲述了一下今天的事情，然后道，“以我对这人的了解，他就喜欢狗仗人势，敢这么嚣张来我家门口堵人，肯定是有靠山。”

“嗯，我去查，”姜默停顿片刻，道，“你不舒服吗？”

“啊？没有啊？”

“我觉得你说话都没有力气，声音哑得很。”

沈堪舆笑了两声：“那是饿的，我正准备吃大餐呢，就先聊这么多吧，保持联系。”

“嗯。”

挂了电话，沈堪舆端起赠送的紫菜蛋花汤，手却哆嗦个不停，才端到一半就洒了不少，只能放回桌上。

沈堪舆俯下身用手把汤碗扶斜才喝了一口热乎乎的汤，把胃给暖活了，又挤了小半袋萝卜干到速食粥里，拌了两下，费力地喂自己吃了一口。

特别香，特别暖。

顾言笙回到病房没看到沈堪舆，跟小护士说话的时候脸都是黑的。

他不过离开一会儿，去让母亲宋黎熬了一份粥，然后带过来。他走之前明明吩咐了护士，别让沈堪舆乱跑，结果依旧没看住人。

被这么一个大帅哥冷脸相待，小护士克制不住地哭丧道：“这不能怪我啊，病人非说我记错了，我能怎么办。”

顾言笙眉头锁得死死的，问："那人去了哪里，你知道吗？"

"应该去了超市。"

顾言笙没在超市里找到人，想了想又去了旁边的食堂。

半晌后，越过食堂里满满当当的人，他在一个角落里看到了沈堪舆。

顾言笙径直朝沈堪舆走过去，将手里的保温饭盒重重地搁在桌子上。

沈堪舆吓得勺子都脱了手，抬起头愣愣地看着他，张着嘴半天才发出声音："阿……阿笙？"

顾言笙愠怒："为什么不听护士的，自己乱跑？"

"啊？"沈堪舆愣了一下，随即迟钝地回想起来，吃力地道，"哦，是那个护士姐姐吗？她认错人了，好像是说我家里人让我等着……"

护士的话沈堪舆记得不是很清楚，但不知道为什么忽然轻松了些，笑道："她把我跟别的病人搞混了，我是可以下来的……"

顾言笙打断道："我跟她说的。"

沈堪舆蒙了，手足无措地抓了抓后脑勺，结结巴巴地道："哦，那，那就是她误会了……"——误会我们是家人。

沈堪舆很想解释自己没有像以前那样自以为是，觉得和阿笙、甜甜是一家人，自己现在能分得清了，但由于心里难受怎么也说不出口。

沈堪舆太想有家和家人了，所以当认识到以后也许不会再有家后，心里真的很难受。

沈堪舆颤抖地深呼吸了几下，重新对顾言笙笑起来，道："那你是找我吗，阿笙？有什么事呀？"

顾言笙不知道沈堪舆在那儿念叨什么，按捺着火气道："你吃的什么？"

“我……”沈堪舆“我”了半天也没针对顾言笙的问题“我”出个所以然来，只是吞了吞口水，艰难地道，“我以后不吃这么多了……你别生气。”

顾言笙看着面前还没一个拳头大的粥碗和汤碗，还有一小包萝卜干，气得太阳穴直跳，却又骂不出口。

沈堪舆观察着顾言笙的神色，小心翼翼地讨价还价道：“那个，你，你看啊，我就吃剩这么一点了，就先让我吃完吧，我下次保证不吃这么多了。”

“不行。”顾言笙冷冷地说着，直接把沈堪舆吃的东西拿起来，一股脑丢进了垃圾桶。

沈堪舆垂下眼睫，怔怔地想：我果然是完蛋了。

顾言笙扔完垃圾，折回来正准备走到沈堪舆对面坐下，沈堪舆急急忙忙地站起来拦住他，道：“阿笙，你坐我这边。”

顾言笙皱起眉，问：“你乱动什么？不知道自己因为什么住的院？”

沈堪舆忙道：“我知道、我知道，我给你添麻烦了。对不起，阿笙，你下次可以不用管我的，我自己可以解决，没关系的。”

“我不是这个意思，我是说你腰还伤着，不要乱动。”

沈堪舆鬓角湿了，脸色苍白，眼神仍旧带着慌乱失措，道：“我有些热，坐里面更凉快，我带了纸，我给你擦。”

“不用擦，又没脏，你坐，”顾言笙话都没说完，沈堪舆就已经掏出纸开始擦椅子了，他顿时气结，“你……”

沈堪舆擦了椅子，又抬起衣袖抹了把快要流进自己眼睛里的汗，对顾言笙轻声道：“干净了，你坐。”

顾言笙目不转睛地看着沈堪舆，问：“你是热还是疼？”

“不疼，热，”沈堪舆回答得很快，但是结巴得紧，“阿笙，你……你坐，别站着。”

顾言笙虽然半信半疑，但是看沈堪舆动作很利索，想着这人腰还疼着的话应该是做不到这样，就决定先让对方把饭吃了，于是道：“你也坐下。”

沈堪舆刚坐下就打了个哆嗦。顾言笙一边拧饭盒一边抬眼看去，问：“怎么了？”

“没什么。”沈堪舆连忙摇头，试着调整自己的坐姿，但好像怎么样都躲不掉天花板上的水珠。它们接二连三地从衣领里滑落下去，虽然很凉，但应该不至于冷，只是不知道为什么身体一直在发抖。

顾言笙拧开保温饭盒，推到沈堪舆面前，道：“吃这个。”

沈堪舆垂头丧气地在桌子底下反复搓着两只手，想让自己暖和些，听到顾言笙说的话才抬起了头，随即便看到一碗鲜香浓稠的猪肝瘦肉粥，粥里还窝着个流心蛋，洒了一圈青翠的葱花，粥香伴随着热气升腾起来，清香又甘甜。

沈堪舆顿时蒙了，睁着一双被热气蒸得又红又湿的眼睛，茫然地看着顾言笙，一时间连呼吸都不敢。

顾言笙也一言不发地看着坐在自己对面的人。

沈堪舆整张脸都是苍白的，除了发红的眼眶和被咬破的嘴唇，一点血色都没有。

沈堪舆身上的衣服太过宽松，领口耷拉着露出凹凸明显的锁骨，更显得整个人清瘦单薄。

顾言笙忍不住想：沈堪舆还在生病，他为什么要发脾气？明明他对其他生病时任性的人都很有耐心。沈堪舆可能只是饿醒了才下楼来找吃的，一点也没有任性或者胡闹，怎么他一点耐心都没有呢？

顾言笙捏了捏鼻梁，长舒了一口气，放缓自己的表情跟语气，道：“你生病了，别吃那些东西。我之前回我爸妈那儿让我妈给你熬了粥，你趁热吃。”

他这一番话对沈堪舆来说信息量和冲击力都很大，沈堪舆脑子钝得厉害，半天都转不动，好不容易转动了，蹦进脑海中的第一想法就是：这难道是最后的晚餐吗？这可不行啊。

沈堪舆扯出一个难看的笑容，低声道：“阿笙，你是不是要跟我离婚啊？”

顾言笙一脸不解。

沈堪舆笑容不减，目不转睛，眼里亮得仿佛有泪光：“能不能再等等？我知道我这次给你添了很多麻烦，我下次改好不好？你再给我一次机会，我还想……想再帮你做点事情来着。”

沈堪舆一着急，也不知道哪里来的胆子，伸手就去抓顾言笙放在桌上的胳膊，没脸没皮地道：“阿笙，给我个机会吧？反正早晚都是要离的，也不急这一刻，你说是吧？”

顾言笙一头雾水，不是很懂沈堪舆的想法，沉默了半天才生硬地道：“嗯，不离，你先吃饭。”

沈堪舆像死刑犯得了特赦令一样，松了一大口气，嘴唇恨不得咧到耳后根，把之前咬出来的伤口都撑裂了，又开始渗血，但也不知道疼，笑得跟个傻子似的，道：“你放心，不离我也不给你添乱，今天这是意外，下不为例，下不为例。”

顾言笙无奈地道：“你先吃点东西吧。”

“我不吃了，”沈堪舆笑眯眯地摇头，“我刚刚都快吃饱了，你吃吧阿笙，你应该没吃东西。我去把出院手续办了，再下来找你……对了，你是不是帮我垫了医药费了？多少钱我补给你……”

沈堪舆絮絮叨叨说了一会儿，发现顾言笙的脸又黑了，就闭上嘴。

沈堪舆一边眨巴着眼睛看着顾言笙，一边在心里紧张地反思：我应该没有说错什么话呀？阿笙要吃东西，那我就不能在饭桌上，出院手续也不应该麻烦阿笙，他应该还有很多重要的事情要做，不能在这里浪费时间。那阿笙怎么看起来又生气了？

顾言笙不知道沈堪舆在想些什么乱七八糟的，板着脸敲了两下桌子，一字一句地道：“我让你吃饭。”

“哦。”沈堪舆被他盯得脊背发凉，颤颤巍巍地伸手去拿勺子，跟被人拽着胳膊一样吃力。

沈堪舆的手一直在抖，没什么力气，腰也还没完全缓过劲儿来，有所行动的时候还是会扯得疼，于是舀了一勺粥洒了一半不说，剩下的那一小口，半天才送到嘴里。

其实，沈堪舆心里很焦虑，对面坐着顾言笙，身后还有很多很多人，而且这是在饭桌上，沈堪舆觉得自己不应该在饭桌上吃饭，更不能在阿笙面前吃饭。

沈堪舆觉得有很多双带着厌恶的眼睛在看着自己，一旦哪里做得不对，就会有人出来教训自己，再骂一句恶心。

这些想法和念头让沈堪舆的吞咽变得困难，冷汗也一直冒个不停，但等尝到粥的味道后便短暂地忘记了这些，眼睛一下就亮了起来。

沈堪舆语无伦次地夸赞道：“阿笙，好好吃啊！这个米……这个米是什么米，又香又甜！我下次也给你和甜甜买这个米！”

“什么米？”顾言笙有些蒙，“和你买的没什么区别吧，好像都是泰国香米。”

“啊，是吗？我熬的就没有这么好吃，好甜！”沈堪舆开始睁眼说瞎话。

每次饭菜做好后沈堪舆就跑了，最多匆匆尝一点点味道，早就不记得新鲜米饭和粥的味道了，原来它们这么香、这么甜，的确比速食粥要好吃很多。

“甜？”顾言笙有些疑惑，他在家里也吃了一小碗，的确绵软香浓，但是说不上有甜味吧？

“嗯！真的好甜，没放红枣和玉米也这么甜，阿姨好厉害！”沈堪舆说着说着，一大颗水珠落到脖颈上，不禁打了个寒战，但是脸上的笑容更深了。

顾言笙看沈堪舆跟个孩子一样，目光不禁软化了，语气无奈地道：“粥里一般也不放红枣和玉米吧，我好像也就见你放过。”

“是不是不太好吃啊？我做的确实不好，”沈堪舆的笑容充满歉疚，“有机会的话让阿笙尝尝我妈妈做的，很好吃的。”

沈堪舆揉了揉眼睛，低下头接着喝粥，但是喉咙里好像被什么东西堵住了，不但咽不下食物，还有些想吐，背上的衣服也渐渐湿透，整个人越来越冷。

沈堪舆吃了没几口就把勺子放下，随后把饭盒推到顾言笙面前，脸色还是白得像纸，也不知道为什么满头大汗，却仍兴致勃勃地道：“我吃饱啦，到你吃了！”

顾言笙蹙眉道：“我不吃。”

“啊？哦……对，你不吃的……”沈堪舆猛地反应过来，“那我……我去办手续你再吃！”

“什么？”顾言笙不知道这人的逻辑。

沈堪舆出了一头的汗，脑子里乱糟糟的，半天才理清了思路，恍然大悟似的急忙把饭盒挪了回来，心中懊恼不已，简直想把自己的手砍掉、嘴巴也封上，急忙道：“没什么，没什么。”

沈堪舆想：阿笙怎么可能吃自己吃过的东西？真是想讨好他想疯了！可是阿笙会不会还饿着肚子？如果自己刚刚没有那么贪吃，让阿笙先吃就好了。

沈堪舆放轻呼吸，盖好饭盒，小心翼翼地对顾言笙笑了笑，说道：“那剩下这些带回去给甜甜吧？我家小宝贝还没有喝到过这么好喝的粥呢。你还没吃饭的话，我现在回去给你做吧？或者你想吃外面的？我去给你买。”

顾言笙摇头道：“我吃过了，你这就吃饱了吗？”

他不明白沈堪舆怎么就饱了。沈堪舆一块猪肝、瘦肉都没吃到，连蛋花渣子都不舍得碰一下，舀了薄薄几勺粥水就着几粒葱花，也能吃得两眼发光一脸满足，仿佛吃的是山珍海味。

他想或许是沈堪舆没力气吃，手一直在抖，一头的汗，也不知道是累的还是疼的。算算时间，这人应该在这里吃那些垃圾食品有好一会儿了，但是他拿去丢掉的时候，里面还剩了很多，怕是也没能吃上几口。

“再吃一些吧，实在不行，我……”顾言笙本想说“我喂你”，但沈堪舆直接打断了他。

沈堪舆又开始胡编道：“阿笙我是真的饱了，我刚刚还吃了很多饼干，还喝了一盒牛奶，这些东西可涨肚子了。剩的这些粥都不一定够甜甜吃的，你那么宠她，这么好吃的东西不给她尝一尝合适吗？”

顾言笙无奈道：“她那么小，能吃多少？”

“那可不一定。”沈堪舆振振有词道，“你要是这样的话，我就去告诉她，爸爸不爱她了，都不给她吃好吃的，这样她就会不喜欢你的。”

“行吧。”顾言笙是真说不过沈堪舆，明明这人连吃饭的力气都没有，又是哪来的精力说这么多话？

不过，不知道是不是他想多了，沈堪舆的话虽然多，但是跟以前好像不一样了，精神状态有些奇怪。以前的沈堪舆好像每时每刻都在说话，现在却只是看着他，或者等他先开口说话之后才开始滔滔不绝起来。

是他疏忽太久，还是这人真的变了？

沈堪舆出院之后，顾言笙原本想找个时间两人好好谈谈，但游娱工作室的《沧海笑》吸引到了不少投资者，为了争取到最优质的资本，顾言笙不得不忙碌起来，开始东奔西跑地应酬，也没什么时间在家里带孩子，更别提跟沈堪舆谈事情了。

沈堪舆知道顾言笙酒精过敏且酒量极差，连吃一块酒心巧克力都会晕晕乎乎的，酒喝得稍微多一点就会直接不省人事。不过，若喝酒全靠苏桐的话，不知道顾言笙得心疼成什么样子，毕竟苏桐身体也不好。

沈堪舆想：可惜自己的身份见不得人，否则阿笙要是带自己出去的话，保证能一口气喝倒十桌人，帮阿笙挡掉所有的酒。

沈堪舆也没什么办法，只能给顾言笙买最好的醒酒糖和抗敏药。这样的话，顾言笙哪怕万不得已要沾酒，也不会直接醉倒在地。

事实证明这玩意儿还是有点靠不住，某天夜里沈堪舆忍着胃疼正在直播，忽然接到了苏桐的电话，对方的声音还带着明显的醉意：“堪舆吗？”

这是沈堪舆曾经的挚友，也被沈堪舆无理取闹地伤害过无数次的，阿笙最喜欢的人。

忽然接到苏桐的电话，沈堪舆不知所措地张了张嘴，喉咙像是被什么堵住了，半天才发出沙哑的声音：“嗯，阿桐。”

苏桐温和地说道：“你能来新月饭店接一下阿笙吗？他喝醉了，我也醉了，没办法把他弄回去。”

“啊？好的，我马上过来。”

沈堪舆关掉电脑，就着手边的凉水吞了好几种药，又去隔壁卧室看了看睡得香甜的女儿，哭笑不得地擦了擦她流了一下巴的口水。

小丫头现在睡觉越来越野，沈堪舆有些担心她会从床上滚下来，就把床上另一张被子卷起来在她身边绕了一圈。

沈堪舆想了想还是不放心，又把自己房间里的枕头、被子抱了过来，准备围着床在地上铺一圈。

沈堪舆的腰自从上次伤到之后就一直没有完全恢复过来，现在胃也跟着闹腾，很难站着弯腰完成这些简单的动作，于是只能扶着床慢慢跪在地上，再把东西整整齐齐地铺好。

这时，床上的顾雨甜忽然大叫了一声："走开！"

沈堪舆吓了一跳，然后发现小丫头只是闭着眼在哼哼唧唧，应该是做了噩梦。

不知道在这小丫头的梦里自己又怎么欺负她了，看来自己的洗脑工作做得很好，女儿越发地爱爸爸，自己则越发可有可无。

趁着这个机会，再给小丫头洗洗脑吧。

沈堪舆伏在床沿，轻柔地顺着孩子的胸口，温言软语地安慰道："甜甜，没事的，我是爸爸哦，爸爸在，甜甜可以睡觉的。"

孩子眼角噙着泪花，撇着小嘴呜咽道："讨厌小鱼，走开……"

沈堪舆无奈地笑着，用拇指头拭去她脸上的泪花，声音轻得像从梦里传来一般："不用担心这个，以后甜甜就只和爸爸在一起了，不要怕。"

"呜……"

"爸爸向你保证，小鱼走了就不会再回来了，你不哭了，好不好？"

"嗯……"顾雨甜终于安静下来，小脸埋进枕头里又睡了过去。

沈堪舆替孩子掖好被子，撑着床沿有些艰难地站了起来，胃里绞得背都挺不直，心里却美滋滋地想着：小孩真是好骗得很，连自己和顾言笙的声音都分不出来，这么难听的声音怎么跟阿笙的"神仙低音炮"比。

得意了没一会儿，沈堪舆又觉得自己骗孩子的行为很过分，一边打车赶往饭店一边心生内疚，默默地在心底给孩子道歉。

——宝贝啊宝贝，以后我会先离开，但可能不会那么快消失，在那之前可能会偷偷回来看你们，但是一定会很安静、很小心，不会打扰到你们。

——你如果觉得有人在偷偷看你，可不可以不要回头，就假装我从来没有回来过吧。

——我先向你道歉，希望你有一天知道我这些话是骗你的，不要那么讨厌我。

——毕竟我很爱你。

沈堪舆赶到饭店的时候，顾言笙一动不动地趴在桌子上，身边有好几个工作室的人围着，却没有看到苏桐。

这些人应该都是游娱工作室后来新招的同事，沈堪舆没有见过，他们看起来也并不认识自己。

沈堪舆和他们打了声招呼，俯下身去轻轻地揉了揉顾言笙的后脑勺，叫道："阿笙？"

顾言笙面颊微红，眼睛闭得很紧，长长的睫毛一动不动的，在脸上覆下柔和的阴影。

沈堪舆轻轻地戳了戳他的脸，道："大傻子，不能喝酒还喝这么多。"同时忍不住在心里嘀咕：阿笙是不是碰到了什么难过的事情？是苏桐说了什么吗？苏桐怎么会把喝醉的阿笙一个人丢在这里？

沈堪舆莫名地有些心慌，但现在不是追究的时候，阿笙喝醉酒这样昏睡，很容易生病感冒，得先把他带回家。

出租车在小区门口停住，沈堪舆在司机的帮助下把顾言笙背到了背上。

司机看着沈堪舆吃力又小心翼翼的样子，忍不住道："要不您扶着他走吧？醉酒的人其实可以勉强扶着走的。"

实在不是司机喜欢多管闲事，主要是他亲眼看着这位乘客胃疼了一路，好几次疼得呼吸声都快没了，却愣是一声不吭。

对方中途还让他停车，蹲在路边的花坛旁吐了一次。等他下车查看的时候，发现对方什么也没吐出来，只是胳膊狠狠压着胃部，整个人蜷成了虾米，眼神都有些恍惚了。

他问这位乘客要不要去医院，对方摇摇头说要带喝醉的小朋友回家，还笑得阳光灿烂的，要不是对方脸色惨白、满脸冷汗，真会让人觉得这人什么事都没有。

眼下，这位乘客唇角一扬，司机差点被对方一口大白牙闪到了。

“不行，他是我的宝贝，”沈堪舆趁顾言笙人事不省，皮劲儿又上来了，“你瞅这细皮嫩肉、身娇体贵的，万一摔着了可不好。”

司机叹了一口气，问：“您真的没事吗？”

“我能有什么事？不瞒你说，我其实是故意装给他看的。我最近惹他不高兴了，想装个样子撒撒娇、讨讨好，没想到他真的醉得这么死，眼皮都没动一下……”沈堪舆念叨了一番，忽然发现司机的表情有些尴尬，这才反应过来。

沈堪舆想：自己确实太久没和人说话了，总是自言自语就能说上一整天，现在逮到个愿意回应自己的人，嘴就跟上了发条似的停不下来，都没考虑一下人家的感受——谁愿意听陌生人家长里短的破事啊。

“对不起啊，不应该跟你说这么多的，”沈堪舆不好意思地笑了笑，因为说了很多话，喉咙又干又疼，声音比刚才哑了很多，但是不敢咳嗽，一咳嗽胃就痛得像要爆开一样，便继续扯着这么个破嗓子道，“谢谢您关心，那我不耽误您做生意了，我带他回家啦。”

沈堪舆微微侧过脸，对趴在自己肩膀上的顾言笙哄孩子似的道：“阿笙，我们回家喽。”

可能是沈堪舆太瘦，背上全是骨头，顾言笙被硌得不舒服，不安分地动着。

“哎，干吗？乖一点，甜甜都比你听话。”沈堪舆怕他滑下去，赶紧颠了一下，把人颠上来，胃里跟着又是一紧，揪扯着疼，但还在可以忍受的范围内，

沈堪舆喘息着忍了一会儿，腾出一只手擦了擦额头上的汗，怕待会儿进入眼睛里看不清路。

沈堪舆走得很慢，便和完全没意识的顾言笙说起了话。

说一些顾言笙醒着的时候，沈堪舆不能，也不敢跟他说的话。

“阿笙，你说爱情的力量多伟大啊，我刚刚在车上疼得都坐不住了，结果一背着你，又觉得什么毛病都没有了，你是什么神奇的止痛药啊？你以后别喝这么多酒了好不好？胃会坏掉的，胃疼特别难受。阿桐人那么瘦，身体也不好，你也不忍心让阿桐背着你回家对不对？以后不可以再多喝了，要听话。

“也不知道阿桐以后能不能把你照顾好，你又挑食又浅眠，吃不好、睡不好的。”沈堪舆发愁地叹了一口气。

沈堪舆总觉得把顾言笙交给谁照顾都不放心，虽然沈堪舆自己也没有把顾言笙照顾得很好。

可是也没有什么机会弥补了，沈堪舆想，自己以后再也没有机会照顾他了。

“没关系，你别怕，我都跟甜甜说好了，以后她在世界上最爱的人只能是爸爸，她长大了会照顾你的，一定会是你的贴心小棉袄。但是你要记得小棉袄也是小公主哦，你也要像她爱你一样爱她才行。”

“她说爱你的时候，一定要记得回应她呀。她很乖的，有时候撒娇闹脾气，你跟她说‘爸爸爱你’，她就会开心的，很开心很开心那种。到时候，你们开心地过着小日子，会不会把我忘了啊？

能不能……”

沈堪舆说不下去了，因为疼得没力气了，再这么多话可能就背不稳阿笙了。

沈堪舆想：虽然想起讨厌的人会让人很难受，但顾言笙能不能不要把自己忘得太干净。如果顾言笙有空的话，隔个三五年到自己坟头，不用说话也不用烧纸钱，只要放几朵野花、几株野草，让自己知道他们过得很好就足够了。

他没空的话也没有关系，自己活着的时候已经浪费了他那么多时光，蹉跎了他那么多岁月，死后总不能再死乞白赖了吧。

会不会被他忘得一干二净呢？可不可以不要这样？沈堪舆知道，像自己这样的人，活着的时候如此招人厌烦，死了之后也会很快被所有人遗忘，可能连坟头都不会有，但沈堪舆还是希望顾言笙能记得自己，能记得这个世界上曾经有一个叫沈堪舆的人特别特别爱他。

——阿笙啊，我真的很喜欢你。

——这辈子你不喜欢我，没关系的。

——下辈子不喜欢我也可以，只要不这么讨厌我就好了，我真的很想知道，不被你讨厌是一种怎样幸福的感觉。那些不被你讨厌的人，每天看着这么好看的你对他们笑，听着这么温柔的你跟他们说话，一定开心坏了吧。

——真的，很想知道那种感觉。

——所以我想我应该要早一点去下辈子等你。

沈堪舆把顾言笙背回家后稳稳当当地放在了床上，又替他脱掉了鞋袜和西装外套，摘了领带、皮带，把他的衬衫解了几粒扣子。

沈堪舆本来是想让他睡得舒服一些，但解到第二颗扣子时心跳如擂鼓，不敢再往下解，只扯过被子帮顾言笙盖好。

沈堪舆手忙脚乱地跑到洗手间泼了自己一脸冷水，冷静了一小会儿，又拿了一条温毛巾出来，给顾言笙擦脸和脖子。

做完这一切，沈堪舆直起腰时，一直都有些钝痛的胃突然狠狠一绞，像有一把锋利的剪刀毫无预兆地剪断了身体里残破不堪的电线，灭掉了所有的光。

沈堪舆顿时觉得被抽干了所有的力气，眼前一黑，虽然疼得很厉害，但却发不出半点声音。

沈堪舆怕自己倒在顾言笙的身上，把顾言笙砸伤，便咬牙踉跄着后退了两步，整个人往后倒了下去。

沈堪舆不知道自己砸到了什么东西，只知道脑海里和耳朵里都是轰隆隆的巨响，整个人仿佛坠入了无尽深渊。过了很久很久，巨响消散后，沈堪舆才感觉到浑身上下散架般的剧痛，昏不过去也醒不过来。

沈堪舆像个活死人一样躺在地上，疼得时不时抽搐一下，直到听见顾言笙微弱地喊起了苏桐的名字，才清醒过来。

阿笙在做噩梦。

意识到这一点，沈堪舆咳嗽一声，攥紧拳头，用指甲狠狠扎着手心的肉，感到力气重新在身体里凝聚，视线也渐渐清晰，撑着地板慢慢地爬了起来。

沈堪舆趴在顾言笙床边，轻轻握住他的手，哑声安抚道："阿笙，我是阿桐，我没事的，你别怕。"

"阿桐……"或许是疼痛让沈堪舆的声音变得沙哑难听，顾言笙仍旧蹙着眉头喊苏桐的名字，并未安静下来。

"我在，我没事，"虽然知道顾言笙看不见，沈堪舆仍旧努力学着像苏桐一样笑，抬起手轻缓地给他顺着胸口，像哄甜甜睡觉一样哄他，"阿笙乖乖睡觉啊，睡醒了我们一起出去玩好不好？"

——我们去大理。

——我们去下雪的北方。

——我们去有海的小岛。

——我们去能看到银河的高山。

——我知道你一直都想去这些地方，我一直都想陪你去，只是怕你不开心，我也知道你不愿意和我一起去。

——你乖乖睡觉，我一定会让阿桐陪你一起去的，我已经帮你们存了足够的钱，也做了很全面的攻略，你们想去哪里都可以的。

——你们以后可以一起出去玩了，你开心一点，不要再做噩梦了好不好？我很心疼。

顾言笙看起来平静了很多，不再发出难受的梦呓，只是微微蹙着眉头。

沈堪舆忽然觉得身上其他的疼痛都不见了，心脏却开始绞疼，不知道为什么，明明自己是笑着的，眼眶却湿了。

沈堪舆握着顾言笙的手，嘴唇哆嗦不止，声音断断续续，哽咽着温柔地重复道："阿笙，我是阿桐，我爱你。我很爱你啊。"

——你听得到吗？

——我爱你。

——阿笙，我爱你。

顾言笙听到这句"我爱你"时忽然战栗了一下，像是被触碰了心底的某一处禁区，放出了里面封锁着的滔天巨浪与万里黄沙，淹没并侵蚀所有的理智。

他吃力地睁开眼，眼底浑浊而赤红。

沈堪舆还没有发现他醒了，忽然被他用力地从床边推了下去，倒在冰冷坚硬的地板上。

沈堪舆疼得眼前昏黑，撑了一下地板却起不来，只能哑着嗓子茫然地喊了一声阿笙，随后便感觉顾言笙压在了自己身上，用力地撕扯着自己的衣物——这是自己今天去接他之前，怕给他丢脸，特意选的最好看、最昂贵的一身。

沈堪舆下意识地想阻拦顾言笙的动作，手腕却被顾言笙用力扣在地上，骨头甚至发出被碾压的咯咯声。

“阿笙，”沈堪舆感觉自己的骨头可能断了，完全没办法挣开，疼得冷汗直流，连话都说不清楚，“阿笙，你别……”

沈堪舆开始觉得冷，身体不受克制地发抖，紧接着又听到近在咫尺的顾言笙用沙哑低沉的声音，一字一句地念出自己的名字：“沈堪舆。你说你是苏桐？说你爱我？好，我成全你。只要你放过苏桐，别再去伤害苏桐。”

沈堪舆的胃和心脏都承受不住发怒的顾言笙，呼吸越来越困难，喉咙里腥味越发明显。

沈堪舆担心自己吐出来弄脏顾言笙，可又因为没有办法把它们吞下去，只能咬紧嘴唇，让它们慢慢地从唇缝中流出来。

沈堪舆再也说不出话了，神志越发昏沉。

没有感情的婚姻，自始至终都残忍得像一种酷刑。

沈堪舆知道这是自己该受的，因为先施酷刑的人是自己。

顾言笙在醉酒后的昏睡中，听到了沉重的物体撞击声和落地声，那声音在他脑海里萦绕不去，和记忆中的某种声音重合——是那天，装着苏桐的木桶从台阶上滚下的声音，像梦魇一样纠缠着他。

是沈堪舆。

是沈堪舆这个疯子。

这个疯子非要跟他结婚生子，他可以忍。为了孩子、为了父母，他也愿意慢慢将苏桐割舍，认真跟沈堪舆尝试一下。

他不知道自己能否做得到，也不想给沈堪舆无谓的希望，所以从来没有说过想好好过日子的话。

如果沈堪舆没耐心，想发脾气，完全可以冲着他来，为什么非要去伤害苏桐，非要让所有人都痛苦难堪？

凭什么这个疯子就可以为所欲为，让别人痛苦？凭什么？

酒精能侵蚀人的理智，将人压抑在骨血深处的阴暗与暴戾的火星点燃，弥漫在鼻腔间的血腥味，和那天苏桐满身骇人的血腥味一模一样。

顾言笙被胸膛里的怒火烧得发狂，他缓缓开口，声音沙哑低沉的像索命的修罗："沈堪舆，你在颤抖？在挣扎？在哭？你也知道被别人强迫有多痛苦吗？你也知道吗？

"你这个疯子，浑蛋，做尽恶事，为什么还能每天安然无恙，嬉皮笑脸？真的是遗臭万年吗？我这么对你，你会愤怒吗？愤怒的话，要不干脆杀了我吧。我不想再看到你了。"

沈堪舆在疼痛中昏厥过去，又在疼痛中清醒过来，眼里像蒙了一层雾，没有焦距也没有光芒，胸口很闷，呼吸困难得只能张着嘴费力地喘息，嘴唇干得像龟裂的河床。

沈堪舆的视线从天花板收回，扭头看向身旁又陷入昏睡的顾言笙，被对方脸上干涸的血吓了一跳。本来动一动都费劲的手指一下就抬了起来，轻轻擦拭着那些血迹。

还好，能擦干净，不是阿笙的血，阿笙没有受伤。

沈堪舆松了口气，随即又忽然想到什么，神经一下紧绷起来。

不是阿笙的血，那就是自己的血沾到阿笙身上了？他醒过来要是发现身上全是自己的血，一定会恶心死的。

沈堪舆顿时坐起身，只是身体上的剧痛差点又令其昏过去，便连忙吞了几粒药片，按着胸口坐在原地休息了一会儿，然后从地上爬起来。

沈堪舆浑身都是血污，为了避免再次弄脏顾言笙，只能匆忙地到浴室里将自己冲洗干净，再用热水将一条毛巾泡热，回来帮顾言笙脱衣服、擦身子、换睡衣。

行动中，沈堪舆觉得自己左手某根骨头好像受伤了，虽然吃了止痛药，痛感不是非常明显，但总觉得使不上力，做起事来也拖沓了许多。

沈堪舆特别害怕顾言笙会醒，提心吊胆地做完这些事，就把顾言笙弄回床上，盖好被子，又因怕顾言笙会惊醒，就半跪在床边，一下一下地抚着顾言笙的胸口，一直到顾言笙的呼吸变得平稳，再次熟睡，才转过身开始收拾满地狼藉。

沈堪舆收拾出一个碎掉的水晶摆件，看起来不是很便宜，捡碎片的时候手都在哆嗦，想着不便宜还好，但如果是顾言笙和苏桐的什么信物，那自己就彻底完了。

所幸还能看出来它的牌子，自己现在赶去商场，说不定能买一个一模一样的回来。

沈堪舆三下五除二地把碎片收进一个袋子里，撑着膝盖想站起来，却忽然觉得胸口闷得厉害，气管里又干又痒，最后实在没忍住，腰还没直起来就仓促地俯下身，捂着嘴费力地咳了一下，结果咳了一手的血。

沈堪舆怔怔地看着满手的血，茫然地想着自己也没觉得哪里疼，这么多的血是打哪儿来的?

沈堪舆脑子蒙得厉害，俨然已经忘记自己吃过止痛药这回事儿，怎么也想不明白为什么突然吐血。不过看血的颜色不深，应该也没什么大问题。

咳嗽没有止住，仍旧有血被断断续续地咳出来，沈堪舆怕弄脏了地板，揪起自己的衣领堵住嘴唇，匆匆离开了顾言笙的卧室。

沈堪舆抵达商场后，还真的找到了一模一样的水晶摆件，把摆件装进包装盒里的时候甚至觉得自己又一次中了大奖。只是当沈堪舆准备赶回家的时候，忽然在店里看到了熟悉的身影。

是苏桐，对方身边还有一个高大英俊的男人陪着。

男人揽着苏桐的肩膀，在其耳边低声说着什么，苏桐听后笑了笑，脸上透出了淡淡的粉色。

沈堪舆感觉自己仿佛在晴空万里的平地上被一记响雷击中，思想和身体都劈了个四分五裂，整个人僵在原地，大脑宕机一般看着他们走出店铺，猛地回过神，拔腿追了上去。

但就这么一会儿工夫，两人已经不知道走到了哪里，外面也不知道从什么时候开始淅淅沥沥地下起了小雨。

沈堪舆问了好几个路人，总算在一条安静的小街道上找到了他们。

沈堪舆看着二人在伞下互相依偎的背影，觉得自己的心脏仿佛被人挖了出来，胸口又空又冷，以至于开口喊苏桐的时候，嘴唇都是哆嗦的。

苏桐听到有人在叫自己，停下脚步回过头，看到是沈堪舆后愣了几秒，随即温柔地笑了起来，道："是你啊。"

这笑容还是和从前一样，看一眼就让人觉得仿佛陷入了一床温暖柔软的绒羽里，宁愿就此沉醉，再不起身。

苏桐还是像以前一样好。

可是这么好的苏桐，不再需要顾言笙了吗？

沈堪舆站在原地，不声不响地看着苏桐，苏桐侧过头对身边的男人道："陈深，这是我的一位老朋友，我们有些事想单独谈一下，你去那个亭子下面避避雨好吗？"

陈深明显不悦，虽然答应了苏桐，走开的时候却用冰冷而警惕的眼神看向沈堪舆。

苏桐走过去，撑着伞替沈堪舆遮雨，问："你脸色很差，生病了吗？”

沈堪舆连忙摇头，擦了擦脸上的雨水，咧开嘴对苏桐傻笑，说话的声音特别轻：“阿桐，你把伞撑过去一点吧，你肩膀湿了，我不遮也可以的。”

苏桐笑了笑，眼神通透清澈，道：“堪舆，你有什么话不妨直说？”

沈堪舆垂下眼，低低喘了口气，轻声道：“那个人……”

“如你所见，是我的爱人，”苏桐没等沈堪舆说完就回答了这个问题，脸上满是笑意，“我们预计年底结婚，昨天应酬的时候我给阿笙发了请帖，你也可以和他一起来。”

爱人？结婚？还发了请帖？怪不得阿笙那样不爱喝酒又不能喝酒的人醉成了那个样子。

拿到苏桐的结婚请帖，阿笙该有多么难过，好不容易喝了点酒想好好地睡一觉，又因为自己笨手笨脚地摔了一跤惊醒过来。

沈堪舆垂眸看着苏桐无名指上的戒指，想起顾言笙半梦半醒中反复喊苏桐的名字，觉得心疼得绞成了一团，脑海里也是一片混乱，数不清的念头在里面闪来闪去，却没有一个清晰的结果。

沈堪舆朝苏桐伸出手，明明每根手指都干净得近乎苍白，却还是觉得脏，于是又收了回去。

沈堪舆胡乱地在裤腿上擦了擦手，勉力冲苏桐笑了，声音沙哑道：“阿桐，我……我和阿笙马上就要离婚了，离婚协议书我都写好了的，找律师看过的，律师说没什么问题，等阿笙签字就好了。我什么都给他，甜甜也是他的。”

苏桐平静地看着沈堪舆，目光里无悲无喜。

沈堪舆被这样的目光看得喉咙一滞，好像又有腥味的液体堵在那里，等费力地将它们吞咽下去，却说不出话来了。

苏桐看沈堪舆似乎没有话要说了，轻轻叹道：“堪舆，这是你和阿笙之间的私事，不必特意跟我说。”

沈堪舆红着眼眶拼命摇头，嘴唇开了好几次都发不出声音来，最后克制不住地咳嗽了一声，好不容易被吞下去的液体再度涌了上来，堵得呼吸困难，眼前发黑，腿上也没什么力气，突然后退两步，直直倒了下去。

眼前的人倒得太突然，苏桐来不及伸手扶住，愣在了原地，片刻后道：“堪舆？”

沈堪舆双手撑着地面，低头将堵在喉咙里的血咳了出来。

血液仍旧是粉色的，在积满雨水的灰色水泥石板路上，很快就被冲得没了痕迹。

“我求求你，我求求你——”沈堪舆终于能说出话来，声音却微弱得穿不透雨幕，所以不得不提起一口气，重复了很多遍，“我求求你了阿桐，你给阿笙一个机会吧，他还在等你，他一直都喜欢你……”

闻言，苏桐原本想伸出去扶沈堪舆的手顿时收了回来，唇角的笑意变得万分悲凉，道：“你这样又是何苦？当初为了和阿笙在一起，你连杀了我的心都有吧？现在发现我不在了，你仍旧无法得偿所愿，想通过这种方式来做无谓的补偿吗？”

苏桐的话句句扎心，沈堪舆脸上的血色迅速褪尽，眼底也看不到丝毫光亮。

沈堪舆知道自己没权利也没脸面再说什么，整个人伏在地上，微不可闻地道：“对不起……”

苏桐闭上眼叹了一口气，道：“你这又是做什么？先起来。”

沈堪舆没有动。

两个人就这样僵持着，直到雨停了。

苏桐无可奈何地在沈堪舆面前蹲下，将雨伞放在地上，然后扶着沈堪舆的肩膀，让对方抬起头面对自己，这才道：“堪舆，你听我说，你这声‘对不起’我可以收下，我也欠你一声‘抱歉’，很抱歉在你和阿笙结婚之后，我没有和他保持足够的距离，让你们之间产生了误会。但请你相信，我现在对他已经没有任何感觉了，我有了自己想要厮守一生的人，也希望你停止这些行为，坚持你的初衷继续和阿笙好好地生活。你自以为是的退让，是对所有人的侮辱，你明白吗？”

“堪舆，我一直都觉得你像个孩子，但是你现在结婚了，也有自己的孩子了，要学着成熟一点，不能再像以前一样想到什么就是什么，这个世界不会一直如你所愿。就这样吧，我该走了。”

沈堪舆耳边都是杂音，最清晰的就是胸腔里急促的心跳声，这导致沈堪舆费了很大力气也没能把苏桐的话听清楚，只是模模糊糊地看到苏桐站了起来好像要走，便急急忙忙地伸出手想拉住苏桐。

沈堪舆不想听别的，只知道苏桐要走了，可是苏桐走了的话，阿笙该怎么办？阿笙以后的日子里都不会再有光了，他生命里所有的光都要转到完全不同的另一个方向去了。

拜自己所赐。

沈堪舆拼命地伸出手想要抓住什么，结果什么都还没碰到就被人紧紧扣住，力道大得几乎要把手骨捏碎。

紧接着，沈堪舆被人大力地甩到了地上，再也没力气去抓住什么。

“陈深，别伤人！”苏桐低声喝止着，拉住陈深的手，“没事了，我们回家。”

陈深反握住苏桐，冷冷地看着地上的沈堪舆和地上的伞，问：“你的伞不要了？”

苏桐转过身，没有再看沈堪舆，道：“留下吧，我们不是还有一把吗？”

陈深还在气头上，道："这就是那个把你关进木桶的沈堪舆是吧？你还这么以德报怨，就不怕人回过神来再捅你一刀？"

苏桐轻笑着摇头，道："不会的。"

"这人要是敢再动你，我一定不会善罢甘休的。"

"好了，回家吧。"

陈深牵起苏桐的手，余怒未消地道："这人的脑子是不是有什么毛病？你听听那些话，这是把我、你还有顾言笙都不当人看了啊。"

苏桐无奈地道："话别说这么重。我们俩认识这么久，堪舆在人情世故这方面的认知确实很欠缺，一些言行也很奇怪，但事实上没什么恶意，只是需要人教导。"

陈深嗤笑道："人家爸妈不教，顾言笙也不教吗？轮得到你来教？"

"好了好了，不说这些了，"苏桐哭笑不得地握紧陈深的手，"咱们再去家具店看看。"

沈堪舆低着头蹲在地上，在一片杂音中，隐约听见了自己的手机在响，没看清来电显示就接了起来："喂？"

"沈堪舆？"

听到对面的声音，沈堪舆还以为自己出现了幻听，愣了一会儿才不确定地道："妈妈？"

"嗯。"电话那头的人真的是自己妈妈李清！

沈堪舆兴奋起来，立刻宝贝似的攥着手机，声音沙哑地又喊了几声妈妈，怕对方可能是不小心拨错电话，没一会儿就要挂掉，就啰唆了一堆："妈妈，你听得到我说话吗？你找我有什么事？我这边有点吵，听得不太清楚，你发短信告诉我也可以。"

电话那头沉默了一阵，缓缓道："你爸爸的肝硬化越来越严重了，你有时间的话过来做个配型吧。”

“哦，好啊！我明天就去做，妈妈你等会儿把医院地址什么的发短信给我，”明知李清看不到，沈堪舆还是拼命地点着头，像是对母亲的保证，“你看着爸爸，不要再让他再乱来了！一天到晚抽烟喝酒。对了，妈妈，哥哥最近还好吗？他好久没有联系我了，是不是身体又不舒服了？”

“你说什么呢，沈堪舆？”李清像是听到了什么大逆不道的话，忽然就发怒了，“你就盼着你哥哥不好是吗？亏他还万般阻拦我们，怎么都不肯让你来做配型，你就指着他出问题吗？”

“不是，我不是那个意思，我……”沈堪舆想解释，却不知道要怎么解释，最后只能不停地道歉，“对不起妈妈，我说错话了，你不要生气。”

——我只是担心哥哥，又不敢去烦他。

——我只是想问，要不要顺便跟哥哥做一下心脏配型，我可以什么都不要的，不管你们需要什么，只要我有的，我都会给，只要你们愿意收……可是自己这颗心脏好像已经不是很健康了，应该不能给哥哥了，会害了他的。

沈堪舆只能祈祷自己的肝脏还是好的，能捐给爸爸，让爸爸以后都平平安安健健康康的，不要再有病痛了。

沈堪舆的道歉让李清情绪平复了些，她意识到自己刚刚说话太冲，语气便缓和了很多：“没事，最近你爸爸情况一直不好，我有点心烦。”

沈堪舆连忙道：“我知道，妈妈你别担心，配型一定会成功，爸爸马上就能好起来！”

“嗯，希望如此。”

沈堪舆傻笑两声，然后轻轻地道：“妈妈，我明天做完配型能不能回一趟家呀？我想回去看一看。”

李清没有回应，沈堪舆又立马道：“不能也没关系，我就是想看看我当年种的那棵三角梅有没有活下来，妈妈你能拍个照片给我看一下吗？”

沈堪舆上大学离家前，像是预感到自己这次出去可能就再也没机会回这个家，就在家中的后院种了一株三角梅。

三个角，一个是爸爸，一个是妈妈，一个是哥哥，他们会像三角梅一样，一直亲密无间地融合在一起，幸福又美满。

李清并没有注意什么三角梅，直接道：“我尽量吧，应该没空。”

沈堪舆擦了擦脸上未干的雨水，笑容有些模糊，道：“没关系！”

“嗯，先挂了，给你爸爸熬粥呢……”

“哎，妈妈！”沈堪舆急急地叫住她，“你……你给爸爸熬的粥，他喝得完吗？”

李清不知道他问这个做什么，迟疑了一下才回答：“还行，看他胃口，怎么了？”

沈堪舆小心翼翼地道：“我明天过去，要是……要是粥有剩的话，不要倒掉好不好？我……我想喝一点。”

“知道了。”

“谢谢妈妈！”沈堪舆的话还没说完，李清就把电话挂了，但沈堪舆仍旧拿着手机，对着听筒里传来的忙音轻轻地道，“妈妈再见。”

收起手机，沈堪舆仍旧蹲在地上，很久都起不了身。

止痛药的效力好像过去了，疼痛和疲惫一起袭来，沈堪舆意识昏沉间，好像看到妈妈走过来，微笑地朝自己伸出手，想要扶自己起来，就像以前爸爸生气教训自己时，妈妈偶尔还会安慰自己的时候一样。

沈堪舆艰难地试着往前走，朝那个并不存在的身影挪过去，伸出了自己枯瘦苍白的手。

沈堪舆觉得自己好像触碰到了妈妈的指尖，但对方立马变成一片冰冷的空气，弥漫消失，沈堪舆仍旧固执地对着空气，一遍又一遍地喊妈妈。

可始终没人回应。

第五章

shenkanyu x guyansheng

今年外面特别冷

在李清的记忆里，小时候的沈堪舆一直是一个很乖的孩子，从来都是笑嘻嘻的，不爱哭也不会闹，哭得最大声的一次就是刚刚出生的那天，被护士在屁股上狠狠地拍了一巴掌。

沈堪舆三岁多的时候，还是一个肉乎乎的小糯米团子，走路摇摇晃晃的，没有断奶却已经学会自己冲牛奶喝了，还知道要尽量把奶粉留给哥哥，每次冲都是一两勺奶粉灌进去几百毫升的水。

沈堪舆第一次给自己冲牛奶时，兴奋地拿着奶瓶，抱着李清的大腿，奶声奶气地说："妈妈、妈妈，你看看我呀，我会冲牛奶啦！"

李清当时给沈澹兮做营养餐忙昏了头，也不曾想过这么小的孩子得饿成什么样才会自己跑去冲牛奶喝，接触热水又是怎样的危险，只随意地应了一句："是吗？真棒。"

哪里知道这一句就夸得沈堪舆心花怒放，白嫩嫩的脸蛋因为兴奋变得粉扑扑的，咯咯笑着攥着她的裤脚，非要让她尝一口自己冲的牛奶："妈妈喝！超好喝的！"

她被缠得不耐烦，忍不住把沈堪舆从自己的腿上扯下去，道："你乖一点，自己到旁边去喝，妈妈很忙。"

沈堪舆平时就很喜欢抱着李清或者沈之航的小腿撒娇，沈之航会直接一脚撂开沈堪舆，而李清要是被沈堪舆缠得心软了，就会蹲下来抱沈堪舆，像这样粗鲁的回应还是第一次。

沈堪舆在被妈妈扯开的时候眼圈红了，却也没闹，只是吸了吸鼻子，乖乖地点头道："哦！好的！"

李清以为沈堪舆真的乖乖跑到一边去喝牛奶了，没想到做完饭，转头就看到一个小人抱着牛奶瓶站在厨房门口等着，并对自己展开一个粉嫩稚气的笑容，露出了嘴里几颗乳牙。

沈堪舆笑眯眯地举起小短手，把奶瓶伸向她："妈妈喝！"

她鼻尖一酸，连忙把奶瓶接过来喝了一口。

因为奶粉放得很少，牛奶淡得几乎没有味道，李清皱起眉头，说："妈妈给你重新冲一瓶"。

沈堪舆小脑袋摇得像拨浪鼓，说："这样才是最好喝的。"然后抱着牛奶瓶咕噜咕噜地喝完了。

相比沈之航，李清觉得自己对这个孩子好了很多，至少沈之航想教训孩子的时候，她会拦着，但也不过是五十步和一百步的区别，因为她拦着的理由，是怕沈之航真的把沈堪舆教训出个好歹来，没人给沈澹兮救命。

沈堪舆的出生就是个不受欢迎的意外，但最开始，他们夫妻俩并没有那么排斥这个孩子，只是沈澹兮身体不好，他们要花更多心思去照顾，所以无暇顾及小的那个而已。

沈堪舆刚学会爬的时候就在家里到处乱爬，有一次，李清因为找不到这孩子急得焦头烂额，连沈澹兮发高烧都不知道。等她找到沈堪舆的时候，沈澹兮已经烧得没了意识，去医院的路上连呼吸都停止了。

这件事让夫妻俩对沈堪舆的漠视变成了厌烦，他们开始频繁地把沈堪舆送去不同的亲戚家，很少带在身边。

后来为沈堪舆上户口本的时候，他们带沈堪舆去验了血型，发现两个孩子的血型完全一致，便想着以后沈澹兮病重的时候，或许能让沈堪舆做器官移植，就更不想在这个孩子身上注入太多感情，怕以后自己会心软，会贻误了沈澹兮的治疗时机。

再后来，沈堪舆变得不服管教，甚至做出夺人所爱、未婚先孕这样恬不知耻的事情，他们之间的关系也就降到了冰点。

李清已经很久没有和沈堪舆联系过了，她还以为对方对自己的态度，会像她一样冷漠，甚至是厌弃，捐肝这种事情不可能会轻易同意。

可是沈堪舆一接到她的电话就连着叫了她好几声妈妈，还机关枪似的说了一堆话，像是怕这辈子没机会再叫她妈妈、没机会再跟她说话一样。

她准备了一肚子想说服沈堪舆去捐肝的话，可才刚开了个头，沈堪舆就说“好，我明天就去”。

其实沈之航的情况还没有那么严重，他们只是想提前做好准备而已，她真的没想到沈堪舆直接答应了，而且答应得那么迫切。

就像是怕他们会不要一样。

沈堪舆将近七点才回到家，顾言笙穿着一件浅灰色的家居衫坐在沙发上，正在用笔记本电脑处理公务，顾雨甜靠在顾言笙腰侧咕噜咕噜地喝着牛奶，腮帮子肉肉的、圆圆的，透着小孩子特有的嫩嫩的浅粉色。

因为沈堪舆练就了来无影去无踪、开门都没声的“轻功”，父女俩并没有发现沈堪舆回来了，仍旧全神贯注地继续干着自己的事情。

沈堪舆觉得不会再有比这更美好的画面了，忍不住在门口站了一会儿，连呼吸都放得很轻，生怕惊扰了他们，直到有些站不住了才提着一袋新买回来的肉菜，径直走到沙发边，一屁股在沙发扶手上坐下来。

顾雨甜吓得奶瓶都掉了，被牛奶溅了一脸。

顾言笙也吓了一跳，扭过头看了沈堪舆半天才反应过来，道：“你什么时候回来的？”

沈堪舆差不多是摔下来的，虽然是在柔软的沙发上，但还是摔得心口剧痛，喘不上气也说不出话，也不敢抬头看顾言笙，低头抽了张纸巾想去帮顾雨甜擦脸。

小丫头打开沈堪舆的手，两只眼睛水光盈盈，气乎乎地扭过头抱住顾言笙："你走开！不要你！"

沈堪舆愣了一下，笑着把手收了回来，声音有些哑："那让爸爸帮你擦。"

顾言笙将小丫头抱进怀里，一边帮顾雨甜擦脸一边责怪地看着沈堪舆："你吓孩子干什么？"

他不说还好，一说顾雨甜就特委屈，脸上的奶汁还没擦干净就哇的一声哭了出来，道："爸爸，小鱼不爱我，老是欺负我！"

顾言笙连忙柔声安抚："不是这样的，这是逗你玩儿呢。"

沈堪舆怔怔地坐在那里，没想到孩子突然哭成这样，心里难受得很，想伸手去揉揉她的脑袋，又怕惹她更不高兴，只好把手收回来，声音沙哑地说："对不起甜甜，我不是故意的。"——不是故意坐在这里的，只是有些站不住，想歇一会儿，不然待会儿给你们做晚饭的力气都没了。

孩子被吓得不轻，一直哭着叫沈堪舆走开，顾言笙一时半会儿哄不好，只能无奈道："你先进卧室吧，我再哄哄她。"

"好。"沈堪舆点了点头，不敢和顾言笙对视，撑着沙发刚站起来，脚下一个踉跄，跌倒在地上，茶几上的玻璃杯差点被扫到地上。

沈堪舆很快爬起来，把玻璃杯往里推了推，又冲顾言笙局促地笑道："不好意思啊，拖鞋太滑了。我去做饭，今天买到蹄筋了，很新鲜，你想吃香辣的还是焖烧的？"

顾言笙张了张嘴，想问拖鞋是怎么个滑法，能让人原地摔个趔趄，但是顾雨甜闹得实在太厉害，而且沈堪舆很快又继续说起了话。

沈堪舆说："我买了很多，要不香辣和焖烧各一半吧，你觉得好不好，阿笙？"沈堪舆把刚刚放到地上的食材提了起来，不等顾言笙回答便自言自语道，“各一半吧，挺好的。”

“这事儿不着急，”顾言笙的喉结上下滚动了一下，试探地道，“昨晚……”

“啊，你昨晚喝醉了，今天是不是很难受？冰箱里有蜂蜜水，可以解酒的，我去拿一点给你好不好？”

“不是，你……”顾言笙看到沈堪舆提着袋子的左手有些扭曲，上面布满青紫，被沉重的袋子吊得颤抖不止，“你的手？”

“哦，我的手，我的手脏了，”沈堪舆连忙把手藏起来，“阿笙别担心，我会洗得很干净再去做饭的。”

说罢，沈堪舆便颤抖着手提着一大袋食材，佝偻着走进了厨房。

沈堪舆做好了晚餐，替顾言笙和顾雨甜盛好了饭，轻轻地放在他们面前，却没像往常一样离开饭桌，而是慢慢坐了下来。

顾雨甜看到有自己爱吃的蛋黄仔，早就不记得刚刚发生的事情，兴奋地吃了起来。

顾言笙以为沈堪舆要和他们一起吃饭，心里莫名觉得有些慰藉，却发现对方只是坐在那里，低垂着眼也不知道在想什么，忍不住问：“你不吃饭吗？”

沈堪舆听到他的声音，说了声“好”，扶着桌沿慢慢地站了起来，结果站起来了又不走，立在那里半天没动。

顾言笙蹙眉道：“好什么？你听见我说话了吗？”

沈堪舆真没听清楚顾言笙在说什么，就是觉得太累了，累得视力、听力都变得很差，想偷懒坐着歇一会儿，却忘了这里是饭桌，不是自己能坐的地方。

阿笙说的话，一定是让自己走吧。

阿笙现在应该特别特别讨厌自己，恨不得自己马上消失……自己却还一直在他眼前晃来晃去，惹他不高兴。

苏桐订婚了，阿笙现在一定特别烦，如果他不高兴了，想拿自己出气也没关系的。

只要他别不高兴。

沈堪舆扶着桌子站了一会儿，忽然喃喃自语般地说道："阿笙、甜甜，对不起啊，今天没有水果沙拉了，买的水果摔坏了。你们要是想吃，晚点我再出去买，你们想吃什么水果？"

顾言笙抬起头，看到沈堪舆露出一个歉疚的笑容。

沈堪舆的脸色并不难看，脸色和嘴唇都是红润的，但是这个笑容看起来格外吃力。

"水果可以不吃，"顾言笙答道，然后又重复了一遍自己刚才的问题，"你不吃饭吗？"

话一出口，他下意识地去看桌上的饭菜，发现白问了。

沈堪舆做的饭菜，根本就不是三个人的分量。

沈堪舆又一次无视了顾言笙的问题，自顾自地道："我晚点出去买。买点山竹好不好？最近的山竹新鲜，也甜。"

说完，沈堪舆就缓慢地往自己的卧室走去，身上的衣服看起来很不合身，好像比以前更宽松了。

顾言笙这顿饭吃得心不在焉。他以为自己已经对苏桐没有那种感情了，但收到苏桐的结婚请帖，他内心深处的执念还是奔涌出来了，看到酒就疯了一样地喝，也不知道喝了多少，总之是想不起来醉酒后的事情了。

残局应该是沈堪舆替他收拾的，他想不起来喝醉的时候有没有对沈堪舆做什么不好的事情。

他现在看沈堪舆有些异样的感觉，又不知道该怎么问。想到对方刚才的样子，胸口莫名发堵。

他把顾雨甜喂饱，送到邻居家去跟别的小朋友玩，回来后勉强塞了几口饭菜，走到沈堪舆的卧室门口。

原本顾言笙是想进去问问沈堪舆到底怎么了，却看到沈堪舆已经躺在了床上。

天气还是挺热的，这人怎么就盖上棉被了？

顾言笙推开门，道："沈堪舆。"

没有回应。

顾言笙走进去，看到沈堪舆蜷缩成一团，紧紧地抱着胸前一只枕头，脸也埋在枕头里，只露出颜色枯黄的头发。

顾言笙听到沈堪舆粗重、艰难的呼吸声，怕这人再这样把脸埋着会憋死，忍不住伸手推了推。结果好半天，对方才闷闷地咳嗽一声，费力地抬起头来。

方才沈堪舆红润的脸色仿佛只是顾言笙的幻觉，眼前的人满头冷汗，脸色苍白，嘴唇干裂到蜕皮，眼底浑浊暗淡，半天都没有办法聚焦，却第一时间朝着他的方向露出笑容，问："阿笙要什么呀？"

沈堪舆的声音已经哑得没法听了，顾言笙觉得仿佛有一张砂纸在自己心尖上磨，不痛，但很难受。

"你哪里不舒服？"顾言笙轻声问。

沈堪舆没有回答他的问题，仍旧睁着一双失焦的眼睛，朝着他的方向，又问了一遍："阿笙想要什么吗？要水果吗？"

顾言笙皱眉道："沈堪舆，你听不见我说话吗？"

沈堪舆露出困惑的神情，伸出手往前探了探，又不敢探得太近，怕如果真的碰到顾言笙了，会被顾言笙厌恶地掸开。

收回手指，沈堪舆怔怔地垂下有些湿润的眼，喃喃自语道："你不在的……"

"我在。"

"阿笙，我好想你……"

顾言笙蹙起眉头靠近了一些，稍微提高了自己的音量，道：“沈堪舆，我在这里。”

“阿笙，我想你，想多看看你，我想你……”

顾言笙的喉咙忽然哽住了，心想：你现在就在这个人面前，你们十几分钟前刚刚面对面地说过话，但对方却一直说想你。

这些念头让顾言笙觉得特别难受。

沈堪舆的声音低了下去，取而代之的是持续不断的咳嗽声，从低低闷咳到剧烈喘咳，一声一声，撕心裂肺。

顾言笙下意识地替沈堪舆拍背顺气，却发现手下的身体一片滚烫。他又抚上沈堪舆的额头，烫得像烙铁。

沈堪舆咳得有些透不过气来，伸手到枕头底下颤抖地摸出一包药片，随后倒出几粒干咽下去，然后费力地撑起身体，去够挂在床头的湿毛巾，扯下来胡乱地贴在自己的额头上。

顾言笙怔怔地看着，浑身僵硬，两只手不知所措地搭在床沿，攥紧了床单。

沈堪舆看起来那么难受，他却帮不上一点忙，看着对方独自完成一切，那么艰难却又那么熟练。

不是经常做的话，没办法在意识都不清醒的情况下做得那么熟练吧。

沈堪舆又缩回棉被里，怕冷似的紧紧抱着那个枕头，除了仍旧粗重的呼吸，没有再发出别的一点声音，连咳嗽都是紧紧地抿着嘴唇，闷闷地咳。

顾言笙不是没发过高烧，也不是没见过别人发高烧。高烧的时候头疼欲裂、呼吸困难，浑身忽冷忽热，还会莫名其妙地酸痛难忍。哪怕是苏桐那种能很忍的人，发起高烧来也会不由自主地低吟。

可沈堪舆安安静静地蜷在那里，除了还在呼吸，就像一只不会痛也不会叫的布娃娃。

顾言笙怕沈堪舆埋在枕头里会窒息，尝试把枕头抽出来，柔声哄道：“沈堪舆，你放开，我们去医院，去医院就不会这么难受了。”

沈堪舆使出浑身力气抱紧了那只枕头，两只手更是紧紧地抓着，薄薄的布料几乎要被抓破。

顾言笙看到沈堪舆之前被人踩过的满是青紫瘀痕的左手怪异地扭曲着，像是不怎么使得上力，颤抖得比右手更厉害，就不敢再用蛮力去扯枕头，只能轻拍对方的脊背，反复安抚道：“我们去医院好吗？你烧得很厉害，这样不行。”

沈堪舆模模糊糊间听到了“去医院”，不知道是自己幻听，还是真的有人在说话，不由自主地想起了很多以前的事情。

小时候，沈堪舆发烧不敢告诉父母，结果传染给了哥哥，被爸爸狠狠教训了一顿。妈妈也问沈堪舆为什么生病了不去医院，是不是想害死哥哥。

沈堪舆还想起生下甜甜后很长一段时间身体都不好，持续性地发低烧，三更半夜咳嗽不断。顾言笙说生病就赶紧去医院，别吵得孩子睡不着觉。

沈堪舆只是觉得去医院太贵了，吃药熬一下就能好的事情不必去医院，但是会伤害到家人的话，就算不去医院也不能在家里待着。

要出去，要到外面去。晚饭已经做好了，沈堪舆觉得自己不能再在家里待着，得出去找个地方坐一坐，等缓过来一些，去看看还有没有新鲜的水果可以买。

脑海里被这些念头充斥着，沈堪舆稍稍找回了一些神志，也有了些力气，放开怀里的枕头后从被窝里爬了起来。

离开被窝沈堪舆觉得特别的冷，摸索着到行李箱旁想多拿几件衣服出来穿，却怎么也拉不开拉链。

片刻后，沈堪舆感觉有人握住了自己的胳膊，像是想把自己往某一个方向拖过去。

沈堪舆好像还听到了顾言笙的声音，可是怎么都听不清楚对方在说什么。

沈堪舆想：是阿笙吗？他要教训自己吗？自己是该被教训的，毕竟自己害得他和苏桐再无可能，又打破了他重要的东西，发烧了还给他和甜甜做饭，还靠他们那么近。可是现在不行。

沈堪舆稍稍扭过头，试探地对着不知道在哪个方位的顾言笙笑道："阿笙，我知道错了，你等我……等我回来再教训我好吗？我现在先出去，不然会传染给你们的。你先不要靠我这么近，会被传染的。我拿几件衣服好不好，我拿了就出去，你等我一下。"

顾言笙听不得沈堪舆这些胡言乱语，心里难受得紧。这人连拉开行李箱的力气都没有了，还在说这些没边的胡话。

沈堪舆费劲地说完这些，咳得几乎喘不上气，蹲也蹲不住，眼看着整个人就要摔倒。

顾言笙眼疾手快地把人抱起来，却发现外面不知道什么时候下起了瓢泼大雨。

他怕这个时候出门会让沈堪舆再受寒，只能放弃去医院的念头，掏出手机拨通了一个号码。

电话那头的人接通后打了个哈欠才道："顾小少爷，这么晚了找我什么事？"

"唐修，你……"

唐修顿时不爽地打断他："你叫谁唐修？叫哥哥。"

"哥哥。"顾言笙噎了半秒就顺从地叫了。

"嗯，找你哥干吗？"

"你能来我家一趟吗，我家里有人发烧。"

"我说小少爷，我这刚加班加点做完一台大手术，发烧屁大点事你能不能自己解决？"

"我想去医院的，但是外面雨很大，我怕出去再着凉了，"怀里的人开始有些不安分，顾言笙用一只手将沈堪舆箍紧，语气也急促起来，"我也不想麻烦你，实在是情况不太好。"

唐修似乎愣了一下，顿时也紧张了起来："什么情况？还非去医院不可？自己吃药冷敷什么的没用吗？"

"我觉得没用，不听话，"顾言笙停顿一下，因为没有多余的手，就俯身用自己的额头去贴了一下沈堪舆的额头，"烧得太厉害了，特别烫。"

"行行行，你别慌，我收拾一下马上过去，"唐修那头开始传出噼里啪啦收拾东西的声音，"是你家丫头吗？跟我大概说说什么情况？"

"是沈堪舆。"

唐修顿了一下，有些怀疑地又确认了一遍："小鱼？"

"嗯，烧得特别厉害，一直咳嗽，还胡言乱语，而且我感觉烧得都听不清也看不清了。"

"这都烧成鱼干了吧？"

顾言笙叹了一口气，道："你快点过来。"

"好好好，马上来，你别慌啊，再严重也就是高烧，问题不会大到哪儿去，"唐修安慰完这一波，声音突然变得很好奇，"嗯，有人的声音在发抖。"

顾言笙蹙眉道："你别开玩笑了，快点过来！"

唐修还在说："脾气这么大？你不是不喜欢小鱼吗？怎么现在日久生情了？小鱼发个烧你就心疼成这样了？你早干吗去了，小少爷？"

顾言笙忍无可忍，直接把电话挂掉。

唐修这个人，果然就算是当了医生也还是皮。

唐修的父母唐砚之和辛愿，和顾言笙的叔叔顾昀是多年好友，顾言笙比唐修小四五岁，唐修一直拿他当弟弟一样照顾、疼爱。顾言笙上小学五年级的时候，唐修被送去了国外，这两年才回来在当地的医院做主治医师。这期间，两人联系得不算多，但是感情从来没淡过。

此时此刻顾言笙不知道多庆幸有唐修在，不然他真的不知道该拿沈堪舆怎么办。

唐修赶到公寓的时候，顾言笙觉得沈堪舆快烧糊涂了，整个人都没了意识，软绵绵地任人摆布。

唐修接过顾言笙递来的体温计，眯着眼看了一下，倒吸了一口气："三十九度八，我服。同一屋檐下你能让自己老婆烧成这样，这真成小鱼干了好吗？"

顾言笙理亏道："我是没注意，你赶紧看看。"

唐修从医药箱里翻出一堆器具，给沈堪舆做了初步检查，原本一切都进行得挺快的，听心音的时候却停了一下，然后皱着眉反复听了很多个地方。

"怎么了吗？"

唐修收回手，说："你把小鱼扶起来，动作慢一点轻一点，这种情况动一下都很难受的，别看人不哭不闹，只是能忍而已。这是你老婆，不是真的小鱼干。"

顾言笙按照唐修的要求把人扶了起来。

沈堪舆像是哪里被弄疼了，微微蜷缩着身体，干裂的嘴唇哆嗦不止，像是想咬但是没有力气咬住，克制不住地发出了细微的低吟。

顾言笙皱起眉头向唐修求助："我动作很轻了，沈堪舆怎么还难受？”

唐修气得翻了个白眼：“在小鱼背后垫个枕头啊！你就让人这样吊着？能不难受吗？”

顾言笙“哦”了一声，默默照做。

唐修在沈堪舆的后背又听了半天，摘下听诊器严肃地问顾言笙：“小鱼心脏平时有没有什么问题？”

“没有。”顾言笙下意识地回答。

唐修眯起眼睛盯着他。

顾言笙吞了吞口水，又道：“我……我不清楚。”

“看你一脸蠢相，那些专业术语你也听不明白。我就直接跟你说吧，小鱼心脏应该有问题，可能得过心肌炎，没养好，现在不知道演化成了什么更严重的毛病，”唐修一边说一边从医药箱里拿出注射液，“我是肠胃科的医生，对心脏的问题不是很懂，这次先用点不刺激心脏的药，你有空带去看一看。”

唐修啰里啰唆半天，扭头发现顾言笙一丝不苟地调整着沈堪舆身上冰袋的位置，好像没有听到他在说什么。

唐修叹了一口气，插好输液瓶，放掉针管里的空气，吩咐道：“你捏着小鱼的手腕，打左手吧，右手还要用呢。”

顾言笙将沈堪舆的左手从被子里拿了出来，随即皱起眉头道：“沈堪舆的左手好像有骨头扭了还是断了。”

“啊？”唐修弯腰看了一下，“这是被什么东西碾了吗？”

他只能把针扎在沈堪舆的右手，绕到另一边去握沈堪舆的左手，瞥了一眼顾言笙，一边轻轻转动沈堪舆的手指，一边轻声细语地哄道：“小鱼乖，阿修哥哥给你看看骨头有没有断，别怕。”

可能是真的骨头断了疼得厉害，被唐修这样一掰，原本一动不动的沈堪舆睫毛忽然颤了颤，皱起眉头呜咽了一声。

顾言笙的眉头也跟着皱了起来，恨不得扯开唐修的手，嘴上道：

“你轻点。”

唐修没理他，继续转动沈堪舆的其他手指，而后道：“无名指肯定有骨头断了，其他应该只是扭伤。”

想到沈堪舆用这样的手去提重物，甚至做出了一桌丰盛的晚饭，顾言笙倒吸了一口气：“这还能治好吗？”

“我怎么知道？我治胃病的，小少爷。伤筋动骨的事情我是真没辙了，等烧退下来了你带人去看看吧。”唐修耸了耸肩，走到一旁收拾自己的医药箱。

他收拾完了，看到顾言笙坐在床边发呆，提着医药箱就过去朝他脑门上呼了一巴掌。

顾言笙一脸蒙：“你干什么？”

唐修冷笑道：“干什么？揍你啊。跟我出来。”

两人一到客厅，唐修就开始疯狂数落顾言笙：“你说说你，长了一张和顾昀叔叔一样的脸，为什么就不能学一点他的情商？你知道他当初把我妈迷成什么样？你再看看你自己，我都不知道小鱼喜欢你什么。喜欢你冷淡还是眼瞎耳聋？”

顾言笙闷不做声地听着，不反驳也不回应。从小到大，唐修骂他他从来不敢还口，因为他根本说不过唐修，反驳只会被骂得更惨。

其实他真的很想反驳一句：“你也长得和砚之叔叔一模一样，他从来没骂过人，你为什么隔三岔五就骂我，还打我。”

“别不吭声啊，你不吭声我也不会放过你的。来说说，你到底想怎么样？”唐修在沙发上坐下，跷起二郎腿，“还想着和你心里那棵大桐树再续前缘？”

顾言笙规规矩矩地答道：“苏桐要结婚了。”

唐修嗤笑道：“结婚就能阻止你们再续前缘？我不知道你什

么德性？你就说你想不想吧。”

“不想了。”

“不想？”唐修冷笑一声，抄起沙发上的枕头就丢了过去，“不想你为什么还要这样欺负小鱼？”

顾言笙下意识地躲了一下。

“你居然敢躲？”唐修气得跳了起来，抬起手又去拍他脑门。

顾言笙无奈地停在原地，一动不动地挨了这一巴掌，让唐修发泄完，才叹了一口气轻声道：“我想和沈堪舆好好过日子了，之前就想跟人谈的……”

“你又胡说了，你刚和小鱼结婚的时候也是这么说的。”

“那时候沈堪舆做的一些事情太过分了，我……”

“过分？什么叫过分？”唐修直接打断他，“你和大桐树纠缠不清就不叫过分？小鱼吃醋闹点小脾气就叫过分？顾言笙我告诉你，当年这婚你要是咬着牙没结，你要怎么欺负小鱼我都没话说，但你既然结了，不管你有什么苦衷，小鱼就是你老婆。老婆是什么啊？是要捧在手心里疼着宠着的宝贝！人家孩子都给你生了，那么可爱机灵的小姑娘是一般人能生下来的吗？闹点小脾气怎么了？小鱼就是要天上的月亮你都得给人摘下来！”

顾言笙张了张嘴，却是哑口无言。

唐修又吼：“你听到没有？”

顾言笙赶紧点头。

唐修见自己把他骂稳了，心满意足地放缓了语气：“刚刚打针的时候，不知道你听见没有，小鱼喊了几声妈妈，人想家你知道吗？受了委屈才会想家，你这榆木脑袋懂不懂？谁还不是爹妈手心里的小宝贝了，要来你这里吃苦受气。”

“我……”顾言笙刚开口说了一个字，唐修又瞪他，他被噎了一下，问道，“我能说话吗？”

唐修抬了抬手，道："说。"

"其实沈堪舆闹了很多次，我都觉得不是什么大问题，但那次把苏桐关进木桶里那事我跟你说过吧？"顾言笙想起那段回忆，仍旧心底生寒，沉默了一阵再度开口，"那次我真的没想到差点就把苏桐害死了。如果不是苏桐宽容，选择息事宁人，而沈堪舆又怀着孩子，沈堪舆肯定逃不过法律的制裁。"

唐修撑着下巴，垂着眼听顾言笙说话，没有出声。

顾言笙觉得口干舌燥，说话特别艰难，拿起桌上的玻璃杯喝了一口水，沉声缓缓道："我没想到沈堪舆对我的执念深到了这个地步，会去伤害别人，而且是危及性命的程度。我就在想，到底是彻底让人死心好，还是等人改过自新。"

唐修挑眉道："你选择了等小鱼改过自新？"

"嗯。甜甜出生后，沈堪舆跟我说会改，这么久以来也确实没再做什么过分的事了，我想或许我们真的可以好好过日子。"

唐修抓住重点，坐直了身体，凝视着顾言笙，条理清晰地道："也就是说，你直到现在都不喜欢小鱼，你只是觉得结了婚就是责任，所以不喜欢也可以过日子，对吗？"

顾言笙想了想，心里百转千回，最终轻轻点了头："我觉得是。"

"啧，"唐修揉了揉太阳穴，牙疼似的啧了一声，"我也收到大桐树的请帖了。你老实跟我说，小鱼棒打鸳鸯逼你结婚这事儿，你是不是一直记恨着？就算嘴上不说，你心里对大桐树仍旧有执念，所以直到收到请帖才心如死灰，愿意毫无负担地说出和小鱼好好过日子这种话？"

顾言笙沉默一阵，又点头，有些艰涩地道："我想着这件事情是应该过去了。"

唐修气从心头起，举起手又想打他，但是看他低眉敛目地等着挨打的样子，又有些不忍心了。

顾言笙有多喜欢苏桐他是最清楚的，平时让顾言笙开口喊声哥哥简直难如登天，但被他发现顾言笙喜欢苏桐之后，顾言笙的嘴就跟抹了蜜一样甜。

明明那时候他人已经在国外，顾言笙却隔三岔五地给他打越洋电话，和他聊很多关于苏桐的事情。

“哥哥，我是真的很喜欢苏桐，你别告诉我爸妈，他们说我毕业了才能谈恋爱。”

“你爹妈真的有毒。你爹跟顾昀叔叔真的是亲兄弟吗？那么迂腐，穿越来的吗？”

“哥哥，你追过那么多女孩，能不能告诉我怎么追苏桐？”

“你给我好好说话，什么叫我追过那么多女孩，是她们追我，谢谢。”

“哥哥！苏桐说也喜欢我，我只要想到以后能跟苏桐在一起就兴奋得睡不着觉，好像饭都可以不吃了，你有过这种感觉吗？”

“没有，小孩才会有这种感觉。”

……

“行吧，”唐修也无话可说了，“你们俩都倒霉，一个两情相悦被棒打鸳鸯，一个单恋十年果都结了却没开花。不过你该庆幸，你看你照顾人那笨手笨脚的蠢样儿，也就小鱼能忍你，换成苏桐早一脚把你踹进太平洋里喂鲨鱼了。”

顾言笙：“……”

唐修拎起自己的医药箱，道：“那你俩好好过日子吧，别欺负小鱼了，知错就改还是好鱼干。我回去睡觉了，有空记得请我吃饭。”

顾言笙还没想明白唐修最后那一巴掌为啥没打下来，愣了两秒才“哦”了一声站起来，道：“我送你。”

唐修回头就是一巴掌：“送什么？没良心的男人，回去看着你老婆。万一明天早上还没退烧，记得给我打电话。”

不知道为什么，这一巴掌下来顾言笙才算是踏实了，揉了两下被打的地方，对唐修温和地笑了笑，道：“知道了。”

他一笑，唐修好像知道沈堪舆为什么这么多年都对顾言笙不死心了。

这小浑蛋笑起来是真的好看，和顾昀几乎一个模子里刻出来的大明星脸，果然不得了。

顾言笙平时都板着脸，突然勾起唇角对着你笑这么一下，就像一碗沙冰化成一碗热甜汤。

顾言笙给沈堪舆换了好几轮冰袋和毛巾，沈堪舆三更半夜发了一身汗，退了烧，呼吸变得平稳，不再像之前仿佛喘不过气来，但还是怕冷，蜷在被子里像只小虾米似的。

顾言笙想给沈堪舆换身衣服，却始终没办法把手掰开，也不知道这人哪里来的力气，刚刚还跟一摊烂泥似的任人摆布，现在退烧了又开始不听话。

顾言笙不敢硬来，就守着沈堪舆到天色蒙蒙亮，见人没再烧起来，终究累得不行，回到自己的卧室倒头睡了过去。

顾言笙醒来的时候已经是上午十点钟，等看清手机上的时间后几乎是从床上跳起来的。

他推开门，看到客厅里母亲宋黎正在给顾雨甜喂奶，又转身走到沈堪舆的卧室，里面空无一人。

为什么这个人每次都是一醒就跑，真不知哪儿来的力气。

顾言笙快步走到宋黎面前，问：“妈，沈堪舆叫你来的吗？人呢？”

宋黎愣了一下，道：“你吓我一跳，是沈堪舆叫我来的，这人说要出去买水果。大清早的买什么水果，孩子都不管，肯定是出去野了。”

“不是，”已经到门口换鞋的顾言笙停下手上的动作，轻声道，“沈堪舆是真的想出去买水果。”

“根据X光片来看，你的左手无名指骨折，但不算特别严重，其他地方是软组织挫伤。骨折的手指给你先做固定治疗两周，这期间不要再用左手了，之后再来复查看看情况，”骨科医生一边说一边忍不住皱起了眉头，“你听不听得到我说话啊？咳成这样。”

沈堪舆戴着口罩，一直咳个不停，张嘴想应一下医生，但是喉咙一痒又开始咳，只能用力点头表示自己全都听进去了。

医生叹气道：“咳得这么厉害，挂个发热门诊看一下？”

沈堪舆摇摇头，隔着口罩对医生笑了一下，匆匆离开了诊室，在一个偏僻安静的角落，摘下口罩用纸巾堵着嘴唇咳了一阵。

肺里痛得要命，纸巾上血沫点点，沈堪舆蹲下去按着胸口，难受得喘不上气来。

沈堪舆想去做雾化或者吸点氧，这样应该会舒服一些，但是太费钱了，左手做的固定治疗都花了不少钱，而且也没有时间了，还有很多事情要做。

最终，沈堪舆到药房买了一瓶止咳糖浆，拧开盖子后灌下去一半，觉得稍微好了一些，便马不停蹄地赶去超市买水果。

这个时间的水果是最新鲜的，刚从冷链上取下来，个个冒着冷气挂着水珠，沈堪舆兴奋得两眼放光，恨不得把整个水果区都搬空。

沈堪舆把阿笙和甜甜喜欢的水果都挑了个遍，推着手推车挤出人群，看着来来往往的人，不是恩爱的夫妻、情侣就是带着孩子的家长，再就是互相挽着手臂的小闺蜜，不禁有些羡慕。

沈堪舆想：要是能和阿笙、甜甜一起逛一次超市就好了，他们想要什么自己全都买下来，不知道这样他们会不会开心一些，然后不那么讨厌自己。如果他们不喜欢自己跟着，自己就在收银台那边等他们选好东西再去付钱也可以。

——我怎么样都可以的，只要你们不那么讨厌我……

——但是好像已经没有办法挽回了。

沈堪舆低头看着手推车里的山竹，忍不住伸手轻轻戳了戳它们，沙哑地道："你们要争气一点，要甜，但是不能太腻了，不然阿笙和甜甜不喜欢。"

一对父女从沈堪舆身边经过，小女儿眨巴着黑葡萄一样的大眼睛看着沈堪舆，好奇地道："爸爸，那个人在干吗？跟谁说话呀？"

爸爸把女儿抱起来，低声道："别看，这人不正常。"

沈堪舆窘迫地收回自己的手指头，默默地推着购物车去结账。

姜默不明白，沈堪舆和他见面为什么要约在一个四面通风的大广场，好歹也要选一间咖啡厅才是，这么大个地方，他找了半天才找到人。

沈堪舆戴着口罩，穿着宽大的连帽衫，坐在长椅上冲姜默笑着招手。

姜默走过去，沈堪舆递给他一个山竹，轻声道："喏，这个给你吃。"

姜默接过山竹，沈堪舆又递给他一盒饭："水巷口那家香菇牛肉盖饭，你最喜欢的，趁热吃。"

姜默又接过饭，坐下后问："你感冒了吗？"

"啊，对，快好了，但是还有点咳嗽，不好意思啊。"沈堪舆往边上挪了挪，戴着口罩闷闷地咳了一阵，继续道，"你没吃饭吧？快先吃点。山竹你会不会剥？不会我帮你。"

姜默被沈堪舆流畅的自问自答搞得很无语："不着急吃，我直接跟你说李奎的事情吧。他本人真没什么值得深挖的，就是一个彻头彻尾的浑蛋，除了打架滋事，就没混出什么名堂。"

沈堪舆靠着椅背，身体不自觉地往下滑，只能艰难地撑着椅子坐直，等姜默说完了半天才道：“不应该啊？”

姜默看了沈堪舆一眼，继续道：“但是他有个舅舅，叫徐海，是橙天娱乐刚刚提拔的投资总监，你应该认识。”

沈堪舆勉力坐直身体，咳嗽着道：“我认识的，橙天是我们公司的大金主之一，我跟徐海还见过面。”

“嗯，但是知道他们有亲戚关系的人很少。因为徐海不怎么待见这个外甥，毕竟他开口就跟他要橙天的经理级职位。”

“哦，那就是说，”沈堪舆觉得自己脑子钝钝的，开了个头半天才把话接下去，“李奎觉得徐海是他的后台，但实际上是狐假虎威？”

“嗯，目前看来，徐海根本懒得理他，但我会继续盯下去的。”姜默觉得自己要事交代完了，拿起放在一旁的山竹捏破了壳。

沈堪舆咳嗽不断，都快发不出声音了还在说：“橙天一直是游戏行业的投资大头，如果……喀喀，如果有可能，橙天想……注资《沧海笑》的话，李奎一定会在中间捣乱的，谁都没有办法保证徐海会完全不受他影响，我得……”

姜默有些无语地道：“你想得也太多太远了。”

沈堪舆低头安静了一会儿，喃喃地道：“我怕他欺负阿笙……”

未完的话被手机铃声打断了，来电显示是“妈妈”，沈堪舆顿时想起自己今天忘记了一件多么重要的事情，赶紧拿着手机走到旁边接通。

沈堪舆头晕、心悸得厉害，有些站不稳，只能扶着树蹲下去接电话，但还没来得及喊一声妈妈，李清就不悦地开口：“沈堪舆，你怎么还没有过来？这都几点了。”

沈堪舆张了张嘴，不料干燥的空气呛进喉咙里，于是立即把手机挪远了些，捂着嘴又开始咳。

电话那端隐隐传出母亲越来越不耐烦的声音，沈堪舆急忙从口袋里拿出止咳糖浆喝下，想压住喉咙里干燥疼痛的感觉，哪怕左手不是很灵活，仍旧咬着牙，宝贝似的攥紧了糖浆瓶子，防止其掉落。

要是没糖浆喝的话，沈堪舆真的一句话都说不出来。

等沈堪舆把手机重新放回耳边时，电话那头的李清忍无可忍地道："沈堪舆，你如果反悔了可以直说，别装哑巴。"

"没有……"沈堪舆艰难地喘了口气，"没有反悔，妈妈你听我说，我……我是昨天不小心感冒了，我怕……我怕这时候去做的话，结果会不准……"

李清气得沉默了几秒才愠怒道："你明知道今天要做配型，为什么不注意？"

她的声音猝然变得尖锐，沈堪舆的心脏有些受不了，猛地绞痛了一下，难受得咬破了嘴唇。

沈堪舆闭着眼，咽下嘴里的液体，低声道："对不起，妈妈，我不是故意的，只是昨天太冷了……但是我已经好得差不多了，我刚刚有去医院打针吃药，很快就能好的，好了我马上就过去。"

沈堪舆的声音特别哑，说话断断续续的，还带着颤音，听起来像在哭，李清顿时不忍心再发脾气——主要是确认了沈堪舆没有反悔。

她放心地缓和了语气："我知道了。今天的粥给你多熬了一些，要不要来医院喝？"

沈堪舆听到母亲用这么温柔的语气跟自己说话，眼圈瞬间就红了，抬手胡乱地搓了搓眼睛，张着嘴却说不出话，跟个傻子一样拿着手机点头又摇头，也不知道自己到底想表达什么。

"沈堪舆？"李清叫道。

"嗯，谢谢妈妈，"沈堪舆忍住鼻腔里的酸意，吸了吸鼻子，微微哽咽道，“我……我想喝粥……但是我感冒还没有好，我怕会传染，你能不能放在一个地方，我自己过去拿就好。”

李清不耐烦道：“这么麻烦干什么，等你来的时候再喝吧。”

“哦，好，妈妈对不起啊，我是不是把粥浪费了……”沈堪舆怕母亲生气，又道，“你不用特意给我煮的，我吃你们吃不完的就可以了。”

“嗯。”李清生硬地应道。

沈堪舆忽然觉得特别开心，忍不住笑了两声，声音仍旧沙哑而微弱，语调却满是欢欣：“妈妈，你想吃蛋黄酥吗？我过去的时候给你买两大盒蛋黄酥好不好？新鲜热乎的那种，特别特别好吃！或者你们想吃别的什么，我给你们带过去！”

“好了，先挂了，有什么事等你来了再说吧。”李清说完就直接挂了电话。

沈堪舆依旧对着忙音乖顺地道：“好，妈妈再见。”

挂了电话，沈堪舆对着手机傻笑了一会儿，走回姜默身边，开口道：“姜默，呜——”

姜默塞了一瓣山竹到沈堪舆嘴里，问：“和你妈妈打电话？”

“嗯！”沈堪舆笑眯眯地点点头，嚼了嚼山竹的果肉，“这个好甜啊，真好吃。”

“很甜？”姜默吃了一瓣，觉得沈堪舆可能是对甜有什么误解，这个山竹明明有些酸，一点都不甜，“你是没吃过甜的东西吗？”

“哪儿有？特别甜啊，你也太挑了，”沈堪舆傻笑两声，满眼渴盼地道：“可不可以再给我吃一块？”

姜默又掰了一瓣喂给沈堪舆，无奈地道：“这本来就是你给我的，你想吃多少吃多少。”

“真的好甜，特别好吃，”沈堪舆舔了舔嘴唇，心满意足的像一只偷喝了甜牛奶的猫，“阿笙和甜甜一定会喜欢的。”

姜默又吃了一瓣，仍旧吃不出甜味，不由得蹙眉道：“你是味觉坏了还是刚刚跟你妈妈打电话有什么开心的事？”

沈堪舆点点头，眼睛亮亮的，还有些湿意，整个人看起来很开心：“你真会猜！我跟你说啊，我妈妈知道我感冒了，特意给我熬了特别好喝的粥。”

姜默看面前人兴奋的样子，忍不住笑道：“是吗？什么样的粥这么好喝？”

“嗯，是皮蛋瘦肉粥，我妈妈最拿手的。里面有玉米粒、胡萝卜丁、虾米还有干贝，上面再淋上一层蒜头油，撒一把葱花。粥熬得稠稠的，又香又糯，特别……特别好吃的。”沈堪舆一边努力地回想着以前李清给爸爸和哥哥熬的粥，一边一五一十地讲给姜默听。

沈堪舆特别喜欢喝粥，李清熬粥时会用很多材料，花很多时间，不过基本上都没有沈堪舆的份，所以李清每次熬完粥沈堪舆都殷勤地抢着洗碗，然后躲在厨房偷偷喝他们剩下来的那些。

想起那个味道，沈堪舆吞了吞口水又说：“真的特别好喝。你知道吗？用砂锅煲的粥，锅底有时候会有一层薄薄的锅巴，那个也很好吃！”

姜默静静地听了一会儿，时不时应一两声，等沈堪舆说完了又给对方喂了一瓣山竹，道：“我记得你爸妈以前对你不太好来着？现在这么好了吗？”

沈堪舆摇摇头，道：“没有啊，一直都挺好的，只是最近越来越好了。”

“嗯。顾言笙对你也好吗？”

“也特别好。”沈堪舆低头默默地想，其实自己这一辈子遇到的人都特别好，只是自己太坏了，配不上他们的好。

沈堪舆以前总是想不明白，为什么自己爱的那些人都不愿意搭理自己，现在终于有答案了。

姜默把大半个山竹都喂给了沈堪舆，又打开手边的盒饭，问：“吃饭吗？”

“我吃过了，你吃，”沈堪舆吸吸鼻子，沙哑地道，“对了姜默，你人脉那么广，能不能找个人给我弄一份假的检查报告？”

姜默不解地道：“你要干吗？”

沈堪舆笑了笑，说：“我爸爸肝不好，我想给他捐肝，但是我觉得我心脏好像有问题，可能过不了医院的检查。”

姜默把饭盒啪的一下盖了回去，难以置信地道：“你心脏不舒服不应该去看医生吗？还捐肝？你以为就是献个血那么简单？”

沈堪舆没想到姜默会发火，愣了一下连忙解释道：“没有没有，没有很不舒服，就是有点小问题，但是你也知道器官移植这种事情是很严格的，我怕医生不让我做。”

“别说医生了，你爸妈会让你做吗？顾言笙会同意吗？”姜默觉得沈堪舆在讲笑话，“心脏是多重要的器官你自己心里没点数？万一手术过程中出了什么问题谁来担这个责任？”

“真的不是什么大问题，不会有事的，不用告诉他们啊，我和你知道就行了，”沈堪舆冲姜默讨好地笑了笑，温言软语地试图跟他讲道理，“你看啊，我爸爸的身体越来越不好了，如果我不给他移植的话，他一定会出事的。但是我给他移植的话，他就会好了，我有事的可能性也很小，这样两个人都平平安安的，不好吗？”

姜默扭过头，铁青着脸，一言不发。

沈堪舆伸手轻轻地拽了拽他的衣袖，道：“姜默，你帮帮我吧，我想救我爸爸。我爸爸他很爱我的，我想为他做一点事。我从小到大一直给他添乱，惹他生气，这一次我真的想为他做一点事。”

姜默压抑地叹了一口气，道：“你为你自己想过吗？如果你出了什么事，他们怎么办？”

沈堪舆笑了笑，轻声说：“没关系呀。”

——爸爸不在的话，妈妈和哥哥都会受不了的，但是我不在的话就没什么问题。

——从我来到这个世界上的那一刻起就是多余的，就算离开也只是让身边的人都回到原本正常快乐的生活而已，大家一定都会很开心的。

——我从没让谁开心过，总是在做一些坏事、惹别人生气、让别人伤心，我真的很想让我在乎的人因为我而感到开心。

——哪怕就这么一次也好。

“什么叫没有关系？”姜默简直听不下去，“你的死活不重要是吗？”

沈堪舆仓促改口，结巴地道：“不是，我……我是说……不会有事的。”

“这种事情我不可能帮你，你可以拿自己开玩笑，我不行，”姜默斩钉截铁地道，“除非你去跟顾言笙说，顾言笙同意我就同意。”

姜默明显气得不轻，不想再多说一句话，把还热乎的盒饭塞回沈堪舆怀里，冷冷地道：“我还有事先走了，饭你自己留着吃。还有，你如果再提这个事情，就不要跟我联系。”

“姜默！”沈堪舆追着姜默走了几步，觉得肚子疼得厉害，腿上一点力气都没有，只得赶紧扶住旁边的树干，苍白着脸蹲了下去。

沈堪舆把盒饭放在怀里暖着，掏出手机想给姜默发短信，但由于左手手指没办法合拢，只能勉强托住手机，用右手艰难地在键盘上敲打：是我不好，我不说了好不好？你回来把饭吃了吧，饿着肚子胃会坏的，胃疼很难受的。

沈堪舆刚想点发送，却猝不及防地被人撞了一下，手机从手里滑了出去，掉落在地上，机身和电池又一次分离。

沈堪舆跪在地上，疼得咳了一声，两手吃力地支撑着地面，使不上力的左手颤抖着，怀里的饭滑落了下去，盖子被震开，里面满满当当的饭菜瞬间洒了一地。

又一次，沈堪舆想给的东西怎么也给不出去。

沈堪舆记得这是姜默上学时最喜欢的盖饭，所以自己排了很久的队，哪怕排到脚都酸了也还是兴致勃勃的，一想到姜默吃到饭时开心的样子，便满心期待，一点也不觉得累。

没有想到姜默还是一口都没有吃到。

沈堪舆想：如果是别人给姜默的话是不是就好一点？这样姜默就不用饿着肚子走了。都是自己不好。

“有病啊，蹲这里碍路？”撞到沈堪舆的是个脾气火爆的中年壮汉，因为差点被绊倒，气得还想再补上一脚。

然而他才刚往前挪了一步，就被人一记扫堂腿直接踢翻在地，摔了个四脚朝天。

壮汉气得鼻孔冒烟，骂骂咧咧地爬起来准备还手，又被那人踹了一下。

壮汉气恼地抬起头，对上一双冷冰冰的眼睛，对方眼底的寒意仿佛来自深渊，竟让他浑身发软、脊背发凉，别说是火气，他连鼻孔里出的气都快吓没了。

“滚。”顾言笙咬着牙道。

壮汉麻利地从地上爬起来，逃之夭夭。

沈堪舆头昏眼花间听到顾言笙怒不可遏的一声“滚”，整个人吓得一个激灵，回头果真看到了顾言笙，愣愣地跟他对视了几秒，然后低下头手忙脚乱地捡起自己的手机，随后又伸手去抓树干。

可是哪怕沈堪舆用力到手心都被粗糙的树皮磨破了，两只腿仍因为身上的疼痛颤抖着使不上力，半天也没能站起来。

眼看着顾言笙就这么走过来在自己面前蹲下，沈堪舆急得不知道怎么办，手足无措地抹了把脸上的汗水，抬起头，眼眶发红地看着顾言笙，沙哑地道："阿笙对不起，我……我马上走。"

沈堪舆只看了顾言笙一眼就匆匆移开视线，努力抓着树干，竭力想要起身，但由于身上实在是太疼了，肚子里也绞着疼，沈堪舆只要试图做起身的动作，就觉得肠子都拧在了一起，似乎有人在用力拉扯，一触即断。

顾言笙伸手扶住沈堪舆的肩膀，想问对方哪里不舒服，刚刚有没有被人撞伤，沈堪舆却像触电一样躲开他，倚靠着树干，蜷缩着不让他碰，然后哆嗦着求饶："我知道错了阿笙，我真的知道错了，但是你先不要生气好不好？我明天……我明天还有很重要的事情，明天过后就可以了，我保证……"

顾言笙沉默片刻，执拗地握住了沈堪舆细瘦、冰凉的胳膊。一瞬间，沈堪舆整个人都瑟缩了一下，眼睛紧紧地闭着，是人觉得自己要挨训时下意识的反应。

沈堪舆吓得发抖，脸色苍白，一动也不敢动。

顾言笙想到了小时候看到的那只，被其他小孩吓得躲在角落里瑟瑟发抖的流浪狗。

当时，等小孩们都散了，他走过去把流浪狗抱在怀里，一下一下地抚摸着它。它缓过神后呜咽着舔了舔他的手，瘦小的爪子死命抱着他的胳膊不放。

沈堪舆刚刚看他的那一眼，跟躲在角落里看他的流浪狗的眼神几乎一模一样。

顾言笙叹了一口气，轻声道："我不是叫你滚。"

沈堪舆瑟瑟发抖地睁开眼，怔怔地看着顾言笙。

沈堪舆额前的头发早已被冷汗打湿，变成一绺一绺的，嘴唇毫无血色，看上去仿佛刚刚经历了一场寒冷的暴风雨，冻得四肢僵硬、头脑迟钝，半天都回不过神。

阿笙不是叫自己滚吗？沈堪舆想，就算不是自己也该走了，趁着阿笙还没有生气，还能容忍自己，自己得好好跟他道歉。

沈堪舆不奢求顾言笙能原谅自己，但是也很害怕顾言笙会记恨自己。

记恨着一个讨厌的人，会过得很不开心。

想到这里，沈堪舆朝顾言笙扯开嘴角，露出一个勉强得有点难看的笑容，眼睛里却还是亮亮的。

只要一看到顾言笙，沈堪舆的眼睛就会亮起来，眼底仿佛盛满了整个银河的星星。

“阿笙，我……我有一些话想跟你说，”沈堪舆鼓足勇气，试探道，“你可不可以听一下？我会说得很快的！”

顾言笙沉着脸点了点头。

沈堪舆屏息着等到他点头后，仿佛得到了特批令，急忙喘了一口气，道：“你……你昨天喝醉了，我……我抱你上床的时候，不小心把一个东西打碎了，是一个水晶摆件，你要送给阿桐的对不对？我买了一个一模一样的回来，还没来得及拿给你，我回去马上给你。”

顾言笙听到沈堪舆把前天的事情当成昨天发生的，怕沈堪舆病糊涂了，叹了一口气道：“那个东西不重要。你昨天发高烧，昏迷了差不多一整天，你是前天把我接回家的。”

“哦，对，我……对不起，昨天我想出去的，但是好像太困了，又睡着了……我记得我好像一直在咳嗽，是不是很吵？你和甜甜睡得好吗？”

沈堪舆对顾言笙歉疚又讨好地笑了笑，接着道：“我下次不这样了，我一定早早就到外面去。这个季节，感冒发烧什么的特别容易传染，是我没有注意，对不起，阿笙。”

顾言笙蹙眉道：“是谁教你生病了就要往外面跑？”

“啊？”沈堪舆一脸蒙，没明白顾言笙为什么问这个，过了半天才迟钝地道，“生病了当然要到外面去呀，在家里传染给你和甜甜怎么办？外面空气流通，走一会儿就会好了。”

早点好就能早点回家，还可以煮一点热水，躲在棉被里慢慢喝着取暖。

不知道为什么，沈堪舆总觉得今年外面特别冷，明明才到秋天，却觉得每一天都比往年的冬天要更冷。

不过，沈堪舆也知道自己很快就没有家了，虽然外面的房子已经租好了，可是没有阿笙和甜甜，也没有爸爸、妈妈、哥哥，那就不是家。

沈堪舆想：自己再也不会有家了。

“还……还有，阿笙，我之前不想跟你离婚，说还有事想帮你，都是骗你的。其实离了婚我也可以帮你，我就是想赖着你一段时间，你最近好像没有那么讨厌我了，我就有些得寸进尺了，”沈堪舆的声音越来越小，笑容也越来越浅，脑子里乱的连说出的话都没有逻辑，只是单纯地说个不停，“所以你什么时候想……想……离婚的话，你都可以跟我说，我都可以，你说一声就好。”

沈堪舆顿了一下，低头去翻自己的包，随后拿出一个文件袋，从里面抽出了一张薄薄的纸，道：“这个离婚协议书，我都……我都签好字了。家里属于我的东西我也收拾好了，我在外面也找好了住的地方，要不我今晚就搬出来吧？还是你和甜甜想吃什么，我给你们做了晚饭再走？我都可以的……”

沈堪舆越说越语无伦次，说到一半又想起宋黎在家，连忙改口道：“对不起，我忘了阿姨在家，阿姨可以给你们做饭对吧？我做得不好……我去帮你们买菜，家里那些不新鲜了。”

“你生日快到了，我也不知道送你什么好。那些你都不喜欢……”

沈堪舆摩挲着手里薄薄的纸，抬头冲顾言笙小心翼翼地笑着，随后双手把它递给他，问：“这个……你喜欢吗？”

第六章 shenkanyu x guyansheng

谢谢你听我道别

顾言笙不知道该说什么。

这个世界上还有比沈堪舆更笨的人吗？拿离婚协议书当生日礼物。

顾言笙并没有想过离婚，但是想起沈堪舆刚刚和姜默在一起的画面，又忍不住想是不是离婚才比较好。

一直在等顾言笙回复的沈堪舆眼眶逐渐发红，眼里的水光越来越亮，拿着离婚协议书的手也抖得越来越厉害。

沈堪舆艰难地挪动身体，朝顾言笙靠近了一些，攥住顾言笙的衣袖轻轻晃了两下，哽咽着哀求道："阿笙，你跟我说句话吧……喜不喜欢你都跟我说句话好不好？骂我也可以，我今晚……我今晚就走了，我想多听听你的声音，我总觉得好久都没有见到你了，我以后都见不到你了，你跟我说说话吧……"

沈堪舆觉得视线越发模糊，越发看不清楚顾言笙的脸，便抬起胳膊想擦一下眼睛。顾言笙却先一步替沈堪舆抹了抹湿润的眼角，叹气道："你自己提的离婚，为什么哭？"

沈堪舆吓了一跳，连忙抬起衣袖大力地揉搓自己的眼睛，力气大的像要搓掉一层皮，然后拼命摇头，只是想说话时却忽然狠狠地抽噎了一下，便立即低头咬住自己的衣袖，竭力忍耐着不发出声音。

沈堪舆满脑子都想着不能哭，阿笙最讨厌看到自己哭，可是自己真的特别想他，也特别舍不得他。

以后就再也见不到他了，自己不在，他被人欺负不知道还手，又没有别人来保护他，该怎么办？

苏桐要结婚了，甜甜又还小，没有人照顾他，他吃不饱穿不暖，又该怎么办？沈堪舆难过得要命，又不知道自己还能做什么。

本来阿笙可以好好地和苏桐在一起，每天都开心快乐地生活，都是因为自己才变成现在这个样子的。

可是现在做什么都没有用了，再也没有办法弥补了。

“阿笙，对不起，”沈堪舆不停地擦着眼睛，衣袖都快湿透了，眼泪却还是止不住，说了几个字就抽噎得厉害，像被父母责骂时难过得不知所措的小孩，“我知道我做错了很多事情，也没有办法弥补了，我以后都不烦你了好不好？你能不能开心一点。你笑起来特别好看，可是我好久都没有看到你笑了……”

沈堪舆抽噎得太厉害，声音很轻，说话又断断续续的，顾言笙其实不太能听清具体内容，只是看到对方苍白的脸，哭得红通通的眼睛和鼻子，和甜甜哭起来的模样如出一辙，心底便泛起了一种难以言喻的怜惜之意。

沈堪舆下手没轻没重的，擦个眼泪快把脸擦破了，顾言笙便从口袋里掏出一张柔软的巾帕，轻轻覆在沈堪舆的脸上，缓缓地抹去对方眼角的泪花。

沈堪舆浑身紧绷，吸了吸鼻子，呆呆地看着顾言笙。

这人哭蒙了的表情和顾雨甜像极了，顾言笙心底一片柔软，忍不住说道：“你是不是在甜甜面前哭过？她哭起来的样子跟你一模一样。”

“没有……我没有，”沈堪舆慌乱起来，哽咽着艰难地解释，“我知道你很讨厌我哭，我真的改了，我今天不是故意的，阿笙，你别生气好不好，我以后……我以后再也不哭了。”

“我不是这个意思。”顾言笙觉得自己可能真的不会开玩笑，很久才开这么一次，就把沈堪舆吓得瑟瑟发抖。也不知道以前那个胆大包天的家伙到哪儿去了，现在变得像只惊弓之鸟。

他沉默片刻，转移了话题：“你喜欢姜默吗？”

沈堪舆怔怔地看着顾言笙，好像没明白他说的话。

顾言笙又问："你想离婚是因为姜默吗？你喜欢他，离了婚你就可以和他在一起，是这样吗？"

沈堪舆这下听明白了，立刻拼命地摇头否认，然后带着浓浓的鼻音小声地说："我只喜欢你呀……"

顾言笙有些窘迫地别过头，干咳了一声，沉默了许久才缓缓道："这样的话，就不离婚了吧。我们……我们好好把日子过下去，把甜甜养大。"

他没怎么说过这种话，说完后浑身僵硬，为了缓解尴尬又把离婚协议书接了过来，然后塞进了旁边的垃圾桶里。

"嗯？"沈堪舆眨巴着湿漉漉的眼，愣愣地看着顾言笙，怀疑自己的耳朵出了问题，愣了好几秒才反应过来。

——阿笙一定是因为最近太忙了，还有很多事情要自己帮忙，所以他们暂时先不用离婚。

不过就算是这样，沈堪舆也还是开心坏了，觉得像天上掉了一碗皮蛋瘦肉粥，手足无措地张了张嘴，又摸了摸脖子，最终对顾言笙傻笑了起来，道："我听你的，先不离！阿笙，你有什么要我做的都可以跟我说，我一定会帮你的，什么都可以！"

"好。"顾言笙觉得沈堪舆好像没有明白自己的意思，但是他不知道怎么把心意表达清楚，只能点点头，温声应了一句。

沈堪舆笑眯眯地看着他，眼里亮晶晶的，道："谢谢阿笙！那我今天要搬出去吗？我东西都收拾好了，随时可以搬出去的！"

顾言笙沉默了片刻才道："不离婚为什么还要搬出去？"

"那就不搬！你说什么就是什么！"沈堪舆兴奋得都不觉得疼了，力气好像也回来了，两三下就扶着树站了起来，跑到长椅旁把今天早上买到的东西展示给他看，沙哑地道，"阿笙你看，我买到了特别新鲜的山竹和橘子，我刚刚吃了一个山竹，真的很甜，而且是那种清甜的感觉，不会腻。我剥一个给你试试好不好？"

沈堪舆从袋子里拿了一个山竹出来，努力地想剥开，左手却怎么都使不上力，可单靠右手又拿坚硬的山竹完全没辙。

沈堪舆急得额头又开始冒汗，抬头对顾言笙笑了一下，道："对不起阿笙，山竹太硬了，我给你剥个橘子吧！"说罢便匆匆换了个橘子，用微微发抖的手快速地剥着。

顾言笙看着沈堪舆不知什么时候包扎起来的左手，明明颤抖得厉害，完全没办法配合右手使力，却剥得异常快。

半晌后，沈堪舆剥好了一个新鲜的橘子，献宝似的捧到顾言笙的面前，道："你试一试。你看着我剥的啊，我有独家剥橘神功，手都没有碰到果肉，不脏的，你可以吃。"

顾言笙一直盯着沈堪舆的左手，半天没有接那只橘子。沈堪舆恍然大悟，既然阿笙觉得自己剥出来的虾很恶心，那自己剥出来的水果自然也是一样的。

这种事情怎么能忘？不该忘的。

"对不起啊，我……"沈堪舆把橘子收了回来，"我没有别的意思，就是看你嘴唇很干，怕你渴……要不你自己剥吧，你吃一个好不好？很甜的……"

顾言笙握住了沈堪舆左手手腕，尽管动作特别轻，但沈堪舆还是瑟缩了一下，手上的橘子掉到了地上。

两人的距离很近，顾言笙能听到沈堪舆擂鼓般的心跳，也能感觉到沈堪舆在发抖。

"别怕，我没生气，"顾言笙轻轻地将沈堪舆的左手放在自己的掌心里，"你一早起来就去医院了？"

"嗯……"沈堪舆观察顾言笙的脸色，轻轻地点了点头，"医生说没有什么大问题，只做了一个固定治疗，没有……没有花很多钱。"

"只检查了手吗？"顾言笙抬眸看着面前的人，"还有没有哪里不舒服？”

沈堪舆生怕顾言笙嫌自己毛病多浪费钱，把脑袋摇成了拨浪鼓，然后虔诚而认真地看着他。

不过，沈堪舆现在确实不觉得难受，只要看着顾言笙，沈堪舆就能开心地跳起来转圈。

顾言笙看着眼前这个人，湿漉漉的眼睛像小鹿一样，总有些不信，迟疑片刻后道：“我再带你去看看吧。”

“不、不、不，不去了！再去一遍，医生都该笑话我了！”沈堪舆拼命摇头，恨不得用全身的细胞来拒绝顾言笙，“阿笙，我们回家吧，我想快点让甜甜尝尝这个山竹。”

“不急这一刻。”

“很急的！我跟你说啊，这个山竹是刚从冰柜里拿出来的，山竹被冻过之后一定要赶快吃掉，不然口感会变差的，”沈堪舆拎起袋子，看了看里面的水果，“阿笙，你看这里面有阿姨喜欢的水果吗？没有的话你到前边超市放我下车，我去买。她喜欢吃什么？”

“这些她都喜欢，”顾言笙接过袋子，“我把车停在前面了，过去吧，回家。”

沈堪舆愣了一下，怔怔地看着顾言笙平静温和的侧脸，半晌才回过神，眼睛一点一点地亮了起来，最后用力点点头，笑容灿烂道：“嗯，回家！”

真好，自己又有家了。

阿笙又给自己家了，哪怕是最后这么几天，也算是个有家的人了。

——沈堪舆，你知不知道你多幸运啊。

——可你又何德何能呢？

沈堪舆怔怔地看着顾言笙的背影，吸了吸鼻子，抹了下眼睛，从垃圾桶里把离婚协议书翻出来，小心翼翼地掸去上面的灰尘和碎屑，收进了卫衣口袋里。

应该还要用到的，沈堪舆不懂法律，不知道怎么样才能对顾言笙有利一点，所以特意花钱找了律师帮忙，不能浪费了。

顾言笙只字未提苏桐结婚的事情，沈堪舆也不敢说半个字，因为沈堪舆知道这是一颗早晚都会被点燃的炸弹，等它爆炸的那一天，自己便会体无完肤，甚至尸骨无存。

但沈堪舆怕的不是这个，沈堪舆只怕顾言笙难过。

沈堪舆想：阿笙让自己留下来的最重要的原因，或许不是有事需要自己帮忙，而是不想放让自己如此痛苦的恶人轻松利落地离开，就算要离开，自己也必须付出应有的代价。

不管是什么代价都没有关系，只要阿笙能开心一点。

顾言笙平时就话少，心情不好时话更少，现在他的脸色不是特别好看。

沈堪舆怕他不开心，便滔滔不绝地讲一些跟甜甜有关的趣事给他听，即使嗓子越说越哑，但在看到顾言笙嘴角浅浅的弧度后也不觉疲累，再次兴奋起来，在座位上手舞足蹈地比画，折腾得满头大汗。

顾言笙听沈堪舆讲了半天顾雨甜的事，见对方满心满眼都是女儿的样子，想起顾雨甜总是挂在嘴边的“小鱼不爱我”，道：“听起来你很疼她。”

沈堪舆的笑容微微僵住，由于辨不清顾言笙的语气，更不知道该怎么接话，愣了一会儿，最终只是冲着顾言笙傻笑。

“但她总跟我说你不爱她，”顾言笙淡淡地看了沈堪舆一眼，“为什么？”

沈堪舆苍白的嘴唇开合好几次，嘴里发出了一些声音，最后才艰难地道：“应……应该是因为我……做得不好，你知道的……阿姨她也知道……”

“但她其他方面都很懂事，你带得很好，”顾言笙轻声道，“好像只是对于你的事情不太通情达理。”

“是我不好，我……我会改的。”

又是这句“我会改的”，顾言笙发现沈堪舆这几个字说得越来越诚恳，也越来越慌乱，不由得蹙了蹙眉。

沈堪舆一直在看顾言笙的脸色，顾言笙一皱眉沈堪舆就开始冒冷汗，手指也不停地绞动，想了又想才道：“其实……其实这样也挺好的，对吧，阿笙。家里有你、叔叔、阿姨，你们都很疼她，她也很爱你们，这样很好的，一家人在一起。”

沈堪舆不知道自己在说什么，只得满头大汗地转移话题道：“哦，对了！有一次你不在家，叔叔阿姨过来了，你不知道甜甜多好笑……”

沈堪舆又开始手舞足蹈地讲故事，顾言笙看着安全带就要捆不住这人，无可奈何地道：“讲故事就讲故事，不要乱动，刚退烧哪来的力气？”

沈堪舆眨巴着眼睛道：“不是刚退烧，已经退很久了好不好。”

“是不是要让我拿甜甜的儿童座椅给你，你才能坐稳？”

“不……不用，我坐稳，我这就坐稳。”沈堪舆冲顾言笙傻笑了一下，抬手擦了擦额头上的汗，颤抖地吐了口气，脸色十分苍白。

心脏大概负担不了这样的情绪和动作，跳得太快了，沈堪舆呼吸有些困难，头也晕得厉害，却不敢拿药出来吃，也不敢和顾言笙提开窗透气，只能面朝窗外，低低地喘着气忍着。

沈堪舆隐约感觉到顾言笙在往自己这边看，可能是看自己突然安静下来，察觉到了一些不对劲。

沈堪舆想再跟顾言笙说点什么，脑子里却又因为缺氧而昏沉得厉害，情急之下，最终把心里最想说的话说了出来："阿笙，你要是……不开心的话，一定要找人说，不要自己忍着，这样很伤身体的。等我明天把事情办好，你也可以……也可以教训我或者骂我。你要……开心一点。"

顾言笙嘴唇紧抿，沉默地看着前方的路，握着方向盘的手紧了紧，过了半晌才沉声道："我以后不会再对你动手了。"

没有再听见回答，顾言笙转头，发现沈堪舆已经睡着了，脑袋一点一点的像在钓鱼，不禁摇头失笑。

他本来有挺多话想问沈堪舆的，比如他醉酒那天晚上有没有做什么伤害对方的事情，还有为什么沈堪舆总是觉得他会动粗。他记得除了上学的时候因为少年气性大，克制不住动过手，以及后来沈堪舆怀孕初期那一巴掌，他再没有动过手。

顾言笙把车停在路边，下车将座椅摇下去，托起沈堪舆的脑袋垫了个靠枕，又取了毯子盖上。

盖毯子的时候，顾言笙看到沈堪舆手里还攥着一个剥好的橘子，上面沾着灰尘，应该是刚刚掉在地上的那个，不知道沈堪舆什么时候偷偷吃了两三瓣。

疼起来抓东西，生病了往外跑，掉地上的东西捡起来吃，这些都是谁教的?

顾言笙丢了橘子，回来试了试沈堪舆额头的温度，已经不烧了，但凉得吓人。

他调高了空调温度，准备回到驾驶座，却听到耳边传来沈堪舆的声音，微弱得以为自己幻听了，等转头看到沈堪舆干裂发白的嘴唇费力地一开一合，才俯下身去听。

沈堪舆并没有说什么，只是一直在喊"阿笙"，喊着喊着眼睛就湿润了，眼泪打湿睫毛，顺着苍白瘦削的脸颊滑落，并且越流越汹涌。

顾言笙一边耐心地帮沈堪舆擦泪，一边温柔安抚道：“我在，不哭了。”

他想起沈堪舆刚刚哭起来咬着衣袖忍着，恨不得使出浑身力气擦掉眼泪，生怕被他看到的样子，心里有一丝疼。

难过成这样也只敢在睡着的时候哭吗？明明当着他的面哭也没有关系啊。

顾言笙有些记不清多久没看到沈堪舆在自己面前哭了，是因为太久没看到了，所以现在心里才会这么难受吗？

这人在他面前一直都是嬉皮笑脸的样子，是因为真的不知道难过，还是一直都忍着？

沈堪舆回到家时，宋黎已经把饭菜准备好了，免不了又挨了一顿骂，但沈堪舆立马殷勤地献上自己买回来的水果大礼包。甜甜一看到山竹就眉开眼笑，口水直流，宋黎一看孙女高兴也就懒得计较了。

“宝贝来，我给你剥。”沈堪舆睡了一觉，体力和精力都恢复了不少，在左手不好使的情况下也成功把山竹剥开了。

“好呀、好呀！”顾雨甜兴奋得要命，两只大眼睛直勾勾地盯着山竹。

沈堪舆剥下一瓣果肉送到女儿口中，顾雨甜一口吞进去，结果立马皱着眉头，苦着脸吐了出来，道：“酸！”

沈堪舆愣了一下，道：“怎么会酸？这个很甜的呀。你再试试，很好吃的。”说罢又给顾雨甜喂了一块，但顾雨甜还是吐了出来，委屈地撇着嘴道：“不好吃！难吃死了！”

宋黎看不下去了，从沈堪舆手里抢过来试了一块，随后气得转手丢进了垃圾桶，道：“这种东西你都拿给孩子吃？根本就没熟好吗？要害我们宝贝拉肚子啊！”

沈堪舆茫然地看了看空荡荡的手心，又看了看垃圾桶，喃喃地说：“可是真的很甜的呀。”

“甜你就自己吃！”宋黎翻了个白眼，把顾雨甜抱起来，“甜甜，奶奶带你吃饭去，不吃这些垃圾。”

“呜，小鱼超坏！”

“对，坏得很！来，奶奶带你吃别的啊，咱不搭理坏人。”

沈堪舆在沙发上呆呆地坐了一会儿，而后起身蹲到垃圾桶旁，把刚刚丢进垃圾桶的山竹拿起来，轻轻咬了一口。

明明就很甜很甜啊，怎么会是垃圾呢？

顾言笙刚停车回来就看到沈堪舆从垃圾桶翻山竹吃的画面，脑子里顿时轰的一声响，愠怒地喝道：“沈堪舆，你干什么？”

沈堪舆被他吓了一跳，山竹再次掉进了垃圾桶，紧跟着又急急忙忙地想捡出来。顾言笙两三步上前扣住了沈堪舆的手腕，低喝道：“这是能吃的东西吗？”

沈堪舆愣愣地看着突然发脾气的顾言笙，不知所措道：“是……是丢掉的，不是新鲜的，新鲜的我没碰，这个我……我可以吃吗？”

顾言笙看沈堪舆还想去摸垃圾桶，抬腿就把垃圾桶踹走了，说道：“丢进垃圾桶里的就是垃圾，你捡地上的东西吃就算了，垃圾桶里的东西也要翻出来吃？这些东西这么脏，你妈妈没教过你病从口入吗？”

“我……我妈妈……”关于父母教育这一块，沈堪舆几乎一片空白，爸爸只在生气的时候说过“什么东西给你吃都比丢垃圾桶还要浪费”，阿笙是不是跟爸爸一样的意思呢？

沈堪舆平时都尽量不吃的，只是现在真的很渴。

苍白的嘴唇张了张，却无话可说、无从辩驳，沈堪舆最终只能抬起头，哀求顾言笙："阿笙，你让我吃吧，我觉得……有一点渴。要是生病的话，我就出去外面，我不在家里待着。"

顾言笙看着沈堪舆干裂到有些渗血的嘴唇哆嗦个不停，顿时发不出火了，侧过头深吸了一口气，把人从地上拽起来按在沙发上，又倒了一杯温水放在对方手里："没人会赶你出去，先喝水。"

"谢谢阿笙……"沈堪舆怔怔地接过杯子，渴得嗓子冒烟却没敢拿起来喝，就这么抓着杯子摩挲了一阵才轻声说，"阿笙，这个杯子是甜甜的，我……我不能用，会弄脏的。"

沈堪舆说完把杯子放下，撑着沙发局促地站了起来，道："我房间里有水，我这就去喝。"

顾言笙这回忍无可忍了，呵斥道："坐下！你房间的水都放了几天了，还能喝吗？"

沈堪舆腿一软乖乖坐了下来，问顾言笙："水也会放坏吗？"

"不然？"顾言笙气恼，"难道你平时会把放好几天的水给甜甜喝？"

"没有、没有！"沈堪舆焦急地摆手，"甜甜吃的、喝的，我每天都会换新鲜的，没有放好几天！"

顾言笙看沈堪舆好不容易红润了的脸色一下又白了，便忍了忍自己的脾气，转过身从桌上的袋子里拿了一只山竹出来，两三下剥开后递了过去。

沈堪舆愣愣地看着顾言笙，摇摇头开口想说话，却咳了两声，声音极为沙哑、费力："阿笙，这个你吃吧，我吃浪费了。"

宋黎注意到这边的动静，立刻阻止道："阿笙别吃那东西，酸得要死。真不知道这个沈堪舆除了会打游戏还会干什么，买个山竹跟买酸豆似的。沈堪舆自己吃不浪费，浪费钱倒是真的。"

沈堪舆低头默默听着，眼眶忽然有些泛红。

宋黎一直不喜欢沈堪舆，什么难听话都说过，沈堪舆听久了也都习惯了，可这一刻忽然觉得很难过。

沈堪舆觉得自己真的什么也做不好，本来可以靠打游戏帮阿笙赚点钱，但是现在左手已经很难操控键盘，以后可能连游戏都打不好了。

自己亏欠了阿笙这么多，却没有能力偿还给他了。

沈堪舆搓了搓眼睛，微微哽咽道："阿笙……对不……"

"我喜欢吃酸一些的山竹，才让沈堪舆买的，你别说这些话，"顾言笙语气生硬地对宋黎说完，转头对沈堪舆平缓温和地道，"没事了，你不用道歉。"

沈堪舆怔怔地看着顾言笙。

宋黎吃了自家儿子的瘪，没好气地哼了一声，喂孙女吃饭去了。

顾言笙默不作声地尝了一口山竹，真的酸得厉害，他忍不住皱了皱眉，道："这也太酸了，你别吃了。"

他伸手就想把山竹扔进垃圾桶，但被沈堪舆抢了过去，并道："别、别、别！我吃，我吃！"

沈堪舆掰着果肉就往自己嘴里塞，却因为动作太急手指有些颤抖，但还是很快就吃掉了一半，还冲顾言笙满足地笑道："我真的觉得很甜呀，而且这还是阿笙你给我剥的，就更甜了！谢谢阿笙！"

顾言笙不知道沈堪舆是怎么吃出甜味来的，他本想阻止，可看见沈堪舆吃得那么开心又不忍心。

这人是不是没有吃过甜的东西？他要是递上一杯白开水会不会也被说成甜的？

顾言笙趁沈堪舆吃山竹吃得开心，没什么防备，把那杯温水送到对方嘴边，沈堪舆懵懵懂懂地喝了一口。

"水里加了糖，甜吗？"顾言笙试探地问。

"甜，比这个山竹还甜呢！"沈堪舆点点头，笑的眉眼弯弯，眼下的卧蚕都拱了起来。果然，顾言笙眼神一暗。明明水里什么也没加，就是一杯寡淡无味的白开水而已。

他放下水杯，看沈堪舆像个仓鼠一样捧着山竹仔细地嚼，心底软成一片，又有些疼，道："吃完这个就不吃了。"

沈堪舆点头，乖乖地把山竹吃完，却没有把壳扔掉，而是一直捧在手心里轻轻摩挲着。

顾言笙忽然意识到什么，问："你全吃下去了？有核的，怎么不吐出来？"

顾言笙以前从来没问过这样的问题，沈堪舆怔怔地看了他好久都不知道怎么回答，等顾言笙又问了一遍才迟钝地回答："核是里面脆脆的那个吗？都很甜的，可以吃，很好吃。"

"平时你也让甜甜吃核？"

沈堪舆愣愣地摇头："甜甜说苦，都吐出来的。"

顾言笙："……"

顾言笙什么也没做，只是坐在那儿，就觉得自己身旁的沈堪舆如坐针毡。沈堪舆甚至有几分彷徨无措，不说话也不看他，一直低着头看着手里的山竹壳，还时不时抬手搓搓眼睛。

顾言笙轻咳一声，试探地问道："沈堪舆，我前天喝醉以后对你做了什么吗？我伤害了你吗？"

"没……没有啊，"沈堪舆笑道，声音听起来很轻松，手指却不再在山竹壳上摩挲，无意识地抓着自己的手背，哪怕手背红肿破皮了也毫无知觉，"那天就……阿桐把你送回来的，还……还陪你说了会儿话，你喝多了不舒服，很快就睡着了……"

"那你怎么这么怕我？"

"不……不怕，你心情不好，对我怎么样都可以的，就是我最近有事情要回家，要是被爸爸妈妈看到了不好，"沈堪舆笑了笑，声音哽咽了一下，停顿了好一会儿才小声接道，"他们看到了会心疼的。”

顾言笙一时语塞，片刻后才道：“我不是这个意思，我……”

“爸爸、爸爸，你来看这个！”顾雨甜在另一边脆生生地喊顾言笙。

“甜甜喊你了，快去陪她玩儿吧，”沈堪舆冲顾言笙摆摆手，“我还有事儿，先去忙啦！”说完便匆匆回到自己的房间，关上了门。

忽然，一阵钻心的痛感从左手传来，沈堪舆一个不小心，手里的山竹壳掉到了地上。

像什么珍贵的艺术品被磕到了一样，沈堪舆立马慌乱地将山竹壳捡起来，小心翼翼地掸掉上面的灰尘，眼眶也不知道为什么热得厉害，视线越来越模糊，眼泪失控般往外流。

由于手不方便，沈堪舆只能吃力地抬起胳膊用衣袖去擦泪水，但是怎么都擦不干净——不是觉得难过，而是开心。

没人给沈堪舆剥过水果吃，以前沈堪舆病得口干舌燥，没力气剥水果吃的时候，也曾经幻想过有人会这么做，但也只是想想，从没奢望能够成真。

可今天姜默给沈堪舆剥了，顾言笙也给沈堪舆剥了。

他们剥的山竹真的很甜。

原来新鲜、干净的山竹吃起来这么甜。

但这是自己这辈子唯一一次，也是最后一次享受到了吧，沈堪舆想。

沈堪舆晚上睡得不好，因为心脏不舒服，很难平躺入睡，而床上又只有一个枕头，没办法垫高了睡，没睡多久就会醒过来，但是第二天沈堪舆依旧起得特别早。

把父女俩的早饭准备好出门时，天还只是蒙蒙亮，沈堪舆想着时候还早，走路去医院可以省点钱，还能顺路把妈妈喜欢的蛋黄酥买了，于是步行前往。

蛋黄酥的铺子一早就开了，已经排起了长队，沈堪舆排在队伍末端，在阵阵秋风中冷得发抖。

自己越来越怕冷了，这个冬天应该会很难熬。

沈堪舆不知道能不能过得了这个冬天，如果能过得去的话，明年春天希望还有机会带顾雨甜去看城郊的百里花海，把她打扮成花仙子，帮她拍很多很多漂亮可爱的照片，告诉她，她是世界上最美丽的小公主。

这是沈堪舆之前给孩子的承诺，只是孩子现在应该不需要了，所以哪怕自己熬不过这个冬天，兑现不了诺言，她也不会生气吧。

不知不觉就排到了，沈堪舆要了两盒蛋黄酥，抱在怀里快步走向医院。

沈堪舆以为到医院就能见到家人，但刚准备在前台询问就有一个女医生找了过来："你是堪舆吗？"

沈堪舆愣愣地点头。

"我是你妈妈的朋友，你叫我林姨就好，"女医生温和地笑道，"跟我过来吧，你妈妈在忙，我带你去做配型。"

"啊，林姨好，"沈堪舆连忙鞠了个躬，"我妈妈她不过来吗？"

"嗯，她忙着照顾你爸爸呢，托我过来帮个忙。"

"哦……"沈堪舆失落地点点头，"那林姨能不能帮我找个人把这个带给我妈妈？"

沈堪舆把抱在怀里的蛋黄酥拿出来给林姨看，道："这个。"

"可以，我找个护士帮你送过去。"林姨接过蛋黄酥交给了一个小护士。

"谢谢林姨！"沈堪舆笑着道谢。

"没事，"林姨一边带着沈堪舆往前走，一边问道，"有没有哪里不舒服啊？一会要抽很多血，打很多针，你受得吗？”

“可以，没关系的。”沈堪舆亦步亦趋地跟在她身后，脸上一直笑眯眯的。林姨甚至怀疑自己接错人了，这和好友描述的叛逆形象根本不符。

沈堪舆没有想到做配型也会这么辛苦，不只是抽血打针，还要被各种各样的仪器扫射检查，这些都让人特别难受，过程中沈堪舆还借口上厕所跑去洗手间吐了好几次，又因为没吃什么东西，只干呕到喉咙发疼。

心电图和心脏彩超被沈堪舆放到了最后，结果不出意外地查出了问题。

医生初步诊断是扩心病，左心室扩大，有早期心力衰竭症状，建议患者不要做肝脏移植，有一定生命风险。但如果是为了救自己的家人，又在没有其他合适肝源的前提下，可以选择移植，不过术前要签署声明，一切后果自负。

这些话林姨听了都胆战心惊，沈堪舆却笑了起来，走出医生办公室的时候甚至还哼起了不知名的小调子，看得出来是真的开心。

“堪舆，你不害怕吗？”林姨忍不住问。

“不害怕，”沈堪舆笑眯眯地道，“做手术的时候，只要想到另一边是爸爸就不会害怕啦。”

“我是说，”林姨迟疑道，“你不怕死吗？”

“也不怕。”沈堪舆脸上笑容不减，眼睛更亮了。

沈堪舆不怕死，就是会很想念顾言笙和顾雨甜，还有爸爸妈妈和哥哥，毕竟死后就见不到他们了。

见不到阿笙的《沧海笑》一炮打响，见不到甜甜长大，见不到爸爸恢复健康，也见不到哥哥结婚生子。

想到这些，沈堪舆还是会觉得很难过。

但是听说打了麻醉就像睡着一样，死掉了也不会有意识，不会觉得难受。再怎么想念，再怎么难过，也就剩麻醉生效前的最后一秒了，没关系的。

如果有机会，沈堪舆很想跟他们好好道个别。

可是会有人听吗？会有人跟自己说再见吗？哪怕是下辈子再见，会不会有人跟自己说一句呢？

应该不会有吧，没有人会希望下辈子再遇见这样的人了。

自己爱的那些人，都不会再见了吧。

没关系的，只要他们都幸福安康就好。

沈堪舆做完了所有的检查，还是很想见家里人一面，便向林姨要了爸爸的病房号，走到门口却又徘徊着不敢进去，最终只在门口的长椅上坐着发呆，想着虽然隔了一堵墙，但是离他们也很近了。

医院里开着中央空调，沈堪舆坐在长椅上冷得发抖，衣服又过于宽大，怎么收拢都会有冷风从空隙里钻进去。

怎么会这么冷呢？沈堪舆冷得脑子都乱了，乱七八糟的画面开始在脑海里浮现。最清晰的是小时候抱住妈妈的大腿要抱抱，妈妈一脸无可奈何地把自己抱起来的画面。

妈妈的怀抱是这个世界上最温暖、最柔软的地方了，虽然她每次都只抱一小会儿，可沈堪舆还是好想再窝进去一次。

好像又开始做白日梦了。

耳边忽然响起推门声，沈堪舆打了个哆嗦，抬头看到李清从里面走了出来，脸上浮过一丝讶异的神色，但很快又归于平静。

“妈妈，”沈堪舆立刻咧开嘴笑起来，沙哑地喊了声妈妈，“我都做完啦，还有一些检查结果要晚一些才出来，应该都没有问题，可以捐给爸爸的。”

沈堪舆仰着苍白、瘦削的脸，眼巴巴地看着李清，像一个考了高分想得到母亲夸奖的小孩。

李清神色缓和地对沈堪舆道："嗯，林姨都跟我说了。"

"哦，好，"沈堪舆没想到自己不是第一个告诉母亲这个好消息的人，有些失落地吸了吸鼻子，片刻后又很快笑起来，"对了妈妈，蛋黄酥……护士拿给你了吗？有没有趁热吃？好吃吗？"

李清点点头："嗯，挺好吃的。"

沈堪舆屏息等到李清肯定的回答，立刻兴奋得两眼发亮："真的吗？那我……我明天也给你买，每天都给你买！"

李清听到这孩子气的话不由得失笑："不用了，哪能每天都吃啊。"

"也……也对。"沈堪舆点点头，从口袋里翻出一张银行卡，卡面是很多年前的风格，一对父母牵着一个孩子。

沈堪舆双手把卡递给李清，道："妈妈，这个给你，里面是我存的一些钱，你可以……你可以用它付爸爸的医药费，再买点你们喜欢的东西……"

李清有些愣怔地伸手去接，沈堪舆紧张得不敢动，生怕她不要，等她接过去便欣喜得双手颤抖，殷勤地道："密码是你和爸爸还有哥哥的生日数字加起来的数字，很好记的，忘记的时候加一下就好了。妈妈你看这个卡也很漂亮对不对？很像你们三个人，很有收藏价值的，钱用完的话你也可以留着，不要……不要扔掉。"

最后一句是哀求。颤抖而微弱的声音让李清心底泛起涩意，她握着那张银行卡，轻轻地对沈堪舆笑了笑，道："嗯，不扔。"

她这一笑，让沈堪舆眼眶一红，眼泪差点就涌了出来，只得狠狠地吸了一下鼻子，低头迅速地揉搓眼睛，擦掉那些咸涩的液体，与此同时，沈堪舆心里好像涌出了一股热流，滋生出一股莫名的勇气。

沈堪舆朝李清伸出了两条骨瘦如柴的胳膊，哽咽道：“妈妈，妈妈，抱……”

沈堪舆想说“妈妈可不可以抱一下我”，却被遏制不住的抽噎打断，等能顺畅开口的时候，已经没有勇气再说了，只剩下盈满水光的眼里盛着的微薄希望。

李清终究没有给沈堪舆希望，疏离了太久，现在的拥抱显得太过尴尬。

她不知道这个拥抱对沈堪舆来说有多大的意义，不知道沈堪舆把自己的一切都给了所爱的人，只是想要一个温暖的怀抱，却从来没人真心地给过反馈，所以沈堪舆后来再也没有力气走向任何人的怀抱。

路途太远，路上太冷，再也走不到了。

李清说：“行了，都多大的人了，还像小时候一样。我去给你爸爸开药，你先回家休息吧，说不定过几天就要做手术了。”

一瞬间，沈堪舆的眼睛灰暗得像没有星星和月亮的夜空，只剩无边的空泛和死寂，笑容却没有消失，一直挂在脸上，灿烂得像春日的暖阳：“好，我知道啦！”

看着李清的身影消失在走廊尽头，沈堪舆才转身朝相反方向的医院大门走去。

沈堪舆回到家时，顾言笙已经出门了，家里只有宋黎和顾雨甜。

沈堪舆想过去跟女儿说两句话，又怕宋黎不高兴，便默默地绕到另一边，直接进了自己的卧室，开始收拾自己的东西。

其实也没有什么要收拾的，就是把平常吃的药和其他一些零碎的物件放进装衣服的行李箱，东西不多，很快就能收好。

除了这些之外，还有顾言笙昨天给自己剥出来的山竹壳——沈堪舆特意真空包装了，不知道能放多久，应该能过完这个冬天吧。

把东西收好，沈堪舆在床边坐了一会儿，一件一件地想着还要做的事，然后一件一件认认真真去做。

沈堪舆先把家里上上下下都打扫了一遍，桌子、椅子、茶几擦拭得光亮如新，又翻了衣柜和鞋柜，把顾言笙和顾雨甜松动的衣服扣子，还有开线的鞋子都一针一线地缝严实，发黄的衣服洗白，发皱的衬衣用电熨斗烫平。

然后清理掉冰箱里放了好几天的食材，换了新鲜的放进去，快用完的柴米油盐酱醋都补了一份新的。

再把冬天的被子、床褥都拆洗了，挂到阳台上晾晒。

沈堪舆以为自己会做很久，结果不知不觉就做完了，最后坐在桌子边拿起纸笔，想给顾言笙和顾雨甜写一封信。

沈堪舆明明有很多很多的话想说，可拿着纸笔却一个字也写不出来，想着他们应该没有时间看，也不知道怎么表达，更怕说错了什么让他们生气。

最后，沈堪舆只能笨拙又粗糙地在纸上画了简陋的卡通版的顾言笙和顾雨甜，让他们的手牵在一起，然后用一个大大的爱心把他们圈在中间，想了想又在他们的右上方画了一颗很小很小的星星。

画完这幅画，沈堪舆拿出当年给顾言笙办的那张俗气的粉色爱心银行卡，用画纸将它包在中间，写上密码，整整齐齐地叠好，跟之前给顾言笙买的生日礼物一起，放在了他房间的抽屉里。

当面给阿笙的话，沈堪舆怕他不要，他一定看到就觉得烦，不会要自己的东西。

这样给他应该会好一点，他应该会收下的。

顾雨甜的生日礼物沈堪舆还是想试着当面给一下，因为那是一个和田玉制的平安锁，沈堪舆想亲手给女儿戴上。

沈堪舆知道甜甜现在很讨厌自己，甚至开始排斥自己靠近，就先做了一份松软香甜的蛋黄仔。甜甜一闻到蛋黄仔的味道，动画片也不看了，迈着小短腿跑了过来，道：“小鱼小鱼，是蛋黄仔吗？”

“是呀，我们宝贝的鼻子真灵。”沈堪舆把蛋黄仔端出来放在饭桌上，甜甜吞了吞口水，伸出小肉手想抓一个吃。

“等一下、等一下，烫，”沈堪舆轻轻握住孩子柔软的手，“很快就凉了，等它凉了，甜甜想吃多少就吃多少，好不好？”

“好！”小丫头馋得口水不停地流，沈堪舆无奈地帮她擦掉。

甜甜趴在桌子上，眼里只有蛋黄仔，一声不吭，不像平时在顾言笙身边那样缠着他咿咿呀呀地说这说那。沈堪舆知道甜甜不喜欢自己，生怕一个不小心说错话把孩子惹哭，也不敢说话，只是安安静静地看着她，时不时替她擦擦口水，或者将她乱糟糟的头发捋到脑后。

等沈堪舆再度开口的时候，声音已经比刚才沙哑了许多：“宝贝，可以了，可以吃了。”

“好！”甜甜立刻伸手抓了一个蛋黄仔放进嘴里，然后兴奋地扑腾着小短腿，“好吃、好吃！超级好吃！”

“慢慢吃，都是你的。”沈堪舆伸手摸了摸孩子发质柔软的后脑勺，温柔的笑容中带着些许不易察觉的哀伤。

趁甜甜吃得高兴，沈堪舆连忙把平安锁拿出来，献宝似的在甜甜面前晃了晃，道：“宝贝你看，这是什么？”

“是什么？”甜甜好奇地睁大眼睛，“好漂亮！”

“是我……”沈堪舆话说到一半，声音忽然哽了一下，不敢说实话，仓促地改了口，“是爸爸送给你的生日礼物，爸爸太忙没有时间拿来给你，我帮你戴起来好不好？”

“好呀、好呀！”甜甜塞了满嘴的蛋黄仔，含糊地应道，“可是甜甜的生日还没有到呀，为什么现在就有生日礼物了？”

沈堪舆愣了一下，苍白的嘴唇张了张，仓促道："因为……因为爸爸太爱甜甜了，我也跟他说到甜甜的生日那天再送，但他等不及了。"

甜甜对这个答案特别满意，笑得眼睛都快没了。

沈堪舆也笑着，俯下身将平安锁扣在了女儿的脖子上。

"小鱼，这个有什么用呀？"

"这个可以保佑我们甜甜越来越漂亮，越来越幸福，而且永远都能吃到最好吃的蛋黄仔！"

"哇！太棒啦！"

沈堪舆笑着帮甜甜擦掉嘴角的蛋黄仔沫，眉眼弯弯地道："甜甜喜欢吗？"

"喜欢！"甜甜抓起平安锁，亲了一口，"爸爸真的最爱我啦！"

沈堪舆用力地点头："是呀，爸爸最爱你了。"

——你也要像之前答应我那样，永远都最爱爸爸。

——我也很爱你，真的很爱你，但是希望你永远都不要知道，就当我从来都没有出现过，这样你才会永远都开心快乐。

沈堪舆看了看表，见时间差不多了，也怕自己再多看孩子一眼就会舍不得走，便摸了摸甜甜的脸让她慢慢吃，拖起行李箱匆匆走到了门口。

甜甜看着沈堪舆的背影，像是感觉到了什么，放下咬了一半的蛋黄仔，跳下椅子追着到了门口，问："小鱼，你要去哪里？"

沈堪舆没想到她会追过来，僵硬地回过头，愣愣地看着孩子清澈无辜的大眼睛，鼻腔抑制不住地酸涩起来，眼睛也跟着阵阵发热。

"爸爸每次拉着大箱子都要出去很久，你也要出去很久吗？"甜甜委屈地撇了撇嘴，"你什么时候回来呀？甜甜还想吃很多蛋黄仔。"

沈堪舆的心都绞成了一团，却仍是努力地笑起来，蹲下身抱住孩子，亲了一下她肉乎乎的小脸，在她耳边轻声细语地道："甜甜会有更好吃的蛋黄仔的，相信我。"

沈堪舆的声音哽咽得发抖，自己却没有察觉，仍旧笑着在女儿耳边轻声道："宝贝，再见了啊。"

沈堪舆怕被孩子推开，很快就松开了抱着她的手，可仍是满足得眼眶都湿润了。

——宝贝谢谢你。

——谢谢你愿意听我的道别。

——我永远都爱你。

沈堪舆道了别就没再回头。

顾雨甜呆呆地站在原地，看着紧闭的房门，伸出小肉手摸了摸自己湿润的脸蛋。

她没有哭，可是脸上为什么会有泪水？

顾雨甜年纪太小，想不明白，便默默地走回桌边想继续吃蛋黄仔，却一不小心把剩下的半碗蛋黄仔都打翻了。

她愣愣地看着掉了一地的蛋黄仔，撇了撇嘴开始号啕大哭。

宋黎听到动静急急忙忙地过来哄顾雨甜，说会给她买更好吃的蛋黄仔，可顾雨甜不知道自己怎么了，越哭越想哭，怎么都停不下来。

她哭得脸花了，头发也乱了，嗓子哑了，力气也没了，就抱着奶奶的脖子抽抽噎噎地说想要小鱼。

——奶奶，我想要小鱼。

——甜甜想要小鱼。

——可是我觉得小鱼不会再回来了。

沈堪舆拖着行李箱，住进了自己很久之前就找好的房子，想着自己可能也不会在这里住很久，便只是简单地把床铺好，生活用品摆好。

这个房子出租价格低廉，采光非常一般，屋子里潮湿阴冷，沈堪舆坐在唯一有阳光映照的窗边，时不时冷得发抖，不得不多穿了几件衣服，裹着被子蜷缩成一团。

沈堪舆将在路边买回来的皮蛋瘦肉粥放在窗台上打开，准备趁热吃几口，又突然想到自己应该给顾言笙发个短信，让他多回家陪陪甜甜，不然小丫头想念他，三更半夜睡醒了会哭。

沈堪舆原本编辑了很长的一段文字，但又全部删掉了，只留下简简单单的两句话：阿笙，我有事先回家了，你记得早点回家陪甜甜。

放下手机后，沈堪舆才发现自己的手心全是汗水，而且粥已经凉了。

沈堪舆试着吃了两口，觉得有些反胃恶心，可又担心会影响到肝移植手术，只能按着胸口反复吞咽，等反胃的感觉没那么强烈了，再慢慢进食。

吃了一个多小时，总算吃下去了小半碗粥，沈堪舆擦了擦脸上的虚汗，休息了一会儿准备再吃一些，却突然被呛得咳嗽起来，再次有了反胃的感觉，克制不住地将好不容易吃下去的粥全都吐了出来。

后来，沈堪舆吃一口就吐，什么也吃不下了。

这样不行，沈堪舆想，三天后就要做手术了，林姨说过必须把身体养好一点，不然会影响到手术。

沈堪舆怔怔地看了一会儿窗外的夕阳，搓了搓有些湿润的眼睛，从行李箱里翻出自己特意带回来的几袋营养液喝了下去，刚喝完手机就响了起来，来电是个陌生号码。

“您好。”沈堪舆有些茫然地接通。

“是我，堪舆。”电话那头的人声音有些沙哑，但很温柔。

沈堪舆愣了好一会儿才把这个声音跟那个好久没有见到的人对应起来，不太确定地道：“哥……哥哥？”

沈堪舆大概从大学之后就没见过哥哥了，爸爸妈妈说自己不吉利，不能去见哥哥，所以两人只能通过电话偶尔联系，但是后来哥哥的电话就打不通了，原来是换了电话号码。

“嗯，堪舆。”沈澹兮柔声应道。

“好久没有听到你的声音啦！都有点听不出来了，”沈堪舆的声音带着些鼻音，笑着调大手机的音量，想把哥哥的声音听得更清楚些，但是手机太老旧了，怎么调大音量哥哥的声音都有些模糊，沈堪舆便只能把听筒紧紧贴在耳朵上，同时放轻呼吸声，“哥哥，你找我有什么事吗？”

沈澹兮愣了一下才道：“说的什么话？没事儿就不能给你打电话了？”

“不……不是，”沈堪舆急忙摇头，“不是这个意思，我想跟你打电话，我……我想……”

沈澹兮叹了一口气，颇为内疚地道：“抱歉堪舆，是哥哥太久没有联系你。”

“没关系，我知道你很忙，”沈堪舆轻轻抽噎了一下，然后就强忍着情绪道，“没关系的。”

沈澹兮是有愧的，虽然他年少的时候一直有意护着沈堪舆，但也享受着父母的偏爱，在父母日复一日对沈堪舆的批评、谩骂中，也对沈堪舆有了看法，所以两人日渐疏离。

后来，两人常年见不着面，沈堪舆却还一直喜欢给他打电话，念念叨叨地跟他说很多没有意义的事情，他不胜其烦，便把号码换了。

“你哭了吗，堪舆？”沈澹兮轻声问，“顾言笙有没有欺负你？”

“没有，他没有，”沈堪舆知道自己脑子里很乱，因而说出口的话也很乱。

沈堪舆也知道自己好像越来越害怕说话，怕说错什么让人误会或者生气，但矛盾的是，有人跟沈堪舆说话的时候，沈堪舆又很想多说一点。

“是我……是我想你了，哥哥，好久没有见你了，你最近开心吗？累不累？”沈堪舆道。

沈澹兮温和地回答：“哥哥也想你。我现在在国外学习，这边天气很舒服，我身体也好了很多。”

“那就好，那就好。”沈堪舆听到沈澹兮主动说起他的身体情况，松了一大口气。这是自己最想问的，但又担心直接问出口会冒犯到哥哥，让哥哥觉得是自己盼着他不好。

毕竟妈妈已经教过自己不能这样问的。

“堪舆，我怎么觉得你不是很开心？”沈澹兮担心地道，“妈妈是不是跟你说肝脏配型的事了？”

这也是沈澹兮今天联系沈堪舆的主要原因，就算他之前再怎么被父母影响，对沈堪舆有成见，面对这种可能危及生命的事情还是会担心沈堪舆。

“哥哥跟你说，千万别着急，爸爸的情况还好，我这边一直在找肝源，最近已经有消息了。你身体没那么好，不要都听爸爸妈妈的跟他们折腾。”

哥哥应该还不知道爸爸情况恶化了吧？妈妈怕他担心，应该没有告诉他。沈堪舆心想着，笑着回复道：“我身体没事的。”

“堪舆，”沈澹兮严肃地道，“你是不是已经去做了？”

“做了，但是没达到移植的条件。”沈堪舆轻声地说出心里早就想好的台词。

沈澹兮松了一口气：“行，没事的，哥哥这边来想办法，你照顾好自己，嗯？”

“好，”沈堪舆乖巧地答应，“哥哥，你什么时候回来？”

“最晚过年就回来，然后跟你嫂子结婚。”沈澹兮的声音已经掩饰不住笑意。

“真的吗？恭喜你们！”沈堪舆欣喜万分。

换作以前，沈堪舆一定会跳起来蹦跶两圈，现在只是说这么几个字就有些累了，但仍激动得眼眶都红了，“那你们是不是会举办很盛大的婚礼？可不可以让甜甜做你们的花童？她很喜欢那样的小裙子！阿笙可以给你们主持的，他做过很多发布会的主讲，声音也很好听，可以的话，我找机会跟他们说说！”

沈澹兮笑道：“那你做什么？”

沈堪舆的笑容还是很灿烂，眼睛却越来越红，喉咙似乎被堵住了，好一会儿都说不出话来。

因为沈堪舆知道自己大概没办法参加哥哥的婚礼了。

自己这样的人，不适合出现在那样隆重圣洁的场合。

而且明年春天……自己等不到的吧，哪怕想远远地看一眼都看不到了。

“做什么都可以的。”沈堪舆略微哽咽道。

沈澹兮笑了笑，道：“你们要是不嫌折腾，我当然没有意见。但是婚礼很累人，我还是更希望你们一家三口在嘉宾席吃好喝好就行。”

“好。”

一家三口吗？

可是自己是没有家的。

“那堪舆你先好好休息，哥哥有空再跟你通电话。”沈澹兮说。

“嗯，好。”挂了电话，沈堪舆把哥哥的新号码存了起来，也明白哥哥是要自己别随便打扰他。

不能给哥哥打电话，他会烦的。

营养液毕竟比不上食物，吃不下东西让沈堪舆整个人都昏沉疲倦得厉害，攥着封在真空袋子里的山竹壳，沈堪舆用拇指轻轻地摩挲着壳体，不知不觉睡了过去。

shenkanyu x guyansheng

第七章

对着我笑一笑吧

三天后，《沧海笑》正式上线，该游戏由于在内测和公测阶段口碑就极高，又有多家老牌互联网公司注资，上线当日就在各大软件商店分别斩获数千万的下载量，微博热度居高不下，不少游戏网站都争相发布了名不副实的游戏攻略，只为蹭得一波热门流量。

为此，游娱工作室特意举办了一场庆功酒会，实际上也是为《沧海笑》的第二轮融资做准备工作。

《沧海笑》一夜爆红，早年投入的资金正在以翻倍的速度迅速回流，顾言笙多年心血终成硕果，可苏桐在他的脸上见不到一丝笑容，他甚至问出“酒会能不能推迟几天再举行”的话。

“阿笙，趁热打铁的重要性你很清楚，况且邀请函都已经发了，”苏桐叹气道，“你发生什么事情了？跟堪舆吵架了吗？”

“没有，”手机还是没有收到任何来自沈堪舆的短信或者电话，顾言笙紧紧地攥着它，指节隐隐发白，“沈堪舆说自己回家了，但是我一直联系不上。”

“你伤堪舆的心了吗？”

“我不知道，”顾言笙蹙眉道，声音沙哑，“如果我做错什么事让沈堪舆受了委屈，沈堪舆完全可以跟我说，可我从没听到过半个抱怨的字，沈堪舆也一直都嬉皮笑脸的。这人以前不是这样的，你知道的……”

看到苏桐脸色不好，顾言笙连忙止住话匣：“抱歉，我不是故意揭你伤疤。”

“我知道，没关系。”苏桐脸色有些苍白，“这样，阿笙，我们先把酒会办好，之后我跟你一起去找堪舆，可以吗？”

顾言笙摇摇头：“不麻烦你了，你身体不好，这段时间为了游戏上线忙坏了，酒会完了早点回去休息吧。”

《沧海笑》庆功酒会当天，唐修带着唐蓁提前半个小时就赶到了会场。

唐蓁穿了一身小红裙，露出一双长腿，脚踩红色丝绒高跟鞋，微鬈的长发像波浪一般柔顺，并且十分有光泽。她的眉眼和小巧的红唇，弯一弯就让路过的男士移不开眼。

“看什么看？流氓！”唐修摔上车门没好气地道。

唐蓁捂着嘴笑道：“哎哟，哥哥，你这是发的什么脾气呀？怪我抢走了本该属于你的爱慕的眼光？”

“你……”唐修想发脾气，看到妹妹亮晶晶的大眼睛，别过了脸，“我今天真不应该带你出来。”

“小气鬼！”唐蓁冲他扮了个鬼脸，踩着高跟鞋，优雅又飘逸地走向会场。

唐修脑子里轰的一声，气急败坏地吼道：“你给我站住！我跟你说过多少遍不要这样走路！扭什么扭？喂！”

他骂骂咧咧地追唐蓁追到一半，想起来没锁车，又骂骂咧咧地回去锁车。

他锁好车准备去追妹妹，结果一转身就撞到了旁人，车钥匙还飞了出去。

老实说，唐修觉得自己顶多就是碰到了对方一下，算不上撞，没想到那个人低低地闷哼一声，踉跄了两步，直接跌坐在地上。

唐修愣了一下，连忙蹲下去扶人：“不好意思，你没事吧？”

他碰到对方的身体，触手的温度一片滚烫，立刻意识到这个人在发烧。

对方可能很害怕别人的触碰，瑟缩着躲到一旁，艰难地去摸唐修掉到车底的钥匙，动作特别慢，还时不时捂一下肚子，像是肚子疼。等摸到唐修的车钥匙，递给他的时候，那个人瘦得指节青白的手都在颤抖，仿佛连拿着一小串钥匙的力气都没有。

眼前的人戴着口罩，刘海垂到睫毛上，只露出一双湿漉漉的眼睛，里面满是恐惧，就像一只受了惊的流浪小狗。

“对不起……我不是……故意的……”

对方声音哑得厉害，唐修听不清楚对方说的是什么，只能接过钥匙，问：“你不舒服吗？我是医生，我帮你看看？”

“没有，没有，”那人摇着头，极为抗拒地往后退，“会传染的……会传染……不能……不能传染给你……”

“我的天，你到底在说些啥？”唐修实在听不清对方在说什么，但对方排斥别人靠近到这种程度，他一个陌生人也不好再坚持，只能保持几米距离跟在对方身后。

那人身上的衣服太过宽大，特别不合身，被秋风吹得像个鼓满了空气的塑料袋，更显得衣服的主人骨瘦如柴，仿佛风再大些这副身体就会承受不住。

唐修没有想到对方竟然也是要去酒会的，只是走到会场入口就被保安拦了下来，理由是穿衣打扮不符合规范，而且拿不出邀请函。

“求求您让我进去吧，我喜欢的人在里面。我想进去看看他，我就只是进去看看他，可不可以？”

那人哀求着，可是声音太沙哑，也太微弱了，没人听得清具体内容。

唐修于心不忍，上前对保安出示了自己的邀请函，并附赠一个温柔的笑容，道：“小帅哥，行个方便，这是我朋友。”

保安挠了挠头，憨厚地道：“好吧，那您登记一下。”

唐修配合着登记完，发现原本还在他身边的人不知道什么时候没了踪影。

沈堪舆进了会场，避开了熙熙攘攘的人群，在一个偏僻阴暗的角落站着。

沈堪舆手术刀口愈合得不好，一直反复发烧，刚刚又摔了一跤，到现在都疼得一直哆嗦，靠着墙都站不稳，只能紧紧抓住旁边的扶手，努力地让自己涣散的视线聚焦在远处的舞台上。

除了打游戏，沈堪舆对互联网的其他事情可以说是一窍不通，根本不知道《沧海笑》网络大热的事情，还是在医院排队、取药的时候，听到身旁的高中生在议论《沧海笑》怎么怎么好玩，过几天要举办庆功酒会，以及会在酒会上抽取顶级装备和绝版皮肤的事。

手术前，沈堪舆以为自己不会醒过来，没想到还有机会听到、看到《沧海笑》的成功，甚至还有机会听到顾言笙的声音，看到他在舞台上闪闪发光的样子。

虽然沈堪舆现在看不清也听不清，但知道顾言笙在那里。听着对方遥远得像幻听一样的声音，看着对方模糊成一片光影的身形，沈堪舆笑得像一个不小心捡到珍贵宝物的小孩，欣喜又惶恐。

——阿笙，你真的很棒啊。

——我终于等到这一天了。

——你终于成功了，以后都不会像以前那么辛苦了。

——以后会越来越好的，会一直都好下去的。

有工作人员来发放便利贴和笔，说可以写一个与游戏相关的愿望，贴在心愿墙上，待会儿会选出十张来实现。

沈堪舆拿着笔，颤抖着手在便利贴上画下了和之前几乎一模一样的画：阿笙牵着甜甜，两个人都笑得眉眼弯弯，嘴角弯弯。

不同的是，右上角没有那颗星星了。

——我不能再做那颗星星了。

——妈妈说我是灾星。

手术过程中，沈堪舆突然心跳乏力，甚至接近停止，医生不得不采取抢救措施，导致险些贻误了肝移植的黄金时间，虽然最后还是成功进行了移植手术，但爸爸的术后效果可能不像之前那么好。

沈堪舆跟妈妈解释说，自己手术前真的跟医生说过，不论发生什么情况都可以不用管自己，只要爸爸平平安安就好，医生明明当时候答应得好好的，不知道为什么后来没有那么做。

但妈妈还是打了自己。

无论如何，自己差点就害死了爸爸，差一点点。

自己是灾星，是一颗只会给别人带来不幸的灾星，没有办法再变成一颗可以保佑阿笙的星星了。

沈堪舆佝偻着腰，捧着便利贴，闭着眼轻轻地吻了一下画上的两个小人，咸涩温热的液体接连不断地滴落在单薄的纸张上，很快将整张便利贴浸湿，笔墨也晕染开来，渐渐地辨认不出上面画的是什么。

沈堪舆想挤到心愿墙那边，却怎么都挤不过去。伤口太疼了，虽然沈堪舆用手紧紧地捂着上腹，但是身体只要被别人碰一下，就会牵扯得伤口撕裂一般地疼。

推挤之间，便利贴被撕成了两片。

攥着两张碎纸片，沈堪舆怔怔地看着那面怎么也到不了的心愿墙，空洞的眼睛里止不住地淌着眼泪，却没有哭出声，在人群里安静得像空气。

旁边的女孩忽然说道：“哎，我好像看到顾美人在看我！天呀，他真好看！”

“你做梦吧，舞台上的灯光那么亮，他看台下就是一团黑，看得到你就怪了。”

“哦，这样吗！”

原来是这样吗？沈堪舆想，所以阿笙一直都看不到自己吗？

原来是因为自己爱的人一直都在光里，所以怎么都看不到自己的。

那自己可以不可以再说一次爱他呢？

他在光里，一定看不到，也听不到的这句话，所以自己不会打扰到他的吧。

——阿笙我爱你。

——我也很想你。

——这应该是最后一次看到你了吧。

——可是我连你的样子都看不清了。

——我也没有办法再保佑你和甜甜了，对不起。

——你们一定要幸福平安啊。

顾言笙蹙眉盯着心愿墙的方向，虽然距离很远，光线很暗，什么都看不清楚，但他总觉得那里好像有什么在紧紧揪扯他的心。

他快步走到灯光师身边，道：“师傅，您可以帮忙打一道聚光灯到心愿墙那边吗？”

灯光师愣了一下，问：“现在吗？毫无预兆地打聚光灯，可能会引起骚乱啊。”

顾言笙迅速道：“我来承担后果。”

“可是……”

“抱歉，我真的有急事。”不过数秒钟，顾言笙额头就沁出了细汗，他没办法再等下去，直接将可旋转的操作台转向自己，操控着聚光灯迅速投到了心愿墙的方向。

场内顿时一片哗然，顾言笙无暇顾及，因为他清楚地看到了人群中那个穿着宽大衣服的清瘦身影。

才几天不见，那人几乎瘦成了一张纸片。

“操作失误，大家继续。”顾言笙拿起麦克风说完，撤掉聚光灯，迅速朝心愿墙的位置赶过去。

可是当他赶到心愿墙后，却没有看到沈堪舆，仿佛刚才聚光灯下的那个身影只是他的幻觉。

唐修拉着唐蓁，穿越人群挤到他面前，张嘴就骂：“顾言笙，你发什么疯，你当是小时候玩红外线灯呢？很危险的好不好。”

顾言笙看都没看唐修一眼，仍旧喘息着在一堆陌生人里拼命找沈堪舆。

唐蓁踩了唐修一脚，道：“你傻吗？阿笙很明显在找人啊，就知道乱发脾气。”

高跟鞋用来踩人不是一般地疼，唐修痛到怀疑人生，倒吸了一口气，泪水都快流出来了。

唐蓁没管他，伸手攥住顾言笙的胳膊，问：“阿笙，你在找人吗？姐姐帮你找。”

顾言笙现在才注意到唐蓁的存在，他喘了口气，沙哑地喊了声姐姐。

唐蓁看他眼睛有点红，连忙安慰道：“哎哟，不哭不哭，姐姐在，告诉姐姐你要找什么，姐姐帮你去找。”

“沈堪舆……”

唐蓁眨巴两下眼睛：“小鱼？你不是应该带着小鱼来玩的吗？弄丢了？”

顾言笙视线闪烁了一下，看向唐修，语气焦灼地道：“我看到沈堪舆了，唐修。”

如果是平时，唐修肯定会因为顾言笙不叫他哥哥而叫唐蓁姐姐这事儿把他痛骂半天，但是听到沈堪舆的名字，唐修脑海里像被丢进了一颗炸弹，将他有些混乱的脑子炸了个通通透透、明明白白。

他就说刚刚那张只露出一双眼睛的脸熟悉又陌生，熟悉是因为像他认识的人，陌生是因为那双眼睛里的光彩和情绪都和他认识的那个人完全不同。

他见沈堪舆的次数不多，两人上次见面对方还病着，眼睛都没睁开，可他以前每次见到沈堪舆，对方的眼睛都亮亮的，话多又爱笑，弯弯的眼睛下还有一对卧蚕，嘴唇咧开后露出一口洁白整齐的牙齿，十句有九句都离不开顾言笙。

为什么现在会变得那样害怕别人靠近？为什么那双眼睛里只剩晦暗和恐惧？

顾言笙这个兔崽子到底做了什么？

“顾言笙，你等我找到人再跟你算账。”唐修咬牙切齿地说完，拽着唐蓁就往会场外走。

唐蓁一边被拖着走，一边扭头对顾言笙道：“阿笙，你别担心啊，我们去帮你找小鱼，你别乱跑啊，这里可不能没有你！”

“行了，你别再跟那种没良心的男人说话！”

“好了好了，别生气了，找人要紧啊哥哥。”

“我知道，我们分开，你往那边找，我往这边找。”

《沧海笑》的庆功会排场很大，人尽皆知，李奎自然也得了消息。

但他叔叔徐海死活不卖他面子，不让他蹭进去玩，这让原本就对顾言笙和沈堪舆怀恨在心的他越发火大。

不让他光明正大进去，他就偷偷进去，等他进去后，不弄出点事儿让他们出出洋相都对不起这么些年的经历，反正就算出事也有人给他兜着。

李奎点了根烟，在会场门外的花坛前踱步等小跟班的消息，不一会儿手机就响了，对面道：“奎哥！西门这边的安保上厕所去了！”

“我马上过来！”李奎兴奋地掐灭烟，朝西门的方向赶去。

西门是这个会场最偏、狭小的出口，但是从这里进去转不了几个弯就能直接到活动礼堂，是个很不错的选择。

李奎兴致勃勃、摩拳擦掌，准备打个头阵蹿进去，结果刚探进个脑袋，就被人勒住了脖子，转了个天昏地暗。

“老大！”跟班们震惊，没想到会有这么一幕。

李奎一开始也有些犯哆嗦，怎么自己还没开始表演就成人质了？但很快就发现勒着他的人浑身滚烫、骨瘦如柴，还在一阵一阵地抽搐，估计勒着他就把全部的力气耗完了。

“你不能进去。”那人在他耳边说道，像是喉咙里含着什么东西，每个音节都在颤抖，吐字模糊不清。

李奎立刻示意跟班们不要在意，嬉皮笑脸地道：“嫂子，是你啊。”

沈堪舆没有搭腔，只是咬紧干裂到出血的嘴唇，在伤口的剧烈疼痛和高烧导致的浑身乏力中，艰难地将李奎箍紧。

李奎咳嗽几声，笑嘻嘻地在沈堪舆滚烫枯瘦的手背上摸来摸去，道：“笙哥还是对你不太好啊？都瘦成人干了。你不如跟了我吧？我也懒得去捣他乱。”

不知哪里响起了一阵手机信号的杂音，李奎感觉沈堪舆的身体变得僵硬，呼吸好像静止了，像在害怕什么。

随后，他就听到了自己舅舅徐海气急败坏的声音。

徐海道：“李奎！你又在干什么龌龊事情，马上给我停下来！再给家里丢人，我亲自送你进警察局！”

李奎脑子里轰的一声，火山爆发一样地失去了理智，恰好这时候沈堪舆松了劲，他反手击在沈堪舆的腹部。

沈堪舆跪倒在地，喷出一口血，但仍紧紧攥着手里老旧的手机，挣扎呜咽道："在西门……西门……"

李奎一脚踹飞沈堪舆的手机，揪住其衣襟，道："给你脸不要脸！行啊，我今天就破罐破摔了！"

李奎双眼血红，把沈堪舆按在地上，轻而易举地撕开那件破旧宽大的衣服。

"别……别碰我……呃——"沈堪舆声音沙哑地挣扎道，就快没有力气了，伤口裂开太疼，脑子也有点发昏，被李奎钳制着几乎没有办法呼吸。

沈堪舆想：自己大概会死在这里吧，但是应该也拦住李奎了，没有让他进去伤害阿笙。

沈堪舆知道自己是灾星，但还是很努力地想保护阿笙。

就是好像还没有跟姜默好好说一声"谢谢"，是他帮忙查到徐海不待见李奎，自己才敢这么赌的。

万幸，赌赢了。

"别动！保安！"

"蹲下，举起手来！"

"沈堪舆，你敢这么阴我，你等着！人憎鬼厌的东西！"李奎面目狰狞地破口大骂，他恼恨地吼着，将沈堪舆摔在地上，然后被几个人高马大的保安逮住了。

一直揣在怀里的山竹壳掉了出去，沈堪舆不得不按着剧痛的肚子，艰难地爬过去将它捡起来，然后颤抖着手小心翼翼地重新收好，眼泪流到染血的嘴唇上，又变成血水从下颌淌下去。

有好心的保安想将沈堪舆扶起来，沈堪舆却一直往后躲，像狂风中的落叶一样战栗着。

"不……不用扶，脏……"沈堪舆死死护着怀里的山竹壳，不愿意让保安靠近。

地上积了一摊又一摊的血，沈堪舆的脸白得不剩一丝血色，却没有痛苦的神色，唯有惊惧。

自己太脏了，不能死在这里。沈堪舆想，不能死在这个对阿笙来说意义重大而美好的地方。

“您这是……”保安忽然意识到了什么，拨通了一个电话号码，“您好，是唐修先生吗？我好像找到您说的人了，在西门这边……哎！那人听到了……人跑了！”

唐修找到沈堪舆的时候，沈堪舆正躲在两幢房子中间的一个狭窄通道里——因为实在太窄了，准确来说都不算通道，而是一条缝隙，沈堪舆能钻进这里面，当真是瘦得只剩一把骨头了。

沈堪舆还不知道唐修已经看到了自己，在通道里面低着头，蜷缩成一团，整个人都在发抖。

被保安认出来之后，沈堪舆拼了命地从会场跑出来，现在呼吸特别困难，不得不把口罩摘下来，张着无血色、干裂的嘴唇大口大口地喘息，满脸都是未干的泪痕。

唐修看到沈堪舆裂开的嘴角糊着干涸的血迹，脸上也有明显的青紫痕迹，一看就是被人打伤的。

除此，沈堪舆一只手捂着上腹，不知是哪里疼，疼得狠的时候张口咬住自己的衣袖，哭得悄无声息，只溢出些许被压抑得很轻的喘息声，整个人安静又乖巧，像一条不会说话的鱼。

唐修深吸了一口气，怕吓到沈堪舆，于是缓缓地蹲下去，声音和动作都很轻：“小鱼——”

沈堪舆还是被吓到了，整个人战栗了一下，扭过头惊惶失措地看着他，没有神采的大眼睛里满是血丝和水光。

“是我，阿修哥哥，”唐修心酸得险些说不出话，叹了一口气才道，“果然是你，刚刚为什么装作不认识我，嗯？”

沈堪舆胡乱地摇了摇头，没有说话，只是不再看唐修，低着头比刚才蜷缩得更厉害，手里紧紧地攥着一个真空包装袋，不知道里面是什么东西。包装袋锋利的边缘已经割伤了沈堪舆的手心，鲜红色的血一滴一滴，缓缓地落在颜色陈旧的衣服上。

“别害怕小鱼，刚刚有坏人欺负你是吗？他已经被抓起来了，不会过来了。”唐修说话都不敢大声，音量稍微大一点沈堪舆都会受惊，“我都听说了，是你把坏人抓住的，他们身上带了汽油和火种，本来要进去闹事的，你拦住他们了，你很棒。”

沈堪舆瑟瑟发抖地听着，唯一的反应是又往墙缝里挪了挪，脑海里全是被李奎按在地上撕开衣服的画面。

“他怎么对你了，告诉哥哥好不好？”唐修不放弃地继续试探，但无论唐修说什么，沈堪舆都听不进去，也不说话，更不肯出来。

高烧让沈堪舆脸颊泛红，意识昏沉，却始终没有放弃最后的自我保护。

唐修既着急又心疼，继续道：“哥哥不问了好不好？你先出来，好吗？”

沈堪舆终于抬起头，浑浊的眼睛稍稍转向唐修，带着躲闪和不安，道：“阿修哥哥，我发烧了……”

沈堪舆终于有反应了，而且愿意表达自己难受的情绪，唐修喜出望外道：“没事的小鱼，难受对吗？出来哥哥给你看看，好不好？”

沈堪舆没有接唐修的话，只是断断续续地说：“会……传染的……不能……传染给你。”

唐修怔住。

“我在这里睡一觉就好，”沈堪舆一直在发抖，眼里都是惧色，却努力地对唐修挤出一个笑容，“你……回家吧，外面……好冷的。”

唐修鼻头泛酸，哽咽道：“一起回家吧。”

沈堪舆摇头，喃喃地说着些含糊的字眼，却不是“不要”，而是“没有”。

沈堪舆说自己没有家了。

也对，一个有家的人怎么会在这么冷的天，发着高烧，穿着不合身的衣服，被当成乞丐拦在灯红酒绿的会场外，就连看一眼喜欢的人都是乞讨。又怎么会谁也不敢靠近，哪儿也不敢去，冻得嘴唇干裂，指尖发青也只是躲在一个墙缝里避风取暖，眼睛里除了害怕还是害怕。

沈堪舆是真的害怕，几乎一点安全感都没有。

唐修不知道沈堪舆在怕什么，但是他知道，没有安全感的人很喜欢待在光线昏暗的一方小天地，因为那样别人不容易看见他们，也就很难伤害他们。

沈堪舆好不容易找到了这样一个地方，自然是无论如何都不肯走的。

“哥，”唐蓁在唐修耳边小声说着，“我试试。”

唐蓁花了好长时间，温言软语地终于把沈堪舆哄了出来。

“小鱼，你好呀，还记得我吗？我是你蓁蓁姐姐，”唐蓁蹲在沈堪舆面前，轻轻摸了摸对方干枯细软的头发，“你和阿笙结婚的时候，我给你送了个红包，你记得吗？”

沈堪舆有了点反应，咳嗽了两声，用力地捂着上腹，浑浊的眼睛里聚起了一些细微的光，道：“红包……”

“嗯，对！”唐蓁用力点头，仍旧轻揉着沈堪舆柔软的头发，“红包！我是给你红包的蓁蓁姐姐！”

“红包，我……我还，”沈堪舆搓了搓眼睛，低头在自己的上衣口袋里胡乱地翻找着，翻出了几张红色纸钞和一些零钱，双手捧着拿给唐蓁，“对不起，这里面还……不够，我……我过几天补，我……会补的。”

“……”唐蓁看到那堆皱巴巴的钱和那只沾满血的手，鼻尖一下就酸了。

这年头很少有人带零碎的现金，尤其是像沈堪舆这个年纪的人，但沈堪舆好像不会用那些先进、便捷的线上支付方式，是没有人教吗？

沈堪舆被包装袋割伤的左手还在流血，很快就沾染到了纸币上，见唐蓁半天没接过去，恍然道：“对不起、对不起，我……我弄脏了……姐姐你等我……等我几天，我给你新的，对不起。”

唐蓁吸了吸鼻子，迅速地将那一小叠纸币接了过来，道：“没关系，你不脏，姐姐不嫌弃你。那你也不要嫌弃姐姐，好吗？”

“好。”沈堪舆怔怔地点了点头，轻声应道，随后对她小心翼翼地笑了一下，脸颊烧得红扑扑的，模样乖巧得要命。

有人要自己给的东西了。沈堪舆想到这点开心坏了，傻笑着都不知道说什么好。

“那姐姐带你去吃东西好不好？你喜欢吃什么？”

“皮蛋瘦肉粥。”

“这个姐姐会做，姐姐做给你吃好不好？”

沈堪舆怔怔地看着唐蓁，眼睛里的水光迅速凝聚，很快就变成眼泪，一滴又一滴地从眼眶里滚落出来。

唐蓁以为自己说错了什么话刺伤了沈堪舆，结果沈堪舆干裂灰白的嘴唇颤了颤，眼神恍惚的轻轻喊了一声“妈妈”。

“妈妈做的……最好吃了……很香，很甜，还有很软的锅巴……”沈堪舆抬起衣袖，胡乱地擦着眼泪，竟是把唐蓁当成了亲生母亲，一边傻笑一边哽咽地说道，“妈妈你……你不生我的气了吗？我知道错了，你不要……你不要生气了好不好？你笑一笑，笑一笑吧……爸爸会好起来的……”

唐蓁不明白沈堪舆在说什么，只知道对方烧糊涂了，把自己认成了妈妈，便顺着对方的意思，红着眼睛露出一个极尽温柔的笑容。

沈堪舆也跟着笑，边笑边哽咽着对她道：“妈妈我爱你。”

“妈妈也爱你，”唐蓁温柔地笑着，把手从沈堪舆的脑袋上移开，顺势抚到对方的脸上，轻轻擦拭眼前人湿润冰凉的眼角，“小鱼不哭了，跟妈妈回家好不好？”

沈堪舆没答应也没拒绝，带着浓浓的鼻音，固执地重复着那句“妈妈我爱你”，唐蓁也一遍一遍地耐心回应。

——妈妈，我爱你啊。

——从小到大都爱你。

——小时候，每天刚刚离开家我就特别特别想回家，想到家里有你、爸爸，还有哥哥在，我就特别想回家。如果你们不讨厌我就好了，如果我不是一个麻烦就好了，那样是不是每天都能在家里待很久，能看到你们对我笑。

——妈妈，你熬的粥最好吃，怀抱也最温暖了，哪怕只有一次也能让人刻骨铭心。

——你明明知道我是灾星，不要再对我这么好了。

——靠近我，会害了你的吧？

——你不要害怕，我这就走了，我会带着所有对你们不好的东西走的。

——开心的话，你笑一笑吧。

——对着我，笑一笑吧。

唐修找来医院的同事，和唐蓁一起送沈堪舆去医院，自己则带着一肚子火，气势汹汹地回到会场。

现场不知道在搞什么活动，主持人在场中走来走去的活跃气氛。唐修大步流星地冲过去，直接夺下了他手里的麦克风。

主持人愣了一下，随即露出职业的笑容：“这位先生，您是打算参与这个活动吗？”

“我参与什么？”

唐修举起麦克风，就算知道这玩意扩音效果一流，还是用自己此生最大的嗓门冲台上的顾言笙吼道：“顾言笙！你养的鱼死了，自己回去捞，我没空帮你，听到没？”

唐修吼完，懒得管身边的人在说什么，也懒得看台上顾言笙的表情，把麦克风塞回主持人手里，便头也不回地挤出了会场。

唐修在会场里吼了一嗓子之后就没了人影，顾言笙见不到唐修，打电话对方也不接，他胸腔里像有一团火在烧，一刻都站不住，可是四周仿佛都是火海，他不知道该往哪里走。

他在原地像只热锅上的蚂蚁一样徘徊了半天，终于等到了唐修在微信上给他的一个定位消息：省人民医院。

他一片混沌的脑子才清明起来，坐进车里，朝医院的方向飞驰而去。

他不知道自己是怎么开到医院的，只感到浓浓的悲哀与无力。

因为他突然发现，他对沈堪舆的了解太过匮乏，倘若沈堪舆下定决心不跟他联系，他完全没有方法能找到对方。

他没有沈堪舆任何朋友亲人的联系方式，不知道沈堪舆有没有别的住址，也不知道沈堪舆喜欢去什么地方。他最经常看到沈堪舆去的地方是超市。

有时，顾言笙得了空闲，问沈堪舆想不想去什么地方，本意是想带人出去散散心心的，沈堪舆却总说想去超市，并且每次去超市都是兴致勃勃的，然后买一大堆东西回来，再整齐地放进冰箱里或者茶几下面，也不知道里面有几个是沈堪舆买给自己的，或许一个也没有。

可谁会在不想见到某个人的时候躲到超市里去呢？如果沈堪

舆要躲，顾言笙根本找不到。

就像是将一条鱼放进无边无际的大海，哪怕是最优秀的捕鱼人，也不知道何年何月才能再把那条鱼抓回来。

顾言笙看着唐修发的定位消息，一路赶到了住院部。唐修双手环胸站在病房门口，没等顾言笙站稳就给了他一拳。

顾言笙踉跄两步扶住墙站稳，抬起头问唐修："沈堪舆……"

唐修面无表情地道："还没死。"

顾言笙眼眶发红地扑过去揪住唐修的衣领："那你说那种话干什么？这种事情是能开玩笑的吗？"

"放开我！谁给你的胆子跟我动手动脚？"唐修甩开顾言笙的手，咬着牙道，"要不是我找到小鱼，你以为人能活下来？"

顾言笙垂在身侧的手握紧成拳，声音干涩："沈堪舆怎么了？"

唐修本来准备了一肚子骂顾言笙的话，但面对这个问题，难受得说不出话。

顾言笙伸手去抓病房的门把，道："我进去看看。"

唐修拦住顾言笙，并挡在门前，质问道："顾言笙，我之前让你带小鱼去检查一下心脏，你去了吗？"

"什么时候？"顾言笙茫然地皱了皱眉，"我没有印象，你让我先进去。"

"进去什么！"唐修吼道，"小鱼现在怕你怕得要死，你知道吗？小鱼心绞痛发作，咳了一枕头的血，疼得浑身都在抖，喊痛的力气都没有，还抓着我的衣服求我不要告诉你，不要叫你过来，说今天对你特别重要，打扰到你的话你会很生气。你直接冲进去，是打算吓死小鱼吗？"

顾言笙脸色苍白，后退了两步，眼睛仍紧紧盯着病房门口，小声道："我知道了，我不吓……"

唐修无视他的话，嗤笑道："是，今天对你特别重要，你的大作一炮而红，得到万千掌声和簇拥，可你有没有想过，你为什么会有今天？如果不是小鱼，你怎么可能会有今天？"

"你别跟我说什么挣了钱就会还回去这种话，你还不起，小鱼也从来没想过要。小鱼觉得你们是夫妻，就算把命给你都是应当的。今天这么重要的日子，你身边只有苏桐，小鱼从医院里跑出来，只是想过来看看你，不是想来找你要什么；却差点因为没有合乎礼仪的服装和你们工作室发送的邀请函被拒之门外。小鱼本来应该是被你光明正大地带进去，坐在最敞亮的位置，吃最好的甜点……"唐修不喘气地说了到这里，忽然心脏一抽，喉咙也哽了一下，半晌才轻声道，"顾言笙，你说你得多没良心，才让人家连看你一眼都这么难？你之前不是和我说，要好好跟人过日子了吗？过成这样？"

"小鱼什么都给你，只要你想要，就满心欢喜、双手捧着送给你，你不想要也会小心翼翼地保存起来留给你。可你给了小鱼什么？一个糟糕破败的身体吗？"

唐修想起自己一开始也不喜欢沈堪舆，毕竟沈堪舆做的事情实在不地道，但沈堪舆脸皮厚、脾气又好，总是笑眯眯地叫他哥哥，逢年过节也不会忘了给他送一份礼物，他没有办法不心软。

有时候，沈堪舆想给顾言笙送点什么，怕顾言笙不要，就会找唐修帮忙，用唐修的名义送给顾言笙。每次送完了，沈堪舆都特别开心，通电话的时候唐修仿佛都能看到沈堪舆那双湿润又明亮的大眼睛弯成了两轮月牙，兴奋得嘴都合不拢的样子。

"谢谢阿修哥哥！阿笙超喜欢超开心的，哈哈哈！"

当时，唐修听着沈堪舆兴奋地说个没完，实在有点理解不了对方开心的点，终于有一次忍不住问道："你不会觉得难受吗？东西是你送的，阿笙却不知道。"

沈堪舆回答得很快："不会啊，有什么好难过的。我知道是我送的呀，而且他高兴的样子我能看到，已经很好了！"

但唐修听得出来，沈堪舆的声音有些哽咽。

这孩子是会难受的，只是都忍着。

唐修从回忆中抽离出来，抬头问顾言笙："你最近给小鱼剥过一个山竹对吗？"

顾言笙张了张嘴，喉咙却莫名干涩发疼，发不出声音，脑子里也一团乱，根本记不清这种细枝末节的事情，迟疑了许久才不确定地点了点头。

"果然，"唐修嗤笑道，"这种东西在别人眼里就是垃圾，还是不可回收的厨余垃圾。也只有是你剥出来的，小鱼才会用真空包装袋装好，宝贝一样地攥着。你真是能耐，结婚这么多年就给这么个垃圾，马上就入冬了，也不给人买两件暖和的衣服，也不怕小鱼穿着那些破烂衣服冻死在大街上。"

"我什么时候能进去？"顾言笙沙哑地说道，已然听不进唐修说的话，"沈堪舆怕我的话，等人睡着了我再进去吧？人醒了我就走。"

唐修听到顾言笙前面几句话本来神情已经缓和了，可听到最后一句时愣是气得脑仁疼，抬手就抡了顾言笙一巴掌："走什么啊，没良心的男人。在门外给我等着，我进去给你哄人，哄好了你再进去听到没有？"

顾言笙被打得清醒了一些，摸了摸被打的地方，诚恳又感激地看着唐修，道："谢谢，我知道了。那我……我去给你们买点吃的，马上回来。"

"快滚！"唐修吼完又想起什么，"等一下，回来！"

顾言笙折回来，步伐有些踉跄。

"李奎认识吗？"唐修问完，明显感觉顾言笙身上的毛都炸了起来。

“他做什么了？”顾言笙神情阴郁地握紧拳头。

“他本来要进会场纵火的，”唐修刻意说得轻描淡写，“小鱼把他拦在外面了，”

顾言笙张了张发白的嘴唇，一言未发。

“小鱼肯定受欺负了，吓得不轻，”唐修说，“一会儿注意点。”

顾言笙额角青筋暴起，过了许久，才一字一句地道：“李奎在哪儿？”

“警察局，短期内出不来，不用你操心了。”

砰的一声闷响，顾言笙一拳砸在墙上，顿时鲜血直冒，他胸口剧烈起伏着，两眼通红。

唐修睁大眼睛，道：“你干什么呢？别把医院的墙砸坏了！”

他一边说一边想把顾言笙的手拽过来看看，顾言笙却挣脱了，转身往外走。

“行，流点血也好，长记性。”唐修嘀咕道。

顾言笙在病房外一直等到了第二天天亮，唐修和唐蓁双双从病房里走出来。唐蓁摸了一下顾言笙的后脑勺，道：“阿笙乖，进去吧，小鱼让你进去。”

“谢谢姐姐，”顾言笙顶着一双“熊猫”眼，感激地对唐蓁笑了笑，察觉到旁边的唐修还在盯着自己，放在门把上的手犹豫着没有按下去，看着唐修试探地问，“还是不行吗？”

“有什么不行？人家亲口让你进去，我能拦着吗？”唐修没好气地道，“快滚进去，不会说话就闭嘴，一句话也别说。亲亲抱抱举高高会不会？不会现在就滚，立马给我往外滚……咻，疼、疼、疼！”

唐蓁拧着唐修胳膊上的肉，咬牙切齿地道：“你少说两句，小鱼都等急了，你还把阿笙拦在外面！”

“你……”

唐蓁加重手上的力道，唐修疼得彻底没了脾气。

趁唐修疼得眼眶发红，喘不上气说不出话，顾言笙连忙推门进入病房。

沈堪舆没有躺在病床上，而是坐在床边，正把顾言笙买来的那些饭菜、饮料往小桌板上摆放。

眼前人柔软的头发在昏暗的灯光下显得格外枯黄，宽大的病服更显得整个人瘦弱得像个营养不良的小孩子。

沈堪舆没有听到身后的动静，依旧在做手头上的事情，两手发颤地捧着沉重的饮料瓶往杯子里倒饮料。

眼看对方就快拿不住瓶子，顾言笙也顾不上自己可能会吓到沈堪舆，连忙上前将瓶子扶住并放在一边。

沈堪舆怔怔地抬起头，看到来人是顾言笙，浑浊失焦的眼顷刻间便聚起光，灰白的嘴唇轻微地开了一下，喊了一声“阿笙”。

顾言笙连忙应道：“嗯，我在。”

可能是没想到顾言笙会应，沈堪舆垂着眼，愣愣地吸了吸鼻子，搓了搓眼睛迟钝地道：“你……你吃点东西吧，阿修哥哥说你都没有吃饭。”

沈堪舆局促地笑了笑，撑着床沿往旁边挪去，和顾言笙拉开一段距离后道：“我坐这里不打扰你，你吃吧。”

顾言笙愣了一下，试着往沈堪舆的方向靠近了一些，果不其然，沈堪舆又往旁边挪去，最后干脆绕到了床的另一边。

原本沈堪舆还想挪远一些，但身体真的没有力气了，又不知道顾言笙要靠近自己干什么，便猜测或许顾言笙是想教训自己。

沈堪舆不怕疼，可同时也不想让顾言笙饿着肚子发脾气。

沈堪舆想：阿笙忙碌了那么长时间，又没有吃东西，在酒会上一定喝了酒，这样发脾气会把身体搞坏的。爸爸就总是喝酒之后朝自己发脾气，才会把肝脏给弄坏的。

顾言笙怕沈堪舆从床边掉下去，俯下身想扶一下对方，却听到对方哑着嗓子，颤颤巍巍地跟他道歉："阿笙，对不起……我不应该去酒会的，我不知道阿修哥哥也会去，我真的不知道他为什么……为什么要来找我。他……他来找我的时候，我有……我有找地方躲起来，可是他……"

沈堪舆越说越不知道该怎么解释，怕说错话让顾言笙怪到唐修头上，急得满头大汗，最终道歉："对不起，阿笙，我明明知道这个酒会对你和阿桐都很重要，我给你添乱了……可是我……我真的，我真的太想你了，对不起，对不起……"

沈堪舆道着歉，忽然像孩子一样克制不住地抽噎起来，眼睛里一下子就聚起了一层水，还没落下来就抬起衣袖拼命擦拭，随后冲顾言笙努力地挤出比哭还难看的笑容，道："你先……你先不要生气好不好？先吃点东西，我在这里不跑，你吃饱了再……生气或是骂我，都没有关系的，但你总得吃饱了才有力气对不对？"

"我知道……我知道我在这里你会没有胃口，我刚刚喝了一点那个饮料，"沈堪舆怕顾言笙误会，带着浓重的鼻音吃力地解释个不停，"我……倒在手上喝的，没有弄脏，你别怕，你等我一会儿，我马上出去。"

沈堪舆知道自己应该离开这里，但却一点力气都没有，以往没有力气的时候，自己只要吃一点甜的东西或者喝一口糖水，等一会儿就可以行动了，不知道为什么这次等了这么久还没好转。

顾言笙心底酸涩得厉害，好几次想打断沈堪舆都没狠得下心，因为他记得唐修刚刚告诉他，沈堪舆在他们面前只说了寥寥几句话，多说几个字就会担心自己说太多惹人烦。所以他就在想，如果沈堪舆跟他说很多话，他一定要耐心地听完，再慢慢地一句一句回应。

可是沈堪舆越说越离谱，顾言笙一个字都听不下去了。他谨记唐修的告诫，怕自己说错话，就在床边坐下，握住了那只很细的手腕。

沈堪舆潜意识还是觉得顾言笙会动粗，所以瞬间就应激性地绷紧了身体，紧紧地闭着眼睛，蜷缩成一团。脖颈间全是细密的汗珠，将泛黄的头发打湿，贴在苍白得几乎透明的皮肤上。

顾言笙心疼地叹了一口气，用另一只手托住沈堪舆的后颈，轻轻地拉进怀里。

沈堪舆的身体剧烈地战栗了一下，却没有挣扎，在顾言笙怀里缩成一团，不敢动弹，生怕会碰到顾言笙的身体。

顾言笙抚上沈堪舆的后脑勺，将人更深地揽进自己怀中，又轻轻吻了一下沈堪舆的头发——这是他下意识的动作，他甚至都没有意识到这样做了。

顾言笙抱着沈堪舆，认真地回想着对方刚刚说的话，然后在沈堪舆耳边轻声细语地回应道："我听唐修说，你帮我把李奎赶走了，谢谢你，"他微微哽咽，尤其是在察觉到沈堪舆听到李奎的名字开始发抖的时候，"他欺负你了，是吧？"

沈堪舆一直在发抖，却没有其他动作。

"别怕，他不会来了，也别怕我。我说过的，我不会再伤害你了。"

沈堪舆垂着眼眼睛，虽然一言不发，但发现了顾言笙手上的伤，便小心翼翼地去捧他的手。

沈堪舆的动作很轻，顾言笙一开始甚至都没察觉，仍自顾自地跟沈堪舆说着话。

"我很高兴你去了酒会，因为我一直想找你，你不用因为这个道歉。你离开家很久了，甜甜一直说想你，有时候她非要找你，哭得很厉害，我怎么都哄不好。我也很想你。等你病好了，我带你回家吧，好吗？”

顾言笙没有等到沈堪舆的回答，却觉得好像有柔和的暖风轻拂过他手背上隐隐作痛的伤口。

低头一看，沈堪舆正捧着他受伤的手，轻轻吹着气，然后喃喃地说：“吹一吹就不痛了……”

“不疼了，谢谢，”顾言笙鼻腔有些泛酸，“我们回家好吗？”

沈堪舆放开顾言笙的手，在他怀里趴了好一会儿，一来是伤口太疼，没力气动弹，二来是想不明白阿笙为什么会忽然抱自己，跟自己说这些话。

沈堪舆一只手按着腹部，在顾言笙怀里抬起头，行动困难地去够他的额头。

顾言笙见沈堪舆没有回应自己，也不知道对方想干什么，看着这人因为高烧未退而泛红的脸颊和眼眶，耐心地问：“你要干什么？”

话音未落，沈堪舆的手已经抚上他的脸，然后再慢吞吞地挪到自己的额头上，喃喃地道：“阿笙你是不是生病了？让阿修哥哥给你……给你看看，好不好？”

顾言笙愣怔片刻后道：“我没有。”

“你都说胡话了，生病才会说胡话。”

“谁告诉你的？”

“我发烧的时候就会说胡话呀，什么乱七八糟的话都说，”沈堪舆不好意思地咧着嘴笑了，以致唇角的伤口又开始渗血，随后又习惯性地把那些液体含进口中吞下，然后喋喋不休地说，“小时候，我有一次发烧，脑子一团热，就跑去跟我哥哥说‘爸爸妈妈根本就不爱你，他们只爱我’，我爸爸听到生气了，教训了我一顿，把我的病给吓好了，哈哈哈。”

顾言笙不知道沈堪舆为什么笑得出来，仔细地问道：“你那时候多大？还在生病你爸爸就教训你？”

“不记得了啊……小孩子不听话，就是要教训的嘛，”沈堪舆说着忽然想起了什么，慌张地抓住顾言笙的衣袖解释道，“不对、不对，不是这样的，我说错了。不能这样对甜甜，阿笙，你不能这么教她，哪怕她不听话也不可以，好好跟她说就好了。她很乖的，又最爱你了，你如果这么对她的话，她会特别伤心，而且她还会怕你……可能会……会不敢靠近你的。”

“我知道。”顾言笙一边温柔应着，一边在心底默默地想，沈堪舆会不会也是这样，小时候被爸爸这么对待，后来就害怕爸爸并且不敢靠近了。

“她最近经常闹你……哭得很厉害是吗？我跟你说啊，她就是想吃蛋黄仔了，你别生她的气，我……我……”沈堪舆吃力地伸手去摸自己放在一边的背包，从里面翻出了一个薄薄的本子，准备递给顾言笙，想了想只是放在他的手边，“我把这个给你吧，上面有蛋黄仔的做法，甜甜喜欢的其他菜也有，还……还有你喜欢的。你可以做给她吃。”

顾言笙蹙眉道：“我不会做。”

“你那么厉害，肯定能做好的！”沈堪舆抬头冲他笑，发现他脸色不好看，又挠着头发低下了头，喃喃地道，“对不起、对不起……我知道你每天下班都特别累了……要不，找个保姆吧？我这里还有一些钱……”

顾言笙按住沈堪舆又想去包里翻钱的手，道：“你跟我回家就好了，为什么要找保姆。”

家？家是沈堪舆最想要的东西，家是什么样的呢？沈堪舆不止一次地想过这个问题。

小时候，沈堪舆每次走路回家，在路上想到推开家门就能看到爸爸妈妈和哥哥，走路都带风，恨不得能长出翅膀飞回去。

可每次沈堪舆推开家门，跟爸爸妈妈一对视，爸爸妈妈脸上的笑容就瞬间消失了。只有哥哥会对沈堪舆笑，会很温柔地喊“堪舆”，可要是哥哥对沈堪舆好，爸爸妈妈就会不高兴。

因为不想看到哥哥为难，也不想看到爸爸妈妈不高兴，所以后来沈堪舆总是很晚才回家，有时候回家早了就站在窗外，踮起脚偷偷看着他们一家三口其乐融融的样子，就会觉得很开心，也会忍不住跟他们一起笑。

因为年纪小不懂事，沈堪舆觉得可能这个世界上最好的家庭就是一家三口，再多一个便是累赘。

大年三十那一晚上，是沈堪舆最怕回家的时间段，春节是合家团圆的美好节日，沈堪舆不能在这个时候去触家里人的霉头，所以仍旧站在窗外看着他们吃年夜饭、看《春节联欢晚会》，然后独自在院子里点燃廉价的烟花，每点燃一支就跟他们说一句“春节快乐”——哪怕他们听不到。然后直到天亮沈堪舆才会像小偷一样蹑手蹑脚地摸进家门，在自己的卧室里睡一小会儿。

长大以后，沈堪舆和顾言笙结了婚，又生下了顾雨甜，便想着这样就是最好的一家三口了，没有多余的人，应该能成为一个家了。

可是每次沈堪舆提着大包小包回家，推开门兴奋地冲屋子里的父女俩兴奋地喊“我回来啦”，总是没有人回应，然后沈堪舆便会厚着脸皮在他们旁边找个地方坐下，自言自语地把买来的东西展示个遍，然后又默默地收起来，整齐地放到该放的地方。

或者沈堪舆一个人在家里，等父女俩从外面回来的时候，就会笑眯眯地看着他们说“你们回来啦”，但同样没有人回应，不过沈堪舆也不会露出失落的表情，而是兴致勃勃地钻进厨房，把做好的饭菜端出来喊他们吃。

因为不能跟他们一起吃饭，为了能多看他们一会儿，沈堪舆总会借口收拾厨房或者拖地板在他们四周活动，想多看他们几眼。

沈堪舆努力地把家里布置得温馨，学做饭、学做甜品、学缝衣服、学修电器……就是为了给他们一个家，一个可以把自己放进去的家。

沈堪舆很渴望顾言笙和顾雨甜提起“家”的时候，能想到家里面有自己，能承认自己是家里面的一员。

但是，不管沈堪舆怎么努力，始终还是那个可有可无，令人厌弃的存在——顾雨甜对外人从来只说顾言笙不提沈堪舆，顾言笙也不愿意跟朋友介绍沈堪舆。

如果说沈堪舆像空气，大概也不太符合，毕竟空气是谁都不可缺少的东西，所以沈堪舆想不出自己到底像什么，不过有一点沈堪舆可以想明白——没有自己的地方大概才是家吧。

只要没有沈堪舆这个人，大家就可以很圆满、很幸福。

一个生来便是多余的人，在偌大的世界上是不会有容身之处的，沈堪舆想要一个家这样的想法，真的是痴人说梦。

——我这样的人，怎么配有家呢？

——也只有阿笙这样善良心软的人，才会用带我回家这样的话来骗我。

沈堪舆搓了搓眼睛，却蹭了满手的泪水，鼻腔也酸得厉害，只得吸着鼻子，努力忍耐道：“谢谢你呀阿笙……但是我……我已经有家了，不能再跟你回去啦。”

顾言笙道：“你爸妈那里吗？别回去了，先跟我回家。”

虽然沈堪舆没有说明白，但顾言笙不觉得一个能教训生病的孩子的爸爸，能给孩子多好的家。

“不是，”沈堪舆固执地摇头，“不行，我有家了……不能跟你回去……”

那个家小小的，很潮湿，东西也不齐全，但是有一扇窗，窝在那里会有阳光，很温暖，沈堪舆每次坐在那里都会不知不觉地睡过去，而且会睡得很熟。

在顾言笙家里，沈堪舆经常睡不着，动不动就会一身冷汗地惊醒过来，沈堪舆觉得那不是自己该待的地方。

虽然沈堪舆特别特别想留下来，但也明白，总会有人过来把自己赶走的，所以每天都过得胆战心惊的，睡前也会仔细地检查自己的东西是不是放在一起的，等躺上床就开始掰着手指头算自己大概哪一天会被赶出去。

在现在的家里沈堪舆就不用担心这么多了，可以睡得特别深、特别久。

沈堪舆最近总是觉得累、还冷，只想在那扇窗户旁边好好地睡上一觉，那样就不会累，也不会冷了。

顾言笙叹了一口气，轻轻揉了一下沈堪舆的后脑勺：“那你告诉我，你还能去哪里？我带甜甜过去跟你一起，这样可以吗？”

“不行、不行，”沈堪舆拼命摇头，眼泪不停地从眼眶滑落，睫毛都湿透了，喃喃道，“会被赶出来的……你们会把我……赶出来……我的东西……还没有收好……走得太慢，你们又要不开心了……”

顾言笙想起沈堪舆空空荡荡的卧室里那只孤零零的行李箱，明白沈堪舆一直做着随时走人的准备，满心酸涩地帮对方擦着眼泪，轻声安抚道：“没有人会赶你走，你也不要乱跑，好吗？”

“会的……”沈堪舆哑着嗓子哽咽道，“我知道……你们心软的时候，会觉得……好像没有那么讨厌我了，但其实……还是讨厌的。你们每次看到我都会不开心，我不想……我不想再让你们不开心了……”

“没有讨厌你，”顾言笙打断沈堪舆，重新把人抱进怀里，深吸了一口气又重复一遍，“没有讨厌你，我和甜甜都没有。甜甜不是想要蛋黄仔，是想要你。我给她买了很多的蛋黄仔，她看都不看一眼，就一直看着门口等你回来。”

顾言笙感觉自己胸前的衣襟都被浸湿了，怀里的人却愣是没发出什么声音。顾言笙心疼得不停抚拍沈堪舆瘦得皮包骨头的背，继续哄道：“我也在等你回来……我知道你出门的时候没带钥匙，在家的时候就没有锁门，你从外面一拧就开了，不信我现在带你回去，你试试？”

沈堪舆可能是哭多了，冷不丁地抽噎了一下，然后又咬住嘴唇使劲儿忍着，喉咙中却克制不住地发出了小狗一样的呜咽声。

顾言笙帮沈堪舆拍背顺气，见对方还是不肯哭出声，顿时哭笑不得，心底柔软成一片，不由自主地用哄孩子的语气劝道：“好了好了，没关系，哭出来也没关系，但是能不能喝点水、吃点东西再哭？黄河水都给你哭干了。”

他从进来到现在没见沈堪舆喝过一口水，沈堪舆烧也没退，眼泪倒跟不要钱似的流个不停，他真怕这人哭着哭着就脱水了。

沈堪舆觉得自己可能是烧糊涂，出现了幻觉幻听，否则阿笙怎么会抱着自己，这么温柔地说出这些话呢？这样的场景，是自己连梦都不敢梦到。

沈堪舆这辈子，最喜欢的就是顾言笙。

没有人教过沈堪舆要怎样去爱一个人，所以沈堪舆在这方面笨拙得要命，只会不停地把自己有的东西都给对方。那些东西，有的被丢掉了，有的被摔碎了，有的不知所终，真正留在对方手里的所剩无几。

可沈堪舆还是想把世界上最好的东西都给顾言笙，只为了让顾言笙成为这个世界上最幸福的人。

虽然沈堪舆给的东西顾言笙总是不要。

好不容易这一次顾言笙开口要了，不管是为了什么，既然顾言笙想让沈堪舆回去，那沈堪舆就回去，哪怕之后再被赶走也没有关系。

沈堪舆会记得那不是自己的家，不是自己该待的地方，也会像以前一样先把东西收拾好，要走的时候拖起行李箱就可以走。

沈堪舆不会拖延时间惹顾言笙不开心，会很乖、很听话，不会再像以前一样胡搅蛮缠，会安安静静地不吵不闹，把自己该做的事情做好。

沈堪舆抬起湿漉漉的脸，抽抽搭搭地道："那我……那我等会儿去买……买菜，阿笙你想吃……什么？家里有没有什么……缺的，我一起……买回去。"

"你这样还想出院？"顾言笙见沈堪舆愿意回去了，松了一口气，无奈地抽了纸巾裹住对方红通通的鼻子，道，"用力。"

"啊？"

"擤出来，我都听不清你说话了。"

沈堪舆眨了眨眼睛，眼神从一片茫然到慌乱无措："什……什么意思？我没……没听清楚，对不起阿笙，你再说一遍吧……"

擤鼻涕都听不明白？顾言笙皱了皱眉，却正儿八经地解释道："就是你用力把鼻涕吹出来就行，我用纸帮你接着，你这样堵着难受。"

"啊……不用不用，我……我把它吸回去，"沈堪舆明白过来，很用力地吸了几下鼻子，顶着越发浓重的鼻音吃力地道，"脏东西不能弄出来……会传染的……"

"你……"顾言笙被噎了一下，"你自己也知道那是脏东西，不能弄出来就能留在身体里面吗？"

沈堪舆轻轻地点了点头。

“……”这又是谁教的？那个不会教育孩子的爸爸？顾言笙气得头疼，为了避免自己发火，只能别过脸按了按太阳穴。

“阿笙，我吸进去啦，没有弄脏，你别生气啊……”沈堪舆伸手轻轻地攥住顾言笙的衣袖，低低喘了口气，小心翼翼地恳求道，“你说说话，你跟我说说话吧……”

——我想跟你说说话，不是别人，只是你。

——我们说家里的事情，说《沧海笑》，说甜甜，如果你不会难过的话，说阿桐也可以。

——你别生气，别不开心。

顾言笙感觉怀里陡然一沉，回头看见沈堪舆昏了过去，可手还撑着床想往后倒，不敢往他怀里靠。

顾言笙连忙把人捞进怀里抱着，只见人都神志不清了，灰白干裂的嘴唇还轻微地说着话。顾言笙凑过去仔细地听。

“甜甜想吃蛋黄仔……你想吃什么？我去给你买……我到超市……下车买……你先回家……外面……冷……”

shenkanyu x guyansheng

第八章

信我一次好不好

唐修说，沈堪舆上腹有一个十厘米长的刀口，因为沈堪舆体质问题，愈合得太慢，换药又不及时，伤口感染了才会高烧不退。

“我都不知道这是动了什么手术，小鱼不肯说，这个情况也没法直接做B超。小鱼跟你说过吗？”唐修问顾言笙，看他一脸茫然的样子觉得问了也是白问，撇撇嘴继续道，“刀口这么大，手术肯定不小，不可能家里人不知道吧？而且小鱼这个情况，一看就是术后护理和治疗都没跟上，你不管，小鱼家里也没人管？”

“我不清楚，”顾言笙蹙着眉头缓缓道，“十厘米的刀口……很疼吧？我看沈堪舆睡得也不安稳，满头是汗，没有用止痛药吗？”

唐修看了顾言笙一眼，沉默片刻后道：“小鱼现在不能乱用药。”

“为什么？身体受不了？”

“嗯，小鱼有心力衰竭的症状，用药受限，不过不只是这个原因，”唐修挑眉，“主要是肚子里有鱼苗苗了，鱼苗苗受不了。”

“鱼苗……苗？”顾言笙一瞬间觉得自己听不懂唐修的话，“什么意思？你说清楚一点？”

“我同事给小鱼做抽血检查的时候，发现小鱼HCG血值升高，超过正常范围，”唐修把检验单递给顾言笙，“HCG就是人绒毛膜促性腺激素，是目前验孕最早、最准确的方法，一般怀孕10天左右就能查验。”

顾言笙接过检验单，看着上面上上下下的一堆箭头，完全摸不着头脑，只觉得唐修的话像阵阵响雷，让他脑子里轰鸣声不断。

唐修看着他一脸蒙的样子，翻了个白眼道：“我就用你能听懂的话直接跟你说吧，你干得漂亮，小鱼怀孕了，肚子里有条鱼苗苗。这可是一条福大命大的鱼苗苗，怀孕的人动了那么大的手术，这小东西居然还活了下来。光看血值的话，胚胎发育得很好的，阿笙，小葫芦已经八岁啦，他很懂事，很会照顾自己，也会保护姐姐的，你不会再那么累了。但他还是个很小的孩子，你也要多疼疼他，不要不喜欢他。

我该走了，一直想跟你多说几句话的，但是我说话有点慢，你太忙了，听久了会烦，所以我就写信啦，你要是不想看的话也没有关系。

就是，对不起麻烦你这么久，以后你们就是很幸福的一家三口了，没有多余的人了，这也算是我送给小葫芦的生日礼物啦，但是我还是希望你能再遇到一个能够和你好好相爱的人，如果是那样好的人跟你们在一起的话，四个人也很棒的。

阿笙我知道你很讨厌我，但是我想再跟你说一次我真的很爱你，这么多年很谢谢你一直没有赶我走，我走了以后，也希望你可以不要再那么讨厌我。我知道很难，太难的话也没有关系的。

你和小葫芦和甜甜都很好，可能你们不喜欢我所以我在会不开心，但是我跟你们在一起真的很开心，这么多年谢谢你们一直愿意陪着我，以后我不在的话你们一定要每天都开开心心的，一辈子都幸福平安！

[redacted]

BUKANYAN
TO:阿笙
AT THE SEA

再过一段时间B超应该可以看到孕囊了，到时再做个详细的检查看看具体情况。”

顾言笙脑海里飞快地掠过一些零碎的画面，头疼得不行，只能低头按着自己疯狂跳动的太阳穴，口干舌燥地道：“可这孩子不是我的。”

唐修停下翻阅病历的手，然后以闪电般的速度抓着病历本往顾言笙脑袋上拍了下去：“你说的是人话吗？不是你的，是谁的？”

“我们没发生过关系啊，”顾言笙深吸一口气，把检验单折叠起来，放进口袋里，脸色有些苍白，“我按照你说的时间推算了一下，沈堪舆怀孕前后见过姜默。”

“那段时间你确定没有和小鱼发生关系？”

顾言笙说到这种事情，面颊就有些薄红，将脸偏过去一些，说道：“没有。”

其实他喝醉酒那次总觉得发生了一些事情，但沈堪舆矢口否认了，想来要是真的发生了什么，对方也没必要隐瞒自己，毕竟甜甜就是在那样的情况怀上的。

姜默这个人唐修是知道的。顾言笙跟他提过好几次，大概就是沈堪舆喜欢了顾言笙多久，姜默就喜欢了沈堪舆多久。

沈堪舆喜欢了顾言笙这么多年，顾言笙最终动了心。同理，姜默守了沈堪舆那么久，沈堪舆指不定也对姜默心软了呢？

想到这些，唐修心里咯噔一下，拧着眉头，吞了吞口水，道：“我觉得不会吧？姜默胆子这么大的吗？”

顾言笙倚着墙沉默片刻，沉声道：“沈堪舆说过自己不喜欢姜默，我是相信的，或许是姜默强迫的。”

顾言笙想起他找到沈堪舆那天，对方那副魂不守舍的样子，或许是因为这个吧。

唐修干咳一声，道：“你自己在这里瞎猜有什么用？去问小鱼不就好了？不过我可提醒你，你千万别动把孩子打掉这种念头。小鱼现在的身体状态和心理状态都不太稳定，怀孕就很辛苦。我咨询了我产科的同事，他的建议是先留着，因为流掉对身体伤害很大，接下来怎么办只能等小鱼状态好一些再看看。”

顾言笙认真地听完，皱着眉头沉思了一阵，然后郑重其事地点点头，道：“我知道了，如果孩子能留着，我是不会让沈堪舆打掉的，哪怕生下来我也会好好抚养。”

他这话倒是让唐修有些刮目相看，忍不住夸道：“可以啊你，终于像个人了。”

顾言笙忽然被夸奖，并没有笑出来，仍旧愁眉苦脸、忧心忡忡地道：“你说沈堪舆情绪不稳，我这时候去问这种事情，会不会让人受到刺激？我还是去找姜默吧。”说完，他转头就要往外走。

唐修听出顾言笙最后一句话里浓烈的酸味和火药味，忍俊不禁地拽住他，道：“行了，别去了，先这么搁着吧，反正小鱼也不知道自己揣了条鱼苗苗。况且你也说了，无论如何你都会接受这个孩子，小鱼现在也确实禁不起折腾，你还是先一门心思陪着小鱼吧。”

顾言笙挣开唐修，脸上的烦躁显而易见，道：“我想让姜默不要再打沈堪舆的主意了，沈堪舆又不喜欢他。”

“哎，我们小少爷这个醋吃得凶啊，我牙都酸倒了。”唐修笑眯眯地往门上一靠，堵住了顾言笙的出口。

“你别开玩笑了！”顾言笙脸色铁青握紧拳头，咬了咬牙，然后一字一句地道，“我现在想打人。”

“哎哟，好了、好了，我们阿笙小宝贝气得毛都炸了，”唐修乐呵呵地捋了捋顾言笙翘起来的头发，见顾言笙触电般后退躲开，乐得嘴都合不拢了，接着道，“听阿修哥哥的话，先不要轻举妄动，这孩子也不一定就是人家姜默的，你瞅瞅你那些喝酒误事的黑历史，指不定是你哪天喝多了干的坏事呢？如果真是姜默的，你就不怕他来跟你讨这条鱼苗苗？”

“我是不会给他的！”顾言笙斩钉截铁地说完，被笑得肩膀发抖的唐修搞得很郁闷，“你为什么一直笑？这个事情很好笑吗？”

“不不不，你别误会，我只是笑有人吃醋发脾气而已。讲真的，你这个人可能有好几年都没发过这么大火了，”唐修双手环胸，好整以暇地道，“或许这就是爱情的力量？”

顾言笙干咳一声，别过脸去给自己倒水。

唐修继续逗他：“阿笙宝贝儿，来跟哥哥形容一下，你现在有多喜欢小鱼啊？”

顾言笙默不作声地倒水。

“哎，满了、满了，都溢出来了，”唐修笑道，“这就是你的回答？满到溢出来的喜欢？”

顾言笙：“……”

“什么时候喜欢的？”唐修在顾言笙眼前晃来晃去，“哦，之前小鱼发烧那次我问你，你还说不喜欢，骗我的吧？是不是那时候已经陷进去了？”

顾言笙抽了张纸巾擦拭桌上的水，低头闷声道：“不想跟你说话。”

顾言笙不知道该怎么表达自己的心思，思来想去最后悔的就是之前因为工作太忙碌，想跟沈堪舆好好沟通，想问沈堪舆很多事情，却都搁置了。

现在的沈堪舆好像听不进也听不懂他说话似的。

沈堪舆在病床上醒来的时候见身边空荡荡的，便看着天花板想了好一会儿，越想越觉得阿笙抱着自己，说要带自己回家应该只是一场梦。

沈堪舆揉了揉眼睛，转头看到顾言笙的外套挂在椅子上。

应该是阿笙忘记拿走了，沈堪舆想，自己拿到他家里去还给他……是可以的吧？把东西放在他家门口就走。

沈堪舆吃力地从床上爬起来，身体因为伤口的疼痛而战栗不止，却仍咬着嘴唇、擦了擦额头上的汗，想把外套拿过来。

可当沈堪舆看到自己满是瘀青和伤口，甚至有点扭曲的手后愣怔了一下，有些担心会弄脏外套，便扯下护工备在床头的干净袋子，直接把外套装了进去。

沈堪舆拿过自己的背包，取出那个山竹，用纸巾小心翼翼地清理干净包装袋上干涸的血迹，又把它放了回去，然后背起背包，把顾言笙的外套抱在怀里，走出了病房。

沈堪舆准备去办出院手续，这时候出院还可以赶到超市买点蔬菜和水果，和外套一起带过去给顾言笙，但是由于沈堪舆没来过这家医院，不知道该往哪个方向走，看着来来往往的人也不敢上去问。

沈堪舆忘不掉妈妈说自己是灾星的话，所以越来越害怕跟人接近，也不想再给别人带去坏运气。

沈堪舆想：如果不是自己死缠烂打的话，也没有人会愿意搭理自己的，一直以来都是这样。要是自己以前不那么自作多情，有点自知之明，不要总是惹人烦就好了，或许就不会弄得谁都讨厌自己。

如果之前的事情不是做梦，阿笙真的要自己回去，那自己回去后也要尽量跟他和甜甜保持距离才行。

虽然不知道阿笙要自己回去干什么，但乖一点总是好的，只要听话就不会总被教训了。

沈堪舆伸手扶着墙，眯着眼努力地看清走廊上挂着的指示牌，一步一步地往住院部前台走去。

经过一间休息室的时候，沈堪舆听到了顾言笙的声音，他在和唐修说话。

阿笙怎么会还在医院？他还要办什么事吗？

沈堪舆不是故意偷听，只是一听到顾言笙的声音就挪不动步子，然后沈堪舆就听到唐修说自己怀孕了，而且孩子发育得很好，还听到顾言笙说孩子不是他的，应该是姜默的。

沈堪舆苍白干裂的嘴唇哆嗦着，抱着顾言笙衣服的手轻轻地压在小腹上，浑浊的眼睛里还没来得及聚起的光消失了，最后只剩下一片灰蒙蒙的雾气。

沈堪舆没有再听下去，转过身继续往前走，只是越走脚步越沉重，脑袋也昏昏沉沉的。

片刻后，沈堪舆眼前一黑，仓促地扶住了旁边的长椅，跌坐在上面。

刀口在动作中裂开，沈堪舆疼到抽搐，喊不出声，不得不大张着嘴呼吸，眼神也有些涣散，同时颤抖着手轻轻掩住了自己的小腹，一副保护的姿态。

太疼了，整个腹部都撕心裂肺地疼，沈堪舆一时分不清这疼痛是来自手术的刀口，还是腹中那团尚未成型的血肉，沈堪舆很害怕那个小生命受伤了，也不能失去他。

沈堪舆穿着单薄的卫衣蜷缩在长椅上，瑟瑟发抖地等着这阵疼痛过去，抬起满是冷汗的脸，看向休息室的方向，喃喃地喊了一声“阿笙”。

——阿笙，孩子是你的呀。

——我真的很喜欢你，所以肯定只给你生孩子，更不会让别人碰我的。

——你信我一次好不好？

——你要是能相信我一次，多好。

——可是，你要是知道这个孩子是你的会不会更生气？会不会觉得很恶心？会不会怪我……

——会的吧……你会生气的，会恨我的。

——上次我强迫你的时候，你看到我都会觉得很恶心。

——对不起，我太脏了，我要是干净一点就好了，是不是干净一点，就可以光明正大地喜欢你，也不会被你那么讨厌了？

——如果是那样就好了。

沈堪舆到前台办出院手续，账单打出后，沈堪舆发现好多费用都是顾言笙交的，自己只需要缴几百块。

沈堪舆拿出手机想算一下总价，但是手太疼了，眼前也一直有重影，按了好半天计算器才算出来。

“谢谢你呀阿笙……”看着算出来的数字，沈堪舆喃喃自语着跟顾言笙道谢，然后从背包里拿出相应的钱，用纸巾包好，放进装着顾言笙外套的袋子里，离开医院走向自己平时常去的超市。

眼下快入冬了，夜风很凉，沈堪舆又怕冷，走一段路就要找个避风的地方歇一会儿，却还是冻得手脚冰凉，嘴唇惨白。

沈堪舆上身只穿了一件洗得发白的单薄宽松的卫衣，哪怕怀里抱着顾言笙厚实的外套也不敢穿，只隔着塑料袋抱着取暖——主要是暖肚子，不能让里面的小宝宝着凉。

沈堪舆一路走到超市，买了些新鲜的肉、菜和水果，又买了一大一小两件保暖棉衣，在超市门口呆呆地站了一会儿，才鼓起勇气往阿笙家的方向走过去。

因为提不动东西，沈堪舆走几步就要停下来喘口气，笨拙地按揉着抽痛的左手，还一边东张西望，生怕顾言笙会突然出现把自己赶走。

虽然沈堪舆只是来送东西的，不会进家门，但仍怕顾言笙不听解释，以为自己又不知好歹地想回去。

沈堪舆想：自己已经改正了，现在是有自知之明的，但应该还是没有人愿意相信，也没有人会听自己说话。

所幸一路上都没有看到顾言笙，沈堪舆小心翼翼地摸索到顾言笙家的大门口，把东西整齐地放在了门口的鞋架上，准备走的时候听到了甜甜清脆稚嫩的童声。

“奶奶，甜甜要吃这个！”

“甜甜说爱奶奶，奶奶就给你拿呀。”

“甜甜爱奶奶！”

沈堪舆这才发现，大门是虚掩着的，可以从门缝里看到在客厅玩耍的顾雨甜和宋黎，也可以听到她们说话。

看着在奶奶怀里撒欢打滚的女儿，沈堪舆累积了无数个日夜的思念如潮水一般汹涌而至，鼻腔酸涩难忍，眼眶也在顷刻之间湿润。

沈堪舆曾经无数次幻想过孩子会这样亲昵地在自己怀里撒娇，用不太伶俐的口齿不停地喊自己，只要给她吃一口心爱的零食，她就会笑弯了眼说“甜甜爱你哟”。

可幻想终究只是幻想，哪怕是给女儿洗脑前，沈堪舆也知道女儿不喜欢自己。

因为沈堪舆不懂得要怎么样去爱别人才不会让人觉得厌烦，对女儿也不够好。

没有人教根本不可能自学成才。

这些沈堪舆都知道的，现在的沈堪舆不会再像以前那样自作多情，会识相地保持距离，不再靠近。

沈堪舆真的很想告诉女儿：我改正了，可不可以不要那么讨厌我？可不可以让我多看一眼？可不可以让我……抱一下，一下就好，再抱一下我就走。

沈堪舆的手抚在门框上，想要将它推开，手指却颤抖得越发厉害，壮了几次胆都没有勇气下手。

只要一想到会被女儿厌恶推开，会让阿笙和宋黎生气，沈堪舆就不敢推开门。而且家里面应该没有自己的鞋了，这样走进去会把地板弄脏的。

自己太脏了。沈堪舆觉得人还是要知足一些，因为门没有关紧能看到女儿，已经是上天对自己最大的仁慈了，不可以再得寸进尺了。

心脏和伤口都很疼，沈堪舆渐渐脱力，跪倒在地，手指用力到像是要抠进坚硬的防盗门里，指甲也在这力道中裂开了，渗出鲜红的血。

滚烫、咸涩的泪水不停地从眼眶滑落，干得起皮的脸颊刺痛难忍，但沈堪舆仍旧下意识地用衣袖擦拭着眼泪，很小声地吸着鼻子，随后松开门框，移动到墙边，用指甲在粉刷的白墙上划了一个歪歪扭扭的小爱心。

——甜甜，我爱你。

——阿笙，我爱你。

——用这种方式来表达的话，就不会再打扰到你们了吧。

——对不起，我这么晚才明白。

——对不起。

当顾言笙看到他疯狂寻找的人就跪在自家门口哭的时候，心脏骤然爆发的疼痛让他脑袋一片空白，然后一步跨过两三个台阶，将人抱进了怀里。

沈堪舆被人抱进怀里时吓了一大跳，下意识抽搐了一下，等发现抱着自己的人是顾言笙时，更是惊慌失措到脸色煞白，哪怕满脸都是泪痕，仍旧拼命挤出讨好的笑容，语无伦次地哽咽道："阿笙，你……你听我……解释，我没有进去，我来……我来送点东西，我放在鞋架那里，我现在就走，我马上就走。”

沈堪舆没想到顾言笙不仅没有生气，也没有立刻赶自己走，甚至愿意听自己解释，便急忙攥着顾言笙的衣袖，艰难地喘息道：“我不是故意待这么久的，因为门没关，所以我想……我想看看甜甜，我有点想她了，对不起……”

“还有，你忘记拿衣服了，我帮你送回来……我还……买了点水果，都是很……很新鲜的，我还买了……两件外套……”沈堪舆抬起头，浑浊的眸子努力地在顾言笙身上聚焦，红着眼眶，小声哀求道，“你们留着……好不好？不要……不要扔，留着吧，很暖和的。我知道你们……不喜欢我买，我以后……以后都不买了……这一次你们……留着吧……”

沈堪舆原本想买多几件保暖的衣服给他们，因为今年冬天好像会特别冷，可还要给自己留两三个月的房租，钱远远不够用了。

顾言笙的脑袋还是一片空白，只会用点头和“嗯”来回应沈堪舆的话，失而复得的感觉总是让人欣喜若狂却又彷徨无措，与劫后余生无异，他现在只想抱着沈堪舆来驱散那种不真实感。

唐修跟在顾言笙后面，走过去掂量了一下鞋架上放的东西，不由得倒吸了一口气。

太沉了，勒手得很，唐修这辈子都没提过这么重的东西，而沈堪舆瘦得像条鱼干，穿着一身破烂，腹部又有那么大个刀口，肚子里还有“小鱼苗”，竟然能在初冬的天气里拎着这么重的东西从医院到超市再到家，这是人能干出来的事儿吗？真的是要把人急疯。

“唐修。”顾言笙忽然低声喊道，声音沙哑，带着轻微的颤抖。

唐修连忙答应：“嗯？”

“帮我拿一件外套过来，”顾言笙感觉怀里的人冷得像一块冰，还在不停发抖，就把人抱起来放在了自己的腿上，随后接过唐修递来的外套将对方严严实实地裹了起来，又轻轻地擦拭了一下怀里人湿润的脸，问，“是不是冷？这样好一点吗？”

沈堪舆愣愣地看着顾言笙，然后拼命摇头，想把外套脱下来，道：“不……不冷，这个……这个是给你的外套，我不能穿……”

顾言笙按住沈堪舆冰凉的手，然后握在自己手里捂着，道：“乖一点，穿着。”

沈堪舆听到“乖一点”，马上就乖乖地坐稳不再动弹，只是重重地吸了一下鼻子，胡乱搓了搓自己的脸，喃喃地道：“可是我穿过了你就不会再穿了，我知道的……这个衣服很暖、很好的……”——被我弄脏了，真的很可惜。

现在的自己在阿笙眼里应该更脏了吧？沈堪舆想，被别人碰过了所以更脏了。

顾言笙听不清沈堪舆在说什么，只能一边给人暖着手，一边轻声问：“我不是说要带你回家吗？为什么又乱跑？别擦了，脸都快被你擦破皮了。”

沈堪舆停下手上的动作，迟钝地消化了一下顾言笙的话，睁着红通通的眼睛，呆呆地看着他，问：“真的可以……回来吗？”

不是做梦吗？阿笙真的要让自己回来？

顾言笙叹了一口气，忍不住摸了一下沈堪舆乱糟糟的头发，轻轻点了点头。

“好……好呀，我回来！”沈堪舆用力地点头，虽然笑容灿烂，但眼里依旧无神，没有笑意，有的只是卑微与讨好，“阿笙我听你的！但是你能不能……能不能提前告诉我，是要我做哪些事情？我在外面租……租了房子的，我可以……不在这里睡，我每天做完我就可以回去那里，你叫我我再过来，这样的话就不用太打扰你们……你可以告诉我吗？”

这种话别说是顾言笙，连唐修都听不下去了，他立刻道：“你说的这是什么话啊？你是他老婆，又不是他们家找的保姆！”

沈堪舆被唐修吼得愣了一下，低下头难受地按了一下胸口，喃喃地道：“我不要钱的……”

“你说什么？你不要什么？”唐修怀疑自己的耳朵坏掉了。

“你别这么凶。”顾言笙扭过头责怪地看着唐修。

“我凶？”唐修气得想骂人，但看到沈堪舆瑟瑟发抖的身影，只能咬紧牙关把话憋了回去。

唐修的逼问让沈堪舆急得开始冒汗，更怕自己说错话惹顾言笙生气，赶自己走，嘴唇哆嗦了半天才小心翼翼地道：“阿笙，我真的……不要钱，我就想……我就想看看你们，我保证每天做完事就走，我不惹你们烦，我什么都不要，真的，你相信我。”

沈堪舆胡乱地抹了抹脸上的汗，因为心悸难受地喘了口气，嘴唇也有些发青，压下不适后仓促地对顾言笙笑道：“阿笙，你平时也……也忙，没空照顾家里的话，我可以帮你，而且你不用花钱……这样……你觉得好不好？你觉得不好的话，我……我也可以现在走，没有关系……”

顾言笙听沈堪舆胡说八道了半天，心疼得不知道说什么好，几次想打断，又记着唐修说过的话，只能默默地等人说完，才把人往怀里揽了揽，在心里斟酌了一下措辞之后缓缓道：“让你回家，只是因为想让你回来。你什么也不用做，只要乖乖地待在家里就好，不要再乱跑就好了。”

沈堪舆讷讷地听着，时不时抬手擦着脸上的汗，越听眼神就越茫然。

顾言笙叹气道：“你听到了吗？”

“啊……听……听到了，”沈堪舆仓促地应着，下意识地连连点头，“阿笙我听你的……我听你的……”

沈堪舆用受伤扭曲的左手不停地擦着汗，低喘着想从顾言笙怀里出来，头埋得很低，道："阿笙，对不起，我……我有点热，我……我到外面去一下……"

顾言笙看沈堪舆脸色泛着青紫，呼吸越来越粗重，说话时颤抖得不停，下意识想去握对方的手问怎么了，却发现沈堪舆用那只没有受伤的右手，死死地抠着坚硬的水泥阶梯。

沈堪舆短短的指甲已经裂开了，正往外渗血，整个人在他怀里蜷缩着，浑身冰凉，全身颤抖。

顾言笙瞬间从头凉到脚，僵硬地叫道："沈堪舆……沈堪舆！"

唐修急忙过来扶住沈堪舆的肩膀查看情况，他知道沈堪舆心脏不好后就时不时地跑去心血管科串门学习，现在他一看就知道大约是心绞痛发作，立马制止顾言笙，道："你别这么大声，小鱼心脏受不了。"

顾言笙不敢再喊，只能试着把沈堪舆抠着台阶的手轻轻掰下来，一边掰一边轻声细语地哄道："不抓了好不好？疼就喊出来，没有关系的……"

沈堪舆仍旧没有松手，也没有喊出声，只是艰难地喘息着。唐修不知道这人是怎么忍得住这种痛的，可能只有哑巴才会在疼得这么厉害的时候一声不吭。

唐修忍着鼻腔的酸涩，迅速从口袋取出准备好的硝酸甘油片，让沈堪舆含进口中。

药效发作很快，唐修看沈堪舆症状有所缓解，立刻道："马上回医院，我先去开车。你记得要抱着小鱼，不能背，背着人就没办法呼吸了，也别走太急，要是颠着了很可能咯血。还有，你要一直跟小鱼说话，这时候小鱼要是失去意识就很危险了。"

唐修说完便像火箭一样转身冲下了楼。

顾言笙则按照唐修说的，抱着沈堪舆平稳地下楼，觉得喉间酸涩得厉害，只能一遍又一遍地喊沈堪舆的名字。

他听到沈堪舆用最后的力气回应着自己："阿笙，我在的……我没事……你别怕……"

顾言笙心脏疼得快要裂开，眼睛也不受控制地湿润起来了。

这个傻子。

沈堪舆到了医院后，情况很快就稳定了下来。虽然背后垫得很高，但呼吸起来还是很困难，只能贴着鼻管吸氧。

沈堪舆从昏睡中醒来的时候，看见顾言笙正坐在床边，轻轻地搅拌着一碗热气腾腾的粥，心想：阿笙好像很长时间没有吃东西了，自己不能影响他的胃口。

沈堪舆想着想着，就觉得伤口一阵一阵地疼，呼吸也变得凌乱。又担心顾言笙发现自己醒了，于是紧牙关，下意识地用手去攥床单，然而左手使不上力气，右手的指甲又裂开了，一碰到床单就疼得抽搐了一下。

顾言笙听到动静，立马放下粥靠过来，轻轻拨开沈堪舆凌乱濡湿的额发，道："沈堪舆？"

"嗯……"沈堪舆本来想回应顾言笙，开口却克制不住地低吟出声，只能拼命地将声音吞回喉咙，然后抬起头，艰难地对顾言笙笑了一下，轻声道，"吵……吵到你了阿笙，对不起，你先吃……你先吃饭，不用管我的，我……我坐一会儿就好。"

"你没有吵到我，以后你醒了就叫我，"顾言笙帮沈堪舆把床摇起来一些，调整了一下垫着的软枕，"哪里疼？"

"没有……不……不疼，"沈堪舆顺着顾言笙的动作吃力地调整自己的姿势，"阿笙你快……吃东西吧，你不用管我。"

顾言笙看着沈堪舆满头大汗的样子，叹了一口气，道："疼就说，没关系。疼得厉害的话，可以稍微用一些止痛药。"

沈堪舆张了张嘴，嘴唇都疼得在哆嗦，最终又垂下眼，脸色苍白地摇了摇头。

滥用药会伤到孩子的，而且沈堪舆也没有钱买那么多药了。

“喝水吗？”顾言笙没有办法，转头倒了一杯温水递过去。

“谢谢……谢谢阿笙，我自己来。”沈堪舆连忙伸手去接。

顾言笙看到那两只伤痕累累、血迹斑斑的手，心里说不出的难受。

沈堪舆因为手上的伤，杯子拿得不是很稳，好不容易把杯子递到嘴边，又因控制不好角度，直接往领口倒了下去。

顾言笙吓了一跳，怕水淌到沈堪舆的刀口上，匆忙取过帕子想擦干。

因为心里着急，顾言笙手上的动作太过急迫，令沈堪舆下意识地蜷缩起来，伸手抱住头。

沈堪舆紧绷着身体哀求道：“阿笙不要生气，我不敢了，我不喝了，求求你不要生气！”

沈堪舆觉得，如果是以前，阿笙不开心了，把气出在自己身上也没有关系，自己能受得了，可是现在自己肚子里还有一个小生命，那么小、那么脆弱的生命，一定很怕痛的。

沈堪舆不知道自己又做错了什么，脑子昏沉得转不动，根本没有办法一一细想，便觉得阿笙可能是怪自己把水打翻了，也可能是不想让自己喝水。

是不是自己不能吃东西、喝水了？是不是自己连吃喝都是浪费呢？

之前，沈堪舆动完手术后醒来时，看到床头搁着一个饭盒，打开后发现里面是热乎乎的玉米萝卜排骨汤，味道香甜浓郁，一闻就知道是妈妈做的，热气蒸腾，让人的眼眶都有些湿了。

那时，沈堪舆不知道刚做完手术不可以进食，也顾不上伤口处让人浑身发颤的剧痛，拿起勺子舀了一点点汤，颤颤巍巍地送往口中。

只是沈堪舆还没来得及尝到汤的味道，就被人扇了一巴掌，勺子脱手落到了地上，发出噼里啪啦的响声。沈堪舆干燥脆弱的唇角瞬间裂开，腥咸的液体缓缓渗出，一直流到下巴。

沈堪舆怔怔地抬起头，看到了母亲铁青的脸，满眼都是愤怒，甚至是怨恨。

沈堪舆茫然地张了张嘴，想叫声“妈妈”，但却没能发出一点声音。

“沈堪舆，你真的是个灾星。你得了心脏病为什么不说？你是不是故意的？你想害死你爸爸是不是？”

沈堪舆怔怔地看着母亲，听着母亲说话，茫然地流下眼泪，大颗大颗滚落的眼泪和下巴处的血混在一起，一滴一滴落在洁白的床单上。

“你哭？你有什么脸哭？你哥哥从小到大生病那么痛苦，我从来都没有见他哭过。你受什么委屈了在这里哭？”李清气急攻心，又打了沈堪舆一巴掌。

沈堪舆想：没有，我没有觉得委屈，也没有觉得痛，我只是觉得对不起，对不起，我又没有做好。

沈堪舆吃力地张开嘴，嘴角的血越流越凶，仍旧发不出一点声音，只能抬起手费劲地擦掉眼泪，可是泪水怎么都擦不完。

——我没想哭的，不知道为什么眼泪会一直流，好像泪腺失控了一样。

——好难受。

李清看沈堪舆眼泪流得越发厉害，没有再动手打人，却是抬手一拂，将那碗热汤打翻在地，冷冷地道：“给你熬汤，我真是昏了头，你也配？”

——对不起。

——真的对不起。

——明明知道我不配，还是要自作多情。

“沈堪舆，你别这样，会压到伤口！”顾言笙急得要命，又不敢使用蛮力，只能努力让自己冷静下来，沉声道，“你听我说，我不会打你，以后不论你做什么我都不会打你，你不要怕。”

“以后不会再打你”，这样的话爸爸妈妈也说过，可是他们还是会动手。滥用别人的善良和忍让，一而再再而三犯错，怎么可能不被打呢？沈堪舆觉得像自己这样坏的人，不可能不被教训。

沈堪舆仍旧拼尽全力蜷缩着，颤抖着身体只想保护肚子里的孩子。

顾言笙没有办法，他很轻很轻地触碰都会让沈堪舆的身体像触电一样战栗，喉咙里发出极其微弱的像受惊的小动物一样的呜咽。

他闭了闭眼，坐在床边，将沈堪舆抱进怀里。沈堪舆却开始挣扎，喊着“不要打我，我知道错了，以后再也不敢了”。

沈堪舆说：“以后我可以不喝水也可以不吃东西，也不会随随便便生病浪费钱，阿笙你要我做什么我都可以做，做保姆也可以，我保证不要钱。

“我现在就可以出院，可以去买菜，可以把饭做好，可以把阿笙家里打扫得干干净净，然后就会走。

“我以后都会很听话，不会再胡闹，求求你不要打我……”

顾言笙听着沈堪舆这些不着边际的胡话，感觉自己的心脏被毫不留情地撕扯开来，胸口闷得慌，他只能轻柔地抚拍对方瘦弱僵硬的脊背，不断地重复道：“我不打你，你别怕。”

顾言笙想了想，又补充了一句：“我在这里，也没有人敢来打你，别怕。”

沈堪舆对顾言笙的安抚有了点反应，不再说胡话，也不再挣扎，而是伸出手轻轻地攥住了顾言笙的衣袖，小心翼翼地喊他的名字：“阿笙。”

顾言笙将沈堪舆的手握住，抚慰似的摩挲着，另一只手拿着手帕擦干对方胸口的水渍，道：“我在这里，别怕。”

“阿笙。”

“我在。”

“阿笙。”

“我在。”

顾言笙不知道沈堪舆叫了他多少遍，反正他都一一耐心地回应，一遍也没落下。

“阿笙……我想你……”

“我知道，我在这里。”

他知道沈堪舆想他，沈堪舆怎么能不想他？之前两人住在一起的时候，这人总是远远地看着他，不敢轻易靠近，有时候他察觉有人在看自己，扭头看过去时，沈堪舆就会迅速地垂下眼，钻回房间，像一条刚刚冒出水面吐泡泡，就被人吓得缩回水潭深处的鱼。

后来沈堪舆离开家，不知道在外面被什么人欺负，受了什么委屈，他却不在对方身边。这人是条笨鱼，回来了也不懂得倾诉，只知道说想他。

顾言笙叹了一口气，只能庆幸沈堪舆还愿意依赖自己。唐修说，沈堪舆因为长时间的心理和生理压力，再加上怀孕了，已经表现出一些自闭和焦虑的症状——不敢跟人交流，交流起来会语无伦次。但如果还能被安抚，那就说明还没有那么严重。

除此之外，唐修咨询过心理医生之后，特意跟顾言笙强调过，沈堪舆现在就像是一只装满冰水的玻璃杯，想升温就只能用手捂着，让杯中的水慢慢暖起来，而不能直接拿到火上烤，那样杯子会爆裂。

唐修还说，顾言笙千万不要在这个时候跟沈堪舆表白，直接说喜欢对方之类的话。

对沈堪舆而言，现在最重要的是陪伴，而不是刺激。顾言笙要让沈堪舆慢慢地感受到“阿笙喜欢我”这个事实，是目前最好的办法。

唐修其实已经试探过沈堪舆了，他的原话是：“你不觉得阿笙已经很喜欢你了吗？”

沈堪舆的反应很激烈，几乎是崩溃地跟唐修说：“不会的，他不会喜欢我的！你不要这样说，被他听到就完了，他会恨我的！”

因此，顾言笙只能把那几个字吞进肚子里。他揉了揉沈堪舆乱糟糟的头发，又顺势揉着对方的后颈，柔声道：“我保证我会一直在的，别害怕。”

沈堪舆趴在他的怀里，情绪渐渐稳定下来，但人还是蒙的，眼圈红红的，垂着眼睛不知道在想什么。

顾言笙又倒了一杯温水送到沈堪舆的嘴边，沈堪舆乖乖地含住杯沿喝水。

顾言笙知道沈堪舆渴了太久，在喉咙干燥、肿痛的情况下吞咽很困难，所以等人艰难地咽下一点后再喂一次。沈堪舆就这样越喝越顺畅，终于喝掉了大半杯水。

顾言笙看着沈堪舆嘴角的伤口，伸手轻轻碰了一下，对方瑟缩着躲开，他收回手，问：“这里怎么弄的？”

沈堪舆低着头，过了好半天才小声回答：“我不小心咬的。”

“咬的？”顾言笙默默地试了一下，发现就算刻意去咬也根本咬不到嘴角的位置，他又看了看沈堪舆受伤嘴角同侧脸上的瘀痕，心里大概有了判断。

“饿不饿？喝点粥？”顾言笙端起粥，觉得温度正好，道，“我喂你。”

沈堪舆不肯，说：“阿笙你吃，我会把餐具和粥弄脏的，这样你就不会吃了。”

顾言笙觉得多说无益，先舀了一勺自己吃下去，又舀起一勺喂给沈堪舆。

沈堪舆怔怔地看了看粥，又看了看顾言笙。

顾言笙笑道：“怎么了，嫌弃我？”

沈堪舆慌忙摇头，张嘴把粥吃掉。

沈堪舆太久没尝过新鲜食物的味道了，而且还是阿笙喂的，这种感觉陌生得太不真实。沈堪舆将粥含在口中慢慢地品尝，舍不得下咽。

“好吃……好甜……”沈堪舆喃喃道，声音带着哽咽，鼻尖也酸得厉害，眼里依稀有水汽。沈堪舆拼命忍着，才没让里面咸涩温热的液体流出来。

沈堪舆觉得自己可以忍，不能哭。又没有受什么委屈，也不痛，只是吃个饭而已，这样都哭的话，一定会被讨厌的。

“喜欢吃甜的吗？下次我让我妈多放点玉米和红枣，那样会更甜。”顾言笙继续重复刚才的动作，自己吃一勺，喂沈堪舆吃一勺。

沈堪舆嘴角有伤，吞咽又很困难，吃得极慢，顾言笙便端着勺子耐心地等，让人慢慢来，不用急。

顾言笙想用自己的方式告诉沈堪舆：你一点都不脏，我也没有嫌弃你。

沈堪舆毕竟还病着，精神状态很差，吃东西都是很费劲的事情，吃着吃着就靠着顾言笙睡了过去。

顾言笙放下粥，将沈堪舆的身体摆正，然后缓缓地把床摇低。过程中可能扯到了沈堪舆的伤口，沈堪舆难受地眉头皱紧，冷汗直冒，喉咙中发出低声呜咽，但仍旧把嘴唇咬得紧紧的。

眼看沈堪舆又要把嘴唇咬破，顾言笙连忙按住对方的下唇，道：“乖，不咬嘴唇，疼就喊，没事的。”

沈堪舆没法儿咬住嘴唇，又因为疼得辗转不停，呜咽不断。

顾言笙握着沈堪舆的手，在其耳边轻声细语地道：“喊出来，没事的，我在这里。你可以生病，不用忍着。”

沈堪舆最终也没喊一声疼，但好歹渐渐安稳地睡着了。

濡湿的头发贴在那张苍白得近乎透明的脸上，沈堪舆的睫毛还在微微发颤，呼吸艰难而缓慢，看起来脆弱得不堪一击，像一张湿透的白纸，碰一下就会烂掉。

顾言笙不想再让任何人碰沈堪舆了。他俯下身，轻轻吻了一下对方冰凉的额头。

忽然，他听到手机振动的声音从沈堪舆的背包里传来。他伸手把背包拿过来，取出手机，看到屏幕上显示有一条来自“妈妈”的短信，他犹豫片刻，将短信打开。

短信很短，只有六个字：汇五万块过来。

顾言笙面无表情地删掉短信，眼神幽暗，像深不见底的旋涡。

唐修推开病房门的时候，顾言笙正在用温热的毛巾帮昏睡中的沈堪舆擦拭着脸和脖颈。

唐修走过来伸手想试一下沈堪舆额头的温度，顾言笙眼皮都没抬，直接就把他的“爪子”拦在了半空。

“干什么？我就看看还烧不烧。”唐修本来想骂人，又怕吵醒沈堪舆，只能压低声音瞪着顾言笙。

“不烧了，”顾言笙轻声道，“刚哄睡的，别给我弄醒了。”

“哦。”唐修应了一声，心里憋屈。

他心想：顾言笙拿着毛巾在小鱼脸上这么瞎擦，小鱼都不醒，自己只是摸摸小鱼额头，难道小鱼就醒了吗？不让碰就直说，谁不知道顾言笙养了条金贵的锦鲤。

唐修问："什么时候完事儿，有话跟你说。"

顾言笙蹙眉道："在这里说不行？"

"不行，滚过来。"

顾言笙不情不愿地起身："那你快点。"

两个人到了阳台，唐修开门见山地道："我查到小鱼动的是什么手术了。肝移植，局部肝脏切除，移植给他爸爸。"

顾言笙胸口一窒，张了张嘴却没有说话。

"术前检查的时候，小鱼被查出有扩心病，而且贫血严重，血压也很低。照理来说，是不允许做器官移植的，但是小鱼和小鱼的家人都坚持要做。"

顾言笙铁青着脸，默默地听唐修说，然后慢慢地从嘴里吐出几个字："沈堪舆的家人也坚持？"

"嗯。"唐修皱着眉头沉默了好一会儿才接着道，"我还查到小鱼术前买了很多营养液，估计是吃不下东西，怕影响手术才买的……营养液那玩意儿是吊命的又不是补品，所以小鱼手术的时候，心血管功能异常疲弱，中间甚至一度心跳停止……"

唐修抬头看着顾言笙，咬牙切齿地道："顾言笙，你就像一只无德无能的猪，我真不明白老天为什么对你这么好，还能把小鱼和鱼苗苗留给你。你知道小鱼活下来又坚持到现在有多辛苦吗？

"酒会那天，我送小鱼去医院，小鱼伤口裂了又一直咯血，疼得整个人都在抽搐，一直说'不要管我了，可不可以睡一会儿'，我就回了一句'阿笙还在等你'，小鱼就再也不说那句话了，什么痛都拼命忍着，医生让干什么都乖乖配合。

"你瞅瞅，你说什么小鱼都听，你让人活下来人就活下来，你让人回家人就回家，你让人滚人就滚。你是大少爷，想干吗就干吗，有没有想过小鱼会很辛苦？你仗着小鱼总是一声不吭地听你的话，就能为所欲为吗？”

唐修讥讽地笑了笑，道：“顾少爷，做人要讲道理，欺负一条不会说话的鱼，你很有成就感吗？”

顾言笙早就转过身，背对着唐修了。他两手紧紧地扣在阳台上的栏杆上，青筋凸起，指节发白。

他站在那里听唐修说完，整个人像石化了一样，没有声音也没有动作，只是再面对唐修的时候，脸色苍白，眼底通红。

他没有对唐修的斥责做出回应和辩驳，只是沉声问道：“沈堪舆吃不下东西是为什么，你知道吗？”

沈堪舆直到现在都还是离不开营养液注射，前几天刚刚醒来的时候吃下去的那一点粥，没过多久就吐了出来，之后基本上是吃什么吐什么，严重的时候喝水都会呛出来。

唐修没想到他会问这个，愣了一下把一肚子的训话咽了下去，迟疑地问：“吃不下东西？什么都吃不下吗？粥、面、水果都吃不下？”

顾言笙点了点头：“吃了就吐。是因为怀孕了吗？”

“不是吧……这刚才怀了多久，孕反也不会这么早，”唐修拧着眉毛想了一下，“我剥过橘子给小鱼吃，人吃得挺开心的。之前蓁蓁也喂小鱼吃过小半碗面条，小鱼胃口看起来不错，也没有吐啊。”

顾言笙蹙眉听着，眼里渐渐没有了疑惑，取而代之的是一片黯然。

他明白了。

唐修给沈堪舆剥橘子，唐蓁喂沈堪舆吃面条，沈堪舆都能吃得下，没有吐，是因为他当时不在。

沈堪舆只是在他面前吃不下。

顾言笙想起来了，自打他在饭桌上随口说了一句“看到你我就觉得恶心”，就再也没有看到沈堪舆在饭桌上吃饭。

更早之前，两人还在同一张饭桌上吃的时候，沈堪舆做的东西也不是两个人的量。

这人总是兴致勃勃地给他夹菜，帮他把滚烫的热汤搅到适宜入口的温度，虾蟹一类需要剥壳的食物也会先用专门的工具剥好，再把白生生的肉放在洁净的碗里给他。等他吃得差不多了才吃一点他剩下的菜，然后匆匆忙忙收拾完赶去直播。

可自从他说了那句话之后，沈堪舆就再也没上过饭桌，每天都是做好饭菜端上桌，然后在一边做家务，等着他吃完再过来收拾，然后笑眯眯地问他一句“好吃吗？吃饱了吗？”哪怕他从来没有回应过，沈堪舆也依旧会问。

他没再见过沈堪舆吃东西，也不知道沈堪舆每天吃些什么，才有那么多力气从早忙到晚。

直到沈堪舆离开家之后，他再次走进对方的卧室，在对方的床底发现了一箱还没吃完的速食粥以及一小盒袋装的萝卜干，跟对方那次腰伤进医院，之后跑下楼吃的东西一模一样。他到网上查了这些东西的价格，速食粥五十块钱一大箱，可以吃上十天半个月。

五十块钱，可能都不够沈堪舆每天给他和甜甜买新鲜水果。

顾言笙偶尔陪沈堪舆去超市时，总会怪对方花钱大手大脚，什么东西都要买贵的、进口的。可沈堪舆总是说“阿笙你不懂，这个很值的”。

值在哪里？值在是给顾言笙和顾雨甜买的。

用那些新鲜、昂贵的食材做出来的温热饭菜，沈堪舆本来也可以吃一些的，只是因为他随口的一句气话，沈堪舆便再也没有吃过，以致沈堪舆没有办法在他面前正常进食。

沈堪舆并不是那种会怄气的人，这人是真的害怕顾言笙会因为自己的存在吃不下东西。

沈堪舆只是在用自己的方式，笨拙又小心翼翼地爱着他。

唐修听完顾言笙的一番话，觉得头疼又牙疼，甚至想掏根烟出来抽——虽然他不会抽烟，但这更难受了。

这都是什么破事。

唐修有一肚子的脏话，但已经懒得骂了，按了一会儿太阳穴后缓缓道："每次别人靠近小鱼并做出较急迫的动作时，小鱼的反应都很激烈，觉得那人是想要动手，我怀疑这是 PTSD 的症状。"

顾言笙不知道什么是 PTSD，心却没来由地往下一沉。

"PTSD 就是创伤后应激障碍，诱因是重大创伤性事件，比如自己受过严重伤害或目睹他人受过重伤，甚至遭受过死亡威胁等所导致的一种精神障碍疾病，"唐修一边说一边不断回想着沈堪舆的各种状况，越发觉得症状吻合，"患者有严重的触景生情反应，创伤情景在梦中反复重现、焦虑、过度警觉、惊跳反应……"

顾言笙艰难地说道："所以是因为我？"

唐修翻了个白眼，一巴掌拍在他脑门上，道："你认真听我说话了吗？重大创伤性事件！受伤！死亡威胁！你就一个吃饭的事情，不至于好吗？"

顾言笙顶着被拍红的脑门茫然地道："那为什么……"

"小鱼有些状况是儿童 PTSD 特有的，很有可能是童年时期的某种重大性创伤造成的。"

"童年？"顾言笙立刻想起沈堪舆之前说过曾在生病的时候被生父教训。

"沈堪舆说自己小时候挨训是普通至极的事情。"顾言笙几乎是从牙缝里把这句话挤出来的。

唐修嗤笑一声，道："那就没跑了。孩子都心脏病了，还不管不顾地讨着要肝脏的父母，小时候会这么对待孩子也不是什么稀奇事。”

“嗯。”顾言笙咬了咬后槽牙，转过头看着还在昏睡的沈堪舆，脸上没有什么表情，握紧的拳头中，指甲却已经扎进了掌心。

“你别一副要吃人的样子，你自己就没干过浑蛋事？”唐修凝视顾言笙道，“告诉我，你打过小鱼吗？”

顾言笙的眼神闪烁了一下，垂眸避开唐修的视线，拳头握得更紧了。

答案不言而喻。

唐修目光骤然变冷，道：“什么时候的事，你为什么动手？”

顾言笙声音干涩，道：“上学的时候……我们俩经常打架……”

“打架？小鱼会打你？”

顾言笙说不出话了。

年少时期，他跟沈堪舆所谓的打架，沈堪舆从来不会还手，只会做出自保的姿势，偶尔挡那么几下，然后再嬉皮笑脸地说：“没事儿，你接着来，打完了就开心啦，开心了要笑一笑，不要再生我气啦好不好？”

那时候，顾言笙以为沈堪舆是在挑衅他、激怒他，所以下手会更重。

等他消气了，沈堪舆就从地上爬起来，跑到奶茶店买来他喜欢的茶，插上吸管后递给他，笑眯眯地说“喝口茶消消火吧”。

大多时候那杯茶都被顾言笙打翻了。

沈堪舆总是会愣一下，然后挠着头，有些纳闷地嘀咕：“为什么你还是生气呀？我爸每次发完火就不那么生气了。”

顾言笙觉得这样的话莫名其妙，就骂沈堪舆有病。

沈堪舆就会抬头看着他，轻轻地说：“阿笙你可不可以不要说我是有病？我没有生病的。”

顾言笙说："你没有病就别再跟着我。"

沈堪舆急忙说："好好，我有病。"眼里都快急出泪花来了。

其实，沈堪舆是真的病了，很小的时候就已经病了。

是顾言笙让沈堪舆的病得越来越重。顾言笙还在沈堪舆怀孕的时候动过手，虽然是因为沈堪舆出言不逊、企图动手在先，但那一巴掌是顾言笙为了苏桐动的手。

"这就是你说的'上学的时候动过手'？"唐修觉得自己气过头了，甚至没力气发火了，"是，按你说的，小鱼当时说话是难听了一些，可难道不是你和苏桐暧昧在先？你应该把小鱼拦住，然后带走，而不是动手打人让人滚。"

顾言笙脸色苍白，唐修的话好像在他脑子里，又好像在他耳边晃荡，他道："沈堪舆跟我解释过，说是怀孕之后不太能控制自己的情绪，我没信。"

"是，怀孕的不是你，你又不知道怀孕有多辛苦、多难受。这怎么能怪你不信呢？"唐修讽刺地道。

"我不知道沈堪舆是怎么调整的，后来好像就不怎么闹了，一直到后来把苏桐关进木桶……"

"算了吧，这事儿是不是小鱼干的，我现在有些怀疑，"唐修打断他，"我很明确地告诉你，如果小鱼真的患有PTSD，又在怀孕的时候因你那一巴掌病情加重了，那么没有药物和心理医生的辅助治疗以及家人的关怀陪伴，全靠小鱼自己根本就调整不了。小鱼只能忍着，在你看不到的地方，通过自我否定、自我逼迫，甚至自我伤害来警告、要挟自己，不要再犯错误。"

见顾言笙的脸色越来越难看，唐修怕把他的心态说崩了，舒了口气撇过脸，语气轻缓了些许："我没猜错的话，小鱼生甜甜的时候是不是早产？"

顾言笙张了张嘴，浑身僵硬，再也说不出话来，垂在身侧的手指颤抖了一会儿，艰难地紧握成拳。

唐修看顾言笙这个反应就知道自己没猜错，虽早有准备，但还是难受了好一会儿，缓缓道：“这次保护好小鱼吧。”

自从那次在公共场合打了沈堪舆一巴掌之后，顾言笙就不怎么着家了，沈堪舆的孕期基本上是独自熬过去的，怀孕不到八个月的时候就要生了，进产房后六个小时后才生下来。顾雨甜被生下来时才四斤多一点，巴掌那么大。

有很多次，顾言笙心怀愧疚，旁敲侧击地问过沈堪舆孩子为什么会早产，他没回家的那段时间到底发生了什么。

沈堪舆摇着头不肯透露，只说：“孩子早产是我的错，阿笙你不高兴就冲我来吧，对不起。”

顾言笙为那一巴掌道歉，沈堪舆还是摇头，说：“阿笙不是你的错，是我不好，我确实该打。”

顾言笙说那次他离开家其实是因为公事出差，并不是不想再见到沈堪舆。沈堪舆继续摇头，说：“没事，我知道你早晚都要走的。”

那时候，沈堪舆还没像现在这样战战兢兢，可是他给对方伤害也已经很深了。

现在只怕是遍体鳞伤了吧。

顾言笙觉得心里特别疼，疼得不知所措。

他想着或许自己离开会对沈堪舆好一些。是他一步一步地把沈堪舆逼向深渊，现在却想着把人拽回来据为己有，是不是痴人说梦？

对于顾言笙这种怀疑，唐修当场就劈头盖脸地骂了一顿，骂的是什么顾言笙记不太清楚了，反正骂得都对。

后来，唐蓁跟顾言笙说：“阿笙，你是小鱼的海。浑身都是伤口的鱼接触到海水肯定会疼，但也只有在大海的怀抱里，身上的伤才会慢慢恢复，离开大海的话，鱼才是真的没有救了。”

如果是这样，如果他真的还有机会。

他想做一片一辈子只养着这一条鱼的海。

不堪言

梨花糖 —— 著

下

陕西新华出版 三秦出版社

shenkanyu x guyansheng

第九章

别怕，我在这里

原来，沈之航也在人民医院住院，就在隔壁楼，难怪沈堪舆一有点精气神就闹着要出院，死活不愿意在这里待。

顾言笙走到沈之航的病房门口，看到李清拿着手机，焦急地来回踱步，口中念念有词，似是咒骂，类似于“怎么还不接电话，是不是死了”。

顾言笙克制住满腔怒火，深吸一口气，毫无感情地叫了一声阿姨。

李清回过头看到顾言笙，愣了半晌才不确定地道：“阿笙？”

顾言笙“嗯”了一声。

李清仿佛看到了救星，扑过来就抓住了顾言笙的胳膊，问：“你知道沈堪舆在哪儿吗？爸爸刚动完手术这孩子就消失得无影无踪，你能不能帮我联系一下？现在情况真的很不好，用药量很大，钱不够早晚要出事啊！”

她迫切得要命，顾言笙只穿了一件衬衣，她情急之下指甲都掐进了他的胳膊里。

她这副样子，让顾言笙之前对沈堪舆家庭的猜测瞬间验证了大半。他皱了皱眉，挣开她，后退了一步。

李清愣了一下，局促地收回手。

顾言笙冷冷地看着她，道：“沈堪舆为什么动完手术就消失得无影无踪，您不清楚吗？您和您丈夫拿到了沈堪舆的肝就把人撂下不管，沈堪舆身上一分钱都没有，全给了你们，连一瓶生理盐水都挂不起，不马上出院还能去哪里？”

李清沉着脸听顾言笙说完，脸上的笑容渐渐消失，只余讥讽和厌恶，道：“沈堪舆找你告状了吧？这人一直都是这样，明明心里怨恨，表面却装作一副逆来顺受的样子，然后在背地里琢磨着怎么报复。”

沈堪舆在她面前演得那么好、那么听话，说保证不会告诉任何人这件事情，手术后也一定会尽快恢复健康不让别人看出端倪，事后却又跑到顾言笙面前，不知道做出怎样一副委屈可怜的样子。

顾言笙听李清说出这样的话，皱起眉头，一时间竟感觉不到愤怒，只是心疼。

因为他曾经也是这么想沈堪舆的。

那时，沈堪舆笑眯眯地跟在他的身后，不停地叫他“阿笙”，眼睛清亮又干净，像初生的小鹿。

顾言笙一般都不会搭理沈堪舆，烦不胜烦时就会问对方要干什么。沈堪舆则会笑得更灿烂，像吃了糖的孩子，摇头晃脑地说：“没有没有，我就是想叫叫你。”

他会像李清一样嘲讽沈堪舆：“你又想玩儿什么花样，不妨直说。”

沈堪舆总会愣一下，怔怔地站在原地，看着他的背影，然后喃喃地说：“我真的只是想叫一下你呀，还是太吵了吗？”

顾言笙就会觉得：沈堪舆，你可真会演，表面上若无其事，背地里不知道又在打着什么算盘。

可沈堪舆那么笨，能打什么算盘呢？每天笑眯眯地追着他喊阿笙的时候，想的应该只是今天要给他买什么吃的，明天要给他买件什么款式的衣服，后天直播要把甜甜交给谁管这些琐碎的小事罢了。

这人每天都想着这些，想着怎样才能把顾言笙和顾雨甜照顾得更好，甚至现在高烧糊涂了，半梦半醒间反复念叨的也还是这些。

但沈堪舆清醒的时候特别安静，不会阿笙阿笙叫个不停，也不会再念叨一些无聊的琐事，只是小心翼翼地看着顾言笙的脸色，乖乖地去做顾言笙安排的每一件事情，然后又安安静静地坐着，捧着那只山竹壳发呆。

唐修说这简直是天大的笑话，放着旁边活生生的顾言笙不要，只要顾言笙剥的山竹壳。

沈堪舆刀口经常疼，心脏又不好，经常难受得一直喘，却总是将呼吸声放得很轻，怕吵到顾言笙。

沈堪舆安静得像一个哑巴，却始终聚精会神地听顾言笙这边的动静，哪怕被疼痛折磨得浑身都没有力气，只要顾言笙叫一声，就会拼命地撑着身体坐直一些，对他讨好地笑着，嘶哑地回应："阿笙我在，你要什么？"

但现在一切都变了，只因他把沈堪舆逼得无路可退。

顾言笙觉得，至少在这一点上，他没有权力斥责李清，于是他抿了抿嘴唇，沉声道："作为长辈，请您注意自己的措辞，沈堪舆没有想过报复。"

李清抬头看着顾言笙怒道："捐肝就是报复。如果沈堪舆自己不愿意，根本没有人逼迫得了。这人明明知道自己有心脏病，还非要捐肝，差点把自己爸爸害死你知道吗？"

顾言笙听着她尖锐刻薄的话语，心底骤然涌起一阵厌恶，他努力按捺着怒意，沉声道："请不要用您自己卑劣的思想来揣测别人，沈堪舆从来没有跟我透露过一星半点关于捐肝的事情。您既然如此厌恶沈堪舆这个人，厌恶沈堪舆的肝脏，怎么在钱的问题上就不能一视同仁了？"

李清像是被戳到痛处，语气越发尖锐："顾言笙，你不要太咄咄逼人，你没有资格替沈堪舆做主，躺在里面的人是沈堪舆的爸爸！"

顾言笙讽刺地笑了一下，道："爸爸？恕我直言，不配。"

"你……"

"您要五万是吗？"顾言笙低头打开钱包，抽出一张银行卡，

“这里面有十万，是我给你们的，算是补偿我跟沈堪舆结婚这么多年来没有对你们尽过应有的孝道。”

“请您记住，”顾言笙加重了语气，几乎是一字一句地道，“是我给的，不是沈堪舆给的。沈堪舆不欠你们任何东西，不需要给你们一分钱，今后也请你们不要再出现在我们面前。”

李清嗤笑道：“你以为你是谁，能决定这种事情？”

顾言笙也笑了：“您看我能不能决定？”

他的笑看起来波澜不惊，却让李清无端胆寒，她咬紧牙关，伸手去夺顾言笙手上的银行卡。顾言笙却反手将银行卡丢进了旁边的垃圾桶里。

李清脸色铁青道：“你不要太过分！”

“我过分？您不是这么教沈堪舆的吗？让沈堪舆吃你们吃剩的，吃你们丢在地上的、丢进垃圾桶的东西，不是这样吗？”顾言笙脸上没有一丝怒气，依旧挂着刚才那种令人不寒而栗的笑容，平静地问李清。

他原本只是猜测，但看到李清脸色铁青，没有像刚才一样立刻反击，就知道自己没有猜错。

想到沈堪舆在车上偷偷吃地上捡起来的脏橘子，吃那颗从垃圾桶里翻出来的山竹时心满意足的样子，顾言笙难受地闭了闭眼，强压下心口的疼痛，继续道：“我想您不会觉得让沈堪舆吃那些东西有多过分，我也没有让您从垃圾桶里捡东西吃，只是让您捡一张卡，至于用过分来形容？”

李清没有反驳，颤抖地吸着气，无声地蹲下去在垃圾桶里翻出银行卡，转身欲走。

顾言笙却又叫住了她，她停了下来。

“您气沈堪舆心脏不好还捐肝，所以小鱼刚刚动完手术您就动手是吗？”

李清无声地站在原地，已然默认。

顾言笙沉默了很长一段时间，声音沙哑道："你们早晚要付出代价的。"

他觉得自己没有办法再在这里待下去，李清作为一个母亲，行为已经完全超出他的认知范围，再和她这样的人交流，他可能会失去理智。

他抬起头往前走，却看到了一个不应该出现在这里的人。那人穿着单薄的病号服，脸色苍白，手上提着一个袋子，身形伶仃地站在那里，虚幻得像一个影子。

顾言笙几乎以为是幻觉，因为自己满脑子都是这人，才会在这里突然看到对方，但是下一秒，那个影子却满脸惊慌地叫着他的名字，朝他的方向冲了过来。

顾言笙一时茫然，明明是吃东西都拿不稳勺子的人，哪来的力气来到这里？又是哪来的力气冲向他呢？

顾言笙朝沈堪舆跑过去，并大声喊着不要跑，可沈堪舆依然在跑，并且也没有停在他面前，而是越过了他。

顾言笙愣了一下，回头却看到让他目眦欲裂的一幕。

李清举着一个输液瓶，往沈堪舆的头部重重挥了下去。

李清只是想给顾言笙一个教训，她从来没被人这么羞辱过，所以捡银行卡的时候，顺手捡了一个瓶口碎裂的玻璃瓶，她没想过沈堪舆会突然出现，并挡在顾言笙的前面。她想收手已经来不及了，只能急促地调整方向。

玻璃瓶虽然没有完全击中沈堪舆，但碎裂的尖锐部分却从沈堪舆额角重重划过，很快，鲜血迸射出来，溅了她一脸。

沈堪舆手上的袋子掉了下去，大颗大颗的新鲜草莓从里面滚了出来。

玻璃瓶从李清手中滑落，砸到地面上发出令人心慌的巨响。

可顾言笙只听到了沈堪舆骤然变得粗重的呼吸声。

沈堪舆疼得喊不出声，只能大口大口、艰难地喘息着，虽然双脚站立不住，却努力地保持平衡，没有往后倒，同时伸手想扶住旁边的墙。

沈堪舆知道阿笙在自己后面，自己应该流了不少血，肯定会把他弄脏的。

阿笙今天穿的衣服是以前苏桐送给他的生日礼物，是阿笙一直都很喜欢、很珍惜的衣服，阿笙经常会亲自熨烫它，每一处褶皱都要烫得平平整整，如果被自己弄脏了，阿笙一定会很生气。

头上的伤口真的特别疼，沈堪舆眼前一片漆黑，快要站不稳，却怎么也够不到墙。就在沈堪舆踉跄着几乎就要往前跪倒时，被身后的人紧紧地揽进了怀里。

沈堪舆惊慌地想挣脱，却根本没有力气，只能哆嗦着嘴唇，瞳孔涣散，语无伦次地喊顾言笙的名字，跟他道歉。

沈堪舆说："阿笙你放开我吧，我没有事的，我会把你的衣服弄脏的。"

——我知道这是阿桐送给你的衣服，弄脏了你会很伤心的。

——对不起，我不是故意的，我只是怕我妈妈打伤你，不是故意给你添麻烦的。

沈堪舆还说："对不起，阿笙对不起，我知道自作多情不对，你不要讨厌我，我很喜欢你。"

顾言笙用纸巾轻轻捂住沈堪舆的伤口，颤抖地道："不会弄脏的，疼就抱紧我，我不会讨厌你。"

顾言笙知道沈堪舆疼得稀里糊涂，说这话是因为想起了以前和苏桐一起打游戏的事情。

当年，他第一次说讨厌沈堪舆，就是因为他们三个人一起打团队赛的时候，沈堪舆操纵已经残血的游戏角色，帮他的游戏角色挡了一个大招，随后死亡，继而导致他们整个队都输了。

那时候，他让沈堪舆不要自作多情，还说“你自以为是做这种事情很讨人嫌”。

沈堪舆问他“你讨厌我吗”？他说“讨厌至极”。

沈堪舆只是想保护他而已。沈堪舆懂的东西不多，不明白游戏胜利的重要性，只知道不可以让顾言笙受伤，无论是游戏还是现实。

放学的路上，沈堪舆总是偷偷跟着他，怕他被人欺负。当他忍无可忍，让沈堪舆滚蛋时，对方就变戏法似的从怀里掏出一瓶他最喜欢的仙草冻，笑眯眯地递给他，说：“对不起，我又自作多情啦，可是这附近坏人真的很多，我不放心你自己走回家！给你好喝的，不要讨厌我好不好？”

沈堪舆总是想方设法地保护他不被人欺负，哪怕现在连吃饭都费劲，却还是拼尽全力地保护他。

他却逼得沈堪舆连保护他这种事情都做得小心翼翼，被打得头破血流后第一反应就是跟他说对不起，求他不要讨厌自己。

沈堪舆那么好，一直以来都那么好。

是他从来没有珍惜。

唐修说得没错，他上辈子一定是拯救了地球，老天才会安排沈堪舆这样的人一直守在他身边，如果他没有拯救地球，那就是老天眼睛出了问题。

唐修从别的病房查房出来，听到前面一阵噼里啪啦的声音，皱起眉头看过去，问一个正在赶过去的护士：“那边是什么情况，又有家属在闹事？”

一天天的有完没完了？昨天他就被一个家属气得现在都还胃

疼，今天又来。

护士着急地道："我也不太清楚，反正就是有人受伤了，唐医生你要不也过去看看？现在就你一个医生在这层楼查房，帮个忙吧。"

"行。"唐修立马答应。

他匆匆赶到现场看到沈堪舆满脸是血地被人抬到担架上，旁边是顾言笙。他加班了好几晚加上胃疼，脑子本来有些混混沌沌的，现在一下就清醒了。

他们两个怎么会在这里？

顾言笙握着沈堪舆的手，抬头看到了唐修，立刻急切地道："唐修，沈堪舆不太对劲！"

唐修按了几下胃，喘了口气挤过去，看到沈堪舆蜷缩着身体，两腿紧紧地绞着，整个人仿佛从水里捞出来一般，头发被汗水和伤口的血濡湿，病号服几乎湿透了。

沈堪舆努力地往顾言笙的方向靠过去，艰难地想要说话，嘴唇却哆嗦不止，一开口就是克制不住的低吟。

顾言笙握着沈堪舆的手，轻轻帮对方擦掉脸上的冷汗，道："伤口疼对不对？别怕啊，我在这里。"

沈堪舆摇着头，浑浊的眼睛里蒙着一层泪水，嘴唇努力地蠕动着，却只发出了痛苦的呜咽声。

唐修低下头，看到沈堪舆捂住小腹的手。他皱起眉头绕到沈堪舆的身后，果然看到沈堪舆下身正在缓缓渗血，立刻抬头吩咐身边的护士："赶紧处理一下头上的伤口，然后马上送产科，病人怀孕了，孩子可能不太好。"

他话音刚落，身后一个陌生女人尖刻的声音响起："又怀孕了？顾言笙，我提醒你，这可不一定是你的孩子，最好就让这个孩子流掉，生下来不知道是什么东西。顾雨甜都不一定是你的孩子。"

顾言笙一听到她的声音就捂住了沈堪舆的耳朵，却还是看到沈堪舆的脸色越来越苍白，眼神也越来越涣散，整个人颤抖得像秋风中枯黄的落叶，似乎风再大一点就会碎了。

顾言笙额上青筋暴起，两眼赤红如血，呼吸十分粗重。

唐修因为胃疼反应有些迟钝，还没搞明白那个女人是谁，就看到顾言笙失控一般朝她冲了过去。

他从来没有见过顾言笙这种几乎发狂的样子。他觉得，如果顾言笙手里有武器的话，一定不会手下留情。

“阿笙！”唐修急忙拉住他，“别冲动！”

顾言笙不管不顾地挣扎着，撞到了唐修。唐修感觉自己的胃被撞到了，疼得恍惚了一下，但还是咬了咬牙，更加用力地按住顾言笙，道：“你冷静一点听我说！小鱼现在需要你，别在这种时候发疯闹事！这边我来处理，你先跟着小鱼去产科，可以吗？”

护士已经推着沈堪舆赶去产科，唐修好说歹说，顾言笙才铁青着脸跟了过去。

唐修松了一口气，看了看那个女人，眉眼跟沈堪舆有几分相像，旁边病房门口上挂着沈之航的名牌，他又低头看到地上的碎玻璃还有一地的新鲜草莓，顿时就明白了七八分。

草莓是最适合肝脏病人的水果，沈堪舆应该是趁顾言笙不在，偷偷买了草莓想过来看爸爸，结果碰到这么一出，还被泼了一身脏水。

他要是顾言笙也得疯。

唐修处理完一摊子烂事，回到沈堪舆的病房，看到顾言笙坐在走廊的长椅上发呆。

他走过去，拍了拍顾言笙肩膀，顾言笙抬起头来，冲他勉强地笑了笑。

唐修在顾言笙身边坐下，问：“小鱼怎么样了？”

顾言笙沙哑地道：“没事了，睡着了。”

唐修迟疑一阵，问：“鱼苗苗呢？”

“也没事。”

唐修松了一口气，有些疲倦地靠着椅背闭上眼，道：“这只小鱼苗是真的命大，跟个葫芦小金刚似的，以后取名顾葫芦算了。”

顾言笙按了按眉心，声音干涩，道：“我真希望孩子命不要那么大，没了就没了。”

唐修睁开眼抬腿踹了他一脚，道：“你又搁这儿说什么浑话？是谁说不论孩子是谁的，你都养着？”

顾言笙吃痛地闷哼一声，弯腰揉了几下被踹的地方，喃喃地道：“可是沈堪舆特别疼。”

唐修一怔，随即看到顾言笙泛红的眼眶，为刚才那一脚心疼起来。

“你踹我这一脚其实没有多疼，疼也就疼那么一下，可我就是没忍住要喊，”顾言笙低垂眼睛，看着自己裤子上沾染的从沈堪舆身体里流出来的血，“沈堪舆从来都不喊疼的，疼得再厉害都忍着，有时候我就坐在旁边都发现不了。”

沈堪舆总是一声不吭，等到他发现时对方已经疼得满头大汗，嘴唇咬烂了，被单也被抓破了，却只是抬起衣袖擦掉脸上的汗，抬头冲他傻笑，说“阿笙我有点热”。

沈堪舆极其怕冷，哪怕才初冬就找护工加了一床被子，但还是在被子里缩成一团，时不时发抖，又不肯让顾言笙碰，后来趁身边没人的时候，偷跑出去买了一个热水袋回来暖手、暖肚子。

明明沈堪舆就怕冷到离不开热水袋，却在看到顾言笙搓手取暖，会双手捧着热水袋给他，讨好地说“阿笙，你抱着它吧，很暖的，我平时都用袋子裹着用，一点也不脏”。

沈堪舆总是毫无保留地对他好，却不愿意毫无保留地依赖他。

“对了，”顾言笙的声音带着倦意，“你有跟沈堪舆说过怀孕这件事吗？”

唐修说：“之前没有，你不是不让我说吗？而且小鱼的精神状态太糟糕了，我怕孩子的事情会加重小鱼的压力。但是我让护士送小鱼去产科的时候，小鱼应该听到了。”

“不是。”顾言笙脸色苍白，摇了摇头。

唐修不解：“不是什么？”

“在你说去产科之前沈堪舆就知道了。沈堪舆当时一直抓着我的袖子，想说话但是太疼了说不出来，我当时心慌意乱没看明白口型，现在想起来沈堪舆应该就是在喊孩子。”

唐修大脑空白了一下，然后道：“不应该啊，没有人跟小鱼说过这事。照顾小鱼的那些小护士，我都特别叮嘱了，让她们别说漏嘴。”

“沈堪舆应该是听到了我们说的话，”顾言笙声音干涩，缓缓道，“今天之前，我们只讨论过一次关于孩子的事情。”

唐修感觉像是被雷劈了，道：“就是我告诉你小鱼怀孕了，你说孩子不是你的，是姜默的？”

顾言笙点了点头，把脸埋进手掌里，有些痛苦地道：“刚刚沈堪舆自己一个人进手术室，一直拽着我的手不放，说孩子是我的，求我救救孩子。这个孩子可能真的是我的，可能真的如你所说，我醉酒后做了不该做的事。如果真的是这样，沈堪舆听到我说那些话，肯定难受死了。”

唐修见顾言笙好像快哭了，连忙坐直身体揽着他的肩膀温柔安慰：“好好好，不哭不哭，现在鱼苗苗在，小鱼也在，一切都好好的。过去的都过去了，好好跟小鱼道个歉就没事了，嗯？”

“我没有哭。”顾言笙僵硬地否认，眼眶却红通通的。

“行行行，你没哭你没哭，你是最坚强的小宝贝。来，奖励你一些小礼物，”唐修笑眯眯地拉过顾言笙的手，把一个小袋子和一个U盘放在他手心里，“袋子里是打伤小鱼的输液瓶的碎片，上面有小鱼的血和那个女人的指纹。U盘里有走廊上的监控视频，她是怎么扑向你，又是怎么伤的小鱼，里面拍得一清二楚。拿着这两个东西，你就可以让她蹲牢房了。”

顾言笙怔怔地把东西握在手里。

“还有这个，”唐修又拿起一个大袋子，里面装着许多新鲜饱满的草莓，这些草莓已经被细心地清洗过，此刻沾满了水珠，“这应该是小鱼带去的。既然他们不稀罕，我们阿笙可得当人参果一口一口地吃完，对吧？”

顾言笙接过草莓，一脸诚恳地道：“谢谢。”

“谢谁？”

“谢谢你。”

唐修挑眉：“我是谁？”

顾言笙愣了一下，随即有些窘迫地道：“谢谢哥哥。”

“嗯，乖，”唐修十分满意地拍了拍顾言笙的脑袋，“那你慢慢吃草莓，等小鱼醒了也给小鱼吃一点，我还有事先走了。”

“你不吃吗？”顾言笙拉住他，“你不是很喜欢吃草莓吗？”

唐修翻了个白眼：“我不吃‘狗粮’，谢谢。”

他倒是想吃啊，如果他的胃没毛病的话。

沈堪舆是一个记性很好的人，以至于有些努力想要忘掉的事情都能记得清清楚楚，比如童年时期所遭受的无止境的伤害，以及后来冷漠、疏离的遭遇。

沈堪舆强迫自己把那些都忘记，却还是会在三更半夜从噩梦中惊醒，被自己一身的冷汗浸得瑟瑟发抖。

因为这些事忘不掉，所以沈堪舆就更加渴望温暖，渴望能通过自己的努力，留一点温暖在自己身边，这样那些事情就不会让沈堪舆那么痛苦，至少可以睡一个好觉。

可是沈堪舆所谓的努力伤害了太多人，到头来什么也没留下。

沈堪舆想：跟阿笙的第二个孩子，应该是老天爷打了个盹才施舍给自己的，只是后来又被收回去了。

沈堪舆梦见一个白白胖胖的小娃娃，坐在一片洁白的毛绒地毯上，抱着粉蓝色的奶瓶咕噜咕噜地喝着牛奶，转头看到自己就把奶瓶丢了下来，咧开没牙的小嘴笑，扑腾着肉乎乎的小短手、小短腿，往自己的方向爬过来。

沈堪舆眼眶酸涩，心尖生疼，蹲下去，颤抖着手把孩子抱起来，拖着孩子的后脑勺，轻轻吻了一下他毛茸茸的脑袋。

小娃娃笑得更欢了，大眼睛眯成了两条缝，在沈堪舆怀里兴奋地扑腾着肉乎乎的手脚，回了一个带着奶香的吻。

沈堪舆贴着小娃娃温暖柔软的小脸，眼泪涌了出来。

这是沈堪舆自怀上甜甜以来，在甜甜出生前后幻想过无数次的画面，可惜因为平常做得一点都不好，所以甜甜从来都不喜欢沈堪舆，无论什么时候。

沈堪舆叫甜甜宝贝，甜甜不愿意应。

沈堪舆想亲亲甜甜、抱抱甜甜，甜甜总是躲开。

沈堪舆对甜甜说“宝贝我爱你”，甜甜说“我只要爸爸的爱”。

沈堪舆想：自己第一次照顾孩子就很失败，不会再有第二次机会了。

沈堪舆轻轻吻着怀里的孩子，心脏疼得要命，盈满水光的眼底是怜惜和不舍。

——对不起，没有保护好你。

——我没有什么本事，活了这么多年却什么都学不会，你来了也照顾不好你，现在，你要去一个更好的地方了。

沈堪舆将孩子放在地毯上，孩子呜咽着抓住了沈堪舆的衣袖，大大的眼睛里瞬间就蓄起了泪水。

沈堪舆温柔地笑着，轻轻地将孩子娇嫩的小手扯开。

小娃娃眼睁睁地看着沈堪舆起身离开，皱起鼻子，撇着嘴，仰起脑袋哭了起来。

心口剧痛，沈堪舆艰难地咳了一声，从睡梦中清醒过来，伸手想按酸疼难忍的小腹，却被人轻轻地握住了手腕，等吃力地扭头看过去时，就对上了唐修温和的笑脸。

唐修道："鱼苗苗还在里面呢，你这样按他会疼的。"

沈堪舆愣住了，呆呆地看着唐修，眼睛都不会眨了，等回过神来却不见丝毫喜悦与激动，只是默默地垂下眼睛，说了声"我知道了，我不按了"，然后轻轻揉抚着小腹，不再出声。

沈堪舆现在不太敢跟人交流，能独自待着就尽量独自待着，一来是害怕打扰到别人，惹人厌烦；二来是觉得自己说话、做事都很笨，怕伤害到别人，或者给他们带来不好的东西。

唐修摸了摸沈堪舆枯黄的头发，笑眯眯地道："鱼苗苗还在，你不高兴啊？还是想阿笙了？"

听到顾言笙的名字，沈堪舆终于有了反应，喃喃地重复了几遍"阿笙"，然后脸色苍白地攥住了唐修的衣袖，道："阿修哥哥，阿笙受伤了吗？我妈妈，我妈妈是不是把他打伤了？他在哪里？"

唐修愣了一下，连忙道："没有没有，他只是……"

他的话还没说完，就看到了站在门口的顾言笙。他刚想告诉沈堪舆，顾言笙却摇了摇头，示意他不要说话。

"那他是不是生气了？我记得我流了很多血……"沈堪舆抬手摸了摸已经被纱布裹住的伤口，医院走廊上那幕场景清晰地浮现在脑海里，沈堪舆急得眼眶发红，语无伦次，“我是不是把阿桐送给他的衣服弄脏了？阿修哥哥，他可能……不想见我了，你能不能帮我跟他说声对不起？然后，然后问问他可不可以把衣服给我，我可以洗干净的。我以前洗过很多次，都洗得很干净，看不到血的。”

自从沈堪舆的心脏和胃出了问题，沈堪舆经常咯血、呕血，所以身上都会备上纸巾，但有时候来不及取出来，还是会弄到身上。如果半夜三更发作，沈堪舆起不了身，就会迷迷糊糊地吐在被子上。

沈堪舆能穿的衣服不多，被子也只有薄薄的一床，试了很多土办法才把血迹清理得干干净净。

唐修听出了话中的不对劲，问道：“你为什么会洗很多次带血的衣服？”

沈堪舆不明白唐修想问什么，觉得他可能不相信自己，便再三保证自己真的可以弄得很干净，就是不肯回答他的问题。

唐修只能表示相信沈堪舆可以弄干净，然后问道：“你是经常受伤，流血弄脏了衣服，还是因为哪里不舒服，吐血弄脏的，或者是都有？”

沈堪舆仍旧不明白唐修的用意，只是怔怔地看着他点了点头。

唐修眉头皱紧，道：“你都没有想过去医院看看吗？不疼吗？”

沈堪舆摇了摇头：“我不怕疼的。”

唐修难以置信：“吐血你也不怕吗？”

“这个不会传染，不用去医院，过几天就好了……感冒发烧会去的！那个容易传染……不可以传染，”沈堪舆笑了笑，“医院太花钱了，挂一瓶水的钱可以买好多水果。”

顾言笙轻轻地吸了口气，然后艰难地吐出来。他想起沈堪舆之前额头上的伤，担心对方破伤风，要带人去医院，听到的也是同样的话“不会传染”。

沈堪舆去不去医院的标准是这个病会不会传染。

唐修觉得不可思议，继续问："你做主播怎么会缺钱？"

"要存钱给阿笙和甜甜，还有……"沈堪舆神色一暗，没有说出还有谁，转而道，"我除了打游戏赚钱，什么也不会。我想给他们多买点东西，水果、饭菜、衣服什么的，但是我做的东西不好吃，他们都不喜欢回家吃饭，所以水果和饭菜老放坏……他们也不喜欢穿我买的衣服……我不会挑，挑得不好看……我做不好……"

沈堪舆想起以往，自己兴致勃勃地准备好满桌饭菜，在家里左等右等，却只等到了顾言笙不回家吃饭的电话，然后就在桌前发呆，看饭菜冷掉，看着看着就特别想念顾言笙。

沈堪舆觉得顾言笙不爱回家吃饭的原因是自己做得不好吃，而且自己又总是喜欢在他吃饭的时候在饭桌周围晃荡。

可是沈堪舆一天中能见到顾言笙的时间太少了，所以想多看看他。

真的，真的，每天都很想他。

沈堪舆还想起自己给顾言笙和顾雨甜买过的厚实冬衣，每次父女俩出门前，沈堪舆都会殷勤地把衣服挂在他们触手可及的地方，且反复提醒他们要穿得暖和点。可是他们离开家的时候，从来没有拿起过沈堪舆准备好的厚实外衣。

沈堪舆也不是没有厚着脸皮强行给甜甜穿上暖和的棉服，可宋黎一看到就满脸嫌弃地给孙女脱了下来，说"都什么年代了，还有人买这么丑的大棉袄给小姑娘穿"。

沈堪舆确实不会挑好看的衣服，只觉得能穿得厚厚的、暖暖的就很好，毕竟外面天寒地冻，万一生病感冒了怎么办。

总是这样自以为是，所以什么都做不好。

沈堪舆低头搓了搓眼睛，微微哽咽道："所以……所以我想给他们存钱，这样他们就可以买他们最喜欢的东西了。可是我……我这次住院住了很久，可能要把我给他们存的钱都花光了……阿修哥哥，我什么时候可以出院？我想看看还有什么办法可以赚钱，我不想浪费阿笙的钱了……”

唐修看到顾言笙克制不住地想过来，恶狠狠地瞥了他一眼，示意他站住，然后转过头轻声细语地对沈堪舆道：“为什么会觉得是浪费？”

沈堪舆喃喃地说：“我打不了游戏了，我都没有什么用了，孩子我也照顾不好。我都不知道阿笙为什么还要管我。我每次问他需要我做什么，他都不告诉我。”

唐修听到沈堪舆说“我没有什么用了”，心里一阵刺痛，道：“小鱼，你不是工具，你也不是可有可无的，你对阿笙和甜甜来说都是不可或缺的人。你难道没有发现，阿笙最近对你特别好吗？我对天发誓，我认识他这么多年，从来没有见他对谁这么细心耐心过，你是第一个。”

“阿笙对我一直都很好的，最近……最近特别好，真的，可是我……”沈堪舆难受地闭了闭眼，哽咽道，“我不值得的。”

“你值得。”顾言笙再也控制不住，声音颤抖。

沈堪舆瘦弱的脊背颤了颤，然后僵硬地回过头。

顾言笙看到沈堪舆苍白的脸，额头上裹着厚厚的纱布，睁着一双红通通的“兔子眼”，呆呆地看着自己，哆嗦了半天却没喊出一声“阿笙”。顾言笙再也按捺不住心底的情绪，上前两步，抚着对方的后脑勺，盖住对方的眼睛，然后俯下身吻住了眼前这人没有血色的冰凉嘴唇。

顾言笙担心吓到沈堪舆，只蜻蜓点水般吻了一下，然后抱着对方，在对方耳边轻声道：“我刚才太紧张了，可能没有说清楚。”他顿了一下，轻声细语却又清晰万分地道，“你值得。”

对于顾言笙的这个吻，沈堪舆的反应十分激烈。

沈堪舆没有像以前一样安静得像木偶似的任顾言笙抱着，而是在他怀里剧烈地战栗着，仿佛要把身上的骨头都给抖碎，然后才开始挣扎。纵然沈堪舆使出全身力气，甚至拼上呼吸的力气，对顾言笙来说还是微弱得不值一提。

唐修是第一次看到沈堪舆这么激烈的反应，一时间竟不知道如何是好。

顾言笙看了唐修一眼，示意他先离开。

唐修叹了一口气，轻声说："你别把小鱼胆吓坏了，那个没得救的。我就在门口，有事喊我。"

顾言笙没有再回应，只是小心翼翼将沈堪舆圈在怀里，轻声喊着对方的名字。

沈堪舆停下挣扎的动作，在他怀里颤抖，然后忽然低下头，用尽全力往自己的胳膊狠狠咬去。

顾言笙不知道沈堪舆哪来的力气，又是哪来的勇气这样咬自己。他瞬间就看到蓝白色的病号服上渗出了血。

"别咬，别咬。"顾言笙哀求道，"你可以咬我，别伤自己，好吗？"

沈堪舆松开渗血的胳膊，用力捂住了自己的耳朵，蜷缩成一团，含糊地道："醒过来、醒过来……快点醒过来……"

沈堪舆已经患上了很严重的认知障碍，经常分不清梦境、现实还有回忆。

有时候，沈堪舆看到冒着热气的汤粥，会忽然掀开被子想要下床，说要去揉做蛋黄仔的面粉，不然就来不及在甜甜放学回家前做好了。

有时候，沈堪舆看到顾言笙走出病房，会偷偷摸摸地跟在他的身后，说放学的路上有很多小坏蛋，要保护好阿笙，要把小坏蛋们打得头都抬不起来。

有时候，沈堪舆给顾言笙剥了个橘子，顾言笙接过去吃了，过一会儿沈堪舆就会笑眯眯地跟唐修说“阿修哥哥，我做了一个特别好的梦，梦到阿笙吃我剥的橘子了，他没有嫌脏，吃得很开心的”。

现在，沈堪舆觉得自己疯了才会梦到顾言笙亲吻自己，如果顾言笙知道自己在做这样的梦，一定会觉得很恶心。

顾言笙不在身边的时候，沈堪舆会特别想念他，几乎天天都会做这样的梦，然后等他回来就嬉皮笑脸地去逗他，说：“阿笙阿笙，我昨晚又梦见你亲我了，什么时候让我美梦成真呀？”

顾言笙每次都会冷淡地看着沈堪舆，眼里的厌恶无从掩饰，反问“你恶不恶心”。

沈堪舆脸色苍白，却仍旧笑眯眯地说：“不恶心，我们都已经结婚了，结婚了就要每天亲一下才对。”

后来，沈堪舆有一次鼓起勇气，趁顾言笙全神贯注地看着笔记本电脑的时候，偷偷凑了过去想要亲他一下。

就在沈堪舆差一点就碰到顾言笙的时候，顾言笙像看见毒蛇一般，用尽全力把身边的人推开了。

沈堪舆的后背撞上了木质沙发凸起的坚硬扶手，刺骨的剧痛从背部延伸到心脏，身体战栗了一下，费力咽下涌到喉咙的腥甜液体。

沈堪舆忍着心口处的绞痛，抬起头冲顾言笙艰难地笑了笑，却看到顾言笙皱紧着眉头，用纸巾大力擦拭着自己的脸。

沈堪舆轻声细语地对顾言笙笑道：“阿笙，我还没有碰到你，你不要这么大力，天冷，会把脸擦伤的。”

顾言笙将纸团丢进垃圾桶，看着沈堪舆苍白脸上掩饰不住的痛苦神色，铁青着脸，冷冷道：“疼就牢牢记着，以后别再这样。”

沈堪舆还是笑，声音却低了下去，道：“知道啦、知道啦，这种事情以后我就做做梦就好了。”

顾言笙嗤笑道：“随你吧，但是请别说出来恶心我。不胜感激。”

“好，我知道了。”

那时候，沈堪舆的心脏就已经不太好了，经常在半夜疼得一身冷汗，睡不着觉，撞了那一下之后心脏绞痛不止，眼前重影不断，在地上坐了半天也起不来，最后只能默默地撑着地板，然后挪到沙发后面继续坐着。

当时，沈堪舆胸口十分不舒服，一股又一股液体被挤压到喉咙，沈堪舆张嘴咬住自己深黑色的衣袖，闷闷地咳嗽着，呕出了血。

顾言笙冰冷的声音响起：“感冒就去医院。甜甜一感冒就不容易好，你别传给她。”

沈堪舆：“……”

顾言笙又问：“你听到没有？”

“哎。”沈堪舆在呕吐的间隙抽空应了一声，手忙脚乱地从地上爬起来，“听到了，这就去，马上、马上。”

沈堪舆怕顾言笙过来赶人，一边重复念叨着“我马上去我马上去”，一边匆匆忙忙地擦干不小心滴落在地上的血迹，然后踉踉跄跄地离开了家，往医院赶去。

那一次，沈堪舆险些丢了性命，窒息般的疼痛让沈堪舆一度有种濒死的感觉。

沈堪舆很害怕，不是怕自己会死，是怕自己没办法再照顾阿笙和甜甜。

——我知道错了，以后再也不那样了。

——真的知道错了。

明明都知道错了，为什么还是做了这样的梦呢？

沈堪舆用力咬着自己的手，直到破皮流血，只希望赶快清醒过来，可这个梦始终没有结束。

顾言笙不知道沈堪舆又想起了什么，只知道他曾经的一些有意或无意的举动，已经深深伤害了沈堪舆，令沈堪舆刻骨铭心。

旧的伤口还在渗血，新的伤口不断添加，这些伤经年累月地叠加着，始终没有办法完全愈合，一触碰就是撕心裂肺的痛。

顾言笙轻轻拉下沈堪舆捂着耳朵的手，握在自己手心，然后放到自己的胸口上，说："你没有在做梦，是我，我在这里。你摸摸看，这里是热的……"

沈堪舆感受到顾言笙的体温和有力的心跳，怔怔地看着顾言笙握着自己的手，空洞的双眼一颤，隐隐有了些光亮。

"不是梦……"沈堪舆喃喃道。

顾言笙安抚性地摩挲了一下对方僵硬苍白的手指，叹了一口气，轻声重复道："嗯，不是梦。"

沈堪舆仍旧呆呆地看着顾言笙的手，片刻后皱起眉头心疼道："阿笙的手好凉，外面是不是很冷？"

顾言笙愣了一下，随即笑着将沈堪舆的手握得更紧，道："冷得很，你帮我暖暖。"

沈堪舆却将自己的手抽了出去，喃喃道："你等我一下，等我一下。"说罢，从枕头底下扯出了一个袋子，拿到顾言笙面前打开。

袋子里是一个崭新的热水袋，跟沈堪舆之前用的那个明显不同，大了很多，外面还有一层宝蓝色的软绵绵的绒布包裹着，看起来就很温暖。

"这个我还没有拆开，很干净的。阿笙你怕烫，它外面有这个绒布，不会特别烫手。你灌热水进去抱着，就不会冷了，"沈堪舆没有等顾言笙来接，而是手足无措地放在了对方手边，"我知道你不喜欢我买的东西，但是冬天太冷了，我怕你着凉。我……

我去帮你灌点热水，你试着用一下好不好？”

顾言笙将热水袋拿起来，揉捏了两下，笑道：“我很喜欢，但是我现在懒得去灌热水，你的手就很暖。”

他趁沈堪舆懵懵懂懂地看着他的时候，将沈堪舆的手重新牢牢握住，道：“就让我先暖一会儿，等会儿我再去灌热水。”

沈堪舆怔怔地垂下眼，脸颊微红，顺从地说了声“好”。

顾言笙凑到沈堪舆眼前，摸了摸眼前人柔软的头发，问：“现在还觉得自己是在做梦吗？嗯？”

沈堪舆没有回答，只是低着头，费力地想着很多事情，思绪浮浮沉沉，最终什么也没抓住，只是抬起头对顾言笙露出一个笑。

这个笑容没有任何含义，沈堪舆就只是想对顾言笙笑而已。

顾言笙想起从前，在那条种满油菜花的小路上，沈堪舆偷偷摸摸地跟在他后面，每次他察觉到回头或瞪或骂时，沈堪舆一点不心虚，反而嬉皮笑脸地迎上来，得意洋洋地告诉他吓跑了多少个企图欺负他的人。

沈堪舆迎着光对顾言笙笑，身后是一片金黄色的油菜花田，眼里波光流转，盛着耀眼的色彩，也盛着沈堪舆生命里最耀眼的顾言笙——那一刻的沈堪舆鲜活得像早春的阳光，温暖又明媚。

顾言笙让沈堪舆不要老是这样笑，很惹人烦。

沈堪舆还是笑眯眯地说：“看到喜欢的人就要对他笑，这样他就会开心。我爸爸妈妈对我笑的时候我超级开心的，因为他们很喜欢我，我哥哥也是。”

顾言笙听到沈堪舆这番逻辑混乱的表述，只觉得沈堪舆在乱说，甚至是在无理取闹，从来没有想过沈堪舆是真的没有弄明白个中关系。

没有人教过沈堪舆，也没有人跟沈堪舆说过“喜欢”这样的字眼，一直以来都是这人稀里糊涂地自我摸索，然后又稀里糊涂地拿摸索到的方法讨好他。

沈堪舆稀里糊涂，却是真心诚意地把自己的心完全交付给顾言笙，但却被顾言笙践踏进泥土里。

顾言笙忘了是哪一天，沈堪舆做了一桌子的好菜等他回来，说今天研究了新的菜式，笑眯眯地缠着已经吃过晚饭的他，让他试几口。

他忍无可忍地说："你别笑了，我看着烦。"

"啊？烦……烦吗？"沈堪舆挠了挠头，垂下眼，低低地应了一声，"哦。"

或许从那时候开始，抑或是更早，沈堪舆的笑容就开始变了。笑起来的时候总是带着小心翼翼的讨好意味，眼睛里再也没有耀眼的光芒和色彩。

现在，沈堪舆的笑容变得苍白又怯懦，且十分短暂，沈堪舆笑完就躲躲闪闪地低下了头，无声地绞着衣角，怔怔地发呆。

顾言笙抚上沈堪舆的脖颈，只觉得既纤细又冰凉，脆弱得仿佛一触即碎。

沈堪舆颤了颤，仓皇地抬起头来看他，道："阿笙？"

"对不起，我不知道会让你这么害怕，"顾言笙轻声说着，弯起眉眼，温和地笑，"下次如果我想亲你，会先征求你的同意，这样可以吗？"

沈堪舆呆呆地眨了眨眼，脸上淡淡的粉色悄悄蔓延到耳根，窘迫地低下头，不敢再看顾言笙。

顾言笙想起沈堪舆以前那副天不怕地不怕的样子，不知道这人是现在胆子变小了，还是以前就是个纸老虎，让他觉得既好笑又心疼。

"来，手伸过来，我看看伤口，"顾言笙看沈堪舆情绪稳定下来了，就将对方刚刚咬伤的胳膊牵过来，伤口血糊糊的一片，也不浅，他叹气道，“怎么咬自己也能这么用力，不疼吗？”

沈堪舆还没怎么回过神，乖乖地任顾言笙摆布，然后迟钝地摇头。

“出血了还不疼？”顾言笙用棉签轻轻擦拭伤口，沈堪舆一动不动，不像常人一样会下意识地瑟缩。

顾言笙看到沈堪舆胳膊上还有不少深浅粗细不均的疤痕，再想想对方刚刚咬自己时胡言乱语地说“快醒来”，就知道唐修推测沈堪舆通过自我伤害来调整情绪的说法多半是正确的。于是，他深呼吸后，按捺住心口的胀痛，轻轻地说：“以后不要伤害自己，也不能让别人伤害你，遇到什么事情都可以跟我说，我会帮你的。”

对于沈堪舆来说，“伤害”是一个陌生的字眼，因而并不太明白顾言笙的话。

沈堪舆不是一个善良无辜的好人，曾做过很多伤害别人的事情，所以需要通过各种各样的方式去弥补，顾言笙说的“伤害”，其实都是自己该受的。

但是沈堪舆想，顾言笙大概没兴趣听自己解释这些事情，于是轻轻点头，声音里还带着些鼻音，喃喃道：“阿笙，我妈妈有没有伤到你？”

顾言笙蹙了蹙眉，没有接话。

沈堪舆小心地打量着顾言笙的神色，轻声解释：“她不想伤害你的，是看到了我才会这样。”

顾言笙问：“为什么？”

“我做错了很多事情，惹她生气了……”

“做错了什么？”

沈堪舆像是没想到顾言笙会追问，讷讷地摸了摸自己头发，费劲地想了一会儿，低喃道：“太多了说不完……”

“不着急，慢慢说。”顾言笙温声鼓励道。

“阿笙你可能不太明白，你是好孩子，从小到大都不会惹爸爸妈妈生气，甜甜她就跟你一样乖，”沈堪舆的声音带着些哭腔，却依旧冲顾言笙笑道，“我就不一样……我经常做错事情，从小到大一直惹他们生气，但他们还是对我很好的……就是我……”

沈堪舆忽然哽咽得厉害，眼睛也红了一圈，支吾了好一阵才勉强说下去：“我……我差点把我爸爸害死了，所以我妈妈她可能有一点激动，但她不是想伤害你的……”

“你怎么会害你爸爸？”顾言笙从沈堪舆混乱的表达里捕捉到这个刺耳怪异的信息，“你的肝都给他捐了，你怎么可能还会害他？”

沈堪舆战栗起来，浑浊的眼中短暂地闪过惊惶无助的神色，很快就用手揉搓眼睛，努力掩饰。

顾言笙察觉到沈堪舆的惊惧，后悔自己一时情急，失言说出捐肝的事情，连忙靠过去将人拥住，轻声细语地安抚：“没事的，别紧张，是不是我说错什么了？”

沈堪舆摇着头，一边擦眼睛一边拼命地冲顾言笙笑，喉咙却哽得厉害，只能发出一些轻微的抽噎，什么也说不出来。

顾言笙怕沈堪舆把眼睛搓伤了，将对方的手拽了下去，但没想到沈堪舆又拼命挠自己的手背，力道很大，一下就见血了。

顾言笙觉得自己的心脏疼成了一团，道：“不要抓，有什么难过的事情告诉我，好不好？”

沈堪舆忍住眼泪，但情绪依旧不太能稳定得下来，呼吸困难，眼神涣散，冷汗渗个不停，整个人抖得厉害。

顾言笙小心翼翼地把沈堪舆的手掰开，然后把人抱起来一些，让沈堪舆两只胳膊刚好能搭在他的肩膀上，避免沈堪舆再次自我伤害。

“害怕就抱紧我。”顾言笙在沈堪舆耳边温柔地说道。

他用跟哄哭闹的顾雨甜一样的方法，轻轻抚拍沈堪舆的后背，只觉得这人并没有比小孩子强壮多少，像一片薄冰，很容易就会四分五裂。

沈堪舆没有按顾言笙说的做，但是被顾言笙紧紧抱着，渐渐有了安全感，稍微安稳下来。

“好点了吗？”顾言笙低声问，“能告诉我了吗？”

沈堪舆吃力地点头，终于能说出话来，只是还打着哆嗦：“我给爸爸捐肝的时候，心脏出了点问题，爸爸那边的手术时机被耽误了一些，妈妈说术后效果不好……”

顾言笙听着沈堪舆说的这些，想起李清的种种作为，觉得已经没有语言能描述心里此时此刻的感觉，胸腔里仿佛有火要蹿出来，却又不得不狠狠压下去，生怕溅出点火星子吓到沈堪舆。

饶是顾言笙已经极力克制自己，对顾言笙的丁点情绪变化察觉都比雷达还要敏锐的沈堪舆还是不安起来。

沈堪舆攥住顾言笙的衣服，竭力解释道：“阿笙，我的心脏问题不严重的，不用治也不影响我帮你做事情，你别生气……它……它也不会传染的……”

顾言笙别过脸，闭着眼睛长叹了一口气，再次面对沈堪舆的时候，眼圈微微泛红，呼吸也有些不稳，语气却十分轻柔：“生病了就要治、要休息，不管它会不会传染。我生气不是因为你生病，是因为你父母的态度。”

沈堪舆茫然地看着顾言笙，浑浊的眼睛里仍有惊惶不安。

“听我说，”顾言笙调整好情绪，沉声道，“如果你的父母真的关心你，知道你有心脏病，就不会让你去捐肝。就算是真的走投无路要赌一把，后来出了问题也不会责怪你，而会后悔让你去冒这个险，但他们并没有这样做，这不是父母所为。”

顾言笙说到最后，依旧没能完全忍住心头的愤怒，额角青筋隐隐凸起，他深深吸了口气，道：“他们的所作所为，配不上爸爸妈妈这个称呼，你明白吗？”

沈堪舆不明白，怔怔地看着顾言笙，小声道：“可是，我没有告诉他们心脏病的事情……”

“那就更离谱了，”顾言笙冷笑，“捐肝前要做体检吧？你那时候做的体检报告，唐修都调出来了，心脏的问题白纸黑字，写得清清楚楚，他们一眼都不看，就是对你的安危一点都不在意。按道理，造成的任何后果都应该是他们来承担。你母亲却因为这个歇斯底里地打伤你，她不仅不配做母亲，还不配做人。”

沈堪舆知道顾言笙素来是个平和的人，只会因为自己的问题生气，对别人都是很温和的，从来不会用这样偏激的字眼，一时间有些被吓住了，茫然失措地看着顾言笙，一句话也说不出来。

“我不是冲你发火。别怕，”顾言笙叹了一口气，轻轻摩挲着沈堪舆后脑勺上的纱布，“我跟你说这么多，只是想告诉你，你跟父母之间的问题不是你的错。今天你妈妈这样打伤你，是违法犯罪的行为，站在我的立场，我希望她进监狱里悔过，不希望你再跟他们有任何交集，但是我会尽量尊重你的意见，你心里是怎么想的？”

沈堪舆听到进监狱这样极端的字眼完全回不过神，根本无法消化顾言笙的话。

从小到大，爸爸妈妈一直是这样待沈堪舆，沈堪舆也知道他们讨厌自己，甚至恨不得用自己的性命换取爸爸和哥哥的健康，可沈堪舆从来没觉得他们有什么不对。

沈堪舆从生下来就是多余的，很多事情没有人教，脑子又很笨，自学不好，所以总是做错事情惹他们生气，才会挨训，被排斥、怨恨，长此以往，就觉得这很正常，顾言笙说的这些，沈堪舆理解不了。

“不……不行的，那样爸爸和哥哥怎么办……阿笙你别生气好不好，我……我想办法……”沈堪舆不知道能想什么办法，脑子乱得根本不知道自己在说什么，情急之下焦虑症状又开始出现，断断续续地咳起来，继而呼吸困难，浑身发冷。

顾言笙收到唐修发来的消息：你说话太激进了，他现在接受不了，父母的事情放一放。

顾言笙叹了一口气，觉得压抑难受得不行，他没想到沈堪舆的情况已经这样严重了。

“都听你的，”顾言笙说道，伸手捧住沈堪舆的脸，让对方看着自己，“但你要答应我，不能背着我跟他们联系，更不能私自去见他们。”

沈堪舆连忙点头，但还是被顾言笙刚才那一番说辞刺激得不轻，脑海里时不时浮现李清从牢房里冲出来用瓶子敲得自己头破血流的画面，甚至还听见李清用尖锐怨恨的声音说自己是肮脏至极的灾星，怀的孩子也不是阿笙的。

沈堪舆护住微微隆起的小肚子，磕磕巴巴地向顾言笙解释：“阿笙，我……我没有被别人碰过，姜默、李奎都没有……这是你的宝宝……”

顾言笙听到这个神情暗淡下来，只当沈堪舆害怕得犯糊涂了——他们明明没有发生过关系，唯一有可能的一次也被沈堪舆否认了；但他不打算纠结这个问题，怕再刺激到沈堪舆，勉强笑着，摸摸沈堪舆的后脑勺，说“我知道”，然后抱着沈堪舆，一下一下地抚拍着对方的后背，轻轻摇晃着对方的身体，让沈堪舆从极度紧绷、间歇惊厥的状态渐渐抽离出来。

“对了，”顾言笙一直摩挲着沈堪舆后颈处细软的发尾，有些爱不释手地道，“我把甜甜接过来了。”

沈堪舆还有些迟钝，愣了一下，道：“你怎么……怎么把她带来医院？这里那么多细菌，她抵抗力不好，容易生病的。”

顾言笙听到沈堪舆还会埋怨自己，倒是莫名有点欣慰，笑着揉了揉对方的脑袋，道："你别急，我妈带着她在旁边的餐馆吃饭呢。再说了，抵抗力再怎么不好，也不至于来医院里看一看你就生病了啊。"

"不行，这个季节生病很难受的，她又那么小，阿笙你不要让她进来，"沈堪舆颇为坚持，"她一定也不想过来的，就是太黏你了。你这些天一直都往医院跑，她肯定很想你。"

顾言笙失笑道："不是……"

"阿笙，你有空多陪陪她好不好？我这里没有什么事情，你不用总是过来，很累的，你多陪陪她……喀！"沈堪舆低低喘了一口气，攥住顾言笙的衣袖，满眼渴望地道，"还有，我能出去看一下她吗？我就在餐馆外面看看她，可以吗？"

顾言笙没有说话，只是看着沈堪舆，眼里满是无奈与怜惜，最终化成一池温柔。

"不……不可以也没事，我……"沈堪舆"我"了半天也"我"不出个所以然来，顾言笙叹了口气，将人揽进自己怀里，在对方耳边呢喃道："你傻吗？"

"啊？"

"是她闹着要来找你的。"

shenkanyu x guyansheng

第十章

不要对我这么好

顾言笙好说歹说，沈堪舆仍旧不肯让顾雨甜来医院，坚持要出去。

其实，沈堪舆现在胆子小，好吓唬，顾言笙严厉一些对方就会乖乖听话，但想到这人是为了孩子，顾言笙又狠不下心摆脸色，只能认命地将人带过去。

因为怀孕，沈堪舆的血糖和血压一直都很低，走了一段路就觉得头晕，但仍旧尽量走得快一些，不敢表现出任何不适。

沈堪舆想起从前去幼儿园接甜甜的场景，当时因为胃出血没好全，所以走得很慢，等沈堪舆一身冷汗地走到幼儿园门口的时候，碰巧看到顾言笙把甜甜抱上车。

擦干净脸上的汗，沈堪舆匆匆走过去对顾言笙笑道："阿笙，你怎么来了呀？你这么忙，我接甜甜就可以了嘛。"

"算了，以后我接，"顾言笙眼皮都没抬，"你不如去散步吧。等你走到，孩子都该急哭了。

沈堪舆怔怔地看着顾言笙关上车门，驱车而去，捂着胃缓缓蹲了下来。

"对不起啊，"沈堪舆喃喃自语，也不知道是说给谁听，"以后我会走快一点的，我会改的。"

胃很疼，沈堪舆用纸巾堵着嘴唇，小口小口地吐血，但相比之下，心里更难受。

沈堪舆觉得，顾言笙这么忙、这么辛苦，自己却不能帮他分担，连接孩子都接不好。

好在顾言笙是很温柔的人，后来心软打电话给沈堪舆，说他和甜甜在路口，问沈堪舆要不要坐车一起回去。

沈堪舆躲在一棵大榕树后面蹲着，说不用了，自己还要去买东西，不会花很多时间，会早一点回家做饭的。

沈堪舆还听到甜甜在旁边哼哼唧唧的声音，想跟她说声对不起，但电话被挂断了。

沈堪舆接顾言笙电话的时候，紧张得一动都不敢动，血从唇角淌下来，一小会儿的工夫衣领就脏了。

回忆里那种失落的感觉仿佛攫住了心脏，沈堪舆艰难地喘了一口气，努力把身上的力气灌到脚上，想走得更快一些。

——阿笙很爱甜甜，如果因为我的原因让甜甜等那么久，他一定会生气的。

心脏供血能力太差，沈堪舆开始觉得缺氧，晕眩袭来，眼前一阵昏暗。

顾言笙听到身边人的呼吸越发凌乱，刚想问沈堪舆是不是不舒服，对方就像突然被剪断牵引线的木偶一般，毫无预兆地往地上跪下去。

顾言笙吓了一跳，及时托住了沈堪舆的身体，才没让人跪倒在坚硬的水泥地板上。

他试图把沈堪舆拉起来，这人却拼命往地上跪，然后弓着腰开始吐。

因为吃进去的东西太少，沈堪舆吐出来的只有一些带着血丝的酸水，却绷紧身体费尽力气地吐，脊背都好像要被绷断了，呕吐声却很小，可就是那一点点细微的声音，也让顾言笙头皮发麻、心尖发颤。

沈堪舆吐不出东西，最后一边干呕一边咳嗽，折腾得脸青唇白才渐渐消停。顾言笙把沈堪舆抱起来，让对方靠着自己，然后替人擦干净脸，又喂了一些温水。

沈堪舆吐得太厉害，心悸到呼吸困难，喉咙又火辣辣地疼，张嘴喘一会儿就咳个不停，趴在顾言笙的肩膀上难受地蹭了蹭，无意识地呜咽了两声，语气虚弱，低声道："对不起……"

顾言笙喉咙一哽，声音干涩道："你没有做错什么，不用道歉。"

"我走得太慢了，甜甜在等……我想……改正，"沈堪舆说话断断续续的，声音也颤抖得厉害，"我没有做好，阿笙对不起。"

顾言笙听到沈堪舆一直在道歉，十分心疼，除了抱着对方不断地温柔安抚，竟不知道还能做什么。

以往每次沈堪舆生病的时候，总是会跟他说对不起。

——对不起，吵到你了。

——对不起，添麻烦了。

——对不起，我马上出去。

——对不起，这次花的钱有一点多，我会尽快赚回来的。

别人生病的时候都格外脆弱任性，恨不得一天二十四小时都有人陪着，能够使使性子、撒撒娇。沈堪舆生病的时候一点都不闹腾，一点脾气都没有，独自乖乖地去看病、打针、吃药，还会小心翼翼地照顾身边人的感受。

这人连生病都提心吊胆，生怕惹人厌烦，在这种极度缺乏安全感的情况下，连依赖都无法表达出来半分。

顾言笙将沈堪舆抱得更严实了一些，轻声细语地重复道："没关系，我在这里，可以生病的，我在。"

沈堪舆难受到意识又开始涣散，迷迷糊糊间听到顾言笙温柔到骨子里的声音，抑制不住地眼热鼻酸，心里却慌得一塌糊涂。

沈堪舆很心疼顾言笙，本该是最美好的年华，却被自己的无理取闹、胡搅蛮缠尽数蹉跎，现在还要在自己身上浪费这么多的时间和精力，真是一点都不值得。

阿笙真的很笨。

半晌后，沈堪舆缓过劲儿，没有刚才那么难受了，就开始喃喃地说顾言笙笨。

顾言笙听到沈堪舆趴在他肩头哼哼唧唧地说“阿笙好笨”，哭笑不得地揉了揉怀里毛茸茸的脑袋，道：“你说什么呢？”

“你老是对我这么好……你不要对我这么好了……我很坏的。”沈堪舆没有力气，呼吸又不太顺畅，只能用一种类似小狗般的呜咽声，含含糊糊地说话，让顾言笙的心都快融化了。

“你一点也不坏，”顾言笙爱不释手地揉搓沈堪舆软软的头发，笑着在对方耳边低语，“不仅不坏，还笨得很。”

沈堪舆本来都把脑袋从沈堪舆肩膀上抬起来一些了，听到顾言笙反过来说自己笨，又很委屈似的把脸重新埋了回去，小声歉疚地道：“对不起，我真的很多事情做不好，我……我不知道可以问谁，我自己真的做不好。”

“没关系，以后我教你。”顾言笙说完，轻轻吻了一下沈堪舆的头发，然后发现自己没有经过沈堪舆的允许，好在这人现在感官迟钝，并没有感觉到。

顾言笙松了一口气，撸猫似的把沈堪舆的头顶顺到后颈，而后轻轻揉捏了几下，问：“还能走吗？”

沈堪舆点了点头，从顾言笙身上起来，道：“阿笙，我们快去找甜甜，她等急了会哭的！”

顾言笙就随便问问，这人居然还敢点头？顾言笙倒吸了一口气，恨不得给沈堪舆脑门上来一下，道：“你就知道甜甜，肚子里的不管了？刚刚要是就那样摔下去，你知道有多危险？”

沈堪舆没有想到顾言笙会这么自然地提到自己肚子里的孩子，一时反应不过来，顶着一双红红的眼，愣愣地看着顾言笙。

顾言笙看沈堪舆这副可怜巴巴的样子，马上缓和了语气，却还是很严肃地问：“还要不要他了？”

沈堪舆蒙了一会儿，然后点了点头：“要……要的。”

“要就上来。”顾言笙半蹲下去，等沈堪舆爬到他背上，就稳妥利落地把人背了起来。

沈堪舆乖乖地趴在顾言笙的背上，一动也不动，搅顾言笙肩膀的动作虔诚得小心翼翼。

不知道为什么，顾言笙觉得鼻尖有点酸。他走了两步，深深吸了一口气，用给甜甜讲故事一般的语气温柔地道：“现在，我开始纠正你一些错误的观点，你要认真听好。”

沈堪舆格外认真地“嗯”了一声。

“掉在地上的东西、扔进垃圾桶里的东西、别人吃剩的东西，还有你买的那些垃圾食品，都是绝对不能吃的。”

“为什么？”沈堪舆怔怔地问，“那些都是可以吃的，很好吃啊。”

顾言笙说：“那你给我吃？”

“不行！”沈堪舆果断摇头，“吃了有时候会闹肚子的。”

顾言笙立刻道：“你也知道吃了会不舒服，那你还吃？你知道你肚子里现在有什么，还敢闹肚子吗？”

沈堪舆默默地想了一下，觉得顾言笙说得非常有道理，便道：“那这样的话，我想办法赚点钱，去买一些营养液。那个我用过，喝一点就可以很长时间不用吃饭。”

顾言笙沉默了一回儿，然后不解地问：“不是，怎么就不用吃饭了？”

“营……营养液不贵的，我不会乱花钱，我会想办法去赚，”沈堪舆没明白顾言笙的意思，觉得他应该是怕自己浪费，又重复强调自己可以赚钱买，“我……我那个，我之前都是吃那些，不能吃的话，我就没有什么可以吃的了。我怕不吃东西的话对孩子不好。阿笙，你放心，等孩子出生了，我就可以不喝营养液了！”

这都什么跟什么？不吃饭喝营养液就算了，什么叫生了孩子营养液都不用了？这人还能给自己留条活路吗？

顾言笙被沈堪舆的说法气得胸口疼，喘了一口气，沉声道："你跟着我吃就好了，我吃什么你就吃什么。"

"不行……"沈堪舆跟顾言笙解释了半天，额头开始冒汗了，"太浪费了，而且我在的话，阿笙你也吃不下饭，不吃饭胃会坏掉的。"

"那都是以前的事情。"顾言笙其实没有想到，他随口的一句气话会让沈堪舆当真。

之前，沈堪舆还跟他们一起吃的时候，就只吃他和甜甜剩下的饭菜；可能那已经是沈堪舆吃过的最新鲜的东西了。明明都是残羹冷炙，这人却吃得像山珍海味。

可就这一点残羹冷炙，也因为他一句气话，沈堪舆就再也吃不上了。

之后，沈堪舆甚至连碗筷都没再给自己准备。

"对不起，以前是我不好，"顾言笙看着前面长长的路，轻缓温和地跟沈堪舆道歉，忽然萌生出想这样背着沈堪舆走一辈子的念头，"以后每顿饭，我都陪你一起吃。"

沈堪舆趴在他的背上，很久很久才轻轻应了一声"好"。

顾言笙背着沈堪舆走了一段路，稍稍偏过头问："这样背着你肚子会疼吗？"

沈堪舆摇了摇头，然后才想到顾言笙看不见，连忙沙哑地道："不疼，不会疼。"

"疼就说话，你现在不是一个人了，就算你不抗议，孩子也要抗议的。"

"好。"

沈堪舆乖顺地应着，过了一会儿轻声问顾言笙："阿笙，你是不是很喜欢这个孩子？"

“当然很喜欢，甜甜也一定很喜欢，”顾言笙的嘴角不自觉上扬，“之前给她讲故事的时候，她就说想要一个跟故事里的王子一样的弟弟。”

“好，”沈堪舆缓慢地应着，抬手搓了搓眼睛，小声应着，“我会把他生下来的。”

其实，沈堪舆一直都没有想明白，阿笙为什么要对自己这么好，现在好像有答案了。

是因为孩子吧，因为他想再要一个儿子，甜甜想再要一个弟弟。

阿笙愿意相信孩子是他的，还说他很喜欢这个孩子，真的太好了。

自己还能为他做一点事情，也真的太好了。

等孩子生下来以后，阿笙应该就不会再这样了，可能还会再把自己赶走，因为除此之外自己就真的没有什么用处了。

可是现在沈堪舆心里特别满足，每天深夜只要想起顾言笙温柔的笑容和话语，就会躲在被子里一边傻笑一边掉眼泪。

就像做梦一样，让人幸福又惶恐。

现在的一切都太美好了，可沈堪舆也很清楚，早晚有一天自己会失去这份美好的，因为配不上。

没关系，到时候找一个地方偷偷死掉就好了，现在就让自己贪心一点、自私一回，就这样沉溺在阿笙的温柔里。

应该可以吧。

快到餐馆的时候，顾言笙把沈堪舆放了下来，替对方拉好外套，理了理那头乱糟糟的头发，温柔地道：“进去吧。”

沈堪舆没有应声，也没有动作，只是站在原地怔怔地看着餐馆里围着宋黎的甜甜，然后伸手按在橱窗上，用细瘦颤抖的手指吃力而迟缓地勾勒着女儿的轮廓，转过头，对顾言笙满足地笑了笑，道："阿笙，我看到甜甜了。"

顾言笙将沈堪舆的手从橱窗上拉下来，轻轻握着，道："嗯，我们进去吧。"

沈堪舆像是没有听见顾言笙的话，仍旧笑道："她好像胖了，也长高了，头发也长了，可以梳小辫子了。"

顾言笙笑道："你过去帮她梳一个好不好？"

"阿笙，你给她梳一个好不好？甜甜跟我说过，她想要那种冲天的高辫子，可是我每次帮她梳，都会弄得她很疼……"沈堪舆轻声说着，往后退了一步，"我不进去了，我在外面等你，你不用管我的，多陪她一会儿。"

沈堪舆想了想，又说："我在这里是不是也挺麻烦的？那我等一会儿就走回去，阿笙你不用管我。"

顾言笙将沈堪舆冰凉僵硬的手牢牢握着，轻轻擦去对方眼角的水痕，问："为什么又不进去了？你不是很想见她吗？"

"我看到她了，我看得到……"沈堪舆喃喃重复着，手却越来越凉。

"可是她还没看到你，她很想你的，"顾言笙温柔地道，"我跟你一起进去，别害怕。"

顾言笙试着把沈堪舆拉进门，可沈堪舆勉强走了两步就颤抖着挣开了他，道："不行，不能进去。阿笙，甜甜不喜欢我，我不能进去，她现在那么开心，看到我她会烦的。"

顾言笙的温柔让沈堪舆惶恐，沈堪舆已经无法像从前那样欺骗自己了，因为只要一想到顾言笙以后会再度冷下去的眼睛，就觉得心脏难受得快裂开了。

现在要直接面对甜甜厌烦排斥的样子，对沈堪舆而言太难了。

"我在外面等你。"低头揉了揉眼睛，沈堪舆后退两步，坐在了餐馆门口的台阶上，抱着自己的膝盖，怔怔地看着眼前的水泥路面发呆。

顾言笙一时间有些茫然失措，他知道沈堪舆怕他，可他不知道沈堪舆为什么会对自己怀胎十月、拼命生下来的女儿这么小心翼翼。

甜甜说，沈堪舆离开家那天，一直在她身边走来走去，却不过来找她。过了一会儿进厨房给她做了一大碗蛋黄仔才开口跟她说话，还给了她一块超级漂亮的平安锁，说那是爸爸给她的生日礼物。

顾言笙从来没买过平安锁，也根本就没有买这类东西的习惯。平安锁只能是沈堪舆买的，可沈堪舆不敢用自己的名义送给孩子，甚至不敢直接跟孩子说话，而是先做了一份蛋黄仔去讨好孩子。

顾言笙知道，虽然他和沈堪舆照顾女儿的方式不同，但他们对女儿的爱都是一样的，沈堪舆甚至比他更爱女儿。只是因为他见女儿的次数少，每次相处都格外溺爱，所以女儿才会更黏他一些，但甜甜不可能因为这样就不爱沈堪舆。

虽然沈堪舆不是很会带孩子，但是沈堪舆有好几本育儿相关的书籍，上面做满了密密麻麻的笔记。顾言笙深夜回家，经常会看到沈堪舆怀里抱着这样的书，坐在地上、趴在女儿的床沿睡着了。不论是什么时候，沈堪舆都是坐在地上，哪怕旁边有沙发，床上也有一大半宽敞的床位，沈堪舆也是坐在地上。

听到顾言笙的脚步声，沈堪舆很快就会清醒过来，眼睛都睁不开就手忙脚乱地从地上爬起来，含含糊糊地说“阿笙，你回来啦，要早点休息啊，晚安”。

有一次，沈堪舆实在太困，没走稳，哐的一下撞到了门框。顾言笙听着都觉得头疼，伸手想扶对方，沈堪舆却吓得整个人都清醒了，连声说着“对不起，下次一定好好走路，不会再撞到了”。

那时候，顾言笙不知道沈堪舆为什么要说对不起，现在想一想，这人应该是觉得自己动静太大了，怕吵醒孩子。

宋黎知道沈堪舆带个孩子还要看书的时候，少不得冷嘲热讽一番，甚至曾恼怒地把那些书拿去扔掉，让沈堪舆别乱拿条条框框的玩意儿限制孩子的成长。而沈堪舆只是挠着脑袋傻笑，然后默默地把书捡回来，宝贝似的捧在手里。

那时候，顾言笙不明就里，也觉得沈堪舆这种行为可笑又多余，就跟沈堪舆说“不会带就不要带了，让我妈来带就行”。

沈堪舆小心翼翼地擦掉书上的灰尘，说“不用啦，甜甜半夜总是哭，阿姨年纪大了，不禁她折腾，我会努力的”。

顾言笙讥讽地笑了笑，说“可别带得跟你一样”。

沈堪舆怔怔地看着他，眼眶被暖黄色的灯光映得有些发红，半晌后低下头快速地眨了几下眼睛，说“不会的，我会努力把她带好的”。

沈堪舆是真的很努力，也真的把女儿养得很好。

顾言笙工作繁忙，甜甜出生以后基本都是由沈堪舆带，沈堪舆从小没有被父母好好养育过，对这方面一片空白，只能借助书籍和网络摸索，带着甜甜从牙牙学语到蹒跚学步，把稚嫩的小娃娃养成漂亮的小丫头，不知道有多么艰难、花费了多少心血，在朝夕相处中又对孩子倾注了多少疼爱和怜惜。

说白了，顾雨甜就是沈堪舆一手拉扯大的，他顾言笙就是个得闲就陪孩子玩玩的便宜爹罢了。

沈堪舆本该是孩子最依赖的人，也应该是最能理直气壮地享受孩子的爱的人，可到头来只有隔着玻璃窗看一眼的勇气。

顾言笙真的不知道沈堪舆跟女儿之间发生了什么。

他试着问过顾雨甜，问她“你为什么觉得小鱼不爱你？”孩子委屈地掰着手指头，说“是小鱼自己说的”。

他又问：“那你爱小鱼吗？”

她低着头，默不作声地玩着手上的玩具，不愿意回答。

顾言笙走过去，在沈堪舆身边坐了下来。

沈堪舆愣了一下，随即撑着台阶往前挪了挪，想帮他挡住从墙角吹出的风。

“阿笙，外面冷，你快进去吧，”沈堪舆轻声道，“进去点一杯热茶，暖暖身子。”

“冷吗？”顾言笙并没有觉得很冷，听到沈堪舆说冷，内心颤了一下，连忙握住对方的手——冷得像冰一样。

沈堪舆已经穿得很厚了，却还是蜷缩着身体，时不时会冷得战栗几下，嘴唇一片白。

“来，我们先进去，不去找甜甜，我们找个角落先坐会儿。”顾言笙说完，没有给沈堪舆反抗的机会，直接把人打横抱了起来。

沈堪舆吓了一跳，抓住顾言笙胸前的衣服，睁大了眼睛想说话，喉咙却哽住了，一个字也没说出来。

“乖一点，不要乱动，当心孩子。”顾言笙冲沈堪舆弯起眉眼，温柔地笑了笑，然后心满意足地看着对方红着脸低下头，一动也不敢动。

在餐馆里找了一个偏僻的角落，顾言笙把沈堪舆放下，点了一壶红枣枸杞桂圆茶。

茶端上来烫得很，顾言笙又要了一只干净的碗，倒了一些出来用汤匙搅拌降温，再喂给沈堪舆喝。

几口热茶喝下去，顾言笙看沈堪舆清醒了点，伸手帮人擦了擦嘴角的茶渍，温柔问道：“你能告诉我，为什么要跟甜甜说你不喜欢她吗？我知道你是很爱她的。”

沈堪舆怔怔地看着地面，两只手反复揪扯膝盖上的衣料，时不时抬手揉搓一下眼睛，这个动作已经成习惯了。只要沈堪舆觉得自己可能要流眼泪，不管泪水有没有流出来，都会伸手去擦，怕顾言笙看到了会厌烦。

顾言笙看沈堪舆一句话也不说，坐在那里使劲儿揉眼睛，一边揉一边眨，可眼睛还是红了、睫毛也湿了，就知道这人心里难受，但又拼命忍着。

明明顾言笙已经说过很多次了，在他面前哭出来也没有关系，可沈堪舆已经不敢了。

有好几次，顾言笙站在病房外，看着沈堪舆坐在病床上，手里攥着那只真空包装的山竹壳，怔怔地不知道在看什么，眼泪却像失控一般，源源不断地从眼里掉下来。

沈堪舆不会哭出声，只是偶尔吸一吸鼻子，然后抬起衣袖擦掉满脸的泪水，捧起那只山竹壳，用苍白干裂的嘴唇虔诚地亲吻它。

顾言笙叹了一口气，拉住沈堪舆的手，将人揽进怀里，轻轻揉着对方的后脑勺，道："别难过。告诉我，甜甜那丫头怎么欺负你了？"

"不……不是……"顾言笙一说是顾雨甜的错，沈堪舆就着急地开始解释，"甜甜很好的，她真的很乖，是我……是我不好，是我做错了……"

"你做错什么了？"

"我以前……我以前真的很坏，不听你的话，所以做错了很多事情，让你很生气，所以……"沈堪舆语无伦次，表达异常混乱，额角冷汗直冒，抬起头满眼恳切地看着顾言笙，"所以我……我后来想改正。我想好好听你的话……我知道你有一天一定会让我走的，我都把东西收拾好了，你让我走我可以马上走的。但是我怕……我怕甜甜喜欢我的话，我走的时候她会觉得很难受……所以我……"

"所以你就一直跟她说你不喜欢她，好让她也不喜欢你？"

顾言笙没想到会是这样。

沈堪舆红着眼眶，用力地点了点头。

看着爱的人一次又一次转身离开，真的很难受。

沈堪舆上学的时候经常抱着刚买回来的热乎乎的蛋黄酥，追在妈妈身后想让她吃一口，可是妈妈总是很忙，忙得不愿意回头看沈堪舆一眼，匆匆忙忙地就出了门。

结婚了以后，沈堪舆也是亦步亦趋地跟在顾言笙背后，想让他尝尝自己新做的菜，想跟他讲讲甜甜今天又做了什么好玩的事，可顾言笙也很忙，常常头也不回地离开家关上了门。

沈堪舆每天都在等，等顾言笙和甜甜下次回来，要把更好的东西拿给他们，可总是不知道他们什么时候才会回来。

一开始，沈堪舆还会缠着他们问个不停，后来怕他们烦就不再问了，但永远都会准备好自己认为的他们可能会喜欢的东西，一边安静地等，一边想象着他们接过东西时欢喜的样子，然后兴奋地傻笑个不停。

可是等他们回来了，沈堪舆还是只能看到他们的背影。就这样日复一日年复一年，也不知道他们哪次转身，说不定就再也不回来了。

沈堪舆不希望甜甜也经历这种感觉，虽然很可能是自作多情，毕竟甜甜不喜欢自己，可是她好像也不像其他人那么讨厌自己，所以沈堪舆还是会害怕。

“傻不傻，”顾言笙哭笑不得地把沈堪舆的脑袋按到自己的胸口，轻轻揉抚着道，“亲生女儿怎么可能因为你的三言两语就不喜欢你？你都不知道你不在家这些天，她天天跟我闹着要见你，我都不知道去哪里找你。”

“怎么会这样……”沈堪舆垂着眼，默默地想了一会儿，喃喃道，“她可能是又馋蛋黄仔了……我回去就给她做。”

“到底是要吃的还是要你，等会儿见了她你就知道了，”顾言笙顿了一下，温柔且坚定地道，“而且我不会让你走的，你不要再为这个担心。”

沈堪舆抬起头，怔怔地看着他，像没有听懂他的话。

“这么看着我做什么？”顾言笙笑着拨开遮住了沈堪舆眼睛的细碎刘海，“没有听明白吗？”

“啊，明白明白，我知道的，谢谢阿笙！”沈堪舆沙哑地道，眼角还湿润着，就冲顾言笙咧开嘴感激地笑了起来。

沈堪舆知道顾言笙指的是孩子生下来之前，只是阿笙生性善良，不忍心说得那么直白，自己以前做了那么多坏事，阿笙也从来没狠下心说把自己赶出家门这种话。但是沈堪舆分得很清楚，觉得自己还是应该懂事一点，什么都要提前做好准备，孩子出生了就要尽快离开，不能再给阿笙添麻烦。

“现在可以过去了吗？小丫头一直抻着脖子东张西望地等你呢，我都看到了……”顾言笙话音未落，就听到身后传来顾雨甜清脆响亮的嗓音，他感觉到怀里的人轻颤了一下。

“小鱼，小鱼！”小丫头被奶奶裹着厚厚的冬衣，圆滚滚地像个球，手脚都不利索了却还是兴奋地扑腾着小短腿，一边往沈堪舆的方向跑一边回头冲奶奶喊，“奶奶！我看到小鱼啦！”

顾言笙看她跑得歪歪扭扭，一副下一秒就要摔倒的样子，刚想提醒她慢点来不要着急，就看到她脚一崴，往旁边的凳子堆里摔去。

顾言笙还没反应过来，沈堪舆就已经冲了过去，护着女儿的脑袋，将她揽进了怀里。

沈堪舆是没有多少力气的，刚才连拿勺子喝几口桂圆茶的力气都没有，所以拼着最后那点力气把孩子护好就没有办法再支撑下去，继而跌坐在地上，还撞歪了几张椅子。

沈堪舆有意护着肚子里的孩子，所以拼命用手撑住地面，没有摔得特别重。顾言笙却看得浑身血液都在倒流，尤其是看到受了惊吓的顾雨甜含着泪，撇嘴一头扎进沈堪舆怀里就开始号啕大哭时，他觉得自己的心跳都快停了，伸手就揪住顾雨甜的胳膊，低声呵斥道："顾雨甜，你出来！"

他跟她说过几百次，沈堪舆生病了动作不能太粗鲁，这丫头一上来就跟头牛似的往人怀里撞，他气得胸口疼。

顾雨甜本来就惊魂未定，又被顾言笙吼了这么一嗓子，直接在沈堪舆怀里哭开了："呜，小鱼你看！爸爸超级凶！凶死了！你不在家，爸爸就超级凶！每天都凶死了！你快回家，呜！"

"顾雨甜，你是不是想挨打——"顾言笙气得脸都青了，依旧竭力控制着自己的音量，怕沈堪舆难受。他明明跟她说了不能跟沈堪舆大声说话，结果她号成这副模样，他全都白说了。

沈堪舆被顾言笙的动作吓得浑身一个战栗，慌忙将孩子牢牢地护在怀里，颤声哀求道："阿笙，别骂她、别打她，她害怕。是我没有保护好她，是我动作太慢了，是我不好，你不要打她。"

顾言笙从盛怒中回过神，干咳了两声，看着沈堪舆窘迫地解释道："我是怕她弄疼你……"

"没关系，不疼，我抱抱她。"沈堪舆摇了摇头，声音很低。

心脏衰竭让沈堪舆难以承受孩子尖锐的哭声，呼吸也比刚才艰难了，沈堪舆像之前许多次一样努力调整着，很费劲却很安静地吸入氧气。

顾雨甜赶紧抱着沈堪舆，抽噎道："呜，爸爸好凶，小鱼抱。"眼泪鼻涕蹭了沈堪舆一身。

"好，抱抱，宝贝别怕，别哭……"沈堪舆脸色苍白，却笑得温柔，"爸爸不是凶，他只是怕你摔跤，他很疼你的……"

总算是触碰到了许久未见的亲人，顾雨甜窝在沈堪舆怀里，听沈堪舆轻声细语地跟她说话，原本已经平静了一些的小情绪瞬间又升了起来，鼻子酸酸的、眼睛热热的，眼泪越来越止不住。

她真的很想小鱼，也很怕一松手对方就跑掉了。从小到大，不知道为什么，明明这人天天都陪在她身边，却不愿意像爸爸那样经常抱抱她、亲亲她、陪她玩玩具、给她讲故事，只会坐在旁边问她想要什么。如果她摇头，对方就会笑着摸摸她的脑袋，然后起身离开。

她觉得小鱼很爱她，但她又总有种对方好像随时都会走掉的感觉。

她像只树袋熊一样抱着沈堪舆，紧紧攥住沈堪舆的衣服，可怜巴巴地道："小鱼，甜甜再也不要吃蛋黄仔了。"

说完，她又把脸埋进沈堪舆怀里，呜咽道："甜甜好想你，不要再走了……"

在沈堪舆再三保证自己不会再走之后，顾雨甜的情绪才平复下来，但还是死死黏着沈堪舆，不肯让别人抱。

抱就算了，她还非要沈堪舆喂她吃饭。顾言笙气得不行，他当金贵瓷器捧着护着的人，被这小丫头没完没了地使唤，他实在忍不了。

可是宋黎还在旁边，沈堪舆又是一副欣喜又殷勤的样子，他一肚子气也着实没处撒，只能坐在一旁时不时给沈堪舆搭把手，然后默默地在心里盘算着回去怎么收拾顾雨甜。

宋黎仍旧不是很爱搭理沈堪舆，但至少不像之前那么喜欢冷嘲热讽。她也没什么机会冷嘲热讽，顾言笙一看她表情不对或者语气尖锐，就会往她碗里夹菜，说"妈你多吃点"。

堵住了妈妈的嘴，顾言笙就挑着清淡可口的菜喂给沈堪舆，虽然沈堪舆说过很多次不要，但又因忙着喂顾雨甜没工夫拒绝他，只能下意识地张嘴吃下去，然后慢慢嚼着，腮帮子一鼓一鼓的，像某种啮齿动物，还含糊地说“谢谢阿笙”。

顾言笙盯着沈堪舆的脸看了一会儿，想凑过去亲一口，但妈妈和女儿都在，这样好像不太好。他倒是无所谓，就怕这条鱼胆子小，直接给吓破胆了，于是只能咽了咽唾沫，有些郁闷地继续吃饭。

他感受到了前所未有的憋屈。

沈堪舆喂顾雨甜吃完一碗香菇鳕鱼粥，跟顾言笙说了一声就独自去了洗手间。

离开顾言笙的视线之前，沈堪舆一直走得很稳，等确认顾言笙不会再看到自己之后，步伐开始仓促凌乱。

推开洗手间的门，沈堪舆猛地弯下腰，将刚才吃下去的东西混着胆汁和血丝吐了大半。

呕吐太过剧烈，沈堪舆一边吐一边咳嗽，有些喘不上气，并且眼前发黑、脚底发软，只能紧紧地抓住旁边的水管，才没脱力跌倒。

吃下去的东西基本全被吐了出来，沈堪舆支撑不住地跌坐在地上。沈堪舆胸口闷痛得厉害，喉咙仿佛也被堵死了，呼吸越来越困难，感觉胸腔仿佛要被撕开了。

沈堪舆实在没有办法，只能拿出自己偷偷藏在大衣内袋里的小瓶便携氧气，将面罩覆在自己脸上，颤抖着手艰难地试了好几次才按下泵头，然后大口大口地吸着氧气。

一瓶氧气并不便宜，沈堪舆也不敢用太多，只吸了四五口，虽然还是咳得厉害，但已经没有那么难受了，就将便携氧气收了起来，重新装回口袋里。

沈堪舆按着仍旧闷痛不已的胸口，仰头看着雪白的天花板，眼前像胶片放映机一般，不断播放刚才的画面：甜甜对自己笑，她攥紧自己衣服的小肉手，阿笙温柔得让自己鼻酸的眼神，他夹进自己碗里的虾仁和娃娃菜。

沈堪舆耳边不断回响起甜甜清脆稚嫩的嗓音，不停地喊着自己，还有顾言笙在自己耳边的温言软语，一句又一句，说要多吃一点，毕竟肚子里还有一个人。

沈堪舆伸出手尝试去触碰那些画面，泛着淡淡紫色的嘴唇缓缓弯了起来，勾勒出满足甚至幸福的弧度。

从前，那些沈堪舆在梦里都不敢梦的场景，居然都能变成现实。

沈堪舆知道这一切在不久的将来都会结束，可自己现在还是觉得特别幸福，幸福到时不时就会掐一掐自己，想看看是不是在做梦。

沈堪舆想：老天爷一定是在打盹吧，或者是年纪大了，老眼昏花，认不出这是颗灾星，不然怎么会给自己这般大的恩惠呢？

如果是这样的话，希望老天爷可以再多睡一会儿，自己不会索取更多，同时也会努力不再像颗灾星一样不断地给别人添麻烦。

香菇和鳕鱼的味道，一个浓郁醇厚，一个带着淡淡的海腥味，沈堪舆闻到就反胃难受，一直想吐，但还是忍住了，没有当着他们的面发作，甚至也没有让他们看出不对劲，等会儿沈堪舆也会把洗手间里被弄脏的地方收拾得很干净再走。

沈堪舆觉得自己做得应该还不错，之后也会更加努力，一定会做得越来越好。

所以再多给自己一点时间吧。

可不可以？

沈堪舆抬手，用手臂遮住了眼睛，袖管被某种温热咸涩的液体浸湿。

——阿笙，甜甜，我真的很喜欢你们，很爱你们，谢谢你们给我改正的机会，还对我这么好。

——可不可以不要走得太快？也不要太快赶我走？我会努力做好所有事情，求求你们多留一会儿。

——再给我多一点时间，求求你们。

沈堪舆从洗手间出来，就看到迎面而来的宋黎，呆愣得手脚都不知道往哪里放，就站在原地讷讷地喊了一声阿姨。

宋黎上下打量了沈堪舆一遍，蹙着眉头道："我看你也没什么毛病了，趁早出院吧，在医院快躺了个把月，也太夸张了。"

沈堪舆怔怔地点点头，道："我知道了，我等会儿跟医生说一下，如果可以的话我今天就……"

"听阿笙说你又怀孕了？"宋黎打断沈堪舆，拧开水龙头，像闲话家常一样说着，语气里的质疑却已经掩饰不住，"你们两个人的关系我清楚，阿笙绝对不会主动碰你的。你是不是又玩了什么把戏，搞得他对你唯命是从？"

沈堪舆垂在身侧的手轻轻颤抖着，脸色苍白，张了张嘴，却没说出来什么，只是摇头。

宋黎逼近一步，盯着沈堪舆的眼睛质问道："那这孩子是我们家阿笙的吗？"

沈堪舆仍旧是一句话都说不出来，手抖得越来越厉害，攥住衣角轻轻地点了点头。

宋黎看见沈堪舆在发抖，又不说话，便当沈堪舆是心虚，嗤笑道："到底是不是，等四个月的时候去做个羊水穿刺就知道了，如果不是，我觉得你们也该离婚了。"

"可以……可以的，我有协议书……我这里有，"沈堪舆局促地道。之前被顾言笙丢进垃圾桶的协议书沈堪舆捡回来了，觉得早晚都会用上就好好地收了起来，"也可以不用这么麻烦，我听说……我听说分居两年的话，就可以解除关系的，我直接走也可以，没关系。”

宋黎差点被气死，道：“你这不就是承认了这孩子不是阿笙的？”

“不是，我……”沈堪舆急忙摇头否认，但是脑子一团乱，话也说不清楚，弄得宋黎一点耐心都没有。

“行了，到时候做完穿刺就什么都清楚了，另外，这个东西——”宋黎从自己包里拿出了一个包装精美的盒子。

沈堪舆一眼就认出那是自己离开家前留给阿笙的生日礼物。

“这个东西我建议你拿回去。我们老家的习俗，过生日送钟表是极其不吉利的。我想这也不只是我们的习俗，是个人都应该知道，你还是留着给你自己吧。”宋黎冷冷地看着沈堪舆，眼神警惕又厌弃。

沈堪舆脸色极其苍白，怔怔地看了看盒子，又看了看宋黎，干裂到有些蜕皮的嘴唇哆嗦一阵，喃喃地道：“对不起阿姨，我不知道……”

宋黎冷笑一声，眼里满是不屑，不知道沈堪舆在玩什么鬼把戏。沈堪舆以前那么伶牙俐齿，她说一句对方能顶十句，现在装出这副可怜巴巴的样子是要给谁看？反正她不看，便道：“行了，别装了，赶紧拿回去。”

沈堪舆伸出手，指尖颤抖得厉害，也不太看得清楚盒子的具体位置，因为吃不下东西血糖太低了。

洗手间的灯光是暖的，宋黎看不到沈堪舆近乎透明的苍白脸色，就看见这人哆哆嗦嗦个不停，便烦躁地把盒子往对方手里塞去。

沈堪舆的手指费力地收拢了一下，却仍旧没能接住，盒子掉在了地上，里面的东西全摔了出来。

一只手表，一张粉红色的银行卡，一张纸。

因为手表是表面朝地摔下去的，所以整个表面都碎了。

宋黎没想到会这样，她愣在原地，有些不知所措地看着沈堪舆。

沈堪舆扶着洗手台慢慢蹲下去，摸索着把手表捡起来，轻轻擦掉上面的灰尘。

宋黎不知道沈堪舆为什么要在地上摸来摸去，这人又不瞎，这里的光线也亮得很。但是沈堪舆蹲下去的时候，她忽然觉得，就算穿了那么厚的衣服，对方还是消瘦得令人心惊，根本就不是一个怀孕的人应该有的身量。

她看沈堪舆摸了半天也摸不到那张纸，忍不住上前一步想帮忙，却没想到沈堪舆的手忽然换了位置，她厚重的鞋跟就这么碾在了沈堪舆的手上。

一瞬间，她好像听到了骨头碎裂的声音，让她头皮发麻。

沈堪舆疼得战栗了一下，脱力地趴跪在地上，发出一声短暂仓促的被压抑到极致的呜咽。

顾言笙带着顾雨甜过来看到这一幕的时候，心脏瞬间感到一阵剧痛。

顾雨甜“哇”的一声就哭了，冲过去用力推开宋黎，嘴里道：“奶奶坏！为什么要踩小鱼！奶奶超级坏！”

宋黎也被吓到了，她吞了吞口水，艰难地道：“奶奶不是故意的……”

顾言笙管不了顾雨甜、也管不了宋黎，伸出手想把沈堪舆扶起来，谁知刚碰到沈堪舆，沈堪舆就惊恐地将身体缩成一团，像是坠入了冰窟般颤抖着，扯着嗓子喊道：“我知道错了，以后再也不这样了。”

顾言笙小心翼翼地将沈堪舆圈在自己怀里，在其耳边温声重复着：“别害怕，是我。”

“阿笙？”沈堪舆放弃了自我保护，任由顾言笙抱着。

“是我，我在。”顾言笙将人抱紧。

“阿笙……”沈堪舆攥住他的衣服，像溺水的人抓住了岸边的水草，微微哽咽着，一遍又一遍地喊他的名字。

“我在的。”顾言笙一遍又一遍，耐心且温柔地回应。

他真的是要疯了，他以为他跟妈妈说得很清楚，他喜欢沈堪舆，想跟沈堪舆过一辈子，以前的事情有很多误会，而且他也不想再去追究了。

他以为妈妈相信了。

之前，他觉得沈堪舆上洗手间上得太久，想过来看看，妈妈说刚好她也要上洗手间，让他带好甜甜，她过去找沈堪舆就可以。

而他居然真的让沈堪舆一个人面对她。

他不敢去想她都对沈堪舆说了什么，如果只是踩到沈堪舆的手，沈堪舆不至于怕成这样。

顾言笙低下头，看到沈堪舆手里攥着一只崭新的手表，可是表面的玻璃已经碎得一塌糊涂，地上有一张粉色的、看起来年代久远的银行卡，还有一张皱巴巴的纸，上面画着一个大人牵着一个小女孩，右上角有个小黑点，底下是沈堪舆写的一行字。

——阿笙，祝你生日快乐。

顾言笙脑子乱得很，一时间理不清中间发生了什么，只是将那些东西全都捡起来，抬头看着宋黎，沙哑道：“妈，可能我说的话你都没有放在心上，所以你也没办法体会沈堪舆对我来说有多重要。是我欠考虑，这段时间我不会再带沈堪舆见你，也请你不要再主动出现在沈堪舆的面前。”

这些话里撇清界限的意思太过清楚了，宋黎有些慌乱地开口：“阿笙，你先冷静一下……”

“我没有不冷静，我带沈堪舆出来见你们才是不冷静，”顾言笙冷冷地打断她，抱着沈堪舆站起来，走了两步又忽然停下，深深吸了一口气，再缓缓地吐了出去，声音有些颤抖道，“我明明跟你说过，沈堪舆怀孕了，身体不好，怀孕真的很辛苦也很危险……我不知道你怎么忍心的。”

“阿笙——”

“你先带甜甜走吧。下次我会让朋友去接她，不辛苦你跑来跑去了。”

他是真的心疼到快疯了。

他捧在手心里都怕化了的人，别人不珍惜就算了，还毫不犹豫地摔在了地上。

都说十指连心，沈堪舆的左手伤疤密布，瘀痕难消，指骨都是扭曲的，尤其是天气冷的时候，那疼痛让人更难忍受。顾言笙每天都帮沈堪舆的手擦药、热敷、按摩，这才有一点点起色。虽然手指还没那么灵活，但至少不会让人疼得睡不着觉了。

就算宋黎不知道这些，那只手上那么多伤疤也是肉眼可见的，手指是那样苍白细瘦，仿佛轻轻一折就会断掉。顾言笙平时捧着都怕弄疼沈堪舆，她是怎么忍心踩下去的呢？

他觉得他这辈子可能都没有办法原谅那个人，哪怕那个人是他的生母。

他再也不会把沈堪舆交给别人了。

沈堪舆有点低烧，意识模糊地靠在顾言笙的怀里，一阵又一阵地冒着虚汗，嘴唇干裂、额头发烫，手心冰凉不堪。

沈堪舆把手表攥得很紧，不肯松手让顾言笙拿，迷迷糊糊间还不停地跟顾言笙道歉，说自己今天没有做好。

沈堪舆说自己吃下去的东西都吐掉了，宝宝在肚子里一定饿坏了，自己没有照顾好孩子，还惹阿姨生气了，明明已经尽量少说话了，因为害怕惹她生气，可还是没做好。

沈堪舆又说，自己真的不知道过生日不可以送钟表，下次一定不会再这样了，一定会改的，求他不要现在赶自己走，再给自己一个机会。

顾言笙低下头轻轻吻了一下沈堪舆灰白冰凉的嘴唇，低声道：“不是你的错，是我没有照顾好你。”

他想拦一辆出租车，但是这里离医院太近了，司机不愿意接，所幸遇到了下班的唐修。

唐蓁在后座，看到顾言笙把沈堪舆放进来，连忙小心翼翼地伸手去接应，然后忍不住说了一句：“哥哥，小鱼好轻啊，可能都没我重。”

唐修有些难受地“嗯”了一声，帮沈堪舆简单地检查了一下，确认除了低烧之外没有什么大问题，就看向顾言笙，问：“怎么回事？不是出来见甜甜，谁又欺负小鱼了？”

顾言笙坐进来，让沈堪舆靠在自己身上，低声道：“我妈不知道跟沈堪舆说了什么，还踩了沈堪舆的手，左手。”

唐修回到驾驶座上启动车子，一边把着方向盘倒车一边问：“你脑子是进水了还是缺电了？让小鱼跟你妈妈单独相处？你不知道小鱼现在什么状态？而且你真觉得你说两句话你妈就能对小鱼改观啊？”

唐蓁嗔道：“哥哥！”

唐修把更重的话咽了下去，瞥了一眼顾言笙，冷冷地道：“把娇贵的锦鲤当泥鳅瞎放养，活该心疼死你。”

顾言笙没说一句话，只是抱着昏睡过去的沈堪舆，将对方被踩伤的左手轻轻地托在自己手里。

唐蓁摸了摸沈堪舆柔软泛黄的头发，叹了一口气道：“哥哥，你说宋阿姨怎么忍心啊？小鱼这么可爱，我要是小鱼的姐姐，就天天把人抱在怀里蹭脸玩儿。”

唐修嘀咕道：“都有哥哥了，还惦记这些。”

“那不一样，你又不可爱，”唐蓁瞪他，“我说真的，如果小鱼生在我们家，肯定是家里最受宠的小宝贝。爸爸最喜欢这种又乖又可爱的小孩了。”

唐修笑出了声，道：“也是，那你让顾少爷借你养几天？”

“不要。”顾言笙终于出声，非常坚决地拒绝了。

不知道为什么，这句“不要”让唐修非常想笑，刚才的火气一下就没了，甚至想逗一下顾言笙，道：“这么小气干什么？养胖了就还给你。”

“不行，”顾言笙闷闷地说着，将沈堪舆的外套裹紧了些，“我再也不会把沈堪舆交给任何人。”

这下不只是唐修，这种小孩子独占自己喜欢的玩具一般的宣言，让唐蓁也觉得很好笑，她道：“好好好，不跟你抢，你自己养。”

shenkanyu x guyansheng

第十一章

没关系，哭出来

沈堪舆回到医院后就一直昏睡，手已经做了固定治疗，但因为怀孕用不了止疼镇静之类的药，伤病带来的痛苦和这些日子以来数不清的梦魇，让沈堪舆时不时难受得要醒过来。顾言笙得轻轻抚拍着沈堪舆的胸口，对方才能安稳一些。

顾言笙在床边守着，看着病床上瘦骨嶙峋的人，忽然想起两人初次见面时，对方在油菜花田里对他笑弯了眼睛的模样。

那时候，沈堪舆就很瘦，但是力气很大，能把好几个人揍得直叫。当时，沈堪舆脸上还有尚未褪去的婴儿肥，笑起来的时候更是让原本就稚嫩的长相看起来又小了几岁。

那时候沈堪舆的眼睛是亮的，语气活泼，声音明亮，整个人充满了活力，像雨后折射着七彩阳光的露珠。

可那个时候，沈堪舆可能就已经病了，只是沈堪舆自己不知道，也没有人知道。

沈堪舆什么都不懂，别人就欺负沈堪舆什么都不懂。

那双亮晶晶的眼睛里，不知道是光还是眼泪。

沈堪舆身上总是旧伤未愈又添新伤，不知道是学校里跟人闹矛盾弄出来的瘀青多些，还是父母造成的伤口多些。

无论是什么样的痛苦，沈堪舆都不说，永远都笑着，细细想来，这并不是什么好事情。

不是不痛，只是全都往下咽了，所以很多东西才会日积月累，人也会病得越来越厉害。

顾言笙止不住地想，如果他那时候就喜欢上了沈堪舆，对沈堪舆很好，事情会怎么样呢？或许不用很好，只要不那么恶劣就行，那样沈堪舆的病会好一些吗？

或许会，但也只是或许。在他们相遇至今将近十年的岁月里，他并没有治愈沈堪舆一星半点。

顾言笙打电话给宋黎，跟她道了歉。因为他忽然发现自己没有资格责怪她。她是自己的亲生母亲，会站在他这边是理所当然的。那么多年以来，他对沈堪舆一直都是那样的态度，又有什么资格要求自己的母亲在这么短的时间内做出改变呢？

顾言笙挂了电话，发现沈堪舆醒了，因为病痛，沈堪舆眼圈泛红，眼里像是蒙着一层雾，但却在努力地对他露出笑容。

“阿笙跟阿姨道歉了呀，很乖……”沈堪舆低喃道，人好像还不是很清醒。

沈堪舆被宋黎踩了手之后就是半昏迷的状态，隐约又听到顾言笙跟宋黎争执的声音，想着阿笙大概是担心小宝宝的安危，一时着急了，又没头没脑地补充道：“宝宝没事的。”

顾言笙轻轻擦拭着沈堪舆额角因疼痛而冒出的冷汗，叹道：“还没睡醒是不是？说的什么胡话。宝宝是没事儿，可你难受成什么样子了？”

沈堪舆渐渐清醒了些，却不太明白顾言笙的意思，喃喃自语：“一家人要好好的，不可以吵架的，你们都会伤心……我……”——我不想看到你们伤心。

沈堪舆从来没有见过顾言笙和宋黎吵架，他们一直都没闹过矛盾，是幸福美满的一家人。

沈堪舆也知道阿姨一直都不喜欢自己，知道阿笙最近对自己好是因为宝宝，更知道他们因为自己才产生矛盾。

沈堪舆之前一直都想，宝宝生下来就立刻离开，但现在又忍不住想，自己是不是早点搬出去比较好一些？等宝宝出生后再抱回来给阿笙和甜甜就好了。

总不能拿孩子作借口一直赖在阿笙家里，毕竟自己现在能做的事情不多，又是外人，待久了他们会很烦的。

“阿笙，你回家陪阿姨和甜甜吧……”沈堪舆仰起头，吃力地看着顾言笙，断断续续地道，“我出院了，就不去你家了。到时候，宝宝生出来，我带他去找你们……你来接他回家也可以的……”

“你在说什么？”顾言笙听着沈堪舆一口一个家，却把自己撇得很干净，眉毛和心脏都拧成了一团。

“这个是地址，很好找的……离你家很近……”沈堪舆自顾自地从上衣口袋拿出一张字条，字条皱巴巴的，一看就是在口袋里备了很久。

沈堪舆捧着字条，又对顾言笙笑道：“到时候，记得来接宝宝，我可能……可能没有很多钱给他买吃的和小衣服……”

“到时候要是你方便，甜甜也愿意的话，可不可以带甜甜一起过来呀？”说到顾雨甜，沈堪舆的眼泪一下就从眼眶里滚落出来，但又很快擦掉，“我可以做蛋黄仔，等她过来……”

沈堪舆很想女儿，尤其是今天见到她之后，因为以后可能很长时间，或者再也见不到她了。

饶是沈堪舆语言表达混乱，顾言笙也还是捋清了话里的意思，他将人抱起来，圈在怀里安抚了一会儿才轻声问：“你是不是觉得，我和甜甜是因为宝宝才对你好的？”

沈堪舆哽咽得厉害，没太明白顾言笙的话，却拼命地想要表达自己的意思：“嗯！这个我……我明白的，我以前想错了，总是……总是想要强迫你们把我当成一家人。我现在知道不行了，我知道……”

“不是这样的，”顾言笙不知道是自己之前做得还不够让沈堪舆有安全感，还是今天宋黎的言行对沈堪舆造成的伤害太大，又或许都有，他急切地想解释些什么，心里又难过得卷成一团乱麻，急促地喘了几口气，才稍稍平稳地道，“是我错了，我们就是一家人。以前是我浑蛋，欺负你，还仗着甜甜不懂事带着她一起欺负你。”

从顾言笙口中听到“我们就是一家人”这样的话，沈堪舆忍不住战栗起来。

沈堪舆没有办法第一时间相信，甚至只有强烈的不安感，心想：明明自己一直都没有家，哪怕努力了很久也都没有家。

以前沈堪舆出门买东西的时候，经常拿到各种各样的优惠又好玩的小广告，有一些是亲子活动，需要一家三口去参加。

沈堪舆问顾雨甜想不想去，顾雨甜说爸爸不去她就不去。

沈堪舆说：“傻丫头，肯定是我和爸爸跟你一起去。”

顾雨甜朝沈堪舆扮了个鬼脸，说：“我才不管你，爸爸去就好了。”

沈堪舆挠了挠头，笑着没有说话，又去问顾言笙，顾言笙推脱了很多次，最后不耐烦地道：“你觉得我们像一家人吗？”

“我们结婚，有了甜甜，是一家三口呀。”沈堪舆认真地表达着自己的想法。

“是吗？”顾言笙冷淡地别过脸，“我不觉得。你少到处跟人说这种莫名其妙的话。”

“哦，我明白了……”沈堪舆低头看着广告宣传单上一对夫妻抱着女儿玩水，一家三口在阳光下笑弯了眼睛的画面，视线不知不觉模糊了。

“明白什么了？”顾言笙知道这人最擅长敷衍糊弄，冷冷道。

“嗯……”沈堪舆吸了吸鼻子，冲顾言笙笑，眼圈有点发红，“明白了我不是你和甜甜的家人，我以后不会乱说的！”

其实，沈堪舆从没乱说过，心里也一直都明白，只是不愿意承认，然而现在被顾言笙挑明了，还是很难受。

只不过沈堪舆很快又安慰自己，心想：虽然阿笙和甜甜不把自己当成家人，但是自己可以偷偷把他们当成家人，只要不出去乱说就可以了。

沈堪舆想到这一点就笑得很灿烂，看到顾言笙厌恶的表情才抓了抓头发，讷讷地转过身，把那张宣传单折起来收好。

沈堪舆抽屉里收着不少这样的传单，当时都是想着先留起来万一以后有机会去呢？但是那次之后，沈堪舆就把它们都扔了，因为知道这是不可能实现的了。

顾言笙抱紧了沈堪舆。

他大概知道沈堪舆在想什么，也知道按自己从前那些混账话的伤人程度，确实很难让沈堪舆在短时间内相信他。

唐修说，他做的必须要比说的多，让沈堪舆感受到的温暖比听到的好听话多，才能慢慢让沈堪舆恢复安全感，慢慢学会信任他、依赖他。但他觉得，有些该说的话他必须要说，不能任凭沈堪舆傻乎乎地胡思乱想。

“我知道你现在还不太相信我，但是我必须要和你说这些，”顾言笙声音沙哑，吐字却坚定有力，“你是我和甜甜都离不开的人，我们不是为了宝宝才要带你回家，是因为我们本来就是一家人。”

沈堪舆的身体颤抖得不再那么厉害，只是呼吸变得艰难起来。沈堪舆几乎不敢喘气，生怕听岔了顾言笙的意思。

“我不好的，”沈堪舆试着解释，“我做错了很多事情，我……”

“我也做错了很多事情，”顾言笙轻声说着，唇瓣贴近沈堪舆湿润泛红的眼睛，“我们试着把它们一笔勾销，好不好？”

沈堪舆没有办法做出任何回应，顾言笙的温言软语让沈堪舆心跳加速呼吸困难，每一字、每一句都是沈堪舆连梦都没有梦见过的，更不知道应该怎么回应，沈堪舆也担心顾言笙觉得自己自作多情，让人恶心。

“我知道你很害怕，也很难相信我，我会证明一切的。”顾言笙朝沈堪舆靠得更近了些，温柔道，“我想亲一下你的眼睛，可以吗？”

沈堪舆怔怔地眨巴了好几下眼，睫毛上未干的泪花落下来之前，就被顾言笙吻去了。

顾言笙的嘴唇温暖干燥，却好像带着电流，只是轻轻碰了一下，就让沈堪舆战栗起来，苍白的脸颊染上淡粉色，脊背发软。

顾言笙揽住沈堪舆软绵绵的身体，让对方踏踏实实地靠在自己身上，然后轻轻摇晃着，安抚怀里的人入睡。

顾言笙在开水房给沈堪舆冲牛奶的时候接到了护士台的电话。

“顾先生您好，这边有一位先生要探视您妻子，说是您妻子的哥哥。”

沈堪舆虽然在慢慢恢复，但状态依然不好。尤其是在孕早期，沈堪舆敏感易受惊，顾言笙担心有些不该见的人跑去刺激沈堪舆，就特意交代了护士，说不管谁要来探视都得跟他说一声。

他倒是没有想到，这么快就有不该见的人找上门来。

“让他稍等。”顾言笙淡淡地说了一句，手上的动作不紧不慢。

他回到病房，沈堪舆还在睡，顾言笙把牛奶放在床头柜上，俯下身亲了亲沈堪舆的额头才往护士台走去。

顾言笙对沈澹兮这个人并没有很深刻的印象，毕竟两人也没见过几次。但就目前状况而言，顾言笙对他没有什么好感。虽然沈堪舆一直说哥哥很好，自己做错事情的时候哥哥也不会生气，但仅限于此的话真的能说是“很好”吗？

顾言笙走到护士台的时候，沈澹兮已经等在那里了，他手里提着一个大袋子，脸色看起来不是很好，看见顾言笙立马快步走了过来，问：“堪舆怎么样了？”

顾言笙神色淡淡地看着他，问：“你爸妈没告诉你吗？”

沈澹兮面色一白，张了张嘴唇，苦涩地道：“我没想到事情会发展成这个样子。”

顾言笙唇角微勾，笑容讽刺地道：“在你和沈堪舆一起生活的十多年里，你有哪怕一分一秒想过事情会发展到什么地步吗？”

“你什么意思？”沈澹兮声音沙哑。

“你和沈堪舆生活在同一个屋檐下，你享受着父母的宠爱关怀，而沈堪舆终日生活在辱骂殴打之中，你做了什么？你心里又在想什么？”顾言笙轻嗤一声，继续说道，“不如我来替你说吧。你什么也没做，你纵容了你父母对沈堪舆的虐待，然后心安理得地享受他们对你独一无二的关怀和照顾。你在这种状态下默认了这一切，甚至觉得沈堪舆就是像你父母口中所说的那样不堪的一个人。你不做伤害沈堪舆的事情就已经是大慈大悲之举了，我说得对吗？”

看沈澹兮面色越来越难堪，顾言笙就知道自己没有说错，更为沈堪舆揪心，便道：“现在的我其实也没有什么资格和立场来指责你。医生说，我本是有机会治愈沈堪舆的，可我没有，甚至也给沈堪舆带去了巨大的伤害，一步步把人逼上绝路。但如果我知道沈堪舆曾经过得是那样的生活，至少我不会做得那么过分。你从来就没想过要跟我说一个字吗？”

沈澹兮脸色苍白，闭了闭眼睛，别过头深呼吸了一下才道：“你说得没错，是我不好。我身体一直不好，后来去国外调理治疗才好了些，很多事情顾不过来，但我也确实是很晚很晚才意识到堪舆是一个多么乖巧善良的孩子，我现在想弥补。”顿了一下，他苦笑道，“虽然可能已经迟了。”

“为什么？”顾言笙平复好自己的情绪，沉声问，“担心沈堪舆以后不能救你父亲了？”

“我绝对没有这个意思，”沈澹兮语带急切，“我曾经给堪舆打过电话，叮嘱堪舆无论如何都不要去做配型，我会想办法的，等我找到合适的肝源时，却得知堪舆已经捐肝了……我知道作为哥哥我很失职，但我真的想弥补。”

“怎么弥补呢？在发生这么多事情后。”顾言笙自言自语一般低喃着，不知是在问沈澹兮还是在问自己。

沈澹兮颇觉无力，难以回答。

是啊，怎么弥补呢，伤害都已经造成，时光也不能倒流，过往的一切都真实而犀利地存在着，并不是一场梦。

“你爸妈现在怎么样了？”沉默许久，顾言笙又问。

沈澹兮显然没有想到他会问这个，愣了一下才答：“我爸情况稳定之后，我妈也冷静下来。她也在反省自己那天打伤堪舆的事情。”

“只反思了这一件事情啊，”顾言笙似笑非笑地勾了勾唇，“是不是怕坐牢？”

沈澹兮严肃地道：“在这件事情上我不会维护他们的，如果你要走法律程序，我尽力配合。”

“不需要。我有足够的证据和经济能力，如果我想走法律程序，他们可能已经在吃牢饭了，”顾言笙冷冷地道，“他们之所以没进去是因为沈堪舆不忍心罢了。我尊重沈堪舆的想法，但是如果你们之后再做出什么伤害沈堪舆的事情，我是不会再纵容沈堪舆对你们心软了。我只让步这一次。”

“我知道。”沈澹兮口干舌燥，抿了抿唇沉声道，“我能见见堪舆吗？”

“最好不要。”顾言笙拒绝了，看着沈澹兮愣怔的样子，随即又道，“听说你很快就要结婚了，如果那时沈堪舆恢复得很好，我们会一起出席。”

“我明白了，”沈澹兮苦涩地道，“谢谢。”

顾言笙面容冷峻，内心却很痛苦。他从前的所作所为并不见得比他们好多少，能压得沈澹兮无从辩驳，是因为他们做得更过分。但凡还有别的人能为沈堪舆做主，都轮不到他顾言笙来做黑脸。

“没别的事你就请回吧，我也要忙了。”顾言笙调整情绪，平心静气地道。

“等一下，”沈澹兮拦住他，将手上的袋子递过去，有些为难地道，“这个是我妈给堪舆熬的皮蛋瘦肉粥，可以的话，趁热给堪舆尝尝。”

顾言笙犹豫片刻，终于还是拒绝道：“不用了。”

“阿笙，”沈澹兮并没有坚持，诚恳地道，“如果你觉得堪舆能见我了，随时都可以和我说，我会等着。”

顾言笙不置可否地笑了笑，转身离开。

之后，沈堪舆身体恢复的速度比之前快了一些，左手的伤也没有想象中那么严重，虽然一时半会儿回不到正常状态，但至少伤势没有恶化。

出院之前，顾言笙和唐修试着让沈堪舆去看了心理医生，但是效果不太好。

交互式的治疗几乎无法进行，沈堪舆对与人交流这件事情充满排斥甚至恐惧，心理医生问的每句话都要想很久才回答。饶是医生耐心又温和地鼓励着，沈堪舆回答得也非常艰难——不仅过程缓慢，且词不达意、文不对题。

医生试着用催眠的方式让沈堪舆回忆童年，想了解更多沈堪舆那时经历的事情，但这种方式对心脏刺激极大，哪怕是顾言笙在旁边，沈堪舆也依旧会浑身抽搐、呼吸困难。勉强试了几次之后，医生建议暂时不要进行这样的治疗，先让沈堪舆回家休养，吃点药，重点是家人要多陪伴。

医生都这么说了，心理治疗的事情只能暂时搁置。顾言笙抱住因为梦魇而浑身出汗，还在轻轻发抖的沈堪舆，在对方耳边低喃道：“没事了，不怕的，我们回家。”

沈堪舆出院那天，刚好怀孕满三个月，第一次产检结果显示，胎儿除了有点小之外没有别的问题。

但是沈堪舆的状况不太好，心力衰竭不见好转，胃有轻微炎症，腰肌劳损也很严重，这些都会随着孕期加重身体的负担，孩子很可能撑不到足月就会早产，需要提前剖宫产。

“看以前的记录，您妻子是经产，之前生过一个孩子吧？”产科医生推了推鼻梁上的眼镜，看着沈堪舆的各类检验报告，表情不算轻松。

“是。”顾言笙应道。

“生完之后应该是没有好好坐月子，加上长期营养不良，宫壁比较薄，”医生说，“这样很容易流产，也容易肚子疼，孕晚期孩子活跃起来的话，胎动也会让母体很难受。”

他沉吟一阵，缓缓道：“所以我建议，最好终止妊娠。”

终止妊娠，谈何容易，没有这个孩子，沈堪舆也许都活不下去。

沈堪舆孕吐反应很厉害，却还是为了孩子在努力进食，因为怀孕用药禁忌多，便默默地忍耐着身体的各种不适，不吵也不闹。

顾言笙回到病房，沈堪舆在兴致勃勃地收拾东西。顾言笙尝试着跟沈堪舆提这个事情。一提到孩子，沈堪舆晦暗的眸子就聚起光来，笑眯眯地说：“阿笙，今天小葫芦又长大一点了。”

小葫芦是唐修叫出来的，沈堪舆特别喜欢这个名字，整天“小葫芦小葫芦”喊个不停。

沈堪舆拿起小护士送给自己的台历，在上面圈出预产期，说小葫芦会在明年秋天出生，而且很有可能是七夕，是个很浪漫的好日子。

顾言笙有点奇怪，因为沈堪舆其实对大部分节日都没什么概念，除开合家团圆的春节和中秋，沈堪舆世界里，重要的日子就是他和顾雨甜的生日，每年提前好几个月就念叨“你们的生日快到啦”，然后隔三岔五问他们想要什么东西。

顾言笙半开玩笑半认真地问：“你也知道七夕很浪漫？”

沈堪舆用力地点头，眼睛亮晶晶的，露出像小孩子炫耀自己新学到的知识一样的表情，道：“我知道！七夕是我哥哥的生日，每年爸爸妈妈都给他过。后来他好多朋友也会来陪他，还有他的女朋友，我一直叫她嫂子，她每年都会给我哥哥准备特别浪漫的惊喜。”

这种时候，沈堪舆的脑子就清楚得很，掰着手指头一件一件地跟顾言笙说哥哥的女朋友都给哥哥做了什么惊喜的事。

说到一半，沈堪舆突然反应过来顾言笙都没说什么话，止住话茬，挠挠头小心翼翼地看着顾言笙，道：“对不起，阿笙，我是不是太吵了……”

顾言笙摇摇头，道：“没事，我都听着。”

“我……我没有别的意思，”沈堪舆轻声解释，脸色有点苍白，“我就是觉得七夕应该是个很好的节日，这一天出生的孩子会很幸福的。”

沈堪舆觉得自己做得不好，以后也没有机会再把小葫芦养大了，只能祈祷小葫芦能像哥哥一样，生在一个美好的日子，以后一生都会幸福美满。

有好几次，沈堪舆都想问顾言笙，小葫芦生下来之后自己能不能抱一抱孩子再走，每每话到嘴边却不敢问出口。

沈堪舆想：阿笙已经对自己很好了，自己已经拥有了这么多，不可以再那么贪心了。

顾言笙踌躇再三，还是试探道：“其实，这个孩子的预产期不会那么准，医生说你宫壁太薄了，可能会早产或者提前剖宫产。”

沈堪舆立刻道：“那也……也没有关系，不用剖宫产，那个很贵……我会把他生下来的，我会努力的。”

顾言笙看着沈堪舆像被人捡到的流浪狗一样殷切讨好的眼神，感觉鼻腔酸涩，摸了摸对方的后脑勺，低声叹道：“我只是怕你会受不了……很辛苦。”

他很久没看见到沈堪舆对未来这么充满希望的样子，真的不敢想象跟沈堪舆开口说打掉孩子后，会是怎样的后果。

“傻阿笙，”沈堪舆笑了起来，唇色苍白，眼底却一片明亮，“我都有过一次经验啦，怎么会辛苦？只会比之前更轻松呀！”

说到之前，顾言笙越发难受，道：“之前是我不好，没有陪着你。”

“啊？”沈堪舆不明所以地看着他，手头还在收拾东西，“为什么要陪？不用的，这次也不用，我比上次更有经验了，没关系！”

“这种事情怎么能说是经验呢……”顾言笙摸着沈堪舆的后颈，低声苦笑。

“有的。”沈堪舆听到顾言笙的话，不知道为什么忽然格外着急，“我怀甜甜的时候没有经验，所以很多事情做得不好，现在不一样了。”

“慢慢说，”顾言笙拍拍沈堪舆剧烈起伏的瘦弱脊背，“我听着，你别着急。”

沈堪舆点点头，竭力平复急促的呼吸，吐字却越发艰难：“我不会……不会再像之前那样，像个神经病了，我会管好自己的，不会伤人，不会给你添麻烦，可以不用看医生的……”

顾言笙听得心疼，他知道这就像唐修说的那样，沈堪舆的PTSD在童年就埋下病根，怀顾雨甜的时候恶化得非常厉害，但沈堪舆始终努力压抑着，现在终于爆发了出来。

可就算是现在，沈堪舆依旧害怕给别人添麻烦。

顾言笙知道，这大多拜他所赐。

沈堪舆刚怀顾雨甜的时候，的确有些任性蛮横、不讲道理，但大部分也只是嘴上念叨，很少有过分的行为，当他在苏桐的面打了沈堪舆那一巴掌之后，沈堪舆就很少闹腾了。

沈堪舆总是傻乎乎、乐呵呵地冲他讨好地笑，被他嫌烦之后就挠挠头，摸摸隆起的小肚子，笑容也变得小心翼翼起来。

沈堪舆很喜欢跟顾言笙说话，说的都是肚子里小宝宝的事情，说产检的结果，说宝宝今天又动了多少次。

但是还没出生的小家伙能有多少故事可以讲呢？所以沈堪舆来来去去说的都是那些，听的人很容易心烦意乱。

顾言笙有天终究是按捺不住，脱口而出“你这副神神道道的样子活像个神经病”。

沈堪舆跟他讲宝宝的事情时，眼睛一直是亮亮的，听到顾言笙说自己是神经病，眼睛里的光亮也没有散去，只是好像跟之前不一样了，笑了两声，声音微微颤抖道：“对不起呀，我以为你会喜欢听宝宝的事情。”

“没人喜欢每天听这些重复的东西，你无聊就找别的事情做，我很忙。”

“好，那下次宝宝要是又做了什么好玩的事情，我再和你说！”

那时候的顾言笙说这些伤害沈堪舆的话好像从来都不经大脑，顾言笙也从来没想过，沈堪舆能跟他说的事情其实很少。

沈堪舆知道顾言笙不喜欢被太多人知道他们之间的关系，所以很少出门，出去也只是到超市买东西，或者去顾言笙的工作室给顾言笙送饭。而在家里的时候，沈堪舆除了做家务就是直播，再就是跟肚子里的小宝宝玩。

沈堪舆知道顾言笙对做家务和直播的事情不感兴趣，所以肯定不会跟他讲，所以想来想去，便只能跟他讲讲宝宝的事情。

他们单独相处的时间其实很少很少，沈堪舆每个星期可能也就只有那么十几分钟能跟顾言笙说话。沈堪舆已经很努力地在顾言笙不排斥的领域找话题，但能说的还是太少了，最终还是换来了一句“你像个神经病”。

沈堪舆没有发脾气不代表不难过，只是不会表达，更不会发泄，这人只会通过伤害自己来调整濒临失控的情绪。显然，这样是不可能好起来的。

顾言笙渐渐开始怀疑木桶事件是不是沈堪舆主使的，毕竟沈堪舆在被他打过之后就变乖很多。他跟沈堪舆的心理医生交代了这个细节，医生觉得按照沈堪舆的病情来看不太可能去做伤害别人的事情，不然也不会把自己逼成现在这个样子。

“被你打之前我觉得还是有可能的。”医生分析道，“按照你描述的情境来看，在那之前，患者的PTSD还没有爆发，但是被你打了之后，由于自身的遭遇跟童年某段被父母殴打的记忆重合，这才造成了很大刺激。这也是你觉得对方变乖了的原因，其实是病发了。”

医生的话字字诛心，让顾言笙无从辩驳，甚至无颜面对。

但沈堪舆总说木桶事件与自己有关，只说是没控制住自己，以后不会再那样了。

顾言笙觉得喉咙紧得厉害，一说话就有些哽咽，进行了一个深呼吸，对沈堪舆柔声耐心道：“带你看医生。不是怕你麻烦别人，是怕你伤害自己。”

沈堪舆眼睫轻颤，眼眶发红地看着顾言笙。

“不过你要是不想看医生，我们就先不看，”顾言笙擦了擦沈堪舆的眼角，“我会陪着你。生病不丢人，有我在没事的，嗯？”

顾言笙声音很轻，语气却很坚决。

沈堪舆神情一愣，只当顾言笙多半是为了自己肚子里的孩子，一知半解地点头，然后吸着鼻子，带着浓重鼻音低喃着说要收拾东西。

顾言笙觉得沈堪舆哼哼唧唧的像个没断奶的小动物，心软地揉了揉对方的后脑勺，温柔地说："我来，你要收什么和我说。"

顾言笙准备把床头柜上装在塑料袋里的橘子皮扔进垃圾桶的时候，被沈堪舆拦住了。沈堪舆一副宝贝的模样，揣着要往包里塞。

顾言笙皱着眉头拦住沈堪舆，问："你拿这个干什么？"

沈堪舆的手颤了颤，想把橘子皮从顾言笙手里扯出来，力气却敌不过顾言笙。

沈堪舆有些急了，轻声哀求顾言笙："阿笙，你把这个给我吧，我想要……"

"别用力扯，"顾言笙皱紧眉头，"可以给你，但是你告诉我你留着它干什么？"

"这个……这个橘子，是你剥给我的……"沈堪舆不敢再扯，怕把袋子扯坏了，低着头喃喃道，"我想要……"

顾言笙看沈堪舆眼眶有点发红，才意识到自己刚才的语气有点冲，顾言笙想说对不起，但是已经吓到沈堪舆了。

"我想要这个……这个是你给我的……"

沈堪舆看着顾言笙给自己剥的山竹壳，明明都用真空袋子保存起来了，但还是慢慢坏掉了。

果然，越是留不住的东西，越是贪得无厌。

可是沈堪舆还是很想要，不然以后离开了，山竹壳也坏掉了，就一件带有阿笙气息的东西都没有了，到那时要是想阿笙了该怎么办？

沈堪舆低着头揉了揉眼睛，壮着胆子继续哀求顾言笙："阿笙，这个给我可以吗？我以后不要了好不好，这个你给我吧……”

顾言笙最听不得沈堪舆这种小猫叫一样的声音，虽然沈堪舆没有撒娇的意思，也笨得根本不会撒娇，但这对顾言笙来说，这比顾雨甜撒娇的杀伤力要强多了。

“给你给你。”顾言笙无可奈何地缴械投降。

“谢谢阿笙！”沈堪舆欣喜地把橘子皮接过来，感激地冲顾言笙笑着，把袋子捋得平平整整，小心翼翼地放进了自己的包里。

顾言笙看着沈堪舆如获至宝的样子，无可奈何地叹了一口气。

他之前实在是不堪忍受每天都要跟一只山竹壳争宠的日子，所以偷偷在真空袋子上戳了一个洞，好让那玩意儿坏掉。

没想到继山竹壳之后，他又要跟橘子皮争宠。

他正郁闷着，却听到身边沈堪舆的声音有些颤抖并且慌乱起来，小声念叨着“明明在这里的怎么不见了”之类的话。

“喏，是这个吗？”顾言笙咳嗽一声，将自己的西装袖子往上扯了扯，露出一只手表。之前碎成雪花的表面不知道什么时候被修复了，看起来崭新明亮，表盘是纯正的宝蓝色，里面盛着万丈星河。

沈堪舆睁大眼睛，看了看手表，又看了看顾言笙，心跳都快停拍，张着嘴好半天才发出来声音：“这个……这个……你怎么？”

顾言笙理所当然地道：“这不是你送我的生日礼物吗？我……”

“不是……不可以！”沈堪舆焦急地去捂住顾言笙的嘴，额头直冒冷汗，“这个不吉利……不可以生日送的，阿笙你快拿下来，拿下来……”

顾言笙对沈堪舆捂他嘴的动作感到很新奇，又觉得沈堪舆结结巴巴但还是努力说话的样子极其可爱，便顺势扣住沈堪舆的手腕，把人拉进了自己怀里，揉了揉对方的头发，道：“没什么吉利不吉利的，我喜欢就是好礼物。”

“不好……”沈堪舆低头看着那只手表喃喃低语。

沈堪舆看着表盘上辽阔的星河，觉得它像一个深不见底的黑洞，觉得无助又恐慌。

沈堪舆想：不是手表的问题，是我的问题，我是个灾星，送给别人的东西，总会给别人带去厄运。我自以为是的付出，总是给别人带来痛苦。

“来，你听我说，”顾言笙扶着沈堪舆的肩膀，让沈堪舆面对自己，“因为我，我妈对你有些误会，所以很多事情会先入为主，对你有很多不合理的偏见，那都不是你的问题。”

顾言笙停顿片刻，语气低沉下来：“至于你妈妈，她的话你半个字都不要听。”

沈堪舆急忙摇头，想要解释：“不是的，阿笙你不明白……”

“听我的，”顾言笙神情竟有几分幽怨，“你以前不是很听我话的吗？”

沈堪舆哽咽着，张了张苍白的嘴唇，却什么也说不出来了。

“手表送给我了，再要回去是不可能的，”顾言笙说，“那张银行卡挺可爱的。”

顾言笙想起那个有点俗气的粉色卡面，有些忍俊不禁。

沈堪舆垂下眼睫，有点害羞尴尬。

这张银行卡办的时间早，卡面和现在的比起来有些土气。其实，沈堪舆当时也是故意选择这个卡面的，还在心里偷偷期待顾言笙看到它的样子。

没想到，顾言笙现在的反应跟自己那时候想象的居然很相似，沈堪舆感觉心跳变快了，感受到了甜丝丝的暖意。

“你……你喜欢吗？”沈堪舆小声问。

“喜欢啊，”顾言笙坦然回答，笑着道，“非常喜欢。”

沈堪舆怔怔地看着顾言笙的笑脸，眼神明亮，也跟着小心翼翼地笑起来。

“钱我不动，卡我收下了。你可以解释一下这幅画吗？”顾言笙拿出那页纸，摊开，将上面笨拙粗糙的简笔画完整地展露出来：一个大人牵着一个小女孩，右上角有一个黑黑的小圆点。

“这是我和甜甜吗？”

沈堪舆努力稳住自己的情绪，轻轻点了点头，小声地道：“我给她画了裙子……她现在太小了，不能穿裙子，等她长大了就……”

甜甜长大后穿起小裙子一定是最可爱、最漂亮的小公主。她是阿笙的掌上明珠，有小葫芦跟在她身后奶声奶气地叫她姐姐，还会有很多朋友陪在她身边。

沈堪舆很想看到那样的画面，但是知道自己是没有机会的，于是就画了出来。

可惜沈堪舆不会画画，画得一点都不好看，如果甜甜知道自己把她画得这么难看，一定会生气的。

顾言笙不知道沈堪舆又是从哪里看来的两三岁女娃娃不能穿裙子这样的理论，反正对方说什么他都没有意见，就笑着道：“嗯，到时候你给她挑，你喜欢什么样的裙子就让她穿什么样的。”他顿了一下，指向右上角的那个黑点，“这个是？”

“是……是弄脏的，是脏东西，”沈堪舆语速有点变快，声音颤抖得厉害，“是要擦掉的脏东西，我忘记擦了……我后来重新画了一幅，但是弄丢了。”

“你也知道这幅画该重新画？人都没画全，”顾言笙叹了一口气，“现在画上去？我这里有笔。”

“好。”顾言笙没再追究那个黑点，沈堪舆松了一口气，接过顾言笙递来的笔，像个乖乖写作业的小学生一样，趴在纸上，在画中顾言笙空荡荡的另一侧画了一个小男孩，又把小女孩的裙子画得更精细漂亮了些，然后用铅笔另一端的橡皮擦把那个小黑点擦掉了。

顾言笙看到沈堪舆的“大作”时，问：“这是什么……你呢？”

他刚才说沈堪舆人没画全的时候，满脑子都是沈堪舆本人，根本不记得对方肚子里的娃娃，现在倒好，沈堪舆把娃娃给画上去了。

“我？”沈堪舆看着顾言笙，茫然又缓慢地眨了眨眼，“我不用……”

这样就是最完整的一家三口了，阿笙有了想要的儿子，甜甜有了想要的弟弟，这样就已经完整了，再画自己的话太多余了。

沈堪舆觉得自己不配出现在画上，哪怕是一颗只占据一点点位置的星星。

沈堪舆曾经想过，如果自己死后火化了，阿笙能把自己的骨灰撒在家里的后院，这样也许自己还能看着他们，但是这样太麻烦阿笙了，自己也太脏了，要是他们想到自己的骨灰在后院，一定会觉得很恶心的。

说好要找一个地方偷偷死掉，不可以反悔食言的。

“什么叫不用？”顾言笙叹了一口气，握住沈堪舆握笔的手，“来，我带着你画。”

他握着沈堪舆的手，刚刚搁到纸上准备画，就感觉自己的手背被温热的液体打湿了。

顾言笙愣了一下，刚转头去抽纸，沈堪舆则抬起自己不灵活的左手用力地揉搓起眼睛，身体紧绷着一动不动。

“别用左手擦，”顾言笙连忙把沈堪舆的手拉下来护着，将这副骨瘦如柴的身体拥进怀里，“没关系，哭出来，别怕。”

“阿笙，你不要对我这么好，我不配的，”沈堪舆不肯哭，还努力地吸了吸鼻子，不让鼻音和哭腔显得太重，然后很认真地哀求顾言笙，“你知道我是什么样的人，你这样我会得寸进尺，像以前一样做很多很多坏事。你像之前那样就好了，之前那样就很好了……”

“你一点都没有得寸进尺，”顾言笙轻轻地道，“你特别乖。”

“我有……”沈堪舆焦急地攥住顾言笙的衣袖，似乎是想认真地跟他讲自己得寸进尺的地方。

顾言笙知道沈堪舆说不出什么来，索性俯下身，吻住了对方微启的苍白唇瓣。

感觉到怀里人想挣扎，顾言笙揽住了对方柔软的腰，温柔却固执地加深了这个吻，贪婪又小心地温暖着自己所能触及的地方，一遍又一遍。

沈堪舆从来没被人这样吻过，整个人不敢动弹，脸颊发烫，心跳如擂鼓，浑身瘫软，感觉自己仿佛被托举到了云端之上，有种失重感。

顾言笙知道吻太久会让沈堪舆喘不上气，便松手去吻对方脸上的泪痕以及睫毛上的泪珠，等沈堪舆气喘匀了再重新吻住对方的唇。一旦察觉到沈堪舆微弱的回应，他就加深动作。

如此反复几次，沈堪舆根本招架不住，被顾言笙抱着都坐不稳，于是顾言笙便托着怀里软绵绵的人往床上倒。

“大少爷你好了没？我都下班半小时了——”唐修推开门，看到眼前的一幕顿时退了出去，并以迅雷不及掩耳之势捂住了身后的唐蓁的眼睛。

唐蓁问：“你干什么？”

唐修皱起眉头道：“有坏人在吃鱼。”

唐蓁翻了个白眼，道：“我都看到了，人家亲自己老婆怎么了？你干吗说人家。”

唐修固执地道：“小孩子不能看。”

“大我十分钟了不起？”

“大一秒都是大，你有什么不服，就去问爸妈当初为什么把你生在后面。”

唐蓁：“……”

沈堪舆被顾言笙吻得晕头转向，之后半天都是蒙的，趴在顾言笙怀里直喘气。顾言笙能听到沈堪舆如擂鼓一样的心跳声，扑通扑通地跳动着。

顾言笙伸手摸了摸沈堪舆的脸，烫得厉害，可沈堪舆的反应却像顾言笙的手烫到了自己一般，迅速地把脸埋进了顾言笙怀里，哪怕透不过气也不肯出来。

顾言笙轻声道：“好了好了，羞成这样。是我食言了，下次亲你一定提前告诉你好不好？”

沈堪舆没有出声，乖乖地点了点头。

“我们小鱼害羞啦，真可爱，”唐蓁看着沈堪舆毛茸茸的后脑勺就想摸，忍不住伸手揉了一下，“这是第一次吗？”

沈堪舆又点点头，抬起头似乎是想看着顾言笙说话，但是一看到顾言笙的下巴就紧张地又把头低了下去，拼命地绞着手指，喃喃道：“阿笙，我没有让别人碰过的，一直都没有，孩子也是你的……”

“我知道，我相信你。”顾言笙将人往怀里揽了揽，更加严实地将沈堪舆圈在怀里，温柔地抚慰着。

沈堪舆趴在他怀里，闭上眼睛，睫毛湿润了，但却竭力忍着，没有让里面温热酸涩的液体流下来。

沈堪舆觉得自己太幸福了，幸福到就算马上离开也没有关系。

唐修的车已经开得很平稳了，但是沈堪舆怀着孕，身子实在是经不起颠簸，不一会儿就吐了好几次，脸色一片苍白。

顾言笙看得心如刀绞，甚至想让唐修掉头回医院。

“孕吐是难免的，只有体质特别好的人才不会这样，你老婆什么体质你不清楚？”唐修安慰地拍拍顾言笙的肩膀，“回医院不过是换个地方吐，可以但是没必要。上车吧。”

顾言笙懒得理唐修，默默地给沈堪舆喂水。

沈堪舆体力消耗严重，回到车上就躺在顾言笙的腿上迷迷糊糊的，眼睛都睁不开，时不时喃喃地叫顾言笙的名字。

“我在，难受是吗？”顾言笙握着沈堪舆冰凉的手，轻轻擦掉对方脸上细密的汗珠，“再坚持一会儿，马上到家了，嗯？”

“一会儿我下车……走吧……”沈堪舆努力地撑开眼皮，喘息着艰难地道，“我太耽误时间了……你们先回去吧……”

顾言笙握着沈堪舆的手，按着手部止吐的穴位，温柔地哄道：“没有耽误时间，你睡一觉起来我们就到家了，乖。”

沈堪舆精神差到极点，却还是不肯睡觉。

沈堪舆一会儿怕自己一个不小心吐在唐修的车上，让顾言笙发觉自己要吐就开车门把自己推出去；一会儿担心甜甜在家饿肚子，让顾言笙找个地方买点好吃的给她；一会儿害怕宋黎看到自己回去会不高兴，说自己可以回出租屋，等顾言笙需要自己的时候再过去。

顾言笙耐心地哄着沈堪舆，好不容易把沈堪舆哄睡了，对方却是半梦半醒的状态。

沈堪舆脑海里好像时刻有一根神经紧绷着，只要车身颠簸就会受到惊吓，喃喃自语道：“我走我走，我现在走。”

顾言笙知道沈堪舆的反应是因为以前的记忆造成的条件反射，也就是 PTSD 在作祟，但还是心疼得厉害。

为了赚钱，沈堪舆曾在多少个日夜不眠不休地直播，累了就随便找个地方——一般不是正常人会找的地方，或坐或趴或蹲或躺地睡着，只是睡得很浅。

顾言笙好几次想把沈堪舆抱到沙发或者床上去睡，但只要他一靠近，沈堪舆就会瞬间惊醒，然后手忙脚乱地爬起来，口中重复的就是那句“我走，我现在走”。

唐修在等红绿灯的间隙忍不住询问顾言笙：“小鱼是在做噩梦吗？”

顾言笙不知道怎么回答。

唐蓁翻出自己的香薰机，在里面滴了几滴甜橙精油，递给顾言笙道：“阿笙，这个放在小鱼旁边，安神助眠的。”

顾言笙接过来，果然没一会儿，沈堪舆就熟睡了，只是身体还是下意识地蜷缩成小小一团，一只手横在腹部护着小葫芦，一只手攥着顾言笙膝盖上的布料，一副极度缺乏安全感的样子。

顾言笙松了一口气，掖了掖沈堪舆身上的毯子，想了想又拿起放在一边的外套，将人裹得严严实实，然后伸手覆住对方攥着他裤子的手——那只冰凉僵硬、布满伤痕的手，那只几次伤到骨头已经造成了不可逆转的损伤，指骨和手腕有些扭曲的手。

顾言笙牢牢地护着那只手，抬头对唐修道：“你晚上有事吗？”

唐修摇摇头，问：“怎么了？”

“那就再开一会儿，别这么快回家，”顾言笙说，“再让沈堪舆多睡会儿，好不容易才睡着的。”

唐修从后视镜里看到沈堪舆趴在顾言笙腿上睡得很是香甜，小小的脸、泛黄的头发，心里蓦地一软，连带着鼻子也有点发酸。

沈堪舆能睡得这么安稳，太不容易了。

他掉转方向盘，开往一个和顾言笙家相反的方向，道：“没问题，我带你们兜风，兜到天涯海角都没问题。”

沈堪舆这一觉睡得很足。因为被顾言笙捂得严严实实，加上车里暖气开得足，素来苍白的脸都泛起了淡淡的粉色，看起来像一只水蜜桃。

眼看着天黑了，即使沈堪舆睡得很香，也不能再这么睡下去，好歹要起来吃饭，于是顾言笙轻轻挠着沈堪舆的手心，把人弄醒。

沈堪舆的睫毛轻颤了几下，然后吃力地睁开眼，顾言笙伸手替沈堪舆挡住了光线，看着对方湿漉漉的眸子，懵懂又干净，如初生的小鹿一样，一下就撞进了顾言笙心底最柔软的地方。

顾言笙拨开沈堪舆凌乱的头发，俯身轻轻吻了一下对方的额头，将自己的声音放得很轻很轻："醒了？还想睡吗？"

"嗯……"沈堪舆揉了揉眼睛，发出了那种刚睡醒的人都会发出的声音。顾言笙觉得特别可爱。

趁沈堪舆的迷糊劲儿还没过去，顾言笙赶紧又亲了对方一口，然后柔声道："太晚了，起来吃了饭再睡。"

"嗯——"沈堪舆睁开眼，看到车窗外一片华灯初上的夜景，大脑宕机了几秒，然后着急地想从顾言笙的身上爬起来，奈何骨头都睡酥了，实在是提不起力气。

顾言笙把人扶了起来，问："怎么了？"

沈堪舆再次确认天已经黑了，顿时自责得不行："买不到菜了，怎么给你们做饭吃？"

自己怎么可以睡了那么久？浪费大家那么多时间，还让他们都饿着肚子。

唐修见沈堪舆一副委屈巴巴的样子，失笑道："别说傻话了，我的小宝贝。你家阿笙要是舍得让你动手做家务，我的名字就倒过来写。"

沈堪舆的脑子飞快地运转，又进了死胡同，而后道："没有关系的，我会很小心，不会伤到小葫芦。之前……之前怀甜甜的时候我也是一直在做，没有出过问题……"

唐修："……"

"跟小葫芦没关系。"顾言笙把沈堪舆拉进怀里，却发现自己的腿麻了，有些难受地皱了皱眉头。

沈堪舆还来不及去思考为什么跟小葫芦没关系，就被顾言笙吓了一跳：“阿笙，你怎么了？”

“没事。”顾言笙想笑一笑，但他的腿麻得他完全控制不了自己的表情。

沈堪舆看到他按着膝盖的手，马上就想明白了，问：“是腿麻了吗？我帮你揉，我会！”

顾言笙现在恨不得把沈堪舆捧在手心里护着，不忍心让对方再费心费力，尤其是沈堪舆的左手还没有完全恢复；但看到沈堪舆满是殷切的大眼睛，又不忍心拒绝，于是道：“你轻一些，别弄伤手。”

“我会按摩的。”沈堪舆像没有听到他的话，把手放在他的腿上，然后力道适中、有节奏地按揉起来，“我哥哥经常生病，躺在床上一动也不能动。医生说这样一直躺着血液不循环，肌肉可能会萎缩，我有机会就会给他按摩。他说很舒服的。舒服吗，阿笙？不舒服要告诉我。”

“差不多了，不按了。”顾言笙觉得麻得没那么厉害了，就赶紧把沈堪舆的手拉了起来。

沈堪舆却把手抽了回去，固执地道：“我再帮你揉一会儿，你的腿还很硬，血液都还没有流动开，肯定还很难受。我帮你，没关系的。”

“真的不用了，已经好了，”顾言笙动了动自己的腿，示意沈堪舆看，“能动了，不用再按了。”

“哦，好。”沈堪舆蜷缩起手指，把手收了回去。

沈堪舆想：阿笙应该不喜欢自己一直碰他吧。

沈堪舆一边无意识地绞着衣角的布料，一边抬起头冲顾言笙笑道：“阿笙，我会做很多的，做饭、按摩、洗衣服……电器我也会修一些。那些很难洗的窗帘，还有地毯我也能洗。我都想好了，回去的话我都可以帮你做这些。要是你不喜欢我做的话，我可以去别人家里做，赚钱给你好吗？”

这些事情，其实沈堪舆都做得不是很好，沈堪舆做得最好的事情就是打游戏，可是沈堪舆知道自己的左手已经不行了，吃饭的时候连碗都端不稳，就像有很多只小虫子在骨头里面咬，疼得厉害。

帮顾言笙按完腿，沈堪舆的手又开始疼，不禁开始担心孩子还没生下来，就连这些事情都做不了了：“我今天不是故意睡那么久耽误时间的，我下次一定会定好闹钟，把该做的事情都做好……我……”

沈堪舆自言自语地检讨着，越说越紧张，越说脑子越乱，最后只能祈求地看着顾言笙：“我做得不好的话，阿笙你告诉我，我一定会改的。小葫芦生下来，你先不要赶我走，我想看他……我想看看他。”

沈堪舆是真的想看看小葫芦，尤其是见过甜甜之后，就越来越渴望能看到小葫芦出生，想看他们一家三口在一起的幸福圆满的样子。

只看一眼就行。

不要像甜甜出生那次一样，自己还没看一眼，孩子就被人抱走了。

“不赶你走，没有人会赶你走。”顾言笙没有想到睡觉睡得久了也会让沈堪舆想这么多，难过成这样，他们没说过要让沈堪舆去买菜、做饭这事，只是沈堪舆的思维已经形成了定式。

顾言笙抱着沈堪舆，在对方耳边轻声细语地道：“没有人会赶你走的，我和你，还有甜甜和小葫芦，是要在一起过一辈子的。你只要乖乖在家里待着不要跑就好了，我来赚钱。”

顾言笙温热的鼻息扑在沈堪舆的侧脸，让沈堪舆的眼眶又热又酸。沈堪舆听着那些美好得像幻听一样的话，却越来越觉得没有真实感，只能小心翼翼地伸出手去碰一碰顾言笙。

顾言笙握住沈堪舆苍白纤细的手指，放到嘴边轻轻吻了一下，弯起眼眸，笑容从眉梢直到唇角。

“阿笙，”沈堪舆的眼圈又红了，“我喜欢你，我真的很喜欢你……”

顾言笙笑得越发灿烂，眼角也有些湿润：“我知道，我一直都知道。”

“你不要走了。”沈堪舆攥住他的衣角，小声地哀求着。

“好。”顾言笙凑近沈堪舆仍旧泛着粉色的脸，轻声道，“我不走的话，你可以让我亲一下吗？”

“你真的很可爱很可爱。”顾言笙在心底呐喊。

“啊？”沈堪舆眼睛还湿着，脸却变得更粉了，悄悄地瞥了瞥前面的唐修和唐蓁，小声地提醒道，“哥哥姐姐还在。”

“不，我们不在，”唐修果断地道，“你们请便。”

“嗯，不在。”唐蓁很果断地跟上了哥哥的脚步。

“呜！”沈堪舆还没有明白他们的意思，顾言笙就已经托住自己的脖颈，俯身吻了下来。

沈堪舆身体一开始僵硬得厉害，被顾言笙轻轻咬了一下嘴唇，闷哼一声整个人软了下来，毫无反抗之力地被顾言笙按在座椅靠背上吻着。

一天被吻了两次，沈堪舆整个人都晕头转向的，加上吃下去的东西都吐光了，有些低血糖，肚子咕咕咕地叫得厉害。

唐蓁忍不住笑出声：“我们小鱼肚子饿了？想吃什么，阿修哥哥请客。”

顾言笙抱着沈堪舆问：“你喜欢吃什么？我们带你去。”

沈堪舆的脸还是粉粉的，低着头很认真地想了一会儿，然后小声说：“甜的。”

顾言笙皱了皱眉，问：“具体一点？”

沈堪舆又想了一会儿，说：“皮蛋瘦肉粥。”

唐修愣了一下，不太明白：“皮蛋瘦肉粥还有甜的？”

“嗯！”沈堪舆用力点头，“有红枣和玉米粒的那种，甜的。”

“那也甜不到哪儿去吧？”唐修小声嘀咕。

“唐修。”顾言笙低声唤道，有制止的意思。

沈堪舆常年吃的都是些没营养的粥水或者放久了的剩饭剩菜，就连水果都没怎么吃，对甜味是最渴望的。只要东西新鲜温热，沈堪舆基本都能尝出甜味来，就像上次喝个白开水也能傻笑着说甜一样。

唐修虽然不明白原因，但受了顾言笙的提示，也不再纠结皮蛋瘦肉粥能吃出甜味的事情，笑着道：“这么简单？一碗粥就打发了？我可是难得请客啊。”

“皮蛋瘦肉粥好吃的。”沈堪舆一脸认真。

“行，我知道一个地方的粥挺不错的，旁边还有一家江浙菜，他们的龙井虾仁、西湖醋鱼还有桂花糯米藕都可鲜可甜了，这就带你去。”

顾言笙看沈堪舆傻乎乎地点头说“谢谢哥哥”，估计沈堪舆也不知道唐修说的那几道菜都是些什么，心里又开始泛疼。

除了顾言笙和顾雨甜喜欢吃的菜，沈堪舆不太懂别的菜式。之前顾言笙问沈堪舆喜欢吃什么，沈堪舆就答不上来，非逼着沈堪舆说的话，沈堪舆就报出顾言笙和顾雨甜喜欢吃的东西，现在好不容易才问出个皮蛋瘦肉粥。

不光是吃，之前顾言笙问沈堪舆喜欢做什么，沈堪舆就说打游戏，别的什么也答不上来。

顾言笙又换了个方式问沈堪舆平时都做些什么，沈堪舆就掰着手指头一个一个数给他听：做饭、买东西、洗衣服、接孩子、交水电费和网费……

沈堪舆的时间都交给了顾言笙。

那是顾言笙余生永远无法补偿的沉甸甸的爱。

shenkanyu x guyansheng

第十二章

他真的是个浑蛋

江浙菜大多清甜，鱼虾也没什么腥味，沈堪舆虽然怀着孕，但这顿饭吃得可口顺畅。

沈堪舆住院这段时间，顾言笙都尽量带着对方跟自己一起在桌上吃饭。就算沈堪舆有时候吃完药迷糊虚弱，不方便去食堂，顾言笙也会在医院的病床上架个小桌板，饭菜摆得满满当当的，两个人面对面，你一口我一口地吃。

沈堪舆起初应激反应严重，焦虑得吃不下东西，或者吃下了没多久就要吐；但顾言笙一直陪在身边，不论是在语言上还是行动上，都耐心地安抚着对方，再配合精神类药物的治疗，沈堪舆渐渐好了一些。

沈堪舆虽然听到要在饭桌吃法的第一反应还是紧张害怕，还要跟顾言笙确认很多遍，但只要在饭桌吃了一段时间，就能慢慢适应了。

沈堪舆人瘦，嘴巴里塞一点东西腮帮子就会鼓起来，然后再慢慢地嚼，像个小松鼠似的，眼睛也亮晶晶的。

本来唐修今天胃有些不舒服，不太想动筷子，但沈堪舆吃东西的样子着实把他看得食指大动，一不小心就多吃了几口。唐蓁见状用胳膊碰他，道："你少吃点，狼吞虎咽的，一会儿胃又疼。"

"哎呀，问题不大，"唐修摆了摆手，半开玩笑半认真地道，"我觉得我们小鱼之后可以尝试转行做美食博主或者吃播，人气绝对旺。"

顾言笙在给沈堪舆凉滚烫的热粥，没顾得上回，沈堪舆倒是眨巴着大眼睛问唐修什么是吃播。

沈堪舆虽然之前是游戏博主，但上网时仅限于直播，"美食博主"还有所耳闻，"吃播"就有些陌生了。

“就是吃东西给别人看。”唐修言简意赅地解释。

沈堪舆有些茫然，问：“这样也会有人看吗？”

“有啊，不过得看是什么人吃。”唐修笑眯眯地道，“像你这样长得可爱，吃东西也可爱的，直播间肯定爆满。”

沈堪舆歪着脑袋，像在很认真地思考这件事的可行性。

因为沈堪舆的左手屡次受伤，已经不像以前那样灵活，竞技游戏肯定打不了，所以一直在想今后要做什么事情才能帮到阿笙。

顾言笙“啧”了一声，道：“别听他胡说，喝粥。”

“好。”沈堪舆顺从地接过顾言笙递来的勺子，小口小口地抿着温度适口的皮蛋瘦肉粥。

粥熬得绵密浓稠，店家平时不会往里面加红枣和玉米，唐修特意让他们加了一些进去，颗粒剁得细碎，甜度刚好，不会喧宾夺主，沈堪舆边吃边夸，像个小孩子。

唐修越看越觉得可爱，同时心里又充满了对顾言笙的嫌弃与不满。

他不能理解，沈堪舆性格单纯天真，长相乖巧可爱，跟个吉祥物一样，你就是把人摆在那儿，光看人吃饭就觉得心情愉悦，那浑蛋凭啥把这么可爱一小孩儿吓得好几年不敢上饭桌啊。

唐修心里气不过，抬腿踢了顾言笙一脚，顾言笙吃痛道：“你干吗？”

“不好意思，没注意。”唐修嘴上这么说，脸上的表情却不友善。

顾言笙知道唐修揍他就跟他妈揍他一样不用讲道理，张了张嘴最终决定忍气吞声，专心喂沈堪舆。

沈堪舆的身体还是有些虚弱，加上怀孕嗜睡，吃完饭在唐修车上没坚持多久又睡着了，就是睡得不算很安稳，一直轻轻翻动腰腹的地方。唐修从后视镜里看了一会儿，跟顾言笙说：“小鱼胎位靠后，可能是宝宝顶着腰难受，拿个枕头在后面垫着。”

顾言笙照做，又把手放在沈堪舆后腰轻轻按摩，感觉到那里好像是僵硬紧绷的。现在孕期还早，沈堪舆腰背的压力就这么大了，刚刚吃饭的时候就难受，只是忍着没说。

唐修看顾言笙忧心忡忡的模样，安慰道："没事的，怀孕肯定辛苦，别让小鱼累着就行。"

唐蓁问道："你平时还得上班，小鱼自己在家吗？总要有人照顾一下吧，还有甜甜呢。"

"我会尽量在家办公，其他时间我妈在家。"后半句顾言笙说得有些迟疑。

唐修叹了一口气："你要不考虑请个保姆？不是针对你妈，我只是觉得小鱼现在这样的状况，很不适合跟除你之外的人长时间相处，而且你妈确实……"

"我知道。"顾言笙捋开沈堪舆散乱在脸上的碎发，"等沈堪舆身体好一些，我尽量带在身边。"

唐修笑起来，道："那很不错，带只锦鲤在身边，好运连连。"

沈堪舆出院回家以后，仍旧有很多习惯让顾言笙很头疼。

第一个就是不愿意上饭桌吃饭。顾言笙好不容易把人哄到饭桌上了，沈堪舆又不肯夹菜吃；顾言笙在的时候还好，他会把好吃的、新鲜的东西硬塞给沈堪舆吃，顾言笙要是不在，沈堪舆就埋头一口又一口地喝着自己面前清淡的白粥，等别人都吃得差不多才去夹剩下的菜，吃得还特别开心，两只眼睛弯弯的、亮亮的。

第二个就是不做家务就坐不稳。孕期近四个月，沈堪舆的肚子已经显形了，弯腰都不是很方便，但还是逮着机会就拖地板、擦窗户、洗床单，然后腰会痛得直都直不起来，连被顾言笙抱一抱都疼得发抖。

不过，让顾言笙最难受的是沈堪舆仍旧没有安全感，每天都如履薄冰地活着，小心翼翼地讨好身边的人。哪怕这些人曾经伤害过沈堪舆，沈堪舆还是会把那颗遍体鳞伤的心毫无保留地交付出来，努力地想要把最后一点点心血都给他们。

这让顾言笙想到了上学时的沈堪舆。当时，沈堪舆不知道世界上有“保暖内衣”这种东西，总是觉得顾言笙穿得那么少一定会冷，就拼命地把自己的衣服塞给他穿。顾言笙不胜其烦，随便披一会儿后就想把衣服还给沈堪舆，可是沈堪舆不要，久而久之，那些衣服就不知道被顾言笙扔去哪儿了。

后来，沈堪舆的衣服越来越薄，有一年冬天，零下二摄氏度，下雪了。顾言笙见沈堪舆只穿了一件卫衣在学校里蹦跶，忍不住问对方冷不冷。

沈堪舆先是为顾言笙开口关心自己这件事情欢欣雀跃了半天，然后才笑眯眯地说“我不怕冷”。

沈堪舆明明嘴唇冻得苍白，干裂到蜕皮出血，指尖青白得没有一丝血色，抓握东西的时候手指僵硬又吃力。

顾言笙又说：“那也不能穿这么少，你不是衣服多得穿不完？”

沈堪舆好像不知道怎么回答他的话，挠了挠头傻笑着道“都穿完啦”。

沈堪舆的衣服都是从哥哥穿旧或者穿不下的衣服里捡来的。后来，哥哥的身高体型稳定下来后，就没有旧衣服给沈堪舆了；而沈堪舆已经把最好、最暖的衣服都给了顾言笙，除了学着习惯寒冷，也没有别的办法了。

即使这样，沈堪舆还是问顾言笙：“阿笙，你很冷对吗？我改天再给你带新衣服好不好？”

没有那些衣服，沈堪舆在多少个寒冬腊月里冻得瑟瑟发抖，也没想过给自己添一件新衣服，却在看到顾言笙打了个哆嗦的时候，拿自己打工赚的钱买暖和的衣服送给顾言笙。

沈堪舆一直用这种笨到极点的方式毫无保留地爱顾言笙，从来没有变过。

可沈堪舆给顾言笙的那些衣服，顾言笙几乎都找不到了。好不容易在老家的柜底翻出一件，大衣的内袋还装着一包没拆开的暖宝宝，只是在好几年前就过期了。

暖宝宝上还贴着一张泛黄褶皱的便利贴，上面是沈堪舆学生时代稚嫩清秀的字体。

——阿笙！我听他们说这个可好用啦！你如果怕我的衣服不干净可以不穿，但是这个一定要用哦！

顾言笙看着字条，想起那时候无论他怎么骂怎么赶都跟在他身后，笑意生动、眼眸明亮的沈堪舆，眼眶克制不住地湿了。

被欺负了都不知道委屈怄气，除了对别人好什么也不知道，这真的是天底下最笨的孩子。

顾言笙每天忙得再晚都要回家陪沈堪舆一起睡，但如果回来得太晚了，他就会让沈堪舆先回房间睡。

沈堪舆每次都应得特别乖巧特别快，可他回到家还是看到这小傻子趴在女儿的床沿睡，一只手还拽着孩子的被角，怕孩子踢开被子着凉，怀里还抱着一件团起来的棉服。

那是顾言笙给沈堪舆买的新衣服，暖和又轻薄，当初在商场里试的时候，明明有适合沈堪舆的尺寸，但沈堪舆却固执地要按顾言笙的尺寸买，说大一点穿起来暖和。

顾言笙一开始相信了这些话，但后来知道了，沈堪舆认为这不是自己的衣服，以后终究是要还给他的。

沈堪舆不怎么穿，总是把它团成一只软绵绵的球，用塑料袋装着，宝贝一样地抱在怀里，虔诚又卑微。

甜甜说，爸爸不在家的时候，小鱼总是抱着这件衣服发呆，有时候会笑，有时候会掉眼泪。

沈堪舆是真的很爱顾言笙，可却不敢再奢望顾言笙的靠近，只能抱着顾言笙给的东西，聊以慰藉，度过余生。

顾言笙知道沈堪舆在怕什么，所以耐心地陪着、哄着对方，看到沈堪舆弯着眼睛对自己单纯地笑时，顾言笙就觉得做什么都值得。

但是别人不知道。

在他们眼里，沈堪舆就是一个神经兮兮又无所事事的疯子，就连出门倒垃圾的时候都能经常听到邻居不甚友好的指指点点。

“这小沈离疯不远了吧，阿笙还护着呢？”

“不护也得护着啊，肚子里还有自己的娃子。”

“也是，怎么都得等娃子生出来再说。”

“生出来可赶紧离了，别留着过年，家里搁着个疯子怪不吉利的。”

女儿窝在沈堪舆怀里，时不时抬起清澈无辜的眼睛，可怜巴巴地说：“小鱼，甜甜觉得你跟以前不一样了，你能像以前一样吗？甜甜不喜欢你现在这样。”

沈堪舆知道他们说的是事实，自己早就做好了心理准备，所以不会特别难过，但每每回过神低头看向自己的手时，才发现上面布满了斑驳的血痕。

沈堪舆一遍遍地告诉自己没关系，一遍遍地去回想顾言笙温暖的笑容和声音，终究没有在这些琐碎的议论中崩溃失控。

要坚强一点，不可以再给阿笙添麻烦了。

宋黎自是将这一切都尽收眼底。她怎么都想不明白，沈堪舆到底哪里好？能让亲生儿子跟她翻脸。虽然事后顾言笙跟她道歉，跟她说明是自己当时太冲动，还说沈堪舆怎么怎么不容易，但她还是觉得不可思议。

以前赚钱辛苦？这个沈堪舆不就会打个游戏吗？打游戏有什么可辛苦的？不就天天对着电脑玩儿？多痛快。况且这人打了半辈子游戏赚的钱，顾言笙几个星期就赚回来了。

现在身体不好？她也没怎么看出来。家务活干起来还是溜得很，陪女儿玩的时候也兴致颇高，没见卧床不起啊。

更离谱的是，顾言笙每次因为工作的事情没办法陪着、要麻烦她到家里照顾沈堪舆的时候，都要千叮咛万嘱咐一堆，还隔三岔五地短信电话提醒，生怕这个便宜老婆冷了、渴了、饿了、肚子疼了，又或者是怕她虐待对方似的。要是沈堪舆真的算计起人来，指不定她还斗不过呢。

宋黎虽然想不通这些事情，但也没空仔细琢磨了，因为还有更重要的事情等她去做。

她把孙女哄睡了，到厨房去找沈堪舆的时候，沈堪舆正扶着腰熬汤。

宋黎看沈堪舆一副很辛苦的样子就觉得扎眼，道："你腰很疼？肚子也没多大啊。"

沈堪舆被宋黎有些尖锐的声音惊了一下，心脏怦怦跳，然后回头看向宋黎，脸上没有一丝血色，话也说不出半句。

"问你话呢。"宋黎挑眉

"不……不疼。"沈堪舆仓促地摇头，匆忙收回手，腰背剧烈的坠痛牵得双腿发软、浑身发抖，沈堪舆只能在宋黎看不到的地方伸手撑住灶台。

宋黎走过去问："你在弄什么？"

沈堪舆愣了一下，看着她怔怔地眨了眨眼睛，好一会儿才说："红糖姜汤。"

宋黎挑眉："哦，给你自己熬的？"

"给阿笙。"这几天外面又冷又经常下雨，沈堪舆怕顾言笙受寒。

但是对着宋黎沈堪舆不敢说这么多，怕说错话。

“熬好了吗？”

“好了，阿姨您要喝点吗？”

“不了，收拾收拾，跟我去医院吧，”宋黎低下头，看着沈堪舆已经鼓起一定弧度的小腹道，“医生我都预约好了，今天做羊水穿刺的人不多，早去早回。”

“好。”沈堪舆点点头，什么也没问，顺从地熄灭了灶台上的火，闭着眼睛适应了一会儿腰部的疼痛就慢慢跟着宋黎走出厨房，收拾东西准备出门。

沈堪舆肚子不方便，腰又疼，穿鞋的时候只能坐着慢慢穿。宋黎低着头看沈堪舆吃力地套着鞋的青白纤细的手指，微微颤抖着的黑色睫毛，还有怀了孕也没长几两肉的背，心里泛起一丝异样的感觉。

沈堪舆穿好鞋，虽然挺着个肚子起身非常艰难吃力，手背都暴出了青筋，但也没有让宋黎帮忙的意思，而是颤颤巍巍地打直了有些浮肿的双腿，然后亦步亦趋地跟在宋黎身后，像个乖巧的小孩。

走出楼梯口的时候，宋黎刚被外面的寒风吹得打了个冷战，旁边沈堪舆就递来一个装满红糖水的塑料瓶子。

“阿姨，您喝一点吧，这个可以暖身子，”沈堪舆不敢直视宋黎，垂着眼，说道，“喝了就不冷了。”

宋黎愣愣地看着那瓶红糖水，都不知道沈堪舆是什么时候偷偷灌的，又看到这人的手，伤痕累累，指尖白得发灰，聚不起一丝血色，手指还有些扭曲，犹豫了一阵，接了过来。

沈堪舆见状笑了笑，眼睛弯弯的亮亮的。

沈堪舆五官长得很好，整体看起来透着点稚嫩的感觉，笑起来更像个天真无邪的孩子，挺讨喜的。

这算是宋黎第一次这样近距离地观察沈堪舆，心里某处悄悄变软，但是她还没有察觉到。

如果她当时察觉到了就好了，那样的话她就不会把沈堪舆往死里逼。

她喝了口红糖姜汤，果然暖和又甘甜，忍不住多喝了几口。

沈堪舆轻声提醒她："阿姨，小心烫。"

宋黎抿了抿嘴，思索片刻后道："那天踩到你的手，不好意思啊。"

沈堪舆愣了一下，然后连连摇头，道："没有……没有不好意思，我知道……您可能是想过来帮我，我……"

沈堪舆没想到宋黎会因为这个事情跟自己道歉，感动又意外，磕磕巴巴地说了很多话才发现宋黎的脸色不太对劲，随之意识到自己这个一时情急冒出来的想法实在是自作多情，感叹自己老毛病又犯了。

沈堪舆安静下来，浑身发冷。

宋黎稍微缓和的神色重新变得不屑甚至厌恶起来。沈堪舆果然还是那个诡计多端的沈堪舆，明明知道自己是想帮忙，却没有跟顾言笙说，害得他们母子白白闹了一场别扭。

"你的小伎俩还真是又多又碎，"宋黎冷冷地道，"你和阿笙现在的状态，其实我都看得到。我不知道你在搞什么，不知道你绞尽脑汁地让他对你死心塌地后，又玩这么些欲擒故纵的小把戏是为了什么。当年你叔叔惹我生气时，我对他也用过这些小把戏，但是总得有个限度，把戏玩多了会适得其反，让你看起来像个作天作地的神经病。"

沈堪舆怔怔地低着头，屏息认真听她说的每一句话，听到"神经病"的时候，脸上仅剩一点的血色悉数褪尽，浑身不可遏制地轻轻发抖，然后抬起手，用力地揉了揉眼睛。

宋黎自顾自地继续道："阿笙工作很忙，不是每天都有时间这么哄着你陪着你，你自己也要有个分寸，别整天给他添麻烦，是个人都会受不了的。你自己也知道，连甜甜都快受不了你，说你怪得很。你听到没有？"

沈堪舆仓促应道："听……听到了。"

"你最好不要一边耳朵进一边耳朵出，阿笙不会一直惯着你的，"宋黎说，"实话跟你说了吧，任何人都会向着自己的骨肉血亲，之前阿笙因为你跟我怄气，现在不也好了？别把自己太当回事，会摔得很惨。"

"阿姨您……您误会了……"沈堪舆嗓子很哑，低低咳嗽了几声，觉得喉咙里一阵腥咸，就往下咽了咽，然后抬起头对宋黎笑道，"阿笙不是因为我跟您怄气的，他是怕孩子会出事，他不是因为我。您要……您要相信他……你们是一家人，是永远的一家人……"

沈堪舆每说一句话都要停顿很久，认真却又费劲地斟酌自己的每一字每一句，生怕说错什么："您也不用因为我生气或者不开心，不值当的……我……孩子生下来，我就会走的。"

沈堪舆这么一说宋黎倒一下子想明白了自己之前一直搞不懂的事情。原来顾言笙之所以对沈堪舆偏心、上心，是因为沈堪舆肚子里那个尚且来路不明的小孩子，不由得冷笑道："倒是又故技重施了，玩用孩子绊住人这一套。"

沈堪舆大致明白宋黎说的"绊住人"是什么意思，应该跟自己怀甜甜的时候，阿笙说自己仗着孩子为所欲为是一样的。因为那个时候不明白这些，做出了那样恶劣的行为却不自知，难怪如今被宋黎责怪。

"不……不绊住阿笙，"沈堪舆吐字艰涩，但语气真挚，"我能搬出去的，到时候……您和阿笙去接宝宝，或者我送回来，都行的。”

宋黎愣了一下，冷哼一声道：“孩子要真是我们阿笙的，谁会赶你走？你别一副做贼心虚的样子。”

“是阿笙的。”沈堪舆只说了这么几个字，其他的事情没有做任何辩解。

宋黎瞥了一眼沈堪舆隆起的小腹，小声嘀咕道：“也不知道这孩子是谁的种。”

“是阿笙的。”沈堪舆轻声重复，无意识间将手臂抓得满是血痕。

由于提前托人在医院打点好了，所以宋黎直接带着沈堪舆到了检查的科室。

检查的医生看着沈堪舆之前的检查报告，忍不住问：“你这各项筛查都没什么问题啊，这检查很受罪的，何必呢？”

沈堪舆听到医生的话，睫毛颤动几下，抬起来怔怔地看着她，问：“做这个疼吗？”

“就像打针，疼还是会疼一下，一般来说还是可以忍的。”

“不是，”沈堪舆吃力地摇了摇头，“宝宝会疼吗？”

医生失笑：“不会扎到孩子，放心吧。”

沈堪舆笑了起来：“好。”

沈堪舆做完羊水穿刺之后，就找不到宋黎了，医生说她去等DNA检验报告了。

沈堪舆坐在长椅上等了一会儿，宝宝不太安分，翻来覆去地闹腾着，顶得刚刚扎过针的肚子一阵一阵地抽疼。

因为长时间的营养不良，加上一胎艰难的怀孕产娩经历，沈堪舆宫壁偏薄，对于别人来说这个月份的胎动只是宝宝在肚子里吐泡泡，对沈堪舆而言却是无尽的疼痛和反胃，更何况是现在这样躁动许多的动静。

沈堪舆没一会儿就难受得冷汗淋漓，呼吸困难，心脏也开始不安地狂跳，但是身边来来往往的人没一个熟悉的。沈堪舆不敢接触，只能一手撑着椅背，微微挺着酸痛沉重的腰，一手抚在隆起的小腹上，笨拙地安慰着孩子。

虽然医生说不会伤到宝宝，但沈堪舆还是觉得宝宝有可能被吓到了，自己也因为疼痛有些害怕。

手机铃声忽然响了起来，是顾言笙打来的。

“阿笙给你打电话你别神经兮兮的，别被他听出不对劲来。”沈堪舆牢牢记着宋黎的话，不断深呼吸调整情绪，然后按下接听键，灰白的嘴唇吃力地蠕动着，轻轻地喊了一声“阿笙”。

“嗯，你在干吗？”顾言笙的声音带着笑意，十分温柔。

沈堪舆也跟着笑了起来，同时努力地稳住自己因为虚弱和惊惧而微微发颤的嗓音：“我刚刚吃完早饭，在看电视。”

“还吐吗？”

“不吐了。”

“午饭想吃什么？”

“粥。”

“又喝粥？”顾言笙笑，“行，我一会儿给你带回去。今天能不能尝尝猪肝粥？”

“好。”沈堪舆乖顺地应着。

其实猪肝的味道对沈堪舆来说有点腥，吃下去多半会吐，所以只能在胃口很好的时候吃一些补补血。不过，沈堪舆不太喜欢吃这个东西。顾言笙是有意试探，看看沈堪舆会不会拒绝，果然这人还是什么都没想就说好。

顾言笙叹了一口气，道：“不喜欢的事情要学会拒绝，猪肝和红枣都是补血的，你不喜欢吃猪肝，喜欢吃红枣，那你就可以告诉我。你不想吃猪肝粥，在皮蛋瘦肉粥里多加些红枣就好。”

“哦，嗯。”沈堪舆有些迟钝地应着。

“那你现在试着跟我说一下，说完我就给你带加红枣的皮蛋瘦肉粥。”

“说……说什么？”沈堪舆有些不知所措。

顾言笙哑然失笑，声音压低了一些：“要开会了，等会儿再打过去慢慢教你，嗯？”

“好。”沈堪舆的声音越来越轻，听着电话那头传来的忙音，手指颤抖了几下，终究是再没能握住手机。

肚子，好疼……还有，浑身上下都好冷。

温热黏腻的液体悄无声息地流了出来，沈堪舆张了张嘴，却觉得自己连呼吸都万分困难，因此也没有办法向旁人呼救，只能用尽全力将嘴唇咬破，以唤回一点点神志。

沈堪舆拼命地从椅子上站起来，艰难地往人多的地方挪动，只是身上的力气在迅速流失，直到一片黑雾重重地朝眼前压过来。

“堪舆？沈堪舆！”

姜默是陪姐姐过来做产检的，看到沈堪舆的一刹那，他几乎怀疑自己眼睛花了。

他上次见到沈堪舆的时候，这人还没有瘦成这副皮包骨头的样子，脸色也不是纸一样白。他将沈堪舆抱起来的时候，怀中仿佛轻若无物，最重要的是，沈堪舆看起来怀孕了，下身却染着一片鲜红。

沈堪舆细瘦灰白的手腕上系着一个腕带，上面写着“羊水穿刺16号”。姜默抱着对方一边喊医生一边环顾四周——没有顾言笙，没有他认识的任何一个此时应该陪在沈堪舆身边的人。

他姐姐身体健康，孕期养得白白胖胖，此次来只是例行产检，而姐夫有紧急会议，这才拜托他全程陪护，并且每隔几分钟就发一条微信消息过来追问情况，搅得他烦不胜烦。

羊水穿刺项目有一定危险性，沈堪舆身边却连个人都没有，哪怕嘴唇都干裂出血也没一口水喝，也没东西吃。

姜默看着沈堪舆被急救人员抬走，又看着自己手上、衣服上沾染的血，气得双手发抖，整个胸腔都隐隐作痛。

他捡起沈堪舆掉在地上的手机，发现顾言笙五分钟之前还来过电话。

沈堪舆给顾言笙的备注，十多年来一直都没有变过——是一个小太阳的符号。

姜默曾经问过沈堪舆为什么不备注名字，沈堪舆说不想备注得太生疏，可是备注得太亲近阿笙看到了又会不高兴。

现在，他按住那颗小小的太阳，拨通了顾言笙的电话，那边一接听，他就忍无可忍地破口大骂："顾言笙，我不管你在搞什么东西，十分钟内给我到省人民医院来，别连见你老婆孩子最后一面都赶不上！"

正在跟产科的漂亮小姐姐聊天的唐修隐隐约约听到有人在骂顾言笙，就好奇地循着声源看去，然后险些被一个脸色铁青的男人迎面撞断肩膀。

那个男人显然气得不轻，匆匆跟他说了声抱歉，唐修还没来得及说没关系——其实他更想骂一句，对方就头也不回地走了。

唐修捂着肩膀疼得差点背过气，道："这是个什么玩意儿，钢铁侠吗？"

顾言笙赶到医院的时候，沈堪舆还没出手术室。

姜默站在墙边，一下一下地踢着墙壁，宋黎坐在他旁边的长椅上，手里攥着个文件袋，一副魂不守舍的样子，看到顾言笙出现，宋黎立刻起身，艰难地道："阿笙，妈妈不是故意的，他们都说羊水穿刺不会有什么风险，所以我才……"

顾言笙眉头拧紧，看着手术室亮起的红灯道："羊水穿刺？为什么要做羊水穿刺？"

姜默嗤笑道："你不是觉得堪舆怀的不是你的孩子吗？你妈妈就帮你查啊。"

顾言笙握紧拳头，闭了闭眼，道："孩子不是你的吗？"

姜默脸上的笑容瞬间僵住，下一秒又愤怒扭曲得不成样子，他大力扯开宋黎给了顾言笙一拳。

路过的护士立刻大声喝止，姜默拼命克制才没有再动手，只是揪住顾言笙的衣领，咬牙切齿地道："这么混账的话你都说得出口，你疯了吗？"

顾言笙随手擦了擦嘴角的血，低声道："我没有碰过沈堪舆。"

姜默气得脸色铁青，将顾言笙推开，夺过宋黎手里的检验报告扔在顾言笙身上，道："你先把你妈妈的杰作看了再说。"

宋黎脸色惨白，满头冷汗，一句话也不敢说。

顾言笙打开报告，白纸黑字清清楚楚地写着，小葫芦99.9999%是他顾言笙的骨肉，报告右下角的红章更是清晰端正到了极致。

小葫芦是他的孩子，按孕期推算，大概就是他酒后那天真的发生了什么。

顾言笙强迫自己冷静下来，口中却喃喃自语："为什么那时候不承认……"

姜默强迫自己耐住性子，依旧怒气十足地道："你要沈堪舆给你认什么？你自己心里没点数吗？退一万步说，说什么你就信什么吗？你什么时候信过啊，顾言笙？"

顾言笙如坠冰窟，哑口无言。

当时沈堪舆一直否认他们之间发生过什么，后来又一遍遍地跟他说，自己没有被别人碰过，说小葫芦真的是他的孩子。他总当沈堪舆病糊涂了，胡言乱语前后矛盾，但细细想来沈堪舆大概只是害怕和茫然。

他们第一次无爱结合后有了顾雨甜，这令顾言笙觉得恶心，之后他们就再也没有发生过关系，直到他喝醉了那次。沈堪舆并不知道顾言笙的心境变化，依然以为自己对顾言笙来说是恶心的，断然不敢承认两人又一次发生了关系。

当然，沈堪舆也没想到自己会怀孕，又怕他不要小宝宝，只能跟他保证孩子是他的，自己没有被别人碰过，但对于他喝醉的那天晚上发生了什么，始终闭口不提。

说到底，姜默说得没错，他终究不信沈堪舆。

他嘴上说着相信沈堪舆，心里想的却是“不是我的孩子我也会养着”。

他还以为自己多么深情无私、宽宏大量，可事实上小葫芦是他酒后失控才有的孩子。

姜默摸着自己的口袋拿出了烟，然后想起来这是医院，又烦躁地塞了回去，道：“你最好庆幸这孩子是你的，不然我现在就不会放过你。”

顾言笙面无表情的脸没有一丝血色，拿着报告的手却用力到青筋突起，下唇也被他咬破了。

他收起报告，抬手擦了擦嘴上的血，用平静得近乎诡异的声音对宋黎道：“妈，您先回去。”

宋黎哆嗦着张了张嘴：“阿笙……”

“回去。”顾言笙加重语气重复了一遍。

宋黎自知没有颜面再多说，拿起自己的东西，几乎落荒而逃。

姜默看着宋黎的背影讽刺地笑了笑，道："可以啊，这种时候还晓得让你妈妈先跑，怕我顺便把气撒在她身上吗？"

"跟她没有关系，"顾言笙看着手术室的红灯，脸色惨白，声音也哑得厉害，"如果不是因为我没说清楚，她不会做这些。"

姜默愣了一下，表情有了些许的松动，道："行，这还算句人话。"

顾言笙自嘲地笑了笑，嘴唇破皮的地方又开始渗血，他随手擦了擦，道："不是人话，我从来没说过什么人话。"

他靠在墙上，闭上了眼睛，痛苦地叹了一口气，用有些哽咽的声音喃喃地道："说我是人，抬举我了。"

姜默看顾言笙自责不已的模样，沉默了一阵，决定跟他好好说话："你为什么会觉得孩子是我的？"

姜默真的觉得这个罪名莫名其妙。先不说他从来没有对沈堪舆有什么非分之想，就算有也不可能强迫沈堪舆，因为他最清楚沈堪舆有多喜欢顾言笙。

顾言笙沉默了好一会儿，才缓缓告诉他原因。

姜默的表情如同吃了一只苍蝇，他把脸扭过去冷静了一下，才按捺住自己的脾气，沉声道："我从来没有喜欢过堪舆，我只是把堪舆当作小孩来照顾，努力尽一个哥哥的责任而已。"

顾言笙没有应声。

"之所以说是哥哥，是因为我觉得堪舆很需要人保护。堪舆对于保护自己这件事没有一点概念，尤其是在遇见你之后，"姜默想了想，道，"我举个例子，你还记得高二那年你胆囊炎犯了疼得动弹不了，堪舆把你背去医院的事吗？"

"记得。"顾言笙记得沈堪舆背着他哭得稀里哗啦，嘴里还在说"阿笙，你再忍忍，吃药打针了就不痛了"，等到了医院看到医生更是急得眼泪哗哗流，医生拼命解释胆囊炎只是小问题，沈堪舆却一个字也听不进去，只会一边抹眼泪一边重复着说“他特别疼，您救救他”。

“你情况稳定下来以后，堪舆就找我过来送你回宿舍，你也记得吧？”

“嗯。”顾言笙记得那是一个下了雪的冬天，沈堪舆站在医院门口目送他和姜默离开，顶着一双红通通的兔子眼，带着浓浓的鼻音说“阿笙，你以后一定要好好吃饭，你要是记不住吃早餐，我以后每天给你带，你不要再痛了”。

“知道堪舆为什么不亲自送你回去吗？因为脚疼，”姜默叹了一口气，“堪舆那双破布鞋在送你去医院的时候跑飞了，怕耽误你治疗就没有停下来穿，光着脚把你背过去的。”

顾言笙声音沙哑地道：“胆囊炎这种小毛病，也只有沈堪舆会被吓成这样。”

说得更准确点，是只有他顾言笙犯胆囊炎沈堪舆才会被吓成这样，沈堪舆自己大病小灾都是一副无所谓的样子。

他们结婚以后，特别是生了甜甜之后，沈堪舆的身体便一直不好，一年到头有一半的日子都在生病，所以久病成医，在家里备了很多药，哪些甜、哪些苦，哪些是中药、哪些是西药，哪些见效快但不宜多吃，沈堪舆都分得清清楚楚。

这些药，沈堪舆基本都试过一两次，知道疗效了就不会再吃，只给顾言笙和顾雨甜备着，而顾言笙从沈堪舆卧室里翻出来的药只有两种：止痛药和止咳糖浆。

不止一次，沈堪舆受寒咳嗽怎么也好不了，又怕在家里吵到他们，就去外面瞎晃悠。但只要甜甜一闹着要吃这吃那，沈堪舆就会匆匆忙忙赶回来，然后灌下大半瓶止咳糖浆，戴着口罩和手套给她做，做完又匆匆离开。

也不止一次，沈堪舆吃饭一样把止痛药往嘴里塞。顾言笙问沈堪舆吃的是什么，沈堪舆就说是维生素片，他则半讥讽半认真地说“你可真会照顾自己”。沈堪舆只是看着他傻笑，没有说话。

顾言笙当时觉得沈堪舆是被戳中痛处无话可说，现在想想，那人应该是疼得说不出话了。

前几天，顾言笙整理沈堪舆用了很多年的被褥，发现上面有很多处没办法彻底清洗干净的淡淡血迹，一块又一块，几乎跟上面的花纹融为一体。

那一刻他就明白了，沈堪舆为什么会说自己能把带血的衣服洗得很干净。沈堪舆应该有很多次躲在被窝里疼得呕出血来，连纸都来不及扯，缓过劲来也顾不上休息，便匆匆忙忙地爬起来去清洗被褥。

沈堪舆所有的精力和心血都用来照顾顾言笙和顾雨甜，自己疼得躺在床上动弹不得的时候，身边却一个人也没有，只能这样辛苦地挨到天亮。等天亮后，无论身体还疼不疼，沈堪舆都会爬起来给他们做早餐，然后眼巴巴地在他们眼前晃，希望他们能吃上一口。

可大部分时候，他们都没有吃。

每一次，沈堪舆站在客厅里，身后是渐渐冷掉的早餐，还笑眯眯地冲他们挥手说早些回来的时候，心里该有多难过呢。

沈堪舆只是想让他们吃点东西再出门，不要饿坏肚子。

只是一个渺小得近乎卑微的愿望啊。

“我觉得，堪舆真的很好。你不喜欢堪舆，我知道是因为苏桐，可你妈妈为什么也这样？”姜默百思不得其解。

“沈堪舆做的那些事，我妈都知道，”顾言笙从回忆里抽出身，眼神恍惚，眼底蒙着一层雾气，“她很喜欢苏桐，所以她知道沈堪舆曾经把苏桐关进木桶里虐待，她原谅不了。”

一瞬间，走廊上寂静得很，顾言笙几乎连姜默的呼吸声都听不到，他抬头望过去，却见姜默的脸色有些发白，神色愣怔。

“那件事堪舆没有跟你说吗？”姜默眉头皱紧，声音有些嘶哑，“堪舆说跟你解释过了。”

顾言笙看着姜默的表情，心脏一点一点地往下沉，道：“解释什么？”

“原来你什么都不知道，”姜默稳住了情绪，沉声道，“那不是堪舆做的，是我。”

顾言笙陡然站直身体，漆黑的眸子深深地凝视着姜默，张了张嘴却没能说出话。

姜默咬紧牙关，道：“是我。是我对你忍无可忍，也对苏桐忍无可忍。明明你们两个人都知道你和堪舆结婚了，为什么还一起开工作室，纠缠不清？”

顾言笙沙哑地道：“我们在一起只是为了工作，没有其他的。”

“你说这种话我都不信，堪舆会信吗？”姜默嗤笑一声，道，“结了婚就晾着人不管，还拿着老婆的钱作天作地，你有脸吗？堪舆怀孕的时候，你和苏桐每天都在一起忙得热火朝天，你有陪过一次产检，在堪舆行动困难的时候扶过一把吗？你需要我告诉你堪舆有多少次差点丢了性命吗？胃出血、心肌炎、高烧不退……这些事需要我数给你听吗？

“你去参加苏桐生日会的前几天，堪舆刚胃出血，吃不下饭，躺在病床上连动动手指头的力气都没有，可算着时间知道你要回家就不管不顾地要回去给你做饭吃，又怕自己脸色太差你看着晦气，买了些廉价的化妆品往自己脸上涂。结果你一回到家就说要去参加生日会，你就没有想过堪舆会难受吗？”

顾言笙记得那天。

他走到自家楼下，看到姜默正驱车离开，心里就憋了一股无名火，等回到家里看到沈堪舆化了妆、兴高采烈的样子就更加来气。

明明他当时也发现了沈堪舆的许多异样，只是因为沈堪舆之前在公共场合撒泼大闹，试图动手打人这件事让他心有芥蒂，之后就带着成见看待沈堪舆的一切言行举止。

当时沈堪舆很高兴，说话声音很轻，总是喘一口气再说上一段很长的话，显得急促又艰难，又把手在干燥的毛巾上擦了很多遍，才小心翼翼地拽住他一点袖口，只是想让他去厨房看看。

而他只是挣开了沈堪舆，并没有推搡，沈堪舆居然差点摔倒。但是沈堪舆及时扶住门框，站稳了身子，然后继续殷勤而执着地问他想吃什么。

这人明明那么单纯，甚至很笨，什么都没有多想，只是因为知道他要回家就拼了命地从病床上爬起来，想给他做一顿热饭吃；他却总觉得沈堪舆在处心积虑地谋划着什么不好的事情，心烦意乱中恶语相向，然后转身走人。

沈堪舆病了，从很小的时候就病了，怀孕加剧了沈堪舆的病情，只是沈堪舆自己不知道，以为自己只是有点控制不住情绪，不知道用怎样自虐的方式折磨自己，却没有去伤害别人。

那一巴掌，沈堪舆并没有打下去，木桶事件也并不是沈堪舆做的。他顾言笙从头到尾所有的顾虑、芥蒂和怨恨都可笑又可悲。

“你走得倒是痛快，”姜默气得声音有些抖，“你知道我再回去的时候，堪舆胃疼得一直吐血吗？而且还一边吐一边擦，又怕你嫌脏嫌事多，什么都不敢说！堪舆那时怀孕六个月了！顾言笙，堪舆病成那样却什么都不敢说，你觉得这是人过的日子吗？反正不管堪舆受不受得了你，我是受不了了，更受不了苏桐！受不了那人一副表面看得开，实则余情难了的样子！你搞你的生日会，邀请你已婚的初恋干什么？那么多人还不够陪吗？我看了就想吐！”

顾言笙双目赤红，道：“你要发泄可以冲着我来！你做那种事情不怕出人命吗？”

姜默揪着顾言笙的衣领吼道：“我要是冲着你来就直接杀了你！杀了你沈堪舆能活吗？能活我早杀了你了，还会让你活到现在吗？”

顾言笙忍无可忍地将他推开，道：“你简直是个疯子！”

姜默冷笑道：“我是疯子？你见过真正的疯子吗？沈堪舆早被你逼疯了！比我更疯呢！”

护士过来厉声喝道：“干什么呢、干什么呢？刚才就在吵，要吵出去吵，这里是医院，病人还在里面抢救，你们在干什么呢？”

两个人骤然安静下来，只余渐渐平复的粗重喘息。

顾言笙踉跄着扶着长椅坐下，用手掩住发白的脸，脑海里一遍又一遍地闪过那天灶台上洗净切好的食材、那只小巧精致的袋子，还有沈堪舆眉眼弯弯的笑脸和怀着孕却依旧清瘦的身形。

良久之后，顾言笙问姜默：“为什么沈堪舆要说那件事是自己做的？”

姜默捏着手里的烟，烟盒已经变形，他低着头看着自己衣服上属于沈堪舆的血，笑得讽刺又悲凉：“堪舆说，我当时刚取得参加国际跆拳道职业赛的资格，如果你知道是我做的，一定不会放过我，我的名额必定泡汤。而堪舆是你的合法伴侣，又怀着身孕，你不会怎么样。我一开始不同意，堪舆却一副要跟我拼命的样子，我没有办法才……”

顾言笙深吸了一口气，又缓缓地吐出来，像是呼吸极为困难。

“我觉得你真的很奇怪。堪舆那么说你就相信了吗？你长着眼睛不会自己看吗？”姜默喃喃道，“堪舆当时站都站不稳，肚子里的孩子都能把人压垮，说话还没有刚出生小猫的叫声大，断断续续地说了一句是自己做的，我甚至都没有听清楚，你是怎么相信的呢？”

“堪舆之前也有过一次……在手术室里抢救了很久，差点就死了，你知道吗？”姜默抬头看着手术室的红灯，无声地笑了笑，“堪舆生了孩子之后大出血，生命体征糟糕到仪器报警了才被人发现，你知道吗？”

顾言笙记得那天沈堪舆给他发过好几条短信，说想见见他，想见见孩子，他一条都没有回。

听着姜默的声音，顾言笙心如绞痛，脸上的血色越来越淡。

姜默了然一笑，接着道：“你都不知道对吧？那你觉不觉得奇怪，为什么我会知道呢？因为医生在堪舆手机里找到了我的电话，打电话通知我过来的。你在堪舆手机里的备注没有名字也没有称谓，就是一个太阳。”

“太阳吗？”顾言笙喃喃说着，像是无意识地重复姜默的话。

很快，走廊上又是一片安静，直到手术室的门被推开。

医生走出来，说大小均平安，不过还需要在手术室再观察一段时间。

姜默觉得自己没有必要待下去了，他现在迫切地需要找一个地方，把那一整包烟抽完。

离开之前，他留给顾言笙一句话：“我不喜欢堪舆，但是我也不介意把人带走。”

顾言笙掩住自己的脸，忍耐着低喘了一会儿，终究是压抑着低泣出声。

他觉得心脏特别疼，疼得他喘不上气，想把它挖出来丢掉。

如果从前他能有那么一次，对沈堪舆温言软语一回，或者抱对方一下，沈堪舆也不会变成今天这样吧。

他怎么可以仗着沈堪舆没有人保护、没有人教，就把人家欺负成这样？

他真的是浑蛋。

唐修买了一根热狗，准备找自己的老师商讨一下后天那场手术的方案，结果老师没找到，倒是亲眼看着差点撞断他肩膀的“钢铁侠”把他那个不成器的弟弟给骂哭了。

这真是叫他大开眼界，可惜距离隔得有点远，他只能模模糊糊听到沈堪舆的名字，但是听不清楚具体是在骂什么。

唐修默默地嚼了几口热狗，犹豫了几秒，选择去追“钢铁侠”。

“你好！”唐修大步流星，没几下就拦在了姜默面前。

然而姜默压根儿没看路，也没心思听唐修跟他打招呼，面无表情的又撞了唐修一回才回过神，僵硬地说：“对不起，我没注意，你有事吗？”

唐修气得咬了咬牙，然后抬起头假笑着客客气气地道：“我是顾言笙的哥哥，不瞒你说我对他意见也挺大的，但我还从来没把他骂哭过。你是怎么做到的？”

“你有病吗？”姜默用一种看神经病的眼神看他，“无可奉告。”

唐修忍住骂脏话的冲动，继续假笑道：“我的意思是，你可能知道挺多我不知道的事情，我想了解一下，以后这个不成器的东西再欺负他老婆，我好对症下药，一针见血。不然每次骂他都骂不到点上，怎么骂他都不怕。”

“对症下药，一针见血？”姜默嘲讽道，“不用这么麻烦，真有那回事儿，你打我电话，我直接过来解决他。”

唐修瞠目结舌地看着他，心想：“这样……不太好吧。”

姜默冷冷地瞥了唐修一眼，劈手夺过他别在腰间的本子和笔，开始留自己的电话号码。

“你干什么？这是我的工作簿！”唐修瞪大眼睛伸手想抢，姜默直接把本子拍在了他脸上。

唐修眼前一黑，觉得自己鼻子可能被拍扁了。他接住本子，气得一口气没上来，差点就这么去了。

“电话我留了，随时找我。”姜默说完，抬腿就走。

唐修可算是喘上气了，捂着鼻子在后头火冒三丈地跳脚骂道：“找你什么！你个浑蛋，滚！”

姜默头也不回地走了。

shenkanyu x guyansheng

第十三章

把星星都捡回来

“腹痛出血是检查刺激所致，穿刺操作本身没有什么问题，很大程度上是因为病人体质太差，精神状态也不稳定，”护士一边给沈堪舆挂水，一边复述医生交代的话，“说句大白话，就是吓得。”

护士在沈堪舆布满伤痕的手背上艰难地找了个可以下针的地方，缓缓地将针扎了进去，有点不忍心。

这手背就剩一层皮了。

沈堪舆疼得瑟缩了一下，昏睡中无意识地低吟出声。

顾言笙连忙握住沈堪舆另一只手，亲吻着对方的额头，不停地轻声安抚。

沈堪舆迷迷糊糊间听到他的声音，喃喃地喊他的名字，然后又喊小葫芦。

顾言笙在沈堪舆耳边轻声道：“我在，小葫芦也在，都在。”

沈堪舆皱了皱鼻子，表情看起来有点委屈，睫毛湿湿的，说自己不要打针，不要花钱。

顾言笙哄道：“打完针才能回家。”

沈堪舆这回不闹了，乖乖地窝在顾言笙臂弯里，又昏昏沉沉地睡了过去。

顾言笙松了一口气，抬头看到护士已经扎好针，却还是站在原地看着沈堪舆，就疑惑道：“怎么了？”

“你媳妇儿好可爱啊，”护士忍不住露出了笑容，“多大年纪啊？”

“25了。”

“25了还这么可爱，比5岁的小孩子可爱多了。”护士感叹道。

“嗯……”顾言笙不知道自己该说什么，只能把沈堪舆的脑袋往自己怀里拢了拢。

沈堪舆昏睡的时候因为做噩梦折腾了一次，醒来之后却安静得很，顾言笙扶着沈堪舆坐起来之后，让喝水就喝水，让喝粥就喝粥。

顾言笙要抱沈堪舆，沈堪舆就乖乖地待在他怀里，两人视线一对上，沈堪舆就会弯起眼睛笑。

沈堪舆大多数都护着隆起的小腹，一言不发，只有顾言笙开口说话的时候才会回应，但回答的内容都很简短，而且说得很慢，就像是怕说错话一样，而且每说一个字都会想很久。

沈堪舆说完了还会小心地观察着顾言笙的脸色，确认顾言笙没有生气也没有不高兴，浑身紧绷僵硬的状态才会缓解一些。

沈堪舆从前那么爱说话，一说起来就滔滔不绝，尤其是关于顾言笙的事情，可现在让沈堪舆说一句完整的话都费劲。

傍晚的时候，顾言笙出去买粥，回来后却看到病床上空荡荡的，而沈堪舆原本放在床头柜上的背包不见了，他给沈堪舆买的外套却叠得整整齐齐地放在床头，上面还放着一张字条，写了短短的一句话：阿笙我先回家啦，有事要我做的话，打电话叫我就好。

顾言笙原本慌乱的心看到字条后安定了些许，他知道沈堪舆说的回家绝对不是回有他和顾雨甜的那个家，而是对方之前一直挂在嘴边的出租屋。

沈堪舆总是分得很清楚，平时从来不说“回家”，只会说“回去”“回阿笙家”“回阿笙那里”。

他之前就怕沈堪舆乱跑，悄悄地在对方手机里装了定位软件，现下，他很快就定位到沈堪舆现在的位置——是距离医院不远的一个小区，这里很久没有修缮过了，看起来又老又破。

顾言笙紧盯着屏幕上的小红点，一路追着到了沈堪舆所在的楼栋下面，他刚进楼梯口，一股潮湿的霉味就扑面而来，让人呼吸都不舒服。

二楼的房门没有关紧，顾言笙屏息将门推开了一些，狭小的屋子一览无余。

整个屋子阴暗潮湿得厉害，唯有床边一扇小窗，此刻洒进些许夕阳的余晖。

沈堪舆在那片余晖里蜷缩着。

这对沈堪舆来说是最温暖、最安全的地方，沈堪舆待在这里不会给人添麻烦，也不会被赶走。如果顾言笙需要帮忙，沈堪舆也可以很快回去。

这扇窗户正好对着顾言笙家的方向，沈堪舆想顾言笙和顾雨甜的时候，在这里看一看就可以了。

顾言笙的家是沈堪舆最向往的地方，因为沈堪舆最爱的人都在那里，沈堪舆每天早上起来能看到他们就会觉得特别快乐、特别满足。

可是那里没有沈堪舆的位置，沈堪舆觉得自己继续留在那里只会惹人厌烦，沈堪舆也知道讨厌自己的人很多。

不过我现在有家了。沈堪舆想，很温暖的家，等小葫芦出生了我就可以回到这里来，安安稳稳地待到生命最后一天。

这样想着，沈堪舆心里便觉得很踏实，抱着膝盖倚着墙壁，没一会儿就睡着了。

顾言笙从来没有见过沈堪舆睡得这么安稳。他给沈堪舆裹上毯子，又伸手试了对方额头的温度，沈堪舆都没有醒，就那样平稳地呼吸着，酣然睡着。

顾言笙打量起这间屋子。大小和装潢都跟沈堪舆在家里的卧室很像，速食粥、萝卜干还有行李箱都在，几乎所有的家具都跟床离得很近，只不过多了一间小厨房。

床尾放了一张桌子，桌子上面有一本台历，看起来像是买东西的赠品，台历还停留在去年十月，十月十三日被沈堪舆用笔圈了出来，写了“爸爸手术”四个字。台历下面压了几张传单，上面是各种各样的兼职、打工广告，沈堪舆用笔圈出来了一些，基本上都是工资高、时间短的体力活。

床边有个纸箱，里面装着好几袋营养液，旁边是一个废纸篓，里面都是一些沾染着干涸血迹的废纸团。

沈堪舆上次离开家，跟顾言笙说的“回家”应该也是回这里，手术前后的很多日子这人都是在这里过的。

顾言笙记得沈堪舆前些日子念叨得最多的就是“我现在没有钱了，我以后会去赚钱”。

沈堪舆的父母想要孩子捐肝，却连住院费都不肯出。手术后的沈堪舆该有多疼呢？那么长的刀口，没有止痛药，床单都被扯得变形、抽丝，沈堪舆应该疼得躺不住也睡不着吧？那时候，沈堪舆就是想喝点水，或者想吃一两口清粥，都没有人能帮忙。

这样的画面，顾言笙想一想就揪心。

床的对面有一面墙，上面用大头针钉着一些照片，有顾言笙学生时代的证件照，顾雨甜的满月照，顾雨甜第一天走路时顾言笙牵着她蹒跚学步的合照。除此之外，还有沈之航、李清、沈澹兮的合照，却没有一张照片里有沈堪舆。

每个钉着照片的大头针上，都挂着一只小小的平安符。顾言笙抚摸着那些平安符，看着上面“合家幸福”“健康快乐”“一生平安”之类的祝词，眼睛不自觉地湿润起来。

沈堪舆一生都在付出，却被逼到了连付出都害怕打扰别人的地步，后来就算躲在这个潮湿破旧的小屋里，还在每日每夜地祈祷着别人能够平安快乐。

顾言笙对着这面墙静静地站了一会儿，转身走回床边，脱了鞋小心翼翼地爬上床，把睡着的沈堪舆揽进自己怀里，又把厚外套披在了对方身上。

沈堪舆还是没有醒，仍旧睡得很安稳、很香甜，不是因为有顾言笙在，而是因为这个地方能给沈堪舆足够的安全感。

在家里，一米八的大床，柔软平坦的席梦思，轻薄温暖的蚕丝被，温度适宜的冷暖空调，顾言笙抱着沈堪舆睡，沈堪舆一晚上仍会惊醒很多次。可能是做噩梦，也可能是因为身边一点细微动静。

大部分时候顾言笙都能发现沈堪舆醒了，然后便抱着沈堪舆哄哄，对方还是能再次睡着的，但有时候顾言笙太累了没醒过来，沈堪舆就会跑到以前的单人卧室，睡在没有任何床上用品的硬床板上。

沈堪舆这一觉直接睡到肚子饿了才醒过来，醒后睡眼惺忪地看着眼前的窗户和墙，有些蒙。

自己明明是靠着墙趴在窗户上睡的，怎么现在它们都离自己这么远呢？

沈堪舆还没想明白为什么，又为自己身后靠着一个柔软又温暖的东西感到奇怪，然后揉了揉眼睛想回头看一看。不过一个吻先轻轻地落在了沈堪舆的额头。

沈堪舆愣愣地看着眼前的人，恍惚了好几秒才迟钝地喊出对方的名字：“阿笙……”

“嗯。”顾言笙温柔地应着。

沈堪舆的心跳加快，舌头打结得厉害：“你怎么……怎么在这里？”

顾言笙轻声道：“你在这里，我就过来了。”

沈堪舆呆呆地看着他有些红肿的眼眶，伸出手去想要碰一碰，问：“你眼睛怎么了？”

顾言笙躲开沈堪舆的手，转过身去拿一旁的保温饭盒，仓促地道：“你是不是饿了？我给你带了粥过来。”

他这一躲沈堪舆就着急了：“阿笙你眼睛不舒服吗？我帮你看看……”

沈堪舆想把顾言笙拽回来，但奈何力气太小，重心又不稳，拽不动顾言笙反而令自己笨拙地往后倒去。

顾言笙慌忙将沈堪舆拉回自己怀里，却抱着对方一言不发。

沈堪舆乖乖地任他抱着，却还是很担心他的眼睛，刚想开口再问问，却觉得自己的肩膀湿了。

是很温热的液体，接连不断地落在上面，等沈堪舆意识到那是什么之后，顿时觉得自己的肩膀被灼痛了，那种疼痛直接蔓延到心脏，令人难受到无法动弹。

阿笙哭了。

沈堪舆不知道该怎么办，难过得自己也要掉下眼泪来。

“对不起……”顾言笙将沈堪舆抱得很紧，仿佛要融入骨血一般，声音哽咽，却还是努力压制，怕吓到怀里的人，即使他知道自己已经吓到对方了，“我知道我是一个很难让你信任的浑蛋，再给我一次机会，可以吗？”

沈堪舆慌忙答应他：“可……可以的，阿笙，你别哭……”

“不要再乱跑了，”顾言笙颤抖地叹了一口气，“我真的很害怕有一天会找不到你……”

他稳住自己的情绪，放开了沈堪舆，却发现沈堪舆比他哭得还惨，整个眼睛都是红红的，眼泪掉个不停，抽噎得厉害，就这样还手忙脚乱地想给他们两人都擦眼泪。

“你哭什么，傻瓜。”顾言笙哭笑不得地帮沈堪舆擦去泪水，可沈堪舆的眼泪掉得更凶了，还连声说对不起，又因为哭得直抽抽，说话断断续续的。

顾言笙听不清沈堪舆在说什么，看对方像小孩子一样皱着鼻子，哭得跟小花猫似的，然后抬起衣袖擦眼泪，话也说不清楚，忽然觉得之前那个护士说的话真的非常对。

——都 25 岁了还这么可爱，比 5 岁的小孩子可爱多了。

他上辈子是积了什么德才能遇到这样的人。

顾言笙一边帮沈堪舆擦眼泪一边哄道："好了好了，再哭我就亲你了。"

沈堪舆闻言，吸了吸鼻子使劲忍住哭意，结果抽得没那么厉害了，眼泪却流得更凶，擦着眼泪哽咽道："呜……我……我忍不住……"

他知道沈堪舆哭成这样，怀孕的因素很大，雌性激素分泌过旺，情绪很容易失控。他低头看着沈堪舆隆起的小腹，弧度柔和，顿时觉得眼前的人更加可爱了，忍不住道："哭就哭吧，停不下来就算了。"

沈堪舆眼眶含泪，懵懵懂懂地看着他越凑越近。

"我亲你就是了。"顾言笙轻声说着，靠过去吻住沈堪舆血色浅薄的嘴唇，那上面覆着很多泪水，味道咸涩，可他觉得无比甘甜。

有了之前的经验，顾言笙这次吻得更得心应手。

沈堪舆被他吻得动弹不得，也不懂怎么回应，就任由顾言笙动作。

顾言笙怕沈堪舆透不过气才停下来，沈堪舆脸颊透粉，泪眼汪汪，趴在顾言笙怀里喘个不停，脑袋一片空白。

顾言笙满眼怜惜地亲吻着沈堪舆的头发，低声道："真的对不起，这么多年让你一个人这么辛苦，以后慢慢相信我，好吗？"

他低下头，捧起沈堪舆的脸，看着对方的眼睛温柔地笑道："我喜欢你，所以我会站在你这边保护你的。”

沈堪舆愣住了，眼里的雾气还没有散去又要凝成眼泪花，眼睛也睁得大大，看着顾言笙一动不动，连呼吸都仿佛静止了一般。

顾言笙抚摸着沈堪舆的后颈，掷地有声地又说了一遍：“我喜欢你，堪舆。”

沈堪舆嘴唇苍白，哆嗦了半天，呜咽不止，却说不出来话，甚至开始发抖。

“别紧张，想说什么就慢慢说，你说什么我都喜欢你。”顾言笙抱紧沈堪舆，柔声安抚着。

沈堪舆一边拼命通过深呼吸来克制住自己因为情绪失控的抽噎，一边胡乱地在眼睛上揉搓，说出的话也语无伦次：“可是我总是惹阿姨生气……她是你很重要的人，我不应该惹她生气的，可我做不好……”

“是她对你有些误会，也是我处理得不好，我会跟她好好说的。”顾言笙温柔道，“我在说喜欢你呢，你怎么提起别人来了？是不是应该先回应一下我？”

“哦，好……”沈堪舆匆匆忙忙地吸了吸鼻子，想按照顾言笙说的那样回应些什么，却发现自己脑袋一片空白。看着顾言笙满是期待的眼睛，沈堪舆不知所措地发愣。

顾言笙低低叹了一口气，缓缓地引导道：“堪舆，我喜欢你。那么，你还喜欢我吗？如果你已经不喜欢我了……”

“喜……喜欢！”沈堪舆看到顾言笙露出难过的神情，急得差点咬到自己舌头，“喜欢你的，永远都喜欢你！”

这一刻，顾言笙好像在沈堪舆水汪汪的眼睛里看到了一丝熟悉而又陌生的光彩。

当年，他们第一次相遇，沈堪舆在油菜花海前对他笑得眉眼弯弯的时候，圆圆的眼睛里全都是这样的光。明明是白天，沈堪舆的眼里却好像盛满了星星，璀璨万分。

他会把那些星星，一颗一颗地捡回来的。

后来，顾言笙总算把沈堪舆带回了家。

不忙的时候，顾言笙每天都陪沈堪舆吃饭，抱着沈堪舆睡觉，两人一起带甜甜去游乐园玩。顾言笙总是单手抱着女儿，另一只手把沈堪舆牵得很紧。

忙的时候，顾言笙也会抽出时间跟沈堪舆视频，并且要求沈堪舆不能只露脸，要把自己从头到脚都拍一遍给他看，还要拍一下周围的环境，避免这条鱼又偷偷躲在什么地方难受。

有一次接视频，沈堪舆支支吾吾地说现在不太方便拍身子，顾言笙也没等对方说完，一下就着急了，说他现在马上回家，吓得沈堪舆瑟瑟发抖地说“阿笙我在洗澡”。

沈堪舆本来以为这样解释顾言笙就能放心了，哪里知道顾言笙直接撂下一句：“以后不准自己洗澡。”

沈堪舆讷讷地看着他，不知所措地眨了眨眼，问：“为什么？”

“你怀着孩子不方便，地上太滑了，以后我帮你洗。”

“哦，好吧……”沈堪舆的脸有点红，却不敢拒绝顾言笙，因为说好要听他的话的。

沈堪舆本来就没有什么安全感，孕期越长就越依赖顾言笙。

说实话，顾言笙很享受这种感觉，但是有一天，当他十点多下班，文员小声地告诉他沈堪舆在外面等他的时候，他第一反应还是心疼。

沈堪舆穿着一件宽大的卫衣，侧着身子蜷缩在前台大厅的沙发上睡着了，七个月的肚子已经很明显，整个人显得更加瘦弱。

气候渐暖，大厅的中央空调开得很低，顾言笙看到沈堪舆穿着一件卫衣就睡过去了，急得脚下生风，立即冲过去。

他伸手摸到对方冷得像冰一样的脸时，脑子里顿时轰的一声，一边脱下自己的外套将沈堪舆裹住，一边冲文员低喝道：“为什么不把空调温度调高一点？怀孕了不能着凉是常识！就算你觉得热不想调的话至少拿一条毯子来！”

文员蒙了一下，怀疑自己的耳朵出了问题。她明明记得顾总不待见自家媳妇的，工作室里关于他们二人的关系，什么难听的传闻都有过。

这个沈堪舆以前常常带饭过来在这里等顾总，然后等到睡着，不过顾总下班了也不会把人叫醒，而是径直离开。哪怕对方没有睡着，捧着饭盒眼巴巴地凑上去，顾总也不会瞧上一眼。

她们前台的人都很烦沈堪舆，因为无论春夏秋冬，沈堪舆总是三不五时地会问她们可不可以把空调温度调高一点。

有一年冬天，空调已经开成暖风，沈堪舆还是说冷，非要她们把空调调高，结果整层楼闷热得令人窒息，顾总知道是沈堪舆要求的后，出来就一通训斥。

沈堪舆轻声说：“阿笙你感冒才好，不能再着凉。”

顾总说：“不需要你管，不用自作多情。”

那天，她看到沈堪舆抱着饭盒呆呆地坐在沙发上，怔怔地看着顾总离开的方向，眼泪从眼眶里一颗接一颗地掉下来，本人却毫无察觉。

从那以后，沈堪舆就不会再在那里等顾总了，每次都是把饭送过来就走，最多会再跟前台说一句“你们记得有空要问下阿笙会不会冷”。

关系是这种状态的话，顾总应该非常讨厌对方才对，怎么会是现在这样？

文员愣愣地看着顾言笙，回不过神，胆战心惊地说了声：“对不起，顾总。”

顾言笙已经不再搭理她，俯下身把熟睡着的沈堪舆从沙发上抱了起来。

沈堪舆惊颤了一下，吃力地想撑开沉重无比的眼皮，顾言笙却轻轻吻了下沈堪舆的睫毛。

“是我，”顾言笙的声音极其轻柔，“你接着睡，没关系的。”

于是，沈堪舆还没来得及醒过来，就又昏昏沉沉地睡过去了。

沈堪舆体质不好，怀孕之后格外嗜睡，有顾言笙陪着睡的话可以睡很久。

顾言笙把人抱到车上，将座椅调到合适的角度，又把安全带系在沈堪舆上腹，避免压到宝宝，然后打开暖气，开车回家。

离家还有一半路程的时候，沈堪舆迷迷糊糊地醒了过来，因为没搞清楚自己在什么地方，伸了个懒腰想起来，却被安全带捆住了。

“呜。”沈堪舆护住小腹，揉了揉眼睛，迟钝地看向捆着自己的东西。

顾言笙用余光目睹了沈堪舆这一切小动作，打从心底里明白什么叫无形卖萌最为致命，于是他踩了刹车，靠边停了下来。

顾言笙这一刹车，沈堪舆立马反应过来自己是在车上，随即扭头看向开车的人，睡意还没消散的脸立刻挤出一个笑容，叫道：“阿笙。”

沈堪舆话音刚落，顾言笙就靠过来，吻住了面前人的嘴唇。

沈堪舆睡得水水嫩嫩的脸立刻泛起了淡粉色，让人觉得味道是甜的。

顾言笙亲完嘴唇又亲了亲沈堪舆的脸，伸手抚上对方温热柔软的小腹，问：“肚子勒得很难受吗？疼不疼？”

“不会……”沈堪舆红着脸摇了摇头，开始局促地在身边四下翻找，“我给你带了饭过来的，去哪里了？”

“这里吗？”顾言笙把沈堪舆带过来的饭盒提了出来。

“对。”沈堪舆想起身去接，结果又被安全带勒住了，只能按住肚子，有些委屈地皱了皱鼻子。

顾言笙低声笑，伸手解开了沈堪舆的安全带，把饭盒的盖子拧开，里面是一份浓稠鲜香的皮蛋瘦肉粥，还可以看到干贝、虾皮、玉米粒、香菇碎、红枣片，他不禁失笑道：“也就你能把皮蛋瘦肉粥做得这么丰盛。”

沈堪舆看顾言笙拿起勺子，满眼希冀地盼着他吃一口，结果顾言笙舀起一勺先送到了沈堪舆嘴边。

沈堪舆愣了一下，但还是下意识地张嘴吃了下去。

顾言笙看着沈堪舆懵懵懂懂的样子笑了笑，自己也吃了一勺粥，然后继续这样你一勺我一勺，直到饭盒见了底。

沈堪舆吃饱了又揉着肚子开始犯困，顾言笙看靠在椅背上两眼发蒙的沈堪舆，总觉得对方下一秒就要像小鱼一样开始吐泡泡，忍着笑用纸巾给沈堪舆擦嘴。

沈堪舆被他这么一弄清醒了一些，想接过纸自己擦，顾言笙摇摇头示意没关系，道：“累坏了是不是？”

“不累……”说完沈堪舆就打了个呵欠，顿时有些不好意思，抓了抓乱糟糟的头发，憨笑两声嘟囔道，“吃饱了才困的。”

顾言笙笑出声来，道：“下次就好好待在家里休息，我不会饿着自己的。你做这个五星级酒店水准的皮蛋瘦肉粥，还要赶那么远的路给我送过来，怎么能不累呢？”

“阿姨帮我做了很多的！不然可能没有这么好吃呢。”沈堪舆一时没有办法改口，但说起宋黎的时候，眼里的畏惧和无措已经少了一些。

“那你怀着宝宝，一路上也不安全啊，我不放心。”

“你饿着肚子，我也不放心……”沈堪舆揉了揉眼睛，喃喃道。

“我才说了不会饿着自己。”

“可是你刚刚喝粥了呀，说明你没有吃饭的。”

沈堪舆声音很小，争辩也是小心翼翼的，但好歹也是争辩。顾言笙听后笑了起来，道：“好，堪舆说得对，是我不好。这个项目忙完我就请假回家，每天和你一起吃饭睡觉，好不好？”

“还要陪甜甜玩，她很想你。”沈堪舆认真地强调。

“好，一起玩儿，”顾言笙凑过去刚想亲亲沈堪舆，结果沈堪舆打了一个好大的哈欠，眼泪都出来了。他只能哭笑不得地揉了揉对方的头发：“睡吧，这离咱家还有好一段路，够你睡好一会儿了。”

沈堪舆眼睛都快睁不开了，困倦地点了点头，没一会儿就睡了过去。

顾言笙知道沈堪舆还是害怕，就算困得昏昏欲睡也还会察言观色，说话也要想好一会儿，然后才慢慢开口。

怕是这段时间缺少了他的陪伴，又没了安全感，所以才挺着个肚子艰难地来办公室等他，只因在他身边能稍微睡得安稳一些。

顾言笙满心歉疚地低叹一声，拿出笔记本电脑争分夺秒地处理好会议报告，随即驱车，选了一条较远的乡间小路，把窗户摇下来一半，缓慢而平稳地开向家的方向。

沈堪舆在稻田的晚风中睡得格外香甜。

随着小葫芦越长越大，肚子越来越沉，沈堪舆行动越来越不方便不说，身体也格外难受，经常腰酸背痛、呼吸困难，躺也不是坐也不是。内脏由于倍受压迫，原本已经远去许久的孕吐又卷土重来。

最要命的是，胎儿月份大了就会活跃，沈堪舆宫壁很薄，胎动的时候经常疼得脸色发白、满头大汗，严重的时候还会疼到吐，前几个月不好容易养回来的一点肉，一下子又折腾没了。

顾言笙觉得自己不能再上班了，便选了一天到工作室交接所有工作，准备在家一心一意照顾沈堪舆，等日子差不多了就去把小葫芦剖出来。

事实证明他是真的会选日子，会议正开到要紧的地方，他感觉心脏忽然往下一沉，于是迅速结束了自己的发言，给沈堪舆打电话；可是对方的手机居然提示已关机。

他当即决定回家，一边走向车库一边给唐修打了电话，让唐修有空去一趟他家，然后一路飙车回到了家。

客厅里空无一人，但是卧室传来很细微的小猫一样的呜咽声，顾言笙听得心脏紧紧地揪成一团。

他冲进卧室，看到沈堪舆趴在床头，两手抓着床板，随着阵痛，紧绷着身子不断用力。

但不知是用力不得要领还是宫口没有开全，沈堪舆疼得脸色发白，眼神发蒙。他叫了好几声“小鱼”，沈堪舆才回过神。

沈堪舆的眼睛里蒙着一层雾气，艰难地看向顾言笙，嘴唇哆嗦得厉害，喃喃地喊着顾言笙的名字：“阿笙……”

“是我，很疼，对吗？”顾言笙紧紧握着沈堪舆的手，俯身心疼地亲吻对方背汗湿的额头，“疼多久了？”

沈堪舆张开苍白的嘴唇，对顾言笙吃力地笑道：“没关系阿笙……可以的……孩子在往下走了。”

顾言笙来不及问前因后果，也来不及将人送去医院，只能先弄清楚现状：“你用力很久了，是吗？”

看到沈堪舆无力地点头，顾言笙小心翼翼地让人趴稳，绕到对方身下去检查。

顾言笙粗略地检查后，先拨打了120，随后打电话给唐修描述了沈堪舆的情况，得到十有八九是要生在家里的回复，再度将沈堪舆揽在怀里，道："堪舆，你听我说，宫口没开全，但羊水快破了，我已经打了120，你千万不要再用力了。"

沈堪舆刚想回答他，腹部突然一阵剧烈收缩，一股热流从沈堪舆下身涌出，有一些溅到了顾言笙的鞋上。沈堪舆瞬间疼得脸青唇白，手又狠狠地抠向床沿。

羊水破了。

顾言笙忙将沈堪舆的臀部垫高，道："痛就抓我。"

沈堪舆还在痛，却一声不吭，施加在顾言笙手上的力道也没有那么重。

顾言笙鼻子一酸，摸着对方湿了的脑袋轻声道："你疼就喊出来，抓紧我也可以，不要忍着。"

沈堪舆挺过这一阵，喘了一口气，握了握顾言笙的手，摇头说道："阿笙，不疼。"

顾言笙苦笑，不愿意再让沈堪舆说话浪费精力，只求待会儿真正要生的时候，120能及时赶到。

他不想沈堪舆拼了命地在努力，自己却连抱抱对方、帮对方擦擦汗都做不到。

沈堪舆又疼过几轮，在顾言笙怀里辗转挣扎着，脸上毫无血色。顾言笙一度怀疑沈堪舆已经撑不下去了，他叹了一口气，问："你还行吗？"

"可以的……"沈堪舆仰起头，满头大汗地对顾言笙傻笑，"你在……我不怕……可以的。"

之后的这段时间里，沈堪舆除了喘气，没再发出任何声音，有时候疼得紧了，会低声喊顾言笙的名字，顾言笙便抱着沈堪舆，在对方耳边轻声说"我在"。

不知道过了多久，沈堪舆抓着顾言笙肩膀的手忽然用力，顾言笙听到沈堪舆声音颤抖地喊："阿笙——"

顾言笙的大脑瞬间一片空白，不过很快就找回了理智。他迅速检查沈堪舆的情况，等确定宫口确实全开了，便告诉沈堪舆可以用力了。

沈堪舆脸色惨白地跪在床头，皱着眉，抓着床板开始用力。

顾言笙抱着沈堪舆，只能吻着沈堪舆的额头，说："加油，快了。"

沈堪舆费力地深吸一口，然后屏息开始用力，顾言笙不知道沈堪舆憋了多久，看到怀里的人脸都紫了，赶紧拍拍对方的脸，道："别着急，呼吸，换口气再来。"

沈堪舆挣扎着换了一口气，又开始漫长艰辛的生产，顾言笙完全无法想象沈堪舆有多痛。

短暂的休息期间，沈堪舆轻喘着，声音虚弱道："阿笙……看看…小葫芦，我没关系，我自己……可以。"

顾言笙闻言照做，只是看到的结果不甚理想，便皱眉道："这样不行，你先休息一下。"

沈堪舆"嗯"了一声，调整好呼吸后，再次咬牙使劲，抓得床板嘎吱作响，整个人都在微微发颤，好不容易孩子动了，沈堪舆却在这时脱力。

顾言笙恨不得把这折腾人的小家伙揪出来，转头问沈堪舆："还行吗？"

"行。"沈堪舆又进行了一次深呼吸，再度憋气用力。

顾言笙想起自己之前做的功课，便翻出事先准备的工具，开始帮忙。

终于，沈堪舆实在支持不住，轻轻一颤，哑声喊道："阿笙……"

"我在。"

"阿笙……"

顾言笙意识到沈堪舆不大对劲，连忙抬起头，发现对方痛得咬破了嘴唇，目光开始涣散。

顾言笙惊道："堪舆！"

"顾言笙！"是唐修的声音。

唐修带着自己产科的朋友慕如静赶来，顾言笙尽量简短快速地跟暮如静说明情况，然后抱着已经疼的有些神志不清的沈堪舆，不停地说话。

孩子卡住了，沈堪舆疼得发抖，难受得几乎窒息，只会下意识地喊阿笙。

暮如静一边检查孩子的情况一边道："不能这么跪着了，家属把人抱起来靠着。唐修，你把氧气瓶拿出来。"

顾言笙爬上床，取代床板成为沈堪舆的支柱，唐修则迅速拿出氧气瓶，将面罩覆在沈堪舆的脸上，同时对顾言笙吩咐道："你注意一下姿势，别压到小鱼胸口。"

顾言笙点点头，看着沈堪舆趴在他肩头，吸氧都吸得格外艰难，头发完全被汗水打湿，黏在脸上，好在吸了一些氧气后目光终于不那么浑浊，渐渐缓过了劲来。

"胎位是正的，宫缩也很好，缺一口气宝宝的脑袋就可以出来了，"暮如静鼓励道，"来，吸一口气，用长劲。"

沈堪舆脸色苍白地点头，辛苦地喘了一口气，脖颈向后仰，身体微微挺起，奋力往下使劲。一声声响，暮如静欣喜地说："好了好了，头出来了！"

"阿笙……"沈堪舆虚弱不堪，虽然胎头娩出后可以休息片刻，但接下来的胎肩娩出无疑又是一场恶战。沈堪舆痛了又只会叫顾言笙的名字，顾言笙看了十分心痛。

"你很棒，我们再加油，很快了。"顾言笙给沈堪舆擦汗，又强迫对方吃下去一点巧克力。

阵痛又起，沈堪舆脸色惨白地抓着顾言笙的手，却使不上什么力气。

“有点出血，不能再这样一阵一阵地用力了，得用长力快一点生出来，不然胎儿会有危险。”暮如静的手套上已经全是血迹。

唐修心领神会道：“来，小鱼，跟着我呼吸，呼吸，慢慢用力……”

“呜……小葫芦……阿笙……”沈堪舆听到小葫芦可能会有危险，慌张又努力地配合，奈何实在没有力气了，呼吸节奏乱得一塌糊涂，除了增加出血量，没有半点进展。

“呜呜……”沈堪舆已是气若游丝，所有精力几乎被漫长的产程消耗殆尽，但仍一直特别努力，没有抱怨也没有喊疼，靠在顾言笙身上用力，喘不上气来就大口大口地吸氧，一直咬牙坚持着。

暮如静扶着孩子的头，继续鼓励道：“那个，小鱼是吧？你用力就是了，我帮你转一转，孩子很快就出来了。”

沈堪舆趴在顾言笙身上，拼尽全力，顾言笙心疼地不断亲吻怀里的人，意图借此给对方带去力量。

“医生，怎么样？”顾言笙也是一头的汗，视线模糊得厉害，看不到具体情况。

暮如静忧心忡忡地说：“好像没动静啊。”

沈堪舆一个战栗，差点没支撑住，幸好顾言笙将人用力抱住了。

“你用力压小鱼的肚子，压这里！”暮如静吩咐顾言笙，然后对唐修道，“你扶着他们，赶紧的。”

顾言笙摸到沈堪舆的腹部，心里发慌，但知道这也是没有办法的办法，只能抚上暮如静示意的地方，将沈堪舆隆起的肚子往下压。

沈堪舆瞳孔骤然收缩了一下，张了张嘴却只发出破碎的气音。

“别喊疼！使劲儿！”暮如静喝道。

唐修咬牙切齿地瞪着暮如静，道：“你别嚷嚷！会把小鱼吓死的！”

“没事堪舆，没事的，”顾言笙在沈堪舆耳边轻声安抚，完全察觉不到自己颤抖的声音，“别管他们，你用力就好……”

沈堪舆面色青白，又被顾言笙按在自己上腹的手压得喘不上气，憋得嘴唇隐隐发紫，只能凭着仅存的意识一阵一阵地用力，努力了十几次，胎儿的肩膀终于出来了。

暮如静兴奋道：“出来了出来了！”

顾言笙声音颤抖，对着暮如静哀求：“您小声一点，堪舆心脏受不了。”

“阿笙……阿笙……帮帮我……”沈堪舆眉头皱紧，闭着眼不停地喊顾言笙的名字，下意识地随着宫缩慢慢用力。

“我帮你，不怕。”其实顾言笙很怕。

想起沈堪舆从怀孕到生产一路以来的艰辛，他只想给当初作孽的自己一刀。

唐修在一旁抚拍沈堪舆僵硬湿冷的背，温柔地鼓励着：“小鱼再用力啊，就快了，都说难生的孩子是个宝，小葫芦的干爹我是当定了。”

“阿笙——”沈堪舆忽然低吼了一声，似是痛极之后的爆发，然后软软地瘫在顾言笙怀里。

顾言笙感觉魂魄都出窍了，连呼吸都静止了片刻，然后惊慌地道：“堪舆？”

唐修赶紧检查了一下沈堪舆的情况，然后安慰道：“没事没事。痛昏过去了，先让小鱼休息一下。怎么样，孩子出来了吗？”

“可以了，靠着宫缩就能出来了，”暮如静松了口气，慢慢地把胎儿往外拉，“小宝贝，乖乖地出来，不要再耍赖了……”

顾言笙抱着沈堪舆，脑袋一片空白，直到听到小葫芦第一声啼哭。

沈堪舆听到孩子的哭声，身子轻轻颤了一下，有了些薄弱的意识。

“哎哟，是个男孩儿，真漂亮，”暮如静清理着孩子的口鼻，由衷地赞叹道，“刚生下来就这么漂亮，真少见啊。”

唐修凑过去看了一眼，觉得暮如静说得一点也不夸张：“真的很漂亮，一点都不像红猴子。”

顾言笙听不到他们的话，甚至听不到其他的声音，耳边只有沈堪舆艰难的低喘声以及微弱的哀求：“阿笙……先别……别赶我走……你让我……看看小葫芦……我想抱抱他……求你……求求你……”

顾言笙原本已经被汗水浸透的肩头，渐渐沾上了沈堪舆温热的泪水。

他一直对沈堪舆说“你不会被赶走，你会陪着小葫芦长大”，可沈堪舆意识模糊，根本听不到他说话。

沈堪舆哽咽着，昏昏沉沉地用仅剩的力气抓住顾言笙肩膀上的衣料，仍在哀求：“给我一个机会……阿笙……求求你……”

“不可以也……没关系……没关系的……”沈堪舆咳嗽一声，笑了笑，在彻底昏厥前，很小声很小声地说，“阿笙我，我爱你……还有甜甜和小葫芦……我爱……你们……”

顾言笙忍了很久的泪终于克制不住地流了出来。

沈堪舆为了生下这个孩子几乎去了半条命，本来可以骄傲地仰起小脑袋，放肆地跟他要这要那，他也会把整个世界都给对方；可孩子出生以后，沈堪舆第一句话是：“不要赶我走，我想看看孩子。”

刚才，沈堪舆明明痛成那样还傻笑着跟他说“可以的，没关系的”时候，喘不上气却拼了命地呼气又吸气，一心想把孩子生下来。

那时，沈堪舆心里该有多害怕，多无助。

因为沈堪舆总是想着：生下孩子自己就该走了，顾言笙也不会再要自己了。

沈堪舆没有在生孩子之前，或者生孩子的时候跟顾言笙谈条件，是孩子生下来了之后才哭着哀求顾言笙给自己一个机会，不要赶自己走。

顾言笙明明知道沈堪舆一直都在害怕，明明应该一切以沈堪舆为先，为什么又因为工作而把对方放在次位？他以为一切都来得及。现在来不及了吗？

沈堪舆不等他了，不要他和孩子们了吗？

沈堪舆是不是在想：阿笙你看，我完成得很好，是个男孩子，是你和甜甜想要的健康的男孩子，你能给我一点奖励吗？我只想看看他，抱抱他，这样就可以了。

怀里的人听不到他的回答，以为他没有答应，可也没有生气，没有死乞白赖地逼着他答应，因为不敢。

只是说“没关系，阿笙我爱你，也爱甜甜和小葫芦”。

沈堪舆好久没有说过爱他了，因为沈堪舆觉得自己的感情对别人而言是累赘，所以只会把自己的爱藏在一些微小的地方，无论是特意做成爱心型的煎蛋，还是在楼道里刻下的小爱心。

沈堪舆做了很多，却再没对顾言笙说过“我爱你”，现在之所以敢说，是因为要走了。

这是最后一次。

仅此而已。

那天小葫芦出生后，沈堪舆险些丢了性命，明明已经没了意识，却还是在咳嗽。暮如静原本在清洗孩子，听到沈堪舆咳嗽，脸色一下子就变了。

咳嗽，发冷，呼吸困难，唇色发绀——是羊水栓塞，死亡率达 80%的羊水栓塞。

沈堪舆被抬上救护车的时候，宋黎刚好接顾雨甜放学回家。看到脸色惨白，一身是血的沈堪舆，顾雨甜一下就尖叫着哭了起来，拼命地往救护车上爬，哭喊着说不要把小鱼带走。

孩子哭闹得厉害，情况紧急，医护人员只能让宋黎带着她一起上了救护车。

沈堪舆昏迷不醒，对周遭的一切毫无知觉，连痛苦都感觉不到，心跳也渐渐微弱，没办法正常呼吸，但却一直咳嗽。氧气面罩上沾染着咳出来的粉红色血沫，连沈堪舆身上的仪器几乎都在报警，车上所有医生拼了命地做抢救，好歹吊住了一口气。

顾言笙握着沈堪舆冰冷的手，半跪在对方身边，语无伦次地说了很多话。他也不知道自己说了什么，只是没完没了地说个不停，像个自言自语的疯子。

从前沈堪舆总是缠着他，说“阿笙你跟我说说话好不好，你声音可好听啦”。

他却说“我不想跟你说话”。

沈堪舆便笑眯眯地说“那我跟你说话好不好，你要是喜欢听的话，就笑一声或者应一声，可以吗？”

这人在他身边说个不停，说到口干舌燥，他就是一声不吭，没有给过一点点回应。

后来，沈堪舆不再主动跟他说话，但只要他先开了话头，沈堪舆还是能兴奋地缠着他念念叨叨地说上半天。

再后来，沈堪舆的话越来越少。他问十句，沈堪舆提心吊胆地听着，回答时小心斟酌每一个字，还一边说一边看他的眼色，最终费尽力气，只能回他短短的一句，有时甚至直接用摇头点头取代。

现在，沈堪舆没有办法再跟他说话了，也没有办法再弯着亮晶晶的眼睛，用清亮的声音喊他一声阿笙。

“对不起……”顾言笙跪在沈堪舆身边，颤抖着手轻轻地抚上对方冷得像冰一样的脸，眼泪像决了堤一样滑落，“给我一个机会，留下来……求你……堪舆……我知道你很痛很累，是我不好，我保护不好你……你撑一下……再给我一个机会。小葫芦刚刚生下来啊……我想让他开口第一句话就是叫你……没人应他，他会哭的……”

他声音哽咽，除了他自己，没有人知道他在说什么。

他也不知道身边的人在干什么。

唐修在安慰他。他不知道。

小葫芦被暮如静抱着，明明才刚出生不久却不肯睡觉，像小猫一样哭个不停。他不知道。

顾雨甜害怕得想哭又被勒令不能哭，拽着他的衣袖说“爸爸，甜甜害怕，你抱抱甜甜”。他不知道。

他只知道他快要失去沈堪舆了。

沈堪舆胆子那么小，那么害怕被他讨厌，已经习惯躲在没有人的角落里安安静静地发呆。

沈堪舆还总是不敢说话，甚至不敢发出多余的声音，走路永远踮着脚，手机永远开成振动攥在手里，咳嗽时也要咬着袖子小声地咳，心脏难受得喘不上气也不会大声喘，而是颤抖着脊背努力克制着慢慢调整呼吸。

沈堪舆安静得像一个布娃娃，也很久都没有说过爱他了，可却在昏迷前一边掉眼泪一边说“阿笙，我爱你”。

顾言笙觉得他快要失去这个人了。

手术室外的家属等待区，顾雨甜趴在顾言笙的怀里一直哭，却不敢哭出声。

她真的很害怕。从小到大，她第一次知道什么是害怕，因为小鱼在的时候她什么都不用害怕。

别的小朋友怕黑，她不怕，因为小鱼每天都会在天黑之前来接她回家，每天晚上睡觉前陪在她身边给她讲故事、唱歌，只是她嫌小鱼唱歌不好听，后来小鱼就不唱了。

别的小朋友夏天喊热、冬天喊冷，她没有这样的烦恼，因为夏天小鱼会在她脖子上挂一个小风扇，冬天会把她裹成一只不怕冷的小团子。虽然奶奶总是嫌小鱼买的衣服丑，可是小鱼买的衣服真的很暖和。

别的小朋友总觉得零食不够吃，她从来没挨过饿，因为小鱼总是会在她的背包里塞满好吃的，而且老师说那些都是很有营养的食物，希望其他爸爸妈妈都能向小鱼学习。

别的小朋友很怕爸爸妈妈生气后教训他们，她从来没挨过打骂，因为小鱼永远都会很温柔地跟她讲道理，虽然她总是一只耳朵进一只耳朵出。

从她记事起小鱼就陪着她，她总觉得小鱼永远不会走，她对小鱼的存在习以为常到有些厌烦，所以每次爸爸带她出去玩，她都是头也不回地走了，反正回来的时候小鱼还是会做一桌好吃的给她。小鱼上次离开家又回来后，她对此更坚信了。

可是现在，那个会笑会说话，会温柔地叫她宝贝的小鱼不见了，现在的小鱼闭着眼睛睡得那么熟，爸爸都喊不醒，以前只要爸爸靠近小鱼，小鱼就会醒过来的。

她真的害怕了，眼泪疯狂地流，怎么都停不下来。她抱紧爸爸想要找到一点安慰，可是爸爸没有回应她。

她觉得爸爸也在害怕，他胸膛里的心跳声那么清晰又那么混乱，跟此时此刻的她一模一样。

“爸爸，小鱼怎么了？是不要我们了吗？是不是甜甜哪里惹小鱼生气了？爸爸，甜甜想小鱼了，小鱼什么时候可以来抱抱甜甜？”

顾言笙脸上没有一丝血色，只有一双又红又肿的眼睛。他无声地抱着女儿，一个字也没有说。

唐修把顾雨甜从顾言笙怀里抱过去，替她理了理乱糟糟的头发，柔声道：“甜甜乖，别怕，小鱼一会儿就出来了，要不要跟叔叔去看一下弟弟？你不是一直想要弟弟吗？弟弟长得很好看很可爱，也很乖。”

顾雨甜含着泪，哽咽着问唐修：“阿修叔叔，小鱼是因为生弟弟才这样的吗？”

唐修愣了一下，道：“不是的——”

顾雨甜眼泪流得很凶，却哭得很小声：“甜甜不要弟弟了，只要小鱼可不可以？甜甜只要小鱼！”

唐修连忙抱紧孩子给她擦眼泪，道：“小鱼一会儿就出来找甜甜了，不哭，不哭啊。”

顾言笙仍旧对身边的一切无动于衷。

顾雨甜拼命按捺住情绪，抽噎着小心翼翼地道：“如果小鱼没有了，是不是爸爸也没有了……”

顾言笙原本僵硬的像一块废铁的身子忽然颤了一下，然后咳嗽了一声，毫无焦距的眼睛缓缓聚起光来。

他深吸了一口气，将女儿从唐修怀里抱过来，抬手拭去她满脸的眼泪，沉声道：“不会的，我们都会陪着你……一直都陪着。”

从上救护车到现在，顾言笙终于开口跟顾雨甜说了第一句话。顾雨甜的情绪按捺不住，撇着嘴忍了又忍，哽咽着喊了声爸爸，终究放声大哭起来。

“爸爸在，甜甜不要怕。”顾言笙颤声应着，将女儿抱紧，轻轻吻了吻她毛茸茸的脑袋。

“阿笙……”唐修知道顾言笙现在离崩溃就差一根弦，但确实还有一个地方不能没有他，“你去看看小葫芦吧，孩子几乎从出生哭到现在，中间就喝了点奶睡了一小会儿，醒来又开始哭。”

原本健健康康生下来的孩子，再这么折腾可能得进保温箱监护了。唐修在心里叹道。

“你帮我把小葫芦带过来可以吗？”顾言笙声音沙哑地说着，目光转向手术室的方向，“我得在这里等着……堪舆胆子小，没有人等着，就不敢回来了。”

顾言笙这一句话说完，唐修忍耐许久的眼泪也夺眶而出。他用力搓了把脸，微微哽咽道：“行，我把他带过来。”

纵使艰难万分，沈堪舆终究活了下来。

抢救当天，沈堪舆因为羊水栓塞导致大出血，被摘除了子宫，后来又进了几次手术室，植入了心脏支架，切除了一部分胃。

胃局部切除手术是唐修做的，他做完手术下来，筋疲力尽地对顾言笙说：“你最好能把小鱼变成巴掌那么大，每天捧在手心里护着……这身体真的再经不起一丁点折腾了，肚子上横七竖八到处都是刀口，我都不知道从哪儿下手。”

沈堪舆在重症监护室里躺了半个月后转移到普通病房，顾言笙每天都陪着沈堪舆，按摩身体，擦脸润唇，再说些家长里短的闲话。

天气好的时候，顾言笙要是得到医生的允许就会把沈堪舆抱到窗边晒晒太阳，看对方闭着眼睛安静地趴在他怀里，面容苍白到透明，五官精致秀气，就像一尊易碎的瓷娃娃。

医生说，沈堪舆的身体各项指标已经勉强到达正常范围，照理来说早该醒了，可能是求生意识太薄弱，一定要有人陪着，多说些句话。于是，顾言笙每天都照医生说的做。

他每天都会跟沈堪舆说同样的两句话。

“我们都在等你回家，别害怕。”

“如果你觉得太累了，不回来也可以，等孩子们都长大成人了，我就去找你。”

沈堪舆昏睡着，没有任何反应。

小葫芦特别爱哭，从出生到现在大概只有三种情况不会哭：一是喝奶，二是睡觉，三是在沈堪舆身边。

这孩子像极了沈堪舆，沈堪舆的五官本就偏幼态，二十五六了还有种挥之不去的稚嫩感，笑起来眼睛弯弯的样子更像个没长大的小孩。当这副五官长到小娃娃的脸上时，当真是可爱到了让人抓心挠肝的地步，谁看了都想逗一逗、抱一抱。

然而小葫芦不让人逗也不让人抱，外人一碰就哭，顾言笙偶尔能碰一碰，但大多数也是要哭的。刚出生不久的孩子没什么力气，哭也是像小猫一样，让人心疼得要命。如果这时候他是饿着的或者很困了，喂他喝奶或者哄他睡觉就可以，万一是刚吃饱或者刚睡醒被弄哭了，那只能放在沈堪舆身边才能消停。

刚出生不久的孩子胖乎乎、白嫩嫩的，软得像一团棉花糖，眼泪汪汪、鼻头红红地被放在沈堪舆身边，立马就安静了下来，含泪咬自己的小胖手，委屈又乖巧地靠着沈堪舆，不再哭也不再闹，小小的身子因为刚哭完一抽一抽的，嘴里发出可怜巴巴的呜咽声，看一眼就会让人融化。

他一旦被放在沈堪舆身边，就可以任由别人逗，怎么逗都可以，心情好的时候还会咿咿呀呀地做出一点回应。唯独就是不能把他抱走，除非他睡着了，不然又要开始哭，非得在沈堪舆身边吃手吃到睡着才甘心。

那么多人排着队，眼巴巴地等着抱上葫芦“吸一口”，小葫芦一个也不待见，除了沈堪舆谁都不要，哪怕沈堪舆现在没办法抱他，他也要倔强地黏在沈堪舆身边一个人吃手。

小娃娃等啊等，盼啊盼，从呱呱坠地的小豆丁长成了满月的小团子，终究在一个雨后初晴的晌午盼到沈堪舆醒来。

那天，顾言笙正在床边给饿得哼唧叫的小葫芦冲奶喝，忽然听到他兴奋的“啊”了一声，然后开始扑腾肉乎乎的小手小腿。

这孩子出生到现在，除了哭就是睡或者喝奶、吃手，这还是第一次有这么大的动静。

顾言笙抬起头，看到病床上的沈堪舆睫毛微微颤抖着，苍白得几乎透明的脸费力地朝小葫芦那边移过去。

一瞬间，顾言笙感觉自己的心脏剧烈地收缩了一下，血液翻滚，随后漫过四肢百骸。

医生进来检查，说病人醒了就没事了，不要让人情绪波动太大。

顾言笙道了声谢谢，起身替沈堪舆挡住外面刺眼的阳光，声音发颤地低低喊着沈堪舆的名字：“堪舆？”

沈堪舆听到他的声音，吃力地睁开眼，里面雾气迷蒙，却让顾言笙十分高兴。

“堪舆……”顾言笙俯下身，轻轻抚上沈堪舆苍白瘦削的脸，才感觉到自己是真实地在呼吸、在活着。

沈堪舆努力地将视线聚集起来，氧气面罩上的白雾出现又消失，似乎是想说话，但由于身体太虚弱了，一点声音也发不出来。

沈堪舆现在离不开氧气，顾言笙不敢把面罩取下来，只能仔细揣测对方的心思，然后轻声问道：“你是想看小葫芦吗？想的话就眨一下眼睛。”

沈堪舆怔怔地看着顾言笙，很久很久才缓慢地眨了眨眼睛。

顾言笙笑了笑，道：“他就黏在你身边呢，我给你看看，你别太激动，以后还要看他一辈子的。”

他把还在手舞足蹈的小葫芦抱了起来，小葫芦咯噔了一下，呜咽了一声准备开始哭。顾言笙连忙哄道：“葫芦不哭，爸爸抱你起来看妈妈。”

小葫芦咬着手，原本撇着嘴，眼里蓄起了泪，但是一看到沈堪舆就愣住了，呆愣了两秒后松开自己的手，弯着眼睛，张开没牙的嘴，露出了从出生到现在的第一个笑容，甚至还笑出了声。

他朝沈堪舆伸出了肉乎乎的小短手，“啊啊”地叫着，似乎在求抱抱。

沈堪舆怔怔地看着活泼可爱的小葫芦，眼眶不一会儿就湿润了，泪水从眼角滑落，一滴一滴地落进枕头里，枕巾瞬间湿了一片。

沈堪舆扎着针的手颤抖着，似乎是想举起来抱抱孩子，顾言笙见状连忙握住小葫芦的手往沈堪舆手边探去。

小葫芦摸到沈堪舆的手，眼睛都快笑没了，平时总是蜷缩着团成一团的五只又嫩又软的手指，笨拙地张开，抓住了沈堪舆其中一根手指。

孩子的手柔软又温暖，像一片顶好的绒羽裹住了沈堪舆那颗没有安全感的心。

沈堪舆鼻尖一酸，眼泪流得更凶了，试图回应孩子，奈何实在没有力气，手指也完全不听使唤，只能傻傻地让小葫芦抓着，眼泪不受控制地流了一枕头。

“没关系的。”顾言笙轻轻地擦拭着沈堪舆脸上的泪水，轻声细语地道，“以后你每天都可以抱他，他最想要你抱了，现在不着急，嗯？”

沈堪舆费力地点了点头，氧气罩上又蒙上了一层雾气，应该是笑了一下，然后睁着一双眼睛，目不转睛地看着顾言笙。

顾言笙也目不转睛地看着沈堪舆，心领神会地道：“甜甜还没放学，她一放学就会过来的。”

沈堪舆好像又笑了，眼睛微微地弯起来，因为虚弱，笑容也是模糊的，但是对顾言笙来说是再好看不过的了。

可沈堪舆还是看着顾言笙，好像有很多很多话想跟他说，低喘着攒了一会儿力气，艰难地将自己另一只手抬了起来。

顾言笙连忙放下小葫芦，握住沈堪舆瘦得皮包骨头的冰凉手指，问：“怎么了？”

沈堪舆说不出话，只是借着顾言笙的支撑，吃力地抚上了对方的脸。

沈堪舆的手很凉，因为常年做家务，很多地方都覆着薄薄的一层茧。就是这样触感冰凉粗糙的手，抚摸顾言笙的动作却细腻温柔到了极致。顾言笙能够感觉到沈堪舆颤抖的指尖里藏着浓到化不开的珍惜和眷恋。

“阿笙，你瘦了。”沈堪舆的声音十分微弱，带着哭腔，“是不是很辛苦？以后我帮你……我回来了。”

顾言笙握着沈堪舆的手，眼眶含泪地笑道：“我一直在吵你，你听到了？”

沈堪舆痴痴地看着他，小声地“嗯”了一声，然后摇摇头，轻声说：“不吵的。”

顾言笙叹息一声，俯下身吻住了沈堪舆苍白冰凉的额头，哽咽道：“谢谢你愿意回来，不要再离开我了……”

那一刻，顾言笙忽然意识到，他其实从来都不知道沈堪舆到底有多爱他。

从沈堪舆睁开眼睛那一刻开始，也许就只想跟他说话而已，找小葫芦和甜甜是他猜的。

沈堪舆调整了那么长时间仍旧没有力气说话，甚至没有力气回握小葫芦的手，后来却能摸着他的脸说“阿笙你瘦了”。

这辈子不过得这么一个人倾心相待，他偏偏把人欺负得遍体鳞伤、奄奄一息，在对方累得再也不想睁开眼睛的时候，他又仗着自己独有的那份偏爱，死皮赖脸地求人家留下来。

好在沈堪舆最后真的回来了。

沈堪舆醒来后，连绵了数月的阴霾一扫而空，整个城市一片晴朗。

愿未来的每一天，都是晴空万里。

shenkanyu x guyansheng

番外一

往后舆笙

1. 中秋节快乐

中秋节的前一天晚上，顾言笙睡得很不安稳，每隔一段时间就要强迫自己睁开眼睛越过中间呼呼大睡的小葫芦去看另一边的沈堪舆还在不在床上。

他为了中秋团圆节，连着加了好几天班。这段时间又正值雨季，他在外跑的次数也多，还每次都淋了不少雨，好不容易歇下来了，脑子钝得很，身上也乏力，像是要感冒。早上六点多的时候，他明明已经起床刷牙洗脸了，结果哄着快醒的小葫芦睡觉的时候，把自己也哄睡着了。

他睡得迷迷糊糊，翻了个身想去摸沈堪舆，却只摸到了个热乎乎、软绵绵的团子，吸了两下鼻子，闻到的全是奶香味儿。

顾言笙只停顿了一秒，就睁开眼撑起身子。

时间还没到八点，偌大的席梦思软床上只有他和摊着胖乎乎的小手小脚呼呼大睡的小儿子沈麓，原本应该睡在另一侧的沈堪舆不知道去哪儿了。

他和儿子身上的被子都盖得整整齐齐的，床头的加湿器也添了补充液，这是沈堪舆每次离开家门之前的习惯。沈堪舆总是习惯把能做的事情都做好再走。

沈麓对沈堪舆的依赖似乎没有给对方带去多大的安全感，沈堪舆总是不能确定自己还能不能再回来，就很想为他们多做一点事情。

顾言笙的心猛地一沉，身上瞬间冒出一层冷汗，他掀开被子下床，屋子里到处都没有沈堪舆的影子，饭桌上却已经整整齐齐地摆放着温热的早餐。

今天是中秋节，早餐比平时多了一碟冰皮小月饼。但是只有三副餐具，一副大人的，一副儿童的，一副小宝宝的。

顾言笙记得昨晚抱着沈堪舆的感觉，瘦弱到骨头硌得他隐隐作痛。

沈麓出生的这半年来，沈堪舆还是很难跟家人一起在饭桌上正常地进食。

顾言笙在的时候还好，一旦他不在，沈堪舆就总是拿着筷子坐在角落小口小口地扒着白米饭，连汤和菜也不要，然后等大家都吃完再去收拾碗筷。

对沈堪舆来说，白米饭已经比从前吃惯的那些东西要香甜太多了，沈堪舆很喜欢吃，而且还会在大家都吃得差不多的时候，舀一点炒菜的酱汁来拌饭吃。

有一次，顾言笙接到宋黎的电话，说他爸爸顾军今天来家里吃饭了，结果沈堪舆吓得一口饭也没吃。

顾言笙觉得妈妈应该没夸张，于是带着全体员工迅速加班赶完了一个紧急项目，便匆匆忙忙回到了家。

沈堪舆在厨房里一边喝着剩下的粥，一边无声无息地掉眼泪。

顾言笙心疼得要命，抱着沈堪舆反复亲吻那双湿了的眼睛，问对方为什么哭，是不是被顾军凶了。

沈堪舆拼命摇头，冲他傻笑，说叔叔一点也不凶。

顾言笙说，要叫爸爸。

沈堪舆又说“叔叔好像不讨厌我了，他刚刚让我跟他坐在一起吃饭”。

沈堪舆的称呼一直改不过来，因为第一次叫顾军和宋黎爸爸妈妈的时候，他们都很排斥，甚至是厌恶，也不肯应一声，所以无论顾言笙后来怎么哄骗，沈堪舆都叫不出来了。

顾言笙告诉沈堪舆：“爸爸妈妈一点也不讨厌你，你对他们来说也像亲生孩子一样，所以你不要害怕跟他们一起吃饭，也不要再这么生分地叫他们”。

沈堪舆张了张嘴，想说什么却又不太敢说的样子，顾言笙耐心地鼓励哄劝一阵后，沈堪舆终于道：“这样他们就不应我了……”

过往的伤害像钉子，就算拔出来也会在心上留下一个又一个人弥补不了的血洞。

从前，沈堪舆的付出总是无人回应，说话时能有人搭理都是天大的恩惠，因此现在的沈堪舆很怕会再次回到从前。

常规的心理治疗对沈堪舆没有用处，这人对世界的认知有太多错误，甚至都不知道怎么跟心理医生交流，更理解不了医生的话以及该怎么回答。

“没关系，我知道我们堪舆现在还不想相信他们，慢慢来，没关系的，但是你要知道，他们就是你的爸爸妈妈，”顾言笙没有逼沈堪舆，只是轻柔地帮人擦了擦眼泪，又问，“你刚刚为什么哭？”

沈堪舆在顾言笙怀里安静地趴了一会儿才小声说：“阿笙，这样吃饭好幸福啊。”

顾言笙的眼眶一下就红了。

沈堪舆今年二十六岁，在饭桌上跟别人一起吃饭的日子，满打满算可能都不够两年。

别人的家常便饭对沈堪舆来说却是奢望。

后来，沈堪舆又因为很少正常用餐加上手腕伤病交加，甚至都不怎么会用筷子了，如果夹东西时掉了一次，就会紧张得很久都不敢再夹菜。

他们不知道用了多长时间才让沈堪舆明白“你可以上桌吃饭”和“你可以幸福的”这两件事。

虽然沈堪舆还是不太敢吃东西，但至少敢上饭桌了。顾言笙以为对方在好转，可原来一切只是他的自以为是，他的小鱼只不过是想骗过他的眼睛，然后偷偷跑掉。

他恨死自己了。为什么他一点没察觉到小鱼离开的动静呢？

顾言笙闷声咳嗽了一阵，冰冷的双手忍不住地颤抖，然后胡乱穿起衣服，再度瞥到饭桌上的月饼时，他脑海里忽然闪过一个念头。

月饼。

中秋节。

今天是中秋节。

他见不到人一下慌了，忘了今天是中秋，那沈堪舆应该没有走远，那人只是害怕，只是想出去躲一躲。

幸好顾言笙没有想错，他冲出家门就看到沈堪舆坐在楼道的台阶上，一只手拿着吃掉了一个角的吐司片，另一只手攀着楼道的护栏，苍白着脸靠在自己的臂弯里睡着了。

原本急得直喘气的顾言笙心跳都快停了，眼前短暂地黑了一下，所幸及时扶住了墙壁。

他深吸一口气，调整自己的呼吸，小心翼翼地靠近睡着的沈堪舆。

沈堪舆对声音很敏感，顾言笙还没走到跟前就惊醒了过来。虽然人还昏昏沉沉的，面包也掉地上了，但还是第一时间对顾言笙露出一个笑容，道：“阿……阿嚏！”

沈堪舆本想叫顾言笙，但却哆嗦着打了个喷嚏，鼻头变得红红的，怕冷似的缩了缩身体，舌头不大利索地道：“阿笙你……起得好早……”

沈堪舆话没说完，顾言笙就蹲下身给人披上了外套，又将对方拥进怀里。沈堪舆有些茫然，但仍乖乖地趴在顾言笙怀里，时不时吸吸鼻子。

顾言笙轻抚着沈堪舆冰凉柔软的发丝，手指有些发抖，声音带着沙哑和彷徨，说："家里没人，我以为……"

沈堪舆等了好一会儿都没等到顾言笙继续往下说，就摸了摸顾言笙近来瘦削许多的下颌，轻声道："阿笙别怕，我不走。我还要帮你做很多事情，我答应过你的，所以你不要怕。"

顾言笙深吸一口气，将沈堪舆冰冷苍白的手拢在自己掌心，说："我需要的不是你帮我做很多事情。"

沈堪舆在他怀里颤抖了一下，脸白得像纸，还是对他笑道："对……对不起阿笙，我理解错了……那我也可以走的，但是……小葫芦他还太小了……他……"

顾言笙轻叹道："我需要的是你。"

沈堪舆惶然地看着顾言笙，依旧没有理解他的意思，下意识觉得顾言笙这句话应该没说完。

沈堪舆从没听过这样的话。小时候，亲朋好友都是跟沈堪舆说"你的爸爸妈妈不要你了，他们只要你哥哥"。沈堪舆却不相信这种话，反驳道"你们都是骗人的，爸爸妈妈是爱我的，只是他们不会表达"。

上学的时候，顾言笙跟沈堪舆说过"不只是玩游戏，别的时候也不需要你"。可沈堪舆脸皮很厚，只说"那我等着你，你需要我的时候可以叫我的"。

后来为人父母，甜甜跟沈堪舆说"我不想要你，我想要爸爸"。那时沈堪舆已经明白了很多事情了，于是就摸摸女儿的小脑袋对她笑道"我知道"。

沈堪舆想：从来就没有人会真正需要自己的，只是需要自己做一些事情而已，自己知道的，也记得很清楚。

沈堪舆很紧张，不知道该怎么办，也不知道顾言笙还要不要自己，憋得两眼通红就紧张得用手去抹还没流出来的眼泪。

“阿笙……我不太明白……”沈堪舆声音哽咽，低着头不敢看顾言笙，“你要什么，你可以……可以跟我说清楚一些吗？我自己可能……想得不对……”

顾言笙忍着泪意将人抱得紧了些，一字一句，缓慢而清晰地道：“我要你，堪舆，你什么都不做也没关系，我需要的只是你而已。”

沈堪舆一直在用手擦眼睛，顾言笙攥住对方的手，发现这人满脸都是眼泪。

沈堪舆其实很少在他面前哭，从来都是忍着，觉得难过的时候也是低着头揉揉眼睛，揉着揉着就忍过去了。

甜甜告诉顾言笙，小鱼在家里总是偷偷哭，可一旦被她看到了又会笑。

每次听到这些，顾言笙的心都跟被刀割了一样疼。

不只是他，明明所有人都在努力对沈堪舆好了，可沈堪舆还是害怕，还是会在病得稀里糊涂的时候哽咽着说“阿笙，我把小葫芦带得大一点再走好不好？他太小了，你带着他太累了”。

沈堪舆刚生下小葫芦从鬼门关回来后，见到宋黎也是这么想的，一直说“阿姨，你不要担心，我不会纠缠阿笙的。小葫芦太小，他照顾起来太辛苦了，我以后会走的”。

沈堪舆疼太久了，“多余”这两个字就像烙在骨血里的印记，长着倒刺还寒冷如冰，让沈堪舆疼了二十多年，所以沈堪舆没办法相信别人在意的是自己这个人。

而每次别人喊沈堪舆的名字时，这人的回应也永远都是“要什么”。

沈堪舆总是在想自己还有什么是可以给的、可以做的，没有的话是不是就该走了。

“对不起阿笙，对不起……”沈堪舆挣不开顾言笙，没办法擦掉眼睛不断涌出的温热液体，只能语无伦次地道，“没有人……没有人要我的……之前都没有……”

“我知道，我都知道。”顾言笙柔声安抚着，小傻子的眼泪却越流越凶，还很怕被他看到，使劲儿地躲。于是他松开了对方，捧住对方的脸，低头吻住那张干燥苍白的唇瓣。

沈堪舆一下子就变得软绵绵的，原本又湿又凉的小脸蛋也一下热乎起来，无措地攥住顾言笙胸口的衣料，急急地喘息着，眼泪还没干就笨拙而努力地回应他的亲吻。

顾言笙伸手护住沈堪舆的后脑勺和腰，温柔而怜惜地加深这个吻。

这个吻缱绻绵长，沈堪舆整个人都晕晕乎乎的，顾言笙离开的时候，沈堪舆红着眼圈下意识地去抱他，喃喃地喊着阿笙，满心满眼都是依赖。

顾言笙发出一声轻笑，顺势将人揽住，用指腹细致而轻柔地擦掉沈堪舆脸上的眼泪，道：“我知道，过去我们不懂事，又坏，都欺负你，你忘不掉是对的，你就要狠狠记着。然后啊，你再看看我们现在都懂事了，都对你这么好，那就说明我们小鱼真的是一个很好、很值得爱的人，对吗？”

沈堪舆听到顾言笙叫自己小鱼，而且是宠溺怜爱到了极点的语气，顿时眼眶发热、耳根也热，连脖子都是红的，最后默默地把脸往顾言笙胸前埋去。

顾言笙被沈堪舆蹭得很痒，但是将人抱得更紧，道：“重新相信很难，我们慢慢来。”

他沉默了一阵，一遍又一遍地抚摸着沈堪舆瘦削的后背上突出来的脊骨，再度开口的时候声音颤得厉害：“先试着相信我，可以吗？”

他手指发抖，不敢再说话，低头吻了吻沈堪舆细软枯黄的头发，想掩盖住自己声音里的哽咽，但恳切地道：“我爱你堪舆，给我一个机会可以吗？早上起来看不到你的时候，我真的……”

他不是第一次跟沈堪舆说“我爱你”，但是之前的任何一次都没有这一次能让沈堪舆有温暖的感觉。这一次，沈堪舆觉得好像有很多很多暖融融的小家伙，蹦蹦跳跳地闯进自己的心脏，在里面热火朝天地填补着什么东西。

沈堪舆小心翼翼地点了点头，顾言笙哑着嗓子重复了好几遍“谢谢你”。

沈堪舆从来没有听过顾言笙的声音哑成这个样子，心疼得要命，连忙撑起身子，仰起脑袋，蜻蜓点水地吻了一下他有些湿润的眼睫。

“我也爱阿笙，我以后不乱跑了，”沈堪舆动作笨拙地擦着顾言笙的眼睛，然后一把抱住他，趴在他的肩膀上，有样学样地摸了摸顾言笙的后脑勺，带着浓重的鼻音道，“你不要哭，我很心疼。”

“对不起，”顾言笙闭了闭眼睛，有些自嘲地笑了笑，“好像每次都是用这种方式来让你心软，我真的很过分。”

沈堪舆不停摇头，紧紧地抱着顾言笙，像个红眼睛的小兔子一样趴在他的肩窝里，低喃道：“谢谢你，阿笙。”

“谢我什么？”顾言笙柔声问。

沈堪舆不说话了，只是抱着顾言笙不肯松手，不知道是冷还是怎么，总是时不时地轻颤几下。

顾言笙心疼地把人牢牢圈着，又将外套的衣领翻起来，以裹住沈堪舆苍白的后颈。

“堪舆，你在害怕吗？”顾言笙轻声询问，声音沙哑而温柔，“我知道你今天为什么乱跑，我不怪你。”

今天是中秋节。

中秋端午，春节元宵，这种对于中国人而言意义重大的传统节日，沈堪舆是既期待又害怕。期待和害怕是因为沈堪舆知道过节是很开心、很有意义的事情，要一家人在一起，和和美美的才可以。

沈堪舆想要家，那是自己一直没有的东西，一直去不到的地方。

沈堪舆记得自己刚上一年级时，爸爸的工作很不顺心，经常生气。冬至那天，爸爸感冒了，沈堪舆把自己熬的羊肉汤端去给爸爸，说了句“爸爸冬至快乐”，然后手里的汤就被打翻了，而沈堪舆刚蹲下去收拾，爸爸就抬腿踢了沈堪舆一下，让沈堪舆滚出家门。

沈堪舆一直说好，但是腿好像扭伤了，脑袋也蒙蒙的，怎么都站不起来，爸爸就冲下来一直把沈堪舆往门口赶，一边赶一边骂：“乌鸦报丧呢？从年初你那句‘恭喜发财’开始，我就一直亏钱到现在，滚出去，滚出去啊！”

沈堪舆疼极了，又不敢哭，只能哽咽地问爸爸：“要……要去哪里呀爸爸？外面好冷……”

“有多远滚多远！滚到没人的地方去！谁看见你谁倒霉，快滚啊！”

“我知道了，我知道了……”沈堪舆想爬起来去开门，但是爸爸已经把门打开了，一脚把沈堪舆踢了出去，然后重重地砸上了门。

沈堪舆咳出一口血，浑身是伤地趴在门口，一时半会儿爬不起来，怔怔地看着紧闭的房门发呆。

沈堪舆在电视上看到过，长辈们都很喜欢小孩子过年过节说祝词，所以便以为自己跟着做会让爸爸妈妈开心，但是好像又学错了。

沈堪舆笨拙地翻着字典，又问了一些人“乌鸦报丧”的意思，然后才意识到，自己可能跟别的孩子不一样，自己不可以过节，不然会给别人带来晦气，害得爸爸一整年都不顺利。

跟顾言笙结婚后，任何节日沈堪舆都不敢在家里过，甚至不敢跟他们见面，只会在佳节将近之际兴致勃勃地跟他们念叨着快过节了，然后早早地给他们包饺子、烤月饼、绑粽子，把家里收拾装饰得焕然一新，等到了节日当天便不见人影，直到过完节才会回来。

一开始，顾言笙以为沈堪舆是出去玩了，后来好几次都撞到对方一个人在离家不远的地方坐着，有时候在发呆，有时候在吃东西。

一旦跟顾言笙四目相对，顾言笙还没赶上去说句话，对方就落荒而逃。

最夸张的一次应该是某一年的元宵节，顾言笙半夜带顾雨甜起来上厕所，墙上的挂钟指向三点四十二分，沈堪舆竟然在厨房准备第二天的饭菜。

顾雨甜叫了声小鱼，吓得沈堪舆摔碎了一把汤匙，蹲在地上手忙脚乱地收拾的时候还划破了手。

沈堪舆没包扎伤口，只是用水冲了冲。等顾言笙安顿好顾雨甜想给沈堪舆处理一下伤口的时候，这人已经不在家里，只留下灶台上花样繁多的汤圆、冰箱里用保鲜袋套好，加热了就能吃的饭菜，还有一张字条。

——对不起呀阿笙，吵醒你们了，要好好睡觉好好吃饭，明天一定是开心的一天！

那天才融雪，天气湿冷，水性笔的墨水还没干透，顾言笙拉开窗帘，刚好看到沈堪舆走向小区门口的背影。对方只穿了一件灰色的卫衣和一条洗得发白的浅蓝色牛仔裤，深一脚浅一脚地在雪地里吃力地走着。

那一幕，顾言笙每次想起来都很心疼。

在银装素裹的城市和四周装点的繁华灯火里，沈堪舆像是一个来自遥远星球的小精灵，跨越亿万光年孤独而来，带着很多亮晶晶的小星星做礼物。

为了摘这些小星星，沈堪舆就算把自己弄得灰头土脸、遍体鳞伤，仍然很开心。

沈堪舆笑眯眯地捧着这些礼物，想送给很多自己爱的人，可是没人去接。

沈堪舆不哭也不闹，只是安安静静地把小星星都埋在这个自己很喜欢的星球上，然后孑然一身地离开。

“对不起呀，打扰到你们了，我走啦。”小精灵轻声说道。

顾言笙知道自己是这个星球上最坏的浑蛋，他直到今年才弄清楚他的小精灵为什么害怕过节。

沈堪舆生下小葫芦的三个月后是端午节，那时候沈堪舆的身体还没恢复，三天两头地生病，根本分不清今夕何夕。

端午节当天，顾言笙带沈堪舆到饭桌上吃饭，沈堪舆看到很多人时还很迟钝，没有反应过来，直到电视里的新闻播音员说了一句“端午安康”，沈堪舆本就没有血色的脸色瞬间变得苍白，然后踉踉跄跄地离开了饭桌。

顾言笙原本以为沈堪舆只是害怕上桌吃饭，没想到对方还想出家门，那张干裂青白的嘴唇颤抖地重复着同一句话：“人太多了，我不能过节，我不能过节。”

顾言笙不知道沈堪舆哪来的力气一次又一次地挣开他，又怕用蛮力会伤到对方，只能让宋黎反锁好门又藏好钥匙。

沈堪舆跑到门边打不开门的时候，顾言笙甚至在对方的眼里看到了绝望。

沈堪舆抓着顾言笙的衣袖哀求道：“阿笙，我求求你了，你让我出去，我不能过节的，真的不能的。”

顾言笙已经很久没有看见沈堪舆害怕成这个样子，一遍又一遍地安抚询问后，沈堪舆终于说了一句不太一样的话：“我不吉利的，人太多了。”

——我不吉利的，我不能过节，这里人太多了我会害了大家的，求求你让我出去吧。

当时，唐修也在，唐修哄道：“宝贝小鱼，你是锦鲤来的，吉利得很。”

顾言笙连忙顺着唐修的话哄道：“对，你是锦鲤，最吉利的。”

但是没有用。

沈堪舆拼命地摇头，不断哀求顾言笙让自己出去，明明人还醒着，却像被某种无法摆脱的梦魇纠缠，眼神涣散，惊惧至极。

沈堪舆最后因为力竭而昏迷了过去，并且还在昏睡中发起了高烧。

沈堪舆烧得迷迷糊糊的时候，顾言笙喂饭给沈堪舆吃，唐修旁敲侧击地问出了沈堪舆小时候在冬至那天被爸爸赶到家门外的事情。

唐修握住沈堪舆的手，看着对方的眼睛清晰而缓慢地说：“宝贝，听不听阿修哥哥的话？”

沈堪舆烧蒙了，茫然而乖巧地点头。

“好，那你记住，从今往后你就是锦鲤送福，小朋友会喂你吃好吃的，微博上大家看到你都会争先恐后转发的那种锦鲤，把乌鸦报丧忘掉，知道吗？”

沈堪舆趴在顾言笙怀里，怔怔地看着唐修，没有焦距的瞳仁里渐渐凝出泪来，然后无意识地掉着眼泪，轻轻地点了点头。

“今天中秋节啊，堪舆，中秋节快乐。”从回忆中抽离的顾言笙，不知道自己什么时候眼眶又湿了，所幸在他脸上湿热的液体落到沈堪舆身上之前就及时抹掉了。

他悄悄舒出一口气，抑制住声音里的哽咽，说：“你跟我说句中秋快乐，我送个礼物给你好不好？”

沈堪舆仍旧没有说什么，只是趴在顾言笙怀里，安静乖巧得像一只玻璃娃娃。

“没关系，不说我也送给你。”顾言笙一只胳膊圈着沈堪舆，单手从上衣口袋里拿出一个红色丝绒的小盒子，递给沈堪舆。

“谢……谢谢阿笙。”沈堪舆完全没反应过来，说话磕磕巴巴的，动作迟钝又笨拙，接过盒子后在手里翻来覆去地研究都没搞懂应该怎么打开。

“阿笙……这个……”沈堪舆的额头冒出一层细细的汗珠，不知所措地看着顾言笙，圆圆的杏眼里面有没干的眼泪，可怜兮兮又可爱至极。

顾言笙很自然地亲了沈堪舆一口，然后捏着对方的手指在盒子的某个地方蹭了蹭，说：“这里有一个鼓起来的小包，像被蚊子叮了之后起的包一样，用力按一下就开了。”

沈堪舆试着按了一下，没开，紧张地舔了舔嘴唇，下意识喊阿笙，想要求助。

顾言笙吞了吞口水，道：“你力气太小了，再使点劲儿。”

“它会坏的。”沈堪舆珍惜地摩挲着盒子，低垂着眼，小声地说。

顾言笙十分霸道地说道：“盒子而已，就是买给你玩的，坏了再买。”

沈堪舆屏着一口气，还把眼睛闭上了，皱着鼻子用力按了一下，顾言笙差点没笑出声来。

盒子啪的一声弹开了，沈堪舆也跟着哆嗦了一下，里面是一条项链，沈堪舆愣愣地看了半天都没拿。

媳妇儿胆子小，顾言笙也没有不耐烦，一步一步哄着鼓励道：

“拿出来看看是什么。”

“是一个月饼。”沈堪舆转动着脑袋研究链子上的吊坠，那是一个精致可爱的小月饼，纹路浮雕都做得细致而真实。

“普通月饼吗？”

沈堪舆眨巴着大眼睛，认真地回答：“不是，它很小而且不能吃。”

顾言笙哑然失笑，问：“你看这一面，这个浮雕画的是什么？”

沈堪舆揉了揉眼睛去看，说：“好像是人，是……”沈堪舆忽然不说话了，喉咙像是被堵住了，手也跟着轻颤起来。

这是小葫芦还在自己肚子里面吐泡泡的时候，自己画的一幅画，只不过两者并不完全一样。

原本自己只画了小房子，还有牵着甜甜和小葫芦的阿笙，但是现在阿笙身边多了一个人，天上还多了一轮圆圆的月亮。

忽然，月亮变得模糊了，整幅浮雕画也变得模糊了，沈堪舆什么都看不清，只能听到顾言笙温柔得仿佛从梦里传来的声音，由远及近。

“我画的你好看吗？”

其实只画了一个背影而已。

沈堪舆拼命点头，狠狠抽噎了一下，还把自己呛到了，咳了起来，眼泪流得更凶。

顾言笙吓了一跳，哭笑不得地给沈堪舆拍背顺气擦眼泪，说：“好了好了，不哭了，过节呢。”

沈堪舆紧紧攥着那条项链，抱着顾言笙蹭了他一肩膀的眼泪。

顾言笙摸了摸鼻子，继续哄道：“那我跟你讲个笑话吧？我把画拿给首饰店的时候，他们嫌这个画太粗糙，我把他们说了一顿，我说你们胡说，这是我老婆画的，是最好看的……”

顾言笙讲着讲着觉得这也算不上一个笑话，尴尬地咳嗽了一声，刚想说点什么别的，沈堪舆就破涕为笑了。

“好了啊，不哭了。”顾言笙松了一口气，看沈堪舆哭得眼睛都肿了，也不敢再擦了，“来，我给你戴上，我们回去敷一下眼睛。”

沈堪舆用力地吸了吸鼻子，还是克制不住地在抽噎，不怎么说得出话，乖乖地把项链给顾言笙。

顾言笙解开链子尾部的扣子，靠近沈堪舆，将项链圈在对方雪白纤细的脖颈上。

沈堪舆努力克制住自己的抽噎，睁大了眼睛看着顾言笙近在咫尺的脸。

从年少时期就经常思念到夜夜进了梦里的脸，这么多年过去，他的眉眼被岁月雕刻得俊朗深邃，却也更加温柔。

他给自己戴项链的时候，认真专注得仿佛这个世界上再没有什么别的更重要的事情，他只要做好这一件就行了。

他的睫毛很长，他轻轻眨了眨眼睛，沈堪舆觉得自己的脸好痒。

“阿笙，好了吗？”沈堪舆小声问。

“等一下，我看不太清，没扣上，”顾言笙靠得更近，提着口气把扣子搭上了，“好了……嗯？”

沈堪舆忽然靠过来，顾言笙重心不稳地往身后的墙上倒去，虽然后脑勺被沈堪舆的手牢牢护着，但他还是蒙了。

因为沈堪舆亲了他。

顾言笙睁大了眼睛看着沈堪舆，看着他的小鱼紧张得紧紧闭着眼，亲吻的动作既笨拙又僵硬，两只手都快把他肩膀的衣服揪成咸菜干了。

顾言笙一确认眼前还是那个对于接吻一窍不通的小傻子，他的地位并没有完全被颠覆，就迅速夺回主动权，沈堪舆瞬间瘫软下去。

顾言笙得意起来，正准备大显身手，唐修的声音忽然传来：“顾言笙，你干吗？”

顾言笙和沈堪舆都吓了一跳，迅速放开对方，拍拍屁股互相搀扶着站起来。

顾言笙一眼就看见了唐修，还有姜默，以及他的爹妈顾军和宋黎，顿时尴尬到面红耳赤。

“阿修哥哥，你不要骂阿笙，”沈堪舆气都没喘匀，结结巴巴地解释道，“我……是我先亲他的，我……”

“啧啧啧，”唐修摇了摇头，“甜甜都看到了呢。”

顾言笙愣了一下，然后僵硬地看向没关的房门，亲生女儿正眨巴着大眼睛，扒着门框兴致勃勃地跟他对视。

顾言笙干咳一声道：“甜甜……”

顾雨甜声音响亮地道：“甜甜不介意！你们可以继续亲！亲久久！”

“甜甜来，爷爷亲一口，”顾军抱起顾雨甜亲了亲，有些无奈地对这一帮人道，“好了，别一直傻站着，一会儿着凉了，都进去吧。”

沈堪舆下意识地在顾言笙身后躲着，始终没有跟宋黎和顾军对视。顾言笙什么也没说，只是十指相扣地牵着对方。

“你过来干吗？”顾言笙看着姜默道。

姜默挑眉道：“慌什么，你做个人我就不会揍你。”

“我……”顾言笙被嘲讽又骂不出来，只能跟姜默大眼瞪小眼。

沈堪舆在后面轻轻攥了攥他，满脸无辜地道：“我……我邀请的。”

“行。”顾言笙表情管理一流，瞬间对媳妇儿露出纵容宠溺的笑。

“顾言笙，你感冒了是不是？鼻音这么重。”宋黎皱眉道。

顾言笙咳嗽了一下，一时间不知道怎么回应，他觉得妈妈应该是想关心他，但是为什么叫全名？跟小时候准备揍他之前一模一样。

“赶紧撒手！别碰堪舆了！”宋黎把沈堪舆拽了过来，“堪舆抵抗力差经不起折腾，不像你壮得像头牛。”

“阿笙——”沈堪舆不知所措地想要抓住顾言笙松开的手。

顾言笙在沈堪舆手背上安抚地拍了拍，用只有他们两个人才能听得到的声音温和地说了声“没事”。

“阿修啊，你带着医药箱吗？拿点强效感冒药给阿笙吃。阿笙平时壮得像头牛似的，这种体质一旦感冒，那个传染力可是强得很。”

顾言笙心想：壮得像牛也是错？

“好嘞，在车上，我下去拿。”

姜默道：“阿修，我去吧。”

“你懂什么？”

“好吧。”

沈堪舆被宋黎拉进了屋子里，宋黎关了道纱门把顾言笙隔在外面。

“妈！”顾言笙扯着嗓子喊，“你拿个冰袋给小鱼敷一下眼睛，用毛巾包一下！”

“知道了！”

宋黎拿了冰袋，还拿了只保温杯，拧开盖子后递给沈堪舆道：“堪舆来，试试这个茶，这个配方治气血两亏很好的，妈……嗯，阿姨摸你手心凉得很，赶紧喝两口暖暖。”

“哦，好。”沈堪舆小心翼翼地用双手接过来，顺从地抿了一口，然后笑弯了眼道，“好喝，甜甜的。”

“喜欢就好。”

这个茶其实并不甜，但宋黎知道这孩子没有敷衍，只是因为没吃过什么好东西，也不懂得怎么描述人间百味，只会用“甜”来形容。

“阿笙，你也喝一口——”沈堪舆回头就去找顾言笙。

“哎，他感冒了，你别跟他用一个杯子。”宋黎拉住沈堪舆，“我再煮一点。”

顾言笙被关在纱门外，无可奈何地咳嗽着，摆摆手示意沈堪舆不要太靠近他，又道：“听妈话，我没事的。”

沈堪舆抱着那只保温杯眼巴巴地看着顾言笙说：“我不想你一个人……”

顾言笙脸色有些白，心疼地哄着可怜巴巴的媳妇儿：“我感冒了嘛，你乖乖敷眼睛，一会儿我喝了药再进去陪你，乖。”

“那我现在要在这里陪你。”

顾言笙偏过脸咳嗽了一阵，嗓子更哑了：“你上去看看小葫芦，他醒来看不到你该哭了。”

沈堪舆摇头道：“我要在这里。”

“好，好。”沈堪舆不知道自己在撒娇，顾言笙却心软得要命。

所幸唐修很快就上来了，将药拿给顾言笙吃下，只是他想到小鱼已经被亲过了，以防万一，也拿了沈堪舆常吃的感冒药。

“阿笙阿笙，喝这个。”重新靠近顾言笙，沈堪舆脸上的委屈瞬间消失了，捧着茶兴致勃勃地让他喝。

宋黎想着反正那个保温杯给顾言笙喝了，大不了沈堪舆就换一个新杯子，也就没再拦。

顾言笙抵抗不住沈堪舆亮晶晶、水汪汪的大眼睛，接过来喝了一口，结果难喝到他差点当场喷出来，但看到沈堪舆满眼的期待，顾言笙只能控制自己的表情，尽量平静地咽下去，笑的时候眼角都在抽搐：“嗯，真的挺好喝的。”

“那我去问一下阿姨的配方，下次给你煮！”

顾言笙心想：不要吧……

这个时候，姜默抱着号啕大哭的小葫芦从楼上下来，两人瞬间忘了茶的事情，过去接孩子。

小葫芦一到沈堪舆怀里立马就抿上刚刚还大张着号哭的嘴。沈堪舆拍了拍他，又哄了两句，小葫芦踢了两下小短腿，尽管眼里还含着泪水，却奶声奶气地笑了起来，两只胳膊跟嫩藕儿似的，兴奋地在沈堪舆的肩膀上拍打。

姜默看傻了，问："这科学吗？这孩子身上是不是有什么机关啊？"

顾言笙咬着后槽牙拽住他胸口的衣料，问："什么科不科学，机不机关的，你是不是打我儿子了？"

"谁打你儿子，他碰瓷好吗？我刚推开门他就哭了。"

"那是因为你动作粗鲁吓到他了！"顾言笙说完又开始咳嗽，气势顿时弱了半截。

姜默嗤之以鼻："顾言笙，不能因为你打不过我也骂不过我就在这种事情上找碴吧？"

顾言笙冷笑道："谁跟你打架吵架？莽夫，极其粗鲁。"

"你这么笑当心把鼻涕吹出来，我们莽夫再怎么莽也不会总用鼻涕攻击人。"

"姜默！"

"行啦，感冒好了再跟我吵，我也不想胜之不武。"

顾言笙跟姜默还没吵完，就看到他妈端着一壶色泽跟保温杯里的茶一样的新茶出来了，他一阵头痛，半路把茶拦了下，避着沈堪舆压低声音道："妈，你煮这个茶，自己不尝尝吗？"

宋黎用看傻子的眼神看他："肯定尝了啊。"

"那你不知道这个东西有多……咳咳，多难喝吗？"

"什么叫难喝？良药苦口你不懂？"宋黎翻了个白眼，"再说了，堪舆觉得好喝那不是更好？”

“不是，你不能因为人家不懂什么东西好喝就这样乱喂吧？我真是——”顾言笙气得胸口疼，别过脸去憋屈地咳嗽擤鼻涕，折腾得头昏脑涨，站着都嫌累。

他进了房间躺在床上想小歇会儿，忽然有人用热毛巾压住了他的额头，他舒服得低吟一声，撑开了沉重的眼皮。

“阿笙，这样好点吗？”沈堪舆握住顾言笙难得发冷的手，不停用热毛巾擦着他的脸，问，“要不要喝点水？”

顾言笙张了张嘴，才发觉喉咙也开始疼了，他皱了皱眉，咳得脑仁疼。

沈堪舆喂他喝了小半杯水，又扶着他躺下。

“阿笙，我知道那个茶不太好喝。”沈堪舆在床边半蹲下去，一边给顾言笙擦脸一边轻声道。

顾言笙微怔。

“但是那个是阿姨很用心煮的，对身体也很好，所以我喝下去没事的，你不要说她好不好？”沈堪舆顿了一下，又说，“你也要喝，良药苦口，不能嫌弃。”

顾言笙勾起有些苍白的嘴角，伸手去摸沈堪舆头顶乱翘的碎发，沙哑地道：“听你的。”

沈堪舆握住顾言笙的手，放在唇边亲了一口，温柔地道：“阿笙，中秋节快乐。”

顾言笙看着沈堪舆锁骨间摇摇晃晃的小月饼，脑子空了好一会儿。

他着实被沈堪舆这一连串的攻势搞得有点晕，原来他家的小鱼这么会吗？

“你睡一会儿好不好？我就在这里陪你，不会乱跑的。”

“外面多的是人帮我看着你呢，我不怕。”顾言笙沙哑地说道，看起来底气很足，却下意识地反握住了沈堪舆的手。

他这一回感冒其实不轻，病来如山倒，很快就睡了过去，沈堪舆一直陪着他。

沈堪舆想好了，等阿笙醒来自己要回答他今天的那个问题——为什么要谢谢他？

谢谢他从来没有任何催促逼迫，只是在自己努力去相信一切的时候，告诉自己一切都是值得相信的。

顾言笙睁开眼睛的时候天已经黑了，窗外的夜空没有云，没有星星，八月十五的月亮挂在天边，又圆又亮。

沈堪舆本来趴在床边睡着了，听到他的动静睁开了眼睛，五感还不太灵光，就皱了皱鼻子冲他笑了起来，仍是睡眼惺忪，眼底却仿佛盛着星河万里。

“星星都跑这里来了。”顾言笙轻轻碰了碰沈堪舆的眼角。

“什么？”沈堪舆刚好打了个哈欠，没有听清。

顾言笙摇了摇头，只看着沈堪舆笑。

每年花开几遍才等到今夜月圆，多少年也只是一转眼，唯愿岁月如烟，沧海桑田中，一切美好都只如初见。

2. 小葫芦的奶瓶

凌晨三点多，刚出差回来的顾言笙小心翼翼地推开家门，看到厨房的灯亮着，虽然心里疑惑，但还是怀着“厨房的灯是忘记关了”的想法，轻手轻脚地往那边走，生怕吵醒浅眠的沈堪舆和小祖宗沈麓。

他走到厨房门口，看到沈堪舆睡眼惺忪却手脚麻利地冲牛奶，身上穿着一件奶白色的宽大长T恤，腿又细又直，白得发光，在厨房的暖色灯光下泛着玉石一样温润的色泽。

等等，他老婆怎么没穿裤子！

顾言笙脑子里嗡的一下，一团火一下就蹿上来了，不知道怎么回事呛了一下，然后咳了起来。

沈堪舆听到动静回过头，搓了搓眼睛，带着困意的脸挤出笑容，开口道："阿笙！"

顾言笙听得心都化了，朝沈堪舆伸手，道："抱抱。"

沈堪舆站在原地眨巴着眼睛看他，像是在确认什么。

顾言笙放软了声音，道："抱抱。"

沈堪舆轻轻"嗯"了一声，把奶瓶放在热奶器里面，用干净的毛巾擦手。

"不用擦。"顾言笙说。

"好。"沈堪舆穿着不太合脚的大拖鞋，扑进他敞开的怀抱。

一到顾言笙怀里，沈堪舆就觉得自己的眼眶有些发热，克制不住地在顾言笙胸前蹭了蹭，又喃喃地叫了声阿笙。

顾言笙抱住沈堪舆，闻着对方身上跟小葫芦如出一辙的奶香味，感受着怀里暖融融的温度，觉得踏实，工作带来的疲惫与焦虑在顷刻之间荡然无存。

"想我吗？"顾言笙轻声问。

沈堪舆点头。

"我不在家有没有人欺负你？"

"没有。"沈堪舆抱着顾言笙，轻轻攥住他后腰上的衣料。

顾言笙知道这是没有安全感的表现，于是他不放心地说道："你知道哪些行为叫'欺负'吗？比如，妈妈很不客气地使唤你干活，甜甜不听你的话，或者小葫芦没完没了地哭闹，这些行为都算欺负你。"

沈堪舆认真地听完，又认真地想了想，然后摇头道："没有。"

顾言笙笑了笑，低头吻了吻沈堪舆的额头，说："那我们堪舆看起来怎么这么委屈啊？"

沈堪舆轻轻吸了吸鼻子，小声道：“想你。”

顾言笙搓搓沈堪舆的头发，道：“好了，我回来了。最近太忙了，之后会多抽一点时间陪你，嗯？”

沈堪舆点点头，把脸埋进他的胸膛。

顾言笙被蹭得很痒，深深地吸了一口气，像在压抑什么，声音也压得很低，问：“为什么没有穿裤子？”

沈堪舆顿时窘迫起来，道：“啊？没……没有，穿了，有点短。”

“有这么短？”顾言笙不太相信，检查后见对方果然穿了件纯棉的短裤，便笑了笑。

“阿……阿笙！”沈堪舆吓了一跳，差点咬到自己的舌头。

顾言笙挑眉道：“穿这么短不怕着凉？”

沈堪舆红着耳根吞了吞口水，老实地解释：“之前……之前是穿了长的，小葫芦把奶瓶打翻了，弄湿了，没有别的换了。”

“我给你买了那么多新的，为什么不换？”

“那件还能穿的。”

“哦。”顾言笙应着，然后假装遗憾地轻轻叹了口气，“我还以为我的小鱼成长了，会逗人了呢。”

“我……我不会……”沈堪舆磕磕巴巴，神情淡然地垂下眼，低低地重复了一遍，“我不会了……”

顾言笙立刻意识到自己玩笑开过分了，惹人伤心了。

沈堪舆根本不懂这些，也不知道爱侣之间该如何相处。顾言笙没让沈堪舆体会过，而沈堪舆自己摸索出来的那些几乎全被否决了，所以对于这方面，沈堪舆就再也不敢主动表达了。

沈堪舆以为结婚了，就应该多用亲吻和拥抱来表达爱意，这本来是对的，但那时的顾言笙心里并没有爱意，所以沈堪舆每一次小心翼翼地靠近都被顾言笙说恶心甚至肮脏。

后来，两人的亲吻和拥抱都是顾言笙主动的，如果顾言笙示意沈堪舆主动的话，沈堪舆就会焦虑，总觉得自己哪里不干净。

沈堪舆现在已经好了很多，但要根除多年来积攒的恐惧和伤痛并不是容易的事情，有时还是会觉得害怕。

顾言笙感觉到沈堪舆又开始不安，想从他怀里挣出去，便揽住对方的腰往怀里一带，然后转身将人轻轻按在墙上。

沈堪舆有些蒙，道：“阿笙……呜——”

顾言笙俯身吻住了沈堪舆。

顾言笙自认吻技长进了不少，懂得什么叫循序渐进，也知道该怎么样把沈堪舆带进状态绪。

对顾言笙而言这并不费劲。沈堪舆被亲就腿软，还喘得厉害。每次两人站着亲吻的时候，他都得扶着对方的腰或者直接把人抱起来。

顾言笙亲完把人抱了起来，喘息着道：“你不会，我教你。”

沈堪舆气没喘匀，头昏脑涨，但感受到了顾言笙身上的高温，便红着脸，细细地喘着，仓促地揽住顾言笙的脖子，断断续续地道：“阿笙，奶瓶……奶瓶，小葫芦还没喝奶……”

顾言笙本来已经往卧室迈步了，闻言又折了回去，让沈堪舆把奶瓶从热奶器里拿出来。

沈堪舆两只手把奶瓶揣在怀里，那只奶瓶造型圆润可爱，上面还画着一个红色的爱心，被沈堪舆这么捧着一点也不违和，就像是他自己要喝一样。

小葫芦快两岁了，喜欢乱爬乱滚，因此卧室里除了顾言笙沈堪舆的床，还有一张不算小的、四周围着护栏的床。两张床被一道玻璃门和帘子隔着。这时候，小葫芦盖着奶黄色的小鸭子薄被，摊开两只肉乎乎的小拳头睡得正香。

沈堪舆被顾言笙放在床上，有些不知所措地揣着奶瓶，道：“呃……阿笙，要不我先喂小葫芦——”

沈堪舆话没说完，又被顾言笙亲得没了声。

“奶瓶放他旁边，他醒来自己会喝，”顾言笙低声笑了笑。

“嗯……好。”沈堪舆满脸通红，任由顾言笙把手里的奶瓶拿走，放到了呼呼大睡的小葫芦手边。

沈堪舆是被小葫芦咿咿呀呀的声音和嗒嗒嗒的脚步声吵醒的，睁开眼便看到了晨光满屋的温暖画面。

小葫芦原本在另一边玩，看到沈堪舆醒了就抱着奶瓶“嗒嗒嗒”地跑了过来，站在床边拍着床单兴奋地笑，刚长出不久的四颗小门牙全露了出来。

沈堪舆想坐起来抱小宝宝上床，但还没缓过劲，就闻到自己身上有薄荷舒络油的味道，想来应该是顾言笙帮自己按摩过腰了，但腰还是很疼。

小葫芦聪明得很，看沈堪舆想抱自己上床，就把奶瓶一扔，哼哧哼哧地往上爬，肉乎乎的小脸因用力而鼓了起来。

因为小葫芦太好动了，所以家里都铺了地毯，能包起来的地方也都包了起来，他可以乱爬乱跑。不过沈堪舆看到小家伙这样还是会感到担心，便按着腰，努力地把身子撑起来，却疼得脸色煞白。

这可把小葫芦急坏了，他还搭在床下的小粗腿儿猛地一蹬，小短手拽了拽被子，然后整个蹦到了床上，又因为重心不稳打了个滚，但打完滚就笑了起来，捡回奶瓶后奶声奶气地喊着“鱼鱼”往沈堪舆身上扑。

没有一个大人能抵挡得住小团子笑眼弯弯、满心依赖地往自己怀里扑过来的样子。沈堪舆拿了个枕头胡乱地垫在自己腰后，赶紧抱住了孩子，道：“来，宝贝抱抱。”

小葫芦被沈堪舆抱着就很高兴，拿着奶瓶也要鼓掌，小短腿还蹦跶两下，嘴里不停叫着“鱼鱼”，像在急切地表达自己有多久没被沈堪舆抱过了。沈堪舆见了，心都融化了，腰再怎么疼也认了。

小葫芦再高兴也不忘吃饭，蹦跶了一会儿就想起自己还要喝奶，于是含着奶嘴一顿狂嘬，大半杯奶一下就见底了。

沈堪舆连忙拍拍他的手背，道：“哎，好了好了，慢点喝，不然一会儿吐啦。”

小葫芦听不懂，以为沈堪舆也想喝，便把奶瓶往沈堪舆那里塞，嘴里还叫道：“喝！”

“我不喝，小葫芦喝就好啦。”

小葫芦固执地把奶嘴往沈堪舆嘴里塞，非要把剩下的两滴牛奶给对方喝。

沈堪舆哭笑不得，只能象征性地嘬了两口，小葫芦又高兴起来，开始鼓掌蹦跶。

顾言笙端着早餐推开门，看到小葫芦挂在沈堪舆的身上，既无奈又心疼，道：“小葫芦，爸爸跟你讲过很多遍，不可以这样，又不记得了？”

“爸爸。”小葫芦看到顾言笙，又一边鼓掌一边笑，只是发音不太标准。顾言笙见了，完全发不起脾气来。

沈堪舆连忙道：“我没事的阿笙，小葫芦软软的，抱着很舒服。”

顾言笙无可奈何道：“你也是，别老惯着他，你的腰受不了。”

他把早餐放在床头，在床边坐下，从沈堪舆怀里接过小葫芦放在自己腿上，和沈堪舆聊天。

顾言笙语气凶了点，怀里的小葫芦就觉得不对了，他抬头用圆溜溜的大眼睛看着顾言笙，皱着鼻子“嗯”了一声，然后拍着顾言笙的大腿说：“打……打爸爸！”

“嗯？怎么了？我不能凶鱼鱼是不是？”顾言笙失笑，刮了刮小葫芦圆圆的小鼻子，“那是鱼鱼不听话，我在讲道理。”

小葫芦似懂非懂，哼哼唧唧地收回手，继续玩自己的奶瓶。

顾言笙抬头看到沈堪舆在忍笑，正色道：“腰疼吗？”

沈堪舆轻轻“哦”了一声，依旧没抬头：“刚起来的时候有点疼，不过现在好了。”

顾言笙不信，眉头紧蹙地去掀沈堪舆的衣服。

“哎！阿笙，”沈堪舆连忙躲开，“小葫芦在呢！”

小葫芦睁着一双天真无邪的大眼睛，视线在两人之间转来转去，黑葡萄似的眼珠子骨碌骨碌直转，大概是觉得好玩，又拍着手笑起来。

“他又不懂。”顾言笙说着继续动手。

“爸爸！”顾雨甜脆生生的声音地从门口传来，她扒着房门，道，“你又要脱小鱼的衣服。”

沈堪舆听了，脸直接红到了耳根，恨不得挖坑把自己埋了。顾言笙气道：“什么叫又，小丫头总胡说。”

顾雨甜理直气壮地道：“为什么不叫又，我有看到过。”

顾言笙也脸红了，但还是正色道：“爸爸之前都跟你解释过是什么情况，你知道是一回事，但你必须记住……”

顾雨甜一本正经地开始说道：“必须记住，这是要长得像你们这么大了才能做的事，而且必须是自己愿意做才能做，在那之前一定要保护好自己，跟男孩子保持合适的距离，被欺负了要第一时间告诉你们。”

沈堪舆听得脸红心跳，捂住了脸。

“嗯。”顾言笙认可地点头。

“爸爸，你不会以为我像你一样笨吧？”顾雨甜眨巴着大眼睛，又开始气顾言笙。

她也不知道她和爸爸的关系什么时候变成了这样，但是气他确实好玩。

顾言笙无能狂怒，额角上青筋直冒，道：“你怎么还不去上学？张康叔叔在门口等多久了？没礼貌！”

顾雨甜一听到这个就乐了，说：“笨蛋爸爸，今天是六一儿童节，可爱的小孩子都不上学，只有笨蛋爸爸才上学。”

顾言笙被气笑了。

沈堪舆连忙打圆场道：“啊……那个，阿笙，今天是儿童节，我们收拾一下，带甜甜和小葫芦出去玩吧。我订了游乐园的票和向日葵餐馆的位子。”

“啊！小鱼太好啦！”顾雨甜夸完沈堪舆又开始朝顾言笙扮鬼脸，“不像有些人，笨，根本不知道今天是儿童节。”

“……”顾言笙觉得自己血压在升高。

沈堪舆立刻拉住顾言笙的手，边轻轻拍边道：“甜甜不能这么说，爸爸工作忙，而且刚从国外回来，那边的时间跟我们不一样，他记错是很正常的。”

顾言笙反握住沈堪舆，将对方的手包裹在自己手心里。

小葫芦好奇地看着，伸出自己的手在顾言笙的指缝间戳来戳去，然后乐呵呵地笑。

“你可以吗？昨晚累坏了吧。”顾言笙一本正经，语气温柔。

沈堪舆又开始结巴：“可……可以的。”

“问题不大，大不了我背着你走，小葫芦坐婴儿车里，”顾言笙看向顾雨甜，没好气地道，“顾雨甜，你推车。”

“好！”顾雨甜毫无意见。

小葫芦听不懂，但是孩童之间的快乐很容易感染，他看到顾雨甜笑就跟着笑，一边笑一边兴奋地表演他的鼓掌节目，结果表演得太用力了失去重心，摇摇晃晃地从顾言笙的大腿上翻了下去，扑通一声，四脚朝天地倒在床上。

“哎呀，小葫芦，你今天要跟着姐姐啦！”顾雨甜飞扑到床上，抱住小葫芦狂亲，一边亲一边蹭他小肚子上的痒痒肉。小葫芦任由姐姐揉搓，扑腾着肉乎乎的手脚咯咯笑个不停。

沈堪舆目不转睛地看着两个孩子，眼底一片温柔：“甜甜轻些，小葫芦刚吃饱。”

“好呀！”顾雨甜对她白白胖胖的弟弟喜欢得不行，一边逗他一边道，“葫芦葫芦，我们葫芦真可爱呀，谁不喜欢抱葫芦呢？哦，只有笨蛋爸爸不喜欢。”

小葫芦看着姐姐，笑得更欢了。

顾言笙哭笑不得地捏了一把顾雨甜红扑扑的脸蛋：“你啊。”

他转过脸，看到沈堪舆满眼温柔地看着孩子，忍不住伸手将人往自己怀里揽，凑过去又想亲一口。

沈堪舆回过神，窘迫地躲着，小声道：“孩子们都在呢。”

顾言笙挑了挑眉，道：“甜甜都看到了，还怕这个。”

沈堪舆羞赧道：“阿笙！”

顾言笙笑起来：“亲一个。”

沈堪舆捂着脸躲避，声音闷闷的：“等一会儿。”

顾雨甜终于看不下去，道：“小鱼，你就让爸爸亲一下啦，你害羞我就不看，我闭上眼睛。”

她说完就闭上了眼睛，下一秒又像是忽然想起什么似的，补充道：“哦，小葫芦的眼睛我也捂住。”

被捂住眼睛的小葫芦以为姐姐在跟他玩游戏，一点也不抗拒。

顾言笙托着沈堪舆的后脑，温暖的手指与沈堪舆柔软的发丝紧紧缠绕，随后烙下深深一吻。

阳光洒了满室，夏天住了进来，一切都温暖明亮得恰到好处。

3. 小鱼直播间

下班路上，顾言笙习惯性打开沈堪舆的微博，看到粉丝数比之前涨了 50 多万，顿时眉头紧皱。

他昨天看的时候粉丝数才 420 万，今天眼看着就要直冲 500 万了。他家小鱼是个视频博主，又不是流量明星，本来关注量就很高了，怎么一夜之间又涨了这么多？

沈堪舆上一条微博转发的是一个录播视频。其实，那是顾言笙转发的，沈堪舆自己都还没有来得及看。

沈堪舆的微博完全是顾言笙在运营，因为顾言笙怕沈堪舆看到一些不好的言论，心里难受，所以便全权接管了，连评论和私信也都是他回复的。

顾言笙的回复风格非常言简意赅，基本控制在五个字以内，尤其是对于那种“鱼鱼好可爱，我直接喊老婆”的评论，他会黑着脸回一个省略号，心情不好的时候就回问号。

一开始大家不明就里，在评论区讨论得热火朝天。

捕鱼达人：宝贝，你为啥直播那么甜，微博这么冷啊？

生蛋拌饭 yyds：老婆是不是不会打字？我教你。

单身跪族：你的老婆我的老婆好像都一样？

都是我老婆罢了：烫知识，微博评论可以发五个字以上。

后来的某次直播，沈堪舆感冒了，迷迷糊糊地跟粉丝说了再见却忘了下播，然后喝水的时候打了个喷嚏把自己呛着了。顾言笙冲进来就是一个公主抱，又是亲额头又是揉脑袋，把沈堪舆哄睡了才发现沈堪舆根本没下播，而弹幕已经炸锅了。

——啊，我疯了！我老婆竟是别人老婆！

——呜，虽然但是，这个男的好帅。

——哥哥，让我们看看小鱼睡觉的样子吧！

——公主抱太上头了，我脑海里现在还在反复回放啊！

——感冒鱼真的好奶，老公也好帅。

——我说这个人怎么帅得这么眼熟，这不是游娱的老板吗？

——顾言笙，我老公！

——顾言笙！沧海笑！沧海明珠来报道！

——我也是明珠！我好激动，我老婆跟我老公居然是夫妻？

——前面的你知道你自己在说什么吗？

——啊，顾言笙你竟然把我的鱼给吃了！那你再也不是我独一无二的老公了，呜！

顾言笙一再控制自己的表情管理，才没有露出回复微博奇怪评论时的扭曲表情，只是非常温和礼貌地说："不好意思，忘了下播，打扰大家了。"

然后迅速关掉电脑，头疼地扶住额头。

知道了顾言笙的存在，一切谜题就都解开了，沈堪舆微博评论区的画风就变了。

摘星星喽：顾老头别冲浪了，你自己没有号吗？

走遍峡谷：老顾虚荣心太强了，就这么喜欢拥有几百万粉丝的感觉吗？

碳水依赖症：把手机还给鱼崽！让我们小甜豆说话！

转发小鱼逢考必过：顾总，几天不见这么穷了？坐拥百亿市值的游娱集团竟连微博号都注册不起？

82 年凉白开：顾总真的好惨，直接从网游界第一老公变成深宫怨妇。

盘他：哈哈哈，深宫怨妇这个绝了。我就说顾言笙的评论为什么总透着一股幽怨的酸气，哈哈哈！

然后不知道为什么，评论区又开始大喊"老婆好可爱，顾言笙，把你老婆送我"。顾言笙看后，气得头发都要绿了。

他点进去开始看那条录播，发现是一个恐怖解谜游戏。

沈堪舆因为手伤，没办法再打竞技类网游，所以做的都是美食制作以及解谜类游戏的直播，不过恐怖向的游戏应该是头一回参与。

这个游戏是全网认证近十年来最恐怖的解谜游戏，不少主播玩到一半就跑了。

录播画面里，沈堪舆只在右下角的方框里露出了半个身子，却吸引了顾言笙全部的注意力。

沈堪舆一边直播一边吃顾言笙买的斑斓椰汁糕。

这是很冷门的一种零食，不太好买，但却是沈堪舆难得喜欢吃的东西，因此顾言笙买了两大箱，把它们几乎塞满了冰箱的冷藏室。

也就是买了斑斓椰汁糕之后，顾言笙才发现沈堪舆很喜欢吃软糯的东西，比如芋圆、粉粿、酸角糕、钵仔糕，像个小孩子似的。

“大家下午好，经常看到大家推荐我玩这款恐怖类解谜游戏，今天刚好时间比较充足，就来试试吧。”沈堪舆的声音本来就清爽干净，现在因为在吃椰汁糕，显得有些含糊，隐约还能听到咀嚼声，就像小动物一样。

屏幕上的文字跟他心里想的几乎一模一样。

——小鱼吃东西太可爱了，像仓鼠。

——不懂就问，这是什么吃播吗？

——在恐怖游戏直播里，你甚至能看到天使在吃东西。

——老婆吃的是什么？看起来好好吃。

——小鱼吃的那必然是鱼粮啊。

——老婆喂我。

沈堪舆看到后，明显害羞了，吃东西的幅度变小了，但还是忍不住一直吃，主要是太爱吃这个了，尤其是冷藏过的，同时还不忘解说：“好黑呀这个画面……”

沈堪舆话音刚落，就有一个血糊糊的东西从昏暗的画面中由远而近地冲出来，然后又突然消失了，屏幕上的文字一片“啊啊啊”，顾言笙也被吓得一哆嗦。

沈堪舆却眨巴着大眼睛，嚼着椰汁糕道：“有东西扑过来了，扑到我身上了吗？我死了？”

沈堪舆试着操纵一下主角，道：“我没死！大家别怕，我给你们去看看那是什么。”随后便一边拖动光标找东西，一边用哄沈麓和顾雨甜睡觉的语气哄粉丝：“大家不要怕，他没有撞死我，说不定是想保护我的好人呢。好人一身血我们也不能怕呀，要找到他，救活他才行。”

这人既淡定又天真，眼睛忽闪忽闪地看着屏幕，认认真真地找东西，一点也不害怕。

——妈妈，天使在玩游戏。

——瞬间不怕了，鱼鱼子保护我！

——呜，我的宝贝玩恐怖游戏怎么也这么甜啊。

——当我害怕的时候我就看我老婆吃东西。

——啊，忽然想看小鱼玩乙女游戏是怎么回事？

——乙游的等等我！真的很想看小鱼面对纸片老公的reaction（反应），哈哈哈！

这个游戏真的很吓人，除了那种突如其来的血腥画面和恐怖的背景音乐，还有很多细思极恐的推理；但是沈堪舆一边安抚粉丝一边从积极的角度去分析，让顾言笙跟直播间的粉丝一样，感觉沈堪舆一直陪在自己身边，于是整个人都沉浸进去了，并且看得津津有味。无论是看沈堪舆还是看游戏剧情。

——新粉丝报道！从头发丝儿到脚趾尖儿都这么可爱的人是真实存在的吗？

——我蒙了。我好像在看童话故事？

——感觉小鱼眼里每个鬼都像天使一样，哈哈哈！

——比鬼神更可怕的是人心呀。

——妈妈，我看到宝了，救命。

——鱼宝为什么这么早结婚啊，我真的太需要这样一个老婆陪我看恐怖片了。

顾言笙看着屏幕上的文字，越来越觉得沈堪舆像童话里的人物，无论星球上经历了什么风暴和折磨，只要看到玫瑰花就会开心地笑起来。

关键这人还一直在吃椰汁糕，吃着椰汁糕说话的声音奶里奶气，让人觉得治愈。

最后，这个游戏的结局居然跟沈堪舆的分析差不多，是一个披着恐怖皮囊的温情悲伤又荡气回肠的故事，一直笑着的沈堪舆看到结局的时候也哽咽了，眼圈红红的，不停吸着鼻子，抬手抹眼泪的同时也没忘吃椰汁糕，直到把盒子里最后一块吃完。

沈堪舆习惯性地伸手去摸糕点时发现没有了，眼眶明显更红了，小声地嘟囔了一句："吃完了呀。"

屏幕上的文字又开始陷入癫狂。

——呜，都这样了还要吃，太可爱了。

——啊，小鱼的鱼粮呢？顾言笙你没有心，就买这么一点吗？

——好想养鱼，好想感受顾言笙的快乐。

——呼叫老顾头，鱼鱼没吃饱，鱼鱼饿啦。

——呜，小鱼不哭，妈妈给你买。

——终于把这个游戏看完了……之前一直没勇气看完，小鱼真的好治愈。

——中毒了，看小鱼笑我也跟着笑，看小鱼哭我也想哭，太好共情了。

——这个故事太棒了，我老婆也很棒！

——顾言笙三分钟之内你不把椰汁糕送到小鱼手边，你老婆就没了。

沈堪舆离开画面，估计是跑到一边擤鼻涕去了，过了一会儿顶着个红鼻头回来，鼻音很重地道：“那今天就到这里啦，我们下次再见。”

直播间的观众要求沈堪舆以后多做恐怖类游戏直播，沈堪舆看到了屏幕上的文字，点了点头道：“嗯，好，大家喜欢我会多做的。”

估计就是因为这场直播，沈堪舆把恐怖游戏玩成童话故事的话题疯狂扩散，才有了这一波粉丝数暴涨。

顾言笙看着还在往上涨的数量，说不清自己是什么心情。

顾言笙给沈堪舆拨了电话过去，响了好一阵才被接起。

沈堪舆的声音听起来明显没睡醒，但也没一点起床气：“喂，阿笙。”

顾言笙这才发现还没到两点，正是午休时间，顿时感到内疚，但还是不想挂电话，只是压低了声音，轻柔地道：“吵醒你了宝贝，对不起。”

“嗯？没关系呀，阿笙，”沈堪舆从床上爬起来，“你怎么啦？心情不好吗？”

“没有，”顾言笙沉吟片刻，缓缓道，“我看了你昨天的直播，很好看。

“嗯……”沈堪舆害羞起来，不知道怎么回应，支支吾吾了一阵，小声地道，“谢谢。”

“原来你也有胆子大的时候？”顾言笙笑道，“那些画面我看了都有点瘆得慌，你一点也不怕？”

沈堪舆有些不好意思地道：“怕。”

顾言笙好奇道：“你怕？可是一点都看不出来啊。”

“我不能让大家跟着我一起害怕呀，既然大家想把这个故事看完，我就要想办法让他们好好地看完才好。”

顾言笙皱起眉头道：“不要这样为难自己，怕就怕，不要忍着。”

“没关系的，也不是很害怕，其实我都还没搞明白吓人的地方在哪里，我看不太懂，”沈堪舆努力地解释了一通，然后又轻声道，“就只是有一点点怕而已。”

顾言笙叹了一口气，道：“那你喜欢播这个吗？”

沈堪舆立刻道：“喜欢的。”

“嗯，喜欢就继续播，要是觉得害怕，就等我回家再播。”

“好。”沈堪舆的声音依旧不大，但就算隔着电话也听得出来非常开心，顾言笙甚至能想象对方的眼睛突然亮了起来，然后笑得弯弯的样子。

顾言笙也忍不住跟着笑了起来，道：“你今天几点直播？打算播什么？”

“我打算煮清汤宝宝面。最近天气热，甜甜和小葫芦不爱吃饭，煮这个应该好点。”

沈堪舆说的“宝宝面”是小葫芦这个年纪吃的各种软烂面条的统称，包括什么蔬菜面、全蛋面、胡萝卜面，吃起来看起来都差不多。每次顾言笙去买时总买不明白，沈堪舆就干脆统一叫“宝宝面”。

顾言笙还记得第一次听到宝宝面这个说法是在超市里。

那时候超市快关门了，小葫芦非要吃小饼干，扒拉着货架不肯走，沈堪舆无奈地陪他挑小饼干，随口交待了顾言笙一句：“阿笙，你去拿两袋宝宝面吧，一会儿超市要关门了，还要去阿修哥哥那里接甜甜呢。”

顾言笙没听清楚，问：“什么面？”

“抱抱。”小葫芦踉踉跄跄地扑到沈堪舆的大腿上，口齿不清地求抱抱。小葫芦快满两岁，刚学会走路没多久，累了就要抱。

“宝宝面。”沈堪舆把他抱起来，对着迷茫的顾言笙无奈地道，“就是小宝宝吃的那些面啦，一般袋子上面都会有个小宝宝的图案，随便选两袋就可以了。”

顾言笙愣了一下，然后笑了出来，往前走了两步又折返回去，趁沈堪舆哄孩子没注意，在沈堪舆的脸上亲了一口。

沈堪舆一脸蒙地看着这个早该去买宝宝面的男人，话没说出来脸就先红了：“阿笙，你干什么？”

小葫芦黑溜溜的眼珠子在两人之间转了一圈，然后也亲了沈堪舆的脸一下，口齿不清地道：“亲我鱼鱼！”

顾言笙刮了一下小葫芦的鼻子，宠溺地道：“知道了，是你的鱼鱼，是我老婆。”

沈堪舆哭笑不得。

“宝宝面太可爱了，”顾言笙揽着沈堪舆的腰，连带着对方怀里的小葫芦一起搂着，“我老婆怎么能这么可爱，嗯？”

沈堪舆腰间的肉被顾言笙摸得很痒，耳根也红了，柔声道：“阿笙，你……你快去吧，超市要关门了。”

顾言笙就喜欢看沈堪舆这副害羞的这样，于是又故意逗了对方一下。

沈堪舆瑟缩一下，哆哆嗦嗦地抱紧小葫芦，道：“阿笙，你这样我会抱不住小葫芦的。”

顾言笙又亲了沈堪舆一口，道：“来，孩子我抱，一起过去。”

“哎！”沈堪舆看顾言笙一拎小葫芦，小葫芦就撇着嘴准备哭，试图把孩子抱回来，“还是我来吧。”

小葫芦的眼泪都在眼眶里打转了，顾言笙直接从货架上拿了一整条小饼干下来往他怀里塞。小葫芦眼泪汪汪地抱着小饼干看了看，又抬头看看顾言笙，一脸蒙。

“我儿子最乖了，从来不乱哭，对吗？”顾言笙亲了小葫芦一口，抹了把他的眼睛。

小葫芦眨着水汪汪的眼睛，低头玩了两下小饼干，又高兴起来，在顾言笙怀里咯咯笑着蹬腿。

沈堪舆看着父子俩，忍不住笑道：“你给他买这么多，他吃不完的。”

“不还有甜甜吗？”顾言笙说完又开始反思，“不对，小丫头不爱吃饼干，没事儿，我吃。”

然后，他牵起沈堪舆的手说道：“走，去买宝宝面。”

事实证明，无论沈堪舆说多少次宝宝面，顾言笙始终都觉得很萌，他现在就很想从手机里钻过去亲沈堪舆。

“我也要吃清汤宝宝面。”顾言笙也不知道怎么的就撒起娇来。

“你要回来吗？”沈堪舆语调上扬，显而易见很开心，“那我给你买米粉。你不喜欢吃面条不用勉强的，我可以再煮一份米粉给你吃。”

“我还有特殊服务？”顾言笙笑道，“不用了，宝宝面跟米粉口感差不多，我也可以。”

“哦……好呀，”沈堪舆想了想，又问，“那你要不要换个口味？清汤会不会太淡了？我给你做成牛肉面好不好？我刚好卤了一些牛肉在冰箱里，是那种带筋带油的牛肉，还是你喜欢的偏甜口的卤法。到时候，再用牛骨头熬汤，面上铺一个煎蛋。煎蛋会把汤汁吸得饱饱的，很香的。”

沈堪舆碎碎念了一阵，才发现自己又把做美食博主的一些习惯带到跟顾言笙的交流里了，顿时窘迫起来：“阿笙，不好意思啊……我又……”

“不……喀喀喀！”顾言笙刚开口就被自己的口水呛到了，

他实在是听饿了。

天知道他有多享受，甚至感激沈堪舆给他说这些事情，毕竟沈堪舆曾有很长一段时间都不怎么说话了。

“你没事吧，阿笙？”沈堪舆紧张起来，“怎么了？”

“没事，喀喀，你把我说馋了，我呛着自己了，”顾言笙老实地解释，然后看了一眼窗外的景色，离家越来越近了，柔和地道，“不用专门给我做牛肉面，我跟孩子们吃一样的。”

“嗯……好，那我们等你回来。”

“今天不播游戏了，给大家做一个清淡的面条，天气热没有胃口的话可以试一试，这个是一个对我很好的哥哥教我的，他做饭可好吃了，”沈堪舆把切好的葱蒜放在小碗里，“大家切葱花的时候注意一下，把葱白和葱绿分开放，因为它们下锅的时间不一样。”

——好的，老婆。

——这个碗好漂亮。

——鱼宝告诉姐姐，你那个哥哥有对象了没？

沈堪舆瞥到屏幕上的文字，忍不住笑道：“他结婚了，孩子都有啦，婚礼很盛大呢。”

——呜，怎么都这么早结婚。

——感觉哥哥肯定也是个温柔大帅哥。

——老婆，我们不要老顾头了，私奔到马尔代夫结婚。

沈堪舆看着屏幕上的文字笑了笑，没有回应，转过身从冰箱里拿出自制的墨鱼肠，放到砧板上安静地切着。

其间，沈堪舆看到弹幕都在问自己怎么不说话了，才轻轻吸了口气道：“为了避免口感太单调，我准备切点墨鱼肠跟葱蒜一起爆炒，大家可以把墨鱼肠换成别的肠或者丸子，但不建议用肉，那样就油了。”

——这个墨鱼肠墨鱼粒好多呀，切下去感觉听到了胶原蛋白的声音。

——感觉很好吃！求推荐！

“这个是我自己做的，因为家里有小宝宝，这类型的东西买外面的不放心……嗯。”墨鱼肠有点滑，沈堪舆的左手没按住扭到了，疼得像筋骨错位了一样，但还是哆哆嗦嗦地把墨鱼肠切得整整齐齐。

——什么时候能看看小鱼的小宝宝。

——不敢相信这么可爱的鱼宝已经有孩子了。

——快让我比比宝宝和小鱼谁更可爱。

沈堪舆的手在镜头外轻轻活动着，对着镜头若无其事地笑道：“我有两个宝宝，大的是姐姐，还没有放学，小的是弟弟，还在睡觉呢。等面条煮好了时间就差不多了，一会儿带来见见哥哥姐姐们。”

沈堪舆烹饪的时候镜头是对着锅的，所以便一边按着手腕一边继续给观众讲解。

“食材先准备好了，剩下的就很简单了。我们先爆炒蒜末、葱白和墨鱼肠，炒完不用倒出来，直接倒凉水煮开……”因为右手拿着锅铲，沈堪舆习惯性地用左手去拿水壶，但是手腕使不上力，疼得险些把水壶摔了，好在反应快，迅速放回了原位，又换右手去拿，“嗯……水不用太多，等水沸后再下面条，放一点海盐和一点点薄盐酱油，大家还可以放一些自己喜欢的佐料，差不多起锅的时候就把葱绿倒下去，搅拌两下就可以关火了……”

“鱼鱼！”小葫芦的声音突然响起，接着喊道，“抱抱！”

沈堪舆被吓了一跳，立马感到自己的大腿被抱住了。

——啊，什么声音！好可爱！

——小鱼的宝宝吧！快让我们看看！

——听到嗒嗒的脚步声了，好可爱。

小葫芦不知道什么时候抓了一双筷子在手里，正努力地弓着身子去敲碗，嘴里喊着“饭饭”。沈堪舆哭笑不得地把他抱到餐桌旁的儿童座椅上。

可能是动作太急了，沈堪舆把小葫芦放下之后忽然头晕得厉害，觉得身上很乏力，但很快又好了，便去洗手池边洗了把脸，调整好状态。

“来看看我们的小葫芦刚睡醒是怎么样的，马上就要见哥哥姐姐们，我给你收拾收拾。”沈堪舆用婴儿湿巾轻轻地给小葫芦擦着脸和手，全然不知道屏幕区又激动了起来。

小葫芦围着饭兜兜狂拍桌子，急着干饭，不肯喝奶，看见奶瓶就打，拿走筷子就哭，沈堪舆只能先盛了一小碗面条出来，然后调整好镜头，让小葫芦亮相。

——啊，小小鱼！好可爱！

——天哪，怎么会有这么可爱的小孩子？

——长得也太像小鱼了，小鱼好会生！

——救命，一想到这是给顾老头生的我就好嫉妒。太可爱了！我也想要一个这么可爱的宝宝！

——呜，小鱼是我见过最甜的妈咪。

小葫芦不知道屏幕上在说什么，用自己的小筷子和小叉勺专心致志地吃着面条，根本不让沈堪舆帮忙。

可他太小，动作不灵活，即使张着嘴口水直流，也叉不起几根面条，不过还是吃得很香。

“我帮你好不好？”沈堪舆帮他擦掉口水，用筷子给他捞面，但还没完全捞起来，小葫芦就直接把脸埋进碗里，拼命去嗦筷子上的面。

“别着急呀宝贝，”沈堪舆哭笑不得，“我不跟你抢。”

其实，沈堪舆知道自己做的东西不是很好吃，因此有时候打从心底感激小葫芦这么喜欢吃自己做的饭菜。

沈堪舆担心小葫芦呛着，想从他手里夺回餐具，手越来越疼。此时，沈堪舆的手指不听使唤似的，合不拢还一直轻轻抽搐。

沈堪舆觉察到自己的状态越来越不好，身体也忽冷忽热的，可能是要感冒了。

当沈堪舆哄着小葫芦吃完了面，正想下播的时候，手却疼得动不了了。

就在沈堪舆疼得不知道怎么办的时候，听到了开门的声音。紧接着，顾雨甜大喊道：“小鱼！小葫芦！我带爸爸回来啦！”

小葫芦听到姐姐叫他，终于停止干饭，指着门口兴奋地地道：“接接（姐姐）！”

“阿笙，甜甜……”沈堪舆站起身，想起自己刚洗了家里的拖鞋，还没有摆回鞋柜，起身想去拿的时候，顾言笙就一阵风似的冲进厨房把沈堪舆抱了个满怀。

顾言笙身上凉飕飕的，还带着轿车里清冽的香水味，但是沈堪舆觉得很暖和。

顾言笙把沈堪舆抱得很紧，两人之间似乎没有一丝缝隙，暖和得让沈堪舆眼眶发热、脑袋发晕。

沈堪舆也很想把顾言笙抱得紧紧的，但是手疼得厉害。

沈堪舆觉得自己有些得寸进尺，阿笙不在的时候明明觉得还可以忍，怎么他一回来就疼得这么难受？

沈堪舆靠在顾言笙的胸口，左手僵硬地垂在身侧，轻轻呼吸着，努力地适应疼痛。

顾雨甜知道她不可能从爸爸那里分到一点小鱼，很识趣地往弟弟那边扑，捧着弟弟嫩豆腐一样的小脸蛋亲个不停。

——啊，姐姐好漂亮！

——姐姐，快把你爸爸赶走！

——啊，顾言笙你放开小鱼！

——顾老头，你克制一点！

——啊，看个美食直播还能看到这种画面我真没有遗憾了。

——鱼宝，你是不是虚报身高了？你被顾老头抱着看起来好小只。

顾雨甜看了看电脑屏幕上的文字，顿时替两位家长害臊起来。她道："啊，小鱼在直播呀，爸爸，你快放开！"

沈堪舆从手上的剧痛中回过神来，苍白的脸微微泛红，在顾言笙怀里费劲地挣扎了两下，道："阿笙，还在直播的！你们……你们吃过东西了吗？我去给你们煮面……"

顾言笙把沈堪舆的脑袋按在胸口，对顾雨甜道："甜甜，你不是一直想看看直播有什么好玩的？你和弟弟一起陪直播间的哥哥姐姐们聊天，我们有话要说。"

顾雨甜翻了个白眼，道："哦。"然后很懂事地把镜头往旁边掰，让他们消失在画面里。

——啊，我是上过直播打赏排行榜第一的人啊，有什么话是我不能听的？

——顾言笙你干什么！

——顾言笙，放开小鱼！

顾言笙直接把沈堪舆打横抱了起来，沈堪舆攥紧顾言笙的衣服，硬生生地把已经溢到喉咙口的惊呼咽了下去，脸上一阵红一阵白。

顾言笙把人抱到沙发上，沈堪舆头晕眼花地道："我……我去给你拿拖鞋……"

"不急着穿拖鞋，让我亲亲。"顾言笙抱着沈堪舆不肯撒手，不断亲吻对方的眉梢、鬓角、耳后根。这些一般人不会亲吻的地方，却是沈堪舆很喜欢的，因此顾言笙经常这样亲吻着沈堪舆，哄沈堪舆睡着。

沈堪舆一开始还剧烈地喘息着，心跳加速，被顾言笙安抚了一会儿，渐渐缓过来，但呼吸还是有点不稳，时不时要咳嗽几下。

“又瘦了，宝贝，”顾言笙摸摸沈堪舆的脸颊，“阿姨说你都不留点活给她做的。怎么，我不在家你又不听话了？”

沈堪舆轻声解释：“阿姨年纪大了，而且她家里也有小孩子要照顾，我不累。”

顾言笙轻哼：“你不累，那怎么瘦了？”

沈堪舆老实回答，声音又沙哑又温柔：“天气太热了，我有点不爱吃东西……但是都有在吃的。”

这种话别人说出来像小孩子耍脾气，沈堪舆说出来却让顾言笙觉得难受。

沈堪舆虽然不挑食，别人给什么都吃，但是胃被切了一半，食量小、胃口差，肠胃又跟玻璃一样脆得受不了那些大补食物，吃多了就吐，吃得不对也吐，一旦吐了又好长时间吃不下东西，逼也逼不得。

顾言笙顺着沈堪舆的下颌摸到对方肩胛骨，很轻松地就摸到了皮肤下的骨头，感觉对方不舒服，精神似乎不好，又担心地问：“心脏不舒服吗？一直在喘。”

沈堪舆把脸埋在顾言笙的胸口，轻轻地摇了摇头。

顾言笙笑道：“那是见到我太激动了？”

“嗯……”沈堪舆小心翼翼地在顾言笙胸口蹭了蹭，喃喃地道，“阿笙这次回来，可以待久一点吗？”

沈堪舆觉得手好疼，好像有很多小虫子在里面咬，又像有什么无形的力量在把里面的筋络往反方向撕扯，疼得不敢大声说话，怕顾言笙发现不对，不过实在太难受了，沈堪舆说话的时候还是有点发抖。

“堪舆？”顾言笙察觉到不对劲，抬手扶住沈堪舆的后颈，触手就是令人心惊的湿意，“怎么了？哪里难受？”

沈堪舆已经疼得没力气了，顾言笙抬起沈堪舆的脸，发现怀中的人嘴唇都快咬破了，眼神都是蒙的。

“堪舆别咬，告诉我哪里疼？”顾言笙心急道，“不准忍着，你越这样我越担心，听话。”

“手……”顾言笙刚刚的动作可能急了些，让沈堪舆突然咳了起来，对方苍白的脸上随之泛红。

顾言笙听到沈堪舆说手疼，但一时半会儿顾不上去拿药酒，因为沈堪舆开始咳到干呕。

顾言笙把沈堪舆扶起来拍背顺气。沈堪舆咳嗽的间隙还在努力吞咽，眼神变得慌乱，甚至有一丝恐惧，想用手去护住头，顾言笙看得心下一沉。

“堪舆，别害怕，是我，你看着我，”顾言笙拥紧沈堪舆，道，“我在这里，没有人会伤害你。”

“阿笙……”沈堪舆努力地看向顾言笙的方向。

“是我，宝贝，我在这里，”顾言笙小心翼翼地亲吻沈堪舆的额头，又牵住对方的左手仔细护着，怕沈堪舆挣扎起来又弄伤了，“没有人会伤害你的，你是所有人的宝贝。难受就吐出来，乖乖的，吐出来就舒服了。”

“脏……”沈堪舆红着眼眶，在拼命吞咽的间隙挤出一个字。

“不脏，宝贝很干净的。”顾言笙亲吻沈堪舆悬着泪花的眼睫毛。

剧烈呛咳引发的食道逆流本就难以控制，沈堪舆在顾言笙温柔的抚拍和耐心的劝说下，终究放松下来吐了个干净。

沈堪舆本来就吃得少，吐到胆汁混着血丝出来了。顾言笙见了，心脏提到了嗓子眼，一会儿又摔到了地上，说不出是疼多一些还是慌多一些。

这些日子以来，沈堪舆因为PTSD导致的情感障碍以及认知障碍已经好转很多，从以前无法跟心理医生交流到现在能够接受一些简单的心理治疗，但是生病的时候还是会有些糊涂。

医生解释说，这是因为人生病时心理本来就极其脆弱，再怎么坚强乐观的人，病了都是渴望被关爱的，偏偏沈堪舆在童年生病的时候遭受的苦难很多，因此这道坎才显得尤为难过。

“患者小时候肯定是被打得很疼，才会在呕吐、流血的时候担心弄脏东西。事发时要么忍着，要么用衣服去接、去擦，”心理医生当时的表情也很难受，“包括生病了就要跑去外面，通过是否具有传染性来判断疾病的严重性，这些也应该都是那时候的遭遇导致的。”

“到底有多疼？”顾言笙忍不住追问。

“肯定比呕吐流血要更疼。患者没有办法，只能想办法得到一个不那么疼的下场，”医生叹了口气，“那么小的孩子懂什么呢？”

按照医生的推测，沈堪舆大概从五六岁，甚至更小的时候就在过这样的生活，直到离开家。

和顾言笙结婚之后，沈堪舆的生活并没有变得好一些。顾言笙虽然不动手，却会在沈堪舆生病的时候露出厌恶的神色，甚至恶语相向。

医生对此感到惋惜，道：“你要是态度好些就好了，患这类心理疾病的人，很容易就能被他们爱的人治愈。”

顾言笙说不出话，心里难受到了极点。

“这项治疗一直收效甚微，我希望你不要因此感到不耐烦，责怪患者太过敏感脆弱。无形中给你施加压力这件事，我相信患者比谁都不想这样，”医生声音微微哽咽，而后道，“能恢复到这个程度，患者真的很坚强了，不应该再被责怪。”

沈堪舆吐过之后，体温开始升高，发起烧来。顾言笙一边顺着对方的胸口，一边给对方小口小口地喂药，就怕沈堪舆再呛着连药都吐出来。

对于感冒发烧，顾言笙一般不带沈堪舆去医院，那里的环境会让沈堪舆极度不安。关键是沈堪舆生病时不是赖着顾言笙，而是容易犯糊涂。

只要顾言笙一消失，沈堪舆就以为自己又被扔下了，别说给顾言笙打电话，连顾言笙打电话过来都不敢接，然后就跑去拿药、办手续、上卫生间。

每次这种事情发生时顾言笙都要胆战心惊地找上一阵，生怕沈堪舆真跑丢了。

此时，沈堪舆两颊泛红，嘴唇苍白干裂，眼神也有些涣散，但还是一直看向顾言笙的方向，手指轻轻攥着他的衣袖，问他这次回来能不能待久一点。

“为什么？堪舆舍不得我，是吗？”顾言笙往沈堪舆手上涂着膏药，力道适中地按揉着。

沈堪舆摇头。

顾言笙脸色一变，问：“不想？”

“不……”沈堪舆又摇头，因呕吐伤到的喉咙发出来的声音断断续续的，“我知道你忙，我的手好像又出问题了，照顾不好孩子，直播也不行……”

顾言笙吃醋地道：“孩子和直播都比我重要啊？”

“不……不是，”沈堪舆用力地攥住顾言笙，有些急切地道，

“也想你，也想你的！”

“也？”

“很想你！”

顾言笙笑着亲亲沈堪舆热乎乎的额头，道：“别着急，慢慢说。”

沈堪舆攥着顾言笙的衣服，不安地摩挲着，又低喃着重复了一遍“想你”。

顾言笙听得心里酸涩，又有些后悔刚刚那样逗沈堪舆，道：“对不起宝贝，最近太忙了，之后会好些，我会陪着你们的。”

沈堪舆眼睛红彤彤的，轻轻摇头说：“不要说对不起。”

“宝贝，你听过一个词叫‘双标’吗？说的就是你。你总和我道歉，又不让我跟你说对不起，这样是不对的。”顾言笙故作正经道。

沈堪舆一知半解，下意识觉得内疚，迷迷糊糊地想靠过去亲顾言笙，但是没有力气，够不到他的脸，便蜻蜓点水一样就近在他锁骨上吻了一下，轻轻地道：“我错了。”

沈堪舆的嘴唇温热又软，就像给甜甜做的蛋黄仔一样。顾言笙“啧”了一声，不断深呼吸克制自己的情绪。

这人不知道自己在干什么，总是无意识地撩拨人。

沈堪舆并不知道顾言笙在挣扎什么，被顾言笙涂药按摩的手不那么疼了，便抬手去揽顾言笙，依恋地靠在他的颈间。

顾言笙怜惜地蹭蹭沈堪舆的眉骨，问：“手不疼了？”

“嗯……”沈堪舆烧得迷糊，声音也含含糊糊的，“阿笙，多待几天。”

“好。”顾言笙柔声应允，“那堪舆也要答应我，以后不管是手疼，还是哪里不舒服，不管你在做什么，都要尽快停下来休息，不要想别的，记住第一时间告诉我，好不好？”

“好……”沈堪舆一边答应还一边吃力地点头，毛茸茸的头发蹭得顾言笙痒得要命。

“还有啊……”

“阿笙，我有点困……”沈堪舆微微皱了皱眉毛，身体既难受又疲惫。可这副不乐意听絮叨的样子让顾言笙心花怒放。

顾言笙左忍右忍，还是忍不住亲了沈堪舆好几下，才颇为满足地道：“好，那宝贝先睡，睡醒了我再和你说。”

“睡醒要做宝宝面给你和甜甜……”沈堪舆的状态已经跟说梦话差不多了。顾言笙一边怕这人咬到自己的舌头，一边心想难道小鱼宁愿做面条都不想听他絮叨？他的小鱼有脾气了。

“我来做宝宝面，我可以的。”顾言笙声音很小却信誓旦旦。

“一起……”沈堪舆低喃着道。

顾言笙心头一暖，道：“好，一起。”

shenkanyu x guyansheng

番外二

與你新笙

1. 假如有重生

“顾总、顾总，您醒醒！”意识模模糊糊，身子轻得像海中的浮萍，顾言笙隐约听到有人在喊他。

顾言笙不想醒，他好不容易才离开那个没有沈堪舆的人间，对他来说如同炼狱一般的人间。

十年前，沈堪舆离开以后，他便如一具空壳一般，行尸走肉地苟活了十年，只是为了把两个孩子都抚养成人，给他们留下可以终生无忧无虑的家产，不然他根本舍不得让沈堪舆在下辈子等他那么久。

令他痛苦到无数个夜晚无法入睡的，是沈堪舆直到离开前都没有相信过他那句“我爱你”。

沈堪舆从生小葫芦那场九死一生的分娩中醒来，不过是怕他一个人养育孩子太过辛苦，而不是明白了他的爱。

小葫芦大名叫沈麓，几乎是沈堪舆拿命换回来的孩子。沈堪舆生下他以后身体便一日不如一日，但沈麓喜欢粘着沈堪舆，沈堪舆就亲力亲为地照顾他。顾言笙忍无可忍地训斥沈麓的时候，沈堪舆会求顾言笙不要骂他，不要不喜欢他。

因为沈麓长得像沈堪舆，所以沈堪舆害怕顾言笙会因此讨厌这个孩子。

沈堪舆是在小葫芦八岁生日的第二天，在洗手间里发病的。

顾言笙不知道沈堪舆那天有多疼，只知道沈堪舆起得很早，给他和两个孩子做了一顿很丰盛的早餐，但自己一口都没有吃，只是坐在旁边看着他们笑，弯弯的眼睛带着微微的湿意。

后来，沈堪舆说去一下洗手间，然后很久都没出来。顾言笙进去看的时候，沈堪舆手里攥着一块染了血的抹布，倒在了自己吐出来的满地鲜红里。

地上、洗手台上都有清洗过的痕迹，但因为没能完全清理干净，还残留着淡淡的红色。

如果沈堪舆还支撑得住，一定会把这里都弄得干干净净，然后再走出去，像什么都没有发生过一样，一如既往地对他们温柔地笑，若无其事地跟他们说话。

可是沈堪舆已经撑不住了。

到了医院之后，沈堪舆渐渐油尽灯枯，清醒的时间很少，跟他们也说不上几句话，却在某个夜晚，无声地离开了那张辗转数月的病床，给顾言笙留下了一封很短的信。

信纸像被液体浸湿过，纸面凹凸不平，信上的每个字都是沈堪舆一笔一画认真写下的，但显得凌乱松散，大概是沈堪舆写的时候实在没有力气了。

阿笙，小葫芦已经八岁啦，他很懂事，很会照顾自己，也会保护姐姐的，你不会再那么累了。但他还是个很小的孩子，你也要多疼疼他，不要不喜欢他。

我该走了，一直想跟你多说几句话，但是我说话有点慢。你太忙了，听久了会烦，所以我就写信啦，你要是不想看的话也没有关系。

就是，对不起，麻烦你这么久了。以后，你们就是很幸福的一家三口，没有多余的人，这也算是我送给小葫芦的生日礼物啦，但我还是希望你能再遇到一个能够和你好好相爱的人。如果是那样好的人跟你们在一起的话，四个人也很棒的。

阿笙，我知道你非常讨厌我，但是我还是想再跟你说一次，我真的很爱你。

这么多年，谢谢你一直没有赶我走，我走了以后，也希望你可以不要再那么讨厌我。

我知道很难，太难的话也没有关系的。

你和小葫芦和甜甜都很好，可能你们不喜欢我，所以我在会不开心，但是我跟你们在一起真的很开心。

这么多年，谢谢你们一直愿意陪着我。以后我不在的话，你们一定要每天都开开心心的，一辈子都幸福平安！

信的末尾，有一行字被涂掉了，但是依稀看得出是“我会保佑你们的”。

信的背面，是沈堪舆画的一幅画：顾言笙牵着顾雨甜和沈麓走在一条小路上，小路的尽头是一幢小房子。

画上没有沈堪舆，天上也没有星星。

他们一家四口在一起生活了八年，他们三个人都以为是幸福美满的，可沈堪舆每天算着日子，小心翼翼地讨好他们活着，把所有的难过和不安都藏得很好，怕惹人厌烦所以从不表露、从不倾诉，直到耗尽生命也从来没有跟他说过一句：阿笙，我疼。

顾言笙不知道沈堪舆去了哪里，这人什么东西都没带走，顾言笙把能找的地方都找了一遍也没有找到对方。

顾雨甜哭得眼睛都要坏了，沈麓也不再主动跟旁人说话。

沈堪舆像只流浪猫一样，在主人身边小心翼翼、颤颤巍巍地陪伴大家数年，等自己快要撑不住的时候就悄悄走掉，在一个没有人知道的地方安安静静地离开。

沈堪舆一个人来，一个人活着，给他带来了一个家和两个孩子，把自己有的毫无保留地给了他，最后一个人离开，就连最后的愿望也只是“阿笙，你不要再那么讨厌我”，即便是这样一个愿望，后面都加了一句“太难的话也没有关系”。

对于沈堪舆而言，顾言笙从没有真正陪伴过沈堪舆一刻，温暖过沈堪舆一分。

沈堪舆很笨，又没有人教，不知道怎么样才能好好地爱一个人，更不知道被人爱是什么样。

每每想起这些，顾言笙就痛苦得连呼吸都想放弃。可他无法割舍下两个年幼的孩子，就这么咬紧牙关，苟延残喘地活了十年，最终在沈堪舆的衣冠冢前追随对方而去。

顾言笙记得自己明明已经死了，为什么现在还能听到有人在喊自己？

为什么要救他，不让他死呢？

顾言笙终究睁开了眼睛，看到了床边一脸焦急的助理张康。

张康看到顾言笙醒来，松了一口气，道："祖宗，您可算醒了，您昏迷这一小会儿，做了怕是不下十个噩梦吧。"

顾言笙茫然地眨着眼，完全不知道张康为什么在这里，他说的"昏迷一小会儿"又是什么意思。

顾言笙明明记得自己是在沈堪舆坟前离世的，身边是顾雨甜和沈麓，至于张康，他早就给了对方一笔高昂的费用，把人辞退了。

他蹙着眉头看着张康，沉声问："我怎么昏过去的？"

"啊？"张康愣了一下，挠着头迟疑地道，"今天不是您父母的忌日吗？您奔波劳碌了数日，去墓园祭奠的时候，大约是心力交瘁，忽然就晕过去了。"

"父母忌日？"顾言笙猛地起身，然后头疼欲裂，险些又失去意识。

"哎！顾总，您别激动。您先听我说，人死不能复生呀。您的父母已经离世数年，我知道亲人的永逝很痛苦，但您也得走出来呀……"

"闭嘴！"顾言笙咬着牙忍着头疼，伸手拽住张康的衣领把他扯过来，"我问你，顾雨甜和沈麓呢？"

张康听得一愣一愣的,道:“这两位是您的什么亲戚吗?您……您没跟我说过呀。”

他不知道顾雨甜和沈麓?

顾言笙手指发颤，冷汗顿时布满全身，更紧地攥住张康，像溺水之人攥住救命稻草一样紧：“那……”

他喘息着，嘴唇开开合合了几次，都没有办法念出那个名字来。

“什么？”张康苦着脸哀号，“总裁，您冷静一点，有话好好说呀，别这么拽着我……”

顾言笙深深吸了一口气，双目赤红地道：“沈堪舆呢？沈堪舆在哪里？”

张康努力地想了几秒，然后哭丧着脸道：“这又是谁啊？您到底怎么了，这是昏倒在地上的时候砸到了脑袋吗？”

他也不知道沈堪舆?

顾言笙甩开张康，抬手按住自己的太阳穴，胸口剧烈起伏着，尽量语气平稳地道：“我确实记不太清楚一些事情了，你慢慢地跟我讲一讲……”

顾言笙不知道自己是不是来到了某个平行时空，他现在的年龄是 20 岁，父母在他 15 岁那年因为车祸双双离世，而他除了打游戏几乎没有任何长处。

父母早亡让他走投无路，他先是做了一段时间的游戏主播赚了一小笔钱，后来咬紧牙关，摸爬滚打，在两个叔叔顾昀和唐砚之的帮助下，跟朋友苏桐合作，创立了一家叫游娱的游戏公司，此后又凭借几款 RPG（角色扮演）游戏赚了个盆体钵满，成为行业中年少有为的传奇人物。

从张康慷慨激昂的叙述中，顾言笙得知，在这个世界，除了沈堪舆和他的一双儿女，其他人都和他之前的世界一样。

顾言笙不知道他应该是什么样的心情，该哭还是该笑，因为他不知道沈堪舆在哪里，或者说，他根本就不知道这个世界有没有沈堪舆。

如果沈堪舆不在，这里又没有甜甜和小葫芦，那他来到这里根本毫无意义。

如果沈堪舆在，那这个人又在哪里呢？他要怎么样才能找到对方？

若是他们有幸能再遇见，沈堪舆还会喜欢上他吗？

他在之前的世界死去前，是想着要到下辈子去找他的堪舆的，可如果下辈子遇不到这个人，那他的人生还有什么意义？

顾言笙彷徨无措地将脸埋进自己冰冷的掌心里，流了满手的眼泪。

顾言笙满世界找沈堪舆，始终是查无此人。

大年三十的夜晚，叔叔顾昀打电话要他去家里吃年夜饭，他拒绝了。

他怕自己在饭桌上想起沈堪舆，想起沈堪舆经常做的满满一桌菜：鸡蛋仔、豆腐羹、糖醋里脊、油焖蹄筋、蒜蓉开背虾……

沈堪舆知道他爱吃虾，所以经常买虾回来做，然后一只只地剥掉虾壳，攒出一碗碗鲜香莹润的虾仁给他。

可他说沈堪舆恶心，不会吃对方剥出来的东西，但沈堪舆也没有因此不再买虾了，因为知道他爱吃虾。

沈堪舆换了很多种烹饪方式，用可以带壳吃的方式做虾，或者直接买虾仁，然后小心翼翼地跟他说："阿笙，我买的是虾仁，不是我剥的，我就是戴手套洗了一下，很干净的，你可以吃。"

怕他不相信，沈堪舆还拿出超市的小票给他看，见他相信便就兴高采烈地去做饭。

沈堪舆的手艺其实很一般，做的菜不算好吃，那么多年了也没什么长进。

可是沈堪舆离开以后，甜甜只要想到以后再也吃不到沈堪舆做的菜，就会在饭桌上失控地大哭，谁劝也没用。

沈麓向来话少，只喜欢跟沈堪舆说话。沈堪舆走了以后就更加沉默寡言。

最夸张的时候，其他人说十句他只会回一个语气词。姐姐哭得伤心，他也只是沉默不语地在旁边坐着，然后抬手擦一擦眼角，把菜夹到姐姐碗里，说“姐姐，吃饭”。

其实，顾雨甜只要沈堪舆能回来叫她一声“宝贝”就好，可是她再也听不到了。

顾言笙怕自己在饭桌上想起沈堪舆时会像女儿一样失控，或者比女儿更加失控。

他开车到了一个人烟稀少的小村庄，这里满地积雪，银装素裹，静谧得像一个世外桃源。

这个时间，几乎所有农户都在自家的屋子里看着春晚吃团圆饭，但他路过一幢小平房的时候，看到一个在屋外晃荡的孩子。

天寒地冻，那孩子穿着一件明显宽大很多的T恤，一条洗得发白的棉裤，踮着脚趴在窗户上，旁边的地上放着一只碗。

小孩不够高，要攀着窗沿、踮起脚尖才能看到屋里的情景——一家人聚在饭桌前，吃着一年里最丰盛的一桌菜，一台笨重的黑色电视机播放着红火喜庆的春晚节目。

“要吃年夜饭啦！”顾言笙听到那孩子兴奋地说了这么一句，声音有些哑，吐字有些漏风，声音奶里奶气，听得人心里发软。

他以为孩子说完就会进屋，可没想到对方从窗户上下来后，只是拿起脚边放着的碗，坐在了家门口的台阶上，回头看了一眼紧闭的家门，说：“爸爸妈妈还有哥哥，新年快乐，要一家团圆，幸福美满！”然后低下头搓了搓眼睛，拿出一柄汤匙，一勺一勺地吃着碗里的东西。

距离有些远，顾言笙看不清孩子的脸，但可以看到那是一个极其瘦弱的小家伙。小家伙从碗里舀出来吃得像山珍海味一样香的东西，不像是正常的饭菜，倒像是清汤寡水或者稀粥一类没有营养的食物。

他心里一疼，忍不住迈开腿走了过去，一步一步，越来越近。他渐渐能看清孩子的眉眼，他的脚步骤然止住，身体如同被冰封一般僵硬，连呼吸都变缓了，他的眼眶里突然涌出眼泪。

秀气的眉毛，眼睛水汪汪、亮晶晶的，像初生的小狗一样。

这一副眉眼是被他烙在心上的属于沈堪舆的眉眼。

那眉眼最是生动漂亮，可每每充满笑意地看着他的时候，他却从未正眼看过。

后来，那双眉眼还是会冲他笑，却会很快躲开，也再没有过光亮。

小孩儿听到动静，抬起头，眨巴着大眼睛看着不知道从哪里来的大哥哥。

撞进那样纯真无邪又清澈通透的眼眸里，顾言笙忽然觉得头晕目眩，双腿发软，垂在身侧的手无意识地颤抖。

他一动也不敢动，生怕眼前的一切都是梦，一碰就碎成泡沫。

“漂亮哥哥，你也不能回家吗？”小孩声音脆生，“你吃饭了吗？我这个可以给你吃，我已经吃饱啦！”

小孩站起来，抻着两根细瘦的胳膊，把那个碗高高举起来给他，看他不接，以为他够不到，就努力地踮起脚，拼命地想要给他：“漂亮哥哥，你吃饭呀！”

顾言笙像从一场漫长的梦中清醒了过来一样，在小孩面前缓缓蹲下，一只手接住碗放在一边，另一只手牢牢地揽住那个小小的软软的身子，脱下自己的外套将人裹住，顾言笙的呼吸、心跳开始正常。

别人都说沈麓和沈堪舆是一个模子里刻出来的，事实上也是，但是顾言笙从未在沈麓身上看到过沈堪舆的影子。纵使沈堪舆这个小不点的样子跟沈麓七八岁时一模一样，但他就是知道，眼前这人是沈堪舆。

顾言笙目不转睛地看着小堪舆，浑身上下都是僵硬的，甚至不确定自己是不是在笑，又会不会吓到对方，有些生硬地问："你多大了？"

"十岁！"小不点沈堪舆冲他咧嘴笑道，讲话有点漏风，"哥哥，快吃饭吧！已经不热了，但还是很好吃的，是我妈妈熬的粥，真的超级好吃！"

小堪舆已经十岁了，可是说话比同年龄孩子要稚气得多。

顾言笙用汤匙翻了翻碗里的东西，底下还有点锅巴，像是锅底的粥放久出水了，稀得一塌糊涂。

"这是剩下的吗？"顾言笙问道。

"嗯！"小孩儿笑着用力点头，眼睛亮晶晶的，"平时都不会有剩的，但是这几天过年啦，妈妈特意给我留的，我可以吃好几顿！"

顾言笙喉咙哽得厉害："这个……"——这个根本不是什么能吃的东西啊。

他眼前浮现出很多关于沈堪舆吃东西的画面：床底一大箱的速食粥；在车上偷偷吃从地上捡起来的橘子；翻垃圾桶里刚刚丢进去的山竹；一桌都是新鲜热乎的饭菜，沈堪舆却蜷缩在饭桌的角落，小口小口喝着汤和白粥，等他们都吃得差不多了才开始夹剩下的残羹冷炙，还说"谢谢阿笙，很好吃"。

原来沈堪舆这么小的时候，就开始吃这些垃圾一样的东西了。当他因为沈堪舆翻垃圾桶的山竹生气的时候，对方会感到茫然是因为从小到大吃的都是这些东西。

沈堪舆现在还小，觉得这些东西是好东西，所以才想分给别人吃，等后来长大了，知道这些东西不好，就不会再给别人吃了，但自己还是会吃这些。因为在沈堪舆的理解里，自己生来就是吃这些的。

顾言笙用力闭了闭眼，把泪意忍回去，然后轻轻地揉了揉小孩儿的后脑勺，道："哥哥和你说，这碗粥你不能再吃了，以后也不要再吃这样的粥，没有营养，你吃了长不高的。"

"长不高吗？"十岁的小堪舆睁大眼睛，随即露出些苦恼的表情，"要长高才好和爸爸妈妈哥哥一起过年……"

"为什么？"顾言笙温柔地问。

小孩抓了抓枯黄干燥的头发，吸了两下鼻子，小声地道："我老是惹爸爸生气，大家都说，过节的时候不可以生气，特别是过年哦！不然一整年都容易生病，容易不开心。"

顾言笙一怔，而后道："所以你就不进家门吗？"

这么小的孩子，过年不回家没有人管的话，怕是平时更没有人管了。怪不得明明十岁了，心智却差了同龄孩子一截。

他们在原来的世界相遇的时候，沈堪舆的表达方式一直偏稚嫩，他总觉得对方在装疯卖傻，所以心生厌烦，未曾想过沈堪舆是没有人管教，成长得比寻常人慢了一些。

"不进没关系呀！我看到他们在吃年夜饭，就跟他们一起吃，我刚刚已经跟他们一起吃过年夜饭了，还有跟他们说了新年快乐！"小孩仍旧笑眯眯的，声音却比刚才哑了一些，"不长高的话，看不到里面，就不能跟他们一起吃饭了。"

顾言笙想起小葫芦出生前，他好像没和沈堪舆吃过几次年夜饭，每逢传统佳节，沈堪舆都是做完一大桌的菜，再把家里装饰打点一番就不知道去哪儿了，然后等节过完了才会回来。

顾言笙又想起来，有一次吃完年夜饭，他出门倒垃圾却发现门没关紧，结果就看到沈堪舆端着个饭盒在外面，不知所措地看着他，慌张得手都不知道往哪里放。

他问："你不是出去了吗？"

他的意思是，既然不外出，那完全可以进家里吃。

沈堪舆听不明白，手忙脚乱地收拾手边的东西，说："我这就走，我帮你把垃圾倒了，你别生气好不好？大过年的。"说完就抢过他手里的垃圾袋，然后就没了影。

顾言笙回到家里，走到对着垃圾收集站的那扇窗前，看到沈堪舆把垃圾丢进去，然后呆呆地站了好一会儿，抹了好几次眼睛。

这人只是想和他们一起吃顿年夜饭吧。哪怕隔着一扇门、一堵墙，也想跟他们一起吃年夜饭，和他们说一声新年快乐。

这人不敢当面说，因为怕惹他们不高兴，坏了一年的好运气。

沈堪舆从小就是这么吃年夜饭的，以至于后来有了小葫芦，每年吃年夜饭时还会多次确认自己能不能一起吃，就算是上了桌，只要人稍微多一点、热闹一点，就想着赶快把位置让出来。

"漂亮哥哥，你为什么哭呀？"一双粗糙冰凉的小手轻轻碰了碰他的脸，笨拙又小心地帮他擦眼泪，"你是不是也不能回家吃年夜饭？可以跟我一起的，你要是不喜欢粥，我还有馒头和饼干，都给你吃，不哭啦。"

"不是的，"顾言笙用指腹擦了擦眼睛，深吸了一口气，稳住情绪，握住沈堪舆没什么肉的小手，呵了两口暖气，微微哽咽道，"年夜饭不是这样吃的，你如果不敢跟爸爸妈妈一起吃，一会儿哥哥带你去吃真正的年夜饭。"

小孩儿愣愣地看着他，忽然笑得不像刚才那么开心了，只睁着一双水汪汪的大眼睛看着他，随后低下头，喃喃道："哥哥真好，又漂亮又好，对不乖的小孩也这么好。"

顾言笙眼眶湿润，温柔地笑了起来，道："宝贝，你很乖，哥哥很喜欢你。"

他话音刚落，就觉得有什么滚烫的液体，接二连三地落在了自己手上，定睛一看，怀里的小不点满脸眼泪，鼻尖也红通通的，小嘴儿却撇着，像是努力地想忍住哭意。

小孩意识到自己的眼泪掉在漂亮哥哥的手上了，便慌张地去擦，一边擦一边因为着急眼泪流得更凶："对不起哥哥，对不起，呜呜。"

"没关系的，想哭就哭，"小家伙眼泪一掉，顾言笙就受不了，心疼得有些语无伦次。

他揽着小堪舆，轻轻拍着对方哭得一抽一抽的背，道："不过，你能不能告诉哥哥，为什么忽然这么难过？"

他越温柔，小不点哭得越厉害，跟小时候的顾雨甜一样是个小哭包，可爱又可怜。

"我想跟妈妈吃年夜饭……想要妈妈……抱，"小孩抽噎得厉害，说得也磕磕巴巴，"妈妈很好……很香，想要妈妈抱……可是妈妈讨厌……呜……"

顾言笙抱着小堪舆轻轻摇晃，温言软语地哄着："哥哥喜欢，哥哥抱。"

小孩趴在顾言笙的肩头，攀住他的肩膀，攥住那里的衣料，抽噎道："哥哥……哥哥是第一个喜欢我的人……可是我不乖呀……哥哥知道了就会讨厌了……"

"哥哥很厉害，哥哥觉得你是最乖的小宝贝，那就一定是的。"顾言笙笑着哄道，也不知道自己什么时候就泪流满面了。

他太庆幸了。庆幸沈堪舆能在自己怀里哭，而不是抱着他买的东西一边发呆一边偷偷掉眼泪，把东西摩挲得起了褶皱又一一抚平，最后离开的时候还一件都没有带走。

也庆幸沈堪舆能听得进、听得明白他的劝哄，而不是战战兢兢地钻进死胡同里，怎么都哄不出来。

更庆幸他能遇到一个天真稚嫩的沈堪舆，想哭就哭，想笑就笑，还没有被他逼得走投无路、退无可退。

沈堪舆还那么小，他可以用一生去补偿。

小堪舆感觉到顾言笙的眼泪落在自己的肩膀上，立马离开了他肩头，明明自己还哭得打嗝，却拼命给他擦眼泪，嘴里还道："哥哥，嗝！我不哭了，哥哥也不要哭啦。"

顾言笙还没反应过来，小家伙就揉了揉他的脑袋。

小堪舆看到顾言笙愣怔的表情，忍不住戳了戳他的脸，一边打哭嗝一边小心翼翼地道："嗝！漂亮哥哥不喜欢揉头吗？我哥哥哭的时候……嗝！妈妈只要揉揉他的头，他一下子就变得很开心了。"

小孩儿抓了抓乱糟糟的头发，冥思苦想后恍然大悟道："对了，妈妈还会给哥哥……嗝！吹吹！吹一吹，痛痛和眼泪就都飞走了！"

小堪舆说完，深吸了一口气，噘起嘴就要给顾言笙吹，却忽然感觉自己悬空了——原来是自己被漂亮哥哥抱起来了。

漂亮哥哥低着头，喘得很厉害。

小孩知道自家哥哥心脏不好，生病的时候也会这么喘，担心得不得了，问："漂亮哥哥，你不舒服吗？我给你吹吹吧……"

顾言笙干咳一声，仓促道："不……不吹了，宝贝我们不吹了，没事的。陪哥哥去吃年夜饭好吗？你想吃什么？"

"好呀好呀！"小堪舆搂着他的脖子，脆生生地道，"想吃黑蛋粥！”

“那是什么？”顾言笙蒙了。

“就是里面有黑黑的蛋的粥。”

顾言笙想了想，随即了然笑道：“那个应该是皮蛋瘦肉粥。不过宝贝喜欢叫它黑蛋粥，那我们以后就叫它黑蛋粥好了。”

“好，”小孩傻乎乎地笑着，凑到顾言笙的耳边，小声地道，“漂亮哥哥我和你说个秘密，你不能告诉别人！”

顾言笙觉得耳朵有些痒，笑了两声道：“你说。”

“你是第一个说喜欢我的人，所以我也超级喜欢你的！”小孩儿兴奋起来声音都变大了，完全忘记自己在讲悄悄话。

第一个吗？小傻子，开心成这样。

顾言笙叹了一口气，忍着心底的酸涩温柔道：“哥哥会一直喜欢你的。”

“我也会一直喜欢漂亮哥哥！”小孩开心得要命，笑得眼睛都快没了。

“好，一言为定。”

顾言笙的车停在了离这里挺远的地方，等他走到车旁边的时候，小家伙已经趴在他肩头睡着了，呼吸有些许粗重，气息也带着些灼热感。

他把孩子放在后座上，探了探对方的额头，温度确实偏高。

或许，孩子的声音时不时有些哑，是因为早就发烧了吧。一般的小孩子发起烧来都没什么精神，也就这个小傻子能活蹦乱跳地跟他说了半天话，还乐呵呵的要跟着他去吃年夜饭。

小堪舆应该很久没和人聊天了吧。

“漂亮哥哥……”小堪舆感觉到抚摸在自己额头上的手，迷迷糊糊地半睁着眼，奶声奶气地道，“我好像发烧了……我自己下来走路吧……”

顾言笙摸了摸小堪舆烧得泛红的小脸，柔声道：“没事，宝贝累了就睡觉，哥哥陪着你。”

孩子毕竟还是孩子，生病时体力支撑不了太久，哼哼唧唧几声又睡着了。

顾言笙找了张毯子给小堪舆盖上，然后坐进驾驶座准备驱动轿车。

由于天气的原因，车没打起火，他又试了几次，车子还是没能发动。他焦急万分又无可奈何，只能给唐修打电话。

唐修一听他说车在山沟里抛锚了，张口就骂：“大少爷，大过年的，你看看自己干的是不是人事儿？跑那种地方把车弄到抛锚，你怎么不干脆搁外头安家别回来了呢？”

顾言笙知道唐修虽然嘴上骂得凶，但出门的动作肯定不会慢。果不其然，他说完之后来了一句：“我开车了，挂了，小兔崽子这种时候才想起你哥，不要脸。”

不到半个小时唐修就赶到了，他一到就开始没完没了地数落顾言笙，直到看到顾言笙抱着个漂亮小孩儿上了车，数落的话才戛然而止，转而问：“这谁？”

顾言笙没回答唐修，只是用外套将孩子裹得更紧了点，着急地道：“小孩有点发烧，你快给看看。”

唐修连忙翻出自己的随行医药箱，给小孩做了简单的检查，然后丢了两片退热贴给顾言笙，道：“没大事儿，应该是换牙导致的。一片贴额头，一片贴肚脐。”

顾言笙将一张退热贴在小孩的额头上，然后动作轻柔又小心地撩开小孩的衣服，等看到有些凹陷下去的肚皮和根根分明的肋骨，瞳孔骤然缩紧。

“一看就是营养不良啊，多可爱的孩子，家里人不给饭吃吗？”

唐修顿了一下，又问，“你还没告诉我，这是哪来的小宝贝？”

顾言笙贴好退热贴，冷冷地道：“没家人的孩子，你收养了吧。”

唐修眨巴两下眼睛：“我这是喜当爹了？”

顾言笙道：“你符合收养条件。谢谢你了，哥哥。”

顾言笙这一声哥哥，让唐修拒绝的话没能说出口，他顶着一张倍受震撼的脸，默默地发动了车，小声嘀咕：“您可真有爱心。”

顾言笙说小堪舆没家人，指的是情感方面的，但考虑到小堪舆的未来，他把人安顿好后，还是联系了小堪舆的家人，和对方谈好条件，然后让唐修办理了收养手续。

至此，小堪舆正式开启了新的人生。

沈堪舆最近对自己的美人哥哥意见很大，以至于开直播的时候都没怎么说话，也没怎么笑，光顾着跟人PK（对决），还是追了半个地图也不放的那种。

小鱼包击毙死了东方必败。

小鱼包击毙了七个隆咚锵。

小鱼包击毙了妹妹看看我超乖。

粉丝一边助威呐喊，一边担心小鱼包今天的状态。

——小鱼包今天怎么啦？都不笑了，呜，我的青春结束了。

——这回真成包子了，气鼓鼓的。

——欢迎收看“沉默的鱼包”系列。

沈堪舆认真看了一会儿屏幕上的文字，决定道歉下播：“对不起呀大家，今天状态确实不是很好，明天再来吧。”

可能是刚刚打游戏太用力了，沈堪舆圆鼓鼓的肚子有点疼，头也有点晕，关了电脑就是一阵干呕，只是眼圈都红了也吐不出东西。

沈堪舆抱着肚子，抹了抹眼角的泪水，小声嘟囔道：“你这么小，也欺负我。”说罢从桌子上拿了颗话梅含了一会儿就吐掉，随后蜷缩在懒人沙发上闷头睡觉。

沈堪舆没睡多久就被人挠着手心叫醒了，但因为没睡够，就眯着眼睛，哼哼唧唧的把脸埋进沙发里。

“堪舆，吃晚饭了，”顾言笙看沈堪舆脸色不太好，有些担心，“累到了吗？肚子疼不疼？”

沈堪舆听到他的声音，睁开眼，人还没看清楚就起身抱住了对方，喃喃地叫“哥哥”。

“嗯，我在，”顾言笙应道，“醒了我们就吃饭去吧。今天都是你喜欢吃的菜。”

“可是我不喜欢吃菜，”沈堪舆嘟嘟囔囔地道，像在讲梦话一样，“我喜欢哥哥。”

顾言笙垂下眼，没有接话，只是将人抱了起来。

沈堪舆儿时长期营养不良，以致身体已埋下了很多病根。就算顾言笙这些年小心翼翼地护着、养着，沈堪舆还是很瘦，血糖指标不达标，也很怕冷。现在，沈堪舆怀孕快六个月了，别说身上长肉了，肚子也比同月份的人要小。

“阿笙哥哥，你不喜欢我吗？”沈堪舆沮丧地低喃着，“你为什么不喜欢呀，因为我是捡来的吗？”

“胡说什么？”顾言笙哭笑不得的同时也感觉沈堪舆因为怀孕比以前要娇气、敏感，几乎随时随地都在撒娇。他觉得这人是个软绵绵、热扑扑的白胖包子，还是奶黄流心馅儿的。

“我没有胡说！”沈堪舆说完就被顾言笙像放孩子一样地放到了椅子上，顿时觉得有失颜面，但又因为饿得没力气，肚子还疼，只能憋屈地看着顾言笙。

顾言笙一直没有跟沈堪舆对视，只是默默地把做好的饭菜拿出来。

沈堪舆垂头丧气的，每扒拉几口饭就要偷瞄顾言笙几眼。

“不吃排骨吗？”顾言笙看沈堪舆一直在吃酸笋和酸菜鱼，问道。

沈堪舆看了看那盘裹满了糖浆面皮的排骨，觉得有点反胃，摇了摇头。装着小宝宝的肚子压得自己腰酸，沈堪舆调整着坐姿，更加没胃口了。

“这是话梅骨，酸酸甜甜的，很开胃，你试一下。”顾言笙夹了一块沈堪舆喜欢的小排骨递过去，沈堪舆犹豫了一下，还是乖乖地张嘴吃了。

确实像顾言笙说的那样，排骨一点也不腻，很好吃。沈堪舆腮帮子一鼓一鼓的，吃得很香。

顾言笙神色黯然，一口饭也没吃，沉默地喝了一口酒。

“堪舆，怀着宝宝觉得辛苦吗？”他沉声道。

沈堪舆像没听到一样，就着话梅骨的酱汁闷声扒饭，但是不敢再动来动去以缓解腰酸了。

“我们去医院看看……”

“我不去。”沈堪舆小声说着，语气却很坚决。

顾言笙顿了一下，问：“怎么了？”

沈堪舆轻轻搁下筷子，静静地看着他，然后轻声道：“去了你就让医生偷偷把宝宝打掉吗？”

顾言笙愣住，随即叹了一口气：“你在想什么？只是做些检查。”

“我自己去就好了。”

“不安全。”

“不要你去。你不喜欢我，也不会喜欢宝宝。”沈堪舆低下头，默默地挑着酸菜鱼里的鱼刺，视线却越来越模糊。

顾言笙不知道什么时候来到沈堪舆身边，并坐下了，用温热粗糙的指腹擦着沈堪舆的眼泪。

“哎呀，你去吃饭……”沈堪舆觉得难堪又自责，想推开顾言笙，但是力不从心，反而被顾言笙抱了起来，放到了他的腿上，他还力道得当地揉着沈堪舆酸胀的腰。

“好点吗？”顾言笙一边按揉一边问。

沈堪舆吸了吸鼻子，轻轻点头。

顾言笙拿起筷子帮沈堪舆挑拣出鱼刺，准备将一片白嫩干净的鱼肉喂给对方，沈堪舆却哼哼唧唧地说要配酸菜吃。

“不能吃那么多酸菜。”顾言笙温和地道。

“没有酸菜就想吐。”沈堪舆的声音听起来很委屈。

“好，那就配一点，”顾言笙又挑了一片薄薄的酸菜，和鱼肉一起夹给沈堪舆，道，“慢点吃，吃快了容易恶心。”

沈堪舆乖乖地把鱼肉和酸菜吃进嘴里，慢慢嚼着。

顾言笙揉了揉沈堪舆的后脑勺，轻声细语道：“我没有不喜欢你，给我点时间好吗？是我自己有些问题需要处理一下。”

沈堪舆似懂非懂地点点头。

半年前，顾言笙和沈堪舆一起去C城玩，看到了大片大片的油菜花田，两个人当晚都喝了很多酒，一不小心就发生了关系，并且回去后就同居了。

当时，顾言笙清醒后觉得很后悔，赶紧仔仔细细地检查了沈堪舆全身上下，好在没有严重的伤痕。

可他还是觉得自己在重蹈覆辙。

沈堪舆是个小傻子，一直轻声细语地告诉他是自愿的，因为喜欢才接受他。

后来，沈堪舆有了小宝宝，但怕顾言笙会不要孩子，便每天小心翼翼地护着。

顾言笙觉得这个世界的沈堪舆不会喜欢自己。上个世界因为沈堪舆笨，没有人教，容易被骗，从相遇开始就被他束缚住，然后被他毁了一生。

这次再相遇，他承认他最开始是想要跟沈堪舆永远在一起，可是后来他明白这样不对。

他顾言笙凭什么要让沈堪舆喜欢他？

所以他努力地把沈堪舆教成一个正常人，让沈堪舆学会难过了就哭，笑是因为开心，还让沈堪舆交了很多朋友，接触了很多优秀的人。

他的小鱼本来就很厉害，自然会受很多人喜欢。

顾言笙觉得，沈堪舆应该有更广阔的天地，不该再被他束缚住；可是现在看来，一切与上一世一样。

在这个世界，或许他一开始没有找到沈堪舆才是最好的，可他还是强行进入了沈堪舆的生活。

换句话说，他不是不喜欢沈堪舆，他是不相信沈堪舆会喜欢自己。

毕竟在这个世界，他在沈堪舆遇到的人中，也只是一个普通，甚至更加糟糕的存在吧。

他的小鱼可能只是习惯了他的存在，并不知道什么是喜欢。

沈堪舆吃完饭，洗了澡后有点头晕。

顾言笙陪着沈堪舆看电影时，沈堪舆就一直恶心反胃，还差点把晚饭都吐了。后来，沈堪舆喝水时，也拿不稳杯子，还一直冒虚汗，手心一片冰凉。

顾言笙看沈堪舆脸色难看，嘴唇也没了颜色，只能连哄带骗地把沈堪舆带到医院做检查。

沈堪舆难受极了，坐在副驾驶座位上脸色苍白，气息不稳。只要车稍微颠簸一些就干呕不止，同时腰也很酸，就算靠着靠垫也没什么用。

顾言笙开着车，等绿灯的时候牵住了沈堪舆的手，发现十分冷冰，他既心疼又着急，额头上全是汗。

他道："堪舆，再坚持一下，马上到医院了。"

沈堪舆勉强睁开眼睛，对顾言笙笑了笑，道："我没关系的哥哥，你慢慢开。"

顾言笙看着红灯，叹了一口气，捏了捏沈堪舆的手心道："能抱着你就好了。"

沈堪舆实在晕得厉害，说不出话，只觉得整个世界天旋地转，稍微动一动就想吐。

顾言笙过了这个十字路口，开了没多久，就感觉沈堪舆的呼吸越来越急促，且一直重复着吞咽的动作。

"阿笙哥哥，我好难受，"沈堪舆喘息着喃喃道，"我想吐……"

顾言笙匆忙把车停在路边，刚打开车门沈堪舆就吐了。

由于胃里已经没什么东西，沈堪舆都是吐些带血的酸水，顾言笙看得胆战心惊，给沈堪舆喝水、擦汗的时候手都在发抖。

"对不起……"沈堪舆趴在顾言笙的怀里，吐得嗓子都哑了，"我忍不住……"

"没关系，不用忍。"顾言笙亲了亲沈堪舆的头发，又抱在怀里拍了一会儿背，声音有些发颤，道，"再坚持一下，我们马上到医院了。"

好在沈堪舆只是反应吓人，检查后没有什么大问题，只是身体底子不好，加上心情也不好才导致的。沈堪舆之所以怀孕的时候经常头晕，一个是因为贫血，另一个是小脑发育得不太完善，跟幼年的遭遇有关。

顾言笙看着检查结果，干裂的嘴唇一片苍白，心脏也一阵一阵地抽疼。

"病人很依赖你，不要嫌烦，要多点耐心，"医生一边开药一边道，“怀孕的人是这样的，多宠宠，孩子生了就好了。”

顾言笙拿着药回到病房，沈堪舆又睡着了，盖着薄薄的被子，整个人瘦弱不堪，只有肚子凸了起来。

顾言笙走过去，将被子外面的手放进被窝里，轻抚着对方苍白的脸，俯下身吻了吻对方的眼睛，然后贴着沈堪舆的额头声音低哑道：“对不起，总让你吃苦。”

那次生病后，沈堪舆就不怎么黏顾言笙了，因为总是忘不掉自己吐了顾言笙一身的事，觉得自己是个脏兮兮的麻烦精，二十几岁的人了还什么都要麻烦哥哥。

沈堪舆有时候会想，阿笙哥哥把小时候那么脏、那么丑的自己捡回来，让自己有了一个新家，已经仁至义尽了，自己怎么还癞蛤蟆想吃天鹅肉呢？

沈堪舆不知道阿笙哥哥喜不喜欢宝宝，他要是喜欢的话，自己就把宝宝生下来送给他，然后就不留在他家里，给他添麻烦了。可如果他不喜欢宝宝的话，要不自己现在就开始收拾东西出去好了。因为生宝宝也不太容易，是一件很麻烦别人的事情。

沈堪舆在顾言笙出差的时候，自己找时间去医院做了产检。因为腰很酸，所以只能尽力挺着肚子，扶着走廊上的栏杆慢慢地走着。

走廊上的人都是成双成对的，有些孕妇好像快要生了，抱着自己的丈夫疼得脸青唇白，呻吟不断。

大部分人平时都跟沈堪舆聊过，见面时疼得龇牙咧嘴也要跟他打招呼。沈堪舆看得胆战心惊，笑着回应后移开了视线，但是她们的声音还是回响耳边，弄得沈堪舆肚子里的小宝宝也紧张得动起来。

沈堪舆紧张地握住栏杆，手心全是汗，微微喘息着平复心情，低着头走向彩超室。

“今天你先生没有过来呀？”值班的医生钟意对沈堪舆的印象很深。

沈堪舆长相清秀可爱，性子又软软的很乖巧，怀孕以来一直都不长肉，胳膊和腿都细得可怜。

也是他喜欢的类型。

“啊？”沈堪舆坐在床上，撩起自己的上衣，露出肚子，不好意思地道，“他不是我先生啦，是哥哥。”

“是哥哥啊？”钟意有些意外，“那宝宝的爸爸是谁？”

沈堪舆抓了抓自己的头发，脸色苍白地笑了笑，没有回答。

钟意眼神微暗，随即笑了笑，道：“来，躺下吧。”

沈堪舆点点头，躺在窄小的床上，感觉原本酸痛的腰一下子得到放松，便轻轻吐了口气。

钟意将耦合剂抹在沈堪舆的肚子上，凉凉的感觉让沈堪舆忍不住打了个哆嗦，而后看着钟意腼腆地笑了笑。

钟意拿着探头在沈堪舆的肚子上轻轻推着，沈堪舆紧张得呼吸都放轻了，不停地眨巴着眼睛想去看。

“别紧张，宝宝很健康。”钟意柔声安慰道。

沈堪舆怔怔地点点头，抹了抹自己脑门上的汗，看着宝宝的影像惊叹道：“好清楚，可以让我拍下来吗？”

钟意笑了笑，道：“可以啊，我再给你打个彩色的出来。”

“谢谢！”

沈堪舆坐在走廊的长椅上，兴致勃勃拿着彩超照片，翻来覆去地看，失血的指尖有些发抖，喃喃道：“太好了。”

宝宝的鼻子看起来特别挺，跟阿笙的一模一样，应该是一个长得像阿笙的小孩子，这样太好了。

沈堪舆搓了搓有些湿了的眼睛，揉了会儿酸胀难忍的腰，把照片发给顾言笙，然后编辑文字消息。

——阿笙，你看宝宝，鼻子挺挺的，长得好像你。

这句发出去之后，沈堪舆想了想又发了一句：你喜欢他吗？很可爱的。

顾言笙很快就回道：喜欢。

沈堪舆的心颤了颤，刚才还在眼眶里打转的泪花一下子就变成金豆豆掉了下来。

阿笙哥哥应该是只喜欢宝宝不喜欢自己吧，他要是喜欢自己的话，自己以前问他这个问题的时候，他应该就会像现在这样，很快地说喜欢了。

捡来的小孩跟亲生的小孩还真是不一样，自己太笨了，还一直追问他，他一定烦死了。

沈堪舆一边抹着眼泪，一边小声地抽噎，开始在手机软件上找出租的房子，没注意到顾言笙给自己发的消息。

——你好，我想租房子，但是应该是两三个月以后才过去住，会住很久。

——那您需要租的时候再来吧。

——帮我预留一下可以吗？我可以给钱的，不然我怕到时候没有地方住了。

对方很久都没有回复。

沈堪舆身体虚弱，此时心里又委屈，拿着手机，抱着肚子，一把鼻涕一把泪地等着等着，就在椅子上睡着了。

钟意准备下班，换下白大褂走出来时就看到沈堪舆在长椅上睡着。

对方手机屏幕设置了常亮，眼下还没有熄灭，可以看到上面的聊天记录。

他刚看完，手机就没电自动关机了，他把手机收起来放进沈堪舆的口袋里，站在旁边静静地看了沈堪舆一会儿，忍不住伸手摸了摸对方的脸。

他以前觉得沈堪舆可爱，是因为这人的眉眼长得很好，无论是转眼珠子还是眨巴着眼睛的时候都特别灵动，没想到现在睡着的样子也这么可爱。

“你哥哥不要你，我要你好了。”钟意低声道。

“顾总，顾总！您慢点！咱们的专车还没到呢！”张康拖着行李箱在机场狂追自己的领导，腿快跑断了，嗓子也快号干了。

顾言笙头也没回道：“你不用管我，我等不了专车了。”

“哎？顾总，顾总！”张康眼睁睁看着顾言笙走到出口外，拦了辆出租车绝尘而去，还没缓过劲儿来。

顾言笙刚在国外开完会，原本晚上还有个饭局，可他忽然让张康订机票，然后赶紧登机回国，十分焦急。

一下飞机，顾言笙就跟装了超强续航马达一样快速赶路，张康用尽全身的力气都追不上。

真的是太可怕了。

顾言笙马不停蹄地赶到医院，西装外套下的衬衣已经湿透了，领子都被浸成透明的了。

他在彩超单上看到了医院和医生的名字：省人民医院，钟意。

这个钟意格外关注沈堪舆，他有必要防患于未然。

顾言笙觉得整个胸腔憋着一股火，当在彩超区看到眼前的景象后，那股火几乎从他的喉咙里冲出来。

钟意用自己的白大褂裹着沈堪舆，抱着人正准备进自己的办公室。

“谢谢钟医生照顾了，麻烦把堪舆给我。”顾言笙声音沙哑，眼里满是血丝。他怕吵醒沈堪舆，所以压低了声音。

钟意无视顾言笙，径直将沈堪舆放在沙发椅上，从容不迫地笑道："我听小沈说，您只是小沈的哥哥。那我向您坦白一下，我喜欢小沈，不知道您能否把人托付给我？"

顾言笙一愣，而后道："你在说什么？"

"啊？我觉得我说得够直白了，"钟意挑了挑眉，"顾先生，你作为沈先生的哥哥，往人肚子里装了个胖乎乎的小家伙，折腾得人只剩两把骨头，然后寻思着等孩子生下来就将人扫地出门。你不要的人，我自愿当个接盘侠，你还不乐意？"

"你一个外人胡说八道什么？"顾言笙握紧了拳头，额角青筋隐现。

沈堪舆在他们两个的争吵声中醒过来，觉得天旋地转，同时也觉得肚子很重，有些喘不过气来；不过因为好像听到了顾言笙的声音，就喃喃地喊哥哥。

顾言笙的火一下子就熄了，快要烧成炭的心脏一下就化成一摊水，他半蹲在沈堪舆的身边，给人挡着刺眼的光，轻声应道："我在，堪舆，是我。"

沈堪舆茫然地眨了眨眼睛，半天都看不清眼前的人，不确定地道："哥哥？"

"是我。"顾言笙拨开沈堪舆额前凌乱的刘海，怜惜地吻了吻对方的额头。

"你怎么在这里？"沈堪舆觉得脑子钝钝的转不动，怀疑自己在梦里，但是肚子越来越痛，感觉很真实。

"呃……"沈堪舆抓住椅子的扶手，吃力地挺了挺腰，觉得肚子又重又热，里面的宝宝好像变成了铁块。

"怎么了，堪舆？哪里不舒服？"顾言笙摸着沈堪舆明明冰凉却一直冒汗的脸，看到对方呼吸急促地闭上眼睛，表情一下子变得很痛苦，身子痉挛似的颤了颤。

“哥哥……”熬过一阵坠胀的痛意，沈堪舆苍白的脸颊突然泛红，表情无助又慌乱，不知所措地哆嗦道，“我好像……尿裤子了……呜……”

顾言笙愣了一下，随即脑子里快速闪过他看过的那些孕妇生产的相关书籍，然后匆忙安慰道：“没事，月份大了，宝宝压到膀胱就会这样，很正常，不怕啊。”

钟意在心底翻了一个白眼，绕到沈堪舆的身下看了一眼。

“你在看什么？滚开！”顾言笙又气又急。

钟意也气急败坏地道：“我看什么？你一个门外汉在医生面前瞎说什么？这是羊水破了，要生了，不是尿裤子！有本事你就抱人去洗手间，把孩子生在马桶里！”

顾言笙顿时觉得浑身的血液都倒流了，道：“才八个月怎么就要生了？”

怎么都是早产？前一个世界是，这个世界也是！

“你也真有脸问，那可不就是被你欺负的？人一边哭一边在网上找房子，情绪这么差，孩子还能稳得住？”钟意一边吐槽顾言笙，一边联系产科的同事。

顾言笙气得脸都青了，道：“你闭嘴，你抱人放人的时候注意轻重了吗？再说了，谁让你碰堪舆了？”

沈堪舆被他们吵得一脸蒙，肚子又疼，只好呜咽着抓住顾言笙的衣袖，颤颤巍巍地说：“阿笙哥哥……肚子好疼……我想上厕所……”

“好好，我带你去，别慌啊，堪舆，没事的。”顾言笙深吸了一口气就要把人抱起来。

“别别别，别乱动！”钟意真想踹顾言笙，“都跟你说了要生了要生了，是孩子压下来小沈才觉得想上厕所，你别乱动小沈了，行吗？把人裤子脱了。”

“哥哥……”沈堪舆还是觉得肚子疼，又想厕所，于是眼泪汪汪地看着顾言笙，眼巴巴地盼着阿笙哥哥能帮个忙，别让自己在别人面前丢人，但是顾言笙非但不打算带自己去厕所，还要把自己的裤子脱了。

沈堪舆难堪得要哭了，道：“哥哥，你干吗？”

“堪舆乖，是宝宝要出来了……”顾言笙哄着沈堪舆，然后意识到有什么不对，回头对着钟意斥道，“也不能在这里生吧？！”

“是早产加急产，已经开始出血，胎儿都快露头了，不能乱动了。”钟意戴上手套拿出消毒器械，“我已经联系产科安排人过来了，先用两下力，能生出来就生出来。”

他在沈堪舆身下铺了消毒垫子，好在沙发椅很宽大，足够沈堪舆分开双腿，他又道：“来，疼就往下使劲。”

顾言笙只能吞了吞口水，强迫自己冷静下来，握住沈堪舆的手，轻声细语地哄沈堪舆用力。

“可是……我想上……厕所……呜……”沈堪舆疼得满头大汗，一用力下面就疼得不行。

沈堪舆迷迷糊糊的，潜意识里认为自己是想上厕所，难堪得一直摇头，说不要在这里，但是疼起来又一点办法也没有，只能开始用力。

“哥哥我要去……厕所……很脏……”沈堪舆断断续续地哀求顾言笙带自己去厕所。

顾言笙索性不跟沈堪舆纠结这件事了，把对方的脑袋往怀里一拢，狠了狠心道：“没事儿，不脏，你就往下用劲，谁要说你我就揍他们。”

“嗯——疼——”沈堪舆有了些安全感，便躲在顾言笙的怀里，涨红着脸开始使劲。

“出血量有点大，用劲儿不要太猛，头快出来了。”钟意说话时手里动作不停。

“堪舆，听到医生说的了吗？不要着急，慢慢用力啊，乖。”顾言笙一边亲吻着沈堪舆一边转达钟意的意思。

“可是，疼……想上厕所……”沈堪舆疼得厉害，觉得自己根本没法慢慢用力，疼痛一阵一阵的，根本控制不了。

“哥哥，好痛——”沈堪舆疼得泪水直流，痛苦地咬住了顾言笙的衣服。

太疼了，沈堪舆感觉自己要死了。

“我知道，我知道很疼，再坚持一下，马上就好了，马上就好了啊。”顾言笙闻到了空气中的血腥味，整个人开始发抖。

“痛……”沈堪舆满头大汗地呜咽着，双腿剧烈痉挛起来。

钟意吸了一口气，继续鼓励沈堪舆。

“痛——”沈堪舆别无他法，顺着强劲的宫缩不断用力，片刻后，孩子终于出生了。

此时，产科的人刚好赶到，迅速做起了止血善后工作。

钟意这才松了口气，道：“是个小姑娘。”

沈堪舆大口大口地喘息着，剧痛中听到了小孩子的哭声，而阿笙哥哥把自己抱得很紧，还一直在亲自己，说辛苦了。

沈堪舆又疼又累，仿佛要昏过去，哪怕看到钟医生怀里抱着的小宝宝还是没反应过来这一切是怎么回事。

医生用毛巾被裹住宝宝，把她放在沈堪舆和顾言笙中间，沈堪舆被吓了一哆嗦，好半天才意识到自己居然把肚子里那个长得像阿笙的，鼻子挺挺的小家伙给生出来了。

怎么会这样？宝宝不是才八个月大吗？明明几个小时前自己还在看她的照片，怎么一下子就把她生出来了？自己不是在上厕所吗……

而且自己还没有找到房子住……

“哥哥……我的手机……我的……”沈堪舆出血太多，生孩子又费了所有劲儿，说话有气无力的，还隐隐带着哭腔。

沈堪舆既委屈又迷茫，刚刚生了宝宝，体内激素有点失衡，情绪根本不受控制。

“要手机做什么？”顾言笙完全没心情管孩子，满心满眼都是他的小鱼包，怀孕的时候娇气，生孩子的时候娇气，生完了孩子还娇气，可是真的好可爱，比宝宝还要可爱，他只想一直哄着对方。

“租房……”沈堪舆鼻头红红的，眼泪大颗大颗地滚落，抽噎道，“我还没租……租到房子，呜——”

沈堪舆还是没搞明白怎么就把宝宝生下来了？早知道就跟人家把房租了就好了，自己真的是太笨了，这下要怎么办才好？

沈堪舆有惊无险地生完宝宝，顾言笙的情绪也稳定下来，脑子跟着清醒了，把钟意说的那些话又在脑中过了一遍，便大概明白发生什么了。

“租房子做什么？你不要我和宝宝了？”

沈堪舆连连摇头，从小鱼包哭成了小泪包，道：“你不要我……要宝宝……我是捡来的……又脏又丑。”

顾言笙哭笑不得，满眼宠溺道：“谁说不要了？捡来的宝贝才珍贵呢。”

“你不要了……”沈堪舆的眼泪流得更凶了，来不及说什么，嘴唇就被人堵住了。

顾言笙亲了沈堪舆好久，亲到沈堪舆迷迷糊糊的，才抱着对方，在对方耳边清晰而坚定地说：“堪舆，我喜欢你，非常非常喜欢你。”

沈堪舆睁大了眼，看着顾言笙，一副难以置信的样子。

顾言笙轻轻帮沈堪舆擦着脸，温柔地道：“我说晚了，堪舆相信我吗？”

沈堪舆有些蒙，抽抽搭搭地点头。

“那不许跑出去租房了，嗯？”

沈堪舆又点头，吃力地伸手揽住顾言笙的脖子，把脸埋在他颈间。

顾言笙尽量俯下身好让沈堪舆抱得舒服一些，不用那么费劲。

“哥哥，好疼……”沈堪舆喃喃道，还没有从分娩的痛苦中缓过神来，“你不要走……我好疼……”

“不走，不走，”顾言笙温言软语地哄道，“累坏我们堪舆了，闭上眼睛好好休息一下，我不会走的，不怕啊。”

沈堪舆的精力也差不多到极限了，抱着顾言笙喘息着，不知不觉就睡了过去。

身后，钟意阴阳怪气地道：“呵呵，马后炮放得真响，八百里外都能听见你的炮在轰鸣。孩子生了才表白，也就小沈好骗，换成别人，谁知道你喜欢的是孩子还是大人。”

顾言笙已经完全没有跟他吵架的心思了，细致温柔地擦拭着沈堪舆脸上的汗水，过了好一会儿才道：“谢谢你啊，钟医生。”

钟意一个哆嗦，摸着自己胳膊上的鸡皮疙瘩道：“你别这样，我可受不起。”

“堪舆能顺利分娩，多亏了你。”顾言笙说完，回过头看着钟意，带着笑意的眼睛里隐约闪烁着寒光，“还有啊，如果不是你，我还发现不了原来我这么不能忍受别人碰堪舆。”

他根本不可能把他的宝贝托付给别人，不然他会疯掉的。

无论上个世界如何，这个世界如何，他顾言笙没有沈堪舆就是不行。

“所以我非常感谢你，但是以后吧，大家就没有见面的必要了。”顾言笙似笑非笑地道。

钟意再也没能控制住，大大的翻了一个白眼，道：“你要是亲够了，就抽空跟我去做新生儿登记。毕竟是早产儿，一会儿还是要放保温箱观察的。”

“哦。”顾言笙这才注意到在他和沈堪舆中间呼呼大睡的小胖丫头，小小一只，热乎乎的，浑身上下都是肉，手感特别好。

小孩长得漂亮，一出来就是小美女，嘴巴小小的，鼻子挺挺的，洗掉身上的血污之后白白净净的，比别人家刚生下来的小红猴子好看一百倍。

他看着这么漂亮的小姑娘，满心欢喜，拍了不少照片发到朋友圈炫耀，然后又忍不住亲了亲沈堪舆。

“还真的是亲不够啊你，”钟意倚在门框上，又开始阴阳怪气，“我也亲不够。小沈身上有香味，甜得很，我就亲了一口，现在都回味无穷，勉强可以理解你现在的行为。”

顾言笙一个激灵，像是被电击了一样直接从地上弹了起来，道：“你再说一遍，你做了什么？”

钟意心里有些爽，忍不住笑出声，道：“这就恼羞成怒了？都当爹的人了，要稍微稳重一些吧，不然别人看你就像个大傻子，说什么信什么。”

“你再说一遍？”

钟意指着他，一字一句地道：“你，大傻子。”

“我——”顾言笙气得想立刻把钟意打晕，让钟意闭嘴。

沈堪舆被他们两个吵到了，皱着眉头哼哼唧唧地转动着脑袋好像要醒，顾言笙瞬间放弃打人的想法，转过身轻轻抚拍沈堪舆剧烈起伏的胸口，轻声细语地道：“没事的、没事的，你接着睡，没事的啊。”

沈堪舆在顾言笙哄了两下后又睡着了。

顾言笙抚摸着沈堪舆清秀苍白的脸，看着对方睡得舒舒服服的样子，心里既柔软又温暖。

娇气可爱的小鱼包，看一眼就可以治愈世间的痛苦和不快；亲一亲，温热的幸福感就从心尖蔓延到四肢百骸。

“堪舆，我爱你。”

2. 回家快乐

都说所有婚姻到了最后，只剩下柴米油盐酱醋茶，顾雨甜却发现这个规律在自己家好像不适用。

她今年十三岁，弟弟沈麓十岁，按照她平时看的一些感情调解节目和剧情夸张的伦理剧的规律，孩子都这么大了，那么父母双方在过往岁月里对于爱情的热忱应该差不多要消磨殆尽了，一切应该都以家庭琐事和子女养育为重，但事实并非如此。

“姐姐，你为什么总看那些？”沈麓一边煮面，一边听着姐姐分析了大半天的家里的现状，终于开口问。

“好看啊！能学到很多的，现在学会，以后进入社会才能不被骗好不好！”十三岁的小姑娘从小在蜜缸里泡大，虽然没什么叛逆期，但难免骄纵任性。

“好吧……”

“你很冷漠，难道就不想发表一些意见吗？”顾雨甜不悦地道。

沈麓张了张嘴，心想他的意见其实就是不太理解为什么姐姐总喜欢看那些奇怪的节目和电视剧，但显然不适合说出来，于是他干咳一声，思索着道：“嗯，那姐姐有什么意见呢？”

“我？要我说啊，我以后找对象也要找爸爸和小鱼这样的，不管过了多久，眼里都只有我！”顾雨甜双手合十，满脸憧憬。

沈麓笑了笑，道：“那我也憧憬。”

顾雨甜心满意足地朝他投去一个赞赏的眼神，同时竖起了大拇指。

沈麓虽然是弟弟，但性子稳重，在他五岁以后，基本就都是弟弟照顾姐姐，包括家长外出的时候给姐姐煮面吃。

顾雨甜别提多喜欢弟弟煮的面了，他不会像两位家长那样，纠结于这个没营养，那个不健康，从食材层面就切断了顾雨甜太多的心头好。

沈麓煮面可以全按她的喜好来，面条就得是油炸方便面，还有各种稀奇古怪的丸子，最好不要放青菜，条件允许的话再来根油条蘸着面汤吃，别提多过瘾。

“好香啊！就得放这么多丸子才香！”顾雨甜凑到灶台前狠狠吸了一口气，然后由衷感叹。

沈麓哭笑不得：“姐姐，你这么大口地吸油烟做什么？”

顾雨甜嘿嘿笑了两声，道：“问题不大。葫芦，油条你买了吗？”

沈麓无奈道：“买了，面煮好了我就去炸。”

“好嘞！”顾雨甜美滋滋地跑到一边洗碗。

鲜美浓郁的方便面汤和金黄酥脆的油条先后上桌，正当两个孩子大快朵颐地干饭时，钥匙开门的咔嚓声响起。

顾雨甜吓得赶紧把口中的油条拼命往下吞，沈麓怕她噎到，即使被开门声吓了一跳，也还是第一时间给姐姐拍背以及递水。

沈堪舆去外地出差，今晚九点到家；顾言笙则是说有应酬不回家吃饭，到时候去机场接沈堪舆一起回家。

那么现在，开门的这个人明显就是他们亲爱的爸爸顾言笙了。要知道，顾言笙和沈堪舆虽然都不允许他们乱吃垃圾食品，但沈堪舆性子温柔，不管他们多大都会当他们是小宝宝一样，轻声细语地跟他们讲道理，而顾大总裁直接黑脸，然后开始他的著名演讲《你们都这么大了》，甚至还会不允许沈堪舆搭理他们。

俩孩子吓得不轻，却见他们的爸爸先探进来一个脑袋，在屋里环视一周，最后视线落在他们身上，笑容一瞬间竟有些尴尬，似乎比他们更心虚：“你们不去上晚自习？”

顾雨甜还在就着温水咽油条，沈麓连忙回答："爸爸，今天周五，自习室不开门。"

"哦，周五啊。"顾言笙若有所思地把留在外面的身子挪了进来。

"是的。"沈麓一边乖巧回答，一边起身挡在姐姐的面前，"爸爸，今晚不应酬了吗？"

"不了，小鱼提前回来，这会儿已经在飞机上了。要不是我给主办方打了个电话，还不知道这个事儿呢。也不知道这人是怎么想的，回来也不跟我说，要给我惊喜还是惊吓啊？"顾言笙年纪越大嘴越碎，总是絮絮叨叨一堆，半天说不到重点。沈麓听得直郁闷，刚想问些什么，他就话锋一转，问："人还没到家吧？"

"没有。"沈麓如实回答。

顾雨甜把油条咽下去，战场也火速收拾干净了，就开始说顾言笙："小鱼当然是给你惊喜啊，还惊吓，难道你在外面找别人了？我们可不包庇你！"

"胡说八道什么！"顾言笙的心思明显不在两个小孩的身上，他手上提着个大箱子，哼哧哼哧地拎进了客厅里，哐地一下往地上一放。

顾雨甜立刻好奇地凑了过去："什么呀？买给小鱼的？"

"对，刚好你们在家，可以帮我检查检查。"顾言笙从口袋里掏出钥匙，刮开箱子上的胶带，然后把里面的大家伙抬了出来。

"什么东西啊，这么大！"顾雨甜惊叹，"什么日子啊，送这么大的礼物？"

顾言笙露出一副觉得女儿很傻的表情，道："当然是我老婆出差回来的日子，祝我老婆回家快乐啊。"

"你老婆才出差三天！"顾雨甜睁大眼睛，难以置信。

"三天怎么了？出去三天再回来就不是回家了？"

“啊，是是是。”

顾言笙闻到了油条味儿，皱起鼻子往顾雨甜身上嗅了嗅，眉毛立刻皱了起来：“顾雨甜，你吃油条了？”

“没有啊！”作案现场已经清理干净，顾雨甜毫不心虚，理直气壮地道，“吃了饼干，可能有点油条味吧！”

“什么饼干要做成油条味的？”顾言笙手上还在拆东西，嘴里又开始训话，“顾雨甜，你都这么大了……”

沈麓连忙站出来打断老父亲的“施法”：“那个饼干是我们放学路上饿了顺手买的，确实是油条的味道，而且很油腻，不好吃，姐姐吃了两口就扔了。”

顾雨甜眨巴眨巴眼，默默地朝沈麓比了一个大拇指。

“这样啊。”顾言笙挑不出什么毛病，就说，“以后别乱买路边的东西。”

“好的！”顾雨甜响亮地应着，“爸爸，你到底买了啥？”

顾言笙将大家伙放在沙发上，揭下蒙在上面的磨砂塑料袋，向孩子们展示了他给沈堪舆精心定制的按摩靠垫。

顾雨甜和沈麓双双愣住了，原本一个按摩靠垫也没什么稀奇的，关键就是这个按摩靠垫两侧的扶手和按揉脖颈的地方连起来做成了一朵妖娆的向日葵，向日葵的花心被定制成了顾雨甜和沈麓的头像，还拿着个萨克斯在吹，看起来很是诡异。

沈麓沉默了一阵，忍不住问：“这……这两朵花，会跳舞吗？”

“会啊，靠垫运作的时候它们也要动，要按摩的。”顾言笙说着打开了开关，按摩靠垫嗡嗡嗡地运作起来，噪音虽然很小，但那两朵向日葵也跟着扭动起来。

“好玩吗？”顾言笙扭头看向两个孩子。

“您觉得这好玩吗？吓死人！”顾雨甜忍不住咆哮，“为什么要换成我和葫芦的头啊！”

"哦，这个可以换，魔术贴贴上去的，也有我的头，想换就换。"顾言笙说着从包装袋里拿出两个自己的大头照魔术贴，一本正经地道，"喏，两个。"

顾雨甜崩溃："这是重点吗？"

沈麓干咳一声："我觉得挺好的，看了挺让人开心的。"

"是吧，我也觉得挺好玩的，这个靠垫尺寸贴合，小鱼靠上去应该很舒服。小鱼这次坐的长途飞机，腰应该很难受，"顾言笙心满意足地道，"以前去做按摩，小鱼总说时间太长很无聊，这回有这两朵花陪着，应该能开心了吧。"

确定不会被吓到吗？顾雨甜还想吐槽，沈麓拉住了她。

在沈麓看来，父亲不像以前年轻的时候那么了解当下的时尚潮流，很多事情也确实有些落伍了。他可能费了好大的劲儿才想到这样的创意，只是希望小鱼在一次疲惫的旅行回来后还能感到惊喜。

就像姐姐说的那样，不论过了多少年，他都把小鱼看得最重。这样就很好，小鱼也一定会喜欢。

就在这时，门铃声响起，顾言笙连忙用磨砂袋子套出那两朵妖娆的花，叮嘱两个孩子保持神秘，然后飞奔去给沈堪舆开门。

顾言笙难得兴奋，一头薄汗，还喘个不停。沈堪舆看到他的第一时间愣了一下："阿……阿笙，你……你从哪里跑过来的？怎么累成这样……嗯！"

沈堪舆说完还想找纸巾给顾言笙擦擦汗，结果顾言笙不由分说就将人抱了个满怀，闭着眼，重重地吸了一口气。

因为孩子们都还在，他也不适合做其他的，于是他长长地舒了口气，喃喃地道："老婆，我好想你。"

沈堪舆哭笑不得地微踮着脚拍拍他的背，被他委屈的嘟囔弄得有点想哭，但还是轻声安慰他："我才去了三天呀。"

“一日不见如隔三秋，这都几秋了？”

沈堪舆忍着笑道：“不会是不想管孩子吧？”

顾言笙哼了一声：“都是大人了，还管什么，也就你惯他们。”

“好啦，我知道了，我们隔了九秋没见了，”沈堪舆笑出声来，摸摸顾言笙靠在自己肩膀上的脑袋，“所以你看，我决定不参加晚宴，活动结束了就回来了。”

“说到这个，你能不能别吓我……”顾言笙叹了一口气，“突然就联系不上你了，一问主办方，你人都在飞机上了，把我给吓得。”

“对不起嘛。”沈堪舆温言软语地道歉。

“亲一下。”顾言笙不依不饶。

“你把我抱得太紧了，我都动不了，怎么亲呀？”沈堪舆无可奈何地道。

“算了，亲一下太便宜你了。”顾言笙开始打如意算盘，松开沈堪舆，冲对方灿烂一笑，“晚上再说。”

沈堪舆耳根有些红，眼睛亮亮的，还是凑过去在顾言笙的脸颊上轻轻吻了一下，小声地道：“不矛盾的。”

啧，这人好会。

顾言笙强忍着内心的狂喜，故作淡定地将沈堪舆的行李箱推到玄关放着，美滋滋地揽住沈堪舆的腰轻揉：“腰还疼吗？”

“有一点，好多了。”沈堪舆笑了两声，忍不住道，“你弄得我有点痒。”

顾言笙挑眉：“痒了才不疼。”

“小鱼！”顾雨甜和沈麓非常识趣，看他俩亲密得差不多了才过来迎接沈堪舆。

“哎，宝贝！”沈堪舆抱了抱两个孩子，“我给你们和爸爸都带了礼物……哎，行李箱呢？”

“不着急、不着急，先坐。”顾言笙兴致勃勃地把沈堪舆往沙发上的按摩靠垫带过去。

沈堪舆一直在回头看自己的行李箱，一个没注意就被顾言笙按在了靠垫上。

靠垫是完全贴合沈堪舆的体型和身量定制的，用的是承托力非常强的记忆回弹材料，人一靠上去，负担极重的腰部一下就得到了解放，紧绷的肌肉和骨骼都迅速地放松开来，舒适至极的感觉迅速从腰部扩散到全身。

沈堪舆蒙了一下，抬头看着顾言笙，问：“阿笙，换……换沙发了？”

很快，沈堪舆又感觉到沙发开始力度适中的按摩，甚至隐隐约约带着热度。

沈堪舆感觉从腰部到脖颈舒适得难以言喻，以至于忍不住哼了两声。

顾雨甜笑出声来：“小鱼，你也太可爱了！”

沈堪舆十分不好意思，说话又磕巴起来：“很……很舒服，甜甜可以试试。”

“这给你量身定做的，她用不合适。”顾言笙笑意盈盈地道，“舒服吧？”

“嗯！”沈堪舆用力点头，随即就发现了身边两坨正在努力给他按摩的东西被袋子套住了，好奇地看了看，忍不住问，“阿笙，这个是什么？防尘的吗？”

“不是，可以取下来，”顾言笙没想到沈堪舆这么积极地进入圈套，愣了一下才道，“你取下来看看。”

“哦，好。”沈堪舆非常给面子地把袋子揭了下来。

顾雨甜捂住了脸，沈麓低下了头。

两朵长着顾雨甜和沈麓脸的向日葵扭动着曼妙的花枝，热情地往沈堪舆身上拱，几乎要贴到人脸上去。

沈堪舆一开始都没反应过来，竭力地扭过头去，看清了是两个什么怪东西之后，噗的一声笑了出来："这是什么呀？甜甜的主意吗？"

这话一出，大顾小顾都不乐意了，同时开腔：

"不是我！"

"我的！"

沈堪舆压根没听清他俩在喊啥，又看了一眼那两个东西，笑得不行："怎么想到这个的，这是怎么做出来的？"

沈麓看到沈堪舆笑得那么开心，也忍不住笑了："爸爸说你还可以把我们的脸换成他的。"

"啊？"这个沈堪舆真没想到。

"对！"顾言笙立马把他那两个印着他大头照的魔术贴掏出来一本正经地递过去，"我的有两个，你可以都换成我。"

"哎哟，救命！"沈堪舆看了一眼就捂住了眼睛，彻底绷不住，大笑道，"到底怎么想到这个的啊，你们……"

顾言笙殷勤地在沈堪舆身边坐下，眨巴着眼睛满眼期冀地问："老婆，喜欢吗？"

"喜欢、喜欢。"这个问题一定要好好回答，沈堪舆笑到气短，眼泪都出来了，喘了好一阵才道，"不过，今天是什么日子呀？怎么送我这个？"

"没什么日子也可以送你啊！"顾言笙自然而然地握住沈堪舆的手，用指腹轻轻摩挲对方的手背，"而且今天也确实是个好日子。"

"啊？"沈堪舆担心自己忘记了什么重要的日子，绞尽脑汁也想不到，慌得差点从按摩靠垫上坐起来，"什么日子？我……我怎么没印象？"

顾言笙给了顾雨甜一个眼神，顾雨甜虽然内心对爸爸的"土味”行为十分抗拒，但看在小鱼的份上，还是背着双手、挺直脊背、掷地有声地道：“今天是小鱼出差三天后回家的日子！让我们一起祝小鱼回家快乐！”

沈堪舆张大嘴、睁大眼，眼睛圆圆、嘴巴圆圆，说不出一句话来。紧接着，顾言笙和沈麓双双鼓掌应合起来：“回家快乐！”

在沈堪舆还没回过神的时候，顾言笙凑过去在沈堪舆的脸上亲了一口，心中满是一股一股的暖流，觉得十分幸福和满足。

回家快乐，我的宝贝。

希望无论过去多少岁月，你永远都对回家这件事充满期待。

因为我们永远都会等你回家。

——本书完——